Das Buch

Schweden 1971: An einem strahlend schönen Sommertag heiratet der junge Erbe einer Glashütte das schönste Mädchen des Dorfs. Während des rauschenden Fests findet ein Spiel statt: Die Braut wird entführt – doch sie verschwindet für immer.

Fünfzig Jahre später eröffnet ihr Ehemann eine Ausstellung mit Glaskunst aus aller Welt – und bricht zusammen. In einem gläsernen Sarkophag taucht der skelettierte Leichnam seiner Frau wieder auf – mitsamt dem schneeweißen Hochzeitskleid.

Die ungleichen Kommissarinnen Ingrid Nyström und Stina Forss übernehmen die Untersuchungen, und bald schon rücken drei Familienunternehmen, allesamt Glashüttenbesitzer, in den Fokus der Ermittlung. Doch je tiefer Nyström und Forss in der Vergangenheit graben, desto widersprüchlicher und rätselhafter scheinen die Dinge, die sie zutage fördern …

Ein hoch spannender Kriminalroman über die verzehrende Gier nach Leben.

Die Autoren

Roman Voosen, Jahrgang 1973, aufgewachsen in Papenburg, studierte und arbeitete in Bremen, Hamburg und Göteborg. Kerstin Signe Danielsson, Jahrgang 1983, geboren und aufgewachsen in Växjö, studierte und arbeitete in Deutschland und Schweden. Sie leben und schreiben gemeinsam im småländischen Växjö.

Weitere Titel bei Kiepenheuer & Witsch

»Später Frost« (KiWi 1290), »Rotwild« (KiWi 1338), »Aus eisiger Tiefe« (KiWi 1404), »In stürmischer Nacht« (KiWi 1489), »Der unerbittliche Gegner« (KiWi 1515), »Erzengel« (KiWi 1602)

Roman Voosen
Kerstin Signe Danielsson

SCHNEE-WITTCHEN-SARG

EIN FALL FÜR INGRID NYSTRÖM
UND STINA FORSS

Kiepenheuer & Witsch

Verlag Kiepenheuer & Witsch, FSC® N001512

3. Auflage 2020

Umschlaggestaltung: Barbara Thoben, Köln
Umschlagmotiv: © plainpicture / Folio Images / Hans Strand
Autorenfoto: © Linn Salgado
Gesetzt aus der Dante und der Kabel
Satz: Buch-Werkstatt GmbH, Bad Aibling
Druck und Bindung: CPI books GmbH, Leck
ISBN 978-3-462-05247-3

»Bring das Kind hinaus in den Wald, ich will's nicht mehr vor meinen Augen sehen. Du sollst es töten und mir Lunge und Leber zum Wahrzeichen mitbringen.«

SCHNEEWITTCHEN, NACH DEN BRÜDERN GRIMM

PROLOG

Sommer 1971

Er stolperte den flachen Abhang hinunter auf das Seeufer zu. Einmal wäre er beinahe in einem Gestrüpp aus niedrigen Preiselbeerbüschen zu Fall gekommen, aber er konnte sich gerade noch abfangen und die Balance halten. Er wusste nicht, wie viele Bier er bereits getrunken hatte, irgendwann hatte er aufgehört, mitzuzählen, Schnaps hatte es ebenfalls reichlich gegeben, jedenfalls musste er nun dringend die Blase leeren. Als er sich weit genug von der lärmenden Festgesellschaft entfernt wähnte, blieb er vor einem Baum stehen, lehnte die Stirn an die raue Borke der Kiefer, öffnete den Reißverschluss der Anzughose und schlug das Wasser ab. Was für eine Erleichterung! Als er fertig war, bemerkte er, dass seine Schuhspitzen nass waren. Verflucht, er hatte sich auf die neuen

Schuhe gepinkelt. Er sah sich um. Gab es hier irgendetwas, womit er sie wieder einigermaßen trocken wischen konnte? Auch wenn es bald dämmerte und zur fortgeschrittenen Stunde wahrscheinlich niemand mehr darauf achtete, konnte er doch unmöglich mit uringetränkten Budapestern auf die Feier zurückkehren. Einige Meter weiter unten, am Wasser, stand hohes, trockenes Gras. Besser als gar nichts, dachte er, und ärgerte sich darüber, kein Taschentuch eingesteckt zu haben. Die Scham über sein Malheur hatte ihn ein Stück weit nüchtern gemacht. Er ging auf das strohartige Gras zu, hockte sich hin und begann damit, Büschel aus der Erde zu rupfen und damit die nassen Schuhe zu bearbeiten. Der Erfolg war bescheiden. Das teure Leder hatte sich an den Spitzen dunkel verfärbt, daran konnten auch die Halme nichts ändern. Er fluchte. Gerade als er sich entschieden hatte, das sinnlose Unterfangen aufzugeben und zum Fest zurückzukehren, hörte er nicht weit von sich entfernt gedämpfte Schritte. Noch jemand, der sich erleichtern musste? Vorsichtig lugte er durch das hohe Gras. Doch die Gestalt machte keine Anstalten, sich an einen Baum zu stellen oder in die Büsche zu hocken, sondern ging geradewegs auf das Ruderboot zu, das am Steg vertäut lag. Er erkannte das Werkzeug, das sie in der Hand hielt, und traute seinen Augen kaum. Wozu sollte der Bohrer gut sein? Der Schatten, der vom Steg aus in das Boot kletterte, beantwortete seine Frage durch das, was er tat. Die charakteristischen Armbewegungen, das surrende Geräusch von Metall im Holz. Das Ganze dauerte kaum mehr als eine Minute, dann richtete sich der Schatten auf, warf den Drillbohrer in den See, kletterte auf den Steg und ging den Weg zurück, den er gekommen war.

SCHWEDEN, HEUTE, SAMSTAG

1

Es braute sich etwas zusammen. Das milde Sommerwetter der vergangenen Tage wurde seit den Mittagsstunden schwüler, drückend und unangenehm. Der Himmel zog sich zu, und es war nur eine Frage der Zeit, bis die ersten Regentropfen fallen würden. Dennoch machte Kommissarin Stina Forss keine Anstalten, aus dem Liegestuhl im Garten aufzustehen. Sie starrte auf die unbewegte Seeoberfläche, die das Grau der Wolkendecke spiegelte. Der Schweißfilm auf ihrer Haut zog die Mücken an, doch sie war zu träge, um nach dem Insektenspray zu greifen. Sie brachte gerade einmal ein halbherziges, kraftloses Wedeln zustande, eine wenig effektive Strategie, die hartnäckigen Tierchen ließen sich auf diese Weise jedenfalls nicht vertreiben. Wobei: Träge war das falsche Wort. Ihr Körper war wie versteinert, während sich ihre Gedanken, ihre Gefühlswelt, ihr gesamtes Selbst woanders befanden, weit weg vom Hier und Jetzt, diesem kleinen, abgelegenen Haus in idyllischer Seelage an einem Julitag in Småland. Diesem waldigen Landstrich, der ihr eine neue Heimat geworden war, seit sie vor Jahren Berlin und eine Karriere bei der dortigen Mordkommission hinter sich gelassen hatte, um in Schweden, dem Land ihrer Kindheit, in der Nähe ihres schwer kranken Vaters zu sein. Stina Forss hatte die vage und schließlich auch vergebliche Hoffnung gehabt, die Dinge zwischen ihnen ins Reine zu bringen. Ihr Vater war nun seit geraumer Zeit tot, doch sie war immer noch hier, in der tiefsten Provinz. Wald, See und Abgeschiedenheit – der Gegenentwurf zu ihrem ehemaligen Leben in Berlin.

Wenn nicht sozial, so hatte sie hier doch zumindest beruflich Fuß gefasst. Aber dies war nicht der Grund dafür, dass sie an diesem Ort im Nirgendwo blieb. Gewichtiger waren die Ereignisse der vergangenen beiden Jahre, die in den letzten Monaten eine so tragische Dynamik angenommen hatten, dass Forss sie längst nicht mehr begreifen konnte. Die Wucht des Geschehenen war es, die sie in den Liegestuhl drückte, und trotz Mückenstichen und heraufziehenden Gewitters mehr oder weniger bewegungsunfähig machte.

Wie und wann genau hatte das alles begonnen?

Sie grübelte seit Monaten und fand doch keine Antwort. Das, was sie von allem, das passiert war, am meisten belastete, was sie Morgen für Morgen schweißgebadet und mit verkrampften Kiefern aus dem Schlaf schrecken ließ, war die Ermordung der Schwiegertochter ihrer Chefin. Die Schüsse, die aus einem zweihundert Meter entfernten Versteck im Halbdunklen auf den fahrenden Wagen abgegeben worden waren, hatten aller Wahrscheinlichkeit nach nicht der unbescholtenen jungen Mutter gegolten, sondern ihr selbst.

Eine fatale Verwechslung. Sie war es gewesen, die an diesem kalten Aprilabend hätte sterben sollen. Vielleicht sollte sie das noch immer, aber sie empfand merkwürdigerweise überhaupt keine Angst, vielleicht weil sie sich dazu viel zu betäubt fühlte.

Wie viel Schuldgefühle konnte ein Mensch ertragen?

Sie nagte an ihrer Unterlippe.

Eine Mücke stach sie in den Handrücken.

Das Grollen des aufziehenden Gewitters war jetzt ganz nah.

Sie griff nach dem Glas Gin Tonic, das neben ihr auf dem Beistelltisch stand. Die Eiswürfel waren längst geschmolzen, doch das nahm sie ebenso wenig wahr wie die ersten Regentropfen. Erst das Klingeln des Handys riss sie aus der Apathie.

2

Im Gegensatz zum Gewitterregen, der sich über Stunden angebahnt hatte, bevor er sturzartig auf die Windschutzscheibe ihres Toyotas niederging, kamen die Tränen unvermittelt. Hauptkommissarin Ingrid Nyström war überrascht von der Intensität, mit der sie der Weinkrampf schüttelte, gleichzeitig gab sie sich ihm hin. Wozu dagegen ankämpfen, jetzt, wo sie allein war? Es hatte etwas Befreiendes, wenigstens für den Moment loszulassen und jede Kontrolle aufzugeben. Ihr Kleinwagen stand auf dem Parkplatz des Växjöer Flughafens, und es war keine zehn Minuten her, dass sie ihren Mann, ihre Tochter und ihren Enkel im Foyer mit innigen Umarmungen verabschiedet hatte. Anders, Anna und der kleine Albert würden über Stockholm nach London und von dort weiter nach Tansania fliegen, wo ihr Mann sich im Rahmen eines kirchlichen Entwicklungshilfeprojekts am Bau einer Schule und eines Brunnens beteiligen würde; Anna und ihr knapp einjähriger Sohn würden ihn begleiten. Vor vier Monaten war Anders bereits für einige Wochen dort gewesen, der Beginn eines Sabbatjahres seiner Pastorenstelle, doch nach Healeys unfassbarem, plötzlichem Tod war er umgehend nach Hause zurückgekehrt. Ihre Tochter brauchte ihn jetzt, sie selbst brauchte ihn jetzt. In solchen Momenten rückte man als Familie zusammen. In der Tat war ihr Mann in den chaotischen Tagen und Wochen nach Healeys Ermordung der familiäre Kraft- und Ruhepol gewesen. Annas Trauer um ihre Lebensgefährtin fand in Anders' Nähe einen gewissen Halt, eine Stütze, die sie als Mutter ihr selbst nicht geben konnte. Warum, vermochte sie nicht zu sagen, aber es tat weh und gab ihr das Gefühl zu versagen, sie zwang sich jedoch, diese Verletzung hinunterzuschlucken, schließlich ging es hier nicht um sie, es ging um Anna und deren neun Monate alten Sohn Albert, der gerade ein Elternteil verloren hatte, es ging um Healeys Familie.

Anna und die Harringtons hatten sich darauf geeinigt, Healey in Schweden zu bestatten. Healey, auch wenn sie nicht besonders gläubig gewesen war, hatte den kleinen Dorffriedhof unter den hohen Bäumen immer als einen romantischen, besonderen Ort empfunden. Es war ein guter, ein angemessener Platz für eine letzte Ruhestätte, wenn man dies über das Grab einer Frau, die noch nicht einmal dreißig Jahre alt geworden war, überhaupt sagen konnte. Anders kümmerte sich um die gesamten Vorbereitungen der Bestattung, er brachte die Harringtons sowie den auswärtigen Freundeskreis in ihrem großen Haus beziehungsweise bei Bekannten und in Pensionen unter, leitete den zweisprachigen Trauergottesdienst und organisierte das anschließende Essen und Beisammensein im Gemeindehaus. Mit anderen Worten: Er hielt alles zusammen und bewahrte die Familie vor dem kollektiven Zusammenbruch. Sie konnte nur dankbar sein, und ihn dafür bewundern, was er war: ein fantastischer Ehemann, ein liebevoller Vater, ein fürsorglicher Großvater und nicht zuletzt ein guter Pastor.

Und sie selbst?

Natürlich trug sie ihren Teil bei. Sie versorgte die vielen Gäste. Wusch Wäsche, putzte, kochte, backte. Kümmerte sich um Albert. Versuchte Anna Trost zu spenden, auch wenn sie sich dabei viel zu oft steif und unbeholfen vorkam.

Doch natürlich reichte das nicht aus, nicht nach ihren Maßstäben. Sie wurde der Situation nicht gerecht. Weder als Mutter noch als Polizistin, und sie wusste kaum, was von beidem schwerer wog.

Tatsache war, dass der Täter nicht gefasst war, dass sich Healeys Mörder auf freiem Fuß befand, und nichts auf eine anstehende Verhaftung hindeutete. Es gab keinen Verdächtigen, die Spurenlage war dünn, ein Motiv zeichnete sich nicht einmal ab. Die Lebenspartnerin ihrer Tochter war eine unbescholtene Geschäftsfrau gewesen, die in Brighton eine Boutique betrieben hatte. Wer hatte eine solche Frau töten wollen, eine junge, hilflose Mutter? Jemand, der gleichgeschlechtliche Liebe verabscheute und Lesben hasste? Ein fanatischer Verteidiger der sogenannten Normfamilie? Kaum vorstellbar, insbesondere, wenn man die Umstände der Tat betrachtete: ein Scharfschütze aus dem Hinterhalt, der mit militärischer Präzision gearbeitet hatte. Das erinnerte an eine professionelle Hinrichtung oder an ein politisches Attentat. Es passte nichts zusammen.

Am plausibelsten, da musste sie ihrer Mitarbeiterin Stina Forss, ihrem Vorgesetzten Erik Edman sowie den Kollegen vom Staatsschutz widerwillig recht geben, war die Verwechslungstheorie. Demnach hatte es der Täter nicht auf ihre Schwiegertochter, sondern auf Stina Forss abgesehen gehabt. Auch wenn der offenbar hervorragend ausgebildete Schütze insgesamt wie ein Profi agiert hatte – zwei präzise Kopfschüsse auf ein bewegliches Ziel in großer Entfernung, das Überraschungsmoment, das sorgfältige Verwischen jeder Spur in seinem Versteck, der gut vorbereitete Fluchtweg –, war es denkbar, dass er Healey und Forss verwechselt hatte. Healey hatte in Forss' Auto gesessen, sie hatte ähnlich wilde Locken wie die Deutschschwedin. Dazu kamen die schlechten Lichtverhältnisse in der Dämmerung und die große Entfernung.

Forss war im Gegensatz zu Healey alles andere als ein unbeschriebenes Blatt. Das Aufdecken einer rechtsextremen Terrorzelle und das Verhindern der Attentatspläne auf das Fußballspiel zweier Einwanderermannschaften hatte Forss unfreiwillig zu einer landesweit bekannten Polizistin gemacht, ihr Gesicht war auf den Titelseiten der großen Zeitungen gewesen, man hatte sie als *Heldin von Södertälje* gefeiert. Die These, dass jemand das vereitelte Bombenattentat und die beim Polizeieinsatz getöteten Kameraden rächen wolle, ergab durchaus Sinn. Darüber hinaus waren die rechtsextremen Drahtzieher und ihre Mittäter nicht die einzigen Schwerkriminellen, denen Forss während ihrer beruflichen Laufbahn das Handwerk gelegt hatte. Wenn man ihre Zeit beim Berliner Landeskriminalamt berücksichtigte, hatte sie mehr als drei Dutzend Verhaftungen zu verantworten, die zu langen Haftstrafen geführt hatten, eine eindrucksvolle Bilanz. Hinzu kam der mehrmalige Einsatz der Dienstwaffe in Notwehrsituationen, was in fünf Fällen zu schweren Verletzungen und zweimal sogar zum Tod Verdächtiger geführt hatte. Keine Frage, Stina Forss hatte sich in ihrem Berufsleben viele Feinde gemacht. Am schlüssigsten, in dem Punkt waren sich alle einig, war jedoch die Theorie einer Vergeltungsaktion für das verhinderte Bombenattentat auf das Fußballstadion von Södertälje. Das war der Grund, warum der Staatsschutz unverzüglich die Ermittlung an sich gezogen hatte. Das war der Grund, warum Nyström die Hände gebunden waren.

»Glaub mir, es ist besser so«, hatte Edman gesagt, und seine Zufriedenheit darüber, dass der verfahrene Fall unverhofft und schnell aus seinem Verantwortungsbereich delegiert worden war, kaum verhehlen können. »Außerdem bist du emotional viel zu nah an der Sache dran.«

Eine *Sache*.

So sah ihr Chef das also. Natürlich reagierte sie emotional, natürlich war sie voreingenommen, es ging um ihre Schwiegertochter, es ging um ihre eigene Familie verdammt noch mal! Hätte sie nicht gerade dieser Umstand zu einer besonders engagierten, sorgfältigen und ausdauernden Ermittlungschefin gemacht? Nun durfte sie dankbar sein, wenn sie über die Fortschritte des Falls auf dem Laufenden gehalten wurde. Wobei von Fortschritten kaum die Rede sein konnte. Die einzige nennenswerte Fährte war die Suche nach einem blauen Ford Galaxy älteren Baujahrs. Forss hatte in den Vernehmungen angegeben, dass ihr ein solcher Wagen in den Wochen zuvor an verschiedenen Orten aufgefallen war, sie hatte sich regelrecht beschattet gefühlt.

Forss' Aussage hatte Nyström zunehmend stutzig werden lassen. Wenn ihre Kollegin meinte, in der Zeit vor der schrecklichen Tat tatsächlich verfolgt worden zu sein, warum hatte sie es dann um Gottes willen nicht gemeldet? Warum war sie nicht zu ihrer Chefin gegangen und hatte davon berichtet? Warum hatte sie sich Nyström nicht anvertraut?

Die Hauptkommissarin schluckte. Die Bluse war feucht vor Tränen, die Augen brannten. Sie kannte die Antwort, wenn sie ehrlich war. Weil Forss eine gestörte Persönlichkeit hatte. Weil sie ein soziales Wrack war. Weil sie niemandem traute und keinen an sich heranließ. Nyström schluckte erneut. Es schmeckte so bitter und salzig wie die Erkenntnis, die in ihrem Bewusstsein mehr und mehr Form annahm: Wäre Stina Forss weniger verkorkst, renitent und eigenbrötlerisch, wäre Healey womöglich noch am Leben.

Nyström umklammerte das Lenkrad, bis die Haut über ihren Fingerknöcheln weiß spannte.

Das Gefühl widersprach allem, woran sie glaubte und wofür sie stand, und dennoch war es da, wahr und rein: Sie wünschte, dass an diesem verfluchten Abend in der Aprildämmerung vor ihrem Haus die Richtige gestorben wäre und nicht die Falsche.

In diesem Moment meldete sich das Mobiltelefon. Sie räusperte sich und nahm das Gespräch an. Anschließend rieb sie sich die Augen trocken, wartete eine Minute, startete den Wagen und schaltete die Scheibenwischer ein.

3

Das Schwedische Glasmuseum lag gemeinsam mit dem Småländischen Museum und dem sogenannten Auswandererhaus auf einem Hügel hinter dem Bahnhof, von dem man auf den Växjösee hinabblicken konnte. Die drei Ausstellungsgebäude – postmodern, modernistisch und klassizistisch – bildeten ein uneinheitliches Ensemble in einer

Grünanlage, die sich Kulturpark nannte, aber für Dealerei bekannter war als für seine Museen. Gras statt Glas. So sah es jedenfalls Stina Forss, die sich allerdings weder sonderlich für Glaskunst noch für regionale Geschichte interessierte. Der Starkregen schien jedoch wenigstens für den Moment die Kleindealer vertrieben zu haben, als sie den Kiesweg hinauf zum Glasmuseum ging. Da sie keinen Schirm dabei, und auch nicht an eine Jacke mit Kapuze gedacht hatte, war sie froh, das Foyer zu erreichen und die nassen Haare ausschütteln zu können. Keine Minute später traf Ingrid Nyström ein. Die beiden Frauen begrüßten einander knapp. Nach dem furchtbaren Vorfall mit Healey war die Atmosphäre zwischen ihnen noch kühler, als sie es ohnehin gewesen war. Forss konnte die unterschwellige Distanz ihrer Chefin nachvollziehen. Sie selbst war Lichtjahre davon entfernt, die richtigen Worte zu finden, um all das zu überwinden, was unausgesprochen zwischen ihnen stand.

Sie wandten sich an den Mann an der Kasse, der daraufhin kurz telefonierte.

Die Museumsleiterin kam in Begleitung eines uniformierten Polizisten in den Eingangsbereich gerauscht. Anders konnte man ihren Auftritt kaum bezeichnen. Die flatternden Handbewegungen der überraschend jungen Frau – Ende zwanzig, Anfang dreißig – verliehen ihr etwas Kolibrihaftes. Man sah ihr die Kulturperson an: extravagante Brille, asymmetrische Frisur, auffälliger Holzschmuck, bunter Seidenschal.

»Was für ein Drama!«, rief sie, »was für ein furchtbares Drama! Und das ausgerechnet heute!«

»Was ist denn heute?«, fragte Forss, die mit Theatralik nicht viel anfangen konnte.

»Die Vernissage!« Die ohnehin schon schrille Stimme

schraubte sich im Tonfall der Entrüstung eine weitere Oktave nach oben, als könnte sie es nicht fassen, wie man über ein solch bedeutendes Ereignis nicht Bescheid wissen konnte. »*250 Jahre Gustavssons – Eine Kulturgeschichte in Glas.*«

»Ich habe natürlich davon gelesen, das klingt sehr spannend«, bemerkte Nyström und klang wie immer ausgleichend und um Deeskalation bemüht. »Aber vielleicht könntest du uns zunächst einmal sagen, was überhaupt geschehen ist?«

»Sicher, sicher«, nickte die junge Frau, deren Namensschild sie als Emma Herold auswies, schon einen Ton sachlicher. »Vielleicht bei einer Tasse Tee? Das japanische Restaurant hier im Haus serviert einen ausgezeichneten *Gyokuro*«, flötete sie. Die großen Holzperlen ihrer Halskette klackerten, die Aussicht auf ein belebendes Heißgetränk schien ihre Laune schlagartig zu beflügeln. »Oder vielleicht doch lieber einen *Sencha*?«

»Am liebsten würden wir sofort …«, begann Forss.

»Das klingt doch ausgezeichnet«, unterbrach Nyström sie lächelnd und an den uniformierten Kollegen gewandt: »Ich denke, ab hier übernehmen wir.«

Herold führte die Ermittlerinnen um mehrere Ecken. Im *Izakaya Moshi*, einem der besten Restaurants der Stadt, war zur Nachmittagsstunde wenig Betrieb. Die drei Frauen setzten sich ans Ende einer langen Tischreihe und bestellten.

»Die Vernissage also«, gab Nyström das Stichwort.

Herold nickte beflissen.

»Genau. *250 Jahre Gustavssons* – …«

»… eine Kulturgeschichte im Glas«, vervollständigte Forss ungeduldig.

»*In* Glas«, korrigierte Herold naserümpfend, »es geht hier schließlich nicht um Alkohol, sondern um ein faszinierendes Material, ein regionales Kulturgut, um Handwerk, Formgebung, Kunst. *250 Jahre Gustavssons,* das ist die Erfolgsgeschichte eines Weltkonzerns.«

Das letzte Wort klang in einem ehrfürchtigen Tremolo aus.

Forss zuckte mit den Achseln.

»Nie gehört.«

»Wir haben ein Set entsprechender Weingläser zu Hause«, schob Nyström ein. »*Orchidee.*«

»Das Modell ist ein Klassiker«, lobte Herold. »Wusstet ihr, dass es weltweit fünf Länder gibt, die bei offiziellen Staatsempfängen auf *Gustavssons* Gläser vertrauen? Darunter zwei Königshäuser! Selbstverständlich handelt es sich in solchen Fällen um Sonderanfertigungen, nichts, was es im Handel zu erwerben gäbe.«

»Selbstverständlich«, echote Forss und beäugte misstrauisch, die winzigen, hauchdünnen Schalen, die der Kellner mitsamt einer gusseisernen Kanne an den Tisch brachte. Sie wollte keinen avanciert zubereiteten Tee trinken, sondern den Tatort besichtigen. Wenn es denn einen solchen überhaupt gab. »Aber kommen wir doch zurück zur heutigen Ausstellungseröffnung.«

»Sicher, sicher«, wiederholte sich Herold, während sie sich mit fachmännischer Miene einschenkte, »wir reden hier über vierhundert Exponate, eine anderthalbjährige Vorbereitungszeit, komplizierte Versicherungsfragen, alles in allem eine unglaubliche Verantwortung, besonders für die kuratorische Leitung.« Sie sah die beiden Ermittlerinnen über die Gläser ihrer Brille hinweg an, ein Blick, der keinen Zweifel daran lassen sollte, wer mit der besagten Leitung betraut war. »Einige der Ausstellungsstücke haben einen Wert, den man kaum ermessen kann.«

»Aber wir sind ja nun wohl kaum hier, weil etwas gestohlen worden ist«, merkte Forss an.

»Nein«, erwiderte Herold, setzte die Teekanne ab und einen dramatischen Gesichtsausdruck auf. »Wir mussten die Polizei rufen, weil ein bestimmtes Exponat, nun ja, ... diverse Fragen aufwirft.«

Der Regen klatschte gegen die Fenster, ganz in der Nähe grollte der Donner.

»Ich sehe noch immer nicht, wo hier das Gewaltverbrechen liegen soll«, drängte Forss.

»Warte ab, bis du gesehen hast, wovon ich spreche.« Herold sah demonstrativ auf ihre Uhr. Die Holzkugeln ihres Armbands, ein Pendant zur Halskette, klackerten. »Ich denke, er ist gleich so weit.«

»Er?«, fragte Nyström.

4

Herold führte sie im Stechschritt durch die Museumsräume. Soweit Nyström im Vorbeigehen wahrnahm, war die Ausstellung chronologisch aufgebaut. Glas aus zweieinhalb Jahrhunderten: altertümliche Kronleuchter, bauchige Flaschen, Spiegel, Karaffen. Vasen und Weinkelche. Einweck-, Wasser- und Teelichtgläser. Klares, geschliffenes, geätztes und graviertes Glas. Nach den Gebrauchsgegenständen folgten Räume mit Kunsthandwerk und Kunst, es wurde bunter. Riesige Vasen, durchzogen mit farbigen Schlieren. Menschenähnliche Figuren, beinahe lebensgroß, eng umschlungen, Liebende. Daneben amorphe Wesen wie aus Weltraumhorrorfilmen. Etwas, das wie ein überdimensioniertes Kondom aussah. Eine gigantische Wolke, die von der Decke hing, so fein und fragil gearbeitet, dass Nyström ob der Kunstfertigkeit staunen musste.

Alle Räume waren menschenleer.

»Wo sind denn die Besucher?«, fragte Forss. »Ich dachte, dies sei eine Jahrhundertausstellung?«

»Auf der Vernissage waren dreihundert geladene Gäste«, antwortete Herold schmallippig. »Nach dem, nun ja, nennen wir es *Vorfall,* mussten wir sie alle nach Hause schicken beziehungsweise auf die anderen Ausstellungen des Hauses verweisen. Er hat das ausdrücklich so verfügt, uns sind da die Hände gebunden. Ein einziges Fiasko! Weshalb uns natürlich sehr daran gelegen ist, den Sachverhalt so bald wie möglich aufzuklären.«

»Ein gutes Stichwort«, sagte Forss. »Sachverhalt. Vielleicht reden wir endlich einmal darüber, was eigentlich passiert ist.«

Nuschelte ihre Mitarbeiterin leicht, fragte sich Nyström, hatte Forss etwa zu dieser Tageszeit schon Alkohol getrunken?

Sie waren unterdessen vor einer geschlossenen Flügeltür angelangt.

»Ich denke, das kann er euch am besten selbst erklären«, sagte Herold, klopfte und öffnete die Tür. Sie traten in einen abgedunkelten Raum. Es gab nur eine einzige Lichtquelle. Ein illuminierter gläserner Sarkophag. Nyström machte einen weiteren Schritt. Jetzt entdeckte sie das menschliche Skelett hinter den wuchtigen Glaswänden. Es trug ein Kleid. Ihre erste Reaktion: Abwehr. Die Knochen und der Schädel sahen auf befremdliche Weise echt aus, dazu das verschlissene und verschmutzte Kleidungsstück. Tod hinter Glas. Auch wenn Nyström kaum etwas von Kunst verstand, berührte sie das Objekt emotional, es griff sie geradezu an. Einerseits bildete der Sarg – neben Schädel und Knochen ein weiteres Vergänglichkeitssymbol – eine Grenze zwischen dem Innen und dem Außen, dem Tod und dem Leben, andererseits lud seine Durchsichtigkeit zur Betrachtung, ja, einer Art verdrehtem Voyeurismus ein. Eine makabre Inszenierung. Trotzdem verstand sie nicht, wo sich hier ein Verbrechen abgespielt haben sollte. Wozu waren sie hierhergerufen worden?

»Die Installation heißt *Schneewittchen*«, flüsterte Herold andächtig.

Nach einigen Momenten hatten sich Nyströms Augen an das Zwielicht gewöhnt. Erst jetzt nahm sie wahr, dass sich außer ihnen noch eine weitere Person in dem Raum befand. Auf einem faltbaren Hocker, wie er für Museen typisch war, saß ein älterer Mann auf einen Gehstock gestützt, der tief in den Anblick des seltsamen Werks versunken zu sein schien. Herold räusperte sich vernehmlich.

»Wenn ich vorstellen dürfte: Gunnar Gustavsson, der Vorstandsvorsitzende der *Gustavssons Glas AB*. Ingrid Nyström und Stina Forss von der Kriminalpolizei.«

Der Kopf des Manns drehte sich ein wenig, gerade eben so, dass er ihnen einen kurzen Blick zuwerfen konnte, dann wandte er sich wieder der Installation zu.

»Zwei Frauen«, sagte er heiser und seine Tonlage ließ wenig Interpretationsspielraum zu, was er über diesen Umstand offenbar dachte. »Sie schicken zwei Frauen.«

Etwas in Nyström straffte sich. Wenn auch selten, so erlebte sie ähnliche Situationen doch immer wieder.

»Hauptkommissarin Ingrid Nyström«, erklärte sie kühl. »Ich bin die ranghöchste Ermittlerin für Gewaltverbrechen in der gesamten Region. Und Kommissarin Stina Forss ist meine fähigste Mitarbeiterin.« Auch wenn ihr die letzten Worte schwer über die Lippen gingen, waren sie doch wahr. »Ich schlage vor, wir sprechen nun über den vermeintlichen *Sachverhalt,* oder meine Kollegin und ich werden auf der Stelle wieder gehen.« Sie hatte weiß Gott Besseres zu tun, als sich an einem Samstagnachmittag von einem alten Chauvinisten vorführen zu lassen. Überhaupt war es ein Unding, dass sie noch immer nicht wussten, weshalb sie überhaupt hier waren. Erik Edman hatte sie persönlich angefordert, ein ungewöhnlicher Vorgang, kamen die Einsatzzuweisungen doch im Normalfall über den Disponenten in der telefonischen Leitstelle. Aber dass ihr karrierebesessener Vorgesetzter einem einflussreichen Firmenpatriarchen wie Gustavsson einen persönlichen Gefallen erweisen und sein bestes Personal schicken wollte, ergab natürlich Sinn, auch wenn Edman sie in dem kurzen Telefonat ärgerlicherweise nur mit nebulösen Informationshäppchen und vagen, unzusammenhängenden Anspielungen abgefertigt hatte.

»Der Sachverhalt«, sagte Gustavsson, ohne dabei aufzusehen, »ist folgender: Dies hier, die Knochen in dem Sarg«, bei diesen Worten klopfte er mit der Spitze seines Gehstocks an die gläserne Hülle, »gehören nicht irgendeinem *Schneewittchen.* Es sind die sterblichen Überreste meiner Frau Berit.«

Für einige Augenblicke war es still in dem Raum. Nur die Neonröhren, auf denen das Skelett in dem gläsernen Sarkophag ruhte, brummten vor sich hin.

»Wie ist das möglich?«, fragte Nyström schließlich. Da Gustavsson nicht reagierte, blickte sie Herold Hilfe suchend an.

Die Kuratorin zuckte mit den Schultern.

»Das Werk ist die Leihgabe eines amerikanischen Sammlers, geschaffen hat es Jan Hesenius, einer der ganz Großen seines Fachs. In den frühen Achtzigerjahren hat er einige aufsehenerregende Arbeiten im Auftrag von *Gustavssons* gefertigt. *Schneewittchen* stammt aus dem Jahr 1982 und ist kunstgeschichtlich ein Meilenstein, einer der Höhepunkte der Ausstellung. Wir waren begeistert, dass wir es für die Schau gewinnen konnten. Der Sammler lebt in New York, ich kannte das Objekt nur von Fotos, bevor es hier vor etwa einer Woche eingetroffen ist. Allein der logistische und finanzielle Aufwand …«

»Dies hier ist nicht Jans Werk«, fauchte Gustavsson. Langsam stand er auf und wandte sich ihnen zu. Er atmete schwer, sichtbar um Selbstbeherrschung bemüht. »Ich war dabei, als er es in unserer Glashütte geschaffen hat«, fuhr er in einem sachlicheren Ton fort. »Als es fertig war, fand ich es aus verschiedenen Gründen verstörend. Auf meine Änderungsvorschläge hat sich Jan nicht eingelassen. Künstler sind Dickschädel, und wahrscheinlich ist das auch gut so. Aber sein *Schneewittchen* und die ästhetische Ausrichtung unserer Firma passten einfach nicht zusammen, außerdem hat es mich zu sehr an … Damals wollte ich jedenfalls nicht, dass es in unserem Namen ausgestellt wird.« Gustavsson verzog seinen faltigen Mund. »Ich habe es ihm überlassen, er hat es behalten und später weiterverkauft. Wer hätte ahnen können, dass es einmal zu einer Ikone der Glaskunst werden würde? Sei's drum, ich gönne Jan seinen Ruhm, und es war großzügig, dass der jetzige Besitzer es für die Jubiläumsausstellung zur Verfügung gestellt hat.« Seine hellblauen Augen glommen im kühlen Licht der Neonröhren. »Nur: Dies ist überhaupt nicht Jans Werk«, wiederholte er. »Das Original hat gläserne Knochen, die detailgetreue Arbeit daran hat Wochen gedauert. Dieses Skelett hier dagegen sieht in meinen Augen ziemlich echt aus.«

»Aber was veranlasst dich zu glauben, dass es sich dabei um deine verstorbene Frau handeln könnte?«, fragte Nyström.

Die blauen Augen fixierten sie.

»Das Kleid. Im Original ist es ein helles Etuikleid mit

einem leuchtend roten Fleck in Höhe des Schritts. Jans kruder Humor. Schneewittchens Entjungferung oder Menstruation. Vielleicht sollen die Zwerge sie auch vergewaltigt haben, was weiß ich? Dies jedoch«, er wies mit ausgestrecktem Arm und zitterndem Zeigefinger auf die Installation, »ist das Brautkleid meiner Frau.«

Nyström sah genauer hin. Das Kleid war alt, teilweise zerrissen, der Stoff, der offenbar irgendwann einmal weiß gewesen sein musste, war schmutzig und vergilbt. Auf Höhe der Brust war ein markanter dunkler Fleck, womöglich geronnenes Blut. Obwohl es derart mitgenommen aussah, erkannte Nyström, die früher selbst viel genäht hatte, dass es ein Brautkleid besonderer Machart war. Ein raffinierter Schnitt, ein synthetischer Stoff, wie er in den Siebzigerjahren gern benutzt worden war, dazu wenig, aber wirkungsvoll eingesetzte Spitze, markante Knöpfe aus schimmerndem Perlmutt.

»Verwechslung ausgeschlossen?«, fragte Forss.

Gustavssons Stimme bebte.

»Berit hat es bei einem Schneider in Stockholm in Auftrag gegeben. Ein Entwurf nach ihren eigenen Vorstellungen. Verwechslung ausgeschlossen.«

»Wann ist Berit denn gestorben?«, fragte Nyström.

Gustavsson ließ seinen Arm wieder sinken. Mit einem Mal schien alle Wut und Kraft verflogen.

»Das ist es ja gerade, ich weiß es nicht«, sagte er leise. »Niemand weiß das. Am Abend des 29. August 1971 ist sie während unseres Hochzeitsfests verschwunden. Danach wurde sie nie wieder gesehen.«

Die Kommissarinnen sahen sich an.

»Das ist beinahe fünfzig Jahre her«, stellte Nyström schließlich fest.

5

Stina Forss und Emma Herold befanden sich im Büro der Museumsleiterin. Gerahmte Poster zeugten von vergangenen Ausstellungen. Wie man so viel Getue um Glas machen konnte, war Forss ein Rätsel.

»Ergeben Gustavssons Worte in deinen Augen Sinn?«, fragte sie.

»Hmm.« Herold stand vor ihrem Schreibtisch über einen großformatigen Bildband gebeugt. Forss, die sich auf die Zehenspitzen stellen musste, um ihr über die Schulter zu sehen, versuchte die fotografische Abbildung von *Schneewittchen* mit der Erzählung des alten Manns in Einklang zu bringen. Es stimmte schon, auf der Abbildung schienen die Knochen tatsächlich aus Glas zu sein, auch wenn man das wegen der Lichtreflexionen des durchsichtigen Sargs nur erahnen konnte. »Das Kleid ist jedenfalls definitiv ein anderes, es ist in viel besserem Zustand und der auffällige Fleck ist tatsächlich an einer anderen Stelle. Verdammt, wie konnte das nur geschehen? Wieso ist mir das nicht aufgefallen? Bei solch einem berühmten Werk? Bei einer Versicherungssumme von zweieinhalb Millionen Kronen?«

»Bei vierhundert Exponaten und der unglaublich großen Verantwortung«, zitierte Forss Herolds eigene Ausführungen und gab sich Mühe, dabei nicht allzu sarkastisch zu klingen, »kann das schon mal passieren.«

Das Letzte, was sie gebrauchen konnte, war eine unter Umständen wichtige Zeugin, die sich in Selbstvorwürfen erging, anstatt nachzudenken und konstruktiv zu der Ermittlung beizutragen. Dennoch nahm sie zur Kenntnis, dass die junge Museumsleiterin offenbar nicht die Fachexpertise hatte, die man von einer Frau in ihrer Position erwarten konnte.

»Außerdem stimmen die Maße nicht überein«, stellte Herold fest, die den Ausstellungsführer neben den Bildband gelegt hatte. »Ich habe das Werk für unseren Katalog eigenhändig vermessen. Im Vergleich zu den Angaben aus diesem Fachbuch ist der Sarg, der unten steht, fünf Zentimeter zu kurz, drei zu hoch und sieben zu breit. Noch ein Fauxpas von mir.« Sie wirkte aufrichtig zerknirscht. »Es sind also nicht nur die Knochen ausgetauscht worden, sondern auch die gläserne Hülle.«

»Versuchen wir es doch einmal mit schlichter Logik«, sagte Forss. »Wenn dieses Glaskunstwerk die Leihgabe eines Sammlers ist, dann sehe ich eigentlich nur drei Möglichkeiten.«

»Edmund, er heißt Joseph Edmund«, schob Herold ein. »Er ist in den USA mit einer Textilreinigungskette reich geworden und hat sich seit mehr als zwei Jahrzehnten auf das Sammeln von Glaskunst spezialisiert. Wir haben insgesamt vier Exponate von ihm geliehen.«

»Also, entweder hat dieser Edmund absichtlich eine Abwandlung der ursprünglichen Arbeit geschickt, womöglich um Gunnar Gustavsson zu schockieren, zu ängstigen oder zu ärgern. Falls sich die beiden Männer nicht persönlich kennen und miteinander verfeindet sind, eine eher unwahrscheinliche Möglichkeit. Die zweite Variante wäre, dass Jan Hesenius beziehungsweise die Galerie, die ihn vertrat, Edmund eine Fälschung verkauft hat. Klingt für mich ebenfalls sehr zweifelhaft. Jemand, der im großen Stil berühmte Glaskunst sammelt, kennt sich doch aus und lässt sich nicht einfach übers Ohr hauen, vor allen Dingen nicht, wenn es dabei um Summen geht, wie du sie eben erwähnt hast.« Herold verzog bei den Worten geknickt den Mund. »Die dritte und wahrscheinlichste Variante«, fuhr Forss fort, »das Original wurde auf dem Weg von New York nach Växjö, oder vielleicht sogar hier im Museum ausgetauscht, und weder Hesenius noch Edmund haben mit der Sache etwas zu tun.«

»Hier vor Ort?« Herolds Stimme schnellte erneut um eine Oktave nach oben. »Unmöglich! Ich vertraue meinem Personal zu einhundert Prozent. Außerdem: Wie sollte das praktisch überhaupt vonstattengehen? Solch ein Objekt tauscht man nicht mal eben so aus. Der Sarg wiegt mehr als dreihundert Kilo, wir haben einen Gabelstapler benötigt, um ihn an Ort und Stelle zu bugsieren.«

Forss zuckte mit den schmalen Schultern.

»Wenn nicht hier, dann muss der Tausch eben woanders geschehen sein. Oder es gibt, wie gesagt, doch eine Verwicklung des Künstlers beziehungsweise Sammlers in die Sache. Auf jeden Fall brauche ich sämtliche Kontaktdaten, die Fracht- und Versicherungspapiere, die Zollunterlagen, den gesamten Papierkram, der *Schneewittchens* Reise über den Atlantik dokumentiert.«

»Natürlich«, nickte Herold beflissen und machte sich daran, den entsprechenden Aktenordner aus einem Regal zu suchen. Einen Augenblick später hielt sie in der Bewegung abrupt inne. Ihre Gesichtszüge entglitten. Entsetzt blickte sie Forss an. Offenbar war sie auf einen furchtbaren Gedanken gekommen.

»Wenn da unten in der Ausstellung tatsächlich eine Fälschung steht, wo um alles in der Welt befindet sich dann das Original?«

Das, dachte Forss, ist im Moment mein geringstes Problem.

6

Ingrid Nyström war es gelungen, Gunnar Gustavsson dazu zu bewegen, den Ausstellungsraum zu verlassen und ihn in das japanische Restaurant zu dirigieren. Die Atmosphäre in dem abgedunkelten Raum und der Anblick der makabren Installation hatte sie beklommen gemacht. Sie versuchte, den Kloß in ihrem Hals zu ignorieren, auch wenn das so gut wie unmöglich war. Doch hier und jetzt ging es nicht um ihre Befindlichkeit, sondern um kriminologische Arbeit. Wenn die seltsame Geschichte des alten Manns stimmte, war die ganze Sache nicht nur äußerst rätselhaft, sondern sie hatten es womöglich mit einem schweren Verbrechen zu tun. Während sie im *Izakaya Moshi* auf Gustavssons doppelten Espresso und dreifachen Cognac warteten, musterte Nyström ihr Gegenüber. Der Mann mochte körperlich eingeschränkt sein, aber geistig war er auf der Höhe. Er wirkte keinesfalls wie ein Spinner. Sie rief sich in Erinnerung, dass sie es mit dem Chef eines internationalen Konzerns zu tun hatte; der Gehstock, den sie zunächst als Zeichen von Altersschwäche gedeutet hatte, schien eher einer Beinverletzung als Gebrechlichkeit geschuldet. Oder war es nur die verschrobene Geste eines konservativen Patriarchen?

Nachdem die Getränke serviert worden waren, und Gustavsson sie hinuntergestürzt hatte, ließ Nyström dem Koffein und dem Alkohol einige Momente, um zu wirken. Es dauerte nicht lange. In Gustavssons Augen regte sich etwas.

»Wir müssen über deine Frau und die Hochzeitsfeier sprechen«, sagte sie schließlich, »auch wenn die damaligen Ereignisse eine halbe Ewigkeit zurückliegen.«

Gustavsson nickte entschlossen. Wenn er immer noch ein Problem damit hatte, einer Polizistin gegenüberzusitzen, dann ließ er es sich zumindest nicht mehr anmerken, im Gegenteil, er öffnete sich ihr mit einer unvermuteten Direktheit, womöglich das Wirken des Cognacs.

»Ich bin kein Mann, der um das Wesentliche herumredet.« Er räusperte sich. »Es begann natürlich mit Berit«, hob er an, und seine heisere Stimme bekam nun beinahe etwas Versonnenes. »Alles begann mit Berit. Das erste Mädchen, in das ich mich verliebte – und das letzte. Berit wuchs im Nachbardorf auf, wir waren gleichaltrig, gingen in dieselbe Klasse, sie kam wie ich aus einer sogenannten Glashüttenfamilie. Sie war der Punkt, auf den für mich alles hinauslief. Ihre Einfühlsamkeit, die Kreativität, das lebendige Lachen. Sie war nicht nur eine Schönheit, sondern auch eine Künstlerseele, das habe ich ganz früh gespürt, ein freier Geist, das passende Gegenstück zu meiner analytischen, zugegebenermaßen bisweilen unterkühlten Art. Das hat mich fasziniert und gleichzeitig wahrscheinlich auch eingeschüchtert, anders kann ich nicht erklären, warum ich so viele Jahre gebraucht habe, um ihr meine Gefühle zu offenbaren. Was für ein Glück, was für eine Erlösung, dass sie dasselbe für mich empfand! Wir waren achtzehn, als wir endlich ein Paar wurden, neunzehn, als wir uns verlobten, dabei wusste ich schon viele, viele Jahre, dass sie die Richtige, dass sie die Einzige für mich war. Eigentlich seit ich ein kleiner Junge war.« Er hielt für einen Moment inne, als würde ihn eine schöne Erinnerung streifen. »Dann ging alles schnell. Es war die Zeit, in der viele Glashütten miteinander fusionierten. Der Betrieb von Berits Eltern, die Thurstan-Hütte in Bytorp, ging in unserer Firma auf, ein wirtschaftlich sinnvoller und nach unserer Verlobung auch emotional schlüssiger Schritt. Zwei Jahre später legten wir das Hochzeitsdatum fest. In den August, denn das war Berits Lieblingsmonat. Auf einer Wiese in einem Birkenhain am Seeufer, denn das war Berits Lieblingsort. Es sollte ein rauschendes Fest werden, so haben wir uns das gewünscht, zwei Familien, die zusammenwuchsen, zwei Glashütten und zwei Dörfer, was damals beinahe noch identisch war. Die Gustavssons und die Thurstans, Rödahult und Bytorp. Das Wetter spielte mit, es war ein wunderbarer Spätsommertag.« Der alte Mann unterbrach sich, griff nach dem leeren Cognacschwenker und gab dem Kellner ein Zeichen. Seine Erzählung forderte Nachschub. Nachdem ihm ein neues Glas gebracht worden war, und er, diesmal langsamer, getrunken hatte, fuhr er fort. »Was soll ich sagen? An dieser Stelle endete das wunderbare Märchen von Berit und Gunnar auch schon wieder, stattdessen begann ein jahrzehntelanger Albtraum.« Er sah Nyström eindringlich an. »Aber der Reihe nach: Die Feier war in vollem Gang, die Tische bogen sich unter der Last des Essens, Bier und Schnaps flossen in Strömen, eine Band spielte zum Tanz auf, du kannst es dir vorstellen. Es gab mehr als zweihundert Gäste, die Stimmung war auf dem Höhepunkt. Der Abend war fortgeschritten, ich weiß es noch wie heute, als plötzlich ein böiger Wind aufkam, die Lampions in den Birken zu schaukeln begannen, und es kühler wurde. Nach den vielen Reden und traditionellen Liedern sollte es noch eine Art Spiel geben, ein ursprünglich österreichischer Hochzeitsbrauch, auf den Herbert bestanden hatte.«

»Herbert?«

»Er war so etwas wie Berits Adoptivbruder. Seine Eltern sind wie viele Facharbeiter Mitte der Sechzigerjahre aus dem deutschsprachigen Raum emigriert, um in den småländischen Hütten zu arbeiten. Herberts Vater war ein begabter Glasschleifer, tragischerweise ist er wenige Monate nach seiner Ankunft bei einem furchtbaren Arbeitsunfall – einer der Schmelzöfen ist explodiert – ums Leben gekommen. Seine Frau starb anderthalb Jahre später an einem Hirnschlag.

Zurück ließen sie einen dreizehnjährigen Jungen, Herbert. Damals haben sich die Hüttenbesitzer noch persönlich um ihre Belegschaft gekümmert, außerdem waren die Thurstans eine warmherzige, großzügige Familie, sie haben sich des Kleinen angenommen und ihn beinahe wie ihren eigenen Sohn großgezogen. Herbert war ein Jahr jünger als Berit, die beiden standen sich sehr nahe. Ich habe später viel über die Sache nachgedacht: Eigentlich muss Herbert noch zu jung gewesen sein, als er mit seiner Familie die Heimat verlassen hatte, um sich selbst an diesen merkwürdigen Brauch zu erinnern, aber es gab drei, vier ältere österreichische Landsleute in der Hütte, und ich vermute, dass sie ihm den Floh ins Ohr gesetzt haben.«

»Was für einen Floh?«

»Die Brautentführung.«

»Die Braut wurde entführt?«

»Natürlich nur spielerisch. Irgendwann während der Feier verschwinden der Trauzeuge oder ein enger Freund der Familie mit der Braut, und sie verstecken sich in einer Gastwirtschaft oder Kneipe in einem der Nachbardörfer. Der Bräutigam, manchmal auch gemeinsam mit einem Teil der Festgesellschaft, sucht die beiden und löst die Braut aus. Selbstverständlich wird dabei ordentlich gebechert. So oder so ähnlich handhabt man es in vielen Gegenden Österreichs und Teilen Süddeutschlands.«

»Für ihre Kneipendichte sind Rödahult und Bytorp nun nicht gerade bekannt.«

Ein flüchtiges Lächeln huschte über Gustavssons Gesicht.

»Wahrlich nicht. Man muss heute noch zwanzig Kilometer fahren, um abends spontan ein Bier trinken zu gehen, und damals war es noch viel trostloser. Aber auf die Trinkerei kam es Herbert auch gar nicht an. Der Spaß sollte vielmehr darin bestehen, dass er Berit auf eine der Inseln ruderte, die unweit des Ufers lagen, an dem wir feierten. Auf Österö hatten wir eine kleine Anglerhütte, in der sie warten würden, bis ich hinterhergepaddelt kam, um meine Braut symbolisch zu befreien. Wir sollten mit echtem Champagner anstoßen, damals bei uns auf dem Land eine Seltenheit, den Berits Vater von einer Geschäftsreise aus Frankreich mitgebracht hatte, ein Glas aus der Gustavsson-Produktion, eins aus der Thurstan-Hütte, um das Zusammenwachsen unserer Familien endgültig zu besiegeln. Im Grunde natürlich ein alberner Spaß, aber Herbert war derart Feuer und Flamme, dass wir uns seiner spontanen Idee nicht in den Weg stellen mochten. Ehrlich gesagt fand ich die ganze Aktion etwas übertrieben, auch ein wenig zu fremdländisch, und sie zwei Wochen vor der Hochzeit noch ins Festprogramm einzubauen, war ziemlich kurzfristig, aber ich habe gespürt, dass Berit Herbert nicht enttäuschen wollte, schließlich war er wie ein Bruder für sie, deshalb gab ich nach und willigte ein. So wurde Herberts sogenannte Brautentführung zu einem Bestandteil der Zeremonie, und ich glaube, die meisten Gäste fanden das Ganze ziemlich lustig, vor allem, weil meine Aufgabe darin bestand, in einem Kinderschlauchboot nach Österö hinauszupaddeln.«

Gustavsson leerte den Rest Cognac in einem Zug und winkte nach einem dritten Glas.

»Wie ich bereits erwähnte, hatte sich das Wetter im Laufe des Abends geändert. Ein böiger Wind war aufgekommen, die Temperatur war schlagartig gefallen. Eine Weile nachdem sich Berit und Herbert wie verabredet davongestohlen hatten, musste ich natürlich den Empörten spielen, unter dem rhythmischen Klatschen der johlenden Menge ans Ufer marschieren und in meinem feinen Anzug in dieses winzige Schlauchboot klettern. Die Leute hatten natürlich einen Riesenspaß. Der Juniorchef, der sich zum Affen machte, auch wenn mir das völlig egal war. Es war der Tag meines Lebens, ich war freudetrunken und auch sonst längst nicht mehr nüchtern. Ich war glücklich. Aber mit dem Spaß hatte es ziemlich bald ein Ende. Der See, der eine Stunde zuvor noch eine spiegelblanke Oberfläche gehabt hatte, war aufgewühlt, die Wellen schlugen in das kiellose Kinderboot, und die Strömung trug mich in die falsche Richtung. Ich musste wirklich kämpfen, um einigermaßen auf Kurs zu bleiben. Schon nach Minuten war ich schweißnass, meine Muskeln brannten. Die Leute am Ufer haben überhaupt nicht bemerkt, wie ernst die Situation war, oder sie hatten sich längst wieder zurück an die Tafel gesetzt oder weitergetanzt. Nach einer Dreiviertelstunde, die mir wie eine Ewigkeit vorkam, hatte ich Österö endlich erreicht. Bei ruhigem See und mit einem richtigen Ruderboot hätte ich vielleicht fünf Minuten für die Strecke gebraucht. Völlig erschöpft, von der Gischt klitschnass und durchfroren, bin ich auf die Insel gewankt.« Er nahm das neue Glas, das der Kellner gebracht hatte, ließ den Cognac kreisen und betrachtete das Getränk. »Finnische Produktion«, sagte er schließlich.

»Der Weinbrand?«, fragte Nyström verdutzt. Hieß Cognac nicht Cognac, weil er aus der gleichnamigen französischen Region kam? Genau wie Champagner?

»Das Glas!«, antwortete Gustavsson mit Nachdruck. »Im Schwedischen Glasmuseum werden die Getränke in finnischen Gläsern serviert.« Er schüttelte abschätzig den Kopf. »Aber zurück zu meiner Geschichte. Obwohl ich die Pointe ja bereits angedeutet habe.«

»Berit und Herbert waren nicht auf der Insel«, stellte Nyström fest.

»Nein«, sagte er, »das waren sie nicht. Weder auf Österö noch zurück auf dem Fest noch zu Hause noch sonst wo. Sie waren weg, spurlos verschwunden, wie vom Erdboden verschluckt. Siebenundvierzig Jahre habe ich nichts von Berit gehört. Keinen Hinweis, ob sie noch am Leben ist, keinen Beweis für ihren Tod. Dasselbe gilt für Herbert.«

»Was ist mit dem Ruderboot?«, fragte Nyström. Sie spürte, wie sich in ihr die Kriminalistin zu regen begann. »Ist das Boot geborgen worden?«

Gustavsson schüttelte den Kopf.

»Wie du dir denken kannst, habe ich Himmel und Hölle in Bewegung gesetzt, um Berit zu finden. Noch in der Nacht haben wir Suchtrupps organisiert, sind mit Motorbooten den See abgefahren, haben die anderen Inseln und das Ufer abgesucht. Wir sind durch die umliegenden Dörfer gefahren und haben Anwohner und Nachbarn befragt. Nichts. Niemand hatte etwas gesehen oder gehört.«

»Was ist mit Tauchern? War es nicht das Naheliegendste, dass die beiden gekentert sind? Du hast ja selbst eindringlich von den schwierigen Verhältnissen auf dem Wasser berichtet.«

»Natürlich kamen in den nächsten Tagen auch Taucher zum Einsatz, nur gefunden haben sie nichts. Der See ist siebzehn Quadratkilometer groß, hat mehr als vierzig Kilometer teilweise schwer zugängliche Ufer. Es war unmöglich, alles systematisch abzusuchen, außerdem darfst du nicht vergessen, dass die Ausrüstung damals viel primitiver war als heute. Kein Sonar, kein GPS. Mehr als zehn Jahre später sind Angler auf das Gerippe eines versunkenen Ruderboots gestoßen, aber was hieß das schon bei einem See dieser Größe? Es war nicht mehr zu rekonstruieren, ob es sich um das fragliche Boot gehandelt hat. Der See ist außerdem sehr tief. An manchen Stellen steigt die Wassertemperatur nicht mal im Sommer über vier oder fünf Grad. Ein Gerichtsmediziner hat mir später erklärt, dass Leichname, die in so kaltem Wasser landen, nicht zwangsläufig wieder auftauchen.«

Nyström nickte. Ihre Freundin, die Pathologin Ann-Vivika Kimsel, hatte ihr in den verschiedensten Zusammenhängen bereits ausführliche Vorträge über das Verhalten von Wasserleichen gehalten. Sehr niedrige Temperaturen verlangsamten die Verwesungsprozesse derart, dass es nicht zur ausreichenden Bildung von Fäulnisgasen kam, die für den Auftrieb verantwortlich waren.

»Die Theorie vom Kentern konnte also niemals ausgeschlossen werden?«, fragte sie.

»Bis ich heute Vormittag bei der verdammten Vernissage vor diesen Glassarg getreten bin und Berits Kleid erkannt habe, war es die einzige Erklärung, an die ich geglaubt habe«, sagte Gustavsson und trank den Rest seines Cognacs aus.

7

Stina Forss und Ingrid Nyström saßen sich im Büro der Hauptkommissarin am Schreibtisch gegenüber.

»Was denkst du über die ganze Sache?«, wollte Nyström wissen.

Forss betrachtete ihre Fingernägel, auf denen sich Reste von blauem Lack befanden. Es war dringend Zeit für eine sorgfältige Maniküre, vielleicht sollte sie es mal mit goldenem Nagellack versuchen?

»Auf jeden Fall eine schräge Story«, sagte sie und rückte ihre Augenklappe zurecht. »Und mit Sicherheit morgen in aller Munde. Herold zufolge waren auf der Vernissage drei oder vier Journalisten. Der alte Gustavsson hat sie nach seiner Entdeckung alle hochkant hinausgeworfen: die Bürgermeisterin, die anderen Mitglieder der Firmenleitung, den gesamten Familienclan, die Kulturszene der Stadt. Ein echter Eklat.«

»Edman wird begeistert sein«, sagte Nyström leise.

»Wenn es überhaupt ein Fall für uns ist, und nicht nur der geschmacklose Scherz eines Glaskünstlers oder New Yorker Kunstsammlers.«

»Wir benötigen als Erstes die alte Polizeiakte. Auf mich wirkte Gustavsson durchaus glaubhaft, seine Geschichte authentisch. Dennoch kann er sich natürlich irren, was das Kleid angeht. Siebenundvierzig Jahre sind eine lange Zeit. Und manchmal sehen die Leute, was sie sehen wollen. Was uns dagegen wirklich Aufschluss geben kann, sind die menschlichen Knochen, falls sie denn tatsächlich echt sind.«

»Die DNA nutzt uns nur, wenn wir einen Vergleich haben.«

»Gustavsson hat über all die Jahre den gesamten Besitz seiner Frau aufbewahrt.«

»Hinter dem kantigen Patriarchen alter Schule verbirgt sich also ein Romantiker.«

»Du wärst überrascht gewesen, wie offen er über seine Gefühle gesprochen hat.«

»Eine Blutprobe wäre ein Volltreffer. Aber warum sollte man so etwas verwahren? Dann eher schon ein Kamm mit ausgezupften Haaren, denn ohne Wurzel geben sie keine aussagekräftigen Informationen. Eine Haarlocke in einem Amulett würde uns also nicht weiterhelfen.«

»Danke für die Nachhilfe in Forensik«, entgegnete Nyström spitz. »Dass die Chancen klein sind, ist mir natürlich klar. Lass uns trotzdem die Daumen drücken. Das Spurensicherungsteam ist jedenfalls bereits zum Familiensitz ausgerückt. Außerdem schaffen sie die Installation aus dem Museum in die Untersuchungsräume, damit sich Ann-Vivika die Knochen genauer ansehen kann.«

»Ich hoffe, sie haben einen Gabelstapler parat«, murmelte Forss.

»Alles Weitere besprechen wir morgen früh im Team. Könntest du bis dahin die alte Fallakte auftreiben und sichten? *Berit Gustavsson* und *Herbert Moosbrugger.*«

»Aye, Sir«, antwortete Forss. Das bedeutete viele Stunden Extraarbeit. Andererseits: Was sollte sie sonst mit dem Samstagabend anfangen? Außer sich wieder ihren Gin Tonics zu widmen, fiel ihr da nicht viel ein. Trotzdem wartete sie auf ein kleines »Danke«, vielleicht auch nur, weil Nyström im Allgemeinen ein höflicher Mensch war.

Aber da kam nichts.

Und Forss wusste genau, warum.

Sie lächelte schmal, stand auf und verließ ohne ein weiteres Wort das Büro.

Bytorp 1968

Meine Güte, was habe ich gestern getanzt, lange und wild, meine Füße glühen jetzt noch! Klar, die Bowle hatte es ganz schön in sich, dazu der Wodka, den Maja auf der Toilette versteckt hatte. Ich habe mich wahrscheinlich ganz schön zum Affen gemacht. Barfuß auf dem Tisch zu tanzen! Aber es hat sich so gut angefühlt, frei und unbeschwert. Das Abitur feiert man schließlich nur einmal im Leben! Und frei, das bin ich jetzt wohl tatsächlich. Nie wieder in dieses intellektuelle Gefängnis zurückzumüssen, nie wieder vor Rektor Abrahamsson zu kuschen, und vor allem: nie wieder französische Verbformen zu pauken, was sind das für formidable Aussichten! Ich glaube, die einzige Person des ganzen Lehrkörpers, die ich vermissen werde, ist Fräulein Clarin. Sie ist vielleicht selbst nicht die größte Künstlerin auf Erden, aber ohne sie wären mein Zeichenstil und meine Aquarellmalerei nicht auf dem Stand, auf dem sie heute sind. Kunstgeschichtlich hat sie sich nach meinem Geschmack immer viel zu sehr ans 19. Jahrhundert geklammert, an ihren Monet und Manet und ihren ach so geliebten Anders Zorn, als wäre alles wirklich Spannende nicht viel später passiert, aber die Moderne konnte ich zum Glück in der Bibliothek auf eigene Faust nacharbeiten, auch wenn ich da sicherlich noch etliche Lücken habe, was auf der Kunsthochschule hoffentlich nicht allzu sehr auffallen wird. Falls sie mich denn annehmen, was ja längst keine ausgemachte Sache ist. Wenn ich mir vorstelle, wie dort die ganzen perfekten Bewerbungen der Stockholmer Bohème-Jugend eintrudeln, die ihre Privatkunstlehrer haben und bedeutende Museen vor der Nase, in die sie jeden Tag hineinspazieren und die Großen im Original studieren können, wird mir ganz mau im Magen.

Habe ich überhaupt eine echte Chance? Sicher, Fräulein Clarin hat mich unterstützt und immer wieder ermutigt, aber ehrlich gesagt, ist sie letzten Endes auch nur eine provinzielle Lehrerin an einem provinziellen Gymnasium, die eine provinzielle Schülerin – meine Wenigkeit – stark redet, da kann sie ihre »Pariser Jahre«, von denen ich mir mittlerweile gar nicht mehr sicher bin, ob es die überhaupt jemals gegeben hat, noch so sehr betonen. Nun, wir werden sehen. Was bleibt mir auch anderes übrig, als auf meine Fertigkeiten zu vertrauen, an mich zu glauben und das Beste zu hoffen?

Bis ich Bescheid erhalte, werden jedenfalls noch Wochen ins Land gehen. Ich denke, die meiste Zeit werde ich in der Glashütte verbringen, auch wenn Papa das nicht gern sieht, jedenfalls tut er immer so. Herbert hat mich vor langer Zeit schon auf eine Idee gebracht. Er macht manchmal in seinen Arbeitspausen diese Dinge aus Glas; Tiere, Pflanzen, alles Mögliche. Ich will nicht behaupten, dass es Kunst ist, auch wenn seine Figuren hübsch anzusehen sind, aber möglicherweise könnte man auf diese Weise Kunst fabrizieren. Glaskunst, sozusagen. Fräulein Clarin würde die Hände über den Kopf zusammenschlagen, Papa würde den Kopf schütteln, und mein fleißiges Brüderlein würde mich wahrscheinlich entsetzt anstarren. Warum ist Petter nur immer so verbissen und ernst, der Kleine? Jedenfalls habe ich mir vorgenommen, mit dem Material zu experimentieren. Abstraktion in der Form, dazu viel Farbe. Kandinsky in Glas. Wie anmaßend das klingt, hi, hi. Papa wird sicherlich über die Kosten schimpfen, aber ich weiß natürlich, dass er es mir am Ende nicht abschlagen kann. Das kann er nie, der Süße. Und wer weiß, wohin es führt? Wenn sie in Stockholm in diesem Jahr meine Mappe ablehnen, weil sie die braven Stillleben und biederen Landschaftsaquarelle satt sind, versuche ich es halt erneut. Mit einer Kiste gegenstandsloser Glasgegenstände. Ein Widerspruch in sich, nicht wahr? So etwas haben sie selbst dort noch nicht gesehen, da bin ich mir sicher. Ha, vielleicht hat meine småländische Provinzialität am Ende doch etwas Gutes!

Und »gut« ist das richtige Stichwort. Das Beste, liebes Tagebuch, habe ich mir nämlich für den Schluss aufgespart. »Le meilleur vient à la fin«, wie Fräulein Clarin sagen würde, ja, ja, die Pariser Jahre. Gestern Abend hat er mich endlich geküsst! Nachdem er jahrelang dafür Anlauf genommen hatte, fürchte ich. Es war, nun ja, seltsam. Er gibt sich immer so steif. Ist das auf eine sympathisch britische Weise »gentlemanlike«, oder ist er im Grunde seines Herzens ein Spießer? Diese Anzüge, die er trägt, sind die verschroben oder einfach nur fürchterlich konservativ? Oder beides gleichzeitig? Politisch und kulturell wirkt er altbacken auf mich, aber er ist klug, denkt schnell und kann Dinge pointiert benennen. Ich mag diese Dialoge mit ihm, geistiges Pingpong, es fordert mich heraus. Nach dem Kuss war ich bereit weiterzugehen, aber das ging ihm offenbar zu schnell! Habe ich ihn damit verschreckt? Wohl kaum, er schmachtet mich seit Ewigkeiten an. Wie ein verliebter Hund, sagt Maja immer. Aber ich will ihm nicht vorschnell Unrecht tun. Warten wir ab, wie sich die Dinge entwickeln. Der Sommer ist lang, und mit Petters Moped sind es bis nach Rödahult nur gut fünfzehn Minuten, auch wenn mein Bruderherz es mir nie freiwillig leihen würde, eher würde er sich ein Bein abhacken, als das gute Stück auszuborgen. Wie gut, dass ich weiß, wo er den Schlüssel verwahrt. (In der Nachttischschublade neben den Unterwäschekatalogen, wie originell!!) Entwendete Mopeds, nächtliche Besuche, Leitern, die an Fenstern lehnen, Geflüster im Dunkeln, zwei konkurrierende Familien, doch, doch, die Vorstellung hat etwas. Romeo und Julia im Glasreich?

SONNTAG

1

Ingrid Nyström sah in die Runde. Es war später Vormittag, die Sonne warf einen Lichtteppich durch das Panoramafenster des Besprechungszimmers. Ein nahezu perfekter Hochsommertag. Als hätte es das heftige Gewitter des Vortags nie gegeben. Um den großen, ovalen Tisch versammelt saßen Stina Forss, Hugo Delgado, die Pathologin Ann-Vivika Kimsel und Bo Örkenrud, der Chef der Spurensicherung. Da Wochenende war und noch völlig offen, in welche Richtung sich der Vorfall vom Vortag entwickeln würde, hatte Nyström auf die Anwesenheit der beiden anderen Teammitglieder, Lasse Knutsson und Anette Hultin, verzichtet – im Gegensatz zu Forss und Delgado hatten die beiden Kollegen ein Familienleben.

»Wer macht den Anfang?«, fragte sie.

»Mir ist bei der ersten Untersuchung einiges aufgefallen«, begann Kimsel. Nyströms gleichaltrige Freundin war wie immer elegant gekleidet, sie schien jedoch irgendetwas an ihrer Haarfarbe geändert zu haben, jedenfalls passte der ungewohnte violette Schimmer ihres gestuften Pagenschnitts perfekt zum Farbton ihrer Bluse. »Fest steht, dass es sich um ein menschliches Skelett handelt, der Anatomie zufolge um ein weibliches. Meiner vorläufigen Schätzung nach kann es durchaus dreißig, vierzig Jahre oder sogar noch älter sein. Es stammt von einer jungen Frau, anhand der Ausbildung der Beckenknochen und des Schambeins können wir davon ausgehen, dass die Pubertät zum Todeszeitpunkt abgeschlossen war, aber noch kein Kind zur Welt gebracht wurde. Ich würde auf ein Alter von zwanzig bis dreißig Jahren tippen. Zudem bin ich mir anhand der Färbung und Konsistenz der Knochen sicher, dass sie nicht von einer Wasserleiche stammen, zumindest nicht von einem Leichnam, der über einen längeren Zeitraum im Wasser war, wobei ich wohlgemerkt von Jahren oder Jahrzehnten spreche. Aber meine Untersuchungsmöglichkeiten hier sind begrenzt, Genaueres muss das kriminaltechnische Labor in Linköping feststellen.«

»Danke, Ann-Vivika«, sagte Nyström, »das sind durchweg Indizien, die zu Gustavssons Geschichte passen. Es könnte sich also tatsächlich um seine Berit handeln.«

»Dies hier«, sagte Örkenrud und hielt einen durchsichtigen Plastikbeutel hoch, »könnte uns endgültig Gewissheit verschaffen.«

»Ein Zahn?«, fragte Delgado.

»Ein Weisheitszahn«, lächelte Örkenrud, »ein richtiges Prachtexemplar, wunderbar erhalten. Der war in einer leeren Streichholzschachtel verwahrt. Auf einem klein gefalteten Zettelchen ist sogar ein passendes Gedicht notiert:

Der sogenannte Weisheitszahn,
Zwar als der letzte kommt er an,
Doch immer früh genug.
Der Name scheint mir Trug.
Der Weisheit kleine Portion,
Wozu es bringt der Erdensohn,
Sie wird mit Schmerzen erst geboren.«

»Reizend«, sagte Nyström.

»Nicht wahr? Dazu ist sogar festgehalten, wann er offenbar gezogen worden ist. Am 22. Dezember 1965.«

»Aua, ein Weihnachtsfest mit dicker Backe«, kommentierte Delgado.

»Und der gehörte mit Sicherheit Berit?«, fragte Nyström.

»Er war auf jeden Fall unter den Sachen, die der alte Gustavsson von ihr verwahrt hatte. Ein ganzer Raum voller Kisten und Schränke. Es wirkte wie eine Mischung aus Flohmarkt, Sechzigerjahre-Museum und Erinnerungsschrein, beinahe ein wenig unheimlich. Als hätte er sich emotional nie von ihr lösen können. Dabei war sie zum Zeitpunkt der Hochzeit noch nicht einmal offiziell bei ihm eingezogen. Nach ihrem Verschwinden hat er ihren gesamten Besitz zu sich schaffen lassen. Wenn Kinder sterben, dann konservieren Eltern deren Zimmer oft jahrzehntelang in dem ursprünglichen Zustand – daran hat mich dieser Raum erinnert. Nur, dass er sich eben nicht bei den Thurstans befand, sondern bei Gunnar Gustavsson. Kleidung, Schmuck, sogar eine Truhe mit Spielzeug war dort zu finden. Es hat Stunden gedauert, das alles zu sichten, dabei waren wir zu viert. Die Streichholzschachtel mit dem Zahn befand sich in einer Spieluhr. Ihr wisst schon, diese Dinger, in denen sich zu einer Melodie eine Ballerina dreht, wenn man sie öffnet. Die Handschrift, in der das Gedicht verfasst ist, passt zu der von Berits sonstigen Unterlagen. Alte Schulhefte, Aufsätze, banales Zeug. Es wirkte so, als habe Gustavsson tatsächlich alles aufgehoben, was seine junge Braut je besessen hat.«

»Bei ihrem mutmaßlichen Zahnarztbesuch war sie vierzehn Jahre alt«, rechnete Forss. »Wenn wir an ihre alten Patientenakten kommen, könnten wir anhand des Datums überprüfen, ob der Weisheitszahn wirklich von ihr stammt.«

»Ich kümmere mich darum«, sagte Delgado.

»Mit etwas Glück sind jedenfalls die Reste der Pulpa im Nervenkanal noch gut genug erhalten, um aussagekräftiges DNA-Material zu gewinnen«, fügte Örkenrud an. »Es gibt da eine Methode, die nennt sich Kaltvermahlung …«

»Weisheitszahn, da klingelt etwas«, unterbrach ihn Kimsel und blätterte in ihren Unterlagen. »In der Tat: Dem linken Unterkiefer des Totenschädels wurde der *Dens serotinus* entfernt. Das würde also zusammenpassen.«

»Das gesamte Material muss umgehend nach Linköping«, befand Nyström.

»Der Fleck auf dem Hochzeitskleid«, fügte Örkenrud an, »besteht übrigens wirklich aus Blut. Ob es allerdings noch verwertbare DNA-Frequenzen enthält, ist äußerst fraglich, da es über so viele Jahre allen möglichen Umwelteinflüssen ausgesetzt war. Aber einen Versuch ist es natürlich wert.«

»Auch wenn es ein paar Tage dauern kann, bis wir die Ergebnisse bekommen«, sagte Nyström, »reicht das, was wir haben, meiner Meinung nach aus, um eine belastbare Arbeitshypothese zu formulieren. Das Kleid, die Knochen, der Zahn, bisher scheint alles darauf hinzudeuten, dass Gunnar Gustavsson recht hat, und sich in dem Glassarg tatsächlich die sterblichen Überreste seiner Frau befinden.«

»Die von ihr signierten Entwurfsskizzen für das Hochzeitskleid haben wir auch sichergestellt. Sie war eine begabte Zeichnerin, soweit ich das beurteilen kann«, sagte Örkenrud.

»Eine Künstlerseele«, murmelte Nyström.

Örkenrud fuhr fort: »Das hier könnte unter Umständen auch hilfreich für uns sein.« Er legte eine Art Broschüre aus Büttenpapier auf den Tisch. »Dies ist das Festprogramm, das für die Hochzeit gedruckt wurde. Darin steht nicht nur der genaue Ablauf der Feier mit allen Liedern, Tänzen und Reden, sondern auch eine Auflistung aller Gäste samt Sitzordnung und biografischer Kurzangaben.«

Nyström nahm das Heftchen in die Hand. Auf dem Umschlag war ein Motiv des Malers Marc Chagall abgebildet.

»Solche Festprogramme für Hochzeiten waren eine Zeit lang außer Mode, aber sind seit einigen Jahren wieder im Kommen«, sagte sie.

»Das muss man sich mal vorstellen«, sagte Delgado kopfschüttelnd, »da verschwindet deine Braut spurlos während eines albernen Brauchs auf der Hochzeit, und fast fünfzig Jahre später taucht ihr Skelett in einer Ausstellung auf.«

»Womit wir uns der entscheidenden Frage nähern«, sagte Nyström. »Womit haben wir es hier zu tun? Einer Entführung? Einem Mord oder anderem Gewaltverbrechen?«

»Da wäre zunächst der Blutfleck auf dem Kleid«, überlegte Örkenrud. »Der könnte von einer tödlichen Verletzung stammen, zum Beispiel von einem Messerstich oder gar einer Schusswunde.«

»Das Skelett zeigt im entsprechenden Bereich keine derartigen Spuren«, sagte Kimsel. »Aber das muss nichts heißen. Natürlich kann man jemandem ins Herz stechen oder die Lunge punktieren, ohne dabei Knochen zu schädigen.«

»Ein Gewaltverbrechen wäre immerhin eine plausible Begründung für Berits plötzliches Verschwinden, nun, wo die These des gekenterten Boots und der ertrunkenen Insassen fraglicher geworden zu sein scheint«, sagte Nyström. »Zumindest war der Leichnam nicht die vergangenen fünfzig

Jahre in irgendwelchen Untiefen des Sees verschollen, wie Ann-Vivika festgestellt hat, ansonsten wäre auch das Kleid kaum in diesem relativ guten Zustand.«

»Womit wir zwangsläufig zu Herbert kommen«, stellte Delgado fest. »Was für eine Rolle spielt er in der Geschichte? Ist er Berits Mörder? Und wenn ja, warum lässt er die Tote verschwinden, um sie dann ein halbes Jahrhundert später an Gustavsson zurückzuschicken?«

»Was haben denn die damaligen polizeilichen Untersuchungen ergeben?«, fragte Nyström und blickte dabei Forss an, die bisher auffällig still geblieben war. Die Deutschschwedin trank einen Schluck aus einem Wasserglas, bevor sie antwortete.

»Auf den ersten Blick bargen die Ermittlungsunterlagen zwei Überraschungen. Erstens: Die gesamte Akte umfasst gerade einmal vierzehn maschinengeschriebene Seiten. Angesichts des Tatbestands vom spurlosen Verschwinden zweier Menschen und gemessen an heutigen Maßstäben ist das natürlich alles andere als eine umfassende Untersuchung. Eine Vermisstenanzeige, eine grobe Beschreibung des Sachverhalts, knappe Zeugenaussagen. Das war's dann mehr oder weniger auch schon.«

»Da produziert ja heute beinahe jeder Fahrraddiebstahl mehr Papierkram«, kommentierte Delgado.

»Zweitens: Die Vermisstenanzeige wurde am 6. September 1971 gestellt, also erst eine Woche nach den dramatischen Geschehnissen, und zwar nicht von Gunnar Gustavsson, wie man vielleicht erwarten könnte, sondern von Berits Mutter.«

»Eine ganze Woche später?« Nyström war verdutzt. »Ergeben sich aus der Akte irgendwelche Anhaltspunkte, die dieses Zögern erklären?«

»Man braucht noch nicht einmal zwischen den Zeilen

zu lesen, um eine ganze Menge zu erfahren. Ich will nichts dramatisieren, aber Gustavssons rührende Liebesgeschichte von der Vermählung zweier Menschen, zweier Glashütten, zweier Dörfer ist, nun ja, ein sehr persönliches Narrativ, aber bei Weitem nicht das einzige.«

»Was willst du damit andeuten?«, fragte Nyström.

»Das harmonische Bild, das er zeichnet, hat Risse.« Forss beugte sich über die Unterlagen. »Nur einige Beispiele. Zitat Maria Gustavsson, Gunnars Mutter: *Es gab gewisse Gerüchte, Berit und Herbert betreffend, aber mein Sohn hat das immer ignoriert.* Zitat Petter Thurstan, Berits jüngerer Bruder: *Was Männer anging, hatte es meine Schwester faustdick hinter den Ohren.* Zitat Elvira Öman, eine nahe Freundin Berits: *Sie hatte ihre Geheimnisse.* Noch mal Petter Thurstan: *Die Firmenfusion mit den Gustavssons wird für unsere Familie in einem wirtschaftlichen Desaster enden.* Zitat Bengt-Ivar Gustavsson, Gunnars jüngerer Bruder: *Ich traue diesem Herbert keinen Meter über den Weg.*« Forss rückte ihre Augenklappe zurecht. »Und das waren allein meine fünf Lieblingszitate.«

»Diese Anspielungen deuten beinahe alle in dieselbe Richtung«, stellte Kimsel fest.

»Eine Affäre zwischen Berit und Herbert?«, fragte Nyström.

»Womöglich sind die beiden miteinander durchgebrannt«, brachte Örkenrud es auf den Punkt. »Wäre nicht das erste Mal, dass so etwas vorkommt. Vielleicht haben sie sogar eine Zeit lang irgendwo miteinander gelebt, in Österreich oder sonst wo. Solange der Todeszeitpunkt nicht genauer bestimmt ist, wissen wir im Grunde gar nichts. Wenn ich Ann-Vivika richtig verstanden habe, kann Berit nach ihrem Verschwinden noch zehn oder zwanzig Jahre weitergelebt haben – vorausgesetzt, es handelt sich bei dem skelettierten Leichnam überhaupt um sie.«

»Und selbst das ist nur ein grober Schätzwert«, fügte Kimsel an. »Wenn damals tatsächlich alle geglaubt haben, dass sich Berit und Herbert gemeinsam auf und davon gemacht haben, und Gunnar als der frischvermählte und zugleich gehörnte Ehemann zurückgeblieben ist, würde es vielleicht erklären, warum niemand früher zur Polizei gegangen und warum offenbar nie ernsthaft ermittelt worden ist. Anders sind die vierzehn mickrigen Aktenseiten doch kaum zu erklären.«

»Aber was ist mit dem Blut auf dem Hochzeitskleid?«, fragte Nyström mit Zweifel in der Stimme.

»Wir wissen ja noch nicht mal, ob es von ihr stammt«, antwortete Forss. »Und selbst wenn, muss es weder heißen, dass es die Folge einer tödlichen Verletzung ist, noch dass der Blutfleck an dem besagten Abend auf das Kleid gekommen ist.«

»Puh!«, sagte Delgado. »Merkt ihr etwas? Es gibt unglaublich viele Variablen in dieser Geschichte. Wie eine mathematische Gleichung, die nur aus Unbekannten besteht. Was wir dagegen brauchen, sind Axiome.«

»Was?«, fragte Nyström.

»Feste Anhaltspunkte«, erklärte Kimsel, »unverrückbare Grundsätze.«

»Fakten«, stellte Forss fest.

2

Axiome also. Hugo Delgado öffnete einen Energydrink. Konkret hatte er zwei Aufträge. Zum einen sollte er die Firmengeschichte des *Gustavssons*-Konzerns genauer unter die Lupe nehmen, zum anderen ging es darum, die Herkunft der gefälschten Installation zu untersuchen, also Kontakt mit dem Künstler und dem amerikanischen Sammler aufzunehmen, sowie den Transportweg des geliehenen Werks zu rekonstruieren. Delgado entschied sich, mit Letzterem zu beginnen. Jan Hesenius erreichte er auf Anhieb telefonisch. Der Künstler hatte ein Atelier auf der Insel Öland und wirkte im Gespräch höflich, interessiert und kooperativ. Er bestätigte, dass er *Schneewittchen* zusammen mit einer Reihe anderer Glaskunstwerke Anfang der Achtzigerjahre im Auftrag von *Gustavssons* in den Produktionshallen in Rödahult gefertigt hätte. Im Gegensatz zu seinen anderen Arbeiten habe dem Firmenchef die Installation aus Glassarg, Glasskelett, Kleid und Neonröhren jedoch so wenig gefallen, dass er sie nicht annehmen wollte und Hesenius überlassen habe, eine generöse Geste, da der Künstler für seine Arbeiten bereits gut bezahlt worden sei. So habe er *Schneewittchen* zunächst einmal behalten, bis der Kunstmarkt für Glas und auch sein Stellenwert als Künstler gewachsen waren, und ihm sein Galerist zu einem Verkauf geraten hatte. Für 80 000 Dollar sei *Schneewittchen* Ende der Neunzigerjahre an Joseph Edmund verkauft worden, ein Privatsammler, der in der Glaskunstszene bekannt und beliebt war, nicht zuletzt, weil er seine erworbenen Exponate gern für Ausstellungen zur Verfügung stellte. Hesenius sei sehr stolz, dass *Schneewittchen* im *Museum of Glass* in Seattle und sogar einmal im Rahmen einer Sammelausstellung im *Guggenheim* in New York gezeigt worden sei. Auch die Ausleihe durch das Glasmuseum zur 250-jährigen Firmengeschichte *Gustavssons* habe ihn gefreut, vor allem, da auf diesem Weg das Werk doch noch einmal zu seinem ursprünglichen Auftraggeber zurückgefunden habe, und Gunnar Gustavsson im Laufe der Zeit offenbar mit der zugegebenermaßen recht provokativen Installation seinen Frieden gemacht habe.

Frieden?, dachte Delgado und berichtete von dem Eklat während der Vernissage am Vortag. Hesenius zeigte sich bestürzt. Er hatte von dem Vorfall nichts mitbekommen. Eigentlich habe er erwogen, auf Gustavssons Einladung hin an der Ausstellungseröffnung teilzunehmen, habe sich jedoch aus gesundheitlichen Gründen nicht dazu in der Lage gefühlt: wieder einmal die vermaledeite Hüfte. Bevor sich sein Gesprächspartner in medizinischen Details seiner Beschwerden verlieren konnte, beendete Delgado das Gespräch. Er hatte keinen Anhaltspunkt, den Aussagen des Künstlers zu misstrauen. Wenn *Schneewittchen* nach seinem Verkauf bereits mehrmals ausgestellt worden war, musste man davon ausgehen können, dass Edmund damals von Hesenius das Originalwerk erworben hatte. Das Kuratorium des weltberühmten *Guggenheim* arbeitete mit Sicherheit akribischer als eine relativ unerfahrene Museumsleiterin in Växjö. Dem Sekretariat Joseph Edmunds schrieb Delgado eine E-Mail, um ein Telefonat zu vereinbaren, dann sah er sich die Transportunterlagen, Zoll- und Versicherungspapiere des Kunstwerks an. Er war kein Experte für solche Transporte und auf alles vorbereitet, dennoch war er überrascht, wie umfangreich die Dokumente waren, eine Einsicht, die sich relativierte, als er die Versicherungssumme sah. Mit zweieinhalb Millionen Kronen hatte sich der Wert der Investition Edmunds im Laufe der Jahre etwa verdreifacht. Er stieß einen anerkennenden Pfiff aus, das war kein schlechter Schnitt!

Etwas Spannendes fand er in den Papieren des Logistikunternehmens. Der Container, in dem *Schneewittchen* und die drei anderen Leihgaben des Sammlers von New York nach Växjö gebracht worden waren, war mit einem auf GPS-Technik beruhenden System namens *Track and Trace* ausgestattet, was eine weltweite Positionsbestimmung der Fracht jederzeit möglich machte. Delgado öffnete die Website des Unternehmens und tippte die entsprechenden Zugangsdaten in den Rechner. Auf Knopfdruck ließ sich die gesamte Transportroute mitsamt allen Aufenthaltszeiten darstellen. Fasziniert klickte er sich durch die einzelnen Stationen der Route.

Am 15. Juni um 10.30 Uhr Ortszeit waren die vier Leihgaben in Danbury, nördlich von New York, aus einem gesicherten Lagerhaus in einen Container geladen worden. Von dort ging es per Lkw in den Hafen New York / New Jersey, dem größten Warenumschlagsplatz der US-amerikanischen Ostküste, wo die Fracht vier Tage auf die Abfertigung durch den Zoll wartete, bis sie am 19. Juni um 19.24 Uhr auf das Containerschiff einer dänischen Großreederei verladen wurde, das am 20. Juni um 0.06 Uhr ablegte. Die Überfahrt nach Rotterdam dauerte fünf Tage, bis das Schiff am 25. Juni in dem niederländischen Tiefwasserhafen anlegte. Um 17.35 Uhr wurde es als Teil der Ladung gelöscht, einen Tag später ging es um 8.33 Uhr durch den Zoll. Daraufhin wurde der Container um 9.55 Uhr auf einen Güterzug geladen, der Rotterdam um 11.21 Uhr verließ und über Amsterdam nach Deutschland fuhr. Via Osnabrück und Bremen nach Bremerhaven, das um 17.12 Uhr erreicht wurde. Um 17.48 Uhr wurde die Ladung in das örtliche Containerterminal überführt, wo es etwas mehr als 17 Stunden auf die Verfrachtung auf das norwegische Küstenmotorschiff *Rune* wartete, das Bremerhaven am 27. Juni verließ und durch den Nord-Ostsee-Kanal Kurs auf Malmö nahm, in dessen Hafen das Schiff am 28. Juni um 05.56 Uhr einlief. Um 10.17 Uhr wurde der Container auf einen Lkw umgeladen, der das Museumsgelände in Växjö um 17.24 Uhr erreichte. Delgado stutzte. Ob die anderen Transport- beziehungsweise Wartezeiten branchenüblich waren, konnte er nicht beurteilen. Aber gute sechs Stunden für die Strecke Malmö-Växjö? Normalerweise brauchte man mit dem Auto zweieinhalb bis drei Stunden. Wenn man in den Berufsverkehr um Malmö geriet, vielleicht dreieinhalb. Berücksichtigte man das Tempolimit von Lastkraftwagen, kam man womöglich auf knapp vier Stunden, das war allerdings auch schon äußerst großzügig gerechnet. Aber mehr als sechs? Er klickte auf die rote Linie der grafischen Streckendarstellung. Jede Stelle des Streckenabschnitts, den er mit der Maus ansteuerte, zeigte ihm eine Uhrzeit an. 10.51 Uhr Lund. 11.28 Uhr Höör. 12.02 Uhr Hässleholm. 15.48 Uhr Osby.

15.48 Uhr?

Annähernd vier Stunden für die Strecke zwischen Hässleholm und Osby? Das waren gerade einmal dreißig Kilometer. Delgado klickte die kurze rote Linie auf der digitalen Karte millimeterweise ab. Etwa zehn Kilometer nordöstlich von Hässleholm wurde er fündig. Nicht weit von der Stelle, wo die L23 das Flüsschen Fjärlöv überquerte, hatte der Lkw haltgemacht. Von 12.16 Uhr bis 15.24 Uhr. Drei Stunden und acht Minuten. Sicher, dafür konnte es eine ganze Reihe plausibler Erklärungen geben. Eine Reifenpanne. Einen Wildunfall. Eine Migräneattacke oder die längste Pinkelpause der Welt. Dennoch war es in Delgados Augen eine Auffälligkeit. Er suchte in den Unterlagen nach den Kontaktdaten der Spedition und griff zum Telefonhörer.

3

Den größten Teil der etwa dreiviertelstündigen Fahrt saßen Stina Forss und Ingrid Nyström schweigend nebeneinander. Nyström hatte die Klimaanlage aufs Maximum gestellt. Die eisige Luft war auf derart plakative Weise sinnbildlich für die momentane Atmosphäre zwischen ihnen, dass man beinahe schon wieder darüber lachen könnte, dachte Forss fröstelnd, und bemühte sich, die grauenhaften Schlager mit Gleichmut zu ertragen, die viel zu laut aus den Boxen des Autoradios schepperten. Dennoch war sie froh, dass sie in Nyströms Kleinwagen saßen, statt in ihrem antiquierten BMW; dem Auto, in dem Healey erschossen worden war.

Rödahult lag etwa sechzig Kilometer östlich von Växjö, im sogenannten Glasreich, dessen Zentrum die Ortschaft und gleichnamige Fabrik Kosta bildete. Sie war Teil der *Orrefors-Kosta-Boda*-Gruppe, einem Zusammenschluss mehrerer Glasmanufakturen, deren Bedeutung und Bekanntheit selbst einen erfolgreichen Konzern wie *Gustavssons* noch überstrahlte. Kosta stellte mit seinem riesigen Outlet-Center, einer dauerhaften Glaskunstausstellung, einer architektonisch eindrucksvollen Hotelanlage sowie einem Elchpark den touristischen Magneten der Region, während Rödahult auf Forss einen ziemlich heruntergekommenen Eindruck machte. Der Dorfkern, wenn man ihn denn überhaupt so nennen mochte, bestand aus gut zwei Dutzend Häusern, die schon bessere Zeiten gesehen hatten, einer Bushaltestelle und einem Briefkasten. Mehr Infrastruktur konnte Forss nicht ausmachen. Keinen Supermarkt, keine Schule, noch nicht einmal einen Straßenimbiss oder eine Tankstelle. Einige Hundert Meter weiter lag die Glashütte, ein unspektakulärer Zweckbau aus dem vergangenen Jahrhundert, markant war allein der hohe, geziegelte Schornstein. Ein halb gefüllter Besucherparkplatz, eine Verkaufsboutique, ein Schild, das auf Führungen hinwies. Nyström bog auf den Parkplatz ein und stellte den Wagen ab. Forss öffnete die Beifahrertür und stieg aus dem unterkühlten Wagen hinaus in die Juliwärme.

»Das hatte ich mir imposanter vorgestellt«, sagte sie in dem Bemühen, das unangenehme Schweigen zu brechen.

Mehr als ein vages Murmeln ließ Nyström sich nicht entlocken.

In der Glasboutique wiesen sie sich aus und fragten nach Gunnar Gustavsson.

Die Verkäuferin beschrieb ihnen den Weg, der Familiensitz lag auf der anderen Seite des Industriegebäudes. Sie umrundeten die Werkshalle. Auf der anderen Seite bot sich ihnen ein völlig neues Bild. Am Ende einer alleeartigen Zufahrt, die durch einen gepflegten Park führte, lag auf einem Hügel eine Villa aus dem 19. Jahrhundert. Zum ersten Mal nahm Forss die *grandezza* wahr, die sie aufgrund von Emma Herolds huldigenden Worten mit dem Namen des Traditionsunternehmens verknüpft hatte. Sie schritten zwischen Eichen und Buchen die Anhöhe hinauf, Kies knirschte unter ihren Schuhen. Die lang gezogene Auffahrt mündete in einem Rondell, in dessen Mitte eine abstrakte Glasskulptur auf einem Sockel thronte. Vor ihnen lag das zweistöckige, gelb verputzte Herrenhaus, rechts und links Wirtschaftsgebäude, Garagen, Stallungen. Eine breite Steintreppe führte sie zum portalartigen Eingang. Forss betätigte die Klingel. In den Tiefen des Hauses erklang eine Glocke. Es hätte sie in diesem Moment kaum verwundert, wenn ein Butler oder ein Dienstmädchen erschienen wäre, aber das wäre vielleicht auch des Guten zu viel gewesen. Der Mann, der die schwere Tür öffnete und sie begrüßte, stellte sich als Jenz Ulmestig vor, stellvertretender Geschäftsführer der *Gustavssons AB* und Schwiegersohn von Gunnars jüngerem Bruder Bengt-Ivar. Er war um die vierzig, trug Anzughose, Hemd und sorgfältig zurückgekämmtes Haar. Die goldene Krawattennadel mit dem Firmenemblem – ein Kelch vor schwedischer Flagge – und die unter seiner Hemdmanschette bläulich schimmernde Armbanduhr, die Forss als eine *Patek Phillipe* zu identifizieren meinte, waren Insignien wirtschaftlichen Erfolgs, die allerdings von der Wahl der Hausschuhe – ausgetretene Birkenstocksandalen – in gewisser Weise konterkariert wurden. Forss' belustigtem Blick folgend, erklärte er rasch und mit einer gewissen Verlegenheit: »Wir hatten euch nicht so zeitig erwartet.«

»Besser zu früh als nie«, lächelte Forss und steckte ihren Polizeiausweis wieder ein.

Ulmestig bat sie herein.

Sie betraten eine Empfangshalle. Flügeltreppen, dunkle Ölbilder in opulenten Rahmen an den Wänden, über ihnen ein Kristallleuchter, der dem Ballsaal jeden Schlosses zur Ehre gereicht hätte.

»1789, eines der ersten *Gustavssons*-Modelle«, kommentierte Ulmestig beiläufig an die Decke weisend. »Aus dem Jahr der französischen Revolution. Das muss man sich mal vorstellen.«

»Beeindruckend«, staunte Nyström, offenbar ohne eine Spur von Ironie.

Forss begann die ersten Takte der *Marseillaise* zu summen, was Ulmestig mit einem irritierten Gesichtsausdruck quittierte.

»Wir würden gerne mit Gunnar Gustavsson sprechen«, sagte Nyström.

Ulmestig sah ostentativ auf seine teure Armbanduhr.

»Ich denke, in einigen Minuten ist er so weit, euch zu empfangen. Ihr könnt euch vorstellen, dass es ihm nach den Ereignissen bei der Vernissage nicht allzu gut geht. Er hat der Ausstellung mit so viel Stolz und Vorfreude entgegengeblickt, wir alle haben das – und dann so ein Schock!«

Er schüttelte den Kopf, was wohl ein Ausdruck des Bedauerns sein sollte.

»Du warst selbst dabei?«, fragte Nyström.

»Natürlich. Wir, das heißt meine Frau, meine Schwiegereltern und unsere Kinder sind vorgestern aus Nynäshamn angereist. Wie gesagt, ich bin der stellvertretende Geschäftsführer und von daher war es natürlich eine Selbstverständlichkeit …«

»Nynäshamn? Das liegt doch bei Stockholm«, unterbrach ihn Forss. »Ist der Firmensitz denn nicht hier vor Ort?«

Ulmestig deutete ein Lächeln an.

»Bei allem Respekt vor der Tradition des Hauses …«

»1789«, warf Forss ein.

»… müssen wir als Konzern auf die Herausforderungen des 21. Jahrhunderts reagieren. Auf einem globalisierten Markt kommt man mit einer Fertigungshalle aus den Fünfzigerjahren, in der dreißig Angestellte arbeiten, nicht weit. Das soll nicht despektierlich klingen. Natürlich haben wir hier unsere Wurzeln, das Kunstglas wird weiterhin drüben in der Hütte gefertigt, von renommierten und engagierten Mitarbeitern, deren kreatives Schaffen unser Aushängeschild ist. Interessierte Touristen können Führungen und sogar Kurse buchen. Glasbläserei zum Anfassen, Kundennähe ist uns wichtig. Aber die gesamte Verwaltung sitzt längst in Nynäshamn und die meisten unserer Serien, daraus machen wir auch kein Geheimnis, werden in Polen, Tschechien und der Türkei gefertigt.«

»Willkommen im Glasreich«, sagte Forss trocken.

»Wenn ich das so direkt fragen darf«, Ulmestig fummelte an seiner Krawattennadel herum, »hat denn die Untersuchung des fraglichen Kunstwerks, auf das Gunnar so stark reagierte, etwas ergeben, oder ist er, nun ja – wie soll man es am besten formulieren? –, von Geistern der Vergangenheit heimgesucht worden?«

Forss blickte zu Nyström, die auf ihrer Unterlippe herumkaute, bevor sie antwortete.

»Sagen wir: sowohl als auch.«

4

Gunnar Gustavsson empfing sie in einer Bibliothek. Anders konnte man den saalartigen Raum, der bis unter die Decke mit Bücherregalen gefüllt war, kaum bezeichnen. Ingrid Nyström kam die Einrichtung des Hauses wie die Inszenierung einer englischen Landadel-Serie vor, eine Art *Downton Abbey* in Småland, es fehlte nur noch das prasselnde Kaminfeuer und der schläfrige Jagdhund auf dem Boden davor, ansonsten machte Gustavsson, trotz der Hitze im Tweedanzug, und mit Scotchglas in der Hand dem Klischee alle Ehre. Er wirkte blass, aber gefasst, als er ihnen anbot, Platz zu nehmen. Nyström hatte das Gefühl, in den Tiefen des lederbezogenen Ohrensessels zu versinken.

»Ich nehme an, es gibt Neuigkeiten?«, fragte er tonlos.

Sie berichtete vom Stand der forensischen Untersuchungen.

»Berit«, sagte der alte Mann schließlich leise, als sie zu Ende gesprochen hatte. Und dann noch einmal: »Berit.«

»Wie gesagt, auch wenn einiges darauf hinzuweisen scheint, dass es sich bei dem Skelett tatsächlich um die sterblichen Überreste deiner Frau handelt, bekommen wir erst in einigen Tagen die endgültigen Laborresultate, und es ist nicht einmal gesagt, dass die uns überhaupt weiterhelfen«, gab sie zu bedenken. »Alles hängt im Grunde davon ab, ob in den entsprechenden Proben genügend aussagekräftige DNA für einen Vergleich sichergestellt werden kann. Bei derart altem Material ist das keine Selbstverständlichkeit.«

Hatte sie gerade Material gesagt? Sie biss sich auf die Zunge. Immerhin ging es hier um einen verstorbenen Menschen. Gustavsson schien sich entweder nicht an der unglücklichen Formulierung zu stoßen, oder er ging höflicherweise darüber hinweg.

Forss räusperte sich. Irrte sich Nyström, oder starrte ihre Mitarbeiterin sehnsüchtig auf den Drink in Gustavssons Hand? Meine Güte, es war gerade einmal Mittag! Gestern war Forss mit einer Ginfahne beim Tatort aufgetaucht. Hatte sie etwa ein Alkoholproblem entwickelt?

»Ich bin die alten Ermittlungsakten durchgegangen«, hob Forss an, »und dabei wurden einige Fragen aufgeworfen.«

Gustavsson machte mit seiner freien Hand eine Geste fortzufahren, dann nippte er an seinem dickbodigen Glas.

»Warum wurde die Polizei erst eine Woche nach dem fraglichen Abend hinzugezogen? Dir und auch Berits Angehörigen musste doch klar gewesen sein, dass dies die Wahrscheinlichkeit die beiden Vermissten zu finden, drastisch verminderte?«

Gustavssons Mundwinkel zuckten.

Er ließ sich mit der Antwort Zeit, betrachtete die karamellfarbene Flüssigkeit in seinem Glas im Sonnenlicht, das durch die Sprossenfenster in den Raum drang, und nahm einen langen Schluck, bevor er schließlich sprach.

»Das waren andere Zeiten, mein Kind.« Er ließ das Glas fachmännisch kreisen, wie er es auch am Vortag schon in dem Museumsrestaurant gemacht hatte. Kleine Gesten der Überlegenheit, dachte Nyström, dazu despektierliche Formulierungen. Zum Glück war Forss niemand, der sich von solchen Ablenkungsmanövern aus dem Konzept bringen ließ. »Wir sprechen hier vom Beginn der Siebzigerjahre. Wen hätten wir denn hinzuziehen sollen? Die Dorfbüttel aus Lessebo? Einen Kommissar aus Växjö? Glaubt ihr ernsthaft, die hätten irgendetwas Sinnvolles ausrichten können? Einen anständigen Suchtrupp organisieren? Ortskundige Leute rekrutieren? Meint ihr denn, die hätten auf der Stelle die Hubschrauberstaffel alarmiert?« Er lachte auf, ein kehliges, bitteres Lachen. »Glaubt mir, hier draußen laufen die Dinge anders als bei euch in der Stadt, damals noch mehr als heute. Wir, die Hütte und das Dorf bildeten eine über zwei Jahrhunderte gewachsene Einheit, *Gustavssons* und Rödahult, Rödahult und *Gustavssons,* eine einzige große Familie. Für die Thurstans und Bytorp galt dasselbe, für alle Hütten und Dörfer hier im Glasreich. Das einzig Vernünftige war, die Dinge selbst in die Hand zu nehmen, schnell und unbürokratisch. Eine halbe Stunde nachdem ich von der Insel zurück war, hatten wir die ersten Boote auf dem See. Jäger, die hier jeden Strauch und Baum kennen, waren mit ihren Hunden am Ufer unterwegs. Alle vor Ort haben auf ihre Weise mitgeholfen, die Frauen haben Kaffee gekocht und Brote verteilt, die Männer waren mehr oder weniger eine Woche ununterbrochen auf den Beinen, um jeden einzelnen Stein dreimal umzudrehen. Ich habe aus eigener Tasche Taucher aus Karlskrona angeheuert, professionelle Industrietaucher, dreimal besser ausgebildet und ausgerüstet als die Hansel von der hiesigen Wasserschutzpolizei. Wir haben einen Hubschrauber gemietet, zwei Privatdetektive engagiert, und auf Drängen meiner abergläubischen Mutter hin sogar eine verdammte Wahrsagerin. Wir haben alles getan, was die Polizei hätte tun können, nur effizienter und besser.« Er hielt für einen Moment inne, als wäre er außer Atem. »Nur genützt hat es nichts.« Er trank sein Glas aus und stellte es lautstark zurück auf einen Beistelltisch. »Zufrieden?«

»Es gab Gerüchte«, sagte Forss aus der Akte zitierend, »Berit und Herbert betreffend.«

»Gerüchte«, wiederholte Gustavsson abfällig. »Gerüchte interessieren mich einen feuchten Kehricht, damals wie heute. Natürlich haben die Leute getratscht, das machen sie seit Anbeginn der Zeiten. Jemand aus dem Dorf wollte meine Frau einige Monate später angeblich in London gesehen haben, jemand anderes fünf Jahre danach Berit und Herbert händchenhaltend in der Stockholmer Oper.«

Nyström und Forss sahen sich an.

»Zum Teil kamen die Aussagen aus Berits und deinem direkten Umfeld«, sagte Nyström.

»Pah!« Gustavsson fuhr auf. Seine Gesichtsfarbe hatte sich abrupt geändert, die Fahlheit war einer ungesunden Röte gewichen. »Was wissen die denn schon? Die kannten Berit doch gar nicht. Nicht so, wie ich sie kannte.«

Er hielt sich die faltige, von bläulichen Adern durchzogene Hand vor Augen. Sein Körper begann zu beben.

Ein Patriarch in Tränen, dachte Nyström. Sie empfand plötzlich Mitleid mit dem alten Mann. Er hatte sich sein ganzes Leben an die Liebe zu einer Frau geklammert, die er vor einem halben Jahrhundert verloren hatte.

»Du hast also nie eine Affäre zwischen Berit und Herbert in Erwägung gezogen?«, fragte Forss, die sich von Gustavssons Gefühlsausbruch offenbar nicht beeindrucken ließ.

Er nahm die Hand vom Gesicht. Tatsächlich waren seine Augen tränennass.

»Nein, nie«, schluchzte er, »das war alles Blödsinn. Die beiden waren wie Geschwister füreinander, hatten eine innige Freundschaftsbeziehung. Aber das haben die Leute hier nicht begriffen.«

Forss ließ nicht locker.

»Eine Freundin sagte damals aus, Berit habe ihre Geheimnisse. Klingt für mich in dem Zusammenhang, als habe sie es auf mögliche andere Liebschaften bezogen.«

Gustavsson machte eine abwehrende Handbewegung.

»Lächerlich! Lass mich raten: Das kommt von Elvira Öman, richtig?«

Forss nickte knapp.

Gustavsson lachte wieder sein galliges Lachen.

»Entschuldigt den Ausdruck, aber Elvira war ehrlich gesagt eine Schlampe vor dem Herrn. Ein kleines Flittchen, das für das halbe Dorf die Röcke gehoben hat. Sie hat ihre eigene zwanghafte sexuelle Freizügigkeit auf Berit projiziert, aber glaubt mir, meine Frau war ein ganz anderes Kaliber. Im Gegensatz zu Elvira hatte sie es nicht nötig, sich ihr Selbstbewusstsein aus irgendwelchen Gelegenheitsfummeleien zusammenzubasteln.«

»Lebt Elvira Öman noch?«, fragte Nyström.

»Fragt doch mal in Bytorp nach der ortsansässigen Drogensüchtigen.«

»Noch eindeutiger hat sich Berits Bruder ausgedrückt«, ging Forss über die abfälligen Bemerkungen hinweg, »er sagte, dass es seine Schwester, was Männer angehe, faustdick hinter den Ohren habe. Gleichzeitig sah er in der Fusion der Familienbetriebe das wirtschaftliche Aus für die Hütte der Thurstans.«

»Ach, Petter«, winkte Gustavsson ab, »ein misstrauischer Intrigant, dazu rückwärtsgewandt und ohne Visionen. Ein Verlierertyp. Er hatte Angst um seine Stellung und Macht in der neuen Firma, die Berit und ich im Begriff waren zu schaffen. Deshalb war er von Anfang an gegen die Fusion, auch wenn er als jüngerer Bruder keine Entscheidungsgewalt hatte. Es gab dennoch einen ewigen Streit um die zukünftige wirtschaftliche Ausrichtung. Er war ausgebildeter Glasbläser, ein Handwerker der alten Schule, und als solcher wollte er weitermachen wie bisher, das heißt handgefertigtes Gebrauchsglas in hoher Qualität. Dass die Nachfrage seit Jahren sank, und allen Hütten der Region die billigere ausländische Konkurrenz im Nacken saß, ignorierte er. Der wirtschaftliche Druck war extrem hoch, größere Produktionseinheiten waren staatlich gewollt und wurden entsprechend stark subventioniert, noch ein Argument für den Zusammenschluss. Meine Pläne zur Modernisierung der Produktionsabläufe sowie Berits Ideen, gleichzeitig verstärkt auf eine neue Art von Kunsthandwerk zu setzen und junge, talentierte, kreative Nachwuchskräfte zu rekrutieren, hielt er für Luftschlösser, ja, für Verrat am traditionellen Handwerk.« Gustavsson machte eine Kunstpause. »Nun, der Lauf der Geschichte hat gezeigt, wer recht hatte.«

»Arbeitet er heute noch für den Konzern?«, fragte Nyström.

Gustavsson blickte von Nyström zu Forss und wieder zurück.

»Vielleicht hättet ihr gestern im Museum unsere Firmengeschichte etwas genauer studieren sollen. Es gibt dort sogar ein entsprechendes Buch zu kaufen, einen Ausstellungskatalog, der gleichzeitig eine historische Aufarbeitung ist. Ach was, am besten gebe ich euch ein Exemplar mit, wenn ihr wieder fahrt.«

»Petter Thurstan«, insistierte Forss.

»Nicht mehr als eine Fußnote der Geschichte.«

»Was soll das heißen?«

»Dass unser Familienunternehmen und die Thurstan-Hütte sich drei Monate nach Berits Verschwinden wirtschaftlich wieder entflochten haben. Die Fusion wurde rückgängig gemacht.«

»Warum?«, fragte Nyström.

»Ich wollte es so, weil die Thurstans ohne Berit wie Salz in einer offenen Wunde waren. Ich wusste damals nicht, wie ich über ihren Verlust jemals hinwegkommen sollte, noch viel weniger, wenn ich beruflich täglich mit ihren Eltern und ihrem Bruder zu tun haben sollte. Dazu kamen die bereits erwähnten Differenzen zwischen Petter und mir über die Ausrichtung einer gemeinsamen Firma. Nun, wo Berit nicht mehr da war, würde er in absehbarer Zeit das Ruder in der Familie übernehmen, ein dauerhafter Konflikt in der Geschäftsführung schien vorprogrammiert zu sein. *Gustavssons* und die Bytorp-Hütte waren ein neunzehn Monate dauerndes Kapitel in der Geschichte des Glasreichs. Danach haben die Thurstans unter Petters Führung auf eigene Faust weitergemacht. Zwei Jahre hat es gedauert, bis die Firma bankrott war. Seit 1973 ist die Hütte geschlossen. Mir dagegen war von Beginn an klar, dass wir mindestens einen strategischen Partner brauchen, um wirtschaftlich konkurrenzfähig zu bleiben. Die Emmamålahütte bot sich an, ebenfalls ein familiengeführtes Unternehmen wie wir. Die Lundbergs hatten gerade in neue Produktionsanlagen investiert, maschineller Glasguss – wozu sie allerdings bis an ihre finanziellen Grenzen gegangen sind, und ein Stück weit darüber hinaus –, wir begannen zu dem Zeitpunkt gerade mit einer Zentrifuge zu arbeiten. Die modernisierten Arbeitsprozesse ergänzten sich wunderbar, dazu die bereits erwähnte staatliche Unterstützung für die Fusion und innovative Glaskunst als Aushängeschild. Zusammen mit den Lundbergs aus Emmamåla waren wir gut aufgestellt und sind einigermaßen unbeschadet durch die Ölkrise gekommen.«

»Wieso finden sich die Lundbergs nicht im Firmennamen wieder?«, fragte Nyström.

»*Gustavssons* war die bekanntere Marke, wir hatten mehr Kapital einzubringen, und die Lundbergs waren keine eitlen Leute. Wir wollten kein Namensungetüm voller Bindestriche schaffen, sondern etwas Griffiges: *Gustavssons.*«

»Was macht Petter Thurstan heute?«, fragte Forss.

»Er gibt Workshops in Glasbläserei.«

»In einer der anderen Hütten hier in der Region?«, fragte Nyström.

Der alte Mann blickte versonnen aus dem Fenster, bevor er antwortete.

»Soweit ich weiß, arbeitet er für das Glasmuseum.«

5

Die Mitarbeiterin des Logistikunternehmens, das Joseph Edmunds Sammelobjekte von New York nach Växjö transportiert hatte, gab sich am Telefon äußerst kooperativ. Die europäische Niederlassung der weltweit tätigen Spedition lag in Kopenhagen, und der dänische Akzent der freundlichen Frau klang in Delgados Ohren niedlich, ja sogar ein bisschen sexy. Vielleicht empfand er das so, weil sein Liebesleben seit einigen Monaten brachlag, seine Freundin Linda hatte sich von ihm getrennt, nicht ganz grundlos, wie er zugeben musste, war er ihr doch zweimal innerhalb weniger Tage untreu geworden – eine Diskoknutscherei mit einer

Unbekannten im Vollrausch und ein hitziges Intermezzo mit Anette Hultin auf der Toilette des Präsidiums – ein seltsames Wiederaufflackern der alten Leidenschaft, waren sie und er doch über einen langen Zeitraum immer mal wieder ein Paar gewesen. Beide Ausrutscher konnte er sich bis heute nicht recht erklären, denn die Beziehung zu Linda war bis dahin aufrichtig und ernst gewesen, und er vermisste sie, auch wenn seine Versuche, ihr Vertrauen zurückzugewinnen ehrlich gesagt überschaubar gewesen waren. Nun, es war wie es war. Anstatt mit Linda zu kuscheln, saß er nun an einem Sonntagnachmittag im Büro und flirtete am Telefon mit einer Dänin namens Bente. Irgendwie war die Vorstellung tröstlich, dass er nicht der einzige Mensch war, der bei bestem Sommerwetter hinter dem Schreibtisch festhing. Gemeinsam mit Bente ging er die einzelnen Stationen der Fracht durch, die das Track-and-Trace-System des Unternehmens aufgezeichnet hatte. Natürlich hätte er direkt auf den Punkt kommen und die ominöse, dreistündige Zeitspanne ansprechen können, die der Lkw nördlich von Hässleholm zum Stehen gekommen war, aber er genoss Bentes bezaubernden Akzent viel zu sehr, um das Gespräch kurz zu halten. Auf diese Weise erfuhr er nebenbei, dass die vorausgegangenen Liege- und Verladezeiten der Fracht unauffällig, weil vollkommen üblich waren. Der mehr als dreistündige Stopp zwischen Hässleholm und Osby dagegen sprang auch Bente direkt ins Auge.

»Moment mal«, sagte sie und klickte sich in die Tiefen des Verwaltungsprogramms, das offenbar detailliertere Informationen bereithielt, als die Datensammlung, auf die Delgado Zugriff bekommen hatte. »Hier habe ich es. Eine plötzliche Krankmeldung des Fahrers. Ich hake gleich einmal bei unserem Subunternehmer nach und rufe dich dann zurück, okay?«

Während Delgado wartete, vertrieb er sich die Zeit damit, romantisch wirkende Hotels in Kopenhagen zu googeln. Man wusste ja nie, was die Zukunft für einen bereithielt. Keine zehn Minuten später meldete sich Bente. Bente. Allein schon der Name klang vielversprechend. Warm, weich, drall.

»Wie es aussieht, hat sich der Fahrer tatsächlich telefonisch krank gemeldet. Plötzliche Schmerzen in der Brust, Atemnot, Übelkeit.«

»Verdacht auf Herzinfarkt«, stellte Delgado fest.

»Richtig, das hat der Fernfahrer selbst auch gedacht und sofort einen Krankenwagen gerufen. Die haben ihn in die Notaufnahme in Hässleholm gebracht, wo er untersucht worden ist. Offenbar wurde jedoch nichts Ernsthaftes festgestellt. Sein Arbeitgeber hat berichtet, dass es sich möglicherweise um starkes Sodbrennen gehandelt haben könnte. Man hat ihm ein entsprechendes Medikament gegeben und ihn wieder entlassen. Mit einem Taxi ist er dann wieder zurück zu dem Lkw und hat die Fahrt nach Växjö fortgesetzt.«

Sodbrennen statt Herzinfarkt, dachte Delgado, dass ich nicht lache. Die Sache wurde immer interessanter. Und obendrauf noch ein unerwarteter erotischer Tagtraum.

Nachdem er die Kontaktdaten der schwedischen Spedition erhalten hatte, für die der Fahrer arbeitete, wagte er einen Coup. Er fragte die laszive Stimme am anderen Ende der Leitung nach ihrer privaten Telefonnummer. Bente lachte, ein tiefes, raues, sehr dänisches Lachen, es klang durchaus geschmeichelt.

»Ich weiß ja nicht, wie alt du bist, aber ich werde nächstes Jahr sechzig«, sagte sie, »bin glücklich verheiratet und habe sieben Enkelkinder.«

»Ach so«, sagte Delgado, bevor er ganz schnell auflegte.

6

Bengt-Ivar Gustavsson ähnelte seinem zwei Jahre älteren Bruder in Physiognomie und Auftreten, sogar die Liebe zu Tweedanzügen schienen die beiden zu teilen. Nur der Gehstock fehlte, wie Forss wahrnahm, und statt eines Whiskeyglases hatte er eine Pfeife in der Hand. Er empfing sie paffend in einem Wohnzimmer, das in einem anderen Flügel des Herrenhauses lag, und von schweren klassizistischen Möbeln dominiert wurde.

»Eigentlich passt es mir gerade gar nicht«, sagte er, »ich mache mich gerade auf den Weg. Es geht zurück nach Nynäshamn, die Geschäfte warten.«

»Auch sonntags?«, fragte Forss.

Gustavsson lächelte nachsichtig.

»Die Weltmärkte ruhen nicht, mein Kind.«

Forss schluckte die neuerliche Provokation herunter. Es schien eine Familienmasche zu sein.

»Im Gegensatz zu Berit«, konterte sie.

Der Alte seufzte. Er schien sich einen Ruck zu geben. Womöglich hatte er eingesehen, dass er um diese Unterhaltung nicht herumkam.

»Tragisch«, sagte er kopfschüttelnd, »wirklich tragisch, was da gestern geschehen ist. Solch ein dummer Scherz! Wer hat einen derart kranken Humor? Gunnar und unserer gesamten Familie so übel mitzuspielen?« Er hielt inne und seufzte. »Wobei das eigentliche Drama natürlich ein ganz anderes ist. Diese – wie soll man es nennen? – Geschmacklosigkeit konnte schließlich nur deshalb eine drastische Wirkung entfalten, weil mein Bruder Berits Verlust noch immer nicht verwunden hat. Seit fast fünfzig Jahren hält er nun daran fest. Wisst ihr, dass er nie wieder geheiratet, nie wieder eine andere Frau in sein Leben gelassen hat? Trauer ist ja gut und schön, aber irgendwann muss es doch auch einmal gut sein!«

»Vielleicht war es ihm aufgrund der ungewissen Umstände nie möglich, einen Schlussstrich zu ziehen?«, schlug Nyström vor.

»Womöglich wird der Schlussstrich erst jetzt gezogen, und zwar von jemand anderem«, ergänzte Forss.

»Wie meinst du das?«, fragte Gustavsson.

»Nach dem momentanen Ermittlungsstand deutet einiges darauf hin, dass es sich bei dem Skelett im Museum keineswegs um einen schlechten Scherz handelt«, erklärte Forss, »allen Indizien zufolge handelt es sich bei den Knochen tatsächlich um die sterblichen Überreste von Gunnars Frau.«

Es war, als würden Forss' Worte dem Mann den Stecker herausziehen.

Kraftlos ließ er sich in einen Sessel fallen, alles Großspurige, Schulmeisterhafte fiel von ihm ab.

»Aber wie ist das möglich?«, fragte er verdattert. »Berit ... nach all den Jahren?«

»Wir sind noch weit davon entfernt, Antworten zu haben«, sagte Nyström. »Umso wichtiger ist es, dass wir mit Zeugen des damaligen Vorfalls ins Gespräch kommen.«

»Wie hast du den fraglichen Abend vor siebenundvierzig Jahren erlebt?«, präzisierte Forss. »Wie war die Stimmung in der Familie? Wie hast du die Hochzeit zwischen Berit und Gunnar bewertet?«

Gustavsson ließ die Pfeife sinken und legte sie achtlos auf einem niedrigen Tisch ab. Asche und Glut rieselten auf die jahrhundertealte polierte Holzplatte, ohne dass er es zur Kenntnis nahm.

»Wie soll ich die Hochzeit schon bewertet haben?«, fragte

er tonlos und machte eine resignierte Geste. »Sie war sinnvoll, zumal die Thurstans und unsere Familie zu dem Zeitpunkt ja bereits wirtschaftlich miteinander verflochten waren. Gunnar und Berit kannten sich seit Kindheitstagen und hatten gemeinsam große Pläne für die Firma. Meine und auch Berits Eltern waren bereit, das Ruder der nächsten Generation zu überlassen, sie spürten wohl auch, dass die neuen Zeiten neue Ideen brauchten. So gesehen bildeten Gunnar und sie ein Traumpaar. Was sprach also dagegen? Eigentlich nichts.«

»Eigentlich?«, hakte Nyström nach.

»Nun ja«, sagte der Alte zögerlich und starrte vor sich hin. »Der einzige Vorbehalt, den ich hatte, und da war ich mir mit meinem Vater einig, war dieser Herbert, der wie eine Klette an Berit hing. Ein ganz und gar undurchsichtiger Kerl. Er hatte etwas Fremdes, Südländisches an sich. Das schwarze Haar, sein ungepflegter Bart, der wilde Blick: Irgendetwas an ihm war nicht ganz koscher. Ich bin den Verdacht nie losgeworden, dass er Sozialist war, oder etwas noch Schlimmeres. Sicher, streng genommen gehörte er nicht einmal zur Thurstanfamilie, aber trotzdem war er irgendwie immer und überall dabei, und das, obwohl er nur ein einfacher Arbeiter war. Mit Herbert holen wir uns den Teufel ins Haus, hat mein Vater noch am Hochzeitsabend gesagt, zugegebenermaßen nach einigen Runden Schnaps, aber keine Stunde später hat das Schicksal ihm recht gegeben. Ich war und bin davon überzeugt, dass dieser dahergelaufene Österreicher etwas mit Berits Verschwinden zu tun hatte. Womöglich hat er sie sogar eigenhändig …« Gustavsson zögerte einen Moment, sah von Nyström zu Forss, bevor er fortfuhr. »Es passt doch alles zusammen: *Er* war es, der dieses seltsame ausländische Brauchtum mit aller Gewalt durchgesetzt hat. Die Braut entführen – hat man so etwas schon gehört? *Er* war es, der mit Berit im Ruderboot davongefahren ist. *Er* war es, mit dem sie zuletzt gesehen worden ist. Wahrscheinlich war die Hochzeit der Auslöser, wahrscheinlich war er hoffnungslos in sie verliebt und rasend eifersüchtig. Ich glaube felsenfest daran: Herbert hat Berit auf dem Gewissen, und nach seiner schändlichen Tat hat er sich für immer auf und davon gemacht.«

Forss und Nyström blickten einander an. Sicher, die Ausführungen Bengt-Ivar Gustavssons hatten einen nicht zu überhörenden, fremdenfeindlichen Unterton, dennoch klang einiges an seiner Interpretation des Geschehens durchaus plausibel. Herbert Moosbrugger hatte durch den Brauch der Brautentführung eine Gelegenheit geschaffen, auf der Feier für einen längeren Zeitraum allein mit Berit zu sein. Stimmte die These, dass Herbert Berit tatsächlich geliebt und eingesehen hatte, sie durch die Hochzeit unwiederbringlich an Gunnar Gustavsson zu verlieren, dann wäre die Situation allein mit ihr in der Abenddämmerung auf dem See ideal gewesen, um seinem verzweifelten Liebeskummer auf die denkbar dramatischste Weise Ausdruck zu verleihen und der Angebeteten das Leben zu rauben. Unerfüllte Liebe war zweifellos ein starkes Gefühl und konnte Menschen zu den grausamsten Taten treiben. Ein Motiv, das in vielen Tötungsdelikten die zentrale Rolle spielte. Die Frage war, ob Herbert Moosbrugger zu diesen Menschen gehörte. War er zu einem so kaltblütig geplanten Mord in der Lage gewesen? Oder hatte er im Affekt gehandelt? Ein plötzlich entflammender Streit im Ruderboot, Vorwürfe, verletzende Worte. Ein rostiges Anglermesser, das zufällig unter der Sitzbank liegt, zunächst nur eine drohende Geste, dann ein aufwallendes Gefühl von Machtlosigkeit, Liebe schlägt in Hass um, ein impulsiver Stoß mit dem Arm. Die Braut umklammert das Messer, das nun in ihrer Brust steckt, kann kaum glauben, was gerade geschehen ist, starrt Herbert an, mehr verwundert als schockiert, gleichzeitig weicht das Leben mit jedem Atemzug aus ihr, bevor sie über Bord kippt und in dem Dunkel des Sees in die Tiefe sinkt. Und Herbert? Panik erfasst ihn, Reue und Entsetzen. Was um alles in der Welt hat er nur getan? Er hat die Frau getötet, die er liebt. Er hat der Familie, die ihn wie einen eigenen Sohn großzog, das Wertvollste genommen. Er hat das Leben aller Menschen zerstört, die ihm nahestehen. Was bleibt ihm anderes als die Flucht? Oder sich selbst dem von Wind aufgepeitschten Wasser hinzugeben und nach unten ziehen zu lassen?

Nyströms Gesichtsausdruck sagte Forss, dass sie dasselbe dachte. Es war eine Möglichkeit.

»Weiß Gunnar von deinem Verdacht?«, fragte Nyström.

»Sicher«, antwortete Bengt-Ivar Gustavsson. »Ich bin niemand, der ein Blatt vor den Mund nimmt. Vater und ich haben es ihm damals ins Gesicht gesagt, aber er wollte davon natürlich nichts hören. Seitdem steht es zwischen uns.«

»Wie passt deine Theorie von Herbert und seinem eifersüchtigen, *südländischen* Temperament zu deiner Eingangsbemerkung, auf der Ausstellung habe sich wohl jemand einen schlechten Scherz erlaubt?«, wollte Forss wissen.

»Wenn es sich tatsächlich um Berits Leichnam handelt, liegt die Sache doch auf der Hand«, erklärte Gustavsson. »Natürlich muss es Herbert gewesen sein, der das Werk von Jan Hesenius manipuliert hat. Ein böser Gruß aus der Vergangenheit, eine letzte Rache an Gunnar und unserer Familie.«

»Wo hat sich Herbert denn deiner Meinung nach all die Jahre versteckt?«, fragte Nyström.

Gustavsson griff wieder nach seiner Pfeife und zog daran, aber die Glut war längst erloschen. Während er umständlich in seiner Westentasche nach Streichhölzern kramte, knurrte er: »In irgendeinem österreichischen Bergdorf. Wahrscheinlich bläst er gläserne Tirolerhüte, verscherbelt sie an Touristen und lacht sich ins Fäustchen.«

7

Jenz Ulmestig geleitete die beiden Ermittlerinnen durch die Eingangshalle nach draußen. Die Birkenstocksandalen waren mittlerweile gegen elegante Schuhe getauscht worden, deren harte Sohlen auf dem Parkettboden klackerten.

»Wie geht es jetzt weiter?«, fragte er so beiläufig wie möglich.

»Mit der Ermittlung?«, fragte Nyström.

»Ich dachte eher an die Ausstellung«, antwortete Ulmestig. »Immerhin ist die Schau für unser Unternehmen als prestigeträchtiges Aushängeschild gedacht, und obwohl ich heute bereits dreimal im Museum angerufen habe, kann mir dieses hysterische Huhn von Kuratorin keine klare Antwort geben. Dabei ist diese Emma Herold durch ihre schlampige Arbeit doch zumindest zu einem Teil mitverantwortlich für das ganze Desaster! Wenn ich an die Schlagzeilen in der morgigen Ausgabe der Lokalzeitung denke, wird mir jetzt schon ganz anders. *Bürgermeisterin brüskiert. Gustavsson-Leiche wieder aufgetaucht. Die Braut des Grauens.* Oder weiß der Teufel was. Auch wenn es die Meldung hoffentlich nicht in die landesweiten Nachrichten schafft: Die Verwurzelung in der Region und eine positive Berichterstattung vor Ort ist uns trotz unserer Bedeutung auf dem globalen Markt doch ein immenses Anliegen.« Er sah auf seine Armbanduhr. »Höchste Zeit, dass ich zurück nach Nynäshamn komme und mich mit unseren PR-Leuten zusammensetze. Wir müssen uns dringend etwas einfallen lassen.«

Trotz der herablassenden Art, die in diesem Haus zum Umgangston zu gehören schien, gab sich Nyström Mühe, sachlich zu antworten.

»Wir werden uns noch heute mit der Museumsleitung beraten. Wie ich die Dinge im Moment beurteile, gibt es jedoch nichts, was dagegenspricht, die Ausstellung wieder zu eröffnen. Ohne *Schneewittchen* wohlgemerkt.«

Sie hatten mittlerweile die hohe, schwere Eingangstür erreicht. Ulmestig nickte vor sich hin, offenbar hatte ihn die Antwort halbwegs zufriedengestellt.

»Was ist eigentlich mit den Lundbergs?«, fragte Forss unvermittelt, während sie hinaus ins gleißende Sonnenlicht traten. »Gehören die auch zur Firmenleitung?«

»Sicher, alle drei Geschwister. Dieselbe Generation wie Gunnar und mein Vater. Alle sind Teil des Vorstands. Dan und Gullvi haben ihre Büros ebenfalls in Nynäshamn. Bruno ist für den asiatischen Markt zuständig und sitzt die meiste Zeit des Jahres in Singapur. Deswegen war er auch gestern im Museum nicht dabei.«

»Aber Dan und Gullvi schon?«, hakte Forss nach.

»Natürlich. Auch wenn der Name Lundberg nur im Kleingedruckten auftaucht, ist es genauso ihre Firma wie unsere.«

»In die du eingeheiratet hast«, stellte Forss fest.

»In die ich eingeheiratet habe«, wiederholte Ulmestig gereizt und fasste demonstrativ nach der Türklinke.

»Und wo finden wir Dan und Gullvi?«, fragte Nyström.

»Nun, wenn sie noch nicht wieder in Nynäshamn sind, dann wahrscheinlich wohl in Emmamåla. Die alte Hütte dort ist noch immer in Betrieb, genau wie hier.«

»Danke«, rief Nyström, gleichzeitig wurde die schwere Tür mit einem lauten Knall ins Schloss geworfen.

»Was für ein Arsch«, sagte Forss, und obwohl Nyström im Grunde dasselbe dachte, entschied sie, die Bemerkung zu übergehen.

8

Hugo Delgado führte ein Telefonat mit der schwedischen Subspedition, die *Schneewittchen* und die anderen geliehenen Kunstwerke vom Hafen in Malmö nach Växjö transportiert hatte. Diesmal kein charmanter Akzent und keine laszive Stimme, sondern ein Mann, der breitestes Småländisch sprach. Ist vielleicht auch besser so, dachte Delgado, der nach dem Gespräch mit Oma Bente noch immer peinlich berührt war. *Wendts Åkeri* war ein Unternehmen mit Sitz in Tingsryd. Kaum hatte Delgado sich und sein Anliegen vorgestellt, begann der Mann wie auf Knopfdruck loszupoltern.

»Dass Kalle an einen Herzinfarkt dachte, glaube ich ihm aufs Wort. Du müsstest ihn einmal sehen, er bringt bestimmt einhundertfünfzig Kilo auf die Waage und keucht wie ein defekter Motor, dabei ist er noch keine fünfzig. Aber was soll man machen? Man ist ja heutzutage froh, wenn man überhaupt noch schwedische Fahrer bekommt. Wir sind eine kleine Firma, die sich gerade so über Wasser halten kann; der Konkurrenzdruck aus dem Ausland ist immens: Polacken, Bulgaren, Litauer oder Rumänen fahren für weniger als die Hälfte. Was soll man dagegen machen? Danke, liebe

EU! Scheiß auf die EU! Wir halten jedenfalls die schwedische Fahne hoch. Ist ja auch eine Sicherheitsfrage. Schau dir die Lkws aus dem Ostblock doch mal an! Du bist doch bei der Polizei! Und ich rede hier noch nicht mal von Schmuggel, das ist ein ganz anderes Kapitel, darüber könnte ich mich stundenlang aufregen. Aber euch interessiert das ja genauso wenig wie den Zoll. Aber wenn die hier mit ihren defekten Bremsen und abgefahrenen Reifen schwere Unfälle verursachen, ist das Gejammer wieder groß!«

Ja, ja, dachte Delgado, der längst eine Augenbraue hochgezogen hatte, die schlimmen Ausländer. Hatte der Typ gerade tatsächlich Ostblock gesagt?

»Und wer dankt es uns?«, eiferte sich der Spediteur weiter. »Die Regierung jedenfalls nicht. Schon wieder eine Steuererhöhung auf Diesel und Benzin. Weißt du, dass wir die höchsten Treibstoffsteuern der Welt haben? Zwei Drittel von dem, was ich für einen Liter zahle, geht an den Staat. Kannst ja beim nächsten Mal an der Tankstelle drüber nachdenken. Und das in einem der am dünnsten besiedelten Länder Europas, wo wir lange Wege zurücklegen müssen, um die Landbevölkerung annähernd so gut zu versorgen wie die Großstädte. Aber das interessiert die feinen Damen und Herren in Stockholm ja nicht. Die diskutieren lieber über den öffentlichen Nahverkehr und Fahrradhighways. Das sollen die mal einem Bauern in Norrland erzählen! Da können sie den Schneepflug zu ihrem Fahrradhighway gleich mitliefern! Fahrradhighway, dass ich nicht lache, allein schon dieses Wort!«

»Eigentlich wollte ich über Kalle reden«, unterbrach Delgado die Tirade.

»Ach, Kalle, genau. Eigentlich Karl Kvist. Kommt hier aus der Gegend. Hat Glück gehabt, der Fettsack, es war am Ende nur schlimmes Sodbrennen, was ihn geplagt hat. Kein

Wunder, wenn man sich ausschließlich von Tankstellenfraß ernährt. Immer diese Chiliwürstchen! Man weiß ja auch nie, wie lange die schon auf dem Grill gelegen haben. Aber er hört ja nicht, der Kerl hört ja nicht auf einen. Doch versuch mal heutzutage einen schwedischen Fahrer einzustellen. Wir jedenfalls halten die Fahne hoch …«

»Danke«, beeilte sich Delgado einzuschieben. Er hatte die Informationen, die er haben wollte. »Ich muss jetzt leider das Gespräch beenden, um draußen unsere schöne blaugelbe Flagge zu hissen«, sagte er und legte auf.

9

Dieses Mal blieb das Autoradio aus, Gott sei Dank, dachte Forss, ihr Bedarf an Schlagern war für die kommenden Jahre gedeckt, auch die Klimaanlage hatte Nyström runtergeregelt, waren das etwa Signale von Tauwetter zwischen ihnen? Sie war sich unsicher, blickte während der Fahrt aus dem Fenster und musste an einen Satz denken, den ihre Cousine Maj vor langer Zeit gesagt hatte. Vor mehr als fünf Jahren, am Abend ihrer Ankunft aus Berlin. *Im Sommer ist Schweden ein anderes Land.* Im milden Licht verloren sogar die hohen, dicht stehenden Fichten und Tannen alles Dunkle, Bedrohliche. Sie ließ das Fenster herunter. Der Fahrtwind trug den Geruch nach Harz, Seewasser und warmem Waldboden ins Auto. Dies war das schöne Schweden, das Land ihrer Kindheit. Der Zeit, bevor sich ihr Vater in ein prügelndes Monster verwandelt hatte. Der Zeit, in der sie glücklich gewesen war. Als sich eine Wolke vor die Sonne schob und einen Schatten auf den allgegenwärtigen Nadelwald warf, wurde sie wieder in die Gegenwart zurückgeholt. Auch wenn ausnahmsweise einmal das Wetter gut war: Diese Zeit war vorbei und würde nie zurückkehren. Ihr Erwachsenenschweden bestand aus Schmerz und Schuld und Einsamkeit, das galt es anzunehmen und zu akzeptieren, andernfalls konnte sie sich gleich die Dienstwaffe in den geöffneten Mund halten und abdrücken.

»Wie bist du vorhin eigentlich auf die Lundbergs gekommen?«, fragte Nyström nach einer Weile. Forss ließ die Scheibe wieder hoch, bevor sie antwortete.

»Wenn ich die Ausführungen des Gustavsson-Clans richtig verstanden habe, haben die Lundbergs damals von der speziellen Familiensituation profitiert. Als Gunnar nach der gescheiterten Hochzeit die Thurstans fallen gelassen hat, wurden die Lundbergs für die Gustavssons plötzlich wirtschaftlich interessant. Wer weiß, ob die Hütte in Emmamåla ohne die Partnerschaft mit Rödahult nicht genauso untergegangen wäre, wie es schließlich Bytorp passiert ist? Außerdem waren die Lundbergs am fraglichen Abend auf der Gästeliste der Hochzeitsfeier.«

»Ach?«, sagte Nyström verwundert. Und nach einer kurzen Pause: »Erstaunlich, dass du dir das bei den vielen Namen in der Festbroschüre merken konntest.«

Klang da tatsächlich echte Anerkennung durch? Oder war es Nyströms Versuch, Sarkasmus zum Ausdruck zu bringen?

»Wer heißt schon Gullvi?«, fragte Forss.

»Meine Mutter heißt Gullan«, entgegnete Nyström.

»Oh«, sagte Forss. Etwas Besseres fiel ihr nicht ein. »Jedenfalls bleibt so ein Name hängen.«

Emmamåla lag weniger als zwanzig Kilometer entfernt auf der anderen Seite des Sees. Bevor sie die Ortschaft erreichten, hielt Nyström an einer kleinen Tankstelle. Während sie tankte, nutzte Forss die Gelegenheit, um auf die Toilette zu gehen. Anschließend erstand sie eine Packung Kaugummi.

»Dazu vielleicht noch einen Schokoladenmilchshake?«, fragte das alte Hutzelmännchen hinter der Kasse.

Forss war unschlüssig, und das sah man ihr wahrscheinlich auch an.

»Nach speziellem Hausrezept meiner Frau, Gott hab sie selig«, beeilte er sich zu sagen.

Warum nicht? Es war heiß, es war Sonntag. Sie hätte jetzt zwar lieber ein kaltes Bier gehabt, aber das war gerade schließlich nicht drin.

»Okay.«

Der Alte nickte zufrieden und machte sich beflissen an einer anachronistischen Maschine zu schaffen, die zu rumpeln begann, bevor er eine hellbraune, zähflüssige Masse in einen Pappbecher zapfte, den Shake sorgfältig mit einer Sahnehaube garnierte, einen altmodischen Papierstrohhalm hineinsteckte und Forss stolz überreichte.

»Macht zusammen vierzig Kronen.«

Forss zahlte.

»Da bin ich aber gespannt«, sagte sie und wandte sich zum Gehen.

»Ein Gruß aus der guten, alten Zeit«, rief ihr der alte Mann hinterher.

Tatsächlich war der Milchshake hervorragend, auch wenn sie meinte, dass Nyström ihr einen missbilligenden Blick zuwarf. Hatte sie etwa Angst um die Polster ihres schäbigen Toyotas?

Keine fünf Minuten später erreichten sie Emmamåla. Die Produktionshalle ähnelte äußerlich der in Rödahult, aber der Wohnsitz der Lundbergs war deutlich bescheidener dimensioniert als das herrschaftliche Anwesen der Gustavssons. In der Auffahrt parkten zwei dunkle Limousinen der neuesten Volvo-Generation.

»Sie sind noch hier«, befand Forss, saugte geräuschvoll den Rest des Shakes aus und stellte den leeren Becher in einen für Getränke vorgesehenen Halter in der Mittelkonsole. »Erspart uns die Fahrt nach Nynäshamn.«

Sie stellten den Wagen ab, stiegen aus und klingelten. Tatsächlich waren Dan und Gullvi Lundberg zu Hause. Sie saßen mit ihren Ehepartnern an einer Kaffeetafel im Garten, der sich hinter dem Haus befand, und aßen Kuchen. Beide Geschwister waren Mitte bis Ende sechzig, schlank, braun gebrannt und trugen legere Kleidung. Forss' erster Eindruck: freundlich, bodenständig und ein wenig neugierig. Der Kontrast zur Arroganz der Gustavssons hätte kaum größer sein können. Ohne viel Aufhebens wurden zwei Gartenstühle herbeigeschafft, und Dan Lundberg verschwand im Haus, um gleich darauf mit Tellern und Tassen wiederzukommen.

»Die Johannisbeeren auf der Torte sind frisch gepflückt und stammen von den Büschen dort drüben«, erklärte Gullvi nicht ohne Stolz. »Eigentlich eine Schande, dass wir so selten hier in unserem Elternhaus sein können und das meiste im Garten ungenutzt verdirbt.«

»Sieht jedenfalls ganz ausgezeichnet aus!«, lobte Nyström den Kuchen.

»Für mich bitte nur Kaffee«, bat Forss. Der Milchshake hatte es ziemlich in sich gehabt.

»Dass die Firmenzentrale in Nynäshamn liegt, hat natürlich seine Vorteile«, erläuterte der Bruder. »Die unmittelbare Nähe zur Hauptstadt und damit zum Tor für unsere internationalen Märkte. Die Fährverbindung nach Polen, wo unsere größte Fertigungsanlage steht. Präsenz in der Metropolregion, in der jeder vierte bis fünfte Schwede lebt.«

»Der Meerblick ist auch nicht zu verachten«, fügte seine Frau an, woraufhin alle bis auf Forss lachten.

»Auch wenn es vielleicht ziemlich direkt klingt«, sagte sie stattdessen, »habt ihr es denn überhaupt noch nötig, in eurem Alter zu arbeiten?«

»Was heißt schon nötig?«, entgegnete Dan Lundberg nach einer kurzen Pause, die wohl *Über Geld spricht man nicht* signalisieren sollte. »Wer rastet, der rostet, wie ich immer sage. Außerdem ist ein Familienunternehmen natürlich einerseits ein ungeheures Privileg, andererseits darf man aber auch nicht die damit verbundene Verantwortung unterschätzen.«

»Aus großer Kraft wächst große Verantwortung«, proklamierte Forss mit aufgesetztem Pathos.

»Konfuzius?«, fragte der Mann von Gullvi Lundberg interessiert.

»Spiderman«, antwortete Forss trocken.

»Wie dem auch sei«, sagte Nyström und legte die Kuchengabel beiseite, »ihr könnt euch sicherlich denken, warum wir hier sind.«

»Der arme Gunnar.« Gullvi Lundberg schüttelte mitfühlend den Kopf. »Wer tut ihm so etwas Grausames an?«

»Ein derart abstoßendes Objekt!«, fügte ihr Bruder an. »Kein Wunder, dass er sich an Berit erinnert fühlte.«

»Wie es aussieht, geht es tragischerweise weniger um Erinnerung als vielmehr um Wiedererkennen«, sagte Forss.

Vier ratlose Gesichter blickten sie an.

Nyström erklärte.

»Wie furchtbar!«, entfuhr es Dan Lundberg.

Seine Frau hielt sich die Hand vor den Mund.

»Das … das Ding da gestern war tatsächlich Berit? Ich meine das, was von ihr übrig ist?« Gullvi Lundbergs Augen weiteten sich vor Entsetzen. »Oh Gott.«

»Ihr beide wart damals bei der Hochzeitsfeier dabei«, stellte Forss fest.

Dan Lundberg nickte.

»Wir waren halbe Kinder. Ich muss vierzehn oder fünfzehn gewesen sein, Gullvi entsprechend sechzehn oder siebzehn.«

»Siebzehn«, sagte seine Schwester tonlos. »Ich war drei Tage zuvor siebzehn geworden.«

»Kanntet ihr Gunnar und Berit gut?«, fragte Nyström.

»Es waren wohl eher unsere Eltern, die sich kannten«, antwortete sie. »Glasreichfamilien wie wir. Da gehörte es zum guten Ton, sich zu solchen Anlässen gegenseitig einzuladen.«

»Waren Gunnar und du nicht sogar in derselben Tanzschule?«, fragte ihr Bruder.

»Richtig«, lächelte sie. »Mir tun heute noch die Zehen weh, wenn ich daran zurückdenke. Bruno ging übrigens auch dorthin, Berit ebenso. Damals musste man bis nach Växjö oder Kalmar fahren, um anständig Walzer tanzen zu lernen.«

»Und sich von den Bauerntrampeln der Umgebung abzusetzen«, sagte Forss.

»Ich hätte es anders formuliert, aber im Grunde: ja.« Sie lachte ein offenes Lachen. »Zum Glück ist Kultiviertheit nichts, wofür man sich schämen müsste.«

»Du hast Gunnar damals im Spaß immer *den Briten* genannt«, erinnerte sich Dan.

»Weil er schon damals diese merkwürdige Vorliebe für altmodische, englische Anzüge hatte«, erklärte Gullvi.

»Die Frage klingt abgedroschen«, lenkte Nyström das Gespräch in eine andere Richtung, »aber ist euch irgendetwas Besonderes aufgefallen, bevor die Hochzeitsfeier in dem Desaster endete?«

Die Lundbergs sahen einander an.

Schließlich antwortete der Bruder.

»Das Ganze ist fast fünfzig Jahre her. Wir waren Teenager. Ich habe zum ersten Mal in meinem Leben Alkohol getrunken, natürlich heimlich, gemeinsam mit einem anderen Jungen namens Uffe, wenn ich mich richtig erinnere, Bananenlikör. Was ging es mir am nächsten Tag dreckig!«

»Es war das gesellschaftliche Ereignis des Jahres«, rückte seine Schwester den Abend in ein größeres Bild. »Zwei wichtige Familien, eine bildhübsche Braut, ein stattlicher Bräutigam. Ein rauschendes Fest, auf das sich alle wochenlang vorbereitet haben. Ich habe nach zähen Verhandlungen meiner Mutter ein Ballkleid und hochhackige Schuhe abgerungen.« Ein Lächeln huschte über ihr Gesicht. »Es war ein wunderbarer Abend, ausgelassen, voller Tanz und Musik.« Sie legte ihrem Mann eine Hand auf den Arm. »Verzeih mir, aber ich muss das einfach erzählen: Da war dieser schnittige Junge aus dem Nachbardorf, Johan hieß er, ich weiß es noch genau, nach drei Tänzen hat er mich unter den bunten Lampions im Birkenhain geküsst. Was soll ich sagen? Es war herrlich. Bis dann die Katastrophe eintrat. Ich sehe das Bild ganz deutlich vor mir: Wie Gunnar pitschnass und bibbernd ans Ufer wankte. Dass Berit und dieser Herbert verschwunden waren, sprach sich natürlich herum wie das sprichwörtliche Lauffeuer. Die anschließende Panik und Aufgebrachtheit der Leute. Hektisch wurde eine Suche initiiert, aber daran durften wir nicht mehr teilnehmen, unsere Eltern sammelten uns ein, und wir fuhren überstürzt nach Hause.«

»Ein Drama«, fügte ihr Bruder an, »ganz schrecklich.«

»Was eurem Familienunternehmen allerdings nicht geschadet hat«, stellte Forss fest.

»Was willst du damit andeuten?«, fragte Dan Lundberg scharf. Die Atmosphäre am Tisch war von einem auf den anderen Moment umgeschlagen.

Forss nippte an ihrem Kaffee.

»Von den rund hundert Glashütten, die es hier in der Region einmal gab, existieren heute noch vierzehn«, sagte sie. »Wer weiß, wie es um Emmamåla stehen würde, wenn damals die Gustavssons nicht die Thurstans hinausgeworfen und stattdessen euch ins Boot geholt hätten? Anfang der Siebzigerjahre stand beinahe allen Hütten das Wasser bis zum Hals, dazu die bevorstehende Ölkrise und der Druck, sich durch technische Innovation oder neue Marketingwege gegen die billige, ausländische Konkurrenz durchzusetzen. Gunnar Gustavsson hat angedeutet, dass diese Gemengelage eure Firma ökonomisch an den Abgrund gerückt hat. Da kam eine Fusion mit den finanzstärkeren Gustavssons doch gerade recht, wohlgemerkt eine Zusammenarbeit, die ohne die Trennung von den Thurstans nie zustande gekommen wäre.«

»Worauf willst du hinaus?«

Nun klang auch Gullvi Lundbergs Stimme eisig.

»Ohne den Tod beziehungsweise das Verschwinden von Berit wäre Emmamåla«, Forss machte eine ausholende Geste, »wäre all das hier wahrscheinlich Geschichte. Und statt schicker Büros und Wohnungen mit Meerblick in Nynäshamn, würdet ihr heute womöglich dankbar sein, Glasblaskurse geben zu dürfen – wie Petter Thurstan.«

Dan Lundberg stand mit einem Ruck auf und warf seine Serviette auf den Tisch.

»Eine Unverschämtheit! Das müssen wir uns nicht bieten lassen! Als hätten wir Berit auf dem Gewissen! Als wären wir eiskalte Mörder!«

»Und?«, fragte Forss ruhig. »Seid ihr das?«

Dan Lundberg war so konsterniert, dass er sich wieder in seinen Gartenstuhl plumpsen ließ.

»Vielleicht ist es besser, ihr geht jetzt«, sagte seine Schwester mit Bestimmtheit.

»Der Kuchen war wirklich ganz ausgezeichnet«, beeilte sich Nyström zu sagen, während sie aufstanden.

10

»War das wirklich nötig?«, fragte Nyström, als sie wieder im Auto saßen.

»Was nötig?«

»Dein Auftritt gerade. Eine einzige Provokation. Das waren doch freundliche Menschen. Musstest du ihnen wirklich dermaßen auf die Füße treten?«

Unabgesprochen, wohlgemerkt. Schließlich war es immer noch sie, die diese Ermittlung leitete, und die Spur, Ton und Tempo vorgab.

Forss zuckte lapidar mit den Schultern.

»Vielleicht war es gerade das.«

»Was?«

»Dass sie so nett waren. Die Einladung zum Kaffee, der selbst gebackene Kuchen, die rührenden Coming-of-Age-Geschichten von heimlichem Bananenlikör und Küssen unter Lampions. Irgendetwas daran hat mir dabei nicht gefallen.«

»Ach nein?«

»Nein.«

»Stina, vielleicht hast du es noch nicht bemerkt«, seufzte Nyström und dachte: *in deiner gestörten Art,* »aber es gibt Menschen, die sind einfach nur nett. Weil Freundlichkeit den Umgang miteinander leichter macht.«

Menschen wie Healey zum Beispiel.

»Ach so«, sagte Forss und blickte starr geradeaus. »Ich werde es mir merken.«

In Nyströms Ohren klang es wie *Leck mich am Allerwertesten.*

Sie wusste nicht, was sie noch sagen sollte. Der plötzliche Gedanke an Healey fühlte sich wie ein Pfropf in ihrem Hals an.

Also schaltete sie das Radio ein und drehte die Klimaanlage hoch.

11

Hugo Delgado blickte auf den Monitor. Karl Kvist, Jahrgang 1969, wohnhaft in Urshult bei Tingsryd, Beruf Fernfahrer. Das musste Sodbrenn-Kalle sein, wie Delgado ihn getauft hatte. Zwei Anzeigen wegen des Verkaufs von geschmuggeltem Alkohol an Minderjährige, 2011 und 2014. Beim ersten Mal waren die Ermittlungen im Sande verlaufen, beim zweiten Mal war Kvist auf frischer Tat ertappt und zu einer mehrmonatigen Haftstrafe verurteilt worden. Zudem gab es einen Eintrag vom Vorjahr, der den Mann mit der örtlichen Glücksspielszene in Verbindung setzte. Offenbar hatte Kvist eine Leidenschaft dafür, relativ hohe Beträge auf Trabrennen zu setzen. In diesem Zusammenhang war er zwar noch nicht straffällig geworden, aber ein Aktenvermerk der Kollegen deutete darauf hin, dass er ansehnliche Wettschulden im halb kriminellen Milieu hatte. Es passte, dachte Delgado zufrieden, es passte alles zusammen. Ein Mann mit geringem Einkommen, der es mit dem Gesetz nicht so genau nahm und eine breite Angriffsfläche bot. Ein manipulierbarer Mann. War es so jemandem zuzutrauen, für eine gewisse Geldsumme einen Notfall zu simulieren und seinen Lkw mit wertvoller Ladung für einige Stunden unbeaufsichtigt in einer Parkbucht oder am Straßenrand stehen zu lassen?

Oh ja, gab sich Delgado selbst die Antwort, unbedingt.

12

Als Stina Forss zu Hause ankam, war es bereits später Nachmittag, auch wenn die Sonne noch weit über dem Horizont stand und den See hinter ihrem Haus zum Glitzern brachte. An ihre Haustür hatte jemand eine Notiz geheftet. Neugierig nahm sie den handbeschriebenen Zettel ab.

Wollen wir bald zusammen Kaffee trinken? Gruß, Suzanne.

Suzanne?

Es dauerte einen Moment, bis Forss darauf kam, wer ihr diese Einladung hinterlassen haben musste. Die Frau des Bauern, an den Forss das von ihrem Vater geerbte Land verpachtet hatte, hieß Suzanne. Sie wusste nicht, wie lange die Mattssons diese Weiden und Felder schon bewirtschafteten, vielleicht Jahrzehnte, sie hatte die alten Verträge einfach weiterlaufen lassen und kümmerte sich um nichts, nur bei der jährlichen Steuererklärung stolperte sie regelmäßig über den Betrag des zusätzlichen Einkommens, welcher ihr im Übrigen angesichts der Größe der verpachteten Flächen überraschend gering vorkam. Waren die Preise für Ackerland in den vergangenen Jahren nicht deutlich gestiegen? Andererseits war es Geld, das ihr in den Schoß fiel, ohne dafür etwas tun zu müssen, deshalb hatte sie bisher nie die Energie aufgebracht, sich mit der Sache genauer auseinanderzusetzen. Die Mattssons, die drei Kilometer entfernt wohnten und zu ihren nächsten Nachbarn gehörten, hatte sie erst zweimal getroffen; das erste Mal bei der Verlängerung der Verträge, das zweite Mal beim Dorffest, auf das zu gehen sie sich im ersten Jahr in ihrem neuen Zuhause bemüßigt gefühlt hatte. Es war bei diesem einen Besuch geblieben, zu fremd war ihr der ländliche Mikrokosmos aus Teppichweben, Jagdverband und Badestelleninstandhaltungsverein geblieben. Auf diesem Dorffest hatte sie sich in Ermangelung anderer Gesprächspartner zu den Mattssons gesetzt und bei Kaffee und wässrigen Heißmacherwürstchen durch eine halbe Stunde stockenden Small Talks gekämpft. Jan, Suzannes wortkarger Mann, hatte ehrlich gesagt wie ein ziemlicher Stinkstiefel gewirkt, seine Frau, die in Växjö als Altenpflegerin arbeitete, war zwar freundlicher gewesen, hatte aber aus ihren Vorbehalten gegenüber *Großstadtmenschen* keinen Hehl gemacht. Seitdem beschränkte sich Forss darauf, den beiden aus möglichst großer Entfernung zuzuwinken, zum Beispiel, wenn sie an deren Hof vorbeifuhr und einer der beiden im Garten zu tun hatte, oder wenn Jan Mattsson in Sichtweite ihres Grundstücks mit dem Traktor auf den Feldern unterwegs war. Nun also eine Kaffeeeinladung aus dem Nichts? Es konnte eigentlich nur mit den Pachtverträgen zu tun haben. Forss faltete den Zettel und steckte ihn in die Hosentasche. Im Haus machte sie sich als Erstes einen Gin Tonic. Der ging runter wie Mineralwasser. Appetit spürte sie keinen. Sie sah mit dem leeren Glas in der Hand aus dem Küchenfenster. Draußen lockte der See. Sie stellte das Glas ab, zog sich noch in der Küche aus und ging eine Runde schwimmen. Während sie auf dem Rücken liegend Wasser trat und in den blauen Himmel blickte, dachte sie, dass ihre Cousine wirklich recht gehabt hatte. Im Sommer war Schweden ein anderes Land. Manchmal. Die Abkühlung tat gut, sie betäubte alles für den Augenblick. Doch als Forss eine halbe Stunde später mit einem zweiten Drink am Ufer saß und auf das glitzernde Wasser blickte, kam die Schwermut zurück.

Wie und wann genau hatte das alles begonnen?

Sie bemühte sich seit Healeys Ermordung, die Dinge zu strukturieren, Zusammenhänge herzustellen und ein großes, in sich schlüssiges Bild zu sehen.

Mit dem Tod ihres Vaters? Oder an dem Tag, an dem Kent Vargen in das Team der Växjöer Kriminalpolizei versetzt worden war? *Geliebter, gehasster Kent.* Wie weh es immer noch tat, an ihn zu denken. Oder einige Monate danach, in der dunklen und dennoch so entscheidenden Stunde, in der ihr neuer Kollege bei einem Bombenattentat sein Leben geopfert hatte, um ihres und das sechstausend weiterer Menschen zu retten? War tatsächlich Kent Vargen des Rätsels Kern? Jener Mann, den sie in ihr Leben, in ihr Bett, ja, in ihr versehrtes Herz gelassen hatte, nur um nach seinem Tod festzustellen, dass er sie von vorn bis hinten belogen hatte? Dass es einen Kent Vargen nie gegeben hatte? Dass dieser Mann unter falscher Identität aus dem Nichts aufgetaucht war und sich die Polizeibehörde bis heute darüber in Schweigen hüllte? Dass er mehrmals bei ihr eingebrochen war, dass er die militärischen Orden ihres Vaters gestohlen hatte, darunter die höchste Tapferkeitsmedaille des Landes, eine Auszeichnung, die – eine weitere Ungereimtheit – offiziell noch nie verliehen worden war? Und welche Bewandtnis hatte es, dass der Drahtzieher des besagten Bombenattentats, bei dem neben Kent Vargen einundzwanzig weitere Menschen ihr Leben und sie das linke Auge verloren hatte, ein rechtsextremer Terrorist gewesen war, der ihr ein gutes Jahr vor dem Anschlag auf der Bestattung ihres Vaters die Hand geschüttelt und sein Beileid ausgedrückt hatte? Was hatte also ihr Vater mit alledem zu tun? Hatten er und Kent sich womöglich gekannt? Hatte Kent ihr deshalb in den Sekunden vor seinem Tod den ominösen Tapferkeitsorden sowie einen Schlüssel überreicht, von dem sie bis heute nicht wusste, zu welchem Schloss er gehörte, welche Bedeutung ihm innewohnte, oder ob es bei alldem überhaupt irgendeine Bedeutung gab? Waren das alles Chimären?

Wie gern hätte sie sich dieser verführerischen Überlegung hingegeben. Doch die Fakten sprachen eine andere Sprache. Die Fakten waren, dass Menschen *starben*. Nicht nur Healey. Nicht nur ihr von Krankheit gezeichneter Vater. Nicht nur Kent und die anderen Opfer, die von der Bombenexplosion in den Tod gerissen worden waren.

Es war einige Monate her, dass eine Frau anonym Kontakt zu ihr aufgenommen hatte. Sie hatte sich als Kent Vargens Ehefrau ausgegeben, als Partnerin aus seinem früheren Leben, in dem er einen anderen Namen getragen hatte, und ein Treffen vorgeschlagen. Natürlich hatte sich Forss Antworten auf ihre Fragen erhofft. Die Frau, die sich nach eigenen Angaben verfolgt und überwacht fühlte, hatte ein Treffen in einem Tagungshotel am Rande der Vertriebskonferenz ihres Arbeitgebers, einem großen Elektronikhandel mit einem landesweiten Filialnetz, vorgeschlagen. An der Konferenz nahmen fast zweitausend Angestellte teil. Inmitten dieser unübersichtlichen Menschenmenge fühlte sie sich offenbar am sichersten. Forss war zu dem verabredeten Zeitpunkt in den Hotelkomplex nahe Norrköping gefahren. Stundenlang hatte sie in der Lobby gewartet, ohne dass sie von jemandem angesprochen worden war. Irgendwann war ihr Geduldsfaden gerissen, und sie war aufgebracht durch die Korridore gestreift. Um sie herum geschäftiger Trubel,

Small Talk, Kaffee und belegte Brote. Männer in schlecht geschnittenen Anzügen, Frauen in zu engen Kostümen. Ein Maskenball, hatte sie gedacht, nicht meine Welt, aber irgendwo hier läuft eine Frau herum, die vielleicht alles verändern kann. Oder hat sie im letzten Augenblick kalte Füße bekommen und es sich anders überlegt? Im nächsten Augenblick hatte Forss das gerahmte Porträtfoto mit der schwarzen Schärpe und dem Blumengesteck auf einem Stehtisch entdeckt.

Wir trauern um unsere langjährige Stockholmer Mitarbeiterin Helen Söderqvist, die in der vergangenen Woche überraschend von uns gegangen ist.

In dem bereitliegenden Kondolenzbuch hatten bereits pflichtschuldig Dutzende Kollegen unterschrieben. Forss kritzelte einen ausgedachten Namen hinein und sprach so lange Umherstehende an, bis irgendwann hinter vorgehaltener Hand das Wort *Selbstmord* fiel. Sie ahnte das Schlimmste: Kent Vargens Ex-Frau war ebenfalls tot.

13

Wie leer das Haus war, dachte Ingrid Nyström, nachdem sie am frühen Abend Feierabend gemacht hatte, wie leer und still und viel zu groß, nun, da nur noch ihre alte Mutter und sie zurückgeblieben waren. Dabei hatte sie immer die Lebendigkeit gemocht. Hier war das quirlige Heim, in dem sie drei Töchter großgezogen und aufwachsen gesehen hatte. Alle waren längst ausgezogen, erwachsen und hatten eigene Familien, aber die Wochen vor dem großen

Unglück, in denen Anna und Healey mit dem kleinen Albert zu Besuch gewesen waren, weil die Wohnung in Brighton von Grund auf renoviert wurde, waren in ihrer familiären Lebhaftigkeit und Nähe wie eine glückliche Zeitreise in die Vergangenheit gewesen. Zumindest erschien es Nyström im Rückblick so. Nun wog die Abwesenheit ihrer Liebsten umso schwerer. Sie hatte nicht nur den Tod ihrer Schwiegertochter zu verarbeiten und mit dem Umstand umzugehen, dass ihr Mann für fast ein Jahr in Afrika sein würde, sondern auch noch mit Annas und Alberts Abschied. Wie gern hätte sie die beiden bei sich gehabt! Wie gern hätte sie ihre Tochter dabei unterstützt, zu trauern und wieder auf die Beine zu kommen! Wie gern wäre sie für ihren Enkel da gewesen! Stattdessen musste sie akzeptieren, dass die beiden Anders nach Tansania gefolgt waren.

»Glaub mir, Mama, es ist das Beste so, zumindest für den Anfang, zumindest bis ich weiß, wie es weitergehen soll. Nach Brighton kehre ich auf keinen Fall zurück. Und hier, keine fünfhundert Meter von dem Ort entfernt, an dem Healey erschossen worden ist? Wie soll ich hier jemals auf andere Gedanken kommen? Dazu die Vorstellung, dass …«

Ihre Stimme war an dieser Stelle abgebrochen, und Nyström hatte nicht weiter nachgehakt, ihre Fantasie und Schuldgefühle reichten jedoch aus, um den Satz gedanklich zu Ende zu führen, wieder und immer wieder. Anna hatte die Möglichkeit andeuten wollen, dass nicht Healey der tödliche Schuss gegolten hatte, sondern Stina Forss. Und wer war in letzter Konsequenz für diese fatale Verwechslung verantwortlich? Wer hatte die Kollegen nach Hause eingeladen, hatte die Idee zu einem Fest angestoßen, hatte Privates und Berufliches auf naive Weise miteinander vermischt? Sosehr Nyström ihre Wut auch auf Forss projizierte, kannte sie die Antwort auf diese Fragen doch genau. Sie verfolgte sie bis in ihre Träume. Welches Recht der Welt hatte sie also, Anna zum Verbleib zu überreden? Gar keins. Also hielt sie den Mund, presste die Lippen aufeinander und ließ trotz aller Vorbehalte gegen diese Reise ihre Tochter und Albert ziehen.

Nun stand sie in der leeren, stillen Küche. Aus dem Obergeschoss drangen leise Geräusche eines Fernsehers, ihre Mutter sah sich das Vorabendprogramm an, der Pflegedienst war bereits da gewesen. Im Kühlschrank befanden sich noch Reste vom Vortag, doch Nyström verspürte keinen Appetit. Sie machte sich einen Tee, nahm ihn mit nach draußen auf die Terrasse und setzte sich an den Tisch. Es war windstill und warm, ein Sommerabend, so lau und friedlich, wie es ihn nur wenige Male im Jahr gab. Hummeln und Libellen brummten durch die weiche Luft, über der Weide ihres Nachbarn jagten Schwalben im Tiefflug, die grasenden Kühe glotzten gelangweilt zu ihr hinüber. Auf der Tischdecke vor ihr lag eine vergessene Rassel von Albert. Sie nippte an ihrem Tee und fühlte sich leer.

Wie lange sie so dagesessen und vor sich hin gestarrt hatte, vermochte sie nicht zu sagen, als sie hinter sich das vertraute Knarren der Terrassentür wahrnahm. Überrascht drehte sie den Kopf. Tatsächlich hatte ihre Mutter den für sie so beschwerlichen Weg die Treppe hinab ins Untergeschoss auf sich genommen, um ihr Gesellschaft zu leisten.

»Hallo, Mama.«

Sie erschrak darüber, wie kraftlos ihre eigene Stimme klang.

Ihre Mutter lächelte. Unsicher auf eine Krücke gestützt stand sie da. Wie dünn sie geworden ist, dachte Nyström, wie alt. Schnell erhob sie sich, um ihr einen Stuhl zurechtzurücken. Dankbar nahm Gullan Platz. Eine Zeit lang saßen sie schweigend beieinander und schauten den vorbeizischenden Schwalben zu.

»Weißt du, wie dein Vater so ein Wetter immer genannt hat?«, fragte ihre Mutter.

Nyström schüttelte langsam den Kopf.

Es war schon so lange her, dass er gestorben war, dass sie sich kaum an seine Stimme erinnerte.

»Ein kaiserliches Wetter. Wir haben heute ein kaiserliches Wetter, Gullan, hat er an solchen Tagen immer gesagt. Ich fand diesen Ausdruck immer so schön, obwohl wir ja nie einen Kaiser hatten, sondern immer nur Könige. Wusstest du, dass er immer davon geträumt hat, einmal nach China zu reisen, um die Große Mauer und den kaiserlichen Palast zu sehen? Aber damals war eine solche Reise natürlich völlig undenkbar.«

Nyström griff nach der Hand ihrer Mutter. Sehnen, Haut, bläuliche Adern. Selten hatte sich etwas so gut angefühlt. Ihr traten Tränen in die Augen.

»Er war ein guter Mensch«, sagte sie schließlich.

»Er war ein sehr guter Mensch«, sagte Gullan und streichelte ihrer Tochter über den Kopf. »Und er war so unglaublich stolz auf dich.«

Bytorp, Sommer 1969

Trommelwirbel:

Seit heute bin ich verlobt!

Ob das eine gute oder eine sehr gute Entscheidung ist, nun, die Zukunft wird es zeigen. Natürlich, es gibt vieles, was dafürspricht, dass es mit uns klappt, sonst hätte ich diesen großen Schritt schließlich kaum gewagt und mich auf den Antrag eingelassen. Ich LIEBE seinen umständlichen, steifen Charme! Seinen Intellekt und trockenen Humor! Die Art, wie er mich bisweilen ansieht! Als wäre ich ein außerirdisches Wesen. (Wer weiß, vielleicht bin ich das ja auch?) Wenn wir zusammen im Bett sind, gibt er sich wirklich Mühe. Ich muss ihn gar nicht fragen, ich spüre auch so, dass ich seine Erste bin. Armer Gunnar, du hast so lange darauf gewartet! Ich hoffe, es lohnt sich für dich, und ich kann all die verpassten Gelegenheiten wieder wettmachen. Irgendwie mag ich es, in dieser Hinsicht in der Rolle der Lehrerin zu sein – Fräulein Clarin möge mir verzeihen!

Und auch sonst fügen sich die Dinge für uns. Papa und Gunnars Vater sind sich nähergekommen. Statt von Konkurrenz ist jetzt von Kooperation die Rede, es macht sogar der Ausdruck »Fusion« die Runde, obwohl ich bezweifle, dass weder Papa noch der alte Gustavsson jemals ein Wort Französisch oder Latein gelernt haben. Dabei ergibt die Verwendung des Begriffs »Verschmelzung« bei Firmen nirgends mehr Sinn als bei Glashütten, wenn man es einmal genau betrachtet. (Bin ich eine besserwisserische Wortklauberin? Ja, das bin ich wohl!) Was Gunnar und mich betrifft, sind wir, was das Verschmelzen betrifft, wie gesagt, noch am Üben. Gut Ding will Weile haben, riet Großmutter immer. Wie schade, dass sie nicht mehr da ist, mit ihr konnte ich immer über alles sprechen. Was hättest du mir für einen Rat gegeben, Edith?

Denn es gibt da auch noch die andere, die zweifelnde Seite, wenn ich ehrlich bin. (Und zum Grübeln und Wahrhaftigsein ist ein Tagebuch nun einmal da, nicht wahr?) Ich bin neunzehn Jahre alt, will ich mich in diesem Alter bereits für den Rest meines Lebens festlegen? Ist er wirklich der Richtige für mich? Der eine, für den es sich lohnt, auf alles andere zu verzichten? Mal denke ich ja, mal denke ich nein. Dazu kommt, dass ich nun im zweiten Anlauf endlich an der Kunsthochschule angenommen worden bin, meine Glasexperimente, wie ich sie nenne, haben sich tatsächlich bezahlt gemacht, was bedeutet, dass ich die nächsten Jahre überwiegend in Stockholm verbringen werde. Papa zahlt mir ein Zimmer und etwas für den Unterhalt, er schmiedet neuerdings große Pläne für »mein extraordinäres Talent«, wie er sich ausdrückt. Wo er das Wort nun wieder aufgeschnappt hat? In Mamas Reader's Digest? Der Gute! Glas und Kunst also, dabei war er am Anfang so skeptisch. Die Frage ist, wie sich die Entfernung auf Gunnars und meine Beziehung auswirken wird. Er sagt, wir könnten uns sehen, so oft es geht, aber einerseits leistet er seinen Wehrdienst ab und kann sich nur begrenzt Zeit nehmen, andererseits weiß ich gar nicht so genau, ob ich das überhaupt will. Halbe Wochenenden im Zug zu verbringen, nur um eine Nacht und ein paar Stunden am langweiligsten Ort der Welt zu verbringen. Man zieht doch nicht in die Hauptstadt, um das Beste zu verpassen! Ich male mir Ausstellungseröffnungen aus, Jazzkonzerte, die berüchtigten »fêtes« der Kunststudenten. Das pralle Großstadtleben! Gunnar sagt, er könne mich auch regelmäßig in Stockholm besuchen kommen. Doch möchte ich das? Wird er in mein neues Leben hineinpassen? Ich sehe ihn schon vor mir, wie er kopfschüttelnd in einem seiner karierten Anzüge auf einer verqualmten Party steht, während eine Studentin mit Baskenmütze Kerouac oder Burroughs oder selbst geschriebene Gedichte zitiert. »Die reimen sich ja gar nicht«, wird er sagen, und ich werde ihm erklären müssen, dass das ja der Sinn der Sache ist. Dass der schnieke junge Mann, mit dem ich tanze, tatsächlich nichts weiter als ein Kommilitone ist. Dass man die Röcke diese Saison wirklich noch ein bisschen kürzer trägt.

Hmm.

Großmutter, was sagst du?

Mama, Herbert und Maja haben mir jedenfalls geraten, den Schritt mit Gunnar zu riskieren. Wahrscheinlich haben sie recht. Die Verlobung wird sich als das Band erweisen, das uns über die Entfernung hinweg zusammenhält. Ihr wohnt ein magisches Versprechen inne, und ich will mein Bestes tun, es zu halten.

Das gelobe ich!

MONTAG

1

Bei der morgendlichen Besprechung war Lasse Knutsson nur halb bei der Sache. Das lag daran, dass er schlecht geschlafen hatte. Seitdem er vor einigen Monaten bei einem Einsatz schwer verletzt worden war und großflächige Brandwunden davongetragen hatte, kam das häufig vor. Immer wieder träumte er das Erlebte in unzähligen Varianten durch: ein alles verzehrendes Flammenmeer, wallende Hitze, ein zur unmenschlichen Fratze entstelltes Gesicht, das höhnisch lachte. Jedes Mal wachte er mit dem Gefühl auf, ihm säße ein Nachtalb auf der narbenübersäten Brust. Seine Frau Lisa berichtete, er würde im Schlaf schreien.

Mehr als die Übermüdung beeinträchtigte jedoch ein noch viel unmittelbareres Gefühl seine Laune und Konzentration: Er hatte Hunger. Er hatte neuerdings ständig Hunger.

Er hatte einen nervenzehrenden, allgegenwärtigen Bären-
hunger. Und er wusste genau, woran das lag. An Malin. Sein
behandelnder Arzt hatte ihm Malin auf den Hals gehetzt.
Malin war die Ernährungsberaterin des Krankenhauses.
Kaum war Knutsson wieder halbwegs auf dem Damm gewesen, da hatte dieses unerbittliche Fräulein mit dem
Dauerlächeln schon neben seinem Krankenbett gesessen
und ihm ins Gewissen geredet. Er gehe nun stramm auf die
sechzig zu – was für eine profunde Erkenntnis. Er habe massives Übergewicht – als wüsste er das nicht selbst. Sein Herz-
Kreislauf-System sei eine tickende Zeitbombe – ach was?
Es sei an der Zeit, den Schalter ein für alle Mal umzulegen.
Das Schicksal liege in seiner eigenen Hand. Wolle er ein lan-
ges, glückliches, erfülltes Leben? Oder wollte er sich weiter gehenlassen, dem unkontrollierten Genuss frönen und
seine Gesundheit ernsthaft aufs Spiel setzen? Gerade jetzt,
nach den schweren Verletzungen, die er Gott sei Dank überlebt habe, sei doch der richtige Zeitpunkt, die Initiative zu
ergreifen und den Heilungsprozess von Körper, Geist und
Seele durch die richtige Ernährung zu unterstützen. Den
Heilungsprozess von Körper, Geist und Seele, sie hatte das
tatsächlich so gesagt, und – was noch schlimmer wog –, tatsächlich so gemeint. Er hatte die Esoteriktante hochkant aus
dem Zimmer geworfen. Er hatte im Krankenhaus bereits
drei Kilo abgenommen, war das nicht Erfolg genug? Außerdem war er seit einiger Zeit ein Verfechter des sogenannten
Achtsamkeitsprinzips. Bevor er etwas aß, versuchte er seinen wahren Appetit auszuloten, auf die innere Stimme seines Körpers zu hören, und was die so vor sich hin brummte,
schmeckte ihm meistens sehr, sehr gut. Aber Malin war wie
ein Frettchen, das sich in eine Sache verbissen hatte, und die
Sache, das war er beziehungsweise *sein Fall,* wie sie sich aus-
drückte. Jetzt war sein Gewicht also schon ein Fall geworden.

Wer von uns beiden ist denn hier bei der Kriminalpolizei, hatte er gedacht, aber geholfen hatte das natürlich nichts, Malin kam wieder. Und wieder. Und wieder. Als sie nach seiner Entlassung eines Abends vor der Haustür gestanden hatte, bewaffnet mit ihren unzähligen Broschüren, Tabellen und der hinterhältigen Strategie, weibliche Solidarität vortäuschend, seine Frau Lisa in das *konfrontative Problemgespräch* miteinzubeziehen – offenbar war aus dem *Fall* mittlerweile bereits ein *Problem* geworden – hatte er schließlich aus reiner Erschöpfung kapituliert. Malins Zauberwort hieß Paleo-Ernährung, Steinzeitdiät. Kurz waren vor Knutssons geistigem Auge Mammuts und Säbelzahntiger aufgetaucht, die er heldenhaft mit langen Speeren erlegte und über offenem Feuer zubereitete, aber sehr bald hatte sich herausgestellt, dass sich hinter Malins Ernährungsplänen etwas viel Tristeres verbarg.

Nun saß er also müde, ausgezehrt und hungrig am Besprechungstisch, knabberte lustlos an einer Dattel und versuchte den Worten seiner Chefin zu folgen. Nyström fuchtelte mit einem Zeigestock vor ihrem geliebten Whiteboard herum.

»… haben wir seit gestern eine ganze Reihe Verdächtiger. Wobei ich das Wort Verdächtiger ausdrücklich in Anführungszeichen verstanden wissen will. Solange wir nicht sicher sein können, ob überhaupt ein Verbrechen begangen wurde beziehungsweise welcher Natur es möglicherweise war, ist diese ganze Ermittlung ein einziger Konjunktiv.«

»Warum ermitteln wir dann überhaupt?«

Nyström sah ihn an, eine Spur zu streng, wie er fand.

»Sag mal, träumst du, Lasse? Weil, wie ich gerade lang und breit dargelegt habe, vor zwei Tagen ein menschliches Skelett in einer Kunstausstellung aufgetaucht ist, bei dem es sich aller Wahrscheinlichkeit nach um die Überreste Berit

Gustavssons handelt, einer Frau, die vor siebenundvierzig Jahren auf ihrer eigenen Hochzeit spurlos verschwunden ist. Dazu müssen wir uns schließlich irgendwie verhalten. Edman springt bereits im Dreieck. Hast du heute schon die Zeitung aufgeschlagen?«

Ja, das hatte er. Und eine interessante Reportage über Angeltourismus auf den Lofoten gelesen. Dort gab es spezielle Räucheröfen, in denen …

Nyström unterbrach seinen Gedankengang.

»Die ganze Geschichte hat alle Zutaten eines melodramatischen Vorabendkrimis: zwei angesehene Unternehmerfamilien, das mysteriöse Verschwinden einer Braut mitsamt ihres – wie soll man ihn nennen? – Adoptivbruders, das dramatisch inszenierte Wiederauftauchen der vermissten Frau beziehungsweise ihres Schädels und ihrer Knochen, das Ganze wohlgemerkt im Rahmen einer Ausstellung, die das Lebenswerk des damaligen Bräutigams und die 250-jährige Firmenhistorie feiern soll: Meines Erachtens ist es nur eine Frage der Zeit, bis sich auch die landesweiten Medien auf die Sache stürzen, auch wenn das im Moment nicht unser Problem sein soll. Unsere Aufgabe besteht darin, abzuklären, ob sich der Anfangsverdacht einer Straftat erhärtet oder nicht.«

»Selbst wenn man erst einmal beiseitelässt, was damals auf der Hochzeit passiert oder auch nicht geschehen ist: Ich sehe, allein was das Skelett angeht, bereits eine ganze Menge Straftaten«, warf Anette Hultin ein. »Angefangen beim Diebstahl eines teuren Kunstwerks, über den unsachgemäßen und illegalen Umgang mit einem Leichnam, hin zur Einschüchterung und Nötigung Gunnar Gustavssons. In meinen Augen ist das übelster Psychoterror, der dem Mann da widerfährt.«

»Finde ich auch«, stimmte Delgado zu, »das riecht nach

Rache, perfide und bösartig. Da raubt dir jemand deine Braut und schickt dir fünfzig Jahre später ihre Knochen zu. Das ist doch abartig!«

»Wir sollten nicht der Verführung erliegen und voreilige Schlüsse ziehen«, mahnte Nyström. »Mein Vorschlag wäre, die Personen, die für die Verwicklung in ein so schweres Verbrechen infrage kommen, wie es die Entführung und Ermordung Berit Gustavssons und gegebenenfalls auch Herbert Moosbruggers wäre, zunächst einmal systematisch zu erfassen.« Sie tippte mit dem Zeigestock auf das Whiteboard. »Stina und ich haben, was das angeht, gestern bereits einige Fortschritte gemacht.« Sie räusperte sich. »Da ist zunächst einmal Herbert selbst, der Mann, der gemeinsam mit Berit verschwunden ist. Ein junger Österreicher, dessen Eltern in der Glashütte der Thurstans gearbeitet haben, bevor er innerhalb kurzer Zeit zu einem Vollwaisen wurde, woraufhin Berits Familie sich um das Kind gekümmert und es aufgezogen hat. Verschiedenen Aussagen beziehungsweise Gerüchten nach war er gleichzeitig ihr Adoptivbruder, Vertrauter, bester Freund oder auch Geliebter. Gunnars Bruder, Bengt-Ivar, ist der Überzeugung, dass Herbert unglücklich in Berit verliebt war und sie deshalb getötet hat. Seine starke Abneigung gegenüber dem Mann war nicht zu übersehen. Was zweifelsfrei feststeht, ist der Umstand, dass Herbert der Letzte war, mit dem Berit lebend gesehen wurde. Außerdem konnte er mit Glas umgehen. Eine Fertigung wie der Sarg, wie er im Museum aufgetaucht ist, wäre für ihn kein Problem.« Nyström tippte mit dem Zeigestock auf den nächsten Namen. »Bleiben wir bei dem Motiv Liebe und gehen nun einmal von dem Szenario aus, dass zwischen Berit und Herbert tatsächlich mehr war als Freundschaft oder geschwisterähnliche Bande.«

»Es würde sogar schon ausreichen, wenn jemand Bestimmtes *dachte,* es würde etwas zwischen ihnen laufen«, bemerkte Forss.

»Gunnar Gustavsson«, präzisierte Nyström. »Auch wenn er uns gegenüber Mark und Bein schwört, dass seine Berit und Herbert nichts weiter als enge Vertraute waren, hätte er natürlich ein starkes Motiv gehabt, wenn er von Intimitäten zwischen Berit und Herbert gewusst beziehungsweise an so etwas geglaubt hätte. Wer weiß, vielleicht hat ihm während der Hochzeitsfeier jemand etwas gesteckt, das er nicht weiter ignorieren konnte oder wollte. Seine Mutter hat damals zu Protokoll gegeben, dass es schon lange entsprechende Gerüchte gab. Dazu kommt, dass Gunnar natürlich die Gelegenheit gehabt hätte. Er war über eine Stunde allein auf dem See und der verabredeten Insel, genügend Zeit also, um seine Braut und den vermeintlichen Widersacher zu töten. Davon, dass er ebenfalls mit Glas umzugehen weiß, ist auszugehen.«

Knutsson pickte aus der Nuss- und Dörrobstmischung, die vor ihm stand, eine Rosine, steckte sie sich in den Mund und nickte. Das klang in seinen Ohren durchaus plausibel.

»Aber warum lässt er dann ein halbes Jahrhundert später ihr Skelett wieder auftauchen?«, fragte Delgado. »Ein indirektes Geständnis? Will er, dass wir ihm auf die Schliche kommen? Belastet ihn sein Gewissen so stark?«

»Auf mich wirkte er nicht unbedingt wie ein Mann mit Gewissensbissen«, merkte Forss an. »Aber wer weiß? Denkbar ist theoretisch natürlich auch die Möglichkeit, dass der damalige Täter und der heutige Absender dieses makabren Grußes aus der Vergangenheit nicht identisch sind. Vielleicht gab es damals einen Zeugen, jemand, der Gunnar heute unter Druck setzen will?«

Nyström tat Forss' Überlegung mit einer brüsken Handbewegung ab.

»Nach fast fünfzig Jahren? Äußerst unwahrscheinlich.« Sie tippte mit dem Teleskopstock wieder auf die Tafel. »Kommen wir zur nächsten Kategorie an Namen. Menschen, die von Berits Verschwinden profitiert haben. Im Fall von Petter Thurstan, ihrem jüngeren Bruder, gleich in mehrfacher Hinsicht. Erstens ist er dadurch in der Familienhierarchie nach oben gerückt und hat ihren Platz als verantwortlicher Geschäftsführer eingenommen. Ihm passte weder die Fusion mit den Gustavssons noch der Weg der wirtschaftlichen Neuausrichtung, den Gunnar und Berit in Absprache mit ihren Eltern eingeschlagen hatten. Kaum saß er im Chefsessel, trennten sich die Betriebe. Gunnar sagte aus, dass er sich ohne Berit keine Kooperation mit den Thurstans mehr vorstellen konnte, und Petter ohne Einmischung von außen weiterarbeiten wollte wie bisher. Geholfen hat es ihm wenig, einige Jahre später ist die Hütte in Bytorp wie so viele andere in Konkurs gegangen. Heute arbeitet er übrigens als freier Mitarbeiter für das Museum und gibt Kurse in Glasfertigung.«

»Dort wo das Skelett aufgetaucht ist?«, fragte Knutsson.

»Dort wo das Skelett aufgetaucht ist«, bestätigte Nyström.

»Verdächtig.«

Knutsson zerbiss eine Paranuss.

Delgado meldete sich zu Wort.

»Vieles spricht dafür, dass das Exponat nicht vor Ort ausgetauscht wurde, sondern auf dem Transportweg aus den USA hierher. Die Route, auf der die geliehenen Kunstwerke unterwegs waren, lässt sich lückenlos nachvollziehen. Dabei tut sich ein verdächtiges Zeitfenster auf. Zwischen Hässleholm und Osby stand der Lkw mit der kostbaren Fracht drei Stunden unbewacht an der Straße, während sich der Fahrer mit vermeintlichen Symptomen eines Herzinfarkts in Hässleholm behandeln ließ. Entlassen wurde er allerdings mit der Diagnose Sodbrennen.«

»Kenn ich«, sagte Knutsson mitfühlend. »Das ist die Hölle. Wenn man nicht schnell genug das richtige Medikament ...«

»Der Fahrer heißt Karl Kvist«, unterbrach Delgado, »ein zwielichtiger Typ mit Gefängnisvergangenheit und Hang zum Glücksspiel.«

»Du meinst, er wurde womöglich dafür bezahlt, den Lkw stehen zu lassen, und hinterher keine dummen Fragen zu stellen?«, fragte Hultin.

Delgado nickte.

»Gute Arbeit«, lobte Nyström. »Ich will diesen Kvist so bald wie möglich zum Verhör hier haben.«

»Das übernehme ich gern«, befand Hultin, die ehemalige Berufssoldatin und Leistungssportlerin und ließ ihre Fingerknöchel knacken.

»Der Knabe wiegt angeblich 150 Kilo«, bemerkte Delgado. »Nicht, dass er bei der Festnahme tatsächlich einen Herzinfarkt erleidet.«

»Ich werde ihn mit Samthandschuhen anfassen«, lächelte Hultin.

»Heute Nachmittag habe ich übrigens noch einen Telefontermin mit dem amerikanischen Sammler, dem *Schneewittchen* gehört. Es gibt, zumindest theoretisch, schließlich auch die Möglichkeit, dass das Originalwerk bereits von ihm ausgetauscht wurde. Allerdings sehe ich bei ihm auf den ersten Blick keine persönliche Verbindung zur Familie Gustavsson. Welches Motiv sollte er also haben? Profanen Versicherungsbetrug? Dann würde er wohl kaum die Überreste eines echten Leichnams über den Atlantik schicken.«

Nyström nickte.

»Trotzdem gut, dass du mit ihm sprichst. Wir stehen noch ganz am Anfang und sollten daher keine Möglichkeit außer Acht lassen, uns keine Denkverbote auferlegen.«

Eben bist du doch selbst Stina über den Mund gefahren,

dachte Knutsson, aber er sprach es natürlich nicht aus. Zum einen verehrte er seine Chefin viel zu sehr, um sie öffentlich zu kritisieren, zum anderen waren die Spannungen zwischen Nyström und Forss seit einigen Wochen so deutlich spürbar, dass er nicht noch mehr Öl ins Feuer gießen wollte.

»Kommen wir zum letzten Punkt«, nahm Nyström ihren Faden wieder auf und wandte sich dem Whiteboard zu, »den Lundbergs, die Besitzer der Glashütte in Emmamåla. Nachdem sich die Gustavssons und die Thurstans wirtschaftlich wieder entflochten hatten, sind die Lundbergs in die Bresche gesprungen und haben sich mit den Gustavssons zusammengetan, nicht zuletzt, weil ihnen finanziell zu diesem Zeitpunkt das Wasser bis zum Hals stand. Gemeinsam waren sie stark genug, um die ökonomisch schwierigen Zeiten Anfang der Siebzigerjahre zu überstehen und schließlich zu der Weltmarke zu werden, die *Gustavssons* heute darstellt. Alle drei Geschwister, damals wohlgemerkt noch Teenager, sind heute in leitenden Positionen des Unternehmens.«

»Puh«, schnaufte Knutsson, »das sind eine ganze Menge Menschen mit Motiv.«

»Und das ist wohlgemerkt erst der Ermittlungsstand nach anderthalb Tagen«, gab Forss zu bedenken. »Niemand kann garantieren, dass die Liste bereits vollständig ist.«

»Das sagt ja auch keiner«, entgegnete Nyström, eine Spur zu schnippisch, wie Knutsson fand, »aber irgendwo müssen wir schließlich beginnen.« Sie tippte mit dem Zeigestock energisch auf die Tafel. »Ich möchte mehr über diesen Herbert erfahren. Über Berit, die Gustavssons, die Thurstans und die Lundbergs. Zu unserem Glück hat Bo Örkenrud in den Hinterlassenschaften der Verschwundenen eine Hochzeitsbroschüre sichergestellt, in der alle damaligen Gäste aufgeführt sind. Ich habe die Hoffnung, dass uns dieser Leitfaden zu wertvollen Zeugenaussagen verhelfen kann. Vermutlich sind viele mittlerweile längst tot, aber sehen wir mal, wohin uns die Erinnerungen der Lebenden führen.« Sie reichte Delgado die Liste. »Eine Aufgabe, wie für dich gemacht: Guck doch mal, wer noch unter den Lebenden weilt und such, wenn möglich, die entsprechenden Kontaktdaten heraus.«

»Ich könnte mich um diesen Petter Thurstan kümmern«, schlug Knutsson vor.

»Gute Idee, Lasse«, willigte Nyström ein. »Ich selbst habe vor, mit Elvira Öman zu sprechen, einer engen Freundin Berits.«

»Ich dachte, ich fahre nach Öland und unterhalte mich mit diesem Künstler, der *Schneewittchen* geschaffen hat, Jan Hesenius«, sagte Forss.

»Den hat Hugo doch bereits aussortiert«, wandte Nyström ein.

»So explizit hab ich das eigentlich nicht formuliert«, protestierte Delgado vorsichtig.

»Ich glaube auch nicht, dass er vor dem Verkauf sein Werk mit Berits Knochen ausgestattet hat«, erläuterte Forss. »Dazu war das Original zu gut dokumentiert und ist seitdem durch zu viele fachkundige Hände gegangen, als dass dies nicht aufgefallen wäre. Aber mich interessiert, wie er ausgerechnet auf dieses Sujet gekommen ist: Ein Frauenleichnam in hellem Kleid, dazu ein angedeuteter Blutfleck. Das Ganze vor dem Hintergrund der Vorgeschichte seines Auftraggebers. Was ist das gewesen? Unwissenheit? Ignoranz? Provokation? In meinen Augen spielt *Schneewittchen* in diesem Fall so eindeutig eine wichtige Rolle, dass wir Hesenius nicht vorschnell aus der Ermittlung streichen sollten.«

»Aber …«, begann Nyström.

»Keine Denkverbote!«, mahnte Knutsson, indem er die eigenen Worte der Chefin zitierte.

»Das hast du schön gesagt«, grinste ihn Delgado an, »Steinzeitmann.«

Knutsson warf ihm eine Haselnuss an den Kopf.

»Aua!«, rief Delgado und rieb sich die Stirn.

Mammuts und Säbelzahntiger, dachte Knutsson und war für den Moment zufrieden.

2

Anette Hultin war froh, aus dem Präsidium herauszukommen und sich auf die rund vierzigminütige Fahrt nach Tingsryd zu begeben. Es war nun einige Monate her, dass sie nach einem Jahr Elternzeit wieder zurück an ihren Arbeitsplatz gekommen war, aber noch immer fremdelte sie mit der Situation. Es fühlte sich an, als habe sich in ihrer Abwesenheit etwas Grundlegendes geändert. Sicher, zu allererst sie selbst. Sie war jetzt Mutter, und ihre kleine Tochter war zum emotionalen Zentrum ihres Lebens geworden, eine innige Bindung, die Hultin auch während Wilmas Abwesenheit empfand. Es tat noch immer ein wenig weh, sie morgens im Kindergarten zurückzulassen, und es öffnete jeden Nachmittag aufs Neue ihr Herz, sie wieder in die Arme zu schließen, die Bedürftigkeit und bedingungslose Liebe dieses bezaubernden Wesens zu spüren. Hultin genoss die Zeit, die sie zusammen verbrachten, das Schmusen, das gemeinsame Essen, das Vorlesen, das Ins-Bett-Bringen. Ihr war auch bewusst, dass dies nicht ewig so harmonisch weitergehen würde. In wenigen Wochen würde sie wieder in Vollzeit arbeiten, lange, anstrengende Tage, die das Leben zu Hause verdichten und stressiger machen würden. Victor und sie würden sich noch besser aufeinander abstimmen müssen, Wilma würde lernen müssen, in den schmalen Zeitfenstern am Morgen und am Abend zu funktionieren. Das neue Reihenhaus mit Garten in Hovshaga wollte schließlich abbezahlt werden und der Luxus einer Teilzeitstelle würde vorbei sein.

Doch es war nicht nur sie, die sich verändert hatte. Die Atmosphäre im ganzen Team war momentan, milde ausgedrückt, bescheiden. Vor allem lag das natürlich an der Spannung zwischen Nyström und Forss, die oft mit Händen zu greifen war, wie die morgendliche Besprechung wieder einmal gezeigt hatte. Hultin ahnte natürlich die Gründe für Nyströms permanente Gereiztheit der Kollegin gegenüber, sie konnte sie auch zum Teil nachvollziehen, trotzdem fand sie, dass es so nicht weitergehen konnte. Es war an der Zeit, dass die beiden reinen Tisch machten. Selbstverständlich war der Mord an Healey Harrington eine furchtbare Tragödie, ein Trauma, ein Schock, der jeden aus der Bahn geworfen hätte. Aber Nyström war halt nicht irgendjemand. Sie war die Hauptkommissarin. Sie war die Chefin. Sie war diejenige, die vorangehen sollte, führungsstark, selbstbewusst, sachlich. Merkte sie nicht, dass die unnützen Scharmützel mit Forss ihrer Autorität schadeten? Und was sollte das Ganze überhaupt? Auch wenn Hultin Verständnis für Nyströms Trauer und Wut hatte: Forss konnte schließlich nichts dafür, dass allem Anschein nach sie und nicht Healey diejenige gewesen war, auf die es der Attentäter abgesehen hatte. Außerdem: Auch wenn ihr Forss aufgrund ihrer einzelgängerischen, verschrobenen Art nicht besonders sympathisch war – in der Armee hätte sie mit ihrem Auftreten keinen Blumentopf gewonnen –, musste man respektieren, dass die Frau eine nationale Heldin war. Sie hatte

Pläne eines Terrorattentats aufgedeckt und Tausenden Menschen das Leben gerettet. Statt einer Augenklappe hätte sie eine gottverdammte Tapferkeitsmedaille verdient. Woher nahm Nyström also das Recht, sie bei jeder sich bietenden Gelegenheit zur Schnecke zu machen?

Aber der Zickenkrieg, wie Hultin die anhaltende Auseinandersetzungen nannte, war nicht das einzige Problem in der Abteilung. Auch Lasse Knutsson hatte sich nach seiner schweren Verletzung verändert, war wortkarger und melancholischer geworden. Im Moment wirkte er geradezu ausgezehrt. Wo war der lebensfrohe Brummbär geblieben, der bei jeder Besprechung literweise Kaffee getrunken, mayonnaiselastige Butterbrote sowie Kuchen und Gebäck in sich hineingeschaufelt hatte? Stattdessen saß er seit geraumer Zeit da wie ein Häufchen Elend und pickte wie ein Vögelchen in seiner Nussmischung.

Und zu guter Letzt war da natürlich noch die Sache zwischen ihr und Delgado. Aber was hieß schon *Sache?* Im Grunde war da ja nichts zwischen ihnen, wenn man einmal von dem kopflosen, verschwitzten Intermezzo in der Toilettenkabine absah. Wie zum Teufel hatte das nur passieren können? Was war in diesem Moment über sie gekommen? Sex mit dem Ex. Am Arbeitsplatz. Gab es ein billigeres Klischee? Obwohl das Ganze drei Monate zurücklag, waren die Schuldgefühle Victor gegenüber immer noch da. Sie hatte entschieden, ihm nichts davon zu erzählen. Ein einmaliger Aussetzer war es nicht wert, die gemeinsame Zukunft der Familie zu riskieren, denn das war es ja wohl gewesen, ein einmaliger Ausrutscher, nicht wahr? Auch mit Delgado hatte sie danach nie über den Vorfall gesprochen. Ab und an, wenn sie allein im Büro waren, machte der unverbesserliche Kindskopf dämliche Andeutungen, die sie versuchte zu ignorieren, doch es machte ihren Arbeitsalltag nicht gerade leichter, ihm tagtäglich gegenüberzusitzen. Am liebsten hätte sie alles ungeschehen gemacht, aber so funktionierte das Leben leider nicht. Vielleicht wäre es das Beste, die Chefin um einen anderen Arbeitsplatz zu bitten, vielleicht konnte sie den Schreibtisch mit Forss oder Knutsson tauschen? Andererseits musste sie zugeben, dass die viele Zeit, die sie zwangsläufig mit Delgado verbrachte, kurzweilig war. Sicher, er redete den halben Tag irgendwelchen Blödsinn, aber seltsamerweise schaffte er es meistens, sie damit zum Lachen zu bringen. Mit Victor dagegen lachte sie ziemlich selten. Weil er ein reifer, erwachsener Mann ist, sagte sie zu sich selbst, und ich eine reife, erwachsene Frau.

Hultin hatte Karl Kvist telefonisch nicht erreicht, woraufhin sie bei seinem Arbeitgeber angerufen hatte. Dort war man gleichzeitig ahnungslos, verärgert und auch ein wenig besorgt. Kvist war am Morgen nicht erschienen, obwohl er montags eine feste Tour nach Göteborg hatte. Krank gemeldet hatte er sich nicht und dem Disponenten war es ebenso wenig gelungen, Kvist zu kontaktieren. Dem Chef der Spedition zufolge war so etwas vorher noch nie passiert: »Kalle mag kein Engel sein, aber bisher war auf ihn immer Verlass.«

Bei Hultin schrillten alle Alarmglocken.

»Weiß er etwa, dass sich mein Kollege gestern nach ihm erkundigt hat?«

Die Stimme am anderen Ende der Leitung brummte etwas von Loyalität seinen Mitarbeitern gegenüber.

Na toll.

»Da hast du deine Erklärung, warum Kalle heute nicht bei der Arbeit erschienen ist«, sagte Hultin aufgebracht. »Dein verlässlicher Mitarbeiter.«

Sie hatte aufgelegt und sich sofort auf den Weg gemacht.

Kvists Adresse in Tingsryd stellte sich als die Bruchbude

heraus, die Hultin erwartet hatte. Ein kleines, ungepflegtes Haus aus den Fünfzigerjahren, der ehemals weiße Putz der Fassade schimmerte vor lauter Flechtenbewuchs grünlich und bröckelte an vielen Stellen, die Dachrinne hing durch, und ein kleines Fenster im Obergeschoss war zerbrochen und notdürftig mit Pappe, Plastikfolie und Klebeband repariert worden. Im Vorgarten umzingelte hüfthohes Unkraut zwei verwachsene Apfelbäume, die wahrscheinlich noch nie beschnitten worden waren. Sie stellte ihren Wagen ab und stieg aus. Die Einfahrt war leer, das Garagentor stand offen und gab den Blick auf einen völlig zugemüllten Raum frei: Umzugskartons, Holzabfälle, Styroporteile, wie sie zur Verpackung von Elektrogeräten benutzt werden, prall gefüllte Plastiksäcke, aussortierte Autoreifen. Er ist nicht da, dachte sie, sonst stünde hier ein Wagen, er hat sich längst aus dem Staub gemacht. Oder war ihm gar etwas angetan worden? Die Sorgfalt verlangte es, das Haus genauer zu überprüfen. Moosbewachsene Betonplatten führten durch den Unkrautdschungel auf die Haustür zu. Überraschend drangen von innen Geräusche nach draußen. Ein Knattern und Tuckern, Motorenlärm. Als würde jemand im Haus auf einem hoch frisierten Moped umherfahren. Seltsam. Sie klingelte und lauschte. Abrupt erstarb die Geräuschkulisse. Stattdessen sich nähernde Schritte auf knarrenden Holzdielen. Hinter dem geriffelten Glas der Haustür zeichnete sich eine Gestalt ab. Die Tür wurde geöffnet. Eine Frau im Nachthemd stand ihr gegenüber, etwa Mitte vierzig, teigiges Gesicht, im Mundwinkel eine glimmende Zigarette.

»Ja?«

»Polizei Kronoberg.« Hultin wies sich aus und stellte sich vor. »Ich suche Karl Kvist.«

Die Frau musterte sie von oben bis unten.

»Ach ja?«

»Ja. Und du bist wer?«, gab Hultin ebenso patzig zurück.

Die Frau verschränkte die Arme vor ihrer Brust, zog ohne Zuhilfenahme einer Hand an ihrer Zigarette, inhalierte tief und blies den Rauch durch die Nase aus.

»Kalles Ex.«

»Ex was?«

»Ex-Verlobte.«

»Aber wohnst hier?«

Der Frau gelang das Kunststück zu grinsen und gleichzeitig die Kippe von einem Mundwinkel in den anderen zu befördern.

»Ja, ich wohne hier, ist schließlich mein Haus.«

»Und Kalle?«

»Habe ich rausgeworfen.«

»Wann?«

»Gestern Abend.«

»Darf ich fragen, warum?«

»Einen Dreck darfst du.«

»Gab es Streit?«

»Privatangelegenheit.«

Die Zigarette wanderte wieder zurück in den anderen Mundwinkel.

»Irgendeine Ahnung, wo ich Kalle finden könnte?«

»Auf der Arbeit?«

»Da ist er heute nicht aufgetaucht. Krank gemeldet hat er sich auch nicht.«

»Aber montags hat er doch seine feste Tour …«

»… nach Göteborg, das wissen wir bereits.« Zum ersten Mal zeigte das Gesicht der Frau eine Regung, die man als Neugier oder wenigstens Interesse deuten konnte. »Hast du sonst irgendeine Vermutung, wo er stecken könnte? Bei einem Kumpel oder Arbeitskollegen?«

»Ich könnte ihn ja mal anrufen.«

Hultin reckte den Daumen nach oben. Was für eine brillante Idee.

Die Frau verschwand paffend im Haus. Eine Minute später kam sie ohne Zigarette, aber mit Handy am Ohr wieder zurückgeschlurft.

»Geht nicht ran«, sagte sie nach einer Weile und ließ das Smartphone in einer Tasche verschwinden.

Vielleicht war das Nachthemd gar kein Nachthemd, sondern eher eine Art Morgenrock, überlegte Hultin. Sie suchte eine Visitenkarte aus ihrer Handtasche und überreichte sie der Frau.

»Wenn er wiederkommt oder sich meldet, kontaktierst du mich bitte«, sagte sie mit Nachdruck. »Es ist wichtig, dass wir ihn so bald wie möglich finden. Zu seiner eigenen Sicherheit.«

Der letzte Satz war eine Behauptung, die wahrscheinlich jeder Grundlage entbehrte. Aber manchmal funktionierte so etwas. Tatsächlich schien die Frau anzubeißen.

»Was hat er denn diesmal angestellt?«

»Darüber darf ich nur mit Angehörigen sprechen.«

Noch eine Flunkerei.

»Aber wo ich doch seine Verlobte bin.«

Jetzt hatte Hultin sie dort, wo sie sie haben wollte.

»Ach«, sagte sie mit übertriebenem Staunen in der Stimme. »Jetzt doch ohne Vorsilbe?«

»Das war nur ein bedeutungsloser Streit, weiter nichts. Wir vertragen uns schon noch wieder. Wie sagt man so schön: Was sich liebt, das neckt sich.«

»Worum ging es denn in diesem Streit?«

Die Frau sah zu Boden. Offenbar war ihr die Antwort unangenehm, wieso sollte sie sonst so herumdrucksen?

Hultin versuchte nachzuhelfen.

»Alkohol? Drogen? Sex?«

»Um die *Playstation*.«

»Wie bitte?«

»Das Computerspiel. Ein Motorradrennen. Wer damit dran war. Wo doch der eine Controller kaputtgegangen ist. Jetzt kann man nur noch allein spielen.«

»Aha«, sagte Hultin und musste an die seltsame Geräuschkulisse denken, die aus dem Haus gekommen war, bevor sie geklingelt hatte.

»Er könnte bei seinem Bruder sein«, sagte die füllige Frau unvermittelt. »Pelle. Der wohnt in Gislaved.«

»Adresse?«

Die Frau nannte sie ihr. Warum nicht gleich so?

»Dann werden wir der Sache mal auf den Grund gehen. Danke für die Mitarbeit.«

Sie wandte sich um.

»Was hat Kalle denn nun überhaupt getan?«, rief ihr die Frau hinterher.

»Schneewittchen verbummelt«, antwortete Hultin, ohne sich noch einmal umzudrehen.

3

Als Hugo Delgado das Hochzeitsfestprogramm durchblätterte, das dank des wertigen Papiers in einem bemerkenswert guten Zustand war, musste er für einen Augenblick an Linda in einem Brautkleid denken. Und an Anette. Der eine Gedanke war so beunruhigend wie der andere, also drängte er sie beide beiseite und versuchte, sich auf seine Aufgabe zu konzentrieren. Die Sitzordnung der Feier setzte sich mitsamt

Kindern aus zweihundertfünf Gästen zusammen, dazu das Brautpaar. Berit Gustavsson, geborene Thurstan, war, wenn nicht alles täuschte, tot, ihre Knochen befanden sich zur weiteren Untersuchung im kriminaltechnischen Labor in Linköping. Blieben zweihundertsechs Menschen übrig. Deutlich zu viele, um alle einzeln zu überprüfen. Er musste die Zahl deutlich reduzieren. Von den vielleicht zehn deutschen Wörtern, denen er mächtig war, sprach er sein liebstes vor sich hin: *Rasterfahndung*. Es klang in seinen Ohren so technisch und nach den Siebzigerjahren, dass es ein Songtitel von *Kraftwerk* sein könnte: *Autobahn, Die Roboter, Rasterfahndung*. Als ersten Filter wählte Delgado das Alter. Das Fest war siebenundvierzig Jahre her, Leute, die damals fünfzig waren, waren inzwischen mit großer Wahrscheinlichkeit verstorben, überlegte er. Sicher, vielleicht siechte noch irgendwo der ein oder andere Greis dahin, vielleicht darbte noch irgendwo eine Ururgroßmutter dem Ende entgegen, aber diese Möglichkeit war seiner Meinung nach zu vernachlässigen. Fünfzig, das war eine runde Zahl, und an irgendeiner Grenze musste er schließlich mit dem Sieben beginnen. Er überflog die biografischen Angaben zu den Gästen.

Alle enthielten Altersangaben und waren in ähnlichem Telegrafenstil gehalten. Delgado sortierte mithilfe der Fünfzigjahrsgrenze neunundsiebzig Personen aus. Blieben einhundertsiebenundzwanzig übrig, die er genauer unter die Lupe nehmen musste. Er teilte sie in verschiedene Gruppen ein: Dreiundvierzig ließen sich eindeutig als nahe oder weitere Verwandte der Gustavssons oder Thurstans zuordnen. Einundvierzig waren Angestellte der Hütten aus Rödahult oder Bytorp. Zweiundzwanzig waren Freunde des Brautpaars oder deren Familien, darunter die drei Lundberggeschwister. Zehn waren Nachbarn. Sieben hatten soziale Funktionen in einem der beiden Dörfer wie Feuerwehrmann oder Polizist. Vier ließen sich aufgrund fehlender Angaben keiner Kategorie zuordnen. Das, dachte Delgado, sind immer noch eine Menge Menschen. Als Nächstes kam er auf den Gedanken, dass eine Altersgrenze nicht nur nach oben, sondern auch umgekehrt funktionierte. Alle, die zum Zeitpunkt der Hochzeit noch Kinder gewesen waren, also zwölf Jahre alt oder jünger, konnten mit an Sicherheit grenzender Wahrscheinlichkeit keine Aussagen zu den damaligen Geschehnissen machen, die der Ermittlung in irgendeiner Weise hilfreich sein könnten, befand er. Diese Überlegung reduzierte die Gesamtziffer um einunddreißig Namen auf sechsundneunzig potenzielle Zeugen. Zu viele, dachte er, das sind immer noch viel zu viele. Was ich brauche, das ist eine qualitative Unterscheidung. Menschen, die räumlich und emotional nah an Gunnar und Berit Gustavsson, an Herbert Moosbrugger und Petter Thurstan, an Gunnars Bruder Bengt-Ivar und den Lundberggeschwistern dran waren. Sie wussten bisher von Elvira Öman, einer Freundin Berits, zu der Nyström unterwegs war, aber darüber hinaus? Enge Freunde, neugierige Nachbarn, langjährige Arbeitskollegen konnten dabei mit Sicherheit mehr zur Klärung der wahren Umstände beitragen als eine Cousine zweiten Grades aus Amerika – die es im Fall von Berit tatsächlich gegeben hatte, und die zur Hochzeit aus Minnesota angereist gekommen war. Mit geschärftem Blick durchstöberte Delgado das Material erneut, parallel klickte er auf seinem Rechner zwischen dem landesweiten Melderegister und verschiedenen sozialen Netzwerken hin und her. Nach zwei Stunden Arbeit hatte er eine Liste, die kurz war, die er aber als möglicherweise vielversprechend empfand.

Maja Sundh, 67, geborene Järdler, ehemalige Schulfreundin von Berit Gustavsson

Gunilla Hallrup, 68, ehemalige Schulfreundin von Berit Gustavsson
Kennert Östling, 70, Freund und Trauzeuge von Gunnar Gustavsson
Erwin Neuholt, 80, ehemaliger Kollege von Herbert Mossbrugger, ebenfalls mit österreichischen Wurzeln
Tomas Isroth, 66, Jugendfreund von Petter Thurstan
Hans-Christer, 65, und Olof Persbrandt, 63, Sprösslinge einer weiteren Glasreichfamilie, heute Golfpartner der Lundbergs

Sieben aus zweihundertsechs. Nicht schlecht, ein Ergebnis, mit dem man konstruktiv weiterarbeiten konnte, fand Delgado. Konnte ihm mal bitte jemand auf die Schulter klopfen? Aber außer ihm war die Abteilung verwaist, alle anderen waren auf Achse. Aufstöhnend griff er nach dem Telefonhörer. Es gab eine Menge zu tun.

4

Während Ingrid Nyström in ihr Auto stieg, um nach Bytorp zu fahren und Elvira Öman aufzusuchen, fiel ihr der Pappbecher ins Auge, der in dem Getränkehalter hinter dem Schaltknüppel stand, Forss' Milchshake vom Vortag. Der Strohhalm, der aus dem leeren Becher herausragte, kam ihr wie ein ausgestreckter Mittelfinger vor. Konnte diese Frau nicht einmal ihren Müll anständig entsorgen? Entnervt nahm sie das Ding, stieg noch einmal aus und warf es in die nächste Abfalltonne. Ihre Finger klebten. Wo waren die Feuchttücher, die sie sonst immer im Handschuhfach verwahrte? Sie bebte vor Zorn. Als sie endlich vom Parkplatz fuhr, gab sie viel zu viel Gas und wäre beinahe mit einem Fahrradfahrer kollidiert, der gerade noch rechtzeitig abbremsen konnte. Im Rückspiegel sah sie, wie der Knilch ihr einen Vogel zeigte. »Idiot«, murmelte sie, obwohl ihr bewusst war, dass sie es war, die ihm die Vorfahrt genommen hatte, nicht umgekehrt. Die Strecke ins Glasreich fuhr sie viel zu schnell. Sie ließ die Wagenfenster herab und drehte das Radio auf. Der warme Fahrtwind und die dröhnende Schlagermusik hatten etwas Befreiendes. Wenn Forss dachte, sie müsse auf Öland einer aussichtslosen Spur nachgehen – sollte sie doch. Wenn Lasse Knutsson neuerdings meinte, er könne ihr über den Mund fahren – sollte er doch. Wenn Anders, Anna und Albert in Afrika besser aufgehoben waren als zu Hause bei ihr – sie biss sich auf die Unterlippe. Mit einer abrupten Bewegung schaltete sie das Radio aus. Die hirnlose Gutelaunemusik war ihr mit einem Mal unerträglich. Sie versuchte, die Tränen wegzudrücken, die feuchten Augen waren schließlich allein vom Fahrtwind zu verantworten.

Als sie Bytorp erreichte, hatte sie sich wieder unter Kontrolle. Sie passierte einen heruntergekommenen Industriebau mit hohem Schornstein, ähnlich der alten Fertigungshalle in Rödahult. Alle Fenster waren von innen mit Spanplatten verriegelt, auf einer Seite des Gebäudes hatte der Efeu das Mauerwerk verschluckt, auf einer anderen Seite war die rostige Metallfassung eines ehemaligen Neonschriftzugs zu erkennen. *Thurstan Glas AB,* entzifferte sie im Vorbeifahren. Diese Zeiten waren lange vorüber und werden niemals zurückkehren, dachte sie, mehr als empfänglich für die Melancholie, die das alte Gemäuer ausstrahlte.

Kurz darauf erreichte sie die Adresse von Elvira Öman. Ihr gingen die abwertenden Worte Gunnar Gustavssons durch den Kopf, der Öman als Flittchen und Drogensüchtige bezeichnet hatte. Selbst wenn Nyström ihm die Verbitterung zugestand, fand sie die harsch formulierten Vorwürfe äußerst unangemessen, vor allem für eine siebzig Jahre alte Frau. Neugierig geworden war sie trotzdem. Ömans Haus machte auf den ersten Blick einen völlig normalen Eindruck und fügte sich unauffällig in die Häuserzeile aus rot gestrichenen Holzbungalows mit Sprossenfenstern ein. Im Nachbargarten sprangen zwei Kinder auf einem Trampolin, ein Haus weiter jätete eine Frau Unkraut, während ein Mann ein Auto wusch. Sommeridylle auf dem Dorf. Nyström durchschritt den gepflegten Vorgarten Ömans und klingelte. Die Frau, die ihr öffnete, war klein, zierlich und trug ein geblümtes Sommerkleid. Sie war geschmackvoll geschminkt. Wären die Falten an ihrem Hals und die altmodisch wirkende Brille nicht gewesen, deren Gläserstärke die braunen Augen grotesk vergrößerten, hätte man Elvira Öman für zwanzig Jahre jünger halten können. Nyström stellte sich vor und erklärte ihr Anliegen. Öman bat sie ins Haus und bot ihr in der Küche ein Glas kalte Hagebuttensuppe an. Nyström nahm gern an. Der Geschmack des traditionellen Getränks erinnerte sie an ihre Kindheit. Während sie kleine Schlucke nahm, musterte sie die Umgebung und vor allem ihr Gegenüber. Nichts deutete auf das kleinste Anzeichen von Verwahrlosung hin, im Gegenteil. Das sorgfältige Make-up, die tadellose Frisur, die blitzsaubere Küche. War das Überkompensation, oder war Gustavssons Gerede von der Drogenabhängigkeit reine Verleumdung?

»Wie gesagt, ich würde mit dir gerne über Berit Gustavsson sprechen«, wiederholte Nyström, nachdem sie ausgetrunken hatte.

»Berit Thurstan meinst du wohl.«

»Offiziell war sie nach der Heirat eine Gustavsson, auch wenn es nur ein paar Stunden waren, bis sie …«

Nyström geriet ins Stocken, als sie merkte, was ihre Worte implizierten. Sie deutete hier Dinge an, die bis jetzt nicht bewiesen waren. Ann-Vivika Kimsel hatte darauf hingewiesen, dass die junge Braut aus forensischer Sicht durchaus noch zwanzig Jahre lang weitergelebt haben konnte.

»Für mich wird sie immer eine Thurstan bleiben«, sagte Öman und schob ihre Unterlippe trotzig vor.

»Du mochtest Gunnar nicht«, stellte Nyström fest.

»Ganz richtig, auch wenn das keine Rolle spielt.«

»Was spielt denn eine Rolle?«

»Nun, dass er für sie der falsche Mann war.«

»Willst du damit andeuten, dass sie ihn nicht geliebt hat?« Öman lachte auf.

»Liebe. Ja, ja, die Liebe. Ein großes Wort.«

»Zu groß für Berit?«

»Sagen wir: Sie hat ihn gemocht. Aber sie hat auch eine Menge andere Dinge gemocht.«

Nyström wurde hellhörig.

»Gunnar sagt, dass er sie liebte. Dass er sie bis heute liebt.«

»Gunnar ist ein Dummkopf. Er hat sie doch gar nicht richtig gekannt.«

Nyström stutzte. Beinahe identische Worte hatte der alte Witwer benutzt. Niemand außer ihm habe Berit wirklich gekannt. War sie eine Frau mit derart verschiedenen Gesichtern gewesen?

»Wie meinst du das?«, fragte sie. »Was hat Berit noch alles gemocht?«

Öman schien in sich hineinzulächeln. Oder wie war ihr Gesichtsausdruck sonst zu deuten? Sie schenkte Nyström und sich selbst von der Hagebuttensuppe nach.

»Cheers«, prostete sie und hob das Glas. »Oder *chin-chin*, wie man damals im *Grand* zu sagen pflegte.«

Was wollte Öman andeuten?

»Du meinst das Stockholmer *Grand Hôtel*?« Öman nickte.
»Was heißt *damals*?«

»Es muss Ende der Sechziger-, Anfang der Siebzigerjahre gewesen sein, als wir dort verkehrt haben.«

»Wir?«

»Berit und ich.«

Hinter den dicken Brillengläsern blitzte Triumph auf. Nyströms Hirn ratterte. Aus den Unterlagen, die Bo Örkenrud bei Gustavsson sichergestellt hatte, ging tatsächlich hervor, dass Berit nach ihrem Schulabschluss für zwei Jahre die Kunsthochschule in der Hauptstadt besucht hatte. Für eine ambitionierte Tochter aus gutem Hause zu der Zeit nichts Ungewöhnliches. Die Familie hatte die materiellen Ressourcen, ihr eine Wohnung und Unterhalt in Stockholm zu finanzieren, dazu vielleicht auch die gesellschaftlichen Kontakte, die eine junge, selbstbewusste, schöne Frau wie Berit zu dem ein oder anderen Anlass an einen so exklusiven Ort wie dem berühmten *Grand Hôtel* geführt hatten. Aber Elvira Öman? Eine Hilfsarbeiterin aus einer Glashütte in Bytorp?

»Ich weiß genau, was du jetzt denkst«, sagte die alte Frau. »Wie passt das zusammen? Ein unbedeutendes Unterschichtmädchen aus irgendeinem jämmerlichen Kaff in Småland und das schillerndste Hotel des Landes? Nun, du kanntest Berit nicht. Sie hat auf solche Dinge nichts gegeben. Ich war ihre beste Freundin. Punkt. Also hat sie mir ihre Garderobe geliehen, ihre Schuhe, ihren Schmuck. Sie hat mich nach Stockholm in ihre Wohnung eingeladen und mir sogar die Zugfahrkarten bezahlt. Geld zählte für sie nicht, was sie wollte, war Spaß, und Spaß – das kannst du mir glauben –, den hatten wir, den hatten wir wirklich.«

Sie kicherte. Wie ein Teenager, der zum ersten Mal an einer Sektflöte genippt hat. Nyström versuchte, es sich vorzustellen: Zwei aufgedonnerte Landschönheiten, die auf-

geregt und einander untergehakt in einem Ballsaal umher-
klackerten. Irgendetwas an dem Bild war nicht stimmig.

»Dieser Spaß«, fragte sie, »wie muss man sich den vorstellen?«

»Nun«, hob Öman an, nahm ihre Brille ab und putzte
die Gläser sorgfältig, »Hagebuttensuppe haben wir damals
sicherlich nicht getrunken. Champagner. Martinis. High-
balls. Zum Essen natürlich die passenden Weine. Hast du
schon einmal im *Grand Hôtel* gegessen?« Nyström schüttelte
den Kopf. »Fantastisch ist gar kein Ausdruck! *Formidable, formidable!* Hummer: Ich musste mir bei Berit abschauen, wie
man diese Tiere überhaupt mit Anstand auseinander- und
zu sich nimmt. *Bœuf Stroganoff:* Ich weiß bis heute nicht, wer
dieser Stroganoff ist, aber es schmeckte unglaublich. Schne-
cken: Gewöhnungsbedürftig, aber man lernt sie zu schätzen,
ebenso wie Froschschenkel übrigens.«

»Das muss doch alles ein Vermögen gekostet haben?«,
fragte Nyström. Auch wenn eine Unternehmerfamilie wie
die Thurstans die Weiterbildung ihrer Tochter finanzierte,
konnte sie sich beim besten Willen nicht vorstellen, dass sie
Berit ein derartiges Luxusleben ermöglicht haben sollten,
das der typischen småländischen Mentalität in ihrer Bodenständigkeit und an Geiz grenzenden Sparsamkeit entgegen-
stand.

Öman lachte erneut auf. Sie schien sich prächtig zu amüsieren.

»Aber das haben wir doch nicht bezahlt!«

»Wer denn dann?«

»Na, die Männer natürlich!«

»Was denn für Männer?«

Öman, die ihre Brille wieder aufgesetzt hatte, warf ihr
mit den eulenhaften Augen einen Blick zu, der nur eins bedeuten konnte: Wie naiv bist du eigentlich?

»Wie gesagt: Wir waren auf Spaß aus.«

»Ich verstehe immer noch nicht«, sagte Nyström langsam, dabei begann sie sehr wohl zu begreifen, worauf die alte Frau hinauswollte.

»Dummerchen«, lächelte Öman, stand auf, verließ die Küche und kam eine Minute später zurück, in der Hand etwas, das wie eine Visitenkarte aussah. Sie reichte es der Hauptkommissarin. Schweres, geprägtes Papier. Geschwungene Schrifttype.

Club Rosé
Abendbegleitung für Männer mit Niveau

»Ein Escort-Service?«, fragte Nyström verdutzt.

5

Die Autofahrt von Växjö nach Rälla auf Öland dauerte knapp zwei Stunden. Die Strecke führte quer durchs Glasreich, was Zufall war. Auf der Brücke über den Kalmarsund herrschte zähfließender Verkehr, in den Sommermonaten war die Insel ein Ferienparadies und hoffnungslos überlaufen. Das Atelier von Jan Hesenius lag an der Westküste, aus den hohen Fenstern bot sich ein unverbauter Blick auf den glitzernden Sund und die gegenüberliegende Halbinsel Revsudden. Der Künstler, schlank, hochgewachsen, grauer Haarschopf, weißer Bart, war etwas jünger als Gunnar Gustavsson. Er bewegte sich trotzdem langsam und steif, als er Stina Forss eine Tasse Kaffee einschenkte. Probleme mit der

Hüfte, erinnerte sich die Kommissarin, nippte am Kaffee und genoss für einen Moment das wunderbare Panorama.

»Was soll man sagen?«, begann Hesenius, der ebenfalls Platz genommen hatte und ihrem Blick gefolgt war. »Es ist privilegiert, aber inspirierend.«

»Nerven die Touristen nicht?«

»Ach wo. Das sind nur drei oder vier Monate im Sommer, den Rest des Jahres über herrscht Ruhe. Außerdem, was stört es mich, wenn ab und an jemand vor meinem Fenster entlangschlendert und einen Blick hineinwirft.« Er lächelte. »Insgeheim ist wahrscheinlich jeder Künstler eine Art Exhibitionist, sonst würde er sein Innerstes wohl kaum so publikumsträchtig wie möglich zur Schau stellen wollen, oder?«

»Darüber habe ich noch nie nachgedacht«, gab Forss zu. »Klingt jedenfalls nachvollziehbar.« Sie setzte die Kaffeetasse ab. »Künstler, wie wird man das eigentlich?«

Hesenius lachte.

»Dasselbe könnte ich dich über deinen Beruf fragen.«

Forss lächelte schief.

»Ich bin da wohl eher so eine Art Sonderfall. Sagt jedenfalls mein Therapeut.«

Quid pro quo, dachte sie, *Agent Starling.* Ich gebe ein Stück von mir preis, und du von dir.

Hesenius hob amüsiert eine seiner buschigen Augenbrauen.

»Ich könnte jetzt erwidern, dass dies hier meine Therapie ist.« Er wies mit einer sich öffnenden Geste auf den Atelierraum, die angrenzende Werkstatt, die abstrakten Glasgegenstände im Raum. »Dass ich mich als Künstler berufen fühle. Einer inneren Stimme folge. Und so weiter und so fort. Es mag Kollegen geben, die das so empfinden. In meinen Augen ist das allerdings eine nicht unbedingt gesunde

Selbstüberhöhung. Für mich ist die Auseinandersetzung mit dem Material, in meinem Fall das Glas, ein Beruf wie jeder andere auch. Es ist eine Aufgabe, die zugegebenermaßen im Vergleich zu den meisten anderen Tätigkeiten, die Menschen in ihrem Berufsalltag ausführen, selbstgestellt ist, und die versuche ich zu erfüllen. Mal gelingt es gut, ein anderes Mal weniger. Das mache ich acht Stunden am Tag und abends habe ich Feierabend, mache mir ein Bier auf und schalte den Fernseher an.«

»Du kokettierst mit der Banalität.«

»Vielleicht ein wenig«, lächelte er. »Aber im Grunde ist es genau das.«

»Mein Alltag sieht genauso aus«, log Forss. Sie war vierundzwanzig Stunden am Tag Polizistin. Sieben Tage die Woche. Denn etwas anderes als ihren Beruf besaß sie im Grunde nicht. »Außer dass ich keinen Fernseher habe.«

»Keinen Fernseher?«

»Heutzutage guckt man Serien auf dem Laptop.«

»Ich würde einen steifen Nacken bekommen.«

»Da ist was dran«, sagte Forss und ließ demonstrativ die Schultern kreisen.

»Und was sagt dein Therapeut zu exzessivem Serienkonsum?«

»Stresskompensation.«

»Warum bist du überhaupt bei der Kriminalpolizei?«

Quid pro quo.

»Wahrscheinlich geht es um Wiedergutmachung.« Sie zögerte. Bisher zahlte sie mehr in den Topf ein, als sie zurückbekam. Aber vielleicht funktionierte es nur so, durch Vertrauensbildung. »Mein Vater war ein Schwein, nein, richtigerweise muss es heißen: Er wurde zum Schwein. Er hat meine Mutter fast totgeprügelt, und ich konnte nichts dagegen tun.«

»Aber du hast etwas abbekommen?«

Forss nickte.

»Daher die Augenklappe?«

»Das ist eine andere Geschichte. Aber ja, ich habe etwas abbekommen.« Sie öffnete den Stehkragen ihrer kurzärmeligen Bluse, sodass die Narben an ihrem Hals sichtbar wurden.

In Hesenius' Gesicht geschah etwas. Sein Blick bekam etwas Gieriges.

»Du hast eine spannende Persönlichkeit«, sagte er. »Ich treffe selten Frauen mit einer derart intensiven Ausstrahlung.«

Wenn du mich anfasst, erschieße ich dich, dachte sie. Gleichzeitig wusste sie, dass sie ihn jetzt genau dort hatte, wo sie ihn haben wollte.

»*Schneewittchen*«, sagte sie schnell. »Auf mich wirkt dein Werk wie eine kranke Vergewaltigungsfantasie. Eine Märchenfigur als Skelett in einem weißen, blutverschmierten Kleid. Das Ganze als Auftragsarbeit für Gunnar Gustavsson. Bei der Vorgeschichte. Ich glaube keine Sekunde, dass das Zufall war.«

Sie starrte Hesenius an.

Er atmete hörbar ein und aus.

Die Erregung, die sie in seinem Blick ausgemacht zu haben glaubte, wich etwas anderem, vielleicht war es Resignation, vielleicht war es die Einsicht, dass die Frau, die ihm gegenübersaß, in jeder Hinsicht stärker war als er. Plötzlich sah er einfach nur noch alt aus.

»Du hast recht«, sagte er schließlich, »du hast vollkommen recht. Natürlich wusste ich von Gustavssons Vorgeschichte. Bevor ich mit den Arbeiten an *Schneewittchen* begann, war ich bereits einige Monate lang in der Hütte in Rödahult tätig. Das Unternehmen zahlte gut, ich hatte vollkommene künstlerische Freiheit, und Gunnar war mit meinen Arbeiten sehr zufrieden. Es war ein Arrangement, von dem wir beide profitierten. *Gustavssons* bekam den modernen Touch, den Gunnar sich wünschte, und ich – damals noch weitgehend unbekannt –, konnte mich im Gegenzug als Künstler profilieren und wurde dafür auch noch gut entlohnt. Es war Anfang der Achtzigerjahre, das Verschwinden seiner Frau lag mehr als zehn Jahre zurück, aber die Angestellten tratschten natürlich. Niemand konnte verstehen, warum Gunnar nach all der Zeit noch immer das Leben eines zurückgezogenen Junggesellen lebte, er, ein kerniger, wohlsituierter Mann um die dreißig. So habe ich von Berit und Herbert und der Geschichte ihres spurlosen Verschwindens erfahren. Die Idee zu *Schneewittchen* ist aus Übermut und einer latenten Irritation geboren worden, auch wenn mir das damals nicht in dieser Klarheit bewusst war.«

»Was für eine Irritation?«, fragte Forss, die den obersten Blusenknopf wieder geschlossen hatte. »Eben sagtest du, du hättest vom Verhältnis zu Gunnar und dem Unternehmen in doppelter Hinsicht profitiert.«

»Sicher«, nickte Hesenius, »das habe ich ganz unbestritten. Dennoch gab es diese anderen Gedanken, zugegebenermaßen scheinheilig und selbstgerecht, aber sie waren da.«

»Und zwar?«

»So gern ich Gunnars Geld annahm und die Bühne nutzte, die seine Firma mir bot, sosehr war mir auch bewusst, dass ich mich und meine künstlerische Arbeit ans Kapital verkaufte.«

»Ans Kapital?«

»So dachten wir damals. Es waren andere Zeiten, weitaus politischer als heute.«

»Gustavsson als der böse Kapitalist und du als sein Hofmaler?«

»Etwa so, ja. Ich fühlte mich wahrscheinlich unterschwellig in meiner künstlerischen Integrität bedroht.«

»Deine alten Göteborger Kommunenfreunde von der Kunsthochschule haben dir deinen Porsche verleidet?«

»Woher weißt du von meiner Kommunenzeit und dem Porsche?«

Forss seufzte.

»Du hast einen eigenen Wikipedia-Eintrag. Mit historischen Fotos. Ein langhaariger Rebell in einem schnittigen Sportwagen. Interessante Inszenierung, wahrscheinlich sind dir die Kunstgroupies scharenweise hinterhergelaufen.«

Hesenius schien einen Moment nachzudenken.

»Wie gesagt, es war scheinheilig und selbstgerecht. Trotzdem war es wahr. Es war das, was ich damals gefühlt habe. Anders kann ich mir die Provokation jedenfalls nicht erklären.«

»Du wolltest deinen Auftraggeber quälen.«

»Ich wollte ihm eine Grenze aufzeigen, ihm klarmachen, dass echte Kunst nicht käuflich ist. Die Reminiszenz an seine verschollene Braut, die Anspielungen auf Tod und Gewalt, es war im Rückblick betrachtet geschmacklos und unsensibel. Ich bin zu weit gegangen. Im Grunde hätte ich das Objekt wieder zerstören sollen, doch aus irgendeinem Grund konnte ich mich nicht davon trennen. Ganz losgelöst von Gunnars und Berits Geschichte, hatte es etwas Besonderes, einen eigenen Wert, eine mehrdeutige, brutale Direktheit, die …«

»Es hat dich wohlhabend gemacht und bekannt«, stellte Forss fest.

»Ja.« Er seufzte. Betrachtete seine großen, schwieligen Hände. »Dass *Schneewittchen* nun zu Gunnar zurückgekehrt ist und für so viel Leid und Entsetzen sorgt, ist vielleicht so etwas wie meine verspätete Strafe.«

Oder die beste Werbung, die man sich nur ausmalen kann, dachte Forss. Sie sah an Hesenius vorbei auf den Sund hinaus. In der Ferne glitten zwei Windsurfer über das Wasser. Die weißen Gischtfurchen, die sie hinter sich herzogen, waren Sekunden später wieder verschwunden, als hätte es sie nie gegeben.

6

Petter Thurstan hatte darauf bestanden, sich mit Lasse Knutsson in einer Cafeteria in Växjös größtem Einkaufszentrum zu treffen. Sie befand sich hinter den Kassen des Supermarkts. Konnte man sich einen ungemütlicheren Ort vorstellen, um in Ruhe eine Unterhaltung zu führen? Hätte Knutsson am Telefon vielleicht detaillierter auf den Anlass eingehen und erwähnen sollen, dass es um die seit siebenundvierzig Jahren verschollene Schwester ging? Nun, dafür war es jetzt zu spät. Er war spät dran und bahnte sich einen Weg durch einen Mahlstrom aus Menschen und Einkaufswagen. Wo kamen die ganzen Leute her? Hatten die alle Urlaub? Gab es bei dem Traumwetter nichts Besseres zu tun? Dabei war heute noch nicht einmal Sommerschlussverkauf oder der Rabatttag für Pensionäre, sondern ein ganz normaler Montagnachmittag. Als er endlich das besagte Café erreichte, hielt er nach Thurstan Ausschau. An einem der Tische saß ein älterer Mann vor einem Glas Wasser, gedrungene Gestalt, ausgemergeltes Gesicht. Jede Wette, das war der Richtige. Nach annähernd drei Dutzend Dienstjahren hatte Knutsson ein Näschen für solche Dinge. Bevor er sich zu dem Mann setzte, zapfte er sich am Selbstbedienungstresen noch schnell einen Kaffee. Die Glasvitrine auf dem Weg zur Kasse war eine einzige Versuchung: sahnige *budapest bakelse,* marzipangedeckte *prinsesstårta,* Krabbenbrot mit Mayonnaise. Er fasste in seiner Jackentasche nach einer getrockneten Feige und krallte sich daran fest wie an einen Talisman. Nachdem er seinen Kaffee bezahlt hatte – den es genau genommen in der Steinzeit genauso wenig gegeben hatte wie Sahnetorte –, stand ihm trotz Vollklimatisierung Schweiß auf der Stirn. Säbelzahntiger, sagte er wie eine lautlose Beschwörungsformel vor sich hin, Mammuts und Säbelzahntiger. Er setzte sich zu dem einsam wirkenden Mann.

»Petter Thurstan, nehme ich an?«, keuchte er, nachdem er seinen massigen Körper auf dem kleinen Stuhl zurechtgerückt hatte.

»Nein«, war die verdutzte Antwort. »Ich heiße Sven Ericsson.«

»Oh«, sagte Knutsson, brummte etwas von einem Missverständnis und scannte gleichzeitig erneut die Cafeteria. In einer schlecht beleuchteten Nische entdeckte er einen weiteren älteren Mann, der allein an einem Tisch saß. »Nichts für ungut.«

Er stand so ruckartig auf, dass sein Kaffee überschwappte und auf der hellen Resopalplatte eine Pfütze hinterließ. »Drüben gibt es Servietten!«, rief er noch, während er sich bereits durch die engen Zwischenräume der Tische drängte und Kurs auf sein neues Opfer nahm.

Diesmal handelte es sich tatsächlich um Thurstan. Graumeliertes Haar, Stoppelbart, rot leuchtende Nase. Alkoholiker oder Sonnenbrand, dachte Knutsson. Oder beides. Sie gaben sich die Hand. Thurstan war das letzte lebende Familienmitglied, die Eltern waren schon vor langer Zeit verstorben.

»Warum ausgerechnet hier?«, fragte Knutsson. »Wenn ich neugierig sein darf?«

»Weil der Kaffee so gut ist.«

Knutsson blickte in seinen halb ausgeschütteten Becher. »Tatsächlich?«

»Das war ein Scherz.« Der Mann zwinkerte. Dann deutete er mit dem Kinn in Richtung der Supermarktkassen. »Meine Frau arbeitet drüben. Die Rothaarige an der Sieben. Sie hat mich gern in der Nähe, und ich sie. Und so schlecht ist der Kaffee auch wieder nicht.«

Knutsson nahm einen Schluck und verzog das Gesicht.

»Das muss wahre Liebe sein«, sagte er.

»Kann man so sagen. Im nächsten Monat feiern wir unseren vierzigsten Hochzeitstag, und Marianne geht ebenfalls in Rente. Dann hauen wir endgültig nach Portugal ab.«

»Portugal?«

»Die Wärme, azurblauer Himmel, frisch gegrillter Fisch und vor allem die niedrigen Steuern. Mit unseren mageren Pensionen leben wir dort wie die Könige. Der Dauerstellplatz für den Wohnwagen kostet einen Witz, die Aussicht ist atemberaubend, man kann das Meer rauschen hören und ist in fünf Minuten am Wasser. Mit der Satellitenschüssel bekommt man sogar schwedisches Fernsehen. Marianne liebt Quizsendungen.«

»Wow«, sagte Knutsson. Mit Portugal hatte er bisher immer nur melancholische Musik und einen arrogant wirkenden Fußballspieler assoziiert. Das Bild, das Thurstan da zeichnete, sah jedoch ganz anders aus, farbenprächtig und verlockend. Vielleicht war das Land wirklich mal einen Urlaub wert? Frisch gegrillter Fisch? Absolut paleo-kompatibel!

»Aber was wird dann aus deinem Job beim Museum?«

»Ist das jetzt die raffinierte Überleitung zu Gunnar Gustavsson und dem angeblich echten Skelett?« Thurstan klopfte auf die Lokalzeitung, die gefaltet vor ihm auf dem Tisch lag. »Das Thema des Tages.«

»Nein. Ja. Wie du willst. Am besten alles der Reihe nach.«

»Also«, hob Thurstan an, »zum Mitschreiben«. Er machte tatsächlich eine Pause, um Knutsson die Gelegenheit zu geben, einen Notizblock oder etwas Ähnliches aus der Tasche zu holen, doch der nickte nur ermunternd. Der Mann fuhr also fort. »Die Kurse in Glasbläserei gebe ich aus reiner Nostalgie. Nenn es von mir aus Traditionspflege oder Idealismus oder sonst wie. Der Aufwand steht jedenfalls in keinem Verhältnis zu dem finanziellen Ertrag. Ich lebe von meiner Rente als Busfahrer, die paar Kronen, die mir die Glasseminare einbringen, decken gerade einmal die Spritkosten.«

»Spritkosten? Du wohnst doch in Växjö, nicht weit vom Museum entfernt.«

»Schön, dass du es ansprichst: Die Kurse, die ich gebe, werden zwar vom Glasmuseum angeboten, aber sie finden in einer der Werkstätten in Kosta statt. Das Museum hat überhaupt nicht die Ausstattung und Werkzeuge, um Glas zu blasen. Ich selbst war vor Jahren zum letzten Mal in dem Ausstellungsgebäude. Was soll ich auch da? Mir das Scheitern unseres Familienbetriebs vor Augen führen? Mich zum tausendsten Mal auf das Was-wäre-wenn-Spiel einlassen?« Er hob die Schultern an und zog eine Schnute. »Wozu? Das Leben ist, was es ist. Statt Glasmeister zu werden, habe ich stattdessen vierzig Jahre lang Busse gesteuert.«

»Ein toller Beruf!«, warf Knutsson ein und hob anerkennend beide Daumen. Wichtige Zeugen sollte man ermutigen, wenn sie erst einmal ins Plaudern gerieten.

Thurstan warf ihm einen abschätzenden Blick zu.

»Davon kann ich die Miete bezahlen. Was ich eigentlich sagen will: Das Museum hat keine Bedeutung für mich. Was auch immer da am Samstag passiert sein mag, ob da ein echtes Skelett aufgetaucht ist oder ob irgendjemand Gespenster gesehen hat, ich habe damit jedenfalls nicht das Geringste zu tun.«

Knutsson räusperte sich. Trank den Rest seines mittlerweile erkaltenden Kaffees. Räusperte sich erneut.

»Ich fürchte, das stimmt so nicht.«

»Was stimmt so nicht?«

»Dass du damit nichts zu tun hast, oder besser formuliert, dass dich das Ganze nichts angeht.«

»Soll das heißen, ich sei ein Lügner?«

Der Mann stemmte seine Fingerknöchel auf die Tischplatte.

»Nein«, entgegnete Knutsson so behutsam und ruhig wie möglich, »es soll heißen, dass es sich beim Skelett aus dem Museum höchstwahrscheinlich um die sterblichen Überreste deiner Schwester handelt.«

»Berit?«

Selten hatte Knutsson einen Menschen gesehen, der derart entgeistert wirkte.

»Die endgültigen forensischen Beweise stehen noch aus, aber alle denkbaren Indizien weisen darauf hin.«

»Berit?«, wiederholte sich Thurstan. »Aber wie ist das möglich?«

Knutsson beobachtete das Netz aus feinen Furchen, welches das Gesicht des Manns durchzog. Die großporige Nase. Das schüttere Haar und das billige Hemd. Vor ihm hätte unter anderen Umständen das Vorstandsmitglied eines großen Unternehmens sitzen können. Doch ein Sommerabend vor siebenundvierzig Jahren hatte alles verändert. Stattdessen hockte hier ein desillusionierter Busfahrer in Rente mit Träumen von einem bescheidenen Lebensabend in Portugal.

»Was ist damals auf der Hochzeitsfeier passiert?«, fragte er.

Thurstan ließ sich mit der Antwort Zeit. Rührte in dem beinahe leeren Kaffeebecher vor sich. Rieb sich die Nase. Schluckte.

»Ehrlich gesagt, ich weiß es nicht«, antwortete er schließlich. »Ich war an dem Abend sternhagelvoll. Aus meiner Sicht war es der Tag, an dem sich unsere Familie endgültig an die Gustavssons verkauft hatte. Ich war sauer auf Berit und ihre hochtrabenden und gleichzeitig naiven Pläne. Ich war sauer auf meine Eltern, weil sie das alles zuließen. Ich war sauer, weil mein Erbe verschleudert wurde. So habe ich das damals jedenfalls gesehen. Monate später hatte ich die Chance, alles wieder geradezubiegen. Natürlich hatte ich nicht die Macht, Berit wiederaufzuerstehen zu lassen. Aber ich hatte die Möglichkeit, für den Rest unserer Familie die Dinge zu korrigieren, unser Unternehmen zurück auf den Kurs zu bringen, den ich für richtig erachtete. Was soll ich sagen? Ich hab den Karren an die Wand gefahren. Ich habe versagt.«

Er schluckte erneut.

»Zurück zu dem Abend«, sagte Knutsson verständnisvoll, aber bestimmt. »Du warst also betrunken. Trotzdem musst du dir doch deine Gedanken gemacht haben. Wenn nicht in dem Moment, dann doch später. Es ging schließlich um deine eigene Schwester! Um deinen – wie soll ich ihn nennen? – Adoptiv- oder Pflegebruder!«

»Natürlich habe ich das!« Die Worte brachen so impulsiv und lautstark aus ihm heraus, dass sich die Leute von den Nachbartischen zu ihnen umdrehten. »Natürlich habe ich das«, wiederholte er nun leiser. »Schnaps hin oder her, ich bin die ganze Nacht hindurch mit Vater und einem Kollegen den See auf und ab gefahren. Wir haben Berit und Herbert gesucht, nach ihnen gerufen, bis wir heiser waren, die Inseln und die Ufer abgegrast. Nichts. Keine Spur. Irgendwann in den frühen Morgenstunden sind wir vor Erschöpfung zusammengebrochen, nur um Stunden später mit der sinnlosen Suche weiterzumachen, Tag für Tag, eine ganze Woche lang, bis selbst Mutter nicht mehr daran geglaubt hat, dass die beiden noch am Leben sind.«

»Sinnlos? Warum war die Suche sinnlos? Es hätte doch auch sein können, dass ihr sie findet?«

Thurstan starrte Knutsson an.

»Weil die einzig mögliche Wahrheit von Anfang an auf der Hand lag.«

»Und die wäre?«

Thurstan seufzte.

»Meine Schwester und Herbert … Es war ein offenes Geheimnis. Jeder, der davon wissen wollte, hat davon gewusst. Bis auf Gunnar, der viel zu lange die Augen vor dem Offensichtlichen verschlossen hat. Bis es dann zu spät war. Er hat die beiden aus Eifersucht erschlagen und ihre Leichen anschließend im See verschwinden lassen. Hat er erzählt, dass er Taucher war? Glaub mir, er wusste über Ab- und Auftrieb von menschlichen Körpern sehr genau Bescheid. Und den See, den kannte er wie seine Westentasche.«

7

Kalle und Pelle in Gislaved.

Das klang wie eine Filmklamotte aus den Sechzigerjahren, dachte Anette Hultin, als sie den Industriestandort nordwestlich von Växjö auf der Suche nach dem Lkw-Fahrer erreichte. Das Navigationsgerät führte sie zu einem unauffälligen Reihenhaus. Sie stellte den Wagen ab und stieg aus. Über der Klingel war ein kunstvoll geschnitztes Holzschild befestigt.

Willkommen bei Per und Darja Kvist

Sie schellte.

Eine Frau um die vierzig öffnete die Tür. Hübsch, dunkler Pferdeschwanz, weiß lackierte Fingernägel, gestreifte Schürze. Hultin stellte sich vor und erklärte ihr Anliegen.

»Mein Mann und Bruder sind beim Angeln.« Deutlicher osteuropäischer Akzent. Gekaufte Braut, dachte Hultin sofort, auch wenn sie wusste, dass das ein Vorurteil war. »Immer wenn Kalle kommt: Angeln.« Wie zum Beweis hielt sie Hultin einen Gemüseschäler unter die Nase. »Möhren, Sellerie, Lauch. Heute Abend Fischsuppe. Vorausgesetzt«, sie rollte das R, als hätte es ein Eigenleben, »die beiden Trotteln fangen überhaupt etwas.« Trottel, korrigierte Hultin innerlich, es musste Trottel heißen, nicht Trotteln. Wenn man schon von auswärts nach Schweden kam, konnte man doch wohl wenigstens die Sprache richtig lernen, oder war das heutzutage zu viel verlangt? »Meistens trinken sie nur Bier auf dem See und kaufen den Fisch anschließend im Supermarkt.«

Sie lachte ein raues, russisches Lachen. Jedenfalls stellte sich Hultin ein russisches Lachen derart vor. Aber was wusste sie schon von Osteuropa?

»Welcher See?«, fragte sie, eine Spur zu barsch.

Darja Kvist zuckte mit den Schultern.

»Angelsee. Was weiß ich? Gibt's Hunderte hier.«

»Seine Handynummer?«

»Überflussig.«

Die Frau winkte ab.

Ü! Ü, nicht U! Hultin musste sich auf die Zunge beißen.

»Warum?«

»Er hat das Handy hiergelassen. Bier und Boot sind keine gute Kombination, er hat schon zwei Handys in See versenkt.«

»Und wann erwartest du sie zurück?«

Wieder hob die Frau die Achseln.

»Wenn das Bier auf ist, wahrscheinlich.«

Hultin blieb nichts anderes übrig, als sich zu bedanken und ratlos zu ihrem Wagen zurückzugehen.

8

Hugo Delgado schwang sich auf sein Fahrrad. Das Wetter war so gut, dass es selbst ihn nicht länger im Büro vor dem Rechner hielt. Der Himmel in strahlendem Blau, vereinzelte Kumuluswolken, die wie stolze Ozeanriesen über das Firmament zogen, ein milder Wind, lockend wie ein Versprechen. Er dachte an Zitroneneis, an den Biergarten des *Kafé de Luxe,* an ein Badelaken am Strand des Helgasees, geteilt mit einer wunderschönen Frau. Ein Tagtraum, sicher, aber es gab solche Tage, an denen alles möglich schien, Tage wie dieser.

Aber erst einmal war Arbeit zu erledigen. Zwei Personen seiner frisch erstellten Liste lebten in Växjö, Maja Sundh, eine ehemalige Schulfreundin Berit Gustavssons, und Tomas Isroth, ein Jugendfreund Petter Thurstans. Sundh hatte während des Telefonats ihre Neugier kaum verbergen können, als Delgado die Sprache auf Berit gebracht hatte. Gerne wollte sie über die alten Zeiten sprechen, einen selbst gebackenen Erdbeerkuchen habe sie auch, und ihr

Rezept für geeisten Quittentee sei legendär. Es gab schlimmere berufliche Termine, befand Delgado, zum Beispiel die darauffolgende Verabredung mit Isroth, einem am Telefon mürrisch klingenden Kerl, der offenbar gerade sein Bad renovierte und sich nur äußerst widerwillig zu einem kurzen Treffen bereit erklärte.

Delgado genoss jede Sekunde der viertelstündigen Radfahrt durch die Innenstadt. Traumhafte Tage wie diesen gab es vielleicht fünf, sechs oder sieben im Jahr. In den Vorgärten zischten die Rasensprenger, Kinder spielten Fußball, Väter mähten Rasen. Eine entgegenkommende Frau mit goldenem Fahrradhelm und tollen Beinen schenkte ihm ein Lächeln. Heute ist einer dieser Tage, wiederholte er innerlich.

Maja Sundh hatte nicht übertrieben, was ihren Erdbeerkuchen anging, und der Eistee aus Quitten erwies sich als erfrischende Erweiterung seines kulinarischen Horizonts. Kurz dachte er daran, den angerichteten Kuchen samt Sahnehaube und Getränk zu fotografieren und Knutsson zu schicken, *food porn,* aber dann erschien es ihm doch zu gemein und außerdem seiner Gastgeberin gegenüber zu unhöflich. Sundh war eine patente Erscheinung, ihre Bluse schien auf das gestreifte Muster der Tischdecke abgestimmt, die wiederum mit der Markise über der Terrasse korrespondierte.

»Greif zu, greif zu«, ermunterte sie ihn, »mein Mann macht sich nichts aus Süßem, und ich muss auf meine Blutwerte achten, also keine falsche Bescheidenheit! Noch ein Glas von dem Quittentee?«

Delgado kaute und nickte. Wenn Sundh über das Auftauchen der sterblichen Überreste ihrer Jugendfreundin schockiert war, dann zeigte sie es nicht. Was jedoch nichts heißen musste. Delgado war lang genug Polizist, um zu wissen, dass Menschen mit Schmerz, Trauer und Verlust unterschiedlich umgingen. Im Moment konnte es der Ermittlung nur hilfreich sein, eine Zeugin der damaligen Ereignisse in Plauderstimmung anzutreffen statt in Tränen aufgelöst.

»Schmeckt fabelhaft«, lobte er, »ganz ausgezeichnet!«

»Nicht wahr?« Sundh lächelte. »Dabei kosten die Erdbeeren dieser Tage nur halb so viel wie an Mittsommer, dabei haben sie doppelt so viel Geschmack.«

Delgado nickte wissend, dabei hatte er von saisonalen Erdbeerpreisen nicht den Hauch einer Ahnung.

»Mein Reden, mein Reden«, lächelte er und legte sich ein weiteres Stück auf den Teller. »Auf die richtige Reife kommt es an.«

»Du Schmeichler!«

Ihr Lachen hatte etwas Schulmädchenhaftes.

Um Himmels willen, so hatte er das doch gar nicht gemeint! Oma Bente, Teil II? Gott bewahre!

»Sprechen wir also über Berit«, wechselte er abrupt das Thema und schob den Kuchenteller ein Stück weit von sich.

»Ich kann noch immer nicht glauben, dass sie nach all der Zeit wieder … beziehungsweise … tot.« Sie blickte ihn an. »Ist es wirklich wahr?«

»Wir sind uns ziemlich sicher.«

»Unfassbar«, sie schüttelte den Kopf, »eine unfassbare Geschichte.«

»Und wir begreifen sie bis jetzt nicht einmal ansatzweise. Gerade deshalb sind die Erinnerungen naher Wegbegleiter wie du so wichtig für uns.«

»Ich verstehe.«

Ihr Blick glitt ab ins Unbestimmte. Mechanisch legte sie sich nun doch ein Kuchenstück auf und schob sich geistesabwesend eine Gabel voll in den Mund. Delgado kannte solches Verhalten. Den Tunnel der Erinnerung nannte er das. Sie brauchte jetzt Zeit, dachte er, und die gab er ihr. Er lehnte sich in dem bequemen Gartenstuhl zurück und nippte an dem Quittentee. Eine Brise zupfte an den Zweigen des Kirschbaums am anderen Ende des Gartens. Vom Nachbargrundstück her roch es nach würzigem Grillgut und frisch gemähtem Gras. Über dem Erdbeerkuchen tanzten zwei Wespen, eine Amsel huschte scheu über den Rasen. Es war tatsächlich Sommer. Seine Lust auf Zitroneneis war nach der üppigen Zwischenmahlzeit verflogen, aber das Feierabendbier auf der Terrasse des *de Luxe* lockte noch immer. Doch noch viel drängender war die Frage, mit wem er sein Badelaken teilen konnte? Mit Linda sicherlich genauso wenig wie mit Anette. Trotzdem war da diese Sehnsucht, ein Ziehen, von den Lenden bis hinauf ins Herz.

Sundhs Worte holten ihn wieder zurück ins Hier und Jetzt, auch wenn sie klangen, als kämen sie von einem weit entfernten Ort, aus einer längst vergangenen Zeit.

»Es war 1967, als Berit und ich uns kennenlernten, der sogenannte *summer of love,* auch wenn davon in Dörfern wie Bytorp oder Alsterfors, woher ich stamme, natürlich nichts zu spüren war. Aber wir gingen beide in Växjö aufs Gymnasium, und da sah die Sache schon ein klein wenig anders aus. Nicht, dass es dort echte Hippies gegeben hätte, Mädchen mit Blumen im Haar, langhaarige Jungs oder gar Drogen. Aber wir gehörten zu einer Clique Gleichaltriger, die sich für Beat- und Rockmusik begeisterte, einen Lesekreis für sogenannte subversive Literatur gründete und politische Themen diskutierte, am liebsten mit unseren konservativen Lehrern. Gern gesehen wurde das nicht, auch nicht von den meisten unserer Mitschüler. Berit war die Waghalsigste unseres kleinen Zirkels, ein Freigeist, schon mit sechzehn Jahren. Sie war schlagfertig, scharfsinnig und gebildet, den meisten Lehrern war sie intellektuell schlichtweg überlegen. Ich weiß es noch wie heute: In unserem Abschlussjahr hatte sie die Chuzpe, in einem engen Minikleid und mit großkrempigem Hut in der Schule aufzulaufen. In der ersten Stunde, ich glaube, es war im Geografieunterricht, hat sie sich tatsächlich eine Zigarette angezündet. Dem Pauker ist natürlich die Kinnlade heruntergeklappt. »Ich berufe mich auf mein verfassungsmäßiges Recht der Selbstentfaltung«, hat sie gesagt. Irgendwie haben es ihre Eltern geschafft, einen Schulverweis abzuwenden. Sie war natürlich unsere Heldin; meine Güte, was habe ich sie bewundert!«

»Eine Rebellin?«

»Auf ihre kluge, kreative Art, ja. Das kam selbstverständlich auch bei den Jungs gut an, zumindest bei denen, die keine spießigen Vollidioten waren. Dass sie blendend aussah, kam ja noch dazu, sie war eine echte Schönheit, ohne dabei arrogant zu sein, im Gegenteil, ich habe selten einen so warmherzigen, empathischen Menschen wie sie in meinem späteren Leben getroffen. Ganz ehrlich: Berit hat mich in diesen drei Jahren, die wir gemeinsam zur Schule gegangen sind, wahrscheinlich geprägt wie niemand sonst, wenn man vielleicht einmal von meinen Eltern absieht. Sie war mein Vorbild, nicht weniger.«

»Und dann?«

»Nach dem Schulabschluss ist sie nach Stockholm gegangen, auf die Kunsthochschule, kein Wunder, bei ihrem Talent. Es war nur eine Frage der Zeit, bis sie die Leitung im Unternehmen ihrer Eltern übernehmen oder ein zweiter Picasso werden würde.« Sundh lachte. »Für unsere Freundschaft war es natürlich schade. Ich hätte meine rechte Hand dafür gegeben, mit ihr in die Hauptstadt zu gehen, aber für ein normales Mädchen aus einem Lehrerhaushalt in Alsterfors war das kaum denkbar. Ich bin stattdessen in die Fußstapfen meines Vaters getreten und habe in Växjö Lehramt studiert, damals war die Hochschule hier noch eine Zweigstelle der Universität

Lund. Berit und ich haben uns zwar nicht vollständig aus den Augen verloren, aber der Kontakt wurde leider immer sporadischer. Ab und an haben wir uns Briefe geschrieben, aber gesehen haben wir uns kaum noch. Ich hatte mein Studium hier, dazu meinen Verlobten in Oskarshamn und eine kranke Mutter zu pflegen. Ein einziges Mal habe ich Berit in Stockholm besucht. Sie war so erwachsen geworden in kurzer Zeit, so reif. Wir müssen damals neunzehn gewesen sein, oder zwanzig, eigentlich richtige Backfische, aber Berit hatte eine ganz andere Ausstrahlung.«

»Wie denn?«

Delgado spürte, dass Sundhs Erzählung etwas mit ihm anstellte. Verknallte er sich gerade etwa in ein Mädchen, das seit mindestens dreißig Jahren tot war?

»Fraulicher. Sexy irgendwie.«

»Woran machst du das fest?«

»Es war nicht nur ihr Aussehen, die Kleidung, das Auftreten. Sie hatte dieses unerschütterliche Selbstbewusstsein, ohne dabei narzisstisch zu wirken. Sie wusste, wer sie war, und sie war ganz sie selbst.« Sundh warf Delgado einen prüfenden Blick zu. »Ich weiß gar nicht, ob ich das erzählen darf, es ist, nun ja, intim. Ein Geheimnis sozusagen, von Frau zu Frau. Oder von Frau zu Mädchen, sollte ich wohl eher sagen. Andererseits ist es schon so lange her, und nun, wo festzustehen scheint, dass sie tot ist …«

Zum ersten Mal brach ihr die Stimme weg. Sie wischte sich Tränen aus dem Augenwinkel. Trank von ihrem Eistee. Nun hat die Trauer sich doch ihren Weg gebahnt, dachte Delgado. Obwohl er ungeduldig war, zwang er sich abzuwarten. Er reichte Sundh eine Serviette. Verscheuchte die Wespen von dem Erdbeerkuchen. Suchte den Rasen nach der Amsel ab. Schließlich hatte sich die Frau wieder gefangen.

»Sie war zu dem Zeitpunkt bereits mit Gunnar verlobt,

und es stand fest, dass sie nach Abschluss ihres Studiums zurück ins Glasreich kommen würde. ›Ich habe nur zwei Jahre hier‹, sagte sie zu mir, ›und diese Freiheit atme ich jeden Tag.‹«

»Was sollte das bedeuten?«

»Sie hat mir eine Liste gezeigt, mit Namen darauf.«

»Eine Liste?«

»Mit Männernamen.«

»Männernamen?«

Sundh seufzte.

»Kapierst du es nicht? Es waren die Männer, mit denen sie geschlafen hatte. Eine Menge Männer, eine lange Liste.«

»Oh«, sagte Delgado. Und dann noch einmal. »Oh.«

9

Club Rosé.

Ingrid Nyström reichte Elvira Öman die Visitenkarte zurück.

»Versteh das bitte richtig«, erklärte die Frau, »wir haben uns nicht auf billige Weise feil geboten, wir waren keine Huren, es ging uns einzig und allein ums *amusement*.«

Davon, dass man es französisch ausspricht, wird es auch nicht besser, dachte Nyström.

»Ihr habt Sex mit fremden Männern gehabt und dafür Geld genommen«, stellte sie fest. Gleichzeitig erschrak sie über ihren moralischen Impetus. Was für ein Recht hatte sie, die beiden Frauen zu verurteilen?

»Falsch!«, widersprach Öman. »Du verstehst es wirklich nicht. Ja, wir haben Geld dafür bekommen, mit Männern auszugehen, in feine Restaurants, in die Oper, ins Theater. Ein simples, faires Tauschgeschäft. Ein paar Hundert Kronen für einige Stunden Abendunterhaltung in Begleitung einer schönen Frau. Weißt du, wie viele Tage ich für einen solchen Betrag in Bytorp Gläser polieren musste? Stattdessen Small Talk, ein paar Drinks, hervorragendes Essen. Die meisten der Männer hatten Stil, echte *gentlemen,* wie man so sagt, galant und in den meisten Fällen alles andere als zudringlich.«

»Und am Ende des Abends? Nach den vielen Drinks und dem Small Talk?«

Nyström kam sich wie die Inquisition vor, gleichzeitig spürte sie, dass dies hier wichtig sein konnte.

»Ob wir mit den Männern im Bett landeten?« Öman rückte die Brille zurecht und klimperte mit den Eulenaugen. »Nun, mal so, mal so. Das hing ganz davon ab, ob uns die Kerle gefielen. Ob es gefunkt hatte. Ob wir Lust auf ein Abenteuer hatten. Wir waren sexuell selbstbestimmte Frauen. Wir waren modern.«

So hatte Nyström es noch nicht betrachtet, musste sie zugeben.

»Sie war Gunnar untreu.«

»Er wusste genau, worauf er sich einließ.«

»Die beiden waren verlobt!«

»Sie hatten eine Vereinbarung.«

»Was heißt das?«

»Rate mal, wer meine jüngere Schwester drei Wochen vor seiner Hochzeit vernascht hat.«

»Aber …?«

Nyström fehlten die Worte. In was für ein Wespennest hatte sie hier gestoßen?

Öman holte eine kleine Emailledose hervor. Darin lagen Tabletten. Sie nahm eine, schluckte sie hinunter, verzog das

Gesicht und trank ihr halb volles Glas Hagebuttensuppe hinterher.

»Mein Rücken ist eine Katastrophe«, erklärte sie. »Das Einzige, was hilft, sind Schmerzmittel.«

Schmerzmittel. War das der Anlass Gunnar Gustavssons gewesen, die Frau als Drogenabhängige zu diffamieren? Womöglich weil sie ein vollkommen anderes Bild seiner geliebten Frau zeichnete, als jenes, an das er sich seit beinahe fünfzig Jahren verzweifelt klammerte?

»Ibuprofen?«, fragte sie arglos.

Öman lächelte versonnen.

»Opiate.«

Dann träume süß, dachte Nyström, als sie aufstand und sich verabschiedete. Vom *Grand Hôtel*, Martinis und Froschschenkeln.

10

Auf der Rückfahrt von Öland sann Stina Forss über Hesenius' Worte nach. Ihr Gefühl hatte sie nicht getrogen, es gab also tatsächlich einen Zusammenhang zwischen dem makabren Sujet des Kunstwerks und der tragischen Geschichte Berit Gustavssons, er war Hesenius' künstlerischer Integrität geschuldet beziehungsweise dem, was er selbst vor langer Zeit dafür gehalten hatte. Einer Eitelkeit, triefend vor Doppelmoral, und zugleich ein perfider Angriff auf Gunnar Gustavssons Gefühlswelt. Wenigstens sah er das mit dem Abstand mehrerer Jahrzehnte selbst ein. Die entscheidende Frage war, inwieweit diese innere Verbindung zwischen

Schneewittchen und Berits Schicksal mit dem Fall zu tun hatte. Waren dem vermeintlichen Täter die offensichtlichen Gemeinsamkeiten – weißes Kleid, Blutfleck, Tod – ebenso wie Forss ins Auge gefallen und hatte er genau deshalb ebenjene spektakuläre Präsentationsform des Leichnams gewählt? Aus einer ähnlichen Überlegung heraus wie Hesenius damals, nur ungleich grausamer? Oder war die äußere Form nur Mittel zum Zweck, ging es darum, eine formale Ähnlichkeit zu dem bekannten Kunstwerk herzustellen, um Berits Knochen zunächst unbemerkt in die Ausstellung zu schmuggeln, ein Trojanisches Pferd, das erst in Gunnars Anwesenheit seine verheerende Wirkung entfaltete? Oder gab es gar noch eine dritte Möglichkeit? War der Täter so irre, dass er sich selbst als Künstler sah, dem ein Platz in der Glasschau, dem Lebenswerk der Gustavssons, gebührte?

Dazu kamen die praktischen Aspekte der Tat. War Berit tatsächlich in unmittelbar zeitlicher Nähe zur Hochzeitsfeier gestorben? In ihrem Brautkleid und durch eine Brustverletzung, wie der Blutfleck nahelegte? In diesem Fall wäre die konkrete Gestaltung von *Schneewittchen* ein Zufall gewesen, es sei denn, Hesenius hätte von den Umständen der Tat gewusst, beziehungsweise war an ihr beteiligt gewesen. Aber wie sollte das geschehen sein? Im Sommer 1971 war Hesenius ein dreizehnjähriger Göteborger Schüler gewesen, ohne jede erkennbare Verbindung ins småländische Glasreich, geschweige denn zu den Familien Thurstan oder Gustavsson im Speziellen. Und aus welchem Grund sollte der Mörder oder Totschläger sein Wissen Jahre später mit dem Künstler geteilt haben? Es gab aber natürlich auch die Möglichkeit, die Ann-Vivika Kimsel angedeutet hatte, dass Berit nach der dramatischen Nacht noch Jahre, womöglich Jahrzehnte weitergelebt hatte. In diesem Szenario war sie höchstwahrscheinlich nicht in ihrem Brautkleid ums Leben gekommen, womöglich war sie noch nicht einmal eines gewaltsamen Todes gestorben.

Dennoch musste irgendjemand ihren Leichnam sowie das Hochzeitskleid über einen sehr langen Zeitraum verwahrt haben, um ihn Jahrzehnte später so effektvoll in Szene setzen zu können. Wobei: Eine Leiche verwahrte man nicht, man vergrub sie; ihre Knochen konnte man später bergen. Ein Kleid dagegen passte in einen Schuhkarton, wenn man es sorgfältig faltete. Und um einen Blutfleck zu bekommen, musste man sich bloß in den Finger schneiden, zumindest wenn man sich nicht die Mühe gab, eigene DNA-Spuren zu verwischen. Dazu kamen gewisse Fertigkeiten im Umgang mit Glas. So wie die Museumskuratorin Herold erläutert hatte, wirkte der gläserne Sarg nicht wie das zusammengeschusterte Werk eines Amateurs.

Forss schwirrte der Kopf. Die forensischen Untersuchungen im kriminaltechnischen Labor in Linköping würden hoffentlich einiges Licht ins Dunkel bringen.

Als sie etwa die Hälfte der Strecke nach Växjö hinter sich gebracht hatte, begann sie sich nach einer Tankstelle umzuschauen. Ihr betagter BMW war eine PS-strotzende Rennmaschine und entsprechend durstig. Als sie an einer Abzweigung der L25 ein Straßenschild sah, das Richtung Emmamåla wies, erinnerte sie sich an die Tankstelle mit dem guten Milchshake. Keine fünf Minuten später war sie dort und betankte den Wagen. Gerade als sie bezahlen wollte, klingelte ihr Handy. Es war Knutsson, der fragte, ob sie bereits an Rödahult vorbeigefahren sei, es gäbe nämlich neue Informationen, Gunnar Gustavsson betreffend. Nach Aussagen von Petter Thurstan sei er ein passionierter Taucher gewesen. Davon hatte er jedoch in den Vernehmungen nichts zu Protokoll gegeben. Auffällig, stimmte Forss ihrem Kollegen zu. Bis nach Rödahult waren es keine fünfzehn Kilometer.

»Ich fahre gleich anschließend bei ihm vorbei«, entschied sie.

»Anschließend woran?«, fragte Knutsson.

Sie musste an seine neue Diät denken. Er war ihr Lieblingskollege. Wozu ihn unnötig quälen?

»Nach meinem Mineralwasser.«

Sie legte auf.

Drinnen war die Tankstelle angenehm klimatisiert. Hinter der Kasse stand derselbe alte Mann wie am Vortag. Er lächelte, als er sie wiedererkannte.

»Da ist also jemand auf den Geschmack gekommen«, stellte er fest.

»Erwischt«, gab Forss zu. »Wirklich ein bemerkenswert guter Milchshake!«

»Habe ich es nicht gesagt?«, kokettierte der Mann und machte sich schmunzelnd an der chromglänzenden Maschine zu schaffen.

»Ein Gruß aus der guten, alten Zeit«, zitierte Forss ihn.

»Ganz genau.« Der Mann sah zu ihr auf, während die Maschine vor sich hin brummte, und er den Zapfhebel bediente. »Und weißt du, was das Schwierigste daran ist, den Shake Jahr für Jahr gleich hinzubekommen?«

»Die Milchqualität?«, riet Forss. »Oder das Schokoladeneis?«

Der Mann schüttelte lächelnd den Kopf.

»Die Becher!«, sagte er. »Im Andenken an meine verstorbene Frau, die sich die Sache mit dem Shake damals ausgedacht hat, ist es mir wichtig, die gleichen Becher zu verwenden wie früher.« Forss warf einen Blick auf den Pappbecher, den der Mann in der Hand hielt. Am Vortag war es ihr gar nicht aufgefallen, aber der spiralförmige Aufdruck in leuchtendem Blau und Rot auf weißem Untergrund hatte schon etwas Besonderes. Sie musste an Amerika in den

Fünfziger- und Sechzigerjahren denken. An riesige Autos mit Heckflossen und Mädchen im Petticoat.

»Die sehen schon sehr authentisch aus«, lobte sie. »*Old school.*«

»Nicht wahr«, freute sich der Mann. »Das Problem war, dass vor etwa zwanzig Jahren die Produktion eingestellt wurde. Die Firma in Nordschweden, von der wir sie immer bezogen hatten, hat in den Neunzigern Pleite gemacht. Aber kein anderes Unternehmen hat genau diese Becher vertrieben, oder ich habe mich zu dumm angestellt, eins zu finden.«

»Und dann?«

Der Tankwart genoss seine Anekdote sichtlich. Sorgfältig verzierte er den Shake mit einer Sahnehaube, bevor er einen Strohhalm in die eisige Masse stieß und Forss den Becher reichte.

»Nun, Not macht erfinderisch. Ich habe mich schließlich an die Papierwerke in Lessebo gewandt. Alle reden hier in der Gegend immer nur vom Glas, aber dass es auch eine traditionsreiche Papierindustrie gibt, scheinen die meisten zu vergessen. Jedenfalls geriet ich an eine sehr freundliche Dame, die sich meinem Anliegen mit Akribie und Geduld verschrieb. Das Ergebnis kann sich sehen lassen, oder nicht?«

Demonstrativ bewunderte Forss den Becher, bevor sie den ersten Schluck aus dem Strohhalm nuckelte.

»Wirklich schick, auch wenn ich ja nie das Original gesehen habe.«

»Glaub mir, die gleichen sich wie ein Ei dem anderen. Nur dass du jetzt ein durch und durch regionales Produkt in der Hand hältst: Die Biomilch stammt aus Hultsfred, das Eis aus Alvesta und der Becher aus Lessebo!«

»Und der Strohhalm?«, fragte Forss schelmisch.

»Wahrscheinlich aus China«, lachte der alte Mann. »Ich bin übrigens Ebert.«

»Angenehm, Stina.«

Der zuckerlastige, kalte Drink gab ihr einen Energiekick, der sie durch die träge Nachmittagshitze trug. Als sie vor dem Anwesen der Gustavssons parkte, meldete sich die Chefin auf dem Handy. Nyström hatte denselben Gedanken wie Knutsson gehabt: Forss' Rückweg von Öland führte nahe an Rödahult vorbei. Die Hauptkommissarin hatte ebenfalls neue Informationen, die den Firmenchef betrafen. Sieh an, dachte Forss nach dem kurzen Telefonat, das rosarote Bild, das Gustavsson von sich und seiner Beziehung zu Berit gezeichnet hat, bekommt immer mehr Risse. Einige Minuten später saß sie ihm gegenüber. Dieses Mal war es selbst ihm offenbar zu warm für ein Tweedjackett, stattdessen trug er ein weißes Hemd und eine altmodische Weste.

»Filomena«, sagte sie und lehnte sich behaglich in dem tiefen Sessel zurück, in dem sie Platz genommen hatte.

»Was soll das sein?«, fragte er.

Barsche Stimme, Arme vor der Brust verschränkt, Abwehrhaltung.

»Nicht was, sondern wer. Als wüsstest du das nicht.«

Er zog die Mundwinkel nach unten und hob die Achseln.

»Keine Ahnung.«

»Ach, komm.« Forss seufzte. »Als wäre Filomena ein Name, den man vergessen würde. Nicht nach dem, was zwischen euch passiert ist.«

»Ich habe keinen blassen Schimmer, wovon du sprichst.«

Trotzig schob er sein Kinn nach vorn.

Als würde Leugnen helfen, dachte Forss.

»Filomena Öman, die jüngere Schwester Elvira Ömans. Hattest du die beste Freundin deiner Frau nicht gestern noch als *eine Schlampe vor dem Herrn* verunglimpft? Einen Tag danach erfahren wir, dass du mit ihrer Schwester geschlafen hast, wohlgemerkt ganze drei Wochen vor der Hochzeit mit deiner großen und einzig wahren Liebe. Ich frage mich, wie das zusammenpasst: Deine angeblich so hehren und reinen Gefühle Berit gegenüber und ein Techtelmechtel mit einem gerade der Minderjährigkeit entwachsenem Arbeiterklassemädel?«

»Schwachsinn!«, bellte Gustavsson. »Lügen! Unterstellungen!«

Ihm stand Schweiß auf der Stirn.

»Aber nicht nur das«, fuhr Forss betont ruhig fort. »Gleichzeitig zeichnet sich mehr und mehr ab, dass die Andeutungen in den alten Zeugenaussagen richtig waren: Berit hat ein promiskuitives Leben geführt, auch nach eurer Verlobung. Sie ist nicht nur zufällig mit einer Menge Männern im Bett gelandet, sie hat diese Möglichkeit geradezu forciert, oder wie erklärst du dir sonst ihre umtriebige Tätigkeit für einen exklusiven Stockholmer Escort-Service? Geld hatte sie wohl kaum nötig, als Tochter aus gutem Hause.«

»Blödsinn«, wehrte der alte Mann weiter ab, doch seine brechende Stimme verriet, dass Forss ins Schwarze getroffen hatte. Jedes ihrer Worte war wahr, und Gustavsson war sich dessen vollkommen bewusst. Sie holte zum Todesstoß aus. Hier war keine feine Klinge gefordert, sondern ein Säbel oder, besser noch, ein Dreschflegel an Vulgarität.

»Das muss wehgetan haben«, sagte sie kopfschüttelnd, »wenn man jemanden so sehr liebt, und ausgerechnet die Angebetete wie eine läufige Hündin um die Häuser zieht.« Gustavsson schob sich die Hand in den Mund. Es sah aus, als würde er sich selbst beißen. »Andererseits: Ich kann Berit verstehen. Eine attraktive kluge junge Frau in der Großstadt, die alle Möglichkeiten hat, sich auszuprobieren. Es ist Anfang der Siebzigerjahre, eine neue, aufregende Zeit. Gleichzeitig tickt die Uhr im Hintergrund. Ein, zwei Jahre nur, dann heißt es zurück in die miefige Provinz, zurück zum Verlobten, zurück in den goldenen Käfig. Also ich an ihrer Stelle hätte ebenfalls alles gevögelt, was nicht bei drei auf den Bäumen ...«

»Genug!«, fuhr Gustavsson sie an, sprang mit überraschender Beweglichkeit aus dem Sessel, baute sich vor ihr auf, und für einen Augenblick wirkte sein hassverzerrtes Gesicht so bedrohlich, dass Forss fürchtete, er würde sie schlagen. Nur zu, dachte sie, nur zu, wenn du unbedingt eine Woche im Krankenhaus verbringen willst. »Es reicht«, schob er hinterher, schon leiser und beherrschter, dann setzte er sich wieder, er hatte die Kurve anscheinend gerade noch gekriegt.

Sein Brustkorb hob und senkte sich.

Jetzt musste sie nur noch abwarten.

11

Lasse Knutsson und Petter Thurstan standen auf dem Parkplatz des Einkaufszentrums, denn Thurstan wollte eine Zigarette rauchen. Vor dem Stand mit den Erdbeeren hatte sich eine Schlange gebildet, vor der Fischbude, in der heute frische Krabben verkauft wurden, ebenso. Knutssons Magen regte sich. Krabben waren definitiv Steinzeit, was die Erdbeeren anging, war er sich unsicher. Bei den Meerestieren würde er nach dem Gespräch jedenfalls zuschlagen, entschied er, die schmeckten zur Not auch ohne Mayonnaise.

»Kommen wir noch einmal zurück zu Herbert Moosbrugger«, wandte er seine Gedanken wieder Thurstan zu.

»Tja, Herbert.« Der ehemalige Busfahrer zog an seiner Zigarette. »Was soll ich sagen? Er war im Grunde ein ganz armer Kerl. Hat mit zehn oder elf Jahren den Vater verloren, kurz darauf die Mutter. Einzelkind und Vollwaise, dazu in einem fremden Land. Er muss acht oder neun gewesen sein, als er mit seiner Familie nach Bytorp kam; zu der Zeit haben meine Eltern einige Österreicher eingestellt, gut ausgebildete Glasschleifer vor allem. Obwohl wir gleichaltrig waren, haben wir nie einen Draht zueinander gefunden. Ich hatte meine Schulfreunde, und Herbert war für mich nur irgendein Kind von irgendwelchen Hüttenarbeitern, von denen es Dutzende gab.«

»Warst du dir zu fein?«

»Quatsch«, protestierte Thurstan. »Meine Kumpel waren allesamt Arbeiterkinder aus der Hütte, vielleicht war auch der ein oder andere Bauernsohn dabei, denn was gab es damals schon anderes in Bytorp? Ich saß auf keinem hohen Ross, das kannst du mir glauben, dafür haben meine Eltern gesorgt. Seit ich zwölf war, habe ich neben der Schule in der Hütte mitanpacken müssen, das Handwerk von der Pike auf gelernt, wie man so sagt. Aber was heißt schon *müssen*. Mir hat das unheimlich Spaß gemacht, es war für mich der beste Ort auf Erden. Die Hitze der Öfen, die Betriebsamkeit, die hemdsärmeligen Sprüche der Arbeiter, dieser besondere Geruch flüssigen Glases: Ich konnte mir nichts Schöneres vorstellen. Es war eine derbe Männerwelt, und was will man mit zwölf Jahren mehr, als ein richtiger Mann zu werden?«

»Und die angestellten Frauen?«

»Die saßen separiert und haben das Glas poliert und verpackt. Das war nicht wie heute. Als Mitte der Sechzigerjahre einige Frauen aus Personalnot zu Schleiferinnen ausgebildet wurden, war das eine große Sache und längst nicht jedem recht. Weibliche Glasbläser oder gar Künstler, das kam alles später.«

»Wobei wir bei Berit wären.«

Thurstan zog ein letztes Mal an seiner Zigarette, dann schnipste er den Stummel weg.

»Berit war Papas Liebling. Mamas übrigens auch. Die talentierte, kluge Berit. Es stimmte ja auch. Sie war etwas Besonderes, das zeichnete sich schon in der Dorfschule ab, und später noch deutlicher, als sie aufs Gymnasium und anschließend sogar auf die Kunsthochschule gehen durfte. Meine Eltern sahen in ihr die Zukunft unserer Firma, dabei war sie gerade einmal Anfang zwanzig. Sie folgten ihrer Vision einer neuen wirtschaftlichen Ausrichtung: Kreativität und Innovation statt Tradition und ehrliches Handwerk. Ich war damals anderer Ansicht, aber, wie du weißt, hat die Geschichte Berit recht gegeben.«

»Und sie und Herbert?«

»Die beiden mochten sich sofort, dabei konnte er am Anfang ja nicht einmal schwedisch, woher auch? Es war in erster Linie sie, die es ihm beigebracht hat. Sie hat sich um ihn gekümmert, wenn man so will, ihn unter ihre Fittiche genommen. Da war sie gerade einmal zehn Jahre alt, wohlgemerkt. Sie war … ein toller Mensch. Als dann seine Eltern starben, wurde die Beziehung der beiden noch inniger. Du hast vorhin den Ausdruck Adoptivbruder benutzt. In der Form stimmt das nicht. Es ist richtig, dass sich unsere Eltern um ihn gekümmert haben, vor allem finanziell, aber er hat nicht bei uns im Haus gelebt, sondern bei einer der anderen österreichischen Familien. Trotzdem ist er bei uns ein und aus gegangen. Berit und er hingen wie die Kletten aneinander.«

Knutsson dachte einen Augenblick über Thurstans Worte nach.

»Hat das nicht wehgetan?«, fragte er dann. »Dass sich die große, tolle Schwester eine Art Ersatzbruder zulegt, statt mit dir Zeit zu verbringen?«

»Es ist ja nicht so gewesen, dass Berit und ich gar nichts miteinander zu tun gehabt hätten«, hob Thurstan an. Er nahm eine weitere Zigarette aus der Packung, zündete sie an und inhalierte tief. Nachdem er den Rauch durch die Nase ausgestoßen hatte, sagte er: »Doch, es hat wehgetan.«

In seinem Gesicht tat sich etwas. Knutsson erkannte eine neue Gefühlsregung in den Flächen und Furchen, die sein Antlitz bildeten. Da war nicht nur Resignation über ein Leben, das nicht gehalten, was es einst versprochen hatte, sondern etwas anderes. Schmerz und Verletztheit. Über den Verlust der Schwester, der lange vor dem tragischen Hochzeitsabend begonnen hatte.

»Dass zwischen ihr und Herbert mehr war als freundschaftliche Bande, woher weißt du das?«

Thurstan hob kraftlos die Schultern.

»Alle wussten es irgendwie.«

»Das ist mir zu unkonkret. Ich will wissen, warum du es geglaubt hast!«

Thurstan drückte die halb gerauchte Zigarette an einem Mülleimer aus, bevor er antwortete.

»Wenn Berit nicht in ihn verliebt war, warum sollte sie ihn dann ihrem eigenen Bruder vorziehen?«

12

Der Angelladen in Gislaved war um ein Vielfaches größer, als Anette Hultin sich ihn vorgestellt hatte. Angeln, das scheint hier in der Gegend das ganz große Ding zu sein, dachte sie, ein Hobby, das sie selbst nicht ansatzweise interessant fand. Was gab es Langweiligeres, als stundenlang an irgendeinem Seeufer zu hocken und aufs Wasser zu starren? Offensichtlich sahen dies jedoch eine Menge Leute anders, der Laden war gut besucht, die Kundschaft schien ausschließlich aus Männern mittleren Alters zu bestehen. Sie zeigte am Kassentresen ihren Ausweis. In den Augen des Verkäufers, der sich äußerlich nicht vom Gros seiner Kunden unterschied – grob kariertes Hemd, Bauchansatz, Bart –, blitzte Neugier auf.

»Womit kann ich der Polizei behilflich sein?«

»Ich suche Per Kvist, ist der dir bekannt?«

»Pelle? Sicher, ein Stammkunde.« Der Bartmann lachte. »Kauft immer die unpassenden Köder, aber belehren lässt er sich in diesem Leben nicht mehr. Was hat er denn ausgefressen?«

»Gar nichts. Es geht nur um bestimmte Informationen, die er unter Umständen hat.« Hultin blieb bewusst vage. »Die Sache ist die: Ich bin extra aus Växjö hierhergefahren, meine Zeit ist knapp bemessen, und seine Frau sagt, er sei beim Angeln, sie weiß aber nicht wo. Das Handy hat er zu Hause gelassen. Da habe ich mich gefragt, ob du vielleicht eine Idee hast, wo ich ihn finden könnte?«

Der Bartmann nickte beflissen.

»Pelle fährt immer raus zum Skrivaregårdsee, da hat er ein Boot liegen. Ein Paradies für kapitale Barsche. Was ihn allerdings nicht daran hindert, stur auf Hecht zu gehen.« Er schüttelte den Kopf. »Wie gesagt, unbelehrbar der Mann.

Wobei: Ehrlich gesagt glaube ich, dass es ihm sowieso eher um das Naturerlebnis geht als ums Fischen.«

Naturerlebnis, dachte Hultin, so konnte man ein Besäufnis auf dem See natürlich auch nennen.

Sie bedankte sich für den Tipp.

»Ich würde es an der südlichen Zufahrt versuchen und nach einem roten Subaru Ausschau halten«, rief ihr der Verkäufer hinterher, bevor sie den Laden verließ.

Auf ihrem Navigationsgerät konnte sie den Weg ausmachen, den der Mann gemeint haben musste. Der Skrivaregårdsee lag weniger als eine Viertelstunde westlich vom Stadtzentrum entfernt. Dank der technischen Unterstützung fand sie die schmale, verwachsene Zufahrt auf Anhieb, und tatsächlich stieß sie nach wenigen Hundert Metern holperigen Waldwegs auf den Geländewagen Kvists. Sie hielt an und stieg aus. Eine Minute später stand sie am schilfigen Ufer. Der See war übersichtlich und maß an der längsten Stelle vielleicht gerade einmal einen Kilometer. Hultin trat auf einen verwitterten Steg. Auf dem Wasser befand sich ein einziges Ruderboot, keine zweihundert Meter von ihr entfernt. Sie machte in der Entfernung die Umrisse zweier Männer aus. Das mussten Pelle und Kalle sein. Sie pfiff auf zwei Fingern und winkte. Die Männer winkten zurück. Was sie wohl dachten? Eine einsame Blondine im T-Shirt. Da ruderte man doch gleich mal hin und sah sich die Sache genauer an, erst recht nach ein paar Bieren intus. Schwachköpfe, dachte Hultin zufrieden und betrachtete amüsiert, wie sich das Boot im Schlingerkurs näherte. Aus der russischen Fischsuppe würde es heute nichts werden, ob die Hauptzutaten nun gekauft oder selbst gefangen waren.

13

»Diese Liste«, fragte Delgado und trank von seinem Eistee, »hast du sie dir damals durchgelesen?«

»Was heißt schon durchgelesen?«, entgegnete Maja Sundh. »Es waren schließlich nur die Namen wildfremder Männer.«

»Wildfremd? Also kanntest du keinen der Namen? Das heißt, du hast die Liste doch gelesen?« Sundh wand sich auf ihrem Gartenstuhl. »Das braucht dir doch nicht unangenehm zu sein.« Delgado lächelte ermunternd. »Wir sind doch alle neugierig, das gehört zur menschlichen Natur. Außerdem hat sie dir die Liste schließlich gezeigt, wenn ich dich richtig verstanden habe?«

»Nun ja, ganz so war es doch nicht. Eher ein Unfall, wenn man so will. Ich habe damals in Stockholm in ihrer Wohnung eine Schallplattenhülle aus dem Regal genommen, eine Hörfassung von Henry Millers *Wendekreis des Krebses*. Damals galt der Roman als furchtbar anstößig. Ich war neugierig, angeblich sollte er sehr explizite Szenen enthalten. Als ich das beiliegende *booklet* aufschlug, ist die Liste herausgesegelt. Berit hat zunächst noch halbherzig versucht, das Ganze zu überspielen, aber schnell aufgegeben. Sie hatte ja auch keinen Grund, sich zu schämen. Sie stand zu dem, wer sie war und was sie tat. Ich hatte eher das Gefühl, sie wollte mich schützen oder besonders behutsam behandeln.«

»Du hast die Liste also gelesen?«, hakte Delgado nach.

»Ich habe einen Blick darauf geworfen.«

»Was ist mit Herbert? Herbert Moosbrugger?«

»Was soll mit Herbert sein?«

»Stand er auf der Liste?«

»Um Gottes willen, nein!« Sundh stand das Entsetzen ins Gesicht geschrieben. »Herbert war doch wie ein Bruder für sie. Ihr bester Freund. *Mein Blutsbruder*, hat sie ihn immer genannt. Niemals hätte sie mit ihm …, beim besten Willen nicht!«

Delgado nickte zufrieden.

»Irrtum ausgeschlossen?«

»Irrtum ausgeschlossen!«

Dann wäre zumindest der Punkt endlich geklärt. So viel also zu Gerüchten. Und der verheerenden Auswirkung, die sie haben können.

»Das hilft uns ungemein weiter«, sagte er.

Sundh lächelte verhalten.

Da war noch etwas, verstand Delgado, etwas Unausgesprochenes, das sich hinter diesem Lächeln verbarg.

»Was?«, fragte er.

»Nichts«, antwortete sie und griff schnell nach ihrem Teeglas.

Delgado seufzte.

»Ich kann Berit nicht zurückholen. Niemand kann das. Aber du kannst uns dabei helfen, herauszufinden, was mit ihr passiert ist. Was wirklich mit ihr passiert ist. Sind wir ihr das nicht schuldig?«

Er sah es ihr an. Da war etwas, das herauswollte. Etwas, das sie seit fast fünfzig Jahren für sich behalten hatte.

Sie rang mit sich.

Delgado verscheuchte die hartnäckigen Wespen vom Rest des Erdbeerkuchens.

»Es stand tatsächlich ein Name auf der Liste, den ich kannte.«

»Und zwar?«

»Bruno Lundberg.«

»Von den Lundbergs aus Emmamåla? Der Glashütten-Familie, die sich später mit den Gustavssons zusammengetan haben?«

»Genau. Bruno ist der älteste Sprössling, soweit ich weiß ein hohes Tier bei *Gustavssons,* ich glaube, er vertritt die Firma in Übersee.«

14

Ingrid Nyström hatte es nach dem Gespräch eilig. Gerne wäre sie nach den überraschenden Aussagen Elvira Ömans von Bytorp weiter ins benachbarte Rödahult gefahren, und hätte Gunnar Gustavsson persönlich mit den pikanten Details konfrontiert, doch sie hatte einen wichtigen Termin bei ihrem Vorgesetzten, weshalb sie die Aufgabe an Forss delegiert hatte. Erik »Halb-Vier« Edman – ihr Chef trug diesen Spitznamen, weil es die Zeit war, zu der er sich gewöhnlich aus dem Präsidium Richtung Golfplatz verabschiedete – hatte sich überraschend gemeldet und sie um vier Uhr in sein Büro bestellt, offenbar war es äußerst wichtig, anders konnte sie sich nicht erklären, warum er sonst das Golfen warten ließ, und das an einem herrlichen Nachmittag wie diesem. Sie war spät dran. Während sie mit überhöhter Geschwindigkeit das Glasreich hinter sich zurückließ, sann sie über die Worte Elvira Ömans nach. Die Nonchalance, mit der die alte Frau über ihre und Berits sexuelle Eskapaden gesprochen hatte, irritierte Nyström, gleichzeitig imponierte sie ihr auch. War es recht, was die beiden Frauen getan hatten? War es wirklich nur ein *simples, faires Tauschgeschäft* gewesen, wie Öman sich ausgedrückt hatte: attraktive, kurzweilige Abendbegleitung im Austausch gegen Geld, Spaß und ein Fünfgangmenü? Wahrscheinlich kam es auf den Nachtisch an, auf das, was am Ende des Abends auf die schicken Restaurants und teuren Opernbesuche gefolgt war. Wie frei waren die Freundinnen in Bezug auf das, was dann geschah, wirklich gewesen? Waren sie wirklich nur mit den Männern im Bett gelandet, die ihnen gefallen hatten? Oder erwuchs nicht aus dem gesamten Arrangement eine Erwartungshaltung aufseiten der vermeintlichen *gentlemen*? Waren die Herren mit den dicken Geldbörsen wirklich in jedem Fall so gesittet, höflich und wenig zudringlich gewesen, wie Öman behauptet hatte, oder redete sie sich im Nachhinein die Dinge schön? Und musste man nicht ehrlicherweise doch von einer Art Prostitution sprechen, auch wenn es nicht zwangsläufig jedes Mal zum Äußersten gekommen war? Durfte man Geld dafür nehmen, einem anderen Menschen sich, sein Aussehen, seinen Charme und seinen Körper zur Verfügung zu stellen? Angeblich hatten die beiden jungen Frauen allein aus Abenteuerlust und Spaß an der Freude gehandelt, aber änderte das etwas am Kern der Sache?

Andererseits hatte Öman von sexueller Selbstbestimmung gesprochen. War ihr Dasein als Escortdame am Ende tatsächlich ein feministischer Selbstermächtigungsakt? Nyström schwirrte der Kopf, ihre moralische Kompassnadel drehte im Kreis. Ihr erschienen die Grenzen fließend. Sie war stolz darauf, in einem Land zu leben, in dem der Kauf sexueller Dienstleistungen illegal war, trotzdem gab es natürlich Prostitution: im Verborgenen. Machte es das besser? Es gab Studien, die darauf hinwiesen, dass sich die Lebensbedingungen von Sexarbeiterinnen und Sexarbeitern in der Illegalität verschlechterten. Auch wenn es nur die Freier waren, die sich strafbar machten, verschob es doch das ganze Geschäft in eine abgeschirmte Schattenwelt, in der die Prostituierten oftmals schutzloser und ausgelieferter waren, als in anderen Ländern. Nyström fand keine Antwort. Sie hatte immer gedacht, sie hätte eine Haltung zu dem Thema, aber das Gespräch mit Öman hatte ihre Gewissheiten infrage gestellt. Sicher war, dass die Aussagen der alten Frau den ohnehin schon schwierigen Fall weiter verkomplizierten. Die unzähligen Männerkontakte Berits, die es in Stockholm gegeben haben musste, waren unmöglich zu rekonstruieren. Selbst wenn es den *Club Rosé* heute noch geben sollte, was Nyström stark bezweifelte, war die Wahrscheinlichkeit, dass nach fünfzig Jahren noch irgendwelche Dokumente erhalten waren, gleich null. Wenn es damals denn überhaupt eine Art Buchführung gegeben hatte. In dieser Branche wohl eher nicht, befand sie. Lohnte es sich für die Ermittlung also überhaupt, dieses Fass aufzumachen? Sollten sie Zeit und Ressourcen darauf verwenden, Berits Jahre in der Hauptstadt genauer zu beleuchten? War ein Szenario denkbar, indem ihr Verschwinden mit diesem ausschweifenden Leben zu tun hatte? Ja, das war es durchaus, musste sie zugeben. Ein unbekannter Millionär, der sie mit Austern und dem Besuch exklusiver Kunstausstellungen zurück nach Stockholm gelockt hatte, zum Beispiel. Ein besessener Freier. Irgendein anderer Verrückter. Aber welche Rolle spielte dann Herbert in diesem Narrativ? Das alles war so vage, so unkonkret und vor allem so verdammt lange her. Konkret dagegen war ein anderes Detail aus Ömans Erzählung: Gunnar Gustavsson hatte angeblich ein Tête-à-Tête mit ihrer jüngeren Schwester gehabt. Das war ein Punkt, an dem sie die Brechstange ansetzen konnten. Und wer war als Brechstange geeigneter als Stina Forss?

Als sie Edmans Büro betrat, war es kurz nach vier. Sie war verschwitzt, gern hätte sie sich vorher noch etwas frisch gemacht, am liebsten sogar umgezogen, aber dazu hatte die Zeit nicht gereicht. Zu ihrer Überraschung war Edman nicht allein. Auf einem der tiefen Besucherstühle hatte ein Mann in perlgrauem Anzug Platz genommen, der sie unverhohlen musterte, ehe er Anstalten machte, aufzustehen und ihr die Hand zu geben. Sie erkannte den Mann auf der Stelle wieder, auch wenn es mehr als fünf Jahre her war, dass sie ihm begegnet war, genau hier, in Edmans Büro. Es war um den Fall eines verstümmelten und ermordeten Insektenforschers gegangen, Spuren hatten in höchste Stockholmer Kreise geführt und dieser Mann, der sich als hochrangiger Beamter des Justizministeriums vorgestellt hatte, hatte einen vielversprechenden Ermittlungsfaden, der Nyström und die damals gerade zum Team gestoßene Stina Forss zu einem altehrwürdigen Adelshaus auf Lidingö geführt hatte, abrupt durchschnitten und ihnen ein Stoppschild vor die Nase gesetzt.

»Kennet Ivarus, falls du dich erinnerst«, soufflierte Edman.

»Wir hatten bereits das Vergnügen«, lächelte der Mann.

Nyström zwang sich, die Mundwinkel nach oben zu ziehen.

»Was verschafft mir die Ehre?«, fragte sie.

»Nimm doch erst mal Platz«, forderte sie Edman auf.

Während sie sich setzte, fragte sie sich, was der Mann hier wollte. Dann schrillte eine Glocke in ihrem Kopf.

Stockholm.

Feine Gesellschaft.

Berit Gustavssons Escorttätigkeiten.

Zog der neue Fall bereits solche Kreise?

»Ich bin hier, weil wir neue Erkenntnisse über den tragischen Tod von Healey Harrington haben«, sagte Ivarus.

Genauso gut hätte er Nyström einen Eimer kaltes Wasser über den Kopf schütten können.

Ihr Herz begann zu rasen, ihre Ohren pochten. Sie klammerte sich an den Stuhllehnen fest. Die Nachricht kam so unerwartet.

»Oh.« Mehr brachte sie nicht zustande. Dann noch einmal: »Oh.« Eher ein Hauchen als ein Laut. Schließlich hatte sie sich so weit gesammelt, dass sie ihre Stimme wiederfand. »Ich dachte, der Staatsschutz hätte den Fall ...«

Wieder brach ihre Stimme weg.

»Ganz richtig, das hatte er auch«, erklärte Ivarus ruhig. »Wie du sicherlich weißt, deutete ja zunächst alles darauf hin, dass es sich bei dem niederträchtigen Hinterhalt um eine Verwechslung handelte, und in Wirklichkeit nicht deine Schwiegertochter, sondern eine deiner Mitarbeiterinnen das Ziel war.«

»Stina Forss«, sagte Nyström tonlos.

»Genau. Die gesamte Spurenlage schien am ehesten die These zu stützen, es handele sich um einen Racheakt an der bemerkenswerten Polizistin, die das rechtsterroristische Bombenattentat auf das Fußballstadion in Södertälje vereitelt hat.«

Nyström nickte.

»Nun, mittlerweile ist der Ermittlungsstand ein gänzlich neuer.«

Drück dich nicht so verflucht gestelzt aus, sondern komm endlich zur Sache, dachte sie. Sie war so ungeduldig, dass es unter der Haut kribbelte. Gleichzeitig spürte sie Angst vor dem, was da kommen würde.

»Und zwar?«

»Die Säpo hat den Fall mittlerweile der Abteilung für Organisierte Kriminalität übergeben, weshalb er letztendlich in meinem Zuständigkeitsbereich gelandet ist.«

Also keine rechtsextremen Terroristen? Sondern die Mafia? Wann hatte Forss mit organisierter Kriminalität zu tun gehabt? Beim Estonia-Fall, der sie vor Jahren nach Estland geführt hatte? Oder in ihrer Zeit beim Berliner Landeskriminalamt?

»Weil?«

Ivarus räusperte sich. Er beugte sich vor und legte die Spitzen seiner Finger aufeinander. Das war nie ein gutes Zeichen, dachte sie. Edman tat ihm die Geste nach. In ihrem Magen regte sich etwas. Etwas verfestigte sich, eine ungute Ahnung.

»Die zuständigen Ballistiker haben langsam, aber sehr sorgfältig ihre Arbeit gemacht. Dazu hat sich der Umstand ausgezahlt, dass wir dank Europol eine gute Kooperation auf EU-Ebene haben. Zum Glück sitzen die Briten ja noch mit im Boot.« Er lachte. »Diese Trottel werden sich noch umgucken, wenn sie nach dem Brexit auf sich allein gestellt sind«, sagte er kopfschüttelnd. »Auch wenn sie uns im Bereich visueller Überwachungstechnik und Kommunikationsanalyse zugegebenermaßen noch voraus sind. Aber das soll jetzt nicht das Thema sein.«

»Die Briten?«

Es lief Nyström kalt den Rücken herunter.

»Um es kurz zu machen: Die Geschosse, 7,62 x 51 mm Munition, die Healey Harrington tödlich verwundet haben, konnten einer konkreten Waffe zugeordnet werden, einem englischen Scharfschützengewehr, Modell *Arctic Warfare.*«

Briten, Brexit, englisches Gewehr …, was hatte das alles mit Stina Forss zu tun?

»Die Waffe war registriert, weil sie bereits bei mehreren schweren Verbrechen zum Einsatz gekommen ist. Dabei handelt es sich ausnahmslos um Exekutionen im Umfeld organisierter Kriminalität an der englischen Südküste: Southampton, Portsmouth, Brighton, Eastbourne.«

Brighton.

Healey.

Ihr Herz klopfte, ihre Handflächen schwitzten.

»Ich weiß, das ist jetzt nicht leicht für dich, aber mir war wichtig, es dir persönlich mitzuteilen: Vor etwa vier Wochen wurde in einem Außenbezirk von Brighton ein ausgebrannter Ford Galaxy sichergestellt, die Nummernschilder fehlten natürlich, aber die britischen Forensiker konnten die ursprüngliche Lackfarbe des Wagens bestimmen.«

»Blau«, flüsterte Nyström.

»Richtig. In Schweden war das Auto wahrscheinlich mit hiesigen, geklauten Nummernschildern unterwegs. Aber das ist leider noch nicht alles. Die Kollegen von der Insel mussten leider im Zuge der überaus umfangreichen Ermittlungen auch die Finanzen deiner Schwiegertochter unter die Lupe nehmen. Auch wenn es schmerzhaft zu hören ist: Offenbar hat Healey Harrington vor einigen Jahren einen sehr zweifelhaften Kredit aufgenommen, mutmaßlich, um damit ihren Modeladen zu finanzieren. Wir alle vermuten stark, dass sie in den Monaten vor ihrem Tod in immer größere Zahlungsschwierigkeiten geraten ist, Leuten gegenüber, mit denen man sich nicht anlegen sollte. Nach jetzigem Ermittlungsstand deutet alles darauf hin, dass sie Probleme bekam, weil sie ihre Schulden nicht mehr bezahlen konnte. Dazu kam die überstürzte Abreise nach Schweden.«

»Aber das war doch wegen der Renovierung der Wohnung.«

»Die Gangster haben das wohl eher als Fluchtversuch interpretiert. Wie gesagt, es handelt sich hier um Schwerstkriminelle, mit denen nicht zu spaßen ist.«

Ivarus drückte ihr einen dünnen Aktenordner in die Hand. Sie sah ihn, Edman, den Rest des Büros verschwommen, wie durch Nebel.

»Hier hast du alles noch einmal schwarz auf weiß.«

»Danke«, brachte sie heraus.

Ivarus stand auf und hielt ihr erneut die Hand hin. Er lächelte kalt.

»Es tut mir aufrichtig leid, Ingrid.«

15

»Nein, wir hatten keine Vereinbarung, wie Elvira Öman sich ausgedrückt hat.« Gustavssons Stimme war kaum mehr als ein Krächzen, als er endlich anfing zu sprechen. »Dennoch hat sie in gewisser Hinsicht recht: Ja, ich wusste von Berits Leben in Stockholm. Sie hat es mir selbst erzählt, weil ich sie dazu gedrängt habe.« Er hielt für einen Augenblick inne, als müsse er Kraft sammeln, für das, was er zu erzählen im Begriff war. »Es waren zunächst Kleinigkeiten, die mir aufgefallen sind, wenn ich sie besucht habe, oder sie hier war. Minimale Veränderungen in ihrer Gestik, eine fremde Art zu lachen, ein anderer Gang. Ein neuer Haarschnitt, ein exklusives Parfüm, teure Ohrringe. Sie wirkte reifer als früher, erfahrener. Ich gebe zu: Mir hat das Angst gemacht, gleichzeitig hat es mir auch imponiert. Ich verstand, dass sie im Begriff war, eine neue Welt zu entdecken, ihren Horizont zu erweitern, und ich war definitiv kein Teil davon. Während sie in Stockholm war, und sich selbst ausprobierte, wie sie es nannte, klebte ich in Karlskrona fest, wo ich meinen Wehrdienst abzuleisten hatte. Zunächst waren es nur Andeutungen, die sie gemacht hat. Ich verstand, dass sie andere Männer traf, ich dachte, ich hätte womöglich ein oder zwei Nebenbuhler, die Berit Avancen machten. Das ganze Ausmaß jedoch, dieser ominöse Club, …« Er stöhnte. Rieb sein Gesicht. »Es gab einen Riesenkrach, das muss einige Zeit vor der Hochzeit gewesen sein. Wir haben uns furchtbare Dinge an den Kopf geworfen. Dabei kam dann alles ans Licht. Natürlich habe ich es zuerst nicht verstanden, natürlich war ich tief verletzt, natürlich hat das an mir genagt. Die Vorstellung, wie sie mit diesen fremden Kerlen … Für Geld? Für einen luxuriösen Abend? Für ein bisschen Spaß? Waren das nicht Dinge, die ich ihr auch hätte geben können?« Er trank aus einem Wasserglas, gierig, in großen Schlucken. Danach war seine Stimme weicher. »Es hat Zeit gebraucht, sie zu verstehen. Meine Gefühle zu sortieren. Prioritäten zu setzen. Mir wurde klar, dass ich sie trotz allem weiterhin liebte. Dass ihr Treiben in Stockholm wenig mit mir zu tun hatte, sondern viel mit Berits Selbstbild und ihrem Hunger auf Leben. Gerade das hat mich ja so an ihr fasziniert: ihr neugieriger Blick auf die Welt. Das Unkonventionelle. Ihr unerschütterliches Selbstbewusstsein. Ich wollte sie unbedingt, ich wollte diese eindrucksvolle, unabhängige Frau heiraten, sie zu meiner Frau machen. Auch wenn es zu dieser Einsicht ein Stelldichein mit Filomena Öman brauchte. Ausgerechnet. Es hätte aber auch jede andere sein können. Nenn es Kompensation, nenn es von mir aus Rache, auf jeden Fall hat es mir die Augen geöffnet. Ich habe verstanden, dass es Sexualität gibt, die mit Liebe nichts zu tun hat. Ich konnte Berit anschließend verzeihen. Ich konnte ihr glauben, dass sie mich weiterhin zum Mann haben wollte. Denn das wollte sie.«

Forss betrachtete den alten Mann. Sein Augenlid zuckte, er sah müde aus. Sollte sie ihm glauben?

»Du warst Taucher? Kanntest den See wie deine Westentasche? Davon hast du uns nichts erzählt.«

»Was spielt das auch für eine Rolle? Ja, ich habe bei der Marine tauchen gelernt, daran war nichts Ungewöhnliches. Ja, ich hatte eine eigene Ausrüstung, warum auch nicht, wenn direkt um die Ecke ein großer See liegt. Es ist ein tolles Hobby, ich bin dem nachgegangen, bis ich beinahe sechzig war. Doch ich sehe nicht im Geringsten, was das mit Berit zu tun haben soll! Wollt ihr mich um jeden Preis zum Täter machen, ist es das? Habt ihr so wenig andere Ermittlungsergebnisse, dass ihr auf solch billige Tricks zurückgreifen müsst?«

Gustavsson starrte sie kampfeslustig an.

Jetzt geht er zum Angriff über, dachte Forss, eine sehr durchschaubare Strategie. Sie spürte, dass sie durstig war und dass die Hitze sie ermattete. Die aufputschende Wirkung des süßen Milchshakes war längst verflogen.

»Wir überprüfen und sammeln Fakten, nichts weiter«, entgegnete sie so trocken wie möglich.

16

Auf dem Rückweg ins Präsidium radelte Hugo Delgado bei Tomas Isroth vorbei. Ein biederes Einfamilienhaus, in der Einfahrt ein schweres, amerikanisches Motorrad. Die Haustür stand offen.

»Hallo?«, rief Delgado in den Flur.

»Bist du der Bulle?«, hallte es zurück. »Komm rein. Dann die zweite Tür links.«

Delgado streifte sich die Schuhe ab und trat ein. An der Garderobe hing eine Lederjacke mit Harley-Davidson-Motiv, schwarz-orange, eine furchtbare Farbkombination, dachte er. Einige Schritte weiter blieb er im besagten Türrahmen stehen. Isroth kniete halb nackt auf dem Badezimmerboden und verlegte Fliesen. Weiße Malerhose, weißer Schwabbelbauch, roter Kopf. Mörtelverkrustete Hände, in der einen Hand eine Kelle, in der anderen eine Wasserwaage.

»Na«, begrüßte ihn Delgado, »alles im Lot?«

Isroth verstand den Witz nicht, oder er ging darüber hinweg.

»Kann mir Besseres vorstellen, als bei dieser Affenhitze hier herumzukriechen und zu malochen.«

Wie um seine Worte zu untermalen, klatschte er Mörtel auf den Boden, verteilte ihn, legte die nächste Fliese zurecht, justierte sie und maß mithilfe der Wasserwaage nach.

»Aber?«, fragte Delgado. »Warum bei dem Wetter kein kaltes Bier im Garten?«

»Die Alte macht Druck. Dabei hat sie sich selbst zu ihrer Schwester verkrümelt. Ich wette, die beiden sitzen gerade vor irgendeiner Bar, süffeln Prosecco und lassen den lieben Gott einen guten Mann sein.«

»Weiber«, sagte Delgado ins Blaue hinein.

»Wem sagst du das?«

Nichts funktionierte bei manchen Typen so leicht und war gleichzeitig so dämlich wie primitive Männerbundschaft, dachte Delgado. Die angespannte Stimmung war wie weggeblasen.

»Meine Olle nervt seit Wochen, dass ich endlich die Küche streiche«, log er dreist. »Ich hab ihr gesagt: Du kannst dir von mir aus Strapse in Schweinchenrosa kaufen, aber an die Wand kommt mir die Farbe nicht!«

Isroth lachte schallend, sein nackter Bauch wabbelte im Rhythmus dazu. Er legte sein Werkzeug aus der Hand.

»Wenn ich es mir recht überlege, warten da tatsächlich ein paar Bierchen im Eisfach auf mich. Magst du Indian Pale Ale?«

»Aber immer doch«, grinste Delgado.

Zwei Minuten später saß er auf einem bequemen Gartenstuhl auf der Terrasse und blinzelte ins Abendlicht. Die beiden Männer ließen die bauchigen Flaschen gleichzeitig aufploppen und stießen an. Die kühlen, herben Schlucke schlugen selbst den Quittentee. Was gab es Besseres als ein vorgezogenes Feierabendbier? Isroth hatte die Flasche in einem Zug zur Hälfte ausgetrunken und rülpste lautstark.

»Braut ein Kumpel von mir selbst«, prahlte er, »achteinhalb Prozent!«

»Zimmert ordentlich«, gab Delgado ihm recht. Hatte er nicht den besten Beruf der Welt? »Petter Thurstan also«, gab er das Stichwort für den eigentlichen Anlass seines Besuchs.

»Ach, Petter.« Isroth winkte ab. »Armes Würstchen. Ist nie über den Verlust hinweggekommen.«

»Den Verlust seiner Schwester meinst du?«

»Berit? Ist die nicht irgendwann mit dem Österreicher wieder in London aufgetaucht? Oder Stockholm?«

»Das sind nur Gerüchte.«

»Ach so. Tja, dann schade um sie. War ein Hammergerät die Frau, aber weit oberhalb meiner Liga. Doch Berit meinte ich gar nicht. Über die hat Petter nie gesprochen. Stattdessen hat er uns jahrelang mit seinem Gejammer über die verlorene Firma in den Ohren gelegen. Ich konnte es irgendwann nicht mehr hören. Nicht jeder wird wie er mit einem goldenen Löffel im Mund geboren.« Demonstrativ hielt Isroth Delgado seine mörtelverklebten Hände entgegen. »Man kann es auch mit Arbeit zu etwas bringen. Aber Petter? Zwanzig Jahre lang hat er vergeblich versucht, in unseren Club zu kommen, was soll man dazu sagen?«

»Was für ein Club?«

»Harley-Freunde-Växjö.«

»Aber ihr habt ihn nicht aufgenommen?«

»Er hat die Kriterien nicht erfüllt.«

»Was waren das denn für Kriterien?«

Isroth warf ihm einen Blick zu, als säße er einem Vollidioten gegenüber.

»Na, was wohl? Eine Harley zu fahren! Aber das hat er kohlemäßig nie auf die Kette bekommen. Stattdessen ist er also allein mit seiner billigen Reisschüssel durch die Gegend geknattert.«

»Wie armselig«, pflichtete ihm Delgado bei, der von Motorrädern nicht die leiseste Ahnung hatte. Wahrscheinlich war mit einer Reisschüssel ein günstigeres, asiatisches Fabrikat gemeint.

»Nicht wahr?« Isroth kratzte Mörtelreste unter seinen Fingernägeln hervor, dann stürzte er den Rest seiner Flasche hinunter. »So wie ich die Dinge sehe, gibt es auf der Welt zwei Sorten Menschen: Haie und Fischfutter. Und eins ist sicher, ein Hai war Petter Thurstan nie.«

17

Ingrid Nyström saß in Unterwäsche auf ihrem Bett. Die Luft im Raum stand. Sie hatte am Morgen vergessen, die Vorhänge zuzuziehen, und die Sonne hatte das nach Süden liegende Schlafzimmer im Laufe des Tages aufgeheizt. Wie hatte sie die Vorhänge nur vergessen können? Sie kannte die Antwort natürlich. Anders kümmerte sich sonst um solche Dinge. Aber der war nicht hier, sondern in Tansania. In der einen Hand hielt sie die dünne Akte des Justizministeriums, in der anderen das Telefon. Sie wollte mit Anna sprechen. Sie *musste* mit Anna sprechen. Gleichzeitig brachte sie es nicht übers Herz. Sie legte das Telefon wieder weg, bereits zum dritten Mal. Sie nippte an einem Bier ihres Mannes, das sie im Kühlschrank gefunden hatte. Alkohol trank sie selten. Aber heute war so ein Tag. Dabei schmeckte das Bier überhaupt nicht, es war ihr viel zu bitter. Doch wenigstens war es kalt. Sie klappte die Akte auf und blätterte sie durch, ebenfalls zum dritten Mal. Ein ballistischer Untersuchungsbericht. Fotos von dem ausgebrannten Auto. Auszüge aus Untersuchungsberichten der *Sussex Police Force,* die unter anderem für Brighton zuständig war: zwei Exekutionen, ausgeführt mit derselben Waffe, mit der offenbar auch Healey getötet worden war, beides Abrechnungen in der Unterwelt. Ein Zeugenbericht eines inhaftierten Gangsters, der aussagte, dass sich Healey vor vier Jahren dreihunderttausend Pfund von seiner *Firma* geliehen hätte, ein halb legales Geschäft zu marktüblichen Zinsen. So weit, so nachvollziehbar, die papierenen Belege für Ivarus' Bericht. Schwarz auf weiß, wie er es versprochen hatte.

Fakten.

Aber was bedeutete dieses Wort heutzutage eigentlich noch?

Ihr Bauch sagte etwas vollkommen anderes als diese Akte.

Healey sollte sich auf organisierte Kriminelle eingelassen haben?

Ein Kredithai, der von Brighton aus nach Schweden fährt, um eine säumige Schuldnerin mit einem Scharfschützengewehr zu erschießen?

Unterwegs mit einem Auto, das in den Wochen zuvor Stina Forss an mehreren unterschiedlichen Orten aufgefallen war?

Sie warf die Akte aufs Bett und trank das Bier aus.

Dieser Geschichte glaubte sie kein einziges Wort.

18

Nachdem Stina Forss in der gepflegten Kiesauffahrt der Gustavssons in ihren Wagen gestiegen war, warf sie einen Blick auf das Handy. Sie hatte eine SMS erhalten.

Wollen wir einen Kaffee trinken?

Liebe Grüße, Suzanne

Ihre Nachbarin schon wieder, die Frau des Bauern. Eilte es mit den Pachtverträgen denn wirklich so sehr? Gab es irgendein Problem, irgendeine Frist oder Laufzeit, die sich dem Ende näherte? Forss interessierte es kaum. Es war nicht ihr Problem. Ja, sie würde sich melden, aber nicht heute, nicht an einem Tag wie diesem. Das Einzige, wonach sie sich sehnte, war ein eiskalter Gin Tonic und ein Bad im See hinter ihrem Haus. Vorher hatte sie noch Protokolle zu schreiben und nach ihrem Postfach zu sehen, das sie vor einigen Monaten unter einem falschen Namen eingerichtet hatte. Digitaler Kommunikation traute sie seit Langem nicht mehr vorbehaltlos. Natürlich hatte sie die Sache mit dem überraschenden Tod Helen Söderqvists nicht auf sich beruhen lassen. Ob die Frau tatsächlich einmal mit Kent Vargen verheiratet gewesen war oder auch nicht – sie war die einzige Verbindung zu dem geliebten und zugleich gehassten Phantom, mit dem sie ihr Bett geteilt hatte. Dem sie ihr Leben verdankte. Zu dem Rätsel, dass er ihr hinterlassen hatte. Einem Prachtorden ihres Vaters, den es eigentlich gar nicht geben durfte, sowie einem Schlüssel, zu dem ihr das Schloss fehlte. Sinnbildlicher konnte es kaum sein. Sie stand vor verschlossenen Türen. Genauso wenig, wie sie über das Leben ihres Vaters Bescheid wusste, kannte sie das von Kent Vargen. Die beiden entscheidenden Männerfiguren ihres Lebens waren zwei blinde Flecke. Ihr Vater war in ihren frühen Kindheitserinnerungen ein strenger, aber warmherziger Mann gewesen, bis er sich innerhalb eines kurzen Zeitraums in ein gewalttätiges Tier verwandelt hatte, das ihre Mutter krankenhausreif geprügelt und ihr selbst eine heiße Pfanne ins Gesicht geschleudert hatte. Forss rechnete nach. Das musste im Winter 1985/86 geschehen sein. Sie war damals ein kleines Mädchen gewesen, das im Frühjahr 1986 mit ihrer deutschen Mutter in deren alte Heimat geflohen war. Später, als Teenager, hatte sie ihren Vater in den Ferien einige Male aus einer Mischung aus Pflichtgefühl, Neugier und natürlich auch einer kindlichen Sehnsucht in Schweden besucht, aber echte Nähe war zwischen ihnen nie wieder entstanden. Irgendwann hatte sie diese überflüssigen Besuche eingestellt und ihn erst wiedergesehen, als er bereits im Sterben lag. Außer dem Umstand, dass er Oberstleutnant bei der Militärpolizei war und in seiner Freizeit gerne jagen ging, wusste sie so gut wie nichts über ihn. Auch seinen engsten Verwandten hatte er sich mehr und mehr entzogen. Niemand konnte ihr zum Beispiel sagen, ob er nach der Trennung von ihrer Mutter mit einer Frau zusammengelebt hatte. Ob er glücklich oder wenigstens zufrieden gewesen war. Ob er seine Tochter vermisst hatte. Der Gedanke tat weh. Sie wischte ihn wie immer beiseite. Gefühle und Sentimentalitäten halfen ihr nicht weiter, auch wenn ihr Therapeut das Gegenteil behauptete. Was sie ihrer Meinung nach brauchte, waren Antworten.

Wie kam ein Oberstleutnant, der ihren Recherchen zufolge in seiner gesamten Karriere an keinem einzigen militärischen Auslandseinsatz teilgenommen hatte, in den Besitz des höchsten Tapferkeitsordens, einer Auszeichnung, die wohlgemerkt offiziell nie verliehen worden war?

Was hatte einer der gefährlichsten Rechtsextremen des Landes auf seiner Beerdigung zu suchen gehabt?

Warum hatte Kent Vargen ebenjenen mysteriösen Orden aus seinem beziehungsweise ihrem Besitz gestohlen?

Warum hatte er ihn ihr Sekunden vor seinem sicheren Tod zurückgegeben, mitsamt einem Schlüssel, den sie keinem Schloss zuordnen konnte?

Wieso kam er ausgerechnet bei einem Attentat ums Leben, das derselbe Rechtsterrorist geplant hatte, der ihr ein Jahr zuvor auf der Bestattung ihres Vaters sein Beileid ausgedrückt hatte?

In welchem Zusammenhang standen also ihr Vater, Kent Vargen und dieser Neonazi?

Warum war sie in den Monaten nach Vargens Tod verfolgt worden?

Weil in Wirklichkeit sie das eigentliche Ziel der Exekution Healey Harringtons gewesen war?

Bedeutete dies nicht, dass sie sich immer noch in akuter Lebensgefahr befand?

Musste sie jedes Mal, wenn sie ihren Wagen startete, damit rechnen, eine Bombe zu zünden und in die Luft gesprengt zu werden?

Trotzig drehte sie den Schlüssel im Zündschloss, der Motor sprang an, nichts Weiteres geschah, natürlich nicht.

Helen Söderqvist also, noch eine Tote. Natürlich hatte Forss erwogen, der Sache selbst nachzugehen, denn an einen Selbstmord der Frau glaubte sie keine Sekunde. Sich in Stockholm die Wochenenden um die Ohren zu schlagen und das Leben der Buchhalterin unter die Lupe zu nehmen. Nach Spuren von Kent Vargen zu suchen. Dann war sie jedoch ins Grübeln gekommen. Das Letzte, was sie wollte, war unnötig Staub aufzuwirbeln. Wen auch immer durch ihr plötzliches Auftauchen vorzuwarnen. Nicht, solange sie nicht wusste, mit wem und womit sie es überhaupt zu tun hatte. Deshalb hatte sie sich zu etwas entschlossen, das ihr, die nichts und niemandem traute, schwergefallen war: Sie hatte, natürlich ebenfalls unter falschem Namen, eine renommierte Privatdetektei mit dem Durchleuchten Helen Söderqvists beauftragt. Seitdem fuhr sie Tag für Tag zu ihrem Postfach und hoffte auf Neuigkeiten. Die Ergebnisse, die sie bisher bekommen hatte, waren mager. Biografische Eckdaten: Eine vierjährige, kinderlose Ehe mit einem Mann namens Jonas Söderqvist. War das wirklich Kents echter Name gewesen? Helen Söderqvists Todesursache: Sprung aus dem Fenster ihres Apartments, das im zehnten Stock gelegen hatte.

An diesem Tag war das Postfach leer. Sie fuhr weiter ins Präsidium und tippte ihre Protokolle. Delgado schneite herein, wirkte leicht angesäuselt, schwärmte etwas von ausgezeichnetem Erdbeerkuchen, selbst gebrautem Starkbier und berichtete von Hultins Zeugenbefragung sowie einer Liste mit Männernamen, die eine angebliche Affäre zwischen Berit und Bruno Lundberg belegte. Sie musste sich zwingen, konzentriert zuzuhören. Es war definitiv Zeit für einen Drink und eine Abkühlung im See. Durch ihr Deo hindurch konnte sie ihren eigenen Schweiß riechen. Sie warf Delgado hinaus, tippte die Berichte zu Ende und machte Feierabend. Auf dem Flur, aus der Richtung von Edmans Büro, kam ihr ein Mann in perlgrauem Anzug entgegen, der sie neugierig musterte.

Stockholm im Herbst 1969

*Es ist jetzt auf den Tag genau zwei Monate her, dass ich hier bin.
Was soll ich sagen? Es ist fantastisch! ICH LIEBE DIESE STADT!
Der Frühnebel über dem Mälaren, die engen Gassen der Altstadt,
meine gemütliche Dachkammer auf Södermalm. Sicher, Frau Lööf
führt ein strenges Regiment über die Mieterinnen, neben mir leben
hier noch zwei andere junge Frauen, beide arbeiten als Sekretärinnen in der Innenstadt, Männerbesuche und laute Musik sind
strikt verboten. Aber ansonsten ist das Zimmer mein eigenes Reich,
meine Insel, auf der nur ich allein bestimme. Aus leeren Obstkisten
habe ich mir ein Regal für die Bücher gezimmert, obendrauf thro-
nen meine Glasobjekte wie freundliche Besucher aus einer anderen Welt, die auf mich aufpassen. Wobei wir bei der Königlichen
Akademie der Freien Künste wären. Ich glaube, so etwas wie mich
haben die hier noch nicht gesehen. Ein Landei, wie es im Buche
steht, und dann arbeitet es auch noch mit Glas. Sie nennen mich
hier scherzhaft »Lina«, was eine Anspielung auf Astrid Lind-
grens Lönneberga sein soll, meinen småländischen Zungenschlag
werde ich wohl nie ganz los, auch wenn ich mir Mühe gebe. Jedenfalls haben sie mir zuliebe tatsächlich einen uralten Glasschmelz-
ofen entstaubt, Professor Lundin zufolge war der seit Tiffany- und
Jugendstilzeiten nicht mehr in Betrieb, es hat wohl sein Gutes, dass
die Akademie auf eine zweihundertjährige Geschichte zurück-
blicken kann, und ich die Möglichkeit habe, weiter mit meinem
Lieblingsmaterial zu arbeiten. Jedenfalls ist der Ofen ein holz-
befeuertes Ungetüm, das Ewigkeiten braucht, um auf die nötigen Temperaturen zu kommen. Am Anfang habe ich mich ziemlich schwergetan, die Handhabung ist vollkommen anders, als ich*

es von den modernen Öfen unserer Hütte kenne, aber so langsam fuchse ich mich in die Abläufe hinein. Was das Technische angeht, lassen sie mich machen, was daran liegt, dass sich hier niemand mit Glasfertigung auskennt, nur in den Werkvorstellungsrunden gibt es den ein oder anderen Kommentar zu Ausdruck und Wirkung meiner Objekte. Ich weiß nicht, ob das nun gut oder schlecht ist. Gern hätte ich einen Lehrer, der mir etwas Neues beibringt, andererseits genieße ich die Freiheit, in Ruhe experimentieren zu können. Meine armen Kommilitonen aus der Malerei oder der konventionellen Bildhauerei haben es da schwerer, an ihnen und ihren Werken krittelt dauernd eine der Lehrkräfte herum.

Ich habe hier schon einige interessante Menschen kennengelernt. Heidi aus der Schweiz (Ja, sie heißt wirklich so!) zum Beispiel. Sie ist zwei Jahre älter als ich und eine fantastische Malerin. Ihre Bilder sind die reinsten Albtraumszenen, den Lehrkräften gefallen sie nicht, weil sie »zu konkret« sind, aber ich finde sie großartig! Angsteinflößend, verwirrend, sexuell aufgeladen, Dalí hätte seine helle Freude daran gehabt. Eins hat mir Heidi geschenkt, eine kleine Ölskizze, es zeigt zwei kopulierende Hummerweibchen, ich muss jedes Mal, wenn ich es betrachte, an Gunilla und das süße Geheimnis denken, das wir teilen, es hängt bei mir über dem Bett, was Frau Lööf natürlich mit einem Naserümpfen quittiert hat. Aber was sollte sie schon einwenden? Die Kunst ist frei! Wenn auch sonst nicht viel, dann doch zumindest die Kunst. Klingt das zu desillusioniert für ein Mädchen in meinem Alter? Dabei meine ich gar nicht meine eigene Lebenssituation, die ich immer mehr als Privileg begreife, sondern die Umstände in anderen gesellschaftlichen Zusammenhängen, die so dringend unserer Solidarität bedürfen. Vietnam, Rhodesien, die anderen Unterdrückungsregimes im Süden Afrikas ... die Liste ließe sich endlos fortsetzen. Wir Kunststudenten haben eine trotzkistische Gruppe gebildet und treffen uns jetzt regelmäßig, sicherlich nur ein erster Schritt, aber irgendwo muss man schließlich beginnen. Die Kommilitonen von

der Universität sind da bereits ein bisschen weiter, sie haben im
vergangenen Jahr das Kårhus besetzt, um gegen die neue Studien-
ordnung zu demonstrieren, sogar Bildungsminister Palme war da,
um mit ihnen zu debattieren. Seit einigen Tagen ist Palme der neue
Staatsminister. Ob es ihm gelingt, unser Land wie versprochen zu
reformieren und auf einen neuen Kurs zu bringen? Ich habe da
meine Zweifel. So viele Strukturen sind verkrustet und altbacken,
so vieles ist ungerecht und reaktionär. Gunnar sieht das natürlich
anders, auch wenn wir das selten ausdiskutieren. Wann auch, so
wenig wie wir uns sehen? Was mich gedanklich zu Holger führt.
Er sitzt im Skulptur- und Plastikkurs neben mir, ein schweig-
samer, gut aussehender Norrländer aus Luleå. Holger arbeitet mit
Ton. Seine Objekte gefallen mir sehr, aber noch mehr mag ich seine
großen, meistens lehmverkrusteten Hände. (Diese Art von Ver-
krustung mag ich!) Wenn ich mir vorstelle, was die alles mit mir
anstellen könnten … Ich weiß, es ist Gunnar gegenüber nicht fair,
so zu denken. Aber was soll ich denn machen, die Fantasien sind
einfach da. »Zu konkret«, würde Professor Lundin wahrscheinlich
sagen, ha, ha. Gunnar fühlt sich im Moment weit weg an, und
das ist er ja auch. Er steht wahrscheinlich gerade in Karlskrona
auf dem Deck eines Kriegsschiffs und salutiert vor einem Admiral.
Kann man weiter voneinander entfernt sein? Und das meine ich
natürlich nicht nur räumlich.

Dann ist da noch Kiki. Ich weiß noch nicht einmal, ob das ihr
richtiger Name ist, aber das spielt auch keine Rolle. Kiki ist hier
unser Star. Meiner auf jeden Fall! Noch keine zwanzig, aber schon
eine fertige Künstlerin. Ich glaube, mich hat noch nie ein Mensch
so beeindruckt, dabei ist sie winzig, sogar für ein Mädchen. (Als ob
das eine Rolle spielen würde.) Sie ist so modern in ihrer Kunstauf-
fassung, so radikal. Dabei kann man schwer beschreiben, was sie
eigentlich macht. Jedenfalls nichts, was man anfassen könnte, wie
meine oder Holgers Objekte oder Heidis Gemälde. Kiki nennt es
»performance« oder »Aktion«. Sie führt Dinge auf, Bewegungsab-

läufe, Szenen. Wie eine Art Schauspielerin, nur ohne Theater oder Film. Einmal ist sie tatsächlich (vollkommen!) unbekleidet und mit verbundenen Augen den Flur zur Mensa entlanggelaufen, ein anderes Mal hat sie sich mitten in der Stadt auf einen Platz gestellt und angefangen zu schreien, bis Passanten die Polizei gerufen haben. Was für eine Frau! Sie spricht viel von Fluxus und Joseph Beuys, von Allen Ginsberg, Yoko Ono und Wolf Vostell. Ich verstehe nicht alles, aber genug, um zu begreifen, wie politisch es ist. Vielleicht genau die Art von Kunst, die diese Zeit so dringend benötigt. Dagegen komme ich mir mit meinen seltsamen Glasbrocken schon beinahe gestrig vor. Der Lehrkörper und auch die Studentenschaft scheinen gespalten, die einen halten Kiki für eine Spinnerin, die anderen vergöttern sie. In mir hat sie jedenfalls ihren größten Fan!

So, geliebtes Tagebuch, nun muss ich für heute Schluss machen. Gleich kommt Heidi und holt mich ab, es geht ins Stampen, einem neuen Jazzschuppen in der Altstadt. Vielleicht taucht Holger ja auch auf?

Und dann?

Wer weiß … ?

DIENSTAG

1

Ingrid Nyström fühlte sich miserabel, als sie am Morgen den Besprechungsraum betrat. Sie hatte Kopfschmerzen, einen flauen Magen und gleichzeitig brennenden Durst. Ich bin verkatert, dämmerte ihr nach dem Aufwachen, dabei hatte sie am Vorabend gerade einmal zweieinhalb Flaschen von Anders' herbem Bier getrunken. Sie vertrug einfach keinen Alkohol. Trotz ihrer desolaten Verfassung merkte sie sofort, dass etwas anders war als sonst: Das große Panoramafenster stand einen Spalt offen, ein angenehmer Luftzug erfrischte den Raum.

Lasse Knutsson wedelte triumphierend mit einem Schraubenzieher und einem Hammer vor ihrer Nase herum.

»Die Axt im Haus erspart den Zimmermann!«

»Aber wir dürfen hier doch nichts ohne die Zustimmung des Gebäudemanagements …«, wandte sie ein.

»Gebäudemanagement, Gebäudemanagement«, polterte Knutsson. »Hast du in all den Jahren jemals jemanden vom Gebäudemanagement leibhaftig gesehen? Dabei ist die Klimaanlage seit Ewigkeiten defekt. Genauer gesagt, seit sie die feste Hausmeisterstelle gestrichen haben.«

Wo er recht hatte, hatte er recht.

»Hauptsache, du schraubst das Fenster anschließend wieder zu, versprochen?«

Knutsson brummte zufrieden vor sich hin.

Neben ihren beiden männlichen Kollegen waren Stina Forss und Anette Hultin anwesend, ihr Team war komplett, und sie war die Letzte, die kam. Das war bisher noch nie vorgekommen. Verdammtes Bier, dachte sie und ärgerte sich, zu Hause keine Kopfschmerztablette genommen zu haben. Der Tag würde lang werden, außerdem war die Hitze draußen jetzt schon kaum zu ertragen, dabei war es noch keine neun Uhr.

»Aspirin?«, fragte Forss. Nyström sah ihre Mitarbeiterin verwundert an. »Deine Gesichtsfarbe spricht Bände.«

Forss schob ihr einen Tablettenstreifen hinüber, Delgado einen seiner notorischen Energydrinks.

»Schmeckt nach Gummibärchen, aber hilft«, kommentierte er.

Knutsson warf ihr eine Tüte Studentenfutter zu.

Sie bedankte sich und schluckte zwei Tabletten mit dem penetrant süßen Getränk hinunter. Ihr Magen protestierte grummelnd, aber mit einer Handvoll Nüsse und Rosinen bekam sie das wieder in den Griff.

»Also dann«, sie zwang sich zu einem Lächeln, »Bestandsaufnahme.«

Hultin räusperte sich.

»Ich habe gestern Kalle Kvist einkassiert. In einem ersten Verhör hat er dichtgemacht. Staatsanwalt Börjlind hat daraufhin zugestimmt, ihn wegen Fluchtgefahr eine Nacht hierzubehalten, immerhin ist er seit dem Vorfall im Museum nicht bei der Arbeit aufgetaucht und stattdessen bei seinem Bruder untergekrochen. Mein Gefühl sagt, dass es bei ihm etwas zu holen gibt.«

»Gute Arbeit, Anette. Den Kerl knöpfen wir uns gleich vor. Eine Nacht in der Zelle bewirkt oft wahre Wunder, vielleicht ist er heute schon gesprächiger.« Sie trank den Rest des Energydrinks. Tatsächlich ging es ihr bereits ein Stück weit besser. »Hugo?«

»Wie du vorgeschlagen hast, bin ich die Liste der Hochzeitsgäste durchgegangen. Herausgefiltert habe ich eine Handvoll Namen, die für uns interessant sein könnten: Zwei Freundinnen von Berit, Gunnars Trauzeugen, einen von Herberts österreichischen Kollegen, einen Freund von Petter Thurstan, sowie zwei Brüder einer weiteren Glasreichfamilie, die mit den Lundbergs befreundet sind und sich regelmäßig miteinander zum Golf verabreden. Mit zweien habe ich mich gestern bereits unterhalten, darunter Maja Sundh, einer Freundin Berits. Ein sehr aufschlussreiches Gespräch. Offenbar hat Berit eine Liste über die Männer geführt, mit denen sie geschlafen hat. Sundh zufolge war diese Liste erstaunlich umfangreich. Herbert stand übrigens nicht darauf, dafür aber Bruno, das älteste der Lundberggeschwister.«

»Ach ja?« Eine Liste ihrer Sexualpartner? Was war diese Berit nur für eine Frau gewesen? Nyström musste an die offenherzigen Worte Elvira Ömans denken und schluckte. »Bruno Lundberg, also noch eine persönliche Verwicklung mehr. Die Umstände werden nicht gerade einfacher. Aber es passt ins schillernde Gesamtbild, das sich allmählich von Berit Gustavsson abzeichnet«, erklärte Nyström. Sie berichtete von ihrer Unterhaltung mit Öman.

»Ein Escortservice?« Hultin klappte im wahrsten Sinne des Wortes die Kinnlade herunter. »Kein Witz? Ich wusste gar nicht, dass es so etwas in den Siebzigerjahren schon gab.«

»Tja«, grinste Delgado. »Männer.«

»Und Gunnar Gustavsson wusste davon«, stellte Forss fest. »Es gab einige Zeit vor der Vermählung einen Streit, er war eifersüchtig und verletzt, aber angeblich hat er es am Ende akzeptiert. Nach einem Techtelmechtel mit Elvira Ömans kleiner Schwester wohlgemerkt.«

»Auge um Auge, Zahn um Zahn«, kommentierte Knutsson.

»Es standen dabei wohl eher andere Körperteile im Mittelpunkt des Geschehens«, flachste Delgado.

»Ich darf doch sehr bitten!«, mahnte Nyström. Warum ihr die so offenbar sexuelle Dimension des Falls unter die Haut ging, konnte sie sich selbst nicht erklären. Lag das an ihrer Erziehung? Oder daran, dass es außer Anders nie einen anderen Mann in ihrem Leben gegeben hatte?

»Aber macht ihn das wirklich verdächtig?«, fragte Hultin.

»Eifersucht kann ein machtvolles Motiv sein«, überlegte Nyström. »Auch wenn sie sich nicht, wie alle Welt annahm, auf Herbert, sondern eine anonyme Männermenge richtete. Im Grunde muss die Demütigung sogar noch größer gewesen sein.«

»Und er war Taucher«, warf Knutsson ein, »er kannte den See und dessen Eigenarten und Untiefen in- und auswendig.«

»Er spielt natürlich beides herunter«, bemerkte Forss, »was bleibt ihm auch anderes übrig?«

»Und dein Eindruck von Jan Hesenius?«, fragte Nyström.

»Ein Heuchler, wenn auch mit einem Anflug von Reue. Einerseits hat er das Geld und Renommee gern angenommen, das die Anstellung bei *Gustavssons* ihm geboten hat, andererseits fühlte er sich angeblich durch die finanzielle

Abhängigkeit von seinem Auftraggeber in seiner künstlerischen Integrität bedroht. Was ihn im Übrigen nicht davon abgehalten hat, sich von seinem Verdienst einen Porsche zu leisten. Jedenfalls hatte ich recht mit meiner Vermutung, dass *Schneewittchen* kein zufälliges Werk war. Hesenius kannte die Geschichte von Berits Verschwinden während der Hochzeitsfeier. Das helle Kleid, der Sarg, der Blutfleck: eine einzige unterschwellige Provokation. Er wollte Gunnar Gustavsson eins auswischen, um sich selbst zu beweisen, was er für ein unabhängiger toller Hecht ist.«

»Gemein«, schüttelte Hultin den Kopf.

»Wenigstens sieht er es heute selbst ein, vielleicht schämt er sich sogar ein bisschen. Dass er etwas mit Berits Verschwinden zu tun hat, glaube ich dagegen nicht.«

»Danke Stina«, sagte Nyström steif und wandte sich an Knutsson. »Petter Thurstan?«

»Eine ziemlich arme Sau.«

»Die Wortwahl, Lasse!«

»Aber wenn es doch stimmt! Er hat nie verkraftet, dass er das Familienunternehmen in den Bankrott geführt hat. Selbst heute wirkt er noch wie der kleine Bruder, der im Schatten seiner großen, tollen Schwester steht. Er glaubt fest an eine Liebschaft zwischen ihr und Herbert, weil er sich anders nicht erklären kann, warum Berit seit der Kindheit lieber ihre Zeit mit dem kleinen Österreicher als mit ihm verbracht hat. Mit dem Glasmuseum hat er angeblich nur formal zu tun, die Kurse in Glasbläserei gibt er jedenfalls nicht dort, sondern in einer Hütte im Glasreich. Ich hab das überprüft, die Museumsleitung bestätigt seine Aussage.«

»Sein alter Kumpel Tomas Isroth hält ihn ebenfalls für einen verbitterten Tropf, der alten Zeiten hinterher jammert. Wenn auch aus anderen Gründen«, merkte Delgado an.

»Auffällig ist jedenfalls: Thurstan kann mit Glas umgehen,

und er hegt offenbar einen Groll auf seine Schwester«, strich Knutsson heraus. »Auch wenn Isroth ihn für harmlos hält, sollten wir ihn genauso wenig ausschließen wie Gunnar Gustavsson.«

Nyström nickte.

»Planen wir also die nächsten Schritte: Wenn ich richtig mitgezählt habe, sind auf deiner Liste noch fünf Personen übrig, Hugo.«

»Ich habe gleich ein Skype-Date mit Bruno Lundberg«, sagte Forss. »Da würde es doch passen, anschließend mit den Golffreunden der Familie zu sprechen.«

»Die Persbrandt-Brüder«, erklärte Delgado. »Sie leben in Alvesta und machen heutzutage in Holz statt in Glas.«

»Ich nehme den alten Österreicher«, sagte Knutsson, »zumindest wenn er schwedisch spricht.«

»Erwin Neuholt lebt seit über sechzig Jahren hier, du Genie«, konterte Delgado. »Du findest ihn in einem Altenheim in Lammhult.«

»Bleibt noch die alte Schulfreundin von Berit übrig«, stellte Hultin fest.

»Gunilla Hallrup«, bestätigte Delgado, »sie wohnt außerhalb von Kosta. Dann gibt es noch Kennert Östling, Gunnar Gustavssons Trauzeuge, lebt in Blädinge, gleich bei dem alten Freizeitpark.«

»*Tyrolen?*«, fragte Forss. »Wo kürzlich das Prog-Rock-Festival stattfand?«

Delgado nickte.

»Das liegt direkt hinter Alvesta. Wenn ich schon mal dort bin, nehme ich den auch noch auf meine Liste«, sagte sie.

»Ich habe einen auswärtigen Termin mit einem der ehemaligen Kollegen, der damals Berits Verschwinden untersucht hat«, teilte Nyström mit. »Nach dem hoffentlich aufschlussreichen Verhör Kalle Kvists.«

»Und was macht der Computerexperte bei dem Bombenwetter?«, fragte Delgado lächelnd. »Wie wäre es mit *brainstorming* am See?«

»Der Computerexperte«, nahm Nyström das Stichwort auf, »macht Computerkram an seinem Bürocomputer. Trag alles zusammen, was du über den Stockholmer Escortservice herausfinden kannst. In den Online-Archiven der großen Hauptstadtzeitungen gibt es bestimmt das ein oder andere. Ich weiß zwar nicht, ob das irgendwo hinführt, aber besser als Däumchen zu drehen ist es allemal. Außerdem warte ich immer noch auf eine Übersicht der Firmengeschichte der *Gustavssons Glas AB*.«

»Ich dachte, ihr hättet diesen Ausstellungsführer ...«

»Wir brauchen keinen PR-Hochglanzkatalog, sondern eine kritische Auseinandersetzung.«

»Ich kümmere mich drum«, sagte Delgado kleinlaut.

Knutsson gelang das Kunststück, gleichzeitig zu grinsen und sich eine getrocknete Aprikose in den Mund zu schieben.

Nyström beendete die Sitzung.

2

Soweit Stina Forss es anhand der digitalen Videoschaltung beurteilen konnte, war Bruno Lundberg trotz seiner siebzig Jahre ein agiler, drahtiger, sportlicher Mann. In seinem schwarzen Rollkragenpullover, mit Nickelbrille, Dreitagebart und geschorenem Charakterkopf ähnelte er auf beinahe gespenstische Weise Steve Jobs, dem verstorbenen

Apple-Chef. Mit Sicherheit keine unbeabsichtigte Wirkung, dachte Forss, die zwar weder viel über den Standort Singapur noch über den globalen Markt für hochwertiges Kunstund Gebrauchsglas wusste, aber genügend Vorstellungsvermögen besaß, um zu ahnen, dass ein souveränes Auftreten in dieser ihr sehr fremden Welt mit Sicherheit nicht von Nachteil, und Assoziationen zu einem der erfolgreichsten Geschäftsmänner aller Zeiten durchaus erwünscht waren. Auf jeden Fall bildete Lundbergs lässige Eleganz, die Forss bereits bei seinen beiden Geschwistern aufgefallen war, einen deutlichen Kontrast zu dem altbackenen Großgrundbesitzergetue der beiden Gustavssonbrüder. Tweets statt Tweed. Tatsächlich hatte sie in der Vorbereitung des Gesprächs die gängigen sozialen Medien nach Bruno Lundberg durchkämmt und ihn sowohl bei Twitter als auch Facebook gefunden. Beide Profile waren so glatt, wie sie es bei einem international tätigen Manager erwartet hatte, wahrscheinlich saßen die firmeneigenen PR-Leute in Nynäshamn, die Jenz Ulmestig erwähnt hatte, hinter der mehr oder weniger aussagelosen Selbstdarstellung. Bruno Lundberg mochte »Musik«, ging regelmäßig joggen und kochte gern, wenn die Zeit es zuließ. Das Wetter und das Börsengeschehen wurden kommentiert. Fotos zeigten ihn bei einem Vortrag, beim Skifahren sowie nachdenklich mit einem Buch in der Hand, Paulo Coelho. Die Agenda eines wahren Individualisten.

»Natürlich hat Gullvi mich sofort über das Geschehen im Växjöer Museum in Kenntnis gesetzt. Ich war beunruhigt, über Gunnars Wohlergehen tief besorgt, aber ich habe ehrlich gesagt zunächst überhaupt nicht in Betracht gezogen, dass es sich bei den zur Schau gestellten Knochen tatsächlich um Berits sterbliche Überreste handeln könnte. Als meine Schwester mich dann vorgestern erneut anrief und andeutete, wie schlimm die Dinge wirklich zu liegen scheinen, bin ich aus allen Wolken gefallen. Wie furchtbar, wie schrecklich! Wer tut so etwas?«

Forss seufzte innerlich. Bis hierhin konnte Lundbergs Aussage genauso gut aus der Feder eines seiner Marketing-Fuzzis kommen wie sein Twitter-Account oder Facebook-Profil. Andererseits: Was sollte er der Polizei auch anderes zu Protokoll geben? Sie musste ihn aus der Komfortzone aufscheuchen.

»Du und Berit, ihr kanntet euch?«

Ein schnelles Zwinkern seiner aufgeweckten Augen hinter der Nickelbrille.

»Flüchtig. Ich war damals gemeinsam mit meinen Eltern und Geschwistern auf ihrer Hochzeit eingeladen, ich nehme an, das weißt du bereits. Unter uns Glashüttenfamilien waren solche Einladungen üblich.«

»Und darüber hinaus?«

Lundberg setzte sein nachdenkliches Gesicht auf. Dasselbe wie auf dem Foto mit dem Coelho-Buch.

»Richtig, da war dieser Tanzkurs«, antwortete er nach einer Weile. »Wir müssen damals noch Teenager gewesen sein, fünfzehn, sechzehn Jahre alt vielleicht. Walzer, Rumba, Foxtrott, eine strenge Tanzlehrerin und eine furchtbar steife Atmosphäre, du kannst es dir vorstellen. Ursprünglich sind wir Jungs natürlich nur wegen der Mädchen dorthin, dabei entpuppte sich die Veranstaltung in etwa als so romantisch wie ein Abendessen bei McDonald's.«

Er lächelte in die Kamera.

Steve-Jobs-Charme, professionell bis in die Mundwinkel.

»Und wann und wo hast du sie dann flachgelegt?«

Die Vulgaritätsatombombe.

Mal sehen, was geschah.

Tatsächlich entglitt Lundberg für einige Augenblicke die

Kontrolle über seine Gesichtszüge. Er zwinkerte, zweimal, dreimal, dann war jeder Muskel seines Antlitzes wieder in Position.

»Wie bitte?«

»Ein abgelegener Heuschober vielleicht?«, schlug Forss in argloser Stimmlage vor. »Oder auf dem Rücksitz eines Autos? Oder …« Sie legte sich in gespielter Verlegenheit die Hand auf den Mund, »… doch nicht etwa in der Umkleidekabine der Tanzschule? Der scharfe Geruch von Schweiß und Putzmitteln, die strenge Tanzlehrerin, die jeden Moment zur Tür hineinplatzen kann …, doch, doch, das hat schon was.«

»Was sollen diese Unterstellungen? Da war nie etwas zwischen uns!«, protestierte er.

Ein Aufbäumen, ein Gesichtsausdruck wie vor einer Meute aufgebrachter Aktionäre. Doch mit Dominanzverhalten kam er nicht weit, da konnte er sich noch so bedrohlich aufbauen. Er saß am gottverdammten anderen Ende der Erde, was wollte er ihr schon anhaben?

»Berit hat eine Liste geführt«, sagte sie seelenruhig. »Eine *Fickliste,* wenn man so will. Darauf stehen die Namen aller Männer, mit denen sie geschlafen hat. Deiner steht ziemlich weit oben.«

»Blödsinn!«, bellte er.

Das Gespräch ähnelte immer mehr ihrer Unterhaltung mit Gunnar Gustavsson am Vortag, konstatierte sie. Gorillagetue. Alphamännchen, in die Ecke gedrängt.

»Berit war eine Frau mit vielen Gesichtern, aber sie war mit Sicherheit weder eine Lügnerin noch eine Prahlerin. Die Liste existiert. Du und sie – ihr hattet Sex miteinander, und die Vehemenz, mit der du das abstreitest, macht diesen an sich völlig banalen Umstand verdächtiger, als er eigentlich ist. Begreifst du das?« Lundberg presste die Lippen aufeinander.

Alle Steve-Job-Coolness war verschwunden. Er war jetzt nur noch ein älterer Mann, der wie ein Kind beim Lügen ertappt worden war. Schließlich rang er sich ein Nicken ab. »Wie schön«, fuhr Forss fort. »Dann können wir nun endlich mit dem Wesentlichen weitermachen. Also: Wann und wo und wie oft?«

»Gunnar wird nie etwas davon erfahren?«

»Das liegt nicht an mir, dies zu entscheiden. Wir haben hier andere Prioritäten als euren Firmen- beziehungsweise Familienfrieden. Außerdem: Womöglich weiß er längst davon.«

Lundberg gab sich einen Ruck. Er trank einen Schluck Wasser aus einem Glas. Fuhr mit dem Finger in den Rand seines Rollkragens, als brauche er mehr Luft zum Atmen.

»Wir waren siebzehn. Es war der jährliche Abschlussball der Tanzschule. Das alles begann wohlgemerkt *vor* Gunnars Zeit.« Forss zuckte gelangweilt mit den Achseln. Es war nicht ihre Aufgabe, den Mann moralisch reinzuwaschen. »Jedenfalls war es einer dieser Abende. Ein Dutzend ausgelassen feiernder Tanzpaare, heimlicher Alkohol, die Luft voller Hormone. Was soll ich sagen? Natürlich war ich hinter ihr her, Berit war ein echter Hingucker, ein Prachtweib. Dazu alles andere als schüchtern. Für mich war es nicht das erste Mal, aber das zweite. Ich war aufgedreht und nervös, im Gegensatz zu ihr. Sie wusste genau, was sie wollte. Es war sie, die den Schnaps organisiert hatte, die mich regelrecht abgefüllt und draußen in die Büsche gezogen hat. Ein in jeder Hinsicht überwältigendes Erlebnis.«

»Aber dabei blieb es nicht?«

Lundberg schüttelte den Kopf.

»Es gab lange Pausen. Sie kam kurz darauf mit Gunnar zusammen. Aber irgendwann ist es dann wieder passiert. Ein anderes Fest, eine andere Gelegenheit. Wieder ging die

Initiative dabei von ihr aus. Sie … sie war eine Naturgewalt, sexuell gesehen.«

»Du Armer.«

»Ich will ja gar nicht verleugnen, dass ich es toll fand. Meine Güte, ich war achtzehn, hatte keine Freundin oder Verlobte, natürlich hat sie mich angemacht. Vielleicht war ich sogar ein bisschen verliebt in sie. Wie hätte ich es auch nicht sein können? Nach dem dritten Mal habe ich sie gebeten, sich von Gunnar zu trennen. Sie hat mich nur ausgelacht. Nicht lange danach haben Gunnar und sie ihre Verlobung bekannt gegeben. Ich dachte, nun sei es endgültig aus zwischen uns, aber das Gegenteil war der Fall. Dass Gunnar zum Militär musste, hat es eher noch einfacher gemacht.«

»Musstest du keinen Wehrdienst leisten?«

»Steifes Knie.«

Sprach der passionierte Jogger, dachte Forss. Sie überlegte.

»Wann war das letzte Mal?«

Lundberg kratzte seinen Dreitagebart derart intensiv, dass sie es hören konnte.

»Nach einem Eisangelausflug, also im Winter. Januar oder Februar 1971 muss das gewesen sein.«

»Die Hochzeit war im darauffolgenden Sommer.«

»Da hast du deine Antwort. Ein halbes Jahr bevor Gunnar und sie geheiratet haben.«

»Sicher?«

»Sicher!«, bekräftigte Lundberg und starrte in die Kamera. »War es das? Ich habe nämlich weder mit Berits Verschwinden noch dem Auftauchen ihres Leichnams das Geringste zu tun.«

»Vorläufig«, antwortete Forss.

Lundberg drückte auf eine Taste und verschwand vom Bildschirm.

War sie nun schlauer als vorher? Schwer zu sagen. Aber sie hatte das starke Gefühl, dass der Mann ihr nicht die vollständige Wahrheit gesagt hatte.

3

Lasse Knutsson wusste nicht, wann er das letzte Mal in einem Altersheim gewesen war. Überhaupt schon einmal? Oder war es einfach so lange her, dass er sich nicht erinnern konnte? Die ältere Generation seiner eigenen Familie war derart gesund und zäh, dass sie samt und sonders noch zu Hause lebte, das galt insbesondere für seine achtzigjährigen Eltern, die weiterhin ohne fremde Hilfe ihr kleines Haus bewirtschafteten. Ich habe anscheinend gute Gene, dachte er beschwingt, bevor sich seine Miene verdüsterte: ein weiteres Argument gegen die lächerliche Diät, mit der ihm diese vermaledeite Ernährungsberaterin das Leben zur Hölle machte. Verdammte Malin, er würde das bei nächster Gelegenheit anbringen, jawohl, das würde er. Es war beinahe ärgerlich, dass er nicht bereits früher daran gedacht hatte.

Jedenfalls stimmte in der Seniorenresidenz in Lammhult nichts mit dem trostlosen Bild überein, das er sich von solchen Einrichtungen gemacht hatte. Die lichtdurchfluteten Gemeinschaftsräume und Flure waren geschmackvoll eingerichtet, es roch gut, das Pflegepersonal grüßte freundlich, ein Grüppchen Senioren saß an einem Fenster mit wunderbarer Aussicht auf den Lammensee und spielte gut gelaunt Karten, zwei ältere Herren probierten sich an einer in den Flur integrierten Minigolfbahn. Eigentlich fehlte nur noch eine Cocktailkarte und man hätte sich auch in einer gehobenen Hotelanlage wähnen können.

Erwin Neuholt befand sich auf seinem Zimmer. Als Knutsson den Raum durchschritt und an Neuholts Bett trat, um ihm die Hand zu geben, wechselte dieser mithilfe einer Fernbedienung seine Liege- in eine Sitzposition. Unter dem Bett brummte ein Elektromotor. Nun saß ihm der alte Mann aufrecht gegenüber. Selten hatte Knutsson eine schwieligere Hand gedrückt, Haut wie grobkörniges Schleifpapier. Ein freundliches, aber ausgezehrtes Gesicht, tief liegende Augen, ein rasselnder Atem. Das fordernde Berufsleben in den Glashütten hatte seine Spuren hinterlassen. Knutsson lobte den Ausblick auf den See, das helle, großzügige Zimmer und brachte seinen Hotelscherz an. Neuholt lachte tatsächlich.

»Auf die Idee mit den Cocktails bin ich noch gar nicht gekommen. Ich werde es Schwester Janina vorschlagen.«

Knutsson meinte aus den keuchenden, rasselnden Worten einen leichten Akzent herauszuhören, eine Portion Schlagobers auf einer Tasse starken, schwedischen Gevalia-Kaffees. Er erklärte sein Anliegen. Das hatte er bereits vor einer Stunde am Telefon getan, aber er war sich nicht sicher, wie viel davon bei Neuholt angekommen war. Offenbar mehr als angenommen, denn der Alte nickte wissend und wies mit zitterigem Finger auf ein Regal an der Wand.

»Ja, ja, der kleine Moosbrugger, natürlich erinnere ich mich. Sei so nett und reich mir das Fotoalbum dort drüben. Wenn ich mich nicht irre, gibt es einige Aufnahmen, auf denen der Bub zu sehen ist.«

Nicht ohne Neugier holte Knutsson das Album aus dem Regal und zog einen Stuhl heran, sodass beide gemeinsam die Fotos betrachten konnten. Das Album war in Leder eingeschlagen, die einzelnen Seiten durch Seidenpapier getrennt, sodass den Bildern ein größtmöglicher Schutz widerfuhr. Wie behutsam wir früher einmal mit Fotos umgegangen sind, ging es Knutsson durch den Kopf. Auf seinem Rechner am Schreibtisch zu Hause hatte er über dreitausend Schnappschüsse, unsortiert und selten betrachtet. Vor einigen Jahren hatte er sie noch mithilfe eines Kabels von seiner kleinen Digitalkamera auf die Festplatte überspielen müssen, heute tauchte alles, was er mit seinem Smartphone knipste, wie von Zauberhand von allein dort auf. Er hatte das Gefühl, je mehr Bilder es wurden, desto weniger interessierten sie ihn.

Das Rascheln des Seidenpapiers riss ihn aus seinen Gedanken. Auf den ersten Seiten waren Schwarz-Weiß-Aufnahmen mit gewelltem Randschnitt.

»Da war ich vier«, erklärte Neuholt und deutete auf ein Familienporträt vor Alpenpanorama. »Das zweitjüngste von elf Geschwistern.«

Knutsson zählte die Kinder und Jugendlichen durch.

»Auf dem Foto sind aber nur acht zu sehen.«

»Die Aufnahme ist von 1942, meine drei ältesten Brüder waren wie der Vater im Krieg. Zurückgekommen ist keiner von ihnen.«

»Oh«, seufzte Knutsson. Etwas anderes fiel ihm nicht ein. Es waren Sätze aus einer anderen Zeit, aus einem anderen Land, aus einem anderen Leben.

Neuholt blätterte rasch weiter.

»Hier bin ich als junger Bursche beim Kühehüten, dort als Lehrling in der Glasmeisterei. Das war vielleicht eine Kraxelei! Die Hütte befand sich unten im Tal. Jeden Tag mehr als tausend Höhenmeter hinab und wieder hinauf. Morgens um fünf, abends um sieben. Vor zwanzig Jahren war ich das letzte Mal dort und habe eine meiner Schwestern besucht. Heute haben sie dort eine schicke Seilbahn, die schafft die

Strecke in fünf Minuten. Die Glasmeisterei gibt es längst nicht mehr, dafür kommen Jahr für Jahr mehr Touristen.«

»Und wann bist du nach Schweden gekommen?«

»Anfang der Sechzigerjahre. Hier im Norden wurden dringend Fachkräfte gesucht, die Gehälter waren besser als daheim. Natürlich gab es die Sprachbarriere, die ungewohnte Umgebung, die große Entfernung zur Familie: Das war kein leichter Schritt für einen jungen Mann, der gerade erst den Kinderschuhen entwachsen war, andererseits hatte es auch etwas Abenteuerliches, in die Fremde aufzubrechen, ein wenig wie Bilbo Beutlin.« Knutsson zuckte mit den Schultern. Der Name sagte ihm nichts. »Tolkien? *Der Hobbit?* Eine Fantasy Saga. Ich habe jedenfalls versucht, es irgendwie bedeutungsvoll aufzuladen. Trotzdem waren die ersten Jahre nicht einfach. Ich hatte Heimweh. Die Familie, die Landschaft, das Essen …« Neuholt lachte auf. »Hier dagegen: Hering, Hering, Hering. Ich wusste nicht, auf wie viele verschiedene Arten und Weisen man Hering einlegen kann. Was hätte ich für einen gescheiten Kaiserschmarrn oder die Grießnockerlsuppe meiner Mutter gegeben!«

Knutsson nickte mitfühlend.

Kaiserschmarrn.

Grießnockerlsuppe.

Allein der Klang der fremden Worte war eine Verheißung.

»Das muss hart gewesen sein.«

»Geholfen hat, dass ich nicht als Einziger in der Situation war. Allein in Bytorp gab es zehn oder elf Österreicher. Die Moosbruggers mit ihrem Sohn Herbert, die Hubers, eine fünfköpfige Familie aus dem Burgenland und vor allem Karl Pichler, mein bester Freund.« Neuholt blätterte in dem Album mehrere Seiten um. Ein Foto zeigte zwei junge Männer in Lederschürzen vor einem Industriegebäude, die stolz in die Kamera blickten. »Wir müssen damals Mitte zwanzig gewesen sein. Der arme Karl! Wie so viele Glasschleifer hat ihn viel zu früh der Krebs geholt. Die Lunge, die Lunge.«

Wie um seine Worte zu unterstreichen, hustete Neuholt schwer. Das Rasseln seiner Atemwege klang in der Tat besorgniserregend.

»Soll ich vielleicht jemanden rufen?«, fragte Knutsson.

Neuholt winkte ab.

»Ich brauche nur einen Schluck Wasser, dann geht es wieder.« Knutsson reichte ihm das Glas, das auf dem Nachttisch stand. Neuholt trank in langen Zügen. »Ich bin es gar nicht mehr gewohnt, so viel zu reden.« Er lächelte. »Nun habe ich die ganze Zeit nur von mir geplaudert, dabei bist du doch wegen Herbert gekommen.« Wieder blätterte er in dem Album einige Seiten weiter. »Hier haben wir ihn.« Knutsson rückte näher, der Alte reichte ihm das Album. Die Aufnahme zeigte die gesamte Belegschaft, die sich zu einem Gruppenfoto vor der Bytorp-Hütte aufgebaut hatte. »Der Kleine hier mit dem schmalen Lausbubengesicht, das Bild muss einige Jahre nach dem Tod seiner Eltern aufgenommen worden sein, da war er dreizehn oder vierzehn.«

»Und die blonde Schönheit neben ihm …«

»… ist Berit Thurstan. Ich erinnere mich noch genau an den Tag. Alle hatten sich rausgeputzt, soweit es die Arbeitskleidung hergab jedenfalls, denn es sollte extra ein professioneller Fotograf aus Växjö kommen, um die Aufnahme zu machen. Der alte Thurstan veranstaltete dieses Brimborium alle paar Jahre, für die Firmenchronik, sagte er immer. In jenem Jahr gab es jedenfalls einen Riesenstreit vor versammelter Belegschaft, denn Berit hatte sich zu uns Arbeitern in den Hintergrund gestellt und weigerte sich, auf den Stühlen im Vordergrund, auf denen ihre Familie saß, Platz zu nehmen. Es sollte wohl eine Geste der Solidarität sein, sie hatte damals diese sozialistische Ader, ihren Vater hat es natürlich zur Weißglut getrieben und uns Malochern war die Sache ebenfalls unangenehm. Es stimmte schon, Berit half viel in der Hütte, war sich für nichts zu schade und konnte mitanpacken, wie man so sagte, aber trotzdem blieb sie halt die Tochter des Chefs und war nicht wirklich eine von uns. Aber sie war ein Sturkopf. Sie ist einfach stehen geblieben, sosehr ihr Vater auch gezetert hat. Was sollte der Chef machen? Den Fotografen wieder unverrichteter Dinge wegschicken? Berit an den Haaren vor die Kamera schleifen? Dazu hat er sie viel zu sehr geliebt. Wenn nicht vergöttert. Ich glaube, im Grunde war er wahrscheinlich stolz auf ihre Dickköpfigkeit. Also stand Berit auf dem Foto bei uns Arbeitern. Neben Herbert. Die beiden waren ja eh unzertrennlich. *Die Kletten* wurden sie in der Hütte genannt. Gern gesehen wurde das allerdings nicht. Es hieß, Herbert würde sich für etwas Besseres halten. Wir Arbeiter wären ihm nicht gut genug. Gerüchte machten die Runde, die beiden seien ein Liebespaar. In meinen Augen war das Quatsch. Herbert war ein bescheidener, lieber Junge. Halt suchend, einsam; wer würde ihm dies nach dem Tod seiner Eltern verdenken? Ich glaube, Berit hat das gespürt und sich seiner angenommen. Sie war ein Mädchen mit einem großen Herzen. Sie gab ihm den Halt, den er gebraucht hat. Und umgekehrt verhielt es sich ähnlich. Herbert war ein guter, aufmerksamer Zuhörer, sensibel und einfühlsam. Außerdem hatte er ein Händchen für Glas, nicht nur bei der täglichen Arbeit. Selbst nach Feierabend konnte er Stunden in der Hütte verbringen und mit den Produktionsresten experimentieren. Aus aussortierten Weinglasstielen hat er Giraffen geformt, Tiger, Affen, Menschenköpfe. Er war bestimmt kein Picasso, aber er hatte ein Händchen für solches Zeug. Nicht, dass er sich etwas darauf eingebildet hätte, im Gegenteil, er hat seine Kreationen vor den anderen versteckt, denn die hätten sich eh nur darüber lustig gemacht. Damals herrschte ein rauer Ton in den Werkstätten, derber Malocherhumor, nichts für Zartbesaitete, du kannst es dir vorstellen. Bei Berit jedoch fanden seine kleinen Glaskunstwerke Anklang. Ich glaube, die beiden waren einfach Seelenverwandte, wenn es so etwas gibt.«

»Du kannst dir also nicht vorstellen, dass er ihr etwas angetan hat?«

»Ach wo, Herbert war der treueste Mensch, den man sich nur vorstellen kann.«

»Oder dass er sonst etwas mit ihrem gemeinsamen Verschwinden zu tun hat? Die Brautentführung war schließlich seine Idee.«

Der Alte blätterte weiter in dem Album, obwohl mittlerweile nur noch leere Seiten kamen. Schließlich klappte er es zu und legte es sorgfältig zur Seite.

»Ich habe da diese Vorstellung.« Ein erneuter Hustenanfall schüttelte ihn. Knutsson wartete ab, dann reichte er ihm das Wasserglas. Neuholt trank es aus. »Danke. Eigentlich ein Wunschtraum: Herbert und Berit sind zusammen in New York und betreiben dort ein Glasstudio. Feine, exklusive Glaskunst. Das würde zu ihnen passen.«

»New York? Warum ausgerechnet New York?«

»Es war Herberts großer Traum. Eines Tages lebe ich in New York, Erwin, hat er immer gesagt. Wenn du es dort schaffst, dann schaffst du es überall, habe ich später immer gedacht.« Er lächelte. »Wie in dem Song von Frank Sinatra.«

Knutsson summte die bekannte Melodie nachdenklich vor sich hin.

4

Der ehemalige Bauernhof, auf dem Gunilla Hallrup lebte, strahlte die verträumte und zugleich leicht chaotische Idylle der *Petterson-und-Findus*-Welt der gleichnamigen Kinderbuchreihe aus, die Anette Hultin derart liebte, dass sie nicht nur Wilmas Zimmer mit entsprechenden Postern und Puppen dekoriert hatte, sondern ebenfalls bereits mehrere Bände der Reihe gekauft hatte, obwohl ihre einjährige Tochter noch viel zu klein für die Geschichten und detailreichen Illustrationen des Autors Sven Nordqvist war. Nachdem die Kleine ein halbes Buch zu Konfetti verarbeitet hatte, waren die restlichen Exemplare bis auf Weiteres im obersten Bücherregal verstaut worden, und warteten darauf, dass ihre Zeit kommen würde. Bei dem Gedanken an Wilmas argloses Seitenzerfetzen musste Hultin schmunzeln. Armer Pettersson, armer Findus!

Sie stellte ihren Wagen ab und stieg aus. Der verwunschen wirkende, verwilderte Garten der Hallrups war voll von selbst gewerkelten Objekten. Ein Hühnerstall, der an ein Märchenschloss erinnerte. Eine windschiefe Sonnenuhr aus zusammengeschweißtem Metallschrott. Ein getöpfertes Vogelbad. In einer Birke baumelte ein Windspiel aus Kupferrohrresten, daneben ein Mobile aus alten Kleiderbügeln. Sie stellte sich Gunilla Hallrups Mann als einen echten Bastelkauz vor. Mit Bart und hohem Hut, genau wie *Pettersson*. Auf der Motorhaube eines uralten Saabs räkelte sich eine getigerte Katze. Natürlich, *Findus!* Im Schatten unter einer Eiche weidete eine Ziege. Hultin fand sogar die unzähligen Maulwurfshügel in dem hochstehenden Gras pittoresk, dabei gab es in ihrem eigenen, neuen Garten kaum etwas, das sie mehr zur Raserei bringen konnte als die vermaledeiten

Erdhaufen. Dann entdeckte sie eine ältere Frau, sonnend auf einer Gartenliege, die außer einer Sonnenbrille nichts am Leib trug. Hultin blieb ruckartig vor dem Gartentor stehen. Was sollte sie nun tun? Einfach weitergehen? Umdrehen? Auf sich aufmerksam machen? Die Nackte musste sie und ihr Auto doch wahrgenommen haben.

»Hallo?«, rief sie vorsichtig. »Gunilla Hallrup?«

Die Frau richtete sich auf und blickte in ihre Richtung. Runzelige, gebräunte Haut, mehr als man sehen wollte.

»Bist du die Polizistin?«, rief sie. Hultin nickte und winkte zaghaft. »Ich bin Agneta. Gunilla ist im Haus. Nur keine Scheu. Einfach an der Tür klingeln, sie wartet bereits auf dich.«

Hultin tat wie ihr geheißen. Warum fühlte sie sich nur so beklommen? Wegen einer alten, nackten Frau, die sich sonnte? Dann entdeckte sie die Frauenpower- und Regenbogenfahnenaufkleber auf der Tür. Lesben, schoss es ihr durch den Kopf, hier lebten zwei alte Lesben! Etwas in ihr regte sich. Sie war eine entschiedene Verfechterin der Normfamilie. Vater, Mutter, Kind, so wie es sich gehörte, so wie Gott … Andererseits war sie als Polizistin der Verfassung und dem Grundgesetz verpflichtet. Und das sah gleichgeschlechtliche Partnerschaften als der Ehe ebenbürtig an. Seit einigen Jahren konnten homosexuelle Paare ja sogar kirchlich heiraten. Wohin sollte das nur alles führen?

Sie überwand ihr Unbehagen und betätigte die Klingel, schließlich war sie im Dienst und nicht bei einem Diskussionsabend der Ortsgruppe der Schwedendemokraten, auch wenn ihr längst klar war, welcher Partei sie bei der anstehenden Parlamentswahl ihre Stimme geben würde, schließlich ging es um die Zukunft des Vaterlands, um Wilmas Zukunft.

Die Frau, die ihr die Tür öffnete und sie hereinbat, war

um die siebzig, hatte einen Pagenschnitt, der Hultins eigener Frisur verblüffend ähnelte, und trug ein Sommerkleid im leuchtend gelben Marimekko-Blumenmuster. In der angenehm kühlen Küche stand eine Kirschsahnetorte unter einer Glasglocke auf einem gedeckten Tisch.

»Der Kaffee müsste gleich fertig sein. Oder trinkst du lieber einen Tee? Oder etwas anderes?«

»Kaffee wäre toll«, musste Hultin zugeben. Wilma hatte unruhig geschlafen, was bedeutete, dass ihr selbst ebenfalls die Müdigkeit in den Knochen steckte, da sie kaum mehr als vier Stunden die Augen zubekommen hatte. Und die Aussicht auf die Kirschtorte ließ ihr das Wasser im Mund zusammenlaufen. Seit einiger Zeit hatte sie einen Jieper auf Süßes entwickelt, der sie in den unpassendsten Momenten ganz plötzlich überfallen konnte.

»Nimm bitte Platz. Ein Stück Kuchen?«

Sie nickte, setzte sich, aß und trank. Gunilla Hallrup schwirrte wie eine geblümte Biene um sie herum und versorgte sie Tasse um Tasse mit frischem Kaffee, legte ein Stück Torte nach dem anderen auf ihren Teller, reichte Gläser mit kaltem Wasser, Servietten, Eispralinen. Es war wie im Schlaraffenland, Hultin flogen die gebratenen Tauben in den Mund. Sie wusste nicht, wann sie das letzte Mal so verwöhnt worden war.

»Uff«, stöhnte sie schließlich. »Uff.« Ihr Magen drückte, gleichzeitig fühlte sie sich satt und glücklich, Blutzucker und Koffein hielten eine exakt austarierte Balance, die sich in purem körperlichem Wohlbehagen äußerte. Die Marimekko-Biene nickte zufrieden.

»Reden wir über Berit?«

»Sicher.« Hultin hatte vor lauter Wonne beinahe vergessen, weshalb sie hier war. »Ihr wart Jugendfreundinnen?«

»Wir kannten uns seit Kindertagen. Der Bauernhof meiner

Eltern lag keinen Kilometer von der Glashütte entfernt. Wir haben seit klein auf miteinander gespielt, gingen in dieselbe Schulklasse. Es gab noch ein paar mehr Mädchen in unserem Alter im Dorf, die Konstellationen wechselten ständig, ich will deshalb nicht sagen, dass sie ununterbrochen meine beste und engste Freundin war, aber es gab Phasen, in denen wir sehr viel zusammen gespielt und unternommen haben, als Kinder und auch später als Heranwachsende.«

»Was war Berit für ein Mensch?«

Ein versonnenes Lächeln.

»Klug. Empathisch. Mutig. Ein tolles Mädchen, eine starke Frau.«

»Mutig?«

Das Lächeln wurde breiter.

»Nicht in dem Sinne, dass sie mit Bären gerungen, den Mount Everest bestiegen, oder in einer Tonne die Niagarafälle bezwungen hätte. Aber sagen wir, sie war experimentierfreudig.«

Hultin schluckte.

»Ich nehme an, das meinst du nicht in einem naturwissenschaftlichen Sinn?«

Hallrup musste lachen.

»Entschuldigung, ich muss sie mir gerade in einem weißen Kittel vorstellen, mit einem Erlenmeyerkolben über einen Bunsenbrenner gebeugt. Nein, das meine ich nicht in einem naturwissenschaftlichen Sinn, sondern sexuell. Sie war neugierig. Sie war zwar nicht wie ich, das habe ich schnell verstanden, aber sie wollte testen, wo ihre Grenzen lagen. Sie war wagemutig, aufgeschlossen. Das mochte ich. Sie war sehr sexy, weißt du? Stell dir die junge Brigitte Bardot vor. Wir haben sehr intensive Stunden miteinander verbracht.«

»Wann war das?«

»Als Teenager hauptsächlich. Wir müssen sechzehn, siebzehn Jahre alt gewesen sein. Dann gab es noch ein weiteres Mal, ganz überraschend für mich, denn damals war sie längst mit ihrem Gunnar verlobt. Nach einem Wiedersehenstreffen unserer alten Grundschulklasse.« Sie seufzte. »Berit war ein hungriger Mensch.« Ihr Blick fiel auf die angeschnittene Torte. »So hungrig nach Leben, als müsste sie das Beste aus jeder Sekunde heraussaugen. Einen Menschen wie sie gibt es vielleicht einmal unter Tausenden. Es ist eine Schande, was ihr widerfahren ist.«

»Was ist ihr denn deiner Meinung nach widerfahren?«

»Liegt das nicht auf der Hand? Sie wird sich ja kaum in Luft aufgelöst haben. Meines Erachtens gibt es nur eine plausible Erklärung: Sie wurde das Opfer männlicher Gewalt. Von wem auch immer sie ausging.« Na klar, *männliche Gewalt,* dachte Hultin und zog innerlich eine Augenbraue hoch. Nun kam offenbar doch die Kampflesbe in der Frau durch. »Herbert, Gunnar, Bruno Lundberg, einer dieser unzähligen Männer in Stockholm, oder …«

»Du wusstest von der Affäre mit Lundberg und dem Escortservice?«, unterbrach Hultin sie.

»Wir hatten keine Geheimnisse voreinander. Wozu auch? Was zwischen uns war, war. Was nicht war, war nicht. Damit konnten wir beide gut leben. Bis zu ihrem grausamen, viel zu frühen Tod.«

Hultin überlegte einen Moment.

»*Oder*«, sagte sie. »Du hast gerade *Oder* gesagt.«

»Habe ich das?«

»Als du die Männer in ihrem Leben aufgezählt hast.«

»Oder ein anderer, wollte ich sagen.«

»Ach so.«

Hultin war beinahe enttäuscht.

»Der Kalmar-Killer zum Beispiel.«

»Der Kalmar-Killer?«

»So hat ihn die Zeitung zumindest damals genannt. Weil die beiden Morde in der Region Kalmar geschehen sind. Gar nicht weit von hier, auf der anderen Seite des Sees. Aber die Gegend gehört nicht mehr zur Region Kronoberg, sondern bereits zum Kreis Kalmar. Damals war das beinahe eine andere Welt, auch wenn sich das heute lächerlich anhört. Hätte meine Kusine nicht dauernd davon erzählt …«

»Moment Mal.« Hultin traute ihren Ohren nicht. »Es gab hier zeitnah zwei Morde in der Gegend?«

»Wusstest du das nicht? 1968 und 1970 muss das gewesen sein. Beide Male waren junge Frauen die Opfer, die mit dem Auto allein unterwegs waren. Wenn ich mich richtig erinnere, hat man den Täter erst Mitte der Siebzigerjahre gefasst.«

Die Haare an Hultins Unterarmen stellten sich auf.

»Ein Serienmörder?«

»Die Leichen wurden keine fünfzig Kilometer von hier gefunden. Einfach abgeladen, wie Müll im Wald. Wie sich herausstellte, war der Täter ein Lastwagenfahrer, der die Frauen vergewaltigt und anschließend getötet hat. Sein letztes Opfer hat sich glücklicherweise erfolgreich zur Wehr gesetzt und konnte entkommen. Der Mann wurde gefasst.« Hallrup sah sie mit einem Ausdruck der Verwunderung an. »Ihr ermittelt fünfzig Jahre nach Berits Verschwinden die Umstände ihres Todes und habt noch nie vom Kalmar-Killer gehört? Aber das müsste doch alles in euren Akten stehen?«

5

Hugo Delgado hatte sich tief in die digitalen Archive der großen Stockholmer Boulevardzeitungen gewühlt. Das Zeitfenster, das er sich selbst vorgab, reichte von 1968 bis 1971. Er klickte sich durch alte Schlagzeilen und längst vergessene Aufmacher: Staatsminister Tage Erlander auf Auslandsbesuch und den Literaturnobelpreis für Samuel Beckett; grellbunte Miniröcke und ein aus dem Ruder gelaufenes Deep-Purple-Konzert; Erste-Mai-Demonstrationen auf der Kungsgatan und der Auftritt von Jimi Hendrix auf Gröna Lund; eine neue Stadtautobahn und der Ausbau des sogenannten Millionenprojekts, bei dem eine Hochhaussiedlung nach der anderen in den Himmel wuchs; die Sanierung weiter Teile der Innenstadt und der Bau des Kaknäs-Funkturms. Einmal musste Delgado lächeln. 1969 war Tommy Svensson zum Fußballer des Jahres gewählt worden. Der legendäre Östers-IF-Spieler aus Växjö und spätere Trainer der Nationalmannschaft war einer seiner großen Helden. Delgado grub tiefer. Gesellschaftliches und Klatschspalten, Skandale und Skandälchen. Ein Society-Mord und mehrere Fälle von Steuerbetrug. Bilderstrecken von Opernpremieren, Ausstellungseröffnungen, Neujahrsempfängen. Pompöse Bälle im *Grand Hôtel*. Feiern im großen Salon bei *Berns,* einem der renommiertesten Restaurants der Stadt. Hunderte Fotos. Hunderte Männer mittleren Alters in Smoking oder Anzug mit jungen, schönen Frauen am Arm. Der Name *Club Rosé* tauchte nirgendwo auf, natürlich nicht, trotzdem spürte Delgado, dass er sich allmählich etwas Wichtigem näherte. Noch mehr Fotos. Der sechzigste Geburtstag eines Bankdirektors. Die Siegerehrung einer Segelregatta. Champagnerempfang in einem Theaterfoyer.

Ein Krebswettessen. Eine Gala zu Ehren einer berühmten Schauspielerin. Das Nobelpreisbankett im Goldenen Saal des Rathauses. Der König. Minister. Staatsräte. Geschäftsleute. Schauspieler. Schlagerstars. Der Bürgermeister. Parteivorsitzende. Schriftsteller. Baulöwen. Salonschleicher. Ältere Männer, jüngere Frauen. Das Muster wiederholte sich. Delgado klickte und klickte. Eine Stunde verflog, dann eine zweite. Ältere Männer, jüngere Frauen. Wieder und wieder. Irgendwann entdeckte er sie. Berit. Sie war es, unverkennbar. Ihr blondes, wallendes Haar, die Grübchen in den Wangen, das weiche Kinn, der Schönheitsfleck unter dem rechten Auge. Ein Gruppenbild aus einem Restaurant, weiß eingedeckte Tische, lachende Gesichter. Die Bildunterschrift war vage. *Handelskammer empfängt Delegation spanischer Geschäftsleute.* Neben Berit ein gut aussehender Mann mit dunklem Teint, eine Hand auf ihre gelegt, mit der anderen ein Weinglas haltend und in die Kamera prostend. Elektrisiert überflog Delgado den kurzen Artikel, der zu dem Foto gehörte. Die Enttäuschung folgte auf dem Fuße. Der Aussagewert war gleich null. Ein einziger Mensch auf dem Foto wurde namentlich genannt, ein Abgesandter der Handelskammer, ansonsten erfuhr der Leser, dass es *einen intensiven Austausch* und *ein vorzügliches Fünfgangmenü* bei *Berns* gegeben hatte. Ein Gegenbesuch in Madrid werde erwogen. Das war's. Das Ergebnis von beinahe drei Stunden Arbeit. Delgado rieb sich die Augen. Was hatte er erfahren? Dass Berit am Abend des 29. Oktober 1970 mit einer Gruppe spanischer und schwedischer Geschäftsmänner und einigen anderen Frauen in ihrem Alter essen gegangen war, und zwar *vorzüglich*. Was konnte er mit der Information anfangen? Nichts. Sicher, man könnte weitergraben, vielleicht im Archiv der Handelskammer. Womöglich waren die Teilnehmer des offenbar feuchtfröhlichen Beisammenseins tatsächlich irgendwo dokumentiert. Aber dann? Dann hätte er acht Männernamen, vier spanische und vier schwedische. Im allerbesten Fall waren auch die Namen der Frauen archiviert. Extrem unwahrscheinlich. Und selbst wenn? Inwiefern würde ihm dies weiterhelfen? Was wusste er schon, wie der Abend sich weiterentwickelt hatte? Was zwischen Berit und einem dieser Männer passiert war? Und was würde das wiederum aussagen? Abende wie diesen hatte es nach allem, was sie bisher wussten, in Berits Stockholmer Leben zuhauf gegeben. Das Foto war nichts als ein winziger, willkürlicher Ausschnitt dieses Lebens, aus dem Zusammenhang gerissen und völlig bedeutungslos. Frustriert hämmerte er derart kraftvoll mit der Faust auf den Schreibtisch, dass die Tastatur in die Höhe sprang. Es ist unmöglich, dachte er, wir werden diesen Fall niemals klären, es ist zu lange her. Man kann in der Zeit graben wie in einem Bergwerk. Tief und immer tiefer. Zwanzig, fünfundzwanzig, dreißig Jahre, eine ganze Generation. Wir hatten solche Fälle, und wir haben sie gelöst. Aber fünfzig Jahre? Das ist mehr als ein halbes Menschenleben. Es ist verdammt noch mal nicht möglich. Er riss den Verschluss eines Energydrinks auf und massierte sich die Schläfen. Dann machte er sich wieder an die Arbeit.

6

Übellaunig fläzte Kalle Kvist seinen massigen Körper auf dem Stuhl im Verhörraum. Er riecht immer noch nach Bier, dachte Ingrid Nyström, als sie ihm gegenüber Platz nahm, dabei hat er seit mindestens achtzehn Stunden keins mehr getrunken. Die unbequeme Nacht in der Arrestzelle sah man ihm an, alles an dem Mann strahlte schlechte Laune und Ungepflegtheit aus: Die abstehenden, fettigen Haarsträhnen, die verkrusteten, nach unten gezogenen Mundwinkel, die Ränder unter den Augen, der finstere Blick. Ein Gedanke jagte ihr durch den Kopf, eine Formulierung, die gar nicht zu ihr passte. *Ein verkommenes Subjekt.* Sie musste sich innerlich auf die Zunge beißen. Was war nur mit ihr los? Woher kamen diese Herablassung, dieser ihr so wesensfremde Zynismus, diese Wut auf Gott und die Welt? Sie drängte die Überlegungen und ihr schlechtes Gewissen zur Seite, hier und jetzt waren nicht der Ort und die Zeit für Selbstreflexion, hier und jetzt ging es darum, diesen *widerwärtigen Mann* in die Mangel zu nehmen. Es gehörte nicht viel Schauspielkunst dazu, ihre kühlste Miene aufzusetzen.

»Karl ›Kalle‹ Kvist, Jahrgang 1969, wohnhaft in Urshult bei Tingsryd, Beruf Fernfahrer, soweit richtig?« Kvist nickte, was aus seinem Doppel- für die jeweiligen Augenblicke ein Dreifachkinn machte. »Zwei Anzeigen wegen des Verkaufs von geschmuggeltem Alkohol an Minderjährige, 2011 und 2014. Verurteilung zu einer mehrmonatigen Haftstrafe, die du 2015 verbüßt hast. Verstrickung in die örtliche Glücksspielszene, ansehnliche Wettschulden im halb kriminellen Milieu.«

»Was heißt hier halb kriminell?«, protestierte Kvist. »Das sind ganz normale Leute, bei denen ich mir ein bisschen Geld geliehen habe.«

»Vojislav Terzić und Bengt Carlsson sind keine ganz normalen Leute, Kalle, sondern stadtbekannte Gauner mit ellenlangen Vorstrafenregistern, das weißt du genauso gut wie ich.«

»Gar nichts weiß ich.« Kvist verschränkte seine Arme über

dem sich vorwölbenden Bauch. »Außerdem habe ich Hunger und Durst.«

Nyström sah auf ihre Armbanduhr.

»Du hast vor anderthalb Stunden dein Frühstück bekommen, soviel ich weiß.«

»Den Fraß kann doch keiner essen!«

»Du bekommst einen Kaffee und einen Schokoriegel«, stellte Nyström in Aussicht. »Wenn wir hier fertig sind.«

Mit manchen Menschen ging man am besten wie mit Kleinkindern um, das war ihr in ihrer langen Laufbahn als Polizistin klar geworden. Das Versprechen war völlig unsinnig, denn wenn sie hier fertig waren, würde sie Kvist aller Voraussicht nach wieder laufen lassen, es sei denn, er gestand persönlich den Mord an Berit Gustavsson und Herbert Moosbrugger, oder ein anderes Kapitalverbrechen, was alles in allem mehr als unwahrscheinlich war. Dennoch schien sich Kvist über die Aussicht auf einen Schokoladenriegel aufrichtig zu freuen. Tatsächlich wie ein Dreijähriger, dachte Nyström. Nun, es würde ihr die Arbeit erleichtern.

»Kommen wir zum Vormittag des 28. Juni. Du hattest eine Lkw-Fuhre von Malmö nach Växjö.«

Kvist zuckte mit den Schultern.

»Kann sein.«

»Kunstwerke«, half Nyström ihm auf die Sprünge. »Mit einem sehr hohen Versicherungswert.«

Erneutes Schulterzucken.

»Ich verstehe nichts von Kunst.«

Das glaub ich gerne, dachte Nyström.

»Aber von Herzinfarkten? Oder wie soll ich deine Selbstdiagnose sonst deuten?«

»Das lernt man doch im Erste-Hilfe-Kurs: Ich hatte starke Schmerzen, ein massives Engegefühl in der Brust, heftiges Brennen in der Herzgegend, Übelkeit, Erbrechen, Atemnot und Schmerzen im Oberbauch sowie Angstschweiß mit kalter, fahler Haut«, leierte er herunter.

Nyström nestelte in ihrem Ordner und reichte ihm ein Blatt Papier über den Tisch. Es war ein Ausdruck der Website des Gesundheitsamts und listete genau dieselben Symptome auf, die Kvist gerade genannt hatte. In derselben Reihenfolge.

»Das hast du ganz wunderbar auswendig gelernt«, lobte sie.

Verstanden Dreijährige Sarkasmus? Eher nicht.

»Es war einfach genau so«, behauptete Kvist.

»Falsch, das war überhaupt nicht so. Die Notärztin in Hässleholm hat die Diagnose *möglicherweise Sodbrennen* gestellt. Kein Anzeichen für einen Herzinfarkt, stattdessen sämtliche Symptome akuter Schauspielerei. Eine nette, kleine Theatervorstellung, um den Lkw einige Stunden unbewacht in einer Haltebucht der L23 stehen zu lassen, bei Weitem lange genug, damit irgendjemand in aller Seelenruhe einen entscheidenden Teil der wertvollen Fracht austauschen konnte.«

»Was?«

Kvist spielte noch immer den Dummen. Das würde sich in den nächsten zwanzig Sekunden ändern, dachte sie nicht ohne Befriedigung.

»Dir ist gar nicht klar, dass du nach dem Praxisaufenthalt in Hässleholm mit einem Leichnam im Frachtraum weitergefahren bist, oder? Dass es sich bei den sterblichen Überresten einer Toten wahrscheinlich um das Opfer eines Gewaltverbrechens handelt? Dass du nun Teil einer Mordermittlung bist?« Nyström seufzte theatralisch. »Ehrlich gesagt sieht es nicht gut aus für dich, Kalle. Angesichts deiner Vorgeschichte gehe ich nicht davon aus, dass du vor einem Gericht auf Milde und Nachsicht hoffen kannst.«

Er glotzte sie ratlos an. Sie hatte recht gehabt, Kvist spielte nicht länger den Dummen, er hatte offenbar tatsächlich keine Ahnung, worin er da verwickelt war.

»Was?«, wiederholte er.

»Mordverdacht«, dramatisierte Nyström, wohl wissend, dass Kvist zum Zeitpunkt von Berits und Herberts Verschwinden gerade einmal zwei Jahre alt gewesen war.

»Was?«

Der Kerl hat geistigen Schluckauf, dachte sie.

»Du steckst bis zum Hals in Schwierigkeiten, Kalle, und der einzige Weg daraus ist völlige Offenheit uns gegenüber. Wer hat dich wann auf welche Weise kontaktiert? Was wurde dir für das Infarkttheater geboten? Wann und wo hast du dein Bestechungsgeld erhalten?«

Kvist bewegte beim Nachdenken die Lippen, als würde er einen schwer zu entziffernden Text lesen. Nyström wartete. Der Schokoriegel wartete. Der Kaffee wartete. Auf den Ausgang eines Schneckenrennens.

Schließlich schien sich Kvist zu etwas durchgerungen zu haben.

»Da war dieser Telefonanruf. Keine Ahnung, wie die an meine Nummer gekommen ist.«

»Die?«

»Eine Frau.«

Das war eine Überraschung.

»Wann war das?«

»Etwa eine Woche, bevor die ganze Chose gelaufen ist.«

»Und was hat die Frau genau gesagt?«

»Anweisungen gegeben. Den Ablauf bestimmt. In etwa so wie du es eben erzählt hast. Wo ich den Lkw abstellen, und dass ich den Krankenwagen rufen soll. Die Symptome schildern, ein bisschen rumjammern, den Todkranken simulieren. Und anschließend weiter nach Växjö fahren. Fünfzigtausend Kronen sollte ich dafür bekommen, cash. Und so war es auch. Als ich nach der Untersuchung in Hässleholm wieder zu meinem Lkw zurück bin, lag die Kohle wie vereinbart im Handschuhfach. Den Autoschlüssel hatte ich hinter einem der Räder verstecken sollen. Was das Ganze sollte? Keine Ahnung, hat mich nicht weiter interessiert. Diebstahl, Versicherungsbetrug? War ja nicht mein Problem. Für Fünfzigtausend stellt man keine Fragen. Aber was du da über eine Leiche erzählst, ist das wahr?«

Er sah ernsthaft schockiert aus.

Zeit für den Schokoriegel, dachte Nyström resigniert. Sie war sich sicher: Kvist war genau der ahnungslose Handlanger, für den sie ihn gehalten hatte. Mit dem eigentlichen Verbrechen hatte er höchstwahrscheinlich nichts zu tun. Trotzdem reichte seine Aussage, um ihn vor Gericht zu bringen. Außerdem hatte das Verhör eine neue Erkenntnis erbracht. In die rätselhaften Vorgänge um Berit Gustavssons Leichnam war allem Anschein nach eine Frau verwickelt.

7

Das Restaurant, das zum Golfplatz von Alvesta gehörte, war glücklicherweise deutlich unprätentiöser, als Stina Forss erwartet hatte. Schlichte Einrichtung, Filterkaffee aus riesigen Kannen, Mittagstisch für moderate 80 Kronen. Sie bestellte am Selbstbedienungstresen ein Mineralwasser und ein Eis am Stiel, dann setzte sie sich an einen der freien Tische. Die Leute um sie herum waren leger gekleidet. Irgendwo hatte sie gelesen, dass Golf neben Jagen der neue Volkssport sei.

Arme Oberklasse, nachdem sie dank Björn Borg schon vor Jahrzehnten das Tennis an die breite Masse verloren hatten, blieb ihnen allmählich nur noch Polo und Lacrosse. Man sah hier sogar den ein oder anderen Trainingsanzug. Karl Lagerfelds berühmtes Verdikt von der Jogginghose und der verlorenen Lebenskontrolle schien hier nicht zu gelten. Kurz darauf betraten Hans-Christer und Olof Persbrandt das Lokal. Dass es sich bei den beiden um Brüder handelte, sah man auf den ersten Blick, ein Eindruck, der durch die beinahe identische Golfbekleidung noch verstärkt wurde. Es gab sie also doch noch, die soziale Distinktion: knielange, karierte Shorts, lachsfarbene Polohemden, Pullunder in Rautenmuster, weiße, fingerlose Lederhandschuhe. Forss winkte, sie nahmen Kurs auf ihren Tisch, begrüßten sie und nahmen Platz.

»Wie geht's?«, fragte sie.

»Könnte nicht besser sein«, antwortete Olof, der Jüngere der beiden. »Ferien, Sonnenschein und dazu habe ich vorhin einen *Eagle* und einen *Birdie* hingelegt.«

»Gratulation«, sagte Forss, die sich mit Golf überhaupt nicht auskannte, aber annahm, dass die Fachbegriffe für eine gute sportliche Leistung standen, anders war Persbrandts stolz geschwellte Brust kaum zu erklären.

»Reines Glück«, stichelte sein Bruder.

»Das Glück des Tüchtigen«, war die Replik.

Die Persbrandts lachten, Forss stimmte mit ein, wahrscheinlich eines der falschesten Lachen, das sie je zustande gebracht hatte.

»Darauf ein Bier?«, fragte Olof in die Runde. Sein faltiges, tief gebräuntes Gesicht hatte die Konsistenz von rissigem Leder. Forss musste an alte Winterstiefel denken, die sie im Vorjahr aussortiert hatte.

»Immer doch«, lächelte sie.

Hans-Christer nickte. Sein Teint war eine Spur dunkler als der seines Bruders. Wahrscheinlich verbrachte er noch mehr Zeit auf dem Golfplatz als Olof. Oder besaß eine Finca an der Costa Brava. Oder ging regelmäßig ins Sonnenstudio.

Zum Einstieg Small Talk.

»Wie laufen die Geschäfte?«, fragte sie, während der Winterstiefel die Getränke holen ging.

»Exzellent.« Hans-Christer grinste breit. »Ich kann nur jedem empfehlen, in die Holzindustrie zu investieren. Wir sind seit Jahren eine stabile Wachstumsbranche. Die Nachfrage wächst kontinuierlich, vor allem in China hat sich in relativ kurzer Zeit ein gigantischer Markt aufgetan. Holz als Baumaterial boomt. Dazu kommt die Papierindustrie, die nach der digitalen Revolution viel zu früh für tot erklärt worden ist. Das Gegenteil ist der Fall. Der E-Handel hat weltweit jährlich zweistellige Wachstumsraten. Und worin werden die meisten Güter verpackt, die zum Endkunden gehen?«

»In Pappkartons?«

»Ganz genau! Außerdem hatten klassische Holzexportländer wie Kanada und Russland in letzter Zeit große Probleme mit extrem schlechtem Wetter und vielen Waldbränden, was das Angebot weiter verkleinert. Für uns Nordeuropäer eine sehr komfortable Situation. Falls du also ein paar Hunderttausend Kronen auf der hohen Kante hast, kauf Wald!«

»Mmh«, machte Forss. Wenn ich ein paar Hunderttausend Kronen übrig hätte, würde ich wahrscheinlich bei Gucci shoppen gehen und danach einen Monat auf Ibiza durchfeiern, dachte sie. Dann fiel ihr ein, dass sie womöglich sogar bereits Wald besaß. Wem sollten die paar Hektar Fichten, Tannen und Kiefern neben ihrem Haus sonst gehören? Es war wirklich an der Zeit, einmal Ordnung in die Papiere

zu bringen, die zum Nachlass ihres Vaters gehörten. Schuh-
kartonweise waren sie im Gartenschuppen verstaut. Außerdem musste sie sich dringend um die Pachtverträge mit den
Mattssons kümmern. Die Frau des Bauern hatte ihr am
Morgen schon wieder eine SMS geschickt. »Also hat sich für
euch der Umstieg von Glas auf Holz gelohnt?«, fragte sie, als
sich Olof mit drei kühlen Leichtbieren wieder zu ihnen an
den Tisch setzte.

»Unbedingt.«

Die Brüder nickten im Takt.

»Wenn wir ganz ehrlich sind«, hob Olof an, »müssen wir
Schweden uns eingestehen, dass Glas heutzutage ein billiges,
industrielles Massenprodukt ist. Die Gewinnmargen sind
minimal. Geld verdient man durch die schiere Menge, oder
durch besondere Qualität und Exklusivität. Man braucht
eine Nische. *Orrefors-Kosta-Boda, Gustavssons, Iittala* aus
Finnland oder venezianischem Kunstglas ist das gelungen,
aber insgesamt ist dieses Topsegment auf dem Weltmarkt
eher klein. Holz dagegen ist eine stabile …«

»… Wachstumsbranche«, vervollständigte Forss den Satz.
»Dein Bruder hat mich bereits ins Bilde gesetzt. Aber sprechen wir doch über die Lundbergs? Alte Familienfreunde?«

»Es geht um Berit Gustavsson, nicht wahr?«, stellte
Hans-Christer fest. »Dan hat uns gestern telefonisch informiert. Außerdem war in *Smålandsposten* seitenweise über den
Eklat im Museum zu lesen. Wir wären natürlich gern selbst
zu der Ausstellungseröffnung gekommen, doch wir sind
erst vorgestern mit unseren Frauen aus dem gemeinsamen
Urlaub zurückgekehrt. Karibikkreuzfahrt, wunderbar.«

»Für Gunnar muss es am schrecklichsten sein.«

Olof setzte ein betroffenes Gesicht auf, soweit man das
überhaupt machen konnte, während man gleichzeitig von
seinem Bier trank.

»Vielleicht hat es auch sein Gutes«, gab Hans-Christer zu bedenken.

»Wie meinst du das?«, fragte Forss.

»Nun ja, wenigstens findet er nach all den Jahren des Grübelns und Wartens, nach all der Ungewissheit jetzt endlich Ruhe. Vielleicht kann er nun seinen Frieden mit der Sache machen.« Forss musste an den aufgewühlten, alten Mann denken. Gewagte These, dachte sie. Aber wer weiß? Wenn sich die erste Aufgeregtheit erst mal gelegt hatte … Vielleicht war Persbrandts Überlegung gar nicht so abwegig. Zumindest wenn Gunnar Gustavsson überhaupt das Unschuldslamm war, als das er sich darstellte. »Was die Lundbergs angeht, haben wir zu Dan und Gullvi am meisten Kontakt, beide passionierte Golfer wie wir. Vor allem Gullvi hat es wirklich auf dem Kasten! Sie hat von uns mit Abstand das beste *Handicap*. Bruno sehen wir dagegen nicht so oft, er ist ja die meiste Zeit in Übersee, außerdem hat er für Golf nichts übrig, er war schon immer eher der Joggertyp.«

»Ihr kennt euch seit Kindheitstagen?«

Olof zuckte mit den Schultern.

»Glasreichfamilien. Damals eine Welt für sich. Es war eine Frage der gesellschaftlichen Schicht. Sonst gab es da draußen im Grunde ja nichts außer Arbeiter und Bauerntrampel.« Mit denen ihr natürlich nichts zu schaffen haben wolltet, dachte Forss und lächelte schief. »Man kannte sich, ob man wollte oder nicht. Zu den Lundbergs erwuchs daraus eine lebenslange Freundschaft, mit anderen hatte man dagegen weniger zu tun. Zu den Gustavssons oder Thurstans haben wir zum Beispiel nie einen richtigen Draht entwickelt.«

»Dennoch wart ihr auf der Hochzeit von Gunnar und Berit.«

»Da hat aber jemand seine Hausaufgaben gemacht«, sagte Hans-Christer.

Forss zuckte mit den Schultern.

»Das war keine Raketenwissenschaft, Gunnar hat ein Exemplar der Hochzeitsbroschüre verwahrt, darin befand sich unter anderem eine Gästeliste samt Sitzordnung.«

»Ich weiß noch, dass ich neben einer dicken Frau saß, die mir dauernd zugezwinkert und heimlich die Schnapsgläser zugeschoben hat«, lachte Olof. »Ich muss damals vielleicht vierzehn gewesen sein.«

»Sechzehn«, korrigierte Forss.

»In welchem Jahr war denn noch gleich die Hochzeit?«, wollte Olof wissen.

»1971.«

»Stimmt, da war ich sechzehn.«

»Vielleicht hättest du dich bei der wuchtigen Dame ein bisschen mehr ins Zeug legen sollen«, spottete sein Bruder. »Da wäre sicher was gegangen.«

»Glaub mir, die war wirklich nicht mein Typ. Außerdem: Ich bin ja nicht Bruno.«

»Bruno?«

Etwas in Forss regte sich. Vielleicht entwickelte sich die dämliche Macker-Plauderei gerade doch in eine spannende Richtung.

»Ein notorischer Schwerenöter«, erklärte Hans-Christer, »damals wie heute.«

»Der ließ nie etwas anbrennen«, fügte Olof an.

»Selbst auf der Hochzeitsfeier nicht«, sagte Hans-Christer.

»Bruno Lundberg hat dir erzählt, dass er an dem Abend Sex hatte?«, wollte Forss wissen.

»Er brauchte gar nichts zu erzählen. Er hatte damals dieses Handzeichen.« Hans-Christer demonstrierte es. Er machte eine Faust, wobei er den Daumen zwischen Zeige- und Mittelfinger steckte. »Reinstecke-Fuchs, wenn du verstehst, was ich meine. War damals sein Spitzname.« Er grinste froschartig.

»Dazu hat er mit dem Kopf in eine bestimmte Richtung gedeutet, und ich wusste sofort, wen er da flachgelegt hatte.«

»Und?«

»Dreimal darfst du raten.«

8

Knutsson hatte Hunger. Das war nichts Neues, momentan hatte Knutsson dauernd Hunger, dabei hatte er sein Mittagessen, wenn man den Rote-Beete-Avocado-Shake, den seine Frau ihm am Morgen zubereitet und eingepackt hatte – dass sie tatsächlich mit der Ernährungsberaterin kooperierte, nahm er ihr immer noch krumm –, denn so nennen wollte, gerade verzehrt. Aber er hatte sich vorgenommen, standhaft zu bleiben. Bis auf Weiteres zumindest. Es stimmte ja, die Pfunde purzelten, er fühlte sich fitter. Doch zu welchem Preis?

Die beste Ablenkung von dem nagenden Gefühl der Leere in seinem Magen war Arbeit. Nach dem Gespräch mit Erwin Neuholt war er auf eine Idee gekommen. Die Aussicht aus dem Zimmer des alten Manns auf den in der Sonne glitzernden Lammensee hatte ihn darauf gebracht. Knutsson war ein passionierter Angler, gerade in den vergangenen Jahren hatte er sich für das einst vernachlässigte Hobby wieder begeistert und es sogar zum stellvertretenden Vorsitzenden des örtlichen Angelvereins gebracht. Als solcher war er gut vernetzt. Es kostete ihn einen Anruf, und er hatte die Nummer der Angelvereinigung Rödahult. Ein weiterer Anruf und er war eine Stunde später mit einem Mann namens Nils Franzon verabredet, der ein kleines Motorboot auf dem See hinter Rödahult liegen hatte.

Ein Hoch auf die Rentner, dachte Knutsson, als er Franzon zur Begrüßung die Hand schüttelte. Zuverlässig, hilfsbereit und haben immer Zeit. Er freute sich jetzt schon auf seine eigene Pensionierung, nur noch sieben Jahre, der Countdown lief.

»Österö also«, sagte Franzon, als sie ins Boot stiegen.

»Genau, dort soll es eine kleine Hütte geben.«

»Was davon noch übrig ist«, seufzte Franzon, ein untersetzter, freundlicher Mann mit Sonnenbrand auf der Halbglatze. »In meiner Kindheit war die Hütte toll, einfach und zweckmäßig, der perfekte Unterstand für eine lange Angelnacht, da sie keine drei Meter vom Ufer entfernt liegt. Wenn man die Tür offen ließ, konnte man das Klingeln der Aalglocke bei einem Biss bis nach drinnen hören, in aller Seelenruhe aus seinem Schlafsack steigen und anreißen. Auf diese Weise haben mein Bruder und ich den ein oder anderen kapitalen Burschen an Land gezogen. Nach dem Vorfall mit der verschollenen Braut hat sich jedoch niemand mehr um die Hütte gekümmert. Sie gehört ja eigentlich den Gustavssons. Wahrscheinlich steckten zu viele schlechte Erinnerungen in den Wänden.«

»Wahrscheinlich«, stimmte Knutsson zu. »Warst du damals auch auf der Hochzeit?«

Franzon schüttelte den Kopf.

»Ich stamme zwar von hier, allerdings aus einer Tischlerfamilie. Wir hatten mit den Gustavssons und der Glashütte bis auf den ein oder anderen kleinen Auftrag nichts zu tun. Aber natürlich hat sich die Geschichte im Dorf lauffeuerartig verbreitet, bis ins kleinste Detail. Mit Sicherheit war einiges dazugedichtet. Aber dass Gunnar seine entführte Braut in der Hütte treffen sollte, daran erinnere ich mich noch.«

Er warf den Außenborder an. Gemächlich tuckerten sie über den See, über ihnen spannte sich ein wolkenloser Himmel, über den krächzende Möwen segelten. Das Wasser war gleichzeitig schwarz und silbrig, ein Farbphänomen, das Knutsson jedes Mal aufs Neue faszinierte. Sein Herz weitete sich. Er atmete tief ein. Der vertraute, leicht brackige Geruch des Sees, der nahe Nadelwald, die frische Luft. So roch Sommer. Er schloss für einen Moment die Augen. Aller Hunger war verflogen. Er fühlte sich lebendig und stark. Als er die Augen wieder öffnete, lächelte ihn Franzon wissend an. Er lächelte zurück. Wir Angler sind ein unterschätzter Menschenschlag, ging es Knutsson durch den Kopf. Bescheiden und weise. Denn das Glück liegt oft in den kleinen Dingen.

Gut zehn Minuten später legten sie auf Österö an. Eine kleine, sandige Bucht machte es möglich, dass sie trockenen Fußes ans Ufer der Insel treten konnten, die etwa dreißig Meter lang, aber ziemlich schmal war. Bis auf einige Kiefern und niedrige Blaubeersträucher war der überwiegend felsige Untergrund kaum bewachsen. Die Hütte, die in der Tat einen verfallenen Eindruck machte, stand keine zehn Schritte von der Anlegestelle entfernt.

»Das weckt Kindheitserinnerungen«, sagte Franzon. »Es muss Ewigkeiten her sein, dass ich das letzte Mal hier ausgestiegen bin.«

Knutsson brummte vage. Ihn hatte jetzt das Jagdfieber gepackt. Er wusste zwar nicht, wonach er suchte, aber ein drängendes Gefühl hatte ihn zu diesem Ort geführt. Er stapfte durch die Blaubeerbüsche. Die Tür hatte sich vor langer Zeit aus den Angeln gelöst und lag moosüberwuchert am Boden. Das einzige Fenster der vielleicht zwei mal drei Meter messenden Hütte war zu Bruch gegangen. Auf der einen Seite des Spitzdaches hatte sich die

Teerpappe gelöst. An einer Stelle war das nackte Holz so morsch und faul, dass ein handbreiter Spalt im Dach klaffte. Knutsson trat ein. Auch die Bodendielen waren von der Feuchtigkeit angegriffen, Moos, Flechten und Pilze. Vom Interieur waren nicht viel mehr als eine einfache Holzpritsche, ein Tisch und zwei umgekippte Hocker geblieben. Unter dem Dach hing ein zusammengerolltes Fischernetz, in einem schiefen Regal standen zwei Blechtassen und ein aufgeweichtes Taschenbuch. Agatha Christie, las Knutsson auf dem Einband, *Zehn kleine Negerlein*. Oha, dachte er, so würde man heute kein Buch mehr nennen. Auf dem Tisch ein kupferner Kerzenhalter ohne Kerze und ein alter Angelschwimmer.

»Aus Kork«, kommentierte Franzon, der hinter ihn getreten war. »Sieht man heute kaum noch.«

»Der Ort hier ist wie eine Zeitkapsel, wie ein verwahrlostes Museum.«

An der Wand über der Pritsche entdeckte Knutsson Schnitzereien.

The Kinks

The Beatles

Öijwinds

Cool Candys

G+B=Love

Beatbands, Tanzkapellen und ein Liebesschwur. Gunnar und Berit. So weit, so wenig überraschend. Was hatte er anderes erwartet? Ein blutverkrustetes Messer? Einen Stadtplan von New York? Ein in die Wand geritztes Geständnis? Beinahe war er ein wenig enttäuscht. Trotzdem war es richtig, hier gewesen zu sein, dachte er, allein um der Sorgfalt willen. Er schoss ein paar Fotos mit seinem Handy.

»Ich denke, das war's schon«, sagte er und wandte sich zur Tür.

»Das war alles?«

Auch Franzon wirkte ernüchtert. Hatte er erwartet, dass Knutsson einen Spurensicherungskoffer aus dem Ärmel zog und mit irgendwelchen Sprays, Lupen und UV-Licht hantierte? Dies hier war nicht *CSI-Miami,* sondern realistische Polizeiarbeit. Unspektakulär und erdverwachsen. So wie er selbst. Es handelte sich aller Wahrscheinlichkeit nicht um einen Tatort, und das Ganze war fast fünfzig Jahre her.

»Das war alles«, echote er und wandte sich zum Gehen.

Vor der Türschwelle trat er auf etwas. Weich und doch wieder nicht. Ein Tannenzapfen? Im Gegenlicht schwer auszumachen. Er bückte sich. Ein Pilz? Nein, ein Sektkorken. Knutsson trat aus der Hütte ins Sonnenlicht und betrachtete den Korken genauer. Die Schrift war vergilbt, aber dennoch entzifferbar.

Dom Pérignon.

Teurer und exklusiver ging es kaum. Den hatte mit Sicherheit kein Angler gesüffelt, sondern es musste der Hochzeitschampagner der Brautentführung gewesen sein, überlegte er.

Wer hatte ihn wohl getrunken?

9

Anette Hultin hatte sich beeilt, in ihr Büro zurückzukommen. Normalerweise war sie aus naheliegenden Gründen wechselweise genervt, irritiert oder angespannt, wenn Delgado sich ebenfalls im Raum befand, was meistens der Fall war, da er Außeneinsätzen, wenn es möglich war, aus dem Weg zu gehen versuchte, dieses Mal war sie jedoch dankbar, dass er da war. Obwohl sie aufgrund ihrer Elternzeit nur ein Jahr ausgesetzt hatte, kam es ihr selbst nach einigen Monaten zurück im Dienst immer noch so vor, als hätten sich mindestens die Hälfte aller Dienstabläufe, vor allem im digitalen Bereich, in ihrer Abwesenheit geändert. Tatsächlich war während ihrer Auszeit eine ganze Woge an Umstrukturierungen, Reformen und neuen Routinen über den gesamten Polizeiapparat hinweggerollt. Formulare sahen plötzlich anders aus, andere Formatierungen wurden verlangt, Passwörter funktionierten nicht mehr. Sie suchte im landesweiten Archiv nach dem Fall des sogenannten Kalmar-Killers und dazu war sie auf Delgados Hilfe angewiesen. Er ließ sich nicht lang bitten.

»Zu allem bereit.«

»Allzeit bereit, heißt das Pfadfindermotto«, korrigierte sie ihn.

»Ich meinte aber gar nicht das Pfadfindermotto«, entgegnete er und lächelte anzüglich.

Sie ging kopfschüttelnd darüber hinweg.

»Hilfst du mir jetzt oder nicht?«

»Klar doch.«

Seine Finger flogen über die Tastatur. Warum sah das bei ihm immer so einfach aus?

»1968?«, fragte er nach.

»Und 1970.«

Delgado tippte und klickte.

»*Voilà, Mademoiselle!*«

»Wenn schon, dann *Madame*. Ich bin seit fast zwei Jahren verheiratet, falls du das vergessen haben solltest.«

»Was für eine Verschwendung!«, proklamierte Delgado theatralisch.

»Trotzdem danke.«

»Wer ist denn überhaupt dieser Kalmar-Killer?«

»Lass mich erst einmal selbst in Ruhe lesen!«

Sie schob ihn auf seinem Drehstuhl zur Seite.

Warum nur reagierte ihr Körper immer, wenn sie ihn berührte, sei es auch noch so flüchtig?

»*Oui*«, flötete er und rollte auf seine Seite des Schreibtischs zurück. »Wie *Madame* belieben.«

In der Tat war die in den Neunzigerjahren digitalisierte Akte ursprünglich im Jahr 1968 von der Kriminalpolizei Kalmar angelegt worden. Es ging um den Mord an der vierundzwanzigjährigen Siv Kaspersen, einer alleinstehenden Lehrerin aus Nybro, die an einem Sonntag im Mai auf dem Rückweg vom Besuch ihrer Eltern in Vetlanda verschwunden war. Kaspersen war mit ihrem VW-Käfer unterwegs gewesen, der in einer Haltebucht an der Landstraße 31 abgestellt worden war. Einen Tag später, die besorgten Eltern hatten bereits die Polizei benachrichtigt, weil sich ihre Tochter normalerweise zu melden pflegte, wenn sie wohlbehalten zu Hause angelangt war, stießen Spaziergänger in einem Waldstück unweit des geparkten Autos auf den Leichnam der Frau. Das Opfer war erstochen worden und wies Vergewaltigungsspuren auf. Die anschließenden Ermittlungen gestalteten sich schwierig. Weder meldeten sich Zeugen, noch hatte der Täter auswertbare Spuren hinterlassen. Die Mordwaffe wurde nicht gefunden. Immerhin konnte festgestellt werden, dass der Fundort der Leiche mit hoher Wahrscheinlichkeit auch der Tatort war, außerdem stellte sich heraus, dass Kaspersens VW eine Reifenpanne hatte. Die Polizei nahm an, dass der Täter zufällig vorbeigefahren war und sich unter dem Vorwand, der Frau beim Reifenwechsel zu helfen, ihr Vertrauen erschlichen hatte, bevor er sie überwältigt, in die Büsche geschleift, vergewaltigt und anschließend erstochen hatte. Nach einem Dreivierteljahr mehr oder weniger ergebnisloser Ermittlungsarbeit stellte die Mordkommission ihre Arbeit an dem Fall ein. Es war ihr nicht gelungen, auch nur einen einzigen Verdächtigen zu präsentieren.

Etwas mehr als zwei Jahre später, im September 1970 ereilte die dreißigjährige Bankangestellte Marie Elofsson ein ganz ähnliches Schicksal. Die verheiratete Mutter zweier Kinder war auf dem Heimweg von ihrem Arbeitsplatz in Kalmar nach Orrefors, als ihr Opel Kadett am Straßenrand liegen blieb. Ebenfalls mit einer Reifenpanne, ebenfalls an der L31. Ihr Mann meldete sie noch am selben Abend als vermisst. Eine Polizeistreife fand das verlassene Auto kurz darauf auf dem Seitenstreifen der Landstraße. Die Parallelen zum Fall Kaspersen waren so offensichtlich, dass unmittelbar eine groß angelegte Suchaktion in Gang gesetzt wurde. Es dauerte keine Stunde, bis der Leichnam Marie Elofssons im Unterholz gefunden wurde, nur fünfhundert Meter von ihrem Wagen entfernt. Auch sie war erstochen worden, auch ihr Körper wies eindeutige Vergewaltigungsspuren auf. Die Vorgehensweise war derart ähnlich, dass die Ermittler vom selben Täter ausgingen, obgleich die Spurenlage genauso dürftig war: keine verwertbaren Fingerabdrücke, kein Blut, kein Sperma. Hultin hielt beim Lesen inne. Was war mit Haaren, Mikrofasern, Hautschuppen? War denn gar nichts gefunden worden? Gerade bei Vergewaltigungen und den oft dazugehörigen typischen körperlichen Abwehrversuchen wurde unter den Fingernägeln der Opfer regelmäßig aussagekräftiges forensisches Material sichergestellt. Dann vergegenwärtigte sie sich die Historizität der Fälle. Vor fünfzig Jahren war die Kriminaltechnik noch auf einem völlig anderen Niveau gewesen. Der sogenannte genetische Fingerabdruck war erst Mitte der Achtziger entdeckt und DNA-Analysen erst Jahre später in Gerichtsverfahren zugelassen worden.

Wenigstens gab es im Fall Elofsson eine Zeugenaussage. Ein Autofahrer, der zum vermeintlichen Tatzeitpunkt den liegen gebliebenen Kadett des Opfers passiert hatte, erinnerte sich, hinter dem orangefarbenen Opel einen ebenfalls auf dem Seitenstreifen geparkten Kleinlaster gesehen zu haben. Aufgrund eines aufgestellten Warndreiecks war er richtigerweise davon ausgegangen, dass einer der Wagen eine Panne erlitten hatte, der zweite Wagen habe ihn jedoch vermuten lassen, dass der liegen gebliebene Verkehrsteilnehmer bereits Hilfe bekommen würde, andernfalls hätte er natürlich gehalten und sich erkundigt, ob alles in Ordnung sei.

Die Kalmarer Kriminalpolizei konzentrierte ihre Ermittlung von diesem Zeitpunkt an auf die Fahndung nach dem Kleinlaster, dessen Beschreibung leider sehr vage war. Mitarbeiter von Speditionen wurden befragt, Angestellte von Handwerksbetrieben verhört. Nach Dutzenden ergebnislosen Vernehmungen stießen die Ermittler im Familienumfeld der Elofssons auf eine vielversprechende Spur. Arvid Elofsson, 53 Jahre alt, selbstständiger Klempner und Fahrer eines Kastenwagens, war ein Onkel von Lars Elofsson, dem Mann des Opfers. Gleichzeitig war Arvid Elofssons Tochter eine Kollegin von Siv Kaspersens Schwester gewesen. Es gab also eine – wenn auch lose – Verbindung zu beiden Opfern. Einerseits widersprach das der ursprünglichen These von einem Gelegenheitstäter, der sich die Autopannen der Frauen zunutze gemacht hatte, andererseits hatte Arvid Elofsson für beide Tatzeitpunkte keine stichhaltigen Alibis. Vielleicht auch in Ermangelung eines anderen Verdächtigen oder wenigstens einer anderen Spur, rückten die Kriminalpolizisten Elofsson ins Zentrum ihrer Ermittlung. Er kam in Untersuchungshaft, sein Leben wurde auf den Kopf gestellt und lange genug geschüttelt, bis interessante Unappetitlichkeiten ans Licht kamen. Eine alte Anzeige wegen Körperverletzung, Ruppigkeiten gegenüber der eigenen Ehefrau, eine versteckte Sammlung von Sexmagazinen der härteren Gangart. Eine Nachbarin sagte aus, dass der Verdächtige sie vor Jahren auf einem Straßenfest angetrunken unsittlich berührt hatte. Die Puzzlestücke schienen sich zusammenzufügen. Bis zu einer Aussage, die alles zunichtemachte: Der Zeuge, der zur Tatzeit am liegen gebliebenen Opel Kadett vorbeigefahren war, schwor Mark und Bein, dass es sich bei dem roten Kastenwagen von Elofssons Klempnerbetrieb auf keinen Fall um den Kleinlaster handelte, den er am Tatort gesehen hatte. Dieser sei ohne Zweifel größer, von anderer Bauart und farblich neutraler gewesen.

Die Anklage fiel daraufhin wie ein Kartenhaus in sich zusammen. Die Ermittler argumentierten zwar, Elofsson könne sich für die Ausübung seiner Tat einen anderen Wagen besorgt haben, fanden aber für diese These keinerlei Belege. Dem Staatsanwalt reichten die Indizien nicht mehr aus, Elofsson wurde wieder auf freien Fuß gesetzt. Die Kripo setzte notgedrungen wieder auf ihre Theorie vom Gelegenheitstäter, auch wenn niemand mehr daran zu glauben schien, den Täter fassen zu können. Die Ermittlung versandete.

Bis beinahe vier Jahre später, im März 1974, etwas Unerwartetes geschah. Die fünfundzwanzig Jahre alte Lotta Norén war an einem Donnerstagabend mit dem Volvo Amazon ihres Verlobten auf dem Weg von Norrhult nach Kalmar, wo sie mit Freundinnen verabredet war, um auf ein Konzert zu gehen, als ihr Wagen auf der L31 zwischen Orrefors und Nybro liegen blieb. Der Motor hatte geruckelt, merkwürdige Geräusche von sich gegeben, bevor er dann völlig den Dienst versagte. Es war kalt und bereits dunkel. Vorschriftsmäßig stellte sie in einigem Abstand zum Wagen ein Warndreieck auf und versuchte, vorbeifahrende Autos auf sich aufmerksam zu machen. Der Verkehr war dünn, oft vergingen bis zu zehn Minuten, bis ein Wagen vorbeibrauste. Die ersten drei Fahrzeuge ignorierten sie, bis schließlich, sie war schon völlig durchgefroren, ein Lkw anhielt. Der Fahrer, der ausstieg, ein kräftiger, großer Kerl, gab sich nett und hilfsbereit. Er öffnete Motorhaube und besah sich den Schaden im Licht einer Taschenlampe.

»Wahrscheinlich der Keilriemen«, war das Letzte, was er sagte, bevor er die zierliche Frau schnappte und sie in Richtung seines Lkw zerrte. Er befand sich dabei hinter ihr, der Würgegriff um ihren Hals ließ ihr kaum Luft zum Atmen. Auf diese Weise zog er sie rückwärtsgehend und kletternd auf die Sitzbank der Fahrerkabine. Immer noch hinter ihr, gelang es ihm, ihr die Strumpfhose und den Slip unter ihrem Rock bis zu den Knöcheln herunterzuziehen. Ihr linker Schuh fiel auf den Boden, der rechte baumelte immer noch an ihrem Fuß. Er riss ihre Beine hoch und drehte sie auf den Rücken um, sodass ihr Unterleib nun in seine Richtung wies, dabei stieß sie sich den Kopf so heftig am Steuerknüppel, dass sie eine Platzwunde an der Schläfe bekam. Obwohl sie für einen Augenblick die Orientierung verlor und Todesangst durchlitt, zwang sie sich konzentriert zu bleiben. Sie ahnte, dass sie höchstens eine einzige Chance bekommen würde, wenn überhaupt. Dieser Moment kam einige Augenblicke später. Der grunzende Mann, der vor ihr kniete, hielt ihr linkes Bein in Höhe seiner Schulter fest, mit der anderen Hand fummelte er seinen Hosenschlitz auf. Ihr rechtes Bein war frei. Sie trug hochhackige Plateauschuhe, die Sohle war aus massivem Holz. Sie winkelte das Bein an. Dann trat sie zu, mit aller Kraft, die sie hatte. Etwas in seinem Gesicht knackte. Der hünenhafte Oberkörper kippte bewegungslos nach hinten, gegen die Fahrertür. Sie reagierte schnell. Wand sich aus der Kabine, sprang auf den Asphalt. Ihr rechter Knöchel knickte um, doch sie ignorierte den Schmerz. Das alles war jetzt egal. Wichtig war nur eine Sache. Dass schnell ein Auto kam. Als sich die erlösenden Scheinwerfer näherten, humpelte sie mitten auf die Straße und breitete die Arme aus. Ein blutender Racheengel.

Hultin musste mehrmals schlucken, nachdem sie den Zeugenbericht Lotta Noréns gelesen hatte. Die Frau war tapfer gewesen, aber sie hatte auch Glück gehabt: Ein Plateauschuh hatte ihr wahrscheinlich das Leben gerettet.

Als die Polizei schließlich den Tatort erreichte, war Göte Svanberg immer noch bewusstlos. Er hatte diverse Gesichtsfrakturen und eine schwere Gehirnerschütterung. Nach dem Aufenthalt im Gefängniskrankenhaus warteten die Untersuchungshaft und ein langer Prozess auf ihn. Die Beweise für den Vergewaltigungsversuch an Lotta Norén waren natürlich erdrückend, aber es häuften sich auch die Indizien in den Mordfällen Siv Kaspersen und Marie Elofsson, obwohl er diese Taten natürlich leugnete. Es stellte sich heraus, dass Svanberg die L31 seit vielen Jahren regelmäßig befuhr, er war sogar im Zuge der Ermittlungen zum Tod Marie Elofssons im Herbst 1970 vernommen worden, dabei aber nicht weiter aufgefallen. Seinem Arbeitgeber zufolge fuhr Svanberg auf seinen Touren sowohl Lkw als auch Kleinlaster. Er war unverheiratet und galt als wortkarger Einzelgänger. In der Vergangenheit war er mehrfach in Schlägereien verwickelt gewesen, einmal hatte er einen Kontrahenten beinahe zu Tode geprügelt. Die Masche mit dem hilfsbereiten Pannenhelfer glich sich in allen drei Fällen. Als dem Augenzeugen aus dem Fall Elofsson Fotos der Kleinlaster von Svanbergs Arbeitgeber, der Spedition *Olanders Åkeri,* vorgelegt wurden, nickte dieser schließlich. Ja, der Wagen komme tatsächlich infrage, etwas an dem Schriftzug auf der Flanke des Fahrzeugs käme ihm bekannt vor. Dem Staatsanwalt reichte das, um eine tragfähige Anklage in allen drei Fällen aufzubauen. Die Richterin folgte der Anklage in allen Punkten und verurteilte Svanberg zu einer lebenslangen Haftstrafe. Hultin konnte sich eine gewisse Genugtuung nicht verkneifen. Ein Schwein weniger, das da draußen herumlief, dachte sie zufrieden. Der letzte Akteneintrag vermerkte, dass sich Svanberg 1985 nach einem zweiten abgelehnten Antrag auf Neuverhandlung des Prozesses in seiner Zelle durch Erhängen das Leben genommen hatte.

Sie schloss die Akte.

»Puh«, sagte sie.

Delgado sah sie an.

»Bist du auf etwas Neues gestoßen?«, fragte er.

»Möglicherweise«, antwortete sie.

10

Hugo Delgado erlebte eine aufschlussreiche Stunde mit dem Telefonhörer am Ohr. Erkenntnis Nummer eins: Die Handelskammer in Stockholm hatte tatsächlich ein Archiv. Zweite Einsicht: In den fünf Abteilungen, in die er durchgestellt wurde, bis er endlich im Archiv angelangt war, nahmen jeweils Frauen das Gespräch entgegen. Sein Fazit: Der Stockholmer Akzent hatte zwar durchaus seinen Reiz, kam aber längst nicht an den dänischen heran. Oder lag diese Empfindung daran, dass ihm Hultin gegenübersaß und mit hoch konzentriertem Gesicht auf ihren Monitor starrte? Irgendwie sah sie in solchen Momenten immer am hübschesten aus, fand er. Die profundeste Entdeckung, zumindest in beruflicher Hinsicht, machte er jedoch in den Tiefen des Handelskammerarchivs. Eine leicht spröde klingende Frau namens Lovisa förderte dort einen verstaubten Aktenordner mit vergilbtem Papier zutage. Tatsächlich war für das entsprechende Datum von dem im Zeitungsartikel genannten Repräsentanten eine gepfefferte Spesenrechnung eingereicht worden. Ein üppiges Abendessen für sechzehn Personen bei *Berns,* inklusive anschließendem Trinkgelage. Da kam bereits eine ansehnliche Summe zusammen. Dazu ein Nachtclubaufenthalt, diverse Hotel- und Taxiquittungen sowie eine Rechnung über etwas, das sich *Dienstleistung Abendbegleitung* nannte. Delgado spürte förmlich, wie sich bei der arglosen Archivarin Lovisa die Augenbrauen hochzogen. Sie nannte ihm die Rechnungsadresse. Dann gestand sie: »Ich komme noch immer nicht darüber hinweg, dass so etwas in diesem Hause einmal möglich war! Escortdamen auf der Spesenrechnung?«

Was tat man nicht alles für die schwedisch-spanischen Handelsbeziehungen?

»Das waren die wilden Siebzigerjahre«, entgegnete Delgado. »*Make Love, Not War.* Eine Schande, dass wir nicht dabei waren, was?«

Lovisa legte kommentarlos auf.

Delgado sah auf die Notizen, die er sich gemacht hatte. Die Rechnung *Dienstleistung Abendbegleitung* war auf eine *Madame Fleur* ausgestellt worden. Auch wenn es nicht wörtlich dort stand: Es roch nach *Club Rosé.*

Er grinste Hultin an.

»Was?«, fragte sie.

»Ich muss ein Glückskerl sein: zwei *Madames* an einem Tag!«

11

Ingrid Nyström hatte sich direkt nach dem Verhör Karl Kvists auf den Weg nach Schonen gemacht. In Simrishamn lebte Leif Skarsgård, einer der ehemaligen Kollegen, die 1971 den Fall Berit Gustavsson und Herbert Moosbrugger untersucht hatten. Skarsgård war seit fünfzehn Jahren pensioniert, Nyström hatte ihn in ihren Anfangstagen als Polizistin flüchtig kennengelernt. Vor einiger Zeit hatte sie der mittlerweile Einundachtzigjährige, ein guter Freund ihres früheren Mentors und Vorgesetzten Gunnar Berg, bereits bei einem anderen Fall unterstützt, der Wurzeln weit in der Vergangenheit gehabt hatte. Skarsgård war nicht nur hilfsbereit und mental deutlich fitter, als sein körperlicher Zustand vermuten ließ, sondern hortete ebenfalls einen Umzugskarton, der mit seinen alten Notizbüchern und Fallskizzierungen gefüllt war. »Falls ich eines Tages doch noch einmal meine Memoiren schreiben sollte«, hatte er bei ihrem letzten Treffen in Bergs Wohnzimmer gescherzt.

Das Navigationsgerät führte sie zu einem gelben Klinkerhaus in einem ruhigen Wohngebiet. Sie parkte ihren Wagen in der Auffahrt. Als sie ausstieg, spürte sie die Nähe des Meeres. Salz, Sand, Tang. Sie atmete tief ein. Sofort fühlte sie sich beflügelt. Der Schwermut, der seit der Abreise ihrer Lieben nach Afrika, nein, eigentlich seit Monaten, genau genommen seit Healeys Tod, auf ihren Schultern lastete, schien sich für einen Moment in der frischen Seeluft aufzulösen. Über ihr schrien Möwen, in Skarsgårds Vorgarten flatterten Wimpel an einer Fahnenstange im warmen Westwind, sie hielt ihr Gesicht der Sonne entgegen und musste an einen alten Hit von Ted Gärdestad denken. *Sol, vind och vatten.* Meine Güte, wie hatte sie dieses Lied in ihrer Jugend geliebt! Wie hatte sie dieses Lebensgefühl geliebt! Es konnte doch so einfach sein, sich gut zu fühlen, unbeschwert, wenigstens für einen Augenblick.

»Hej, Ingrid!«

Sie blinzelte. Leif Skarsgård stand gebückt in der geöffneten Haustür und winkte sie herein. Der Moment war vorüber, die Realität hatte sie zurück. Einige Minuten später saß sie auf der Terrasse und wartete auf Skarsgård, der in der Küche herumhantierte, um einen Kaffee zuzubereiten und etwas Süßgebäck auf Tellern zu arrangieren. Ein Roibuschtee, Obst und etwas Joghurt wären ihr lieber gewesen, aber sie bezweifelte, dass solche Dinge in der Vorstellungswelt des altgedienten Kripo-Veteranen zu einem *Dienstgespräch* passten, wie er ihr Treffen bei der Begrüßung verschwörerisch genannt hatte. Er war sichtlich über ihren Besuch erfreut. »Endlich passiert einmal etwas Interessantes«, hatte er gesagt, seine zittrigen Hände gerieben und angefügt, dass er seine Frau mit den Urenkeln an den Strand geschickt hätte, »damit wir hier freie Bahn haben!«

Während sie also auf den von Skarsgård verordneten Kaffee und die Plunderstücke wartete, hielt sie erneut ihr Gesicht der Sonne entgegen, inhalierte die salzige Luft, spürte den warmen Wind, doch das starke Gefühl der Unbeschwertheit wollte sich nicht noch einmal einstellen, Ted Gärdestad war seit mehr als zwanzig Jahren tot. Als der alte Mann, ein gefährlich schwankendes Tablett balancierend, endlich zu ihr auf die Terrasse geschlurft kam, war sie beinahe dankbar. Auch wenn ihr der Kaffee zu stark und das Blätterteiggebäck zu süß war, spürte sie unmittelbar die belebende Wirkung von Koffein und Zucker. Selbst wenn ihr Magen sich aufbäumte, die Polizistin in ihr straffte sich, es gab zu tun.

»Berit Gustavsson, geborene Thurstan, und Herbert Moosbrugger«, gab sie die Stichwörter.

Skarsgård nickte und stellte seine Kaffeetasse ab.

»Nach deinem Anruf habe ich mich natürlich gleich auf die Suche gemacht. Du weißt ja, meine Umzugskiste …«

»Der legendäre Memoirenkarton«, schmeichelte Nyström.

»Ganz genau. Was soll ich sagen? Du hast dir mit deinem seltsamen Fall zumindest eine gute Zeit ausgesucht. 1969 bin ich von der Streife zur Kripo gewechselt, 1971 war ich dort noch ein echter Frischling, meine Kollegen, durch die Bank weg Männer, wie du dir vorstellen kannst, waren samt und sonders Bullen vom alten Schlag, die haben mich noch nach fünf Jahren spüren lassen, dass ich der Neue in der Abteilung war. Also habe ich ihnen Kaffee gemacht und Plunder besorgt, genau wie heute.« Er lachte ein asthmatisches Lachen, Nyström musste lächeln. »Ich war am Anfang kaum mehr als ihre Sekretärin oder vielmehr Sekretär. Das Gute daran war, dass sie mich alles haben mitschreiben lassen: Leif, die wandelnde Schreibmaschine.« Wie aus dem Nichts knallte er eine abgewetzte Lederkladde auf den Gartentisch, so effektvoll, als hätte er es vorher eingeübt. »Wer schreibt …«

»… der bleibt«, vervollständigte Nyström den Satz, Skarsgård hatte ihn bereits bei ihrem vergangenen Treffen zitiert.

»Nicht wahr? Ich war also so frei und habe mich schon mal ein bisschen in die Materie eingearbeitet. Auch wenn ich natürlich die Akte nicht vorliegen hatte.«

Nyström hatte die besagte Akte mitgebracht und holte sie aus ihrem Lederbeutel.

»Was mich am meisten wundert«, sagte sie, »ist der bescheidene Umfang. Gerade einmal vierzehn Seiten für eine Ermittlung, bei der zwei Menschen verschwunden und nie wieder aufgetaucht sind. War das nicht außergewöhnlich, auch für damalige Verhältnisse?«

»Absolut«, pflichtete ihr der Alte bei. »Darf ich?«

Sie schob den Pappordner über den Tisch. Skarsgård fummelte eine Lesebrille aus der Hemdtasche und setzte sie auf die schnabelartige Nase. Murmelnd überflog er die Seiten.

»Dünn«, sagte er schließlich, »tatsächlich äußerst dürftig. Was die bloße Menge, aber auch den Erkenntnisgewinn des Ermittlungsmaterials angeht. Leider deckt es sich in seiner Spärlichkeit mit meinen eigenen Notizen.« Er nahm die Brille wieder ab, klappte sie zusammen und steckte sie zurück in die Hemdtasche. »Wenn ich frei reden darf, von Kommissar zu Kommissarin? In meinem Fall selbstverständlich a. D.«

»Natürlich«.

»Mir kamen damals eine Menge Dinge merkwürdig vor. Da verschwinden zwei junge Menschen spurlos während einer Hochzeitsfeier, darunter die Braut«, er tippte auf das Porträtfoto von Berit, das damals zur Fahndung verwendet worden war, »die bildschöne Protagonistin, der Mittelpunkt der ganzen Feier, auf der zwei halbe Dörfer, zwei Betriebsbelegschaften, zwei für die Gegend sehr bedeutende Familien anwesend sind. Im Glasreich war es das gesellschaftliche Ereignis des Jahres. Annähernd zweihundert Zeugen und niemand will etwas gesehen oder bemerkt haben? Dazu der Umstand, dass wir von der Kripo in Växjö erst eine Woche nach den Ereignissen hinzugezogen worden sind? Da stank von Anfang an etwas zum Himmel, aber gewaltig!«

»Gunnar Gustavsson rechtfertigt sich damit, dass er selbst eine viel qualifiziertere Suche als die Polizei durchführen konnte«, wandte Nyström ein.

»Aber nimmst du ihm das ab? Sicher, er hat gut ausgerüstete Berufstaucher kommen lassen, für ein Heidengeld einen verdammten Hubschrauber mitsamt Piloten gemietet, alle Ortskundigen mobilisiert, Privatdetektive angeheuert und Gott weiß nicht was.«

»Eine Wahrsagerin war auch dabei.«

»Richtig, die Wahrsagerin. Aber sagt das nicht schon alles? Er hat Himmel und Hölle in Bewegung gesetzt, um uns wie Trottel aussehen zu lassen, und aufgrund dieses ganzen Aktionismus konnte ihm hinterher noch nicht einmal jemand vorwerfen, er habe sich nicht ausreichend gekümmert. Als wären alle diese Ressourcen – vielleicht mit Ausnahme der Wahrsagerin –, nicht mit unseren Mitteln und Methoden vereinbar gewesen. Natürlich war es beeindruckend, was Gustavsson da auf eigene Faust in Bewegung gesetzt hatte, aber gepaart mit unserer Erfahrung und unserem kriminalistischen Sachverstand, hätte die aufwendige Suche womöglich zu ganz anderen Ergebnissen geführt. Doch so? Als wir uns mit unserem Spurensicherungsteam endlich an die Arbeit machen konnten, gab es nichts mehr, was noch zu sichern gewesen wäre. Hunderte Hobbypolizisten hatten die Gegend um den See und die Inseln von rechts auf links gedreht. Genauso gut hätte man eine Elefantenherde um das Gewässer jagen können. Aus forensischer Sicht gab es dort für uns keinen Blumentopf mehr zu gewinnen. Auch alle anderen denkbaren polizeilichen Maßnahmen, angefangen von Straßensperren bis zu Personenkontrollen, hatten sich nach einer Woche natürlich erübrigt.«

»Willst du damit andeuten, Gustavsson könnte die Suche bewusst sabotiert haben?«

»Die Frage habe ich mir im Nachhinein jedenfalls oft gestellt. Es war gewiss nicht er, der uns schließlich gerufen hat, sondern Berits Mutter.« Skarsgård trank schlürfend seinen Kaffee. »Noch so eine Ungereimtheit: Als sie damals bei uns auf der Wache auftauchte, war sie in Tränen aufgelöst. Übermüdet, von Angst um ihre Tochter gelähmt, ein psychisches Wrack. Zwei Tage später, bei einer unserer Zeugenbefragungen vor Ort, war von dieser Panik und Sorge nichts mehr zu spüren, auch beim Vater nicht. Gustavsson selbst hat natürlich ein großes Getue gemacht, gebrüllt und geheult und Dinge an die Wand geworfen. Mir kam sein Auftritt ehrlich gesagt eine Spur zu theatralisch vor. Weißt du, was nach zwei Wochen ununterbrochener Arbeit in Bytorp und Rödahult mein grundlegendes Gefühl war?« Nyström schüttelte den Kopf. »Es gab dieses ganze Bohei, den Hubschrauber und die Taucher, aber im Grunde hatte ich den Eindruck, dass niemand wirklich daran interessiert war, Berit und diesen jungen Österreicher überhaupt zu finden.«

»Wie meinst du das?«, fragte Nyström verwundert.

»Es war nicht nur Gustavssons eigenmächtig initiierte Suchaktion und sein dramatisches Auftreten, nicht nur das ambivalente Verhalten der Mutter …«

»Vielleicht stand sie bei eurem zweiten Treffen unter Beruhigungsmitteln«, schlug Nyström vor.

»Vielleicht. Aber da war noch mehr. Die gesamte Verwandtschaft, das ganze Dorf, die Angestellten in der Hütte …, alle wirkten so verhalten. Alles wirkte irgendwie gedämpft. Als würde sich keiner wirklich um sie scheren. Auf der anderen Seite beschrieben sie beinahe alle als liebenswerte Traumfrau. Da passte etwas nicht zusammen.«

Nyström blätterte noch einmal die Akte auf.

»Es gab Andeutungen und Gerüchte, Berit und Herbert beziehungsweise auch andere Männer betreffend. Wie unsere Ermittlungen in den vergangenen Tagen gezeigt haben, wohl nicht ganz zu Unrecht. Eine Affäre zwischen ihr und Herbert hat es wohl nie gegeben, dafür aber eine Menge anderer. Es sieht so aus, als habe Berit in ihrer Stockholmer Zeit ein ziemlich wildes Leben geführt, womöglich hat sie sogar eine Zeit lang als Escortdame gearbeitet. Klingelt da was?«

»Nein, das ist mir neu.« Skarsgård biss nachdenklich in ein Plunderstück. »Aber es würde ein Stück weit die merkwürdige Atmosphäre in ihrem Umfeld erklären. Mir kam es so vor, als würden wir um ein Tabu kreisen, etwas, von dem alle wissen, das aber niemand auszusprechen wagt. Der sprichwörtliche Elefant im Raum.«

»Ihre Freundin Elvira Öman war nicht nur in Berits Stockholmer Umtriebigkeit – oder soll man es Doppelleben nennen? –, eingeweiht, sondern sogar eine Art lustvolle Komplizin. Und Gustavsson wusste ebenfalls von ihrer, nun ja, Promiskuität.«

»Wenn das mal kein Motiv ist«, brummte Skarsgård kauend. In seinen Mundwinkeln klebten Blätterteigkrümel.

»Aber warum lässt er dann den Leichnam wieder auftauchen? Siebenundvierzig Jahre später? Aus schlechtem Gewissen? Aus dem unterschwelligen Wunsch heraus, endlich gefasst zu werden und für sein Tun zu büßen?« Nyström schüttelte energisch den Kopf. »Ich habe ihn in den vergangenen Tagen erlebt. Er ist völlig aufgelöst. An diese Möglichkeit glaube ich nicht.«

»Und wenn es gar nicht er war, der Berits überraschende Wiederauferstehung im Museum inszeniert hat, sondern jemand, der von seinem Mord weiß? Ein Zeuge, der beinahe fünfzig Jahre lang geschwiegen hat? Könnte man Gustavssons Aufgewühltheit dann nicht auch als Angst deuten, nach all der Zeit doch noch überführt zu werden?«

Nyström kaute auf ihrer Unterlippe. Die Überlegungen des alten Manns waren durchaus plausibel. Ein ganzes Berufsleben als Kriminalpolizist, sie spürte Hochachtung vor seiner Erfahrung. Würde sie in fünfundzwanzig Jahren auch einmal in einer ähnlichen Situation auf der Terrasse sitzen, ging es ihr durch den Kopf, und Hugo Delgado oder Anette Hultin einen Roibuschtee und Obst vorsetzen, und mit ihnen ihre alten Notizen durchgehen?

»Möglicherweise«, sagte sie.

12

Das modernistische Gebäude im Bauhausstil wirkte neben den betulichen rot gestrichenen Holzhäusern der Nachbarn wie ein Fremdkörper aus dem All, ein verirrtes, notgelandetes Raumschiff aus Beton, Stahl und Glas. Stina Forss gefiel es, vielleicht weil es so fehl am Platz wirkte. Viel Geld, aber auf eine ziemlich coole Art angelegt, ein einziges grau-silbernes *Fuck you!* zwischen Sprossenfenstern und mit Laubsägeornamentik verzierten Veranden. In der Auffahrt daneben stand ein Sportwagen-Oldtimer, der fabrikneu aussah. Forss musste lächeln. Sie kannte das seltene Modell, weil einer ihrer Ex-Freunde einen solchen Wagen monatelang restauriert und währenddessen von kaum etwas anderem geredet hatte. Das war mehr als zehn Jahre her, trotzdem konnte sie sich noch an den deutschen Spitznamen des Volvo P 1800 ES erinnern: *Schneewittchensarg.* Der Name verdankte sich der markanten, vollständig aus Glas bestehenden Heckklappe. Wenn sie sich an Thorstens Ausführungen richtig erinnerte, war die Vorgabe der Hersteller an den Entwickler gewesen, dass eine Golfausrüstung im Kofferraum des Sportkombis Platz finden sollte. Das waren noch Zeiten gewesen, in denen man kaum im Jogginganzug zum Golfen gefahren war, dachte sie. Genauer gesagt 1971 bis 1973, denn dies war die kurze Produktionszeit des sogenannten *Schneewittchensargs,* der im schwedischen Volksmund *Leichenwagen* genannt wurde. Der deutsche Name, das mögliche Baujahr, die Anwesenheit des Besitzers auf der Hochzeit, natürlich weckte das gewisse Assoziationen, als sie an dem eleganten Wagen vorbei zur Haustür ging und bei Kennert Östling klingelte, dem Trauzeugen und Freund Gunnar Gustavssons. Aber manchmal sind Zufälle nichts weiter als Zufälle, befand Forss.

Kennert Östling, war ein schlanker, energischer Mann Ende sechzig, im Auftritt und Habitus Bruno Lundberg nicht unähnlich. Er strahlte die Selbstsicherheit und Entspanntheit aus, die ein Finanzberater nach einem überaus erfolgreichen Berufsleben wahrscheinlich besaß. Das waren jedenfalls die biografischen Eckdaten, die Delgado ihr mit auf den Weg gegeben hatte. Andererseits: Was hieß das schon? Trotz Bauhausvilla und schnittigem Oldtimer konnte man Depressionen haben oder Krebs, undankbare Kinder oder eine furchtbare Ehefrau. Sie wurde in ein lichtdurchflutetes Wohnzimmer geführt und nahm auf einem lederbezogenen Sofa Platz. Östling stellte eine Kanne Eiswasser und Gläser auf den Couchtisch.

»*Gustavssons*«, kommentierte er, während er ihr einschenkte. »Die Gläser und die Kanne, meine ich. Alte Verbundenheit, nehme ich an.«

Er lächelte knapp.

Forss war lang genug Polizistin, um zu wissen, wie viel Botschaft ein winziges Wort oder eine bestimmte Betonung transportieren konnten.

»Alte Verbundenheit? Was ist mit der aktuellen?«

Östling lehnte sich in seinem Sessel zurück, dem Pendant zu der Couch, auf der Forss saß. Abwägend ließ er das Wasser in seinem Glas kreisen, als handelte es sich um eine kostbare Spirituose.

»Wie man es nimmt. Sagen wir so: Es gab Zeiten, da standen Gunnar und ich uns näher.«

»Du warst sein Trauzeuge.«

»Ich war seit Kindertagen sein bester Freund, vierzig Jahre lang sein Finanzberater und vor langer, langer Zeit war ich auch sein Trauzeuge. Am wahrscheinlich traurigsten Tag seines Lebens.«

»So etwas schweißt doch zusammen. Gemeinsam durch dick und dünn. Freunde fürs Leben. Und dann auch noch erfolgreiche Geschäftspartner. Wie kam es nach so vielen Jahren zu einem Bruch?«

Östling betrachtete sein Wasserglas.

»Bruch, das klingt so hart. Eigentlich war es mehr eine Art ...« Ihm schienen die richtigen Worte zu fehlen. »Vielleicht hast du recht, vielleicht war es ein Bruch, auch wenn ich mir das nicht eingestehen will. Gunnar bedeutet mir viel, unsere Freundschaft bedeutet mir viel. Möglicherweise war es ein Fehler, Privates und Berufliches miteinander zu vermischen, auch wenn es über Jahrzehnte gut gegangen ist, für beide Seiten.«

»Aber?«

Östling sah von seinem Glas zu ihr auf.

»Ich werde hier keine Geschäftsinterna preisgeben.«

»Dir ist klar, dass du Teil einer Mordermittlung bist, oder? Auch wenn das Ganze beinahe ein halbes Jahrhundert her ist, Mord verjährt nie. Nicht mehr, seit das Palme-Attentat kurz vor der Verjährungsfrist stand. Damals hat der Reichstag eine Gesetzesänderung beschlossen, auch wenn das vielleicht noch nicht zu jedem durchgedrungen ist. Wir können das hier also im Plauderton auf deinen bequemen Designermöbeln hinter uns bringen oder mit

Durchsuchungsbeschlüssen, Anwälten und Aktenordnern in einem Verhörraum. So etwas kann sich über Tage hinziehen, wenn die Anwälte gut sind, und wenn ich mich hier so umsehe, drängt sich mir der Eindruck auf, dass du dir eher einen der besseren leisten kannst. Glaub mir, die Stühle in meinem liebsten Vernehmungszimmer sind ziemlich durchgesessen, und das Leitungswasser«, sie hob ihr vor Kälte beschlagenes Glas, als wolle sie ihm zuprosten, »ist im Präsidium zu dieser Jahreszeit pisswarm.«

Östling massierte nachdenklich seine Nase.

»Ohne zu sehr ins Detail zu gehen«, begann er schließlich, »kann ich sagen, dass es zwischen Gunnar und mir Differenzen gab bezüglich der Beurteilung der wirtschaftlichen Gesamtsituation des Unternehmens.«

»Was heißt das?«

»Die Finanzkrise 2008 ist auch an *Gustavssons* nicht spurlos vorbeigegangen. Damit meine ich nicht nur die weltweit gesunkene Nachfrage nach Kunst- und Designglas im oberen Preissegment, davon war das Unternehmen genauso betroffen wie fast alle anderen Branchen auch. Doch darüber hinaus gab es auch große Verluste durch den Verfall von Wertpapieren, in denen ein ansehnlicher Teil des Firmenkapitals angelegt war. Diese Anlegestrategie, die im Übrigen über viele Jahre erfolgreich war, habe ich zu verantworten. Das heißt, juristisch zu verantworten hatten sie natürlich die Geschäftsführung, der Vorstand und der Aufsichtsrat, aber ich war derjenige, der Gunnar dazu geraten hatte. Den großen Kollaps habe ich nicht beziehungsweise zu spät kommen sehen. Das wirft Gunnar mir bis heute vor. In seinen Augen habe ich die Firma viele, viele Millionen gekostet.«

»Und stimmt das?«

»Ja, das ist richtig. Nur: Neunundneunzig Prozent meiner

Kollegen haben genauso gehandelt. Gunnars Vorwürfe sind deshalb haltlos. Ich habe immer nach bestem Wissen und Gewissen agiert und jahrelang mehr als ordentliche Renditen erwirtschaftet, doch in dem Moment, als dann doch etwas schieflief, weltweit wohlgemerkt, hat er mich zum Sündenbock gemacht.«

»Und dann?«

Forss zerknackte einen Eiswürfel im Mund.

»Natürlich habe ich mich in den Folgejahren ins Zeug gelegt, um den Schaden wiedergutzumachen. Immerhin hat er mir soweit vertraut, mir diese Chance zu geben. Seit Jahren ist das Unternehmen wieder in ruhigerem Fahrwasser, hauptsächlich weil die Konjunktur wieder angezogen hat, zum Teil aber auch wegen der von mir veranlassten Finanzinvestitionen und Transaktionen. Vor vier Jahren konnte ich mich guten Gewissens aus dem Geschäft zurückziehen, die sprichwörtliche Kuh war vom Eis, wir hatten am Ende alle unseren Schnitt gemacht.«

»Aber beste Freunde seid ihr nicht mehr?«

»Es steht seitdem zwischen uns, unnötigerweise. Gunnar ist ein Sturkopf. Nachtragend. Er hat mich nicht einmal auf die verdammte Vernissage eingeladen, nachdem ich mich so lange um die Firma verdient gemacht, obwohl ich immer an seiner Seite gestanden habe.«

Östling gab sich keine Mühe mehr, die Verbitterung zu überspielen.

»Aua«, stellte Forss fest.

»Ja, das tut weh. Aber sei's drum. Es ist, wie es ist. Für ihn ist die Ausstellungseröffnung in einem Fiasko geendet. Jetzt tut er mir sogar leid.« Er machte eine bedeutungsschwere Pause. »Wobei …« Forss verfolgte aufmerksam seinen versonnenen Blick. Aus den bodentiefen Fenstern auf die Auffahrt, wo der polierte Lack des Sportwagens bronzefarben in der Sonne glänzte. »… so richtig abgenommen habe ich ihm diese Berit-Nummer nie.«

Forss wurde hellhörig.

»Was soll das heißen?«

»Die große Liebe. Die tiefen Gefühle. Das Drama, die Trauer. Der Umstand, dass er nie wieder eine andere Frau in sein Leben gelassen hat.« Er lachte auf, ein raues Lachen. »Nie wieder eine Frau. Wenn man einmal von den zahllosen Prostituierten absieht, vielleicht.«

»Du meinst, er hat Berit nicht wirklich geliebt?«

Östling wandte seinen Blick wieder Forss zu.

»Liebe und Liebe. Er war jung, sie war schön und klug, die familieneigenen Betriebe waren eh schon miteinander verschmolzen. Es passte alles wunderbar zusammen.« Seine Lippen bildeten einen dünnen, bösartigen Strich. »*Beinahe.*«

»Was willst du damit andeuten?«

»Es gibt da etwas, von dem nur sehr wenige Menschen wussten, und von denen sind bis auf Gunnar und mich wahrscheinlich mittlerweile alle verstorben.« Er nahm sein Glas, hielt es auf Armlänge vor sein Gesicht, kniff ein Auge zu und sah sie mit dem anderen durch das Glas hindurch an, eine merkwürdige Geste, ein beinahe surrealistischer Effekt. »1971 war ich zweiundzwanzig Jahre alt, ein ehrgeiziger Student der Betriebswirtschaft. Gunnar und sein Vater haben mich damals zum ersten Mal gebeten, auf die Firmenfinanzen zu schauen. Natürlich hatten sie auch einen professionellen Berater, einen uralten, verschrobenen Wirtschaftsprüfer, der tatsächlich noch einen Augenkneifer trug. Vielleicht wollten sie einfach nur eine zweite Meinung, vielleicht wollten sie einen etwas moderneren Blick. Zahlen sind nicht einfach nur Zahlen. Es hängt alles davon ab, wie man sie betrachtet. Besitzt man die Fantasie, hinter ihnen eine vielversprechende Zukunft zu erahnen? Eine Vision? Ein Versprechen? Einen Absturz? Soll man investieren oder abstoßen? Zuschlagen oder abwarten, was die Konkurrenz macht, wie die Konjunkturlage sich entwickelt, was die nächste Steuerreform beinhaltet?«

»Die hohe Kunst der Finanzberatung.«

Östling stellte das Glas zurück auf den Tisch.

»Spotte ruhig. Aber im Grunde ja. Genau darum geht es in meinem Beruf. Doch gehen wir zurück ins Jahr 1971. Es muss wenige Wochen vor der anstehenden Vermählung gewesen sein. Ein verregneter Sommerabend im Arbeitszimmer des alten Gustavsson. Es war so kühl, dass jemand den Kamin angefeuert hatte, dabei war es Juni oder Juli. Stundenlang habe ich mich durch die Bilanzen gewühlt, Zahlen hin- und hergeschoben, alles doppelt und dreifach geprüft. Das Ergebnis war wasserdicht, ich war mir zu hundert Prozent sicher: Die Monate zuvor erfolgte Fusion mit der Thurstan-Hütte war ein folgenschwerer Fehler. Er drohte die *Gustavssons Glas AB* nach unten zu reißen, wie ein um den Hals gebundener Mühlstein einen Schwimmer im See. Die positiven wirtschaftlichen Prognosen, auf deren Grundlage die Entscheidung gefallen war, die beiden Betriebe zu vereinen, beruhten aufseiten der Thurstans auf lückenhaften Bilanzen, versteckten Schulden und einer viel zu optimistischen Einschätzung des ökonomischen Gesamtklimas. Die Thurstan-Hütte war ein Kuckucksei, Berits gefährliche Mitgift, die *Gustavssons* über lang oder kurz ins Verderben stürzen würde.«

»Und was hast du getan?«

Österling ließ das Glas sinken.

»Ich habe ihnen den Rat gegeben, sich so schnell wie möglich von dem faulen Apfel zu trennen. So ist es dann ja auch gekommen. Drei Jahre später war die Thurstan-Hütte

Geschichte, während Gunnar mithilfe der Lundbergs einen Weltkonzern aufgebaut hat.«

»Wow«, sagte Forss leise. Und dann noch einmal: »Wow.«

13

Bevor Ingrid Nyström zurück nach Växjö fuhr, kaufte sie an einem Fischwagen an der Küste geräucherte Meerforelle. Mit dem Plastikbeutel in der Hand blickte sie auf die gleißende See und versuchte ein letztes Mal, der Unbeschwertheit nachzuspüren, aber sie fühlte nur ein schwaches Echo des Moments, den sie in Skarsgårds Vorgarten so intensiv erlebt hatte. Sie blinzelte in die Sonne, spürte den Wind und das nahe Wasser: *Sol, vind och vatten ...* Doch ihre innere Melodie blieb stumm.

Sie machte sich auf den Rückweg, schrieb im Präsidium einige Berichte, ging die Mails durch und fuhr nach Hause. Es war bereits nach sechs, ihre Mitarbeiter hatten längst Feierabend gemacht. In der Küche bereitete sie für ihre Mutter und sich ein Abendessen zu. Der Fisch, ein einfacher Salat, dazu etwas von Gullans selbst gebackenem Sauerteigbrot. Das war vielleicht das einzig Gute an der Abwesenheit von Anders, Anna und Albert: Sie fühlte sich ihrer Mutter näher als sonst. Vertrautheit war ein großes Wort, aber irgendwie passte es. Möglicherweise sollte sie zur Feier des Tages sogar einen Wein öffnen? Im Kühlschrank fand sie eine Flasche Rosé. Ausgerechnet. Wie der Name des ominösen Clubs. Vor ihrem inneren Auge sah sie die junge Berit in einem kurzen, bunt bedruckten Kleid und hohen Stiefeln, tanzend, verschwitzt, die langen blonden Haare peitschten durch die Luft. Umgeben von Männern, deren Gesichter im Schatten lagen. Sie warf die Kühlschranktür zu. Es schmeckte schließlich auch ohne Wein. Sie ging ins Obergeschoss und holte ihre Mutter ab. Mit ihrer Hilfe schaffte es Gullan leichter die Treppe hinab. Sie hatte auf der Terrasse gedeckt. Erneut ein Sommerabend wie aus dem Bilderbuch. Die Schwalben zeichneten Parabeln in den Himmel, die Kühe auf der Weide kauten vor sich hin. Der Räucherfisch war ein Gedicht. Skarsgårds Erinnerungen waren schwer einzuordnen, aber allein für die Meerforelle hatte sich der halbe Tag im Auto gelohnt. Nach dem Essen führten sie gemeinsam über ihr Handy ein Videotelefonat mit Anna und Anders. Albert schlief. Anna war braun geworden, Anders hatte einen Sonnenbrand auf der Nase. Die Stimmung war heiter, trotz der Entfernung fühlte sie sich ihrer Familie nah. Vielleicht weil Gullan neben ihr saß. Von den Untersuchungen des Justizministeriums, den Ermittlungen gegen Healey in England und ihren Zweifeln an der Geschichte erwähnte sie kein Wort. Nicht hier, nicht heute. Zum Abschied winkte Anna lachend in die Kamera. Gelacht hatte sie in Nyströms Erinnerung seit Healeys Tod nicht mehr. Vielleicht tat ihr das Projekt in Tansania wirklich gut.

»Diese Technik heutzutage«, bemerkte ihre Mutter, »ist schon erstaunlich. Ist so ein Video-Ferngespräch nicht unheimlich teuer?«

»Das geht übers Internet.«

»Aha«, sagte Gullan und tat so, als gäbe sie sich mit der Antwort zufrieden.

Sie saßen noch eine Weile beieinander und sahen den Schwalben und Kühen zu, dann half Nyström ihrer Mutter wieder zurück ins Obergeschoss.

Nachdem sie den Tisch abgetragen und die Küche aufgeräumt hatte, entschloss sie sich, den Rosé doch zu öffnen. Er kam aus Südafrika. Irgendwie verband sie das mit ihren drei geliebten A.s, fand sie. Wie gut der Wein tat! Kein Vergleich zu dem bitteren Bier vom Vortag. Sie schmeckte Erdbeere und Rhabarber, Kieselsteine und etwas Erdiges, das sie nicht benennen konnte. Gerade als sie es sich mit einer Gartenzeitschrift auf dem Sofa gemütlich gemacht hatte, klingelte es an der Tür. Erstaunt sah sie auf die Uhr. Es war fast neun. Wer kam denn unangemeldet um diese Uhrzeit vorbei? Die Nachbarn? Sie stellte das Weinglas ab und ging zur Haustür, die in Kopfhöhe ein rautenförmiges Fenster hatte. Sie erkannte den jungen Mann erst auf den zweiten Blick. Es war Göran Lindholm, ein ehemaliger Mitarbeiter ihres Teams. Vor fünf, sechs Jahren war er direkt von der Polizeihochschule zu ihnen gestoßen, ein gescheiter, talentierter Bursche, der sich allerdings nach kurzer Zeit ins nordschwedische Umeå hatte versetzen lassen. Lindholm hatte sich verändert, er trug eine andere Brille als damals, war kräftiger geworden und hatte sich wie so viele junge Männer einen Bart stehen lassen. Was machte er um alles in der Welt vor ihrer Haustür? Sie öffnete.

»Göran!«

»Guten Abend, Chefin.«

Er lächelte.

»Ich bin doch längst nicht mehr deine … Was führt dich zu mir? Ehrlich gesagt hätte ich mit kaum einem Menschen weniger gerechnet als mit dir. Wie lang ist das jetzt her? Drei Jahre? Vier? Aber komm doch erst einmal herein.«

»Danke.«

Obwohl es draußen noch um die zwanzig Grad sein musste, trug er einen Sommermantel, den er nun an der Garderobe ablegte und schlüpfte aus glänzenden Halbschuhen. Überhaupt fiel ihr auf, wie elegant er gekleidet war.

Dazu hatte er eine lederne Aktentasche bei sich, deren Farbton zu seinen Schuhen passte.

Überrascht führte sie ihn ins Wohnzimmer. Die geöffnete Terrassentür ließ den Geruch des Sommerabends hinein: feuchter Klee, die Nähe der Kühe, frisch geschlagenes Heu.

»Was darf ich dir anbieten? Ein Glas Wein, ein Wasser?«

»Gern ein Wasser, ich muss schließlich noch fahren.«

»Besuchst du deine Eltern in Växjö?«, fragte sie.

»Auch«, sagte er mit einem Gesichtsausdruck, den sie nicht deuten konnte.

Das unsichtbare Fragezeichen im Raum wurde immer größer.

»Ich hole erst einmal rasch dein Wasser«, sagte sie.

Eine Minute später saßen sie sich gegenüber. Nyström zündete einige Teelichte an.

»Wegen der Mücken«, sagte sie. »Auch wenn es nichts hilft.« Sie hörte die Nervosität in ihrem eigenen Lachen. »Also, was verschafft mir die unerwartete Ehre?«

»Ich muss mich zunächst einmal für mein unangemeldetes Auftauchen entschuldigen. Das ist normalerweise überhaupt nicht meine Art, ich hoffe, du weißt das. Aber in diesem Fall dachte ich, es sei besser so.«

Etwas unter ihrer Haut begann zu kribbeln, ohne dass sie hätte sagen können, warum.

»Überhaupt kein Problem, Göran, wirklich nicht.«

»Ich versuche, so schnell wie möglich auf den Punkt zu kommen.« Wieder lächelte er. »Das hab ich schließlich von dir gelernt. Das, und eine Menge anderes. Was es heißt, ein guter Polizist zu sein.«

»Ach was.«

Komplimente hatte sie noch nie gut annehmen können. Aber Lindholm war wohl auch kaum hier, um Komplimente zu verteilen. Steckte er in Schwierigkeiten? Brauchte er Hilfe?

»Also, wie du dich vielleicht erinnerst, bin ich meiner damaligen Freundin zuliebe nach Umeå gezogen, sie hatte dort ihren Traumstudienplatz erhalten. Nun ja, das mit Sonja und mir hat nicht allzu lange gehalten. Ehrlich gesagt bin ich in Nordschweden nie richtig angekommen, vielleicht lag es am Klima oder der anderen Mentalität. Jedenfalls bekam ich nach einem knappen Jahr die Gelegenheit, nach Stockholm zu gehen. Ich musste nicht lange überlegen, die Stelle war fordernd, aber attraktiv, genau die Sorte Action, von der ich immer geträumt hatte.« Er lächelte. »Ich bin in einem guten Team gelandet, wir hatten viel mit der berüchtigten Vorortkriminalität zu tun, bewaffnete Jugendgangs, Morde auf offener Straße, die Nachrichten sind ja seit Jahren voll davon. Nach einigen Monaten, in denen wir ein gutes Dutzend notorische Nachwuchsgangster aus dem Verkehr gezogen hatten, rief mich mein Vorgesetzter in sein Büro. Bei ihm waren zwei Männer in Anzügen, die ich vorher noch nie gesehen hatte. Säpo-Leute, Nachrichtendienst. Angeblich hatten sie mich seit Jahren auf dem Radar. Meine Abschlussnoten auf der Hochschule waren nicht die schlechtesten, dazu kamen die komplizierten Fälle hier unter deiner Leitung, meine Arbeit in Umeå, sowie die Erfolgsquote in dem neuen Team. Was soll ich sagen? Sie machten mir ein Angebot, und ich habe es angenommen.«

»Herzlichen Glückwunsch, Göran, was für eine beeindruckende Karriere! Wenn du so weitermachst, bist du wahrscheinlich in weniger als zehn Jahren Polizeipräsident.«

Sie freute sich aufrichtig, denn sie hatte Lindholm immer als sympathisch empfunden, offen, aufgeweckt, intelligent. Doch sie hatte noch immer keine Ahnung, welche Richtung das Gespräch einschlagen würde, auch wenn das Kribbeln unter ihrer Haut nicht nachließ.

»Danke, Ingrid. Aber ich bin natürlich nicht hier, um mit

meinem Werdegang zu prahlen. Und das mit dem Polizei-präsidenten bezweifele ich stark!« Er lachte. »Wie auch immer. Beim Nachrichtendienst ist es jedenfalls viel un-spektakulärer, als ich es mir vorgestellt habe. Meine Außen-einsätze tendieren gegen null, stattdessen viel Schreib-tischarbeit, Gefährdungsanalysen, Austausch mit anderen Diensten, auch im Ausland. Dabei bin ich vor einigen Tagen über ein Memo gestolpert, wie es sie täglich x-fach gibt.« Er musterte ihren Gesichtsausdruck. »Es ging um Informatio-nen aus Großbritannien.«

Ihre Nackenhaare richteten sich auf.

»Großbritannien?«

»Zusammengefasste Berichte der *Sussex Police Force,* um genau zu sein. Abrechnungen innerhalb der organisierten Kriminalität an der Südküste, vor allem in Portsmouth und Brighton, Exekutionen mit einem Scharfschützengewehr. Diese Vorgänge wurden von einem meiner Kollegen in Zu-sammenhang mit einem ungeklärten Mord in Schweden ge-bracht, offenbar aufgrund ballistischer Übereinstimmungen. So weit nichts Ungewöhnliches. Der Name der Toten, einer britischen Staatsbürgerin, sagte mir nichts, der Tatort aber schon.«

Nyström schluckte.

»Hier in Ör«, brachte sie mit gepresster Stimme hervor.

»Hier in Ör«, bestätigte Lindholm. »Natürlich war mein Interesse geweckt. Ein Mordfall mit internationalen Ver-wicklungen im Heimatdorf meiner ehemaligen Chefin? Trotzdem tauchte dein Name in dem Memo nicht auf, statt-dessen war der verantwortliche ermittelnde Beamte ein hohes Tier aus dem Justizministerium.«

»Ivarus.«

Lindholm nickte.

»Aus reiner Neugier wollte ich mir die Akte zu dem Fall

ansehen. Seltsamerweise war sie mit einer Geheimhaltungs-
einordnung versehen, zwar nicht *Top Secret,* aber sie lag
eine Stufe über meiner Sicherheitsfreigabe. Ich habe dann
einen vorgesetzten Kollegen um einen Gefallen gebeten, der
mir noch etwas schuldig war. Auf diese Weise konnte ich
schließlich doch Einblick in die Akte bekommen. Du kannst
dir vorstellen, wie überrascht ich war, auf den Namen deiner Tochter zu stoßen. Anna und ich waren als Teenager auf
derselben Schule und kannten uns flüchtig. Es tut mir so
leid für sie!« Er griff nach ihrem Arm. »Und natürlich für
dich und deine Familie. Die beiden haben ein gemeinsames
Kind?«

Nyström nickte. Sie kämpfte gegen die Tränen an.

»Albert. Er ist noch nicht mal ein Jahr alt.«

Lindholm drückte ihren Arm. Eine Weile saßen sie so,
schweigend. Schließlich ließ er ihren Arm los und fuhr fort.

»Die Lektüre hat mich zunehmend elektrisiert, wie du dir
vorstellen kannst. Zuerst habe ich mir die schwedischen Ermittlungsunterlagen durchgelesen. Die Arbeit vom Staatsschutz, der Verdacht, dass Stina Forss das eigentliche Ziel
des Anschlags gewesen sein könnte, die dürftige Spurenlage,
die Fahndung nach dem blauen Ford. Der Teil ist dir wahrscheinlich bekannt.«

»Ich wurde weitestgehend auf dem Laufenden gehalten.«

»Daraufhin habe ich mir die Originalberichte aus Großbritannien angesehen. Seitenweise Ermittlungsmaterial
zur Verbrecherszene in Sussex, über weite Teile ermüdend
zu lesen. Doch dann bin ich auf etwas Überraschendes gestoßen. Die ballistischen Untersuchungsergebnisse der
Tötungsdelikte innerhalb der örtlichen kriminellen Ban-
den waren sämtlich geschwärzt. Dasselbe galt für die Details über ein ausgebranntes Auto, das in einem Vorort von
Brighton sichergestellt worden ist. Sprich, aus den britischen

Berichten geht weder hervor, welche Waffen bei den Unterweltabrechnungen benutzt wurden, noch, was für ein Auto dort in Flammen aufgegangen war. Im Gegenteil, die entscheidenden Passagen sind bewusst unkenntlich gemacht worden. Was bedeutet, dass die vermeintlichen Beweise, die den Tod Healey Harringtons in einen Zusammenhang mit dem organisierten Verbrechen in Sussex bringen, wahrscheinlich überhaupt nicht existieren, denn aus welchem anderen Grund sollten ausgerechnet diese entscheidenden Details in einem hundertdreißigseitigen Bericht unlesbar gemacht worden sein? Du kannst dir vorstellen, wie aufgewühlt ich war. Deswegen habe ich noch tiefer gegraben. Ich habe mir die Kontoauszüge genauer angesehen, die die angeblichen Finanzprobleme deiner Schwiegertochter belegen sollten. Ein ganz normales Girokonto. Ich habe die entsprechende Bank angerufen. Die Kontonummer ist seit Jahren inaktiv, sie wurde seit 1998 nicht mehr vergeben. Dann das Wichtigste: Die Zeugenaussage des inhaftierten Brightoner Kleingangsters, der Healey belastet. In der Tat ist Ron ›Ronny‹ Keane ein stadtbekannter Gauner mit ellenlangem Strafregister. Aber vielleicht sollte ich lieber sagen, dass er ein stadtbekannter Gauner *war,* denn er ist vor zwei Jahren in der Strafvollzugsanstalt Lewes an einem Lungenenphysem gestorben.« Lindholm holte tief Luft. »Die ganze, vermeintliche Untersuchung ist völliger *fake,* Ingrid, eine einzige, plumpe Fälschung. Deine Schwiegertochter hat mit Kriminellen in Sussex nicht das Geringste zu tun. Irgendjemand auf schwedischer Seite benutzt nichtssagende britische Polizeiakten und garniert sie mit zwei gefälschten Papieren, um daraus eine wilde Geschichte zusammenzubasteln.« Er öffnete seine Aktentasche und nahm einen Ordner heraus. »Das hier sind Kopien der fraglichen Seiten, ich habe alles für dich dokumentiert. Das Problem ist, dass du die Unterlagen nicht verwenden kannst, ohne dass ich und mein Kollege höchstwahrscheinlich unsere Jobs verlieren und eine Anzeige wegen Verrats von Dienstgeheimnissen riskieren.« Er lächelte schmal. »Aber das zu entscheiden, überlasse ich ganz allein dir.«

Er sah ihr in die Augen, intensiv.

Sie wusste nicht, was sie sagen sollte.

»Vielleicht doch etwas Wein?«, fragte sie schließlich.

Lindholm nickte.

Sie stand auf und holte ein Glas aus der Vitrine. *Gustavssons,* dachte sie flüchtig, Modell *Orchidee.* Wie weit weg sich der Fall im Moment anfühlte.

Sie schenkte ihnen beiden ein, stumm prosteten sie sich zu und tranken.

»Was ich nicht verstehe«, hob er nach einer Weile an, »ist das Warum. Was soll durch diese gefälschte Untersuchung erreicht werden? Was will dieser Ivarus vertuschen, wovon will er ablenken?«

Nyström balancierte ihr Weinglas nachdenklich auf dem Handteller. Draußen dämmerte es. Die Kühe und Schwalben waren verschwunden, dafür erahnte man hier und da eine Fledermaus in ihren zackigen Sturzflügen.

»Stina Forss«, antwortete sie schließlich. »Es kann nur mit Stina zu tun haben. Da ist etwas, das diese Frau umgibt, ich kann es nicht in Worte fassen, womöglich weiß sie es selbst nicht, aber es ist etwas Gefährliches, etwas, das andere Menschen in den Tod reißt.«

»Wie Healey.«

»Wie Healey«, bestätigte Nyström. Ihre Stimme brach.

»Möglicherweise schwebt sie selbst in Lebensgefahr. Ich meine, wenn das Attentat eigentlich ihr galt.«

»Wer weiß das schon?«

Sie goss Wein nach. Beide waren zu nachdenklich, um

noch viele Worte zu verlieren. Irgendwann war die Flasche leer, die Gläser ausgetrunken.

»Danke«, sagte sie. »Danke, Göran, dass du das alles auf dich genommen hast.«

»Das war ich dir schuldig.«

Sie schüttelte mit Bestimmtheit den Kopf. Beide waren aufgestanden.

»Nein, du warst mir überhaupt nichts ...«

Er legte ihr den Finger auf den Mund.

Sie legte ihre Hand auf seinen Rücken, es geschah wie von allein.

Er legte seine Hand auf ihre Hüfte, fest.

Ihre Münder fanden sich im selben Augenblick.

Oh, mein Gott, dachte sie, bevor sie ihn an sich zog und beide sich aufs Sofa sinken ließen.

14

Bevor Stina Forss nach Hause fuhr, sah sie wie beinahe jeden Tag in ihrem Postfach nach. Es wartete ein dicker DIN-A4-Umschlag auf sie. Absender war die Stockholmer Privatdetektei, alles andere wäre auch eine beängstigende Überraschung gewesen, denn sie hatte sonst niemandem die Postfachnummer weitergegeben. Natürlich war sie aufgeregt. Dem schweren Umschlag zufolge, waren die Privatermittler auf eine ansehnliche Menge neues Material gestoßen. Sie widerstand der Versuchung, die Post an Ort und Stelle zu öffnen. Im Auto fiel ihr ein, dass sie dringend einkaufen gehen musste, im Kühlschrank herrschte gähnende

Leere. Sie wagte es nicht, den Umschlag unbeaufsichtigt im Wagen liegen zu lassen, also klemmte sie sich ihn im Supermarkt unter den Arm. Anschließend hastete sie nach Hause. Noch bevor sie die Einkäufe verstaut hatte, riss sie den Umschlag auf. Sie erkannte unmittelbar, worum es sich handelte. Es war eine Kopie der polizeilichen Ermittlungsakte zum Tod Helen Söderqvists. Anscheinend hatte es sich gelohnt, die teuerste Detektei auszusuchen. Das Personal bestand der Selbstdarstellung auf der Homepage zufolge zum größten Teil aus ehemaligen Polizisten, Militärs und Geheimdienstlern. Offenbar war deren Kontaktnetz so ergiebig, wie sie gehofft hatte. Fahrig bereitete sie sich einen Gin Tonic zu und begann zu lesen.

Helen Söderqvist, einundvierzig Jahre, Mädchenname Eklund, geboren in Borlänge, wohnhaft in Stockholm, hatte sich am 3. Mai um 22.17 Uhr aus dem Fenster ihres Zweizimmer-Apartments im zehnten Stock gestürzt. Passanten waren Zeugen des Sprungs gewesen, daher konnte die Uhrzeit so exakt bestimmt werden. Sieben Minuten später war ein Rettungswagen vor Ort, nachdem ein Anwohner bereits eine Herz-Lungen-Massage durchgeführt hatte. Der Notarzt stellte nach einer ersten Untersuchung den Tod der Frau fest, das Genick war gebrochen, der Schädel wies ein massives Trauma auf, der Blutverlust war immens. Alles sprach dafür, dass sie auf der Stelle tot gewesen war. Die spätere Obduktion ergab zudem, dass die inneren Organe schwerste Verletzungen erlitten hatten. Die Fallhöhe von dreiundzwanzig Metern, der Aufprall auf dem Kopf: Helen Söderquist hatte keine Chance gehabt, den Sturz zu überleben. Die Untersuchung der Wohnung ergab gewisse Zweideutigkeiten. Vieles wies auf einen typischen Selbstmord hin. Die Wohnungstür war von innen verschlossen, für eine Manipulation des Schlosses gab es keine Hinweise. Es fand sich eine Art Abschiedsbrief, wenn auch in digitaler Form. Ihr letzter Facebook-Eintrag lautete: »Das war's Freunde, ich kann nicht mehr.« Zudem wurde ein handgeschriebenes Tagebuch gefunden, das die seelische Labilität der Frau belegte. Ein psychologisches Gutachten der täglichen Einträge kam zu dem Schluss, dass Söderqvist unter Depression und Verfolgungswahn gelitten hatte, eine Psychose schien wahrscheinlich. In der Wohnung wurde ein Vorrat an Spirituosen gefunden, sowie diverse Barbiturate, die nicht ärztlich verordnet, sondern offenbar über ominöse, ausländische Internetapotheken bestellt worden waren. Zu ihrem Todeszeitpunkt hatte Söderqvist einen Alkoholspiegel von 1,4 Promille, und ihr Blut wies Spuren von Diazepam sowie einem gängigen Opioid auf. So weit, so eindeutig.

Ungewöhnlich war dagegen der Umstand, dass Söderqvist vor ihrem Sprung nicht das Fenster geöffnet hatte, sondern offenbar durch die geschlossene Scheibe gesprungen war. Es handelte sich dabei um ein modernes Fenster in Doppelverglasung, das sich über einem Heizkörper befand. Die Forensiker stellten das Szenario sorgfältig nach, berechneten die Kräfte, die nötig waren, um die Scheiben zu durchbrechen, kalkulierten Masse, Kraft, Beschleunigung. Sie kamen zu dem Schluss, dass es Helen Söderqvist trotz ihrer geringen Körpergröße von einem Meter sechsundfünfzig und dem Gewicht von dreiundachtzig Kilogramm möglich gewesen sei, mit einem Hechtsprung die Doppelverglasung zu zertrümmern und aus dem Fenster zu fliegen. Forss nippte an ihrem Longdrink. Sie versuchte sich vorzustellen, wie viel Wille zu einer solchen Aktion nötig war. Vor allem: Welchen Grund sollte die Frau gehabt haben, das Fenster nicht vorher zu öffnen, wo es alles doch so viel einfacher gemacht hätte? Das psychologische Gutachten kam zu der Einschätzung, dass eine wahnhafte Psychose die wahrscheinlichste Erklärung für Söderqvists ungewöhnliches Verhalten sei. Auszüge aus entsprechender Fachliteratur listeten mehrere ähnliche Beispiele auf. Es folgten Aussagen aus Vernehmungsprotokollen mit Arbeitskollegen und Bekannten, die Söderqvist als zunehmend einzelgängerisch, zurückgezogen, ängstlich oder gar paranoid beschrieben. Ein Satz ihres Vorgesetzten sprang Forss besonders ins Auge. »Seit dem Tod ihres Manns war sie nicht mehr dieselbe.« Das Fazit der ermittelnden Kriminalpolizisten war, dass der Scheibensprung zwar unkonventionell sei, es jedoch keinerlei Hinweise auf ein Fremdeinwirken gebe, und aufgrund des Gesamtbildes von einem Suizid auszugehen sei.

Forss trank ihr Glas aus und verzog den Mund.

Never, dachte sie, *never ever.*

Sie blätterte die Kopien der Fotos durch. Die Aufnahmen des Leichnams auf dem Bürgersteig beziehungsweise auf dem Seziertisch waren naturgemäß nicht gerade appetitlich. Ein Porträtbild zeigte eine aufgeschwemmte Frau, die einmal hübsch gewesen sein musste, bevor sie die Kontrolle über sich und ihr Leben verloren hatte.

Seit dem Tod ihres Manns war sie nicht mehr dieselbe.

Forss raffte die Kopien zusammen, legte sie zurück in den Ordner und stopfte ihn wieder in den aufgerissenen Umschlag. Dabei bemerkte sie ein einzelnes Blatt Papier, das sie zuvor übersehen hatte. Es war die Kopie des Deckblatts aus einem Personalregister der Säpo. Der Mann auf dem Foto war Kent Vargen. Sein wirklicher Name war anscheinend Jonas Söderqvist. Geboren 1976 in Halmstad, umgekommen im Undercover-Einsatz 2013 in Stockholm.

Das war zwei Jahre bevor er als Kent Vargen in Växjö auftaucht war.

Sie goss sich Gin nach. Tonic Water brauchte sie heute nicht mehr.

Stockholm, Frühjahr 1970

Mein liebes Tagebuch, zunächst muss ich mich wohl zähne-knirschend bei dir entschuldigen. Da halte ich dir über beinahe zehn Jahre hinweg täglich die Treue und werde dann Knall auf Fall unzuverlässig. Ich gelobe aufrichtig Besserung! Aber die vergangenen Monate waren einfach derart prallvoll mit Leben, dass ich mit dem (Be-) Schreiben einfach nicht mehr hinterhergekommen bin. Nun denn, umso mehr gibt es jetzt zu berichten.

Natürlich war das Ganze am Anfang Kikis Idee gewesen. (Sagte ich schon, dass wir seit einiger Zeit wirklich, wirklich eng befreundet sind?) Selbstverständlich Kiki, kein anderer Mensch wäre auf eine so verrückte Sache gekommen. Es begann alles ganz harmlos an einem Winterabend bei ihr zu Hause. Ihr Vater hat eine Villa auf Djurgården, er muss steinreich sein, ihre Mutter ist schon vor langer Zeit gestorben, glaube ich, die Arme, Kiki spricht über beides ungern. Begegnet bin ich ihrem Vater noch nie, denn er ist dauernd irgendwo auf der Welt unterwegs, Hongkong, New York, Buenos Aires, es hat etwas mit dem Stahlpreis und Obligationen zu tun, genauer hat Kiki das nicht erläutert. Deshalb sind wir so gut wie immer allein in dem riesigen Haus, das Dienstmädchen (ja, das gibt es wirklich) schickt Kiki meistens weg, der kapitalistischen Ausbeutung wegen, auch wenn Lisas (so heißt sie) französische Zwiebelsuppe ziemlich lecker ist. Wie so oft haben wir uns aus dem Weinkeller ihres Vaters bedient und Musik gehört, »The Velvet Underground«, aber nicht das Album mit Warhols Banane darauf, sondern das neue, wo sie auf dem Coverfoto zusammen auf dem Sofa sitzen. Ich habe ein Buch gelesen, Kiki hat in der Zeitung geblättert. Irgendwann hat sie ganz aufgeregt mit einer Seite vor meiner Nase herumgewedelt.

Sie sagte, ich solle mir das einmal ansehen.

Es war eine Seite voller Kleinanzeigen. Nachtclubs, Stripbars, Prostituierte, Sexannoncen, wie sie seit einiger Zeit immer öfter auftauchen. Chat Noir. Seisha. Pussy Cat. Venus. Play Club. La Madeleine.

Ich habe »widerliche Ausbeutung von Frauen« gerufen.

»Ja, eben! Kapitalistische Verwertungslogik!« Sie klang dabei geradezu begeistert und hatte dieses spezielle Kiki-Glitzern in den Augen. »Da müsste man doch mal was machen!« Ich habe sie wahrscheinlich ziemlich baff angesehen. »Also performancemäßig, meine ich.«

Ich nippte skeptisch an dem wahrscheinlich sehr teuren Wein und fragte sie, was sie sich denn vorstelle. Ihre Augen waren ein einziges Funkeln. Typisch Kiki, Gegenfrage: Mit wie vielen Männern ich schon geschlafen habe? Sechs, antwortete ich, dann nach kurzem Nachdenken, nein, sechseinhalb. Und einer Frau. Wir mussten beide lachen. Und du?, fragte ich sie. Vier. Ich war ein bisschen überrascht. Weniger als ich. Und das bei Kiki. Was, fragte sie, würde dagegen sprechen, wenn es mehr würden? Viel mehr? Viel, viel, viel mehr. Im Dienste der Kunst? Ich verstand nicht, worauf sie hinauswollte. Sie erklärte es mir. Ein Feldversuch. Die größte, längste Performance aller Zeiten. Wir beide als Agentinnen und Aktionistinnen in einem. In der Rolle sogenannter Escortdamen. Jeder von uns fünfzig Männerbekanntschaften. Jeden Namen, jedes Treffen, jede Handlung, jede Bezahlung dokumentiert. Nach dem Jahr eine Ausstellung. Heimlich aufgenommene Fotos, Protokolle, Quittungen. Männer, die für Sex zahlen. Männer mit Geld, Männer mit Macht. Das Bloßlegen patriarchaler Strukturen. »Hundert Männer lang, Berit«, glitzerte sie mich an, »und wir werden in die Kunstgeschichte eingehen. Und das Beste dabei: Es wird jede Menge Sex, Champagner und gutes Essen geben!«

Natürlich habe ich zunächst zögerlich reagiert. Mein erstes Gefühl war: Panik. Die Vorstellung, mit diesen ganzen fremden

Männern zu schlafen, war doch ziemlich beunruhigend. Andererseits hatte Kiki natürlich recht. Es wäre ein Opfer für eine politische Kunstgroßaktion. Wir würden vielleicht tatsächlich etwas bewegen, nicht für uns (doch, natürlich für uns und unsere Karrieren als Künstlerinnen!), sondern für die vielen Frauen da draußen, die sich in Kleinanzeigen für erniedrigende Dienste anpreisen mussten. Arme, stimmlose Wesen. Waren wir das diesen ausgebeuteten Frauen nicht schuldig? In den ewigen Diskussionen unserer trotzkistischen Studentengruppe war andauernd von Solidarität die Rede, doch was bedeutete das konkret? Was taten wir denn, außer Marx zu lesen (und meistens nicht viel zu verstehen!), komplizierte Papiere zu verfassen und Happenings zu veranstalten, zu denen immer dieselben Pappenheimer kamen? Das konnte doch nicht alles sein. Wir mussten mehr machen, die Grenzen verschieben. Dinge tun, die wirklich wehtaten. Die etwas bewirken konnten. Aber was würde das konkret für mein Leben bedeuten? Mir selbst, aber auch Gunnar gegenüber? Was würden Mama und Papa denken?

Kiki schenkte mir Wein nach und lächelte mich verschwörerisch an.

»Glaub mir, Berit, das wird vollkommen fantastisch!«

MITTWOCH

1

Als Ingrid Nyström aufwachte, war das zerwühlte Bett neben ihr leer. Sie war so enttäuscht wie erleichtert. Gern hätte sie diesen festen, jungen Körper noch einmal gespürt, Haut auf Haut, andererseits machte sie das schlechte Gewissen jetzt schon beinahe schwindelig, dabei war sie noch nicht einmal aufgestanden. Wie hatte es nur dazu kommen können? Sie hatte keine Ahnung und wusste es doch genau. Noch ein Widerspruch. Aber vielleicht ging es nicht ohne Gefühlschaos über die Bühne, wenn man siebenundfünfzig Jahre alt werden musste, um zum ersten Mal mit einem anderen Mann als dem eigenen zu schlafen. Das Wort *Ehebruch* hallte in ihrem Bewusstsein. Sie glaubte fest an Treue und Vertrauen, den Grundfesten jeder aufrichtigen Beziehung. Trotzdem war es passiert. Sie biss sich auf die Lippe, bis es wehtat, gleichzeitig lächelte sie in sich hinein. Es war so anders gewesen als mit ihrem Mann. Sie stieg aus dem Bett, duschte den fremden, guten Geruch von ihrem Körper, zog sich an und brachte das Bett in Ordnung. Kurz überkam sie der Impuls, die Bettwäsche zu wechseln. Aber was sollte das bringen? Wozu Spuren verwischen? Dies war kein Tatort, und sie war keine Mörderin. Kurz fragte sie sich, ob ihre Mutter etwas mitbekommen hatte, dann verwarf sie den Gedanken wieder. Gullan hatte einen tiefen Schlaf, und ihr Gehör war längst nicht mehr das beste.

Die eigentümliche Spannung aus Beschwingtheit und bodenloser Scham hielt während des Frühstücks an, dennoch war sie hungriger als sonst. Nachdem sie drei Käsebrote und eine Birne gegessen hatte, ging sie mit der halb vollen Teetasse Richtung Terrasse. Auf dem Wohnzimmertisch standen die stummen Zeugen des Vorabends. Zwei Gläser und eine einzelne leere Weinflasche. Zu wenig, um es auf den Alkohol zu schieben. Sie brachte die Gläser und die ausgetrunkene Flasche in die Küche. Betrachtete versonnen das Etikett. Willkommen im »Club Rosé«, dachte sie.

2

Stina Forss hatte kaum geschlafen, trotz der halben Flasche Gin. Ihr Kopf dröhnte, in den kurzen Phasen, in denen sie doch weggedämmert war, hatte sie wie so oft mit den Zähnen geknirscht. Sie brauchte dringend eine neue Aufbissschiene, schob den Termin beim Zahnarzt aber schon seit Monaten vor sich her. Sie nahm eine Tablette gegen die

Schmerzen, eine andere gegen die verspannte Muskulatur und zwang sich eine Schale Cornflakes mit einer Tasse Kaffee hinunter. Ihr Magen rebellierte, aber ihr gelang es, sich nicht zu übergeben. Nach einem kurzen Bad im See ging es ihr besser. Es war noch früh, über dem Gewässer hatten vereinzelte Nebelschwaden gestanden, dennoch versprach die Sonne bereits einen weiteren Hochsommertag. In ein Handtuch gewickelt, setzte sie sich auf ihr Bett und nahm die Papiere vom Vorabend zur Hand. Da war das Deckblatt von Kent Vargens Personalakte. *Geliebter, vermaledeiter Kent.* In Wirklichkeit war dein Name Jonas Söderqvist. Jonas. Das Wort fühlte sich fremd an, falsch, die Silben wie Kieselsteine in ihrem Mund. Ein Undercoveragent der Sicherheitspolizei, der angeblich vor Jahren bei einem Einsatz ums Leben gekommen war. Offenbar hatte sogar seine Ehefrau Helen an den Tod ihres Manns geglaubt, bevor sie auf irgendeinem Wege an andere Informationen gekommen war, Forss kontaktiert hatte und sich scheinbar vor einigen Monaten selbst das Leben genommen hatte. Forss legte die Kopie der Fallakte neben das Deckblatt der Personalakte. Sie rechnete nach. Zwei Jahre nach seinem vermeintlichen Tod tauchte Söderqvist unter falscher Identität als neuer Kollege in Växjö auf, die lang ersehnte Stockholmer Verstärkung des nach Göran Lindholms Versetzung und Anette Hultins Elternzeit ausgedünnten Teams. Kurz darauf begann in ihrem Haus eine Serie von Einbrüchen, bei denen jedoch nie etwas gestohlen worden war, jedenfalls nichts, das sie bemerkt hatte. Dennoch waren in Jonas Söderqvists Besitz zwei Dinge gewesen, die allem Anschein nach ihrem Vater gehört hatten, ein exklusiver Tapferkeitsorden, den es offiziell überhaupt gar nicht geben dürfte, sowie ein Schlüssel, der keinem Schloss zuzuordnen war. Wahrscheinlich war, dass Söderqvist beides aus ihrem Haus entwendet, verwunderlich war, dass er ihr beides in den Sekunden vor seinem sicheren Tod wieder zurückgegeben hatte. Sie nahm die Gegenstände aus ihrer Nachttischschublade, wo sie sie in einem Brillenetui verwahrte, und drapierte sie neben die Papiere. Was sie gedanklich zu ihrem Vater führte. Offenbar hatte er ihr nicht nur die Narben am Hals, dieses Haus, ein wenig Land und ein altes Auto hinterlassen, sondern auch ein Rätsel, das aus mehr als dem seltsamen Prachtorden und dem schlosslosen Schlüssel bestand. Alle, die etwas zu wissen schienen, waren tot: die Terroristen, Jonas Söderqvist, seine Frau Helen, ihr eigener Vater. Dazu völlig Unbeteiligte. Die siebzehn zivilen Opfer aus Södertälje und natürlich Healey Harrington, die exekutiert worden war, ein professionell ausgeführter Hinterhalt, der aller Wahrscheinlichkeit nach nicht der jungen Mutter, sondern ihr selbst gegolten hatte. Womöglich war ihr Leben noch immer bedroht, auch wenn sie in den Monaten nach Healeys Tod keine Anzeichen einer Beschattung oder Verfolgung wahrgenommen hatte. Um das obskure Puzzle auf ihrer Bettdecke zu komplettieren, legte sie die Dienstwaffe und ihre nicht registrierte Glock dazu. Sollen sie doch kommen und es versuchen, dachte sie grimmig. Lange saß sie im Schneidersitz da und grübelte über das Ensemble an Gegenständen vor ihr. Irgendwann klingelte ihr Mobiltelefon. Ein Blick aufs Display verriet ihr, dass es die Nachbarin war, Suzanne. Die verdammten Pachtverträge. Nicht jetzt, entschied sie und drückte das Gespräch weg. Doch ihre Konzentration war dahin. Wie man es auch drehte und wendete: Es ergab keinen Sinn. Etwas fehlte. Das Zentrum, das alles zusammenhielt. Um das alles kreiste. Wie um eine schwarze, tödliche Sonne. Und sie hatte nicht den Hauch einer Ahnung, was dieses Etwas sein könnte.

3

Lasse Knutsson ging es gar nicht gut, ihn plagten Blähungen. Er schob das auf die asiatische Kohlsuppe, die seine Frau am Vorabend gekocht hatte. Das Rezept stammte aus dem Paleo-Kochbuch, das Lisa ihm zuliebe angeschafft hatte. Er rechnete ihr hoch an, dass sie sich solche Mühe gab, ihn bei seiner Ernährungsumstellung nach allen Kräften zu unterstützen. Sie ließ sich beinahe jeden Abend etwas Neues einfallen: Zucchini-Nudeln mit Hühnchen und Pilzen, honigglasierter Lachs mit geröstetem Broccoli, Lammfilet mit Granatapfelsauce und Ingwer-Möhren-Sauerkraut. Alles toll, alles lecker. Zum Teil wahre kulinarische Erweckungserlebnisse. Trotzdem fehlte ihm etwas, auch wenn er Schwierigkeiten hatte zu benennen, was es eigentlich war. Die Freiheit zu MAX zu fahren und mal richtig die Sau rauszulassen? Sich den größten Burger mit Chili-Cheese-Pommes und einem halben Liter Cola zu gönnen? Im Kino eine Riesentüte Popcorn zu mampfen? Es sich vor der Glotze mit einer Tafel Schokolade und Chips gemütlich zu machen?

Hugo Delgado nahm im Besprechungsraum neben ihm Platz, lächelte ihn diabolisch an und stellte einen Teller Kekse auf den Tisch.

»Ich gebe heute mal einen aus. Damit geht der Kaffee doch gleich besser runter.«

»Na, vielen Dank auch.«

Beleidigt verschränkte Knutsson die Arme über dem Bauch.

Anette Hultin angelte sich einen Keks, Ingrid Nyström und Stina Forss sahen nicht aus, als hätten sie Hunger.

»Lasst uns anfangen«, forderte die Chefin. Etwas in Nyströms Tonfall war anders als in den vergangenen Tagen, fiel Knutsson auf. Hinter der strengen Fassade wirkte sie milder, ja beinahe fröhlich. Gleichzeitig schien sie dieses innere Leuchten verstecken zu wollen. Als hätte sie etwas ganz besonders Schönes erlebt, für das sie sich jedoch schämte. Vielleicht hat sie ja heimlich im Lotto gewonnen, sinnierte er.

»Viel habe ich nicht«, begann Delgado und stopfte sich den vierten Keks in den Mund, Knutsson führte innerlich akribisch Buch. »Einen Namen und eine Adresse, die womöglich zu diesem ehemaligen *Club Rosé* führen könnten. Ich gehe dem heute nach.«

Nyström nickte. Wurde sie etwa rot? Nur weil Delgado den Escortservice erwähnt hatte? Derart pikant war die Sache doch nun auch nicht. So sehr Knutsson seine Vorgesetzte verehrte: Manchmal musste er sich doch wundern, wie konservativ oder verklemmt sie zu sein schien.

Hultin räusperte sich.

»Ich bin da gestern auf etwas gestoßen, dessen Bedeutung ich jedoch überhaupt nicht einschätzen kann. Hat jemand von euch schon einmal etwas vom sogenannten Kalmar-Killer gehört?« Knutsson brummte zustimmend. Ihm kam der Begriff vage bekannt vor. Ein Echo aus fernen Kindheitstagen. »Zwischen 1968 und 1974 wurden keine fünfzig Kilometer von Rödahult entfernt zwei Frauen vergewaltigt und ermordet, bei einer dritten wurde es versucht. Verantwortlich dafür zeichnete ein Lkw-Fahrer, der glücklicherweise von seinem letzten Opfer überwältigt und anschließend verhaftet und verurteilt wurde.« Sie blätterte in ihren Notizen. »Der Täter hieß Göte Svanberg und hat sich 1985 im Gefängnis das Leben genommen.«

»Eine Mord- und Vergewaltigungsserie? Räumlich und zeitlich so nah an Berits Verschwinden?« Nyström sah konsterniert aus. »Wieso wissen wir nichts davon? Warum stand darüber nichts in der Ermittlungsakte?«

»Das habe ich mich natürlich auch gefragt. Die Taten wurden allesamt entlang der L31 verübt, der Mord an der dreißigjährigen Marie Elofsson 1970 fand nur vierunddreißig Kilometer Luftlinie vom Ort der Hochzeitsfeier statt.«

»Du meinst, Berit könnte ebenfalls ein Opfer dieses Serientäters geworden sein?«, fragte Knutsson.

»Ja, du Schlaumeier«, piesackte ihn Delgado. »Nur wie passt Herbert Moosbrugger in ein solches Szenario?«

Hultin zuckte mit den Schultern.

»Ich bin keine Hellseherin, ich gebe nur wieder, was ich gelesen habe. Der Hinweis kam übrigens von Gunilla Hallrup, der Jugendfreundin Berits. Eine mögliche Erklärung, warum der Fall bei der Ermittlung überhaupt nicht berücksichtigt wurde, könnten die geografischen Umstände liefern. Kosta, Rödahult, Bytorp, das halbe Glasreich liegt in der Region Kronoberg, und gehörte schon damals zum Polizeidistrikt Växjö, während die beiden Morde 1968 und 1970 auf der anderen Seite des Sees stattfanden, in der Region Kalmar, und von der dortigen Kripo bearbeitet wurden. Ein Informationsaustausch fand zwischen den Revieren damals nur in Ausnahmefällen statt. Dazu kam, dass jede Gegend ihre eigene Lokalzeitung hatte. Und in die überregionalen Medien haben es die Fälle erst nach ihrer Aufklärung 1974 geschafft. So provinziell es klingen mag, die Ermittler, die Berits und Herberts Verschwinden untersucht haben, wussten unter Umständen überhaupt nichts vom Kalmar-Killer. Und wahrscheinlich galt dasselbe umgekehrt.«

»Du bist da unter Umständen auf etwas sehr, sehr Wichtiges gestoßen, Anette«, lobte Nyström. »Ich nehme an, du hast die digitale Akte durchgearbeitet?«

»Genau.«

»Wir brauchen dringend die Originalunterlagen aus Kalmar. Die Digitalisierung alter Fälle fand überwiegend in den

Neunzigerjahren statt, ich erinnere mich noch, die Technik war langsam und umständlich, weshalb man oft nur die Zusammenfassungen, die wichtigsten Zeugenaussagen, den Kern der oft viel umfangreicheren Ermittlungsakte gescannt hat. Womöglich ist das Original fünf- bis zehnmal umfangreicher als die digitale Fassung. Wer weiß, womöglich verbergen sich in dem alten Material irgendwelche Spuren von Berit. Diese Chance sollten wir nicht ungenutzt lassen.«

»Ich kümmere mich umgehend darum«, bestätigte Hultin. »Vielleicht treibe ich in Kalmar mit etwas Glück sogar ein pensioniertes Urgestein auf, das sich noch an die Fälle erinnert.«

»Apropos Urgestein«, hob Nyström an.

»Da ist noch eine letzte Sache«, unterbrach Hultin sie. »Vielleicht spielt es überhaupt keine Rolle, aber …« Sie warf Nyström einen Seitenblick zu. »Gunilla Hallrup ist lesbisch und macht auch keinen Hehl daraus.«

»Warum sollte sie?«, fragte Nyström in spitzer Tonlage zurück.

»Wie auch immer. Sie hat jedenfalls aus dem Nähkästchen geplaudert und erzählt, dass sie das ein oder andere sexuelle Abenteuer mit Berit gehabt hatte. Überwiegend in ihren Teenagerjahren, aber auch noch mindestens einmal später, als Berit bereits mit Gunnar verlobt war.«

»Berit war bisexuell?«, fragte Forss.

Delgado grinste.

»Eine Frau ganz nach meinem Geschmack! Das Luder hat aber auch gar nichts ausgelassen.«

»Ich darf doch sehr bitten!«, mahnte Nyström.

»Hallrup hat es als Experimentierfreude bezeichnet, als Hunger aufs Leben.«

»Hunger«, grunzte Knutsson.

»Noch eine Frau«, bemerkte Nyström.

»Was meinst du?«, wollte Forss wissen.

»Wie wir vermutet hatten, hat Karl Kvist gestern bei der Vernehmung gestanden, den Lkw mit den Kunstwerken absichtlich unbeaufsichtigt stehen gelassen zu haben. Der angebliche Herzinfarkt war tatsächlich nur simuliert. Für den Auftrag hat er natürlich ein hübsches Sümmchen kassiert. Angeblich kamen die anonymen telefonischen Anweisungen von einer Frau.«

»Frauenzimmer.«

Knutsson schüttelte den Kopf.

»Im Grunde muss das nichts heißen«, stellte Forss fest. »Ob Mittelsmann oder Mittelsfrau: In den Austausch von *Schneewittchen* müssen meines Erachtens so oder so mehrere Menschen involviert sein. Allein bekommt man ein dreihundert Kilo schweres Objekt doch gar nicht aus dem Laderaum hinaus und in ein anderes Transportmittel verstaut, oder? Selbst mit technischen Hilfsmitteln kann ich mir das nicht vorstellen. Wer auch immer dahintersteckt, er muss Mittäter oder zumindest bezahlte Handlanger gehabt haben.«

»In der Frage kann uns doch am ehesten eine Spedition weiterhelfen«, merkte Delgado an. »Ich hab da ganz gute Kontakte zu einem dänischen Unternehmen.« Er hielt kurz inne. »Aber vielleicht kann jemand von euch da anrufen.«

»Verbrannte Erde?«, flüsterte ihm Hultin lächelnd zu.

»Ich übernehme das«, sagte Knutsson mit Bestimmtheit. »Mein Dänisch kann sich sehen lassen.«

»Dein Dänisch klingt, als würdest du mit einer heißen Kartoffel im Mund einen Schonen imitieren«, neckte Delgado.

»Wovon ich vorhin berichten wollte«, nahm Nyström den Faden wieder auf, »war mein Besuch bei Leif Skarsgård. Als junger Polizist war er in die Ermittlungen in Rödahult eingebunden. Hängen geblieben ist bei ihm ein ganz merkwürdiges Gefühl. Er hatte den Eindruck, dass weder Berits Familie noch Gunnar Gustavsson noch sonst wer ein überzeugendes Interesse an den Tag gelegt hätte, die junge Frau und Herbert wirklich zu finden.«

»Ich dachte, Gustavsson hätte damals Himmel und Hölle in Bewegung gesetzt, um nach seiner Braut zu suchen?«, wunderte sich Knutsson.

»Was ihn natürlich sehr überzeugend als möglichen Verdächtigen ausgeschlossen hat«, überlegte Forss.

»Und nachhaltig dafür gesorgt hat, dass die Spurenlage rund um den See für die Forensiker katastrophal war«, fügte Nyström an.

»Ich hatte ein überaus interessantes Gespräch mit Kennert Östling«, berichtete Forss, »Gustavssons altem Freund und Trauzeugen, zudem über Jahrzehnte der Finanzberater der Familie und Firma. Von der Freundschaft scheint indes nicht mehr allzu viel übrig zu sein, es gab Streit um Verantwortlichkeiten, Östling wirkte verbittert und enttäuscht, vielleicht hat er sich deshalb zu einer sehr brisanten Aussage hinreißen lassen.« Alle Augen waren auf Forss gerichtet. Wie hübsch sie ist, dachte Knutsson, trotz der Augenklappe. Oder gerade wegen ihr? Zweifellos gab sie ihr einen verwegenen Touch. »Im Sommer 1971, als junger talentierter BWL-Student, hat er sich auf Bitten der Gustavssons die Bilanzen der Hütten in Rödahult und Bytorp angesehen. Monate nach der Fusion der beiden Betriebe wohlgemerkt. Offenbar ist ihm dabei etwas aufgefallen, was allen anderen zuvor, auch dem eigentlichen Wirtschaftsprüfer der Gustavssons entgangen war: Die Geschäftszahlen der Thurstans waren frisiert, die Wachstumsprognosen beruhten auf falschen Annahmen, es gab versteckte Schulden, der Eigenkapitalwert war maßlos übertrieben.«

»Was bedeutet das?«, fragte Knutsson.

»Die Thurstan-Hütte, Berits Mitgift, hätte die Gustavssons über kurz oder lang mit sich in den Abgrund gerissen. Östling hat den dringenden Rat gegeben, sich so bald wie möglich wieder wirtschaftlich zu entflechten.«

»Wann war das genau?«, fragte Nyström.

»Einige Wochen *vor* der Hochzeit.«

Delgado schlug mit der flachen Hand auf den Tisch.

»Dieser verlogene Drecksack!«

»Es macht Gustavsson nicht gerade unverdächtiger«, stellte Nyström fest. Sie stand auf und machte sich mit einem Stift am Whiteboard zu schaffen. »Zeit, die Zwischenergebnisse festzuhalten.«

Die Aufmerksamkeit aller wandte sich der Tafel zu. Knutsson nutzte die Chance, stibitzte einen Keks und stopfte ihn sich blitzschnell in den Mund. Ohne Zeugen kein Verbrechen, dachte er zufrieden.

4

Ein vermutlich falscher französischer Name und eine Stockholmer Adresse, das war nicht viel, dachte Delgado, als er sich an die Arbeit machte. Unter *Madame Fleur* fand er im Internet einen einzigen Eintrag, ein Blumengeschäft zwischen Trelleborg und Malmö, das sich auf E-Handel spezialisiert hatte. Nun, er hatte gerade nicht vor, online ein Rosenbouquet zu bestellen. Für wen auch, solange sein Badelaken am See nach Feierabend leer blieb? In Stockholm tauchte der Name *Fleur* in verschiedenen Zusammenhängen auf, als Restaurant, als Bar, und, was nahelag, noch mehrmals als Blumengeschäft.

Sogar ein weiblicher DJ nannte sich so. Unter der Adresse, die auf der alten Quittung gestanden hatte, fand er ein Bürogebäude. Ein Anruf bei der zuständigen Immobilienverwaltung ergab, dass dort siebenundzwanzig verschiedene kleinere Firmen ansässig waren, von Zahntechnikern über Softwareentwickler bis zu einem Unternehmen, das Winterkleidung für Hunde importierte. Aber weder etwas mit *Fleur* noch ein *Club Rosé*. Unterlagen, die bis in die Siebzigerjahre zurückreichten, lagen der Immobilienfirma nicht vor, sie hatte das Gebäude erst vor sechs Jahren übernommen und vorher hatte es bereits mehrfach den Besitzer gewechselt. Eine Sackgasse also. In Göteborg fand Delgado eine Cocktailbar, die *Rose Club* hieß. In der Türkei gab es ein Hotel namens *Club Rosé,* im deutschen Paderborn einen Swingertreff und in Los Angeles ein Striplokal.

Er musste die Sache anders angehen. Angestrengt dachte er nach. Schließlich versuchte er sein Glück erneut bei der Stockholmer Handelskammer. Wieder sprach er ausschließlich mit Frauen, wieder wurde er einige Male durchgestellt, bis er die ernüchternde Auskunft bekam, dass dort in den vergangenen fünfzig Jahren weder ein Unternehmen mit dem Namen *Madame Fleur* noch *Club Rosé* gemeldet gewesen war. Als Nächstes probierte er es bei der Dienstleistungsgewerkschaft. Dasselbe Ergebnis. Er versuchte es im Restaurant *Berns,* in dem 1970 das Zeitungsfoto geschossen worden war, auf dem er Berit entdeckt hatte. Als er nach vielem Hin und Her endlich den Geschäftsführer am Apparat hatte, lachte dieser.

»Ich bin sechsunddreißig, kaum jemand, der hier arbeitet ist älter als fünfzig. Ich fürchte, du kommst mit deiner Frage mindestens zwanzig Jahre zu spät.«

Frustriert legte Delgado auf. Der Mann hatte recht. Ihn beschlich dasselbe Gefühl wie am Vortag. Die Geschehnisse lagen einfach zu weit zurück. Ihn und Berit trennte ein Nebel aus Zeit. Er war Polizist und kein gottverdammter Histori-ker! Er war Repräsentant einer wichtigen staatlichen Institu-tion, jawohl, der Ordnungsmacht, und kein zerzauster Feld-archäologe der Linné-Universität! Sollte doch ein anderer Idiot im Staub der Geschichte wühlen, er jedenfalls ...

Staatliche Institution?

Natürlich!

Die Steuerbehörde!

Wenn *Madame Fleur*, ganz gleich ob als lebende Einzel-person oder als Unternehmen eine Rechnung über eine Dienstleistung eingereicht hatte, bedeutete dies zwangsläufig, dass sie Steuern an das Finanzamt abgeführt haben musste.

Delgado wurde achtmal durchgestellt, bis er jemanden am Hörer hatte, der sich nicht rausreden und ihn an einen Kol-legen verweisen konnte. Der Kerl am anderen Ende der Lei-tung war alles andere als begeistert. Delgado schmeichelte und drohte, warf abwechselnd mit Begriffen wie *brüderlicher Amtshilfe* und *Sabotage einer Mordermittlung* um sich.

»Aber im Kellerarchiv herrscht völliges Chaos«, jammerte der Mann, als er schließlich Delgados Drängen nachgab.

»Ich erwarte deinen Rückruf in einer Stunde«, entgegnete Delgado trocken und legte mit einem Gefühl des Triumphs auf.

5

Das Polizeipräsidium in Kalmar war eine Betonschachtel auf einem Sockel, deren kühle Ausstrahlung durch eine Holzfassade auf der Frontseite wirkungsvoll gebrochen

wurde. Vermutlich sollten die naturbelassenen Planken småländische Bodenständigkeit und regionale Verwurzelung
symbolisieren, aber was verstand Anette Hultin schon von
Architektur? Das Reihenhaus in Hovshaga, das sie mit ihrer
Kleinfamilie vor Kurzem bezogen hatte, war praktisch und
funktional, die Raten waren gerade noch bezahlbar – die Im-
mobilienpreise waren in der boomenden Stadt in den vergangenen Jahren in den Himmel geschossen –, und viel
mehr interessierte sie im Moment nicht. Während ihrer
Elternzeit hatte sie sich zwar Gedanken über jedes Detail
des zukünftigen Interieurs gemacht, aber seit sie wieder
arbeitete, fehlten ihr dazu Zeit und Muße, außerdem war
der Kreditrahmen bis aufs Letzte ausgereizt, Anschaffungen
wie schicke Möbel oder tolle, neue Lampen standen gerade
nicht zur Debatte.

Die Kollegin, die sie in Empfang nahm, begrüßte sie mit
einem festen Händedruck. Kommissarin Monica Lauber
war etwas älter als sie, eine untersetzte Frau in sommer-
licher Kleidung. Hultin wäre es selbst nie eingefallen, in Sandalen zur Arbeit zu gehen, aber jeder, wie er mag, dachte
sie. Lauber führte sie in ihr Büro, das sie sich mit einem rot-
haarigen Kollegen teilte, der ihr freundlich zunickte, bevor
er sich wieder auf seinen Bildschirm konzentrierte. Ebenfalls ein Sandalenträger. Schreibtischtäter, dachte sie in
einem Anflug von Herablassung, aber irgendjemand musste
diese Arbeit schließlich machen, Leute wie Delgado. Ob das
nun ein gutes oder ein schlechtes Beispiel war, wusste sie
auch nicht. Jedenfalls trägt Hugo im Dienst keine Sandalen,
dachte sie, im Gegensatz zu meinem Mann, andererseits ist
der auch Hochschuldozent und kein Polizist. Lauber bot ihr
Mineralwasser an, das sie dankbar entgegennahm. In dem
Büro war es drückend heiß.

»Die Klimaanlage spielt mal wieder verrückt«, erklärte

Lauber entschuldigend. »Das geht schon Jahre so, aber niemand kümmert sich darum.«

»Genau wie bei uns.«

Vielleicht wurden beide Präsidien vom selben, unfähigen Gebäudemanagement betreut.

»Die Akten zum Fall Göte Svanberg also. Das war ehrlich gesagt eine ganz schöne Schlepperei.«

Lauber lächelte.

Hultin scannte den mit Papieren und Unterlagen vollen Schreibtisch nach einem Ordner, der besonders schwer aussah. Sie entdeckte keinen, der dicker war als ein, zwei Zentimeter. Die gute Frau übertrieb wohl ein bisschen. Oder war ein wenig schwach auf der Lunge. Typisch Sandalenträgerin. Offenbar war Lauber ihren Blicken gefolgt.

»Unter dem Tisch. Der Umzugskarton. Vierzehn Leitzordner.«

»Ach du meine Güte! Die digitalisierte Akte bestand gerade einmal aus dreißig Seiten plus einigen Fotos.«

»Tja, das war wohl nur die Quintessenz des Falls. Die Originalaufzeichnungen sind etwa hundertmal umfangreicher. Knapp dreitausend Seiten, falls das Inhaltsverzeichnis stimmt. Ich habe es vorhin einmal durchgeblättert. Es wurden damals allein mehr als dreihundertfünfzig Vernehmungen geführt. Das meiste ist mit Sicherheit völlig substanzlose Plauderei. Ihr werdet also nach der sprichwörtlichen Nadel im Heuhaufen suchen müssen.« Hultin seufzte. »Meinst du, das ist der Aufwand wert? Wenn ich dich richtig verstanden habe, in einem beinahe fünfzig Jahre alten Fall?«

Hultin trank von ihrem Mineralwasser, ehe sie antwortete.

»Das musst du wohl meine Chefin fragen.«

6

»Wie geschickt bist du eigentlich im Umgang mit Glas?«

Ingrid Nyström musterte blinzend ihr Gegenüber. Im gleißenden Licht der Mittagssonne warfen die Falten in Gunnar Gustavssons Gesicht scharfe Schatten. Seine Züge erinnerten sie an etwas Geschnitztes, an die Antlitze der religiösen Holzfiguren Eva Spångbergs, die in der Kirche ihres Heimatdorfs standen. Der brütenden Hitze geschuldet hatte Gustavsson seinen Tweed gegen einen hellen Leinenanzug getauscht. Sie hatten in dem weitläufigen Garten an einem schmiedeeisernen Tisch Platz genommen, und Nyström wünschte sich, sie hätte an ihre Sonnenbrille gedacht.

»Mir gefällt nicht, was diese Frage impliziert«, gab der alte Mann scharf zurück. »Vorgestern deine Kollegin mit ihren haltlosen Vorwürfen, heute du.« Er lehnte sich in seinem Stuhl zurück. »Weißt du was? Mir drängt sich immer mehr der Verdacht auf, dass sich eure Ermittlung keinen Zentimeter von der Stelle bewegt. Deshalb versucht ihr, mir den Schwarzen Peter unterzuschieben. Ihr wollt mich, das Opfer, zu eurem Sündenbock machen!«

Er atmete schwer.

Nyström entgegnete lange nichts. Sie legte die Handflächen aufeinander und schloss die Augen. Das grelle Licht irritierte sie. Vielleicht hätte sie sich am Morgen Anders' Schirmmütze borgen sollen. Andererseits war von allen Tagen der vergangenen vierzig Jahre heute vielleicht derjenige, an dem es am wenigsten angemessen war, mit einem Kleidungsstück ihres Ehemanns durch die Gegend zu laufen. Nahm sie an sich immer noch eine Spur von Göran Lindholms Geruch wahr, oder bildete sie sich das nur ein?

»Mein Großvater«, hob sie schließlich an, »war ein

schweigsamer Mann, typisch für seine Generation, denn wie hatte es während des Zweiten Weltkriegs immer und überall geheißen?«

Die Frage war rhetorischer Natur, jeder, der nicht ganz jung war, kannte die Antwort.

»*En svensk tiger*«, knurrte Gustavsson.

»Ein schönes Wortspiel, nicht wahr? *Ein schwedischer Tiger.* Unser kleines, neutrales Land wollte mit diesem Slogan nach außen hin Wehrhaftigkeit demonstrieren. Es bedeutete gleichzeitig aber auch: *Ein Schwede schweigt.* Die Botschaft richtet sich an die eigene Bevölkerung, vor allem an die eingezogenen Soldaten, die landesweit in Bereitschaft standen.«

»Das weiß doch jedes Kind.«

Nyström ignorierte seine Bemerkung.

»Feldpost wurde überwacht, die Presse zensiert, alle Wehrpflichtigen wurden dazu angehalten, noch nicht einmal mit ihren eigenen Familien über die Einsatzorte und Tätigkeiten zu sprechen.«

»Ich verstehe immer noch nicht, worauf du hinauswillst.«

»Mein Großvater hat sich an das Schweigegebot gehalten, noch viele Jahre nachdem der Krieg vorbei war. Doch einmal, ich muss damals zehn oder elf gewesen sein, kam er doch ins Plaudern. Es war auf einer Familienfeier, er hatte Weinbrand getrunken, was sonst eigentlich nie vorkam, wahrscheinlich hat ihm der Alkohol die Zunge gelockert. Wie gebannt hing ich an seinen Lippen. Er war in einer Einheit in Helsingborg stationiert gewesen. Zwei alte, verminte Dampfschiffe lagen damals in der Hafeneinfahrt vor Anker, sodass man sie im Falle eines Angriffs sprengen und damit die Hafeneinfahrt versperren konnte. In der Stadt selbst befand sich die Artillerie samt Flugabwehrgeschützen. Es kam immer wieder vor, dass britische oder deutsche Kampfbomber in den südschwedischen Luftraum eindrangen, das nordwestliche Schonen lag in der Einflugschneise für Ziele in Ostdeutschland beziehungsweise Großbritannien. Das ein oder andere englische Flugzeug ging dort zu Boden, meistens von den deutschen Flaks getroffen, die im besetzten Dänemark stationiert waren. Die verstorbenen Piloten liegen noch heute auf dem Friedhof von Pålsjö.«

»Eine rührende Geschichte, aber …«

»Mein Großvater gehörte zur Bemannung eines schwedischen Flugabwehrgeschützes. Er hatte es mit seiner Einheit selbst gebaut, er war ein geschickter Zimmermann.« Sie machte eine wirkungsvolle Pause. »Ein Holzgerüst, bespannt mit Leinwand, dazu ein wenig Farbe. Monatelang tat er Dienst an einer lächerlichen Attrappe. Die Hälfte der schwedischen Luftabwehr in Helsingborg war eine solche Scharade. Sinn und Zweck war es natürlich, die wahren Umstände unserer in Wirklichkeit sehr eingeschränkten Verteidigungsbereitschaft zu verschleiern und das Trugbild vom kraftstrotzenden, gefährlichen Tiger aufrechtzuerhalten. Tatsächlich hätte unsere Armee einem deutschen Angriff genauso wenig entgegenzusetzen gehabt wie zuvor die armen Dänen oder Norweger.«

»Mein Vater war selbst in Bereitschaft, ich kenne diese Anekdoten bis zum Abwinken.«

»Eine Illusion zu schaffen, das war die Idee hinter dem schwedischen *tiger*. Die Raubkatze und das Schweigen, auf den Punkt gebracht in einem Wort.«

»Was hat deine Geschichtsstunde mit Berit zu tun?«

Nyström öffnete endlich ihre Augen, blickte Gustavsson direkt an.

»Ein Trugbild, Gunnar, genau wie du es hier nach Berits und Herberts Verschwinden inszeniert hast. Der junge, zupackende Witwer, der außer sich ist vor Sorge, Angst und

Trauer. Der Himmel und Erde in Bewegung setzt, um seine Braut zu finden. Der Taucher und einen Helikopter mietet, der Suchtrupps und Fährtenleser organisiert, aber die Polizei so lange außen vor lässt, bis auch die letzte deutbare Spur der Verschwundenen niedergetrampelt ist.«

»Das ist vollkommen lächerlich!«

»Weißt du, was der Kollege, der damals hier vor Ort war, für einen Eindruck hatte? Dass sich trotz des gewaltigen Aufwands, trotz der bombastischen Suchaktion, trotz Fährtenhunden und Wahrsagerin im Grunde keiner ihrer Angehörigen für Berits Verbleib zu interessieren schien, weder du, noch ihre Familie.«

»Verleumdung!«

Gustavssons Gesicht verhärtete sich, aus Holz wurde Stein. Seine Hände, die er auf der eisernen Tischplatte abgelegt hatte, zitterten.

»Wir haben mit Kennert Östling gesprochen, ein äußerst aufschlussreiches Gespräch.«

»Kennert?«

Seine Finger spielten Tremolo auf einem unsichtbaren Klavier.

»Er hat eure Firmenfinanzen durchgesehen, einige Wochen vor der Hochzeit. Dabei hat er eine überraschende Entdeckung gemacht: Die Thurstan-Hütte war wirtschaftlich betrachtet eine tickende Zeitbombe, die euch früher oder später um die Ohren geflogen wäre.«

»Was willst du damit andeuten?«

»Dass dir Berits Verschwinden in Wirklichkeit vielleicht sehr gelegen kam, weil es dir und deiner Familie den nötigen Vorwand lieferte, sich wieder von den Thurstans zu trennen. Auch wenn du diesen Eindruck natürlich um jeden Preis vermeiden wolltest.«

En svensk tiger.

Gustavsson schwieg. Sein Blick war unstet, fast panisch. Wie eine Raubkatze in einem Käfig, dachte Nyström.

7

Stina Forss hatte am späten Nachmittag des Vortags versucht, Bruno Lundberg erneut zu erreichen. Erfolglos. Vielleicht hatte es an der Zeitverschiebung gelegen, in Singapur war es sieben Stunden später als in Växjö, womöglich hatte Lundberg bereits geschlafen. Nun hatte sie mehr Glück. Der Manager machte aus seinem Missmut keinen Hehl und blickte finster in die Kamera seines Laptops. Miese Laune in HD, dachte Forss, nicht die schlechteste Ausgangslage für das Gespräch. Sie setzte ihr Schulmädchenlächeln auf. Soweit das mit einer Augenklappe möglich war.

»Im Leben sieht man sich immer zweimal.«

»Was gibt es denn jetzt schon wieder?«

»Die Persbrandts lassen grüßen, Olof arbeitet an seinem Handicap, und Hans-Christer rät dazu, in Holz zu investieren. Ich denke, ich werde mein Aktienportfolio etwas umsortieren.«

»Was haben die beiden mit Berit zu tun?«, fragte Lundberg unwirsch.

»Sie waren damals auf der Hochzeitsfeier«, antwortete Forss zuckersüß. »Und weißt du was? Ihr Erinnerungsvermögen ist mindestens genauso beeindruckend wie ihre Golfperformance oder Anlegestrategie.«

»Was soll das heißen?«

»Als wüsstest du das nicht.«

Lundberg zuckte demonstrativ mit den Achseln.

»Ich werde dieses Gespräch jetzt beenden.«

»Gern. Wir erwarten dich sowieso zu einem persönlichen Verhör in der Firmenzentrale in Nynäshamn.«

Lundberg lachte auf.

»Das glaube ich wohl kaum.«

»Innerhalb von achtundvierzig Stunden.«

»Liegt ein internationaler Haftbefehl gegen mich vor?«

Er gab sich keine Mühe, seinen Sarkasmus zu verstecken.

»Noch nicht, das kann sich aber schnell ändern. Alles eine Frage der Kooperation.«

»Das ist doch vollkommen lächerlich.«

»Ich sehe die Schlagzeilen schon vor mir: *Gustavssons-Manager am Flughafen festgenommen, Aktienkurs fällt.*«

»So ein Blödsinn. Warum, um alles in der Welt, solch ein Aufwand? Weil Berit und ich irgendwann einmal ein lockeres Verhältnis hatten?«

»Am Hochzeitsabend selbst, Bruno«, Forss wedelte mahnend mit dem Zeigefinger, »du böser, böser Junge.«

»Was für eine dreiste Unterstellung!«

»Ach wirklich?« Forss streckte der Webcam ihre zur Faust geballte Hand entgegen. Den Daumen steckte sie zwischen Zeige- und Mittelfinger. »Du hast achtundvierzig Stunden, *Reinstecke-Fuchs.*«

8

Lasse Knutssons Ohr brannte. Seit einer geschlagenen Dreiviertelstunde hing er nun in der Warteschleife des Mobilfunkunternehmens und lauschte derselben, grenzdebilen Fahrstuhlmelodie, immer wieder unterbrochen von denselben, grenzdebilen Ansagen.

Unsere Mitarbeiter freuen sich auf deinen Anruf.

Gleich bist du an der Reihe.

Hast du Vorschläge, wie wir unseren Service noch weiter verbessern können?

Oh ja, er hatte da eine ganze Reihe an Vorschlägen. Eine kundenfreundliche Servicehotline mit kurzen Wartezeiten zum Beispiel. Oder, noch besser, eine eigene Durchwahl für ermittelnde Kriminalpolizisten. Und auf jeden Fall eine andere Melodie. Irgendwann platzte ihm der Kragen, und er legte entnervt auf. Im selben Moment bereute er das. Vielleicht wäre er im nächsten Augenblick endlich an der Reihe gewesen? Nun musste er wieder ganz von vorn beginnen. Was für eine Verschwendung von Arbeitszeit! Dabei ging es um eine banale Auskunft. Kalle Kvist hatte die Telefonnummer preisgegeben, von der aus er seine Anweisungen für den vorgetäuschten Herzinfarkt erhalten hatte. Delgados Blitzrecherche im Netz hatte ergeben, dass die Vorwahl einem kleinen, relativ neuen Mobilfunkanbieter zuzuordnen war. Doch bis zu einem Ansprechpartner vorzudringen war schwieriger, als in Fort Knox einzubrechen, dachte Knutsson. Dann fiel ihm etwas ein. Bei seinem letzten Besuch im Einkaufszentrum war er an einer frisch eröffneten Boutique und dazugehörigem Werbestand des Unternehmens vorbeigegangen. Wahrscheinlich hätte er davon keine Notiz genommen, wenn ihn nicht ein pickliger Halbstarker von der

Seite angequatscht und ihm einen neuen *individuell optimierten* Handyvertrag aufzudrängen versucht hätte. Warum es also kompliziert machen, wenn es auch einfach ging? In der Shopping Mall funktionierte wenigstens die Klimaanlage. Also machte er sich auf den Weg. Mit dem Wagen brauchte er von Tür zu Tür keine zehn Minuten. Als er an dem Café hinter den Supermarktkassen vorbeischlenderte, entdeckte er Petter Thurstan. Der Mann saß an demselben Tisch, an dem sie sich vor zwei Tagen unterhalten hatten. Knutsson hielt inne. Ein kurzer Plausch, ein Kaffee auf die Schnelle? Warum nicht? Schließlich hatten sie Thurstan noch nicht aus dem Kreis der Verdächtigen ausgeschlossen, also konnte es nicht schaden, ihm noch einmal auf den Zahn zu fühlen. Er winkte Thurstan zu und erstand am Selbstbedienungstresen einen Kaffee sowie aus einem plötzlichen Impuls heraus eine Punschrolle. Sicher, die giftgrünen Farbstoffe hatte es in der Steinzeit genauso wenig gegeben wie die Schokolade, den raffinierten Zucker oder die Konservierungsstoffe, aber das galt genau genommen für den Kaffee ebenso. Zumindest war eine Punschrolle klein. Wenn er sie mit Thurstan teilte, war sein Stück sogar so winzig, dass es wirklich nicht ins Gewicht fiel. Mit einem Tablett und kaum zu zügelnder Vorfreude auf das Süßgebäck setzte er sich zu dem Mann an den Tisch. Der war gerade damit beschäftigt, das Kreuzworträtsel der Lokalzeitung zu lösen.

»Fisch mit drei Buchstaben?«, fragte er statt einer Begrüßung.

»Aal«, antwortete Knutsson und musste an die verwahrloste Fischerhütte auf Österö denken. An den alten Champagnerkorken. »Halbe Punschrolle gefällig?«

Thurstan legte die Zeitung zur Seite.

»Nein, danke, ich versuche gerade ein wenig auf meine Gesundheit zu achten. Der Blutdruck, sagt die Ärztin. Wahrscheinlich weil ich den ganzen Tag nur hier herumsitze und Kaffee trinke.« Er lachte und nickte in Richtung der Kassen. »Was tut man nicht alles für die Liebe?«

Richtig, die rothaarige Kassiererin, Knutsson erinnerte sich. Vor seinem inneren Auge tauchte Lisa auf. Die Mühe, die sie sich mit den Paleo-Rezepten gab. Schuldbewusst schob er die Punschrolle zur Seite.

»Du hast recht, pures Gift, wenn man genauer drüber nachdenkt«, sagte er.

»Etwas Neues von Berit?«, fragte Thurstan. Knutsson spürte, dass er sich Mühe gab, unverfänglich zu klingen, auch wenn es sichtbar in ihm arbeitete. »Habt ihr Gunnar weiter unter die Lupe genommen?«

»Wir arbeiten so sorgfältig, wie es eben möglich ist, und ermitteln in alle Richtungen«, wich Knutsson aus. »Aber es ist ehrlich gesagt nicht einfach. Annähernd fünfzig Jahre sind eine lange Zeit.«

»Mehr als ein halbes Leben.«

Thurstans Adamsapfel tanzte auf und ab.

»Mehr als ein halbes Leben«, stimmte Knutsson zu. »Was machen die Portugalpläne?«

»Wenn ich nicht gerade hier meine Zeit vergeude, bin ich zu Hause und sortiere alten Kram aus. Wir verkleinern uns schließlich auf Wohnwagengröße. Unglaublich, wie viel überflüssiges Zeug und Nippes man im Laufe der Jahre ansammelt. Da unten braucht man zum Glücklichsein nicht mehr als eine Badehose und einen ordentlichen Grill.« Thurstans Auswandererfantasie schien also tatsächlich konkret zu sein. »Übernächsten Monat sind wir hier weg, das habe ich Marianne versprochen.«

Vorausgesetzt, dass die Ermittlung bis dahin abgeschlossen ist, dachte Knutsson, oder bis wir dich zumindest als Verdächtigen aussortiert haben. Dann fiel ihm etwas ein.

»Es war doch deine Mutter, die damals die Polizei über Berits und Herberts Verschwinden informiert hat, nicht wahr?«

Thurstan nickte.

»Sie war ganz krank vor Sorge, Vater natürlich ebenfalls, auch wenn er versucht hat, das nicht zu zeigen. Mutter wollte vom ersten Tag an eine Vermisstenanzeige aufgeben, doch Gunnar hat immer wieder beschwichtigend auf sie eingeredet. Ich weiß nicht, warum sie sich so lange hat hinhalten lassen, es war ein einziges Durcheinander in diesen Tagen, niemand hat vernünftig geschlafen oder gegessen, alles ging drunter und drüber, eine Stimmung zwischen Panik und Hysterie. Wer weiß, was geschehen wäre, wenn wir nicht auf Gunnar gehört, sondern sofort die Polizei eingeschaltet hätten? Ich glaube bis heute nicht, dass sie noch am Leben war, aber vielleicht hätte man irgendwelche Hinweise gefunden. Manchmal denke ich, dass Gunnar diese vermaledeite Woche genutzt hat, um alle Spuren zu verwischen.«

»Trotz der nachvollziehbaren Sorge und der Angst, die du beschreibst, kam es dem damals ermittelnden Kollegen so vor, als ob sich keiner der Angehörigen ernsthaft um Berits Verbleib kümmern würde.«

»War das so?« Thurstan nippte grüblerisch an seinem Kaffee. »Es stimmt schon, nachdem die Polizei endlich eingeschaltet war, ist die Stimmung in der Familie irgendwie gekippt. Mutter wirkte plötzlich merkwürdig entrückt, mitunter geradezu euphorisiert. Einmal habe ich sie spätabends lachend vor dem Fernseher gefunden, dabei lief der Wetterbericht. Ein anderes Mal hat sie sich in Unterwäsche an den Frühstückstisch gesetzt und singend eine Flasche Wein geöffnet. Im Nachhinein glaube ich, dass sie eine Psychose oder so etwas hatte, aber das hat damals natürlich niemand so benannt. Der Arzt hat ihr starke Beruhigungsmittel verschrieben und zwei Jahre später ist sie dann ja auch schon von uns gegangen. Vater ist noch stiller geworden, als er vorher schon war, er hat sich mehr und mehr in sich zurückgezogen. Berits Verschwinden, der wirtschaftliche Abstieg der Firma, später Mutters Tod, ich denke, das war alles zu viel für ihn, er war kraftlos, am Ende, anders kann ich mir auch nicht erklären, warum er mir die Zügel in die Hand gegeben und die Verantwortung über den Betrieb überlassen hat. Ich war ja noch ein Jüngling, eher Handwerker als Geschäftsmann. Und die Folgen, nun ja, kennt schließlich jeder.« Er stöhnte. »Ich habe es vermasselt.«

Knutsson fragte sich, ob Petter Thurstan von der Wirtschaftsprüfung Kennert Östlings gewusst hatte. War ihm klar gewesen, dass er das Steuerrad auf einem zum Sinken verurteilten Schiff übernommen hatte? Wahrscheinlich nicht. Knutsson entschied, die Information zunächst für sich zu behalten. Er wollte Thurstans Hass auf Gustavsson nicht noch zusätzlich befeuern. Wer weiß, zu welcher Dummheit sich der Mann ansonsten hinreißen ließ. Berit war tot, die familieneigene Glashütte seit Jahrzehnten Geschichte, daran ließ sich nichts mehr ändern. Vielleicht war dem Mann ein glücklicher Lebensabend in Portugal vergönnt.

Er bedankte sich und stand mit seinem Tablett in der Hand auf.

»Die Punschrolle lasse ich hier liegen, vielleicht überlegst du es dir ja noch.«

9

Anderthalb Stunden später rief der Mann vom Finanzamt zurück. Hugo Delgado hatte sich die Wartezeit inzwischen mit der Recherche zu *Gustavssons* Unternehmensgeschichte vertrieben. Es gab tatsächlich Informationen zu *Madame Fleur,* es war der Firmenname einer sogenannten *Agentur für Abendunterhaltung* gewesen. Besitz und Geschäftsführung hatten in der Hand einer Person gelegen, Alice Furuholm, wohnhaft in Stockholm. Das Kleinunternehmen war von 1967 bis 1975 registriert gewesen. Viel mehr musste Delgado nicht wissen. Er bat den Mann, ihm die Personenangaben Furuholms per E-Mail zu schicken und bedankte sich. Einige Minuten später hatte er die gescannten Unterlagen auf seinem Monitor. Er loggte sich ins Melderegister ein und tippte Alice Furuholms Personalnummer ins Suchfeld. Es folgte Ernüchterung: Die Frau war 1999 im Alter von zweiundachtzig Jahren verstorben. Hatte ihn der ganze Aufwand in eine weitere Sackgasse geführt? Seine Finger flogen über die Tastatur. Alice Furuholm war nie verheiratet gewesen, aber sie hatte in jungen Jahren zwei Kinder bekommen, Ing-Marie und Dagmar. Immerhin ein Hoffnungsschimmer. Delgado tippte weiter. Die ältere Tochter, Jahrgang 1938, war als Ing-Marie Nilsson vor sechs Jahren verstorben, kinderlos. Die jüngere, Dagmar Falk, geboren 1940, hatte vor fünf Monaten den Löffel abgegeben. Delgado ballte die Hand zur Faust. Er fühlte sich wie der Hase im Rennen mit dem Igel. Immer drei Schritte hinterher. Trotzdem tippte er weiter. Auch Dagmars Mann, Rune Falk, war seit Jahren tot. Zumindest hatten die beiden vier Kinder hinterlassen, drei Jungen und ein Mädchen, inzwischen alle über fünfzig, wie Delgado nachrechnete. Drei Falks und eine Lennartsson, wohnhaft in Gävle, Karlstad, Lund und einem Kaff östlich von Kalix, sprich über das ganze Land verteilt. Ich sollte Ahnenforscher werden, dachte Delgado und griff seufzend zum Telefonhörer.

10

Ingrid Nyström und Gunnar Gustavsson starrten sich an. Es war ein lautloses Kräftemessen. Ich habe dich, dachte Nyström, ich habe dich festgenagelt, und gleich brichst du ein. Weil du ein alter Mann bist und ich eine starke, vitale Frau. Die in der vergangenen Nacht ... Ihr Handy summte. Warum ausgerechnet jetzt? Der angespannte Moment war vorüber. Verärgert blickte sie aufs Display. Es war Bo Örkenrud. Sie nahm das Gespräch an, der Chef der Spurensicherung würde sich nicht melden, wenn es nicht wichtig wäre.

»Ja?«

Sie klang gereizter, als sie es beabsichtigt hatte.

»Es gibt Ergebnisse aus Linköping, Ingrid, und ich fürchte, sie werden dir nicht gefallen.«

»Spann mich nicht auf die Folter.«

»Wie Ann-Vivika richtig vermutet hat, gehören die Knochen einer jungen Frau, zum Todeszeitpunkt etwa zwanzig Jahre alt. Sie ist seit vierzig bis fünfzig Jahren tot, genauer wollten sich die Kollegen aus dem kriminaltechnischen Labor nicht festlegen. Sicher sind sie sich dagegen, dass der Leichnam nicht begraben worden ist, zumindest nicht über einen längeren Zeitraum. Ebenfalls konnten sie ausschließen, dass es sich um eine Wasserleiche handelt. Der Körper der Toten ist also an der freien Luft verwest, was ungewöhnlich ist. Normalerweise werden solche Leichen, die derart lange ungeschützt den Natureinflüssen, vor allem Tieren, ausgesetzt sind, so gut wie nie vollständig geborgen. Mit hoher Wahrscheinlichkeit trug der Leichnam die ganze Zeit über das Kleid, in dem das Skelett auch in dem Glassarg aufgebahrt worden ist, wie die chemische Analyse des Stoffs zeigt.«

»So weit, so gut«, drängte Nyström, »aber was ist mit der DNA?«

»Tja«, machte Örkenrud, »Fehlanzeige. Aus dem Weisheitszahn war kein Vergleichsmaterial mehr zu gewinnen. Selbst die Sequenzen, die aus den Knochen geborgen wurden, sind äußerst lückenhaft, was den Vergleich mit der DNA eines nahen Verwandten, zum Beispiel Petter Thurstan, im Grunde überflüssig macht. Der Sachverständige schreibt, der Aussagewert eines solchen Abgleichs würde gegen null tendieren.«

»Wie ist das möglich?«

»Das vorliegende Material ist zu alt, zu porös, zu schlecht konserviert. DNA verfällt, sie geht den Weg alles Irdischen, wenn sie nicht entsprechend geschützt ist.«

»Was ist mit dem Blut auf dem Kleid?«

»Da gilt dasselbe.«

»Verflucht!«, rutschte ihr heraus.

Gustavsson beäugte sie.

»Tut mir leid, Ingrid.«

»Ist ja nicht deine Schuld, Bo.«

Sie legte auf.

»Schlechte Neuigkeiten?«, fragte Gustavsson.

Nyström musterte ihn lange, bevor sie antwortete.

»Wie es aussieht, fehlt uns jeglicher gerichtsfeste Beweis,

dass es sich bei dem Skelett im Glassarg um die sterblichen Überreste deiner Frau handelt.«

Gustavsson wich das Blut aus dem Gesicht.

»Heißt das, es handelt sich überhaupt nicht um Berit?«

»Nein, das heißt es nicht. Aber wenn kein Wunder mehr geschieht, müssen wir wohl mit der Unsicherheit leben, dass es sich theoretisch auch um jemand anderes handeln könnte. Auch wenn alle Indizien dagegensprechen.«

»Das bedeutet, sie ist womöglich irgendwo da draußen noch am Leben«, stellte Gustavsson fest. Er hatte dabei einen Gesichtsausdruck, den Nyström nicht zu deuten vermochte.

11

Bruno Lundbergs Inszenierung als Steve-Jobs-Verschnitt. Dan und Gullvis demonstrative Bodenständigkeit. Ihre rührenden Erinnungen an die Hochzeitsfeier. Die verdammte Torte mit den selbst gepflückten Johannisbeeren. Etwas ging von den drei Geschwistern aus, es war schwer zu beschreiben, aber es irritierte Stina Forss. Eine unterschwellige Botschaft, ein Grundrauschen, das sie zwar noch nicht deuten konnte, aber ein kontinuierliches Jucken ihrer Hirnhaut provozierte. Sie war sich sicher, dass Bruno Lundberg die Frist einhalten, und innerhalb von zwei Tagen in Nynäshamn auftauchen würde. Eine von Schlagzeilen begleitete Vorladung wollte er mit Sicherheit vermeiden. Sie hatte den Ort bewusst gewählt. Alle drei Lundbergs versammelt in der Firmenzentrale der *Gustavssons Glas AB,* dort wo sie schalteten und walteten und sich wahrscheinlich wohlfühlten wie der sprichwörtliche Fisch im Wasser. Vielleicht würde in dieser Umgebung, die sie als sicher und natürlich empfanden, am ehesten das von ihnen abfallen, was Forss als Maskerade, als Schauspiel empfand. Oder tat sie der Familie Unrecht? Verzerrte ihre persönliche Antipathie womöglich einen objektiveren Blick auf die Dinge? Gab sie ihren Gefühlen in dieser Ermittlung zu viel Raum, weil sie sich selbst in einer emotionalen Ausnahmesituation befand?

Nein, entschied sie mit Bestimmtheit. Sie befand sich in einer emotionalen Ausnahmesituation, seit sie ein Kind war. Seit ihr Vater ... Auf ihren Instinkt hatte sie sich immer verlassen können. Er hatte sie zu einer fähigen Polizistin gemacht.

Das Anwesen der Lundbergs in Emmamåla döste träge in der Nachmittagssonne. In der Auffahrt standen keine Autos, auch sonst deutete nichts darauf hin, dass jemand zu Hause war. Sicherheitshalber klingelte Forss mehrere Male. Im Haus rührte sich nichts. Es war so, wie sie gehofft hatte. Sie umrundete das Gebäude und betrat den gepflegten Garten. So selten wie die Lundbergs ihren Aussagen nach hier waren, mussten sie bezahlte Helfer haben, die die Grünanlagen regelmäßig pflegten. Der Rasen war so akkurat geschnitten, wie es sich für Golfenthusiasten wahrscheinlich gehörte. Doch auch von Gärtnern war nichts zu sehen. Forss trat auf die Terrasse. Ihre Erinnerung hatte sie nicht getrogen, die Verandatür war mit einem gängigen Profilzylinderschloss gesichert, nichts, was ihren speziellen Werkzeugen länger als zwei Minuten standhalten würde. Die sorgfältig beschnittenen Hecken und der imposante, alte Baumbestand schützten sie vor neugierigen Blicken. Von einer Alarmanlage keine Spur. Forss ließ sich auf die Knie nieder, dehnte ihre Finger und machte sich mit ihren *picks* an die Arbeit. Keine Frage, das, was sie gerade tat, war weder legal noch würde es Nyströms Zustimmung finden. Doch das eine scherte sie so wenig wie das andere. Was sie wollte, waren Ergebnisse. Fünfundvierzig Sekunden später sprang das Schloss auf, und die Tür stand offen. Sie trat in das Wohnzimmer, das sie bei ihrem ersten Besuch zusammen mit Nyström durchschritten hatte. Dieses Mal konzentrierte sie sich auf die Details anstatt auf Dan und Gullvi, die sie vor einigen Tagen empfangen hatten. Sofa, Sessel, Couchtisch, Lampen, allesamt nordische Designklassiker, weitestgehend Originale aus den Sechzigerjahren, soweit sie das beurteilen konnte. Die Lundbergs waren offenbar schon seit vielen Jahrzehnten wohlhabend, bei der Familiengeschichte keine Überraschung. An den Wänden hingen Ölgemälde und Stiche, die die alten Produktionshallen in verschiedenen Zeiten zeigten. Von einer schlichten Holzbaracke bis zur geziegelten Glashütte aus den Fünfzigerjahren. Forss sah sich weiter um, in der Küche, im Esszimmer, im Flur, im Gäste-WC. Am interessantesten erschien ihr ein Arbeitszimmer. Auf einem Schreibtisch thronten eine elektrische Schreib- und eine Rechenmaschine, Relikte einer vergangenen Epoche. An der Wand ein Kalender von 1984. Regale voller Aktenordner. Ein Metallschrank mit Hängeregister. Wahllos griff sie nach Unterlagen und blätterte sie durch. Seiten um Seiten Zahlenkolonnen, wenn sie es richtig verstand, hielt sie den Jahresbericht der *Lundberg Glas AB* von 1951 in den Händen. Kurz erwog sie, nach den entsprechenden Kalkulationen aus den frühen Siebzigerjahren zu suchen, doch dann verwarf sie die Idee wieder. Wenn es in den Unterlagen irgendetwas gab, das mit dem Fall zu tun hatte, würde es einen erfahrenen Wirtschaftsprüfer wie Kennert Östling brauchen, um es zu finden. Dieses Material konnte sie ohne Durchsuchungsbefehl nicht mitnehmen und weiterreichen. Ihre Mission war anderer Natur. Im Erdgeschoss fand sie ansonsten nichts, was ihre Aufmerksamkeit erregt hätte. Sie ging die Treppe hinauf in den ersten Stock, wo sie die Privaträume der Geschwister vermutete. Namensschilder gab es an den Türen natürlich keine, dennoch hatte Forss eine Ahnung, wessen Zimmer sie gerade als Erstes betrat. Die Steve-Jobs-Biografie auf dem Nachttisch sprach Bände. Sie musste lächeln, trat näher heran und schlug das Buch auf. Das Lesezeichen steckte auf Seite zwölf. Da hatte sich ja jemand ganz tief in die Lektüre eingelesen. Sie legte das Buch wieder zurück. Des Weiteren stand auf dem Nachttisch eine Glasschale, in der sich eine Armbanduhr, Manschettenknöpfe und ein Handyladekabel befanden. Sie öffnete die Nachttischschublade. Ein asiatisches Sexmagazin, eine Dose Kautabak, eine Medaille *Manager des Jahres 2009, dritter Platz,* ein signierter Eishockeypuck, Lutschpastillen. Sie blätterte in dem Pornoheft. Schulmädchenoptik und Manga-Look. Auch wenn die Fotomodelle vielleicht volljährig waren, mochte es hier jemand ziemlich jung. Womöglich war aus dem *Reinstecke-Fuchs* längst ein einsamer alter Onanierer geworden. Sie schloss die Schublade wieder. Auf einem Wandregal stand eine kleine Sammlung antiquarisches Blechspielzeug, ansonsten war das Zimmer karg, mehr Mönchszelle als Managerresidenz. Im Kleiderschrank hingen zwei einsame Hemden und ein dünner Ledergürtel. Forss vermutete, dass Bruno Lundberg dieses Zimmer sehr selten nutzte.

Der nächste Raum: Tapete in altrosa, Doppelbett, eine Kommode mit Schminkspiegel und voller Kosmetik. Ohne Frage Gullvis Raum. Sie hatte deutlich mehr Reminiszenzen an ihre Kindheit und Jugendzeit bewahrt als ihr älterer Bruder. Auf der Fensterbank saßen Puppen und Teddybären vor einem winzigen Teeservice. An der Wand zwei gerahmte Poster von den Bee Gees. Darunter, auf einem Beistelltisch, ein altmodischer Plattenspieler und einige Singles:

ABBA, Gärdestad, Barclay James Harvest und immer wieder die Bee Gees. Die Businessfrau bewahrte sich in ihrem Elternhaus also eine rosarote Seifenblase der Vergangenheit. Kompensation für das taffe Geschäftsleben? Die Nachttische links und rechts des Betts gaben wenig her. Ein alter Fußballtippschein auf der einen Seite, brauner Nagellack und eine Antifaltencreme, sowie ein Prospekt der *Persbrandt Skog AB* auf der anderen. Forss blätterte die Hochglanzbroschüre durch. »Nachhaltige Investitionen in Wald und Holz, traumhafte Renditen«. Wahrscheinlich hatten die Persbrandtbrüder ihre Golffreundin so lange beschwatzt, bis sich Gullvi tatsächlich für die Branche zu interessieren begonnen hatte. Oder sie hatte den Prospekt aus reiner Höflichkeit mitgenommen. Übrig blieb das Zimmer von Dan. Ebenfalls ein Doppelbett, diesmal Satinbettwäsche statt Baumwolle. Darüber eine große Aktfotografie in Schwarz-Weiß. Raffiniert ausgeleuchtet, geschmackvoll inszeniert. Ein vages Wiedererkennen, seine Frau in jungen Jahren? Die Nachttischschubladen bargen ein ganzes Arsenal an buntem Sexspielzeug, dazu Gleitcremes und Tablettenstreifen: *Cialis, Levitra, Viagra.* Potenzpillen. Offenbar gab sich das Ehepaar Mühe, die Sexualität im Alter lebendig zu halten. Forss musste schlucken. Sie war Ende dreißig und hatte seit dem Tod Kent Vargens mit niemandem mehr geschlafen. Das war Ewigkeiten her. Dann korrigierte sie sich. Von wegen Kent Vargen. Er hatte in Wirklichkeit Jonas Söderqvist geheißen. Den fremden Namen auch nur zu denken, fiel ihr schwer.

Darüber hinaus gab das Zimmer wenig her. Ein Schreibtisch bedeckt mit Wirtschaftsmagazinen, das Foto einer Segeljacht, ein Bücherregal voller in die Jahre gekommener Belletristik: Der unvermeidliche *Medicus, Der Name der Rose,* Henning Mankell. Forss nahm *Fräulein Smillas Gespür für Schnee* in die Hand, als Teenager hatte sie den Peter-

Høeg-Roman geliebt. Dann griff sie nach einem leinengebundenen Wälzer, dessen Beschriftung so verblichen war, dass man den Titel kaum lesen konnte. In dem Moment, in dem sie das schwere Buch aus dem Regal zog, purzelten drei andere Bücher hinterher, offenbar hatte der zehn Zentimeter dicke Schinken, den sie nun in der linken Hand balancierte und der sich als schwedisch-französisches Wörterbuch entpuppte, wie eine Art Stütze für die anderen Bücher auf dem Regalbrett gewirkt. Sie legte *Fräulein Smilla* und das Wörterbuchungetüm zur Seite und bückte sich nach den heruntergefallenen Exemplaren. Aus einem Buch lugte eine Ecke Papier. Ein vergessenes Lesezeichen? Sie zog es heraus. Ihr Puls beschleunigte unmittelbar, ihre Kopfhaut kribbelte. Ein kleines Blatt Papier, aus einem Aquarellblock gerissen. Der nackte Mann auf der kolorierten Zeichnung war jung, zwanzig Jahre alt vielleicht. Dennoch erkannte sie ihn, der Blick seiner eisblauen Augen verriet ihn. Es war zweifellos Gunnar Gustavsson. Die geschickt ausgeführte Skizze war nicht signiert. Forss drehte das Blatt um. Auf der Rückseite klebte das Etikett einer Champagnerflasche. *Dom Pérignon* las sie.

12

Im neu eröffneten Shop des Mobilfunkunternehmens hielten sich mindestens zehn Kunden auf, wahrscheinlich lag das an der Rabattaktion, die mit großformatigen Plakaten und mintfarbenen Luftballons beworben wurde. Lasse Knutsson konnte es trotzdem nicht nachvollziehen: Draußen herrschte Jahrhundertwetter und was taten die Leute? Sie gingen shoppen, anstatt ihre Ferientage an einem Badesee, beim Wandern, auf einer Fahrradtour, oder, was natürlich das Klügste gewesen wäre, mit Angeln zu verbringen. Kopfschüttelnd zog er notgedrungen einen Nummernzettel aus einem Apparat, der die Reihenfolge der Bedienung regeln sollte, und machte sich auf eine enervierende Wartezeit gefasst. Nachdem er einen Blick auf die ausgestellten Handymodelle geworfen hatte, die in seinen Augen alle mehr oder weniger gleich aussahen, beobachtete er die beiden jungen Verkäufer, die an Stehtischen in Kundengespräche vertieft waren und dabei auf ihren Tablets herumwischten. Die Jungen, die identische mintfarbene Poloshirts mit eingesticktem Firmenlogo trugen, wirkten angesichts ihres Alters, das Knutsson auf sechzehn oder siebzehn schätzte – wahrscheinlich Ferienaushilfskräfte –, erstaunlich abgeklärt. Kein Wunder, überlegte er, es handelte sich um die erste Generation, die von klein auf mit Smartphones aufgewachsen war. Die Beratungs- oder Kaufgespräche dauerten eine gefühlte Ewigkeit. Nach einer Viertelstunde, in der gerade einmal zwei Kunden abgefertigt worden waren, riss sein Geduldsfaden. Er räusperte sich vernehmlich, holte seinen Dienstausweis heraus, wedelte damit herum und drängte seinen massigen Körper zwischen die Frau, die nun eigentlich an der Reihe gewesen wäre und den Verkäufer, der einen Tick reifer wirkte als sein pickeliger Kollege.

Der junge Mann lächelte ihn zuvorkommend an. Knutsson blickte auf das Namensschild.

»Hallo, Achmed.«

»Wie kann ich der Polizei helfen? Geht es um die gestohlenen Handys, die wir vergangene Woche gemeldet haben?«

Knutsson schüttelte den Kopf.

»Es geht um diese Mobilfunknummer.« Er schob einen Notizzettel über den Tisch. »Todernste Geschichte. Mordermittlung. Wir sind auf deine Hilfe dringend angewiesen.«

Der Junge zog eine nachdenkliche Schnute.

»Ich weiß gar nicht, ob ich die Nummer einfach so …«

Knutsson verdrehte die Augen. Er hatte schon viel zu viel Zeit mit dieser Geschichte verplempert. Höchste Zeit, etwas Tempo zu machen. »Wie ich schon sagte, es geht mutmaßlich um Mord. Die Behinderung einer solchen Ermittlung ist keine Kleinigkeit und wird mit empfindlichen Strafen geahndet.«

Knutsson spürte die neugierigen Blicke in seinem Rücken.

Achmed schluckte.

»Ja, wenn das so ist.«

Er nahm den Notizzettel und begann damit, etwas in seinen Tabletrechner einzugeben.

»Ich brauche den Besitzer der Nummer, eine Auflistung aller Gespräche und eine Ortung, wenn das möglich ist«, fügte Knutsson an.

»Stopp!«, rief eine Stimme hinter ihm. »Halt!«

Knutsson drehte sich verwundert um.

Ein Mann in Shorts trat neben ihn an den Tisch, aus einem nicht ersichtlichen Grund trug er einen Fahrradhelm auf dem Kopf.

Achmed hielt erschrocken inne.

»Wie bitte?«, knurrte Knutsson.

»So einfach geht das nicht! Hast du überhaupt einen Durchsuchungsbescheid?«, fragte der Fahrradhelmträger in einer Lautstärke, die sicherstellte, dass alle Anwesenden jedes Wort mitbekamen. »Es gibt verfassungsmäßige Rechte! Der Polizeistaat kann nicht ohne jedes Verdachtsmoment unsere privaten Daten einsehen! Da muss man sich wehren! Das dürfen wir auf keinen Fall unwidersprochen hinnehmen!«

Achmeds Blick flog zwischen Knutsson und dem Fahrradhelm hin und her.

Die Umstehenden waren näher gekommen, um nichts von dem Schauspiel zu verpassen.

»Was denn jetzt?«, fragte Achmed verunsichert.

»Weitermachen!«, befahl Knutsson, wandte sich dem Störenfried zu und legte dem spindeldürren Knilch seine Pranke auf die Schulter. »Und du, mein Freundchen, hörst auf der Stelle auf, hier so einen gequirlten Blödsinn zu verzapfen!«

»Hilfe, Polizeigewalt!«, krähte der Kerl.

Eine junge Kundin hatte ihr Handy gezückt und begann, das Geschehen zu filmen. Knutsson trat Schweiß auf die Stirn. Die ganze Sache lief überhaupt nicht so, wie er sich das vorgestellt hatte. Schnell nahm er seine Hand von der Schulter des Männleins. Das Letzte, was er gebrauchen konnte, war, dass die Dinge aus dem Ruder liefen. Vor nicht allzu langer Zeit war er wegen einer Dummheit zeitweise in eine andere Abteilung versetzt worden, bei einem weiteren Ausrutscher würde er mit einer Suspendierung rechnen müssen, das hatte ihm Edman eindrücklich klargemacht.

»Holt den Sicherheitsdienst!«, rief die Nervensäge, »leistet zivilen Ungehorsam!«

Niemand aus der Menge regte sich, stattdessen wurden weitere Smartphones gezückt und dem Mann zoomend vors Gesicht gehalten, das mittlerweile eine ungesunde Rotfärbung angenommen hatte.

»Stopp, hört auf damit, das dürft ihr nicht, ich habe ein Recht an meinem eigenen Bild!« Der Mann versuchte mit einem Arm unbeholfen sein Gesicht abzuschirmen, mit dem anderen zerrte er an Knutsson herum. »Hier werden gerade Straftaten begangen, tu doch was! Warum greift die Polizei nicht ein, wenn man sie braucht?«

Knutsson machte sich los. Er spürte, dass er die Leute in

dem Laden nun auf seiner Seite hatte und nutzte das Momentum.

»In einem Handyladen dürfen die Leute ja wohl noch ihre Handys ausprobieren, oder nicht?«, rief er triumphierend.

Eine Frau kicherte, ein Junge lachte, zwei Männer grinsten, die meisten schüttelten peinlich berührt den Kopf.

Der Fahrradhelm stürmte wutschnaubend aus dem Laden.

Achmed wirkte erleichtert. Im Flüsterton wandte er sich Knutsson zu.

»Ich glaube, ich habe da was. Leider nicht den Namen des Besitzers, denn es handelt sich nicht um eine Vertragsnummer, sondern um eine anonyme Prepaidkarte, sorry. Dafür kannst du hier den aktuellen Standort sehen. Oft ist die GSM-Ortung nach einer Sim-Karte nicht so genau wie das GPS eines Smartphones, aber in diesem Fall scheinst du Glück zu haben.«

Er hielt Knutsson das Tablet entgegen. Der stilisierte blinkende Pfeil auf der Landkarte zeigte auf eine Adresse in Rödahult.

»Der gottverdammte, alte Bastard!«, murmelte Knutsson und kraulte seinen Bart.

13

Hugo Delgado war es im Verlauf des Nachmittags gelungen, drei der vier Enkel von Alice Furuholm telefonisch zu erreichen. Von der ehemaligen Tätigkeit ihrer Großmutter wussten sie nichts, oder, was ihm wahrscheinlicher erschien, wollten sie nichts wissen. Wer konnte es ihnen verdenken, dachte Delgado, kaum jemand gab wohl gerne zu, eine, nun ja, Zuhälterin in der Verwandtschaft zu haben, auch wenn sie seit zwei Jahrzehnten tot war. Als Letztes versuchte er es beim verbliebenen Enkel, Torbjörn Falk, in Karlstad. Delgado spürte sofort, dass der Mann keine so ausgeprägte Abwehrhaltung hatte wie seine Geschwister, im Gegenteil, kaum war die Sprache auf seine Großmutter gekommen, schien sich etwas in Falk zu öffnen, offenbar verband er mit seiner Oma schöne Erinnerungen, er geriet ins Plaudern, ja, er schwärmte geradezu.

»Alice hatte es immer schon faustdick hinter den Ohren«, lachte er. »Was habe ich diese Frau verehrt! Lag wahrscheinlich daran, dass ich ihr Lieblingsenkel war. Immer hat sie mir heimlich etwas zugesteckt, hier einen Zwanziger, da einen Hunderter, Schokolade oder andere Süßigkeiten. Bestimmt stammt mein Modefimmel von ihr. Auch Jungen und Männer, die etwas auf sich halten, sollten sich mit Bedacht und Raffinesse kleiden, hat sie immer gesagt. Von ihr habe ich mein erstes Paar Seidenstrümpfe, meine erste Krawatte, meinen ersten Anzug geschenkt bekommen. Meinen Geschwistern war so etwas immer egal, die wären auch in Kartoffelsäcken herumgelaufen, diese Bauerntrampel, aber bei mir ist Alice offene Türen eingerannt. Sie war eine so stilsichere, elegante Erscheinung, selbst noch im hohen Alter. Dior, Hermès, Chanel, ihr war gerade das Beste chic genug. Ich glaube, ich habe in meinem Leben nie wieder jemanden getroffen, der mit einer solchen Selbstverständlichkeit eine Federboa tragen konnte, langärmlige Handschuhe oder Hüte. Ein Paradiesvogel, haben meine Eltern immer gesagt, und den distanzierenden Unterton nehme ich ihnen bis heute krumm. Als Kind habe ich sie leider nie so oft besuchen können, wie ich wollte, mir kam es vor, als hätte die gesamte Verwandtschaft einen Bogen um sie gemacht, wenn es irgendwie möglich war. Später, als ich älter war, bin ich dann von Gävle aus, wo ich aufgewachsen bin, allein mit dem Zug zu ihr nach Stockholm gefahren. Das waren die besten Wochenenden meiner Teenagerzeit, so seltsam das klingen mag, aber die Gleichaltrigen in meinem verschlafenen Heimatstädtchen haben mich nicht interessiert. Bei Alice dagegen: das pralle Leben! Sie hat mich immer groß ausgeführt, ins alte Stockholm der Oberklasse. Die Salons bei *Berns,* die Bar im *Grand,* die Königliche Oper, was waren das für Abende! Ich glaube, ohne sie hätte ich nie den Wunsch entwickelt, Modedesigner zu werden.«

»Hat es geklappt?«, fragte Delgado.

Wieder lachte Falk auf.

»Nein, es hat leider nur zum Versicherungsmakler gereicht. Aber ich denke noch oft an sie. Manchmal fahre ich aus reiner Nostalgie nach Stockholm, miete mich im *Grand* ein und trinke mich im Gedenken an sie durch die Cocktailkarte der Hotelbar.«

»Klingt schön, ist aber bestimmt kein ganz billiges Vergnügen«, warf Delgado ein.

»Weißt du, was das Beste ist?« Falk hatte ein sehr einnehmendes Lachen. »Sie hat mir Geld hinterlassen, genau für diesen Zweck, den *Champagnerfonds,* wie sie es augenzwinkernd nannte. Tja, auch wenn meine Geschwister es mir bis heute krummnehmen, dass sie mich als Alleinerben eingesetzt hat. Selbst meine Mutter und meine Tante haben in die Röhre geschaut. Für den Familienfrieden war das natürlich nicht gerade förderlich, aber um solche Dinge und andere Konventionen hat sich Alice nie geschert, sie hatte ihren ganz eigenen Moralkodex, und mit dem Erbe wollte sie wahrscheinlich unserer besonderen Freundschaft ein Denkmal setzen. Jedenfalls bin ich heute noch stolzer Besitzer einer

Federboa und einer beträchtlichen Haute-Couture-Sammlung. Vielleicht sollte ich eines Tages ein Oma-Alice-Museum eröffnen.«

Wieder lachte er.

Delgado war hellhörig geworden.

»Heißt das, du bewahrst bis heute ihren gesamten Besitz auf?«

»Mehr oder weniger. Einiges habe ich zugegebenermaßen verkauft, größtenteils Schmuck, anderes ist im Laufe der Jahre auf dem Sperrmüll gelandet.«

»Wie sieht es mit Geschäftsunterlagen aus?«

»Um ihre früheren Tätigkeiten hat sie immer ein großes Geheimnis gemacht. Ich habe mir natürlich ein bisschen was zusammengereimt. Die Anspielungen meiner Eltern, ihr Auftreten … Trotzdem habe ich respektiert, dass sie über bestimmte Kapitel ihres Lebens nicht sprechen wollte, daher habe ich ihre gesamten Papiere geschreddert und entsorgt.« Delgado donnerte seine Faust auf den Schreibtisch. Seine Dose Energydrink tat einen Satz, kippte um, und es ergoss sich ein Schwall klebriger Flüssigkeit auf die Tischplatte samt Computertastatur. Er unterdrückte einen Fluch. »Das Einzige, was von ihrem Berufsleben noch übrig ist, ist eins dieser altmodischen Karteikartenkarusselle. *Rolodex,* oder wie die Dinger heißen. Schreiend buntes Plastik, muss aus den Siebzigerjahren stammen. Steht als Dekorationsstück und auch ein wenig aus Nostalgie auf meinem Schreibtisch.«

»Das klingt sehr interessant«, sagte Delgado aufgeregt und wischte und tupfte die ausgelaufene Zuckerbrause geistesabwesend mit dem nächstbesten Stück Stoff, das er in die Finger bekam, von seiner Tastatur. »Könnte ich diese Rollkartei vielleicht per Kurier abholen lassen?«

»Sicher, kein Problem.«

Delgado bedankte sich und beendete euphorisiert das Gespräch. Vielleicht war er tatsächlich einen wichtigen Schritt weitergekommen. Dann betrachtete er verdutzt Anette Hultins triefende Sommerjacke in seiner Hand.

14

Ingrid Nyström saß in ihrem Büro und protokollierte den Besuch bei Gunnar Gustavsson. Da sie das Gespräch mit seiner Einwilligung aufgezeichnet hatte, eine einfache Routinetätigkeit. Schwerer fiel ihr dagegen, die Bedeutung der Vernehmung einzuordnen. Während der Unterhaltung war sie sich sicher gewesen, ihn in die Ecke gedrängt, mit der Wucht ihrer Argumente in die Knie gezwungen zu haben. Auch wenn längst nicht alles geklärt gewesen war: Die Indizien gegen Gustavsson häuften sich, das wunderschöne Liebesmärchen, was er ihnen am Anfang aufgetischt hatte, entzauberte sich immer mehr, und er hatte auf sie zwischenzeitlich den Eindruck eines Manns gemacht, der kurz vorm Einknicken gestanden hatte. Bis zu Örkenruds Anruf. Der Umstand, dass der skelettierte Leichnam nicht mit Sicherheit Berit zuzuordnen war, hatte ihn anscheinend tief erschüttert. Offenbar nagte nun sogar die Überlegung an ihm, Berit sei womöglich noch am Leben. Schloss diese Reaktion nicht aus, dass er der Mörder seiner Frau war? Denn sollte er sie tatsächlich umgebracht haben, müsste er dies doch wissen. Oder gab es ein Szenario, in dem er dachte, er habe sie ermordet, ohne jedoch die hundertprozentige Gewissheit zu haben, dass sie wirklich tot sei? Er könnte zum Beispiel Manipulationen am Ruderboot vorgenommen haben, in dem die Brautentführung vonstatten gehen sollte, und als dann Berit und Herbert spurlos verschwanden, selbstverständlich angenommen haben, dass sein tödlicher Plan aufgegangen sei, während die beiden in Wirklichkeit überlebten. War es womöglich Berit selbst, die ihm zur Ausstellungseröffnung einen Leichnam in ihrem eigenen Brautkleid geschickt hatte? Sie konnte mit Glas umgehen, die Herstellung des Sargs wäre für sie vermutlich kein Problem gewesen. Aber warum sollte sie sich ausgerechnet jetzt rächen, siebenundvierzig Jahre später? Wäre sie nicht nach einem missglückten Mordversuch an Herbert und ihr sofort zur Polizei gegangen? Und wer war die Tote im Sarg, wenn nicht Berit selbst? Schließlich hatte der Leichnam über einen langen Zeitraum hinweg in dem Hochzeitskleid gelegen. Dazu kam das Mysterium des Verwesungsprozesses an frischer Luft. Wo war die Tote, wer auch immer sie war, über einen so langen Zeitraum verwahrt gewesen? Nyström stöhnte innerlich auf. Nichts passte zusammen, nichts ergab einen Sinn. Die Energie, die sie nach der Nacht mit Göran Lindholm am Morgen verspürt hatte, schien verpufft, was sie dagegen spürte, waren Müdigkeit und ein brennendes Schuldgefühl. Wie sollte sie jemals mit Anders darüber …

In dem Moment flog ihre Bürotür auf, und Knutsson platzte atemlos herein.

»Wir haben ihn, Ingrid, wir haben den Drecksack!« Sie verstand kein Wort. Keuchend fummelte er in der Tasche seiner Angelweste herum, die er seit Tagen trotz der Hitze über seinem karierten Hemd trug, fischte sein Smartphone heraus, drückte darauf herum und hielt es Nyström vor die Nase. »Achmed und ich haben sein Telefon geortet!«

Sie starrte auf den Screenshot. Eine Stecknadel auf einer Landkarte. War das Rödahult?

»Wessen Telefon? Und wer ist Achmed?«

»Das Handy, von dem Kalle Kvist seine Anweisungen erhalten hat! Achmed arbeitet für den Mobilfunkanbieter. Ich … wir … er konnte die momentane Position exakt bestimmen! GSM-Ortung. In Rödahult! Wir haben Gunnar Gustavsson an den Eiern!«

»Die Wortwahl, Lasse«, tadelte sie, bevor sie einen genaueren Blick auf die Landkarte warf. Wenn Knutsson recht hatte, zog sich die Schlinge um den alten Mann in der Tat noch ein ganzes Stück weiter zu. Andererseits hatten zum Familienanwesen auch andere Zugang gehabt, Gunnars Bruder zum Beispiel, dessen Frau, ihre Tochter samt blasiertem Schwiegersohn und wer weiß, wer noch alles. Sie fixierte den Bildschirm. Irgendetwas … Sie blätterte hektisch in ihren Unterlagen. Die Anschrift. »Die Adresse ist falsch. Die Nadel auf der Karte stimmt nicht mit Gustavssons Adresse überein, sondern befindet sich zwei Querstraßen weiter.«

»Wie bitte?«

Nyström zeigte es ihm.

»Aber wie kann das sein?« Knutsson ließ sich in den Besucherstuhl plumpsen.

»Vielleicht eine Messungenauigkeit?«, schlug Nyström vor.

»Achmed sagt, die GSM-Ortung sei in diesem Fall so zuverlässig wie ein GPS.«

»Aber wem gehört das Handy dann?« Nyström öffnete ein Programm und tippte die Adresse ein. »Pontus und Milena Ericsson leben dort, 35 beziehungsweise 32 Jahre alt, drei Kinder. Er ist Küster, sie Kindergärtnerin.«

»Ich verstehe überhaupt nichts mehr«, schnaufte Knutsson.

15

Auf dem Weg von Emmamåla nach Hause dachte Stina über den Fund im Zimmer Dan Lundbergs nach. Eine aquarellierte Aktzeichnung Gunnar Gustavssons hatte in einer Erstausgabe von Jonas Gardells *Präriehunden* gesteckt, einem Roman aus dem Jahr 1987. Wieso verwahrte er das Bild? Wer hatte es angefertigt? Er selbst? In einem Buch, das vom wahrscheinlich bekanntesten Homosexuellen des Landes geschrieben worden war. Ein Hinweis auf Dans eigene sexuelle Orientierung? War er in Gunnar verliebt gewesen? Liebte er den Geschäftspartner immer noch? Sicher, er war seit Jahrzehnten verheiratet, aber was hieß das schon? Auch in heutigen Zeiten gab es viele Schwule, die sich nicht outeten. Forss musste an die Menge an Sexspielzeug und die Potenzpillen denken. Brauchte er womöglich diese Armada an Hilfsmitteln, um seiner Frau im Bett den Hetero vorzumachen? Oder war er einfach bisexuell? Und was sollte das Champagneretikett auf der Rückseite? Oder hatte das Bild womöglich überhaupt keine tiefer gehende Bedeutung? Vielleicht hatte er sich den Roman von Gunnar selbst geliehen, auch wenn der bärbeißige Patriarch nicht ihrer Vorstellung des durchschnittlichen Jonas-Gardell-Lesers entsprach.

Als sie die letzte Kurve zu ihrem abgelegenen Haus am See nahm, bemerkte sie das Auto in der Auffahrt. Der bordeauxfarbene Volvo kam ihr bekannt vor. Nun entdeckte sie auch die dazugehörige Fahrerin, die auf der Bank vor dem Küchenfenster Platz genommen hatte. Es war Suzanne, die Nachbarin. Forss ärgerte sich. Ließ diese Frau sie denn nie in Ruhe? Diese Suzanne *stalkte* sie ja geradezu. Wegen lächerlicher Pachtverträge. Von ihr aus konnten die Mattssons ihre Felder und Weiden jahrelang ohne Vertragsverlängerung bewirtschaften, solange sie pünktlich zahlten und sie verdammt noch mal in Ruhe ließen! Forss bremste so scharf, dass der Kies spritzte. Sie stieg aus und knallte die Autotür zu.

»Hallo«, sagte Suzanne. Nervös zupfte sie an ihrer Bluse herum. »Entschuldigung, dass ich dich hier so überfalle, aber ich denke, wir müssen reden.«

»Was ist denn los? Es tut mir ja leid, dass ich noch keine Zeit hatte, mich zurückzumelden, aber im Moment stecke ich bis zum Hals in Arbeit. Können wir wegen der Pachtverträge nicht einfach einen Termin in ein paar Wochen vereinbaren?«

»Ist etwas mit den Verträgen nicht in Ordnung?« Suzannes Unsicherheit ging abrupt in Erschrockenheit über. »Die Laufzeit geht doch noch über ein Jahr. Ich hoffe, du willst uns nicht plötzlich kündigen?«

Nun war Forss verdutzt.

»Du bist nicht wegen der Pacht hier?«

Suzanne schüttelte vehement den Kopf.

»Nein, es geht um etwas vollkommen anderes.« Sie hielt einen Moment inne. »Das heißt, irgendwie hat es doch damit zu tun. Indirekt. Mit einem der Felder.«

»Was ist denn damit nicht in Ordnung?«

»Nichts! Alles ist in Ordnung. Es ist nur so, dass wir, also, dass mein Mann Jan etwas gefunden hat.«

Warum wirkte die Frau so angespannt?

»Etwas gefunden? Auf dem Feld?«

»Genau, auf deinem Feld.«

Was sollte das Theater hier werden? Ein hirnrissiges Quiz?

»Und was soll das sein?«

Flüchtig gingen ihr Bilder von antiken Goldmünzen durch den Kopf. Oder Fliegerbomben aus dem Zweiten Weltkrieg. Aber die gab es in Schweden ja gar nicht.

»Ich denke, das Beste wäre, wenn du es dir selbst ansiehst.«

Suzanne wand sich offensichtlich in Unbehagen. Was hatte die Frau nur? Was war ihr so unangenehm?

»Kannst du mir nicht einfach sagen, worum es sich handelt?«

Suzanne sah sie an, in ihrem Blick lag etwas Flehendes.

»Es wird nicht lange dauern«, sagte sie.

Forss wurde nicht schlau aus der Situation. Irgendetwas stimmte nicht. Wurde die Nachbarin etwa von ihrem Mann geschlagen? Ging es hier um Beistand und Schutz? Aber warum sagte sie es dann nicht geradeheraus? Hatte sie sich zur Wehr gesetzt? Wartete in der Küche der Mattssons etwa Jans Leiche auf Forss?

Sie seufzte.

»Na dann«, sagte sie.

Zehn Minuten später saß sie in der besagten Küche. Jan war quietschlebendig, für seine Verhältnisse geradezu überdreht. Er summte die Melodie eines alten Sommerhits, während er ihr Limonade einschenkte. Beinahe wäre das Glas übergelaufen. Noch mehr Anzeichen für Nervosität, registrierte Forss. Worum ging es hier, verdammt noch mal?

Jan setzte sich zu Suzanne auf die Küchenbank, Forss saß ihnen gegenüber auf einem Stuhl.

Vorsichtig nippte sie an ihrer Limo.

»Also?«

Suzanne sah Jan an. Als er nicht reagierte, gab sie ihm einen Stups mit dem Ellbogen in die Seite. Endlich räusperte er sich.

»Du kennst doch das Feld östlich von hier, das sich hinter dem Birkenhain den Hang zum See hinab neigt. Wir bauen meistens Weizen darauf an, aber in diesem Jahr nur Futterklee und später Wintergetreide.«

Forss konnte mit den Begriffen Futterklee und Wintergetreide wenig anfangen, aber sie wusste, um welches Stück Land es sich handelte, und nickte.

»Vielleicht erinnerst du dich an den alten Jagdstand deines Vaters am nördlichen Rand. Man konnte von dort aus das gesamte Feld überblicken und hatte ein gutes Schussfeld. Das Feld ist im Winter vor allem bei Rotwild beliebt, bei Wildschweinen das ganze Jahr über.«

»Ich weiß, dass mein Vater gerne und viel gejagt hat.«

»Nun, der Hochstand war morsch. Ist mir schon vor Jahren aufgefallen, aber ich habe nichts unternommen, weil ich ihn selbst nicht nutze und auch nicht davon ausgegangen bin, dass du eine Verwendung für ihn hast.«

So weit, so gut, dachte Forss, aber was interessierte sie ein morscher Jagdstand?

»Was ist passiert?«

»Das alte Ding ist in sich zusammengefallen, ich habe es vergangene Woche bemerkt. Ein paar Tage später habe ich mich ans Aufräumen gemacht. Die sperrigen, faulen Bretter wären bei der nächsten Ernte nur im Weg gewesen, also habe ich sie mit dem Hänger weggeschafft.«

Forss zuckte mit den Achseln.

»Gut«, sagte sie. Verlangte Jan jetzt, dass sie sich dafür bedankte?

»Wo ich schon dabei war, für Ordnung zu sorgen, bin ich über die Stelle anschließend mit dem Pflug drüber. Um den Hochstand musste ich ja immer einen Bogen machen, da kam einiges an Fläche zusammen, die über Jahrzehnte nicht bearbeitet wurde. Der verdichtete Boden musste gelockert werden, außerdem waren da überall Feldmauslöcher. Ich bin also mit dem Pflug zugange, als es nach einer Minute kräftig rummst. Kommt öfter vor, meistens liegt es an großen Steinen. Ich steige also aus und schau mir die Sache genauer an, die Pflugscharen halten einiges aus, aber wenn sie sich doch verbiegen, wird es richtig teuer.«

Jan machte eine Pause, nippte an seiner Limonade.

»Nun sag es schon«, forderte ihn Suzanne auf.

»Da lag kein Felsbrocken im Boden, sondern ein Tresor.«

Das Kribbeln begann unter ihrer Kopfhaut und breitete sich von dort nach unten aus.

Die Mattssons sahen einander verdruckst an.

»Willst du ihn sehen? Er liegt in der Scheune.«

Forss nickte stumm.

Alle erhoben sich.

Forss folgte dem Ehepaar aus dem Haus heraus über den staubigen Hof in die Scheune. Warum um alles in der Welt hatte ihr Vater einen Tresor unter einem Jagdstand liegen? Hatte er ihn dort vergraben? Oder war der Fund womöglich noch älter? Gehörte er dem Vorbesitzer des Felds? Handelte es sich um die Beute eines ewig zurückliegenden Raubs, die versteckt und dann vergessen worden war?

Der Tresor lag auf einer schmutzigen Decke, ein kompakter Würfel aus schwarzem Metall, mit einer Kantenlänge von etwa sechzig Zentimetern. Forss sah auf den ersten Blick, dass sich jemand an der Tür zu schaffen gemacht hatte. Mit einem Brecheisen war eine Ecke der Türkante zurückgebogen worden, an einer anderen Stelle hatte jemand die Trennscheibe einer Flex angesetzt, beides wahrlich ohne einen nennenswerten Erfolg zu erzielen, sie war lange genug Polizistin, um zu wissen, dass man halbwegs taugliche Tresore auf diese Weise nicht öffnen konnte. Die Spuren der dilettantischen Öffnungsversuche waren frisch. Ohne Zweifel hatte sich Jan an dem Ding zu schaffen gemacht. Daher die Angespanntheit und Nervosität.

»Das da müssen die Schäden durch den Pflug sein«, erklärte er schnell. »Die Schar war auch völlig verkratzt.«

»Sicher«, antwortete Forss trocken.

»Was machen wir denn jetzt?«, fragte Suzanne und kaute auf ihrer Lippe herum. Die Angst, dass Forss sie beide wegen des offensichtlichen Versuchs, an den Inhalt des Panzerschranks zu kommen, zur Verantwortung ziehen würde, stand ihr auf der Stirn geschrieben.

»Ich schlage vor, Jan bringt ihn zu mir, am besten noch heute.«

Der Bauer nickte beflissen. Suzanne verbarg ihre Erleichterung hinter einem verkrampften Lächeln. Forss sah das Szenario glasklar vor sich. Jan hatte den Stahlschrank gefunden und mitgenommen. Aus einer Mischung aus Gier und Neugier, hatte er versucht an den Inhalt zu kommen. Als das missglückt war, hätte er das Ding wahrscheinlich am liebsten wieder verschwinden lassen: Was niemand weiß, macht niemanden heiß. Vermutlich war es Suzanne, die ihm ins Gewissen geredet hatte. Entweder weil sie ein besserer Mensch als ihr Mann war, oder weil sie begriffen hatte, dass es auch die Möglichkeit gab, dass Forss von dem Versteck wusste, es vielleicht sogar selbst angelegt hatte.

»Sachen gibt's, die gibt's gar nicht«, versuchte Suzanne die angespannte Situation aufzulockern. »Neulich habe ich von einer Frau gelesen, die beim Kartoffelschälen ihren Ehering verloren hatte. Zwanzig Jahre später zog sie in ihrem Garten eine Möhre aus der Erde. Und was klemmte in der Mitte der Möhre? Der verlorene Ehering! Er muss über den Kompost in den Boden gekommen sein, und die Möhre ist durch ihn hindurchgewachsen!«

»Das muss man sich mal vorstellen«, brummte ihr Mann.

»Tja«, sagte Forss und verdrehte innerlich die Augen, »die besten Geschichten schreibt das Leben selbst.«

16

Als Ingrid Nyström zum zweiten Mal an diesem Tag nach Rödahult hinausfuhr, kämpfte sie gegen Müdigkeit und Erschöpfung an. In der Nacht zuvor hatte sie kaum mehr als zwei Stunden Schlaf bekommen. Sie konnte ein ausgiebiges Gähnen nicht unterdrücken. Knutsson, der in aufgekratzter Stimmung am Steuer saß, entging das nicht.

»Spät geworden gestern?«, fragte er.

»Nein«, log Nyström, »nur die Hitze macht mir zu schaffen.«

Einige Minuten später meldete sich ihr Handy. Der markante Piepton signalisierte, dass sie eine SMS bekommen hatte. Sie nahm das Mobiltelefon aus der Handtasche. Die Nachricht war von Anders. Ihr Herz pumpte von einem Moment auf den anderen mit doppelter Geschwindigkeit.

Wollte dir nur schnell sagen, dass ich an dich denke! Kuss und Umarmung! Ich liebe dich!

Ihr Gewissen schlug zu, ein Hieb in die Magengrube.

»Alles in Ordnung?«, fragte Knutsson mit einem besorgten Seitenblick. »Du wirkst plötzlich so blass.«

»Es ist nichts«, entgegnete sie knapp.

Als sie bei den Ericssons eintrafen, saß die Familie gerade beim Abendessen auf der Veranda. Die Eltern wirkten von dem unerwarteten Polizeibesuch überrascht, dennoch machten sie einen höflichen, sympathischen Eindruck. Milena Ericsson bat sie am Tisch Platz zu nehmen und bot ihnen Essen und Getränke an, die Kinder, sie mussten etwa zwischen drei und acht sein, musterten sie neugierig. Nyström ließ sich ein Glas Wasser einschenken, Knutsson murmelte irgendetwas von Steinzeit und angelte sich ein Grillwürstchen.

»Wie können wir helfen?«, fragte Pontus Ericsson.

Nyström erklärte die Umstände. Sie kam sich völlig fehl am Platze vor. Selten hatte sie Menschen erlebt, die derart unbescholten wirkten. Aber sie wäre eine schlechte Kommissarin gewesen, wenn sie der Sache aufgrund eines ersten, flüchtigen Eindrucks nicht weiter nachgegangen wäre. Das Handy sicherzustellen, konnte für die Ermittlung den Durchbruch bedeuten, auch wenn ihr bis jetzt das Vorstellungsvermögen fehlte, was diese adrette Bilderbuchfamilie mit dem Fall zu tun haben sollte.

»Ein Handy?«, fragte die Mutter. »Die Einzigen, die hier Handys besitzen, sind Pontus und ich.«

Der Vater holte ein mitgenommen wirkendes Smartphone aus seiner Hemdtasche.

»Ich hab das schon seit Ewigkeiten.«

Er nannte seine Nummer. Milena nannte ihre.

Nyström sah zu Knutsson. Der schüttelte den Kopf.

»Schon die Vorwahlen sind andere.«

»Merkwürdig«, stellte Milena Ericsson fest. »Aber wenn die Adresse mit unserer übereinstimmt, sollten wir vielleicht im Haus suchen.«

»Wir haben keinen richterlichen Durchsuchungsbeschluss«, räumte Nyström ein.

»Wir haben nichts zu verbergen«, sagte Pontus Ericsson, »im Gegenteil, wir helfen gern. Seht euch hier um, so viel ihr wollt.«

Eine Ketchupflasche polterte zu Boden. Alle Blicke richteten sich auf das älteste Kind, ein Mädchen.

»Emma?«, fragte der Vater streng.

»Ist ja nichts passiert, die war zum Glück aus Plastik«, sagte die Mutter.

Dem Mädchen traten Tränen in die Augen.

»Aber Schatz, was ist denn los?« Milena Ericsson stand auf

und nahm ihre Tochter in den Arm. »Ist es wegen der Polizisten?«

Das schluchzende Mädchen nickte.

»Aber die tun uns doch nichts.«

Nyström und Knutsson nickten beschwichtigend.

»Aber das Handy …«, stammelte die Kleine.

»Was ist denn mit einem Handy?«, fragte die Mutter und streichelte Emma über die Haare.

»Ich hab es heute Morgen gefunden und mitgenommen. Es lag auf dem Spielplatz, hinten, bei den Schaukeln.«

Die Eltern sahen ihre Tochter fragend an.

Nyström lächelte.

»Das hast du gut gemacht. Vielleicht hilft es uns, einen schweren Fall zu lösen. Bist du so lieb und holst es einmal her, Emma?«

17

Über eine Stunde saß Stina Forss im Schneidersitz vor dem Tresor auf dem Boden der Garage und starrte den schwarzen Metallwürfel an. Eine Plakette auf der Rückseite wies ihn als Produkt des Herstellers *Cowab* aus, ein sogenannter Kurzwaffenschrank, Baujahr 1985. Sogar die Produktionsnummer war noch zu entziffern, die Jahre unter der Erde hatten dem Edelstahlkasten wenig zugesetzt. Der Verschluss bestand aus einem Stiftschloss. Langsam öffnete Forss die zur Faust geballte Hand. Der Schlüssel, den sie seit Kent Vargens Tod so sorgfältig verwahrte, hatte längst ihre Körpertemperatur angenommen. Auch wenn sie es noch nicht ausprobiert hatte, wusste sie tief in ihrem Inneren, dass er passen würde. Es *musste* so sein. Dennoch hinderte sie etwas daran, einfach aufzustehen und es zu probieren. Ich habe Angst, stellte sie fest, ich habe Angst vor dem Unbekannten. Vor dem, was da hinter der Tür ist. Vor dem, was Papa versteckt, vor dem, wonach Kent Vargen offenbar erfolglos gesucht hat. Trotzdem muss ich es wissen. Ich brauche endlich eine Antwort.

Sie stand auf.

Sie ging drei Schritte und hockte sich vor den Tresor.

Sie führte den Schlüssel in das Schloss.

Er glitt hinein, als würde sie mit einem warmen Messer in Butter stechen.

Sie drehte den Schlüssel um.

Bolzen klickten, und die Tür sprang auf.

Forss öffnete sie vollständig.

In dem Halbdunkel des Stahlschranks lag ein einziger Gegenstand, eingeschlagen in ein öliges Tuch. Behutsam holte sie ihn heraus. Wie schwer er war. Ein Revolver mit langem Lauf. *Smith & Wesson,* erkannte sie, *Kaliber .357 Magnum.*

Sie schluckte.

Ihr wurde heiß, ihr wurde kalt.

Sie kannte diese Waffe. Jeder Polizist kannte diese Waffe. Das halbe Land kannte diese Waffe. In Bruchteilen von Sekunden fielen sämtliche Puzzlestücke an ihren Platz. Ihr Vater. Seine plötzliche Veränderung in ihrer Kindheit. Der Rechtsextreme auf seiner Beerdigung. Kent Vargen alias Jonas Söderqvist. Die Einbrüche. Die Beschattungen. Die Tode von Healey Harrington und Helen Söderqvist. Alles fügte sich zusammen.

Und fiel wieder auseinander.

Was, wenn sie sich irrte?

Was, wenn sie recht hatte? Der Verdacht war zu ungeheuerlich.

Ihr wurde heiß, ihr wurde kalt.

Irgendwo im Haus gab es noch eine halbe Flasche Gin.

18

Ingrid Nyström fand keinen Schlaf. Sie wusste, dass dies wenig mit dem Fall zu tun hatte, so komplex die Ermittlung auch war. Das sichergestellte Handy hatten Knutsson und sie auf dem Revier abgegeben, wenn es verwertbare Informationen enthielt, würden sie frühestens am nächsten Tag davon erfahren. Ihre Gedanken wanderten immer wieder zum Abend des Vortags und der darauffolgenden Nacht zurück. Wie sollte es auch anders sein? Was hatte sie um Gottes willen nur getan? Sie hatte ihren Mann betrogen. Sie war untreu gewesen. Sie hatte mit einem ehemaligen Schutzbefohlenen geschlafen, der halb so alt war wie sie. Und dennoch hatte es sich gut angefühlt. Schön und richtig. Mit diesem Widerspruch musste sie nun leben, es war unmöglich, das Geschehene rückgängig zu machen, und vielleicht wollte sie das auch gar nicht, selbst wenn sie es gekonnt hätte. Während sie sich in der Dunkelheit von einer Seite auf die andere drehte und Göran Lindholms Geruch in den Laken nachzuspüren versuchte, wurde ihr klar, dass sie den ganzen Tag über eine entscheidende Sache verdrängt hatte. Das Spannungsverhältnis zwischen schlechtem Gewissen und hormonellem Rausch hatte den eigentlichen Grund von Lindholms Besuch völlig verdrängt. Healeys Tod hatte mit der Abrechnung eines Kredithais aus Brighton nicht das Geringste zu tun. Einen Kontakt ihrer Schwiegertochter zu südenglischen Kriminellen hatte es nie gegeben. Die ganze Geschichte war nichts als Schmierentheater, und der Regisseur dieses lächerlichen Stücks schien ein hochrangiger Mitarbeiter des Justizministeriums zu sein. Ein Manöver, das vertuschen sollte, wer das eigentliche Opfer des Anschlags hätte sein sollen: Stina Forss. Dass die tödlichen Schüsse aller Voraussicht nach ihrer Mitarbeiterin gegolten hatten, war keine neue Überlegung, aufsehenerregend war dagegen die Erkenntnis, dass es offenbar innerhalb des Justizministeriums Kreise gab, die mit dem geplanten Mord an Forss zumindest indirekt zu tun hatten. Nach Lindholms Darstellung konnte Ivarus bei dem Vertuschungsversuch unmöglich allein gehandelt haben, es musste innerhalb der Behörde und der ihr unterstellten Sicherheitspolizei Mitwisser und Mittäter geben. Der Gedanke schien so absurd, dass ihn Nyström auf der Stelle wieder verwarf. Sie strampelte die Decke beiseite. Obwohl das Schlafzimmerfenster offen stand, war es viel zu warm, um zu schlafen. Draußen hörte sie das Zirpen der Grillen. Wie in einem Hollywoodfilm, dachte sie, wie in einem Thriller, kurz bevor die Katastrophe hereinbricht.

Stockholm, 24. April 1970

Der Frühling küsst spät dieses Jahr. Noch immer sind die Morgen bitterkalt, auf dem Mälaren treiben Eisschollen, die Bäume schlagen längst nicht aus. (Ich lese diese Zeilen erneut und denke: Entdecke ich auf meine alten Tage doch noch die Poetin in mir? Fräulein Clarin würde sich wahrscheinlich freuen. Kiki würde mich ob dieses Kitsches wohl eher auslachen, und ich könnte ihr nicht einmal bös sein. Wie sollte ich auch? – J'aime cette femme!)

Was soll ich sagen? Wir haben es geschafft, wir dürfen uns seit gestern tatsächlich Escorts nennen, wir sind offizielle Mitglieder des Club Rosé! Soll man darauf stolz sein? Unbedingt! Denn es war alles andere als eine Selbstverständlichkeit, aufgenommen zu werden, und der bedeutende erste Schritt, der Anlauf zu unserem Großen Sprung, wie Kiki es nennt, die alte Maoistin, hi, hi. Ein großer Plan, das trifft es wohl eher, angesichts all dessen, was nun auf uns zukommen wird. Ein bisschen flau wird mir schon, wenn ich daran denke. Und flau, das war mir auch gestern. Aber vielleicht fange ich am besten von vorn an:

Kiki hat das Treffen arrangiert. Uns war klar, dass es sich dabei um eine Art Aufnahmeprüfung handelt. Ich war nervöser als vor dem Abitur, aufgeregter als vor den Werkpräsentationen in der Kunsthochschule. Drei Stunden lang haben wir uns aufgebrezelt: Make-up, Ondulierstab (Kiki hat tatsächlich einen, dabei kosten die Dinger ein Vermögen,), und die geplünderte Chanel-Garderobe ihrer verstorbenen Mutter. Geschminkt und in ihren Stöckelschuhen sah meine winzige, burschikose Kiki plötzlich wie eine Femme fatale aus! (Ich glaube, ich war ebenfalls ganz vorzeigbar.) In den Wochen zuvor hatte Kiki mich bereits in Sachen Manieren angelernt. Ich dachte immer, ich käme diesbezüglich aus einem guten Elternhaus, aber in ihren Augen bewegte und aß ich wohl eher wie ein Bauerntrampel. Sie dagegen beherrscht das gesamte Oberklasse-Getue aus dem Effeff, auch wenn sie es natürlich hasst. Trotzdem war sie eine strenge Lehrerin. Angefangen von der richtigen Handhabung aller möglichen Bestecksorten, Tischmanieren im Allgemeinen, der Knicks, der Handkuss, das Pflegen einer erbaulichen Konversation. Sie hat das wirklich so genannt, ›das Pflegen einer erbaulichen Konversation‹, da musste ich doch lachen und sie ebenfalls. Ein bisschen lächerlich ist das Ganze schon, aber keiner kann uns absprechen, dass wir unsere Rollen als Kunstagentinnen nicht ernst nehmen.

Die Frau, die die Agentur leitet, nennt sich Madame Fleur. Der Name ist mit Sicherheit genauso falsch wie ihre Wimpern, aber ist das wichtig? Geht es in dieser Branche nicht letzten Endes um ein gut inszeniertes Schauspiel? Sie spielte ihre Rolle, wir unsere. Es begann damit, dass sie uns bat, Platz zu nehmen. Wahrscheinlich war das bereits der erste Test. Kiki bewegte sich geschmeidig wie eine Antilope, sie hat das im Blut. Ich bin da etwas steifer, dennoch machten sich die gemeinsamen Übungsstunden schon jetzt bezahlt. Ich setzte mich auf die Sesselkante, die Beine übergeschlagen, den Rock glatt gestrichen, den Rücken durchgedrückt. Kiki zwinkerte mir zu. Gut gemacht, sollte das heißen. Madame Fleur schenkte uns Tee ein. Sie hat die Ausstrahlung einer Löwin, elegant, in sich ruhend, gefährlich. Jede unserer Bewegungen nahm sie wahr, sie musterte uns mit Argusaugen. Der Griff zur Teetasse, das Halten des Henkels, das Ansetzen des dünnen Porzellans an die Lippen, das geräuschlose Nippen. Dann hat sie uns ausgehorcht, auch wenn sie das Gespräch ganz vornehm ›Interview‹ genannt hat. Wer wir sind, woher wir kommen, warum wir uns für den Beruf (sie sagte tatsächlich ›Beruf‹!) interessieren. Wir spulten unsere vorher bis ins Detail ausgemalten Legenden ab. Lügen brauchen einen wahren Kern, hatte Kiki mir immer wieder eingebläut. Ich war also eine mittellose, aber hochbegabte Mathematikstudentin aus dem Små-

land, verarmter Landadel, die sich das Studium selbst finanzieren muss. Kiki eine gelangweilte Oberschichtnudel, die auf interessante Männer aus ist, und ihren konservativen Vater ärgern will. Um es kurz zu machen: Madame Fleur kaufte uns die Legenden (so heißt das in Agentensprache) ab, ohne dabei auch nur mit den falschen Wimpern zu zucken. Vielleicht interessierte sie der Wahrheitsgehalt auch nicht die Bohne, sondern sie wollte nur sehen, wie wir uns verkaufen. Später ging es nicht mehr um uns, sondern eher um allgemeine Themen. Die weltpolitische Lage, die wirtschaftliche Situation, aktuelle Theaterstücke und Kinofilme, das Wetter und die Baustellen in der Innenstadt. Das Große und das Banale. Am Ende lächelte Madame zufrieden. »Um ehrlich zu sein«, sagte sie und beäugte uns mit ihrem Löwenblick, »ihr beide seid ungewöhnlich. Nicht nur schön und stilvoll, sondern auch eloquent und klug. Vielleicht zu klug. Männer mögen es nicht, als geistig Unterlegene dazustehen. Unsere Kunden wollen sich amüsieren, einen tollen Abend in anregender Atmosphäre genießen. Zu viel Politikgerede oder Wirtschaftsdiskussionen stören da nur. Das haben sie den ganzen Tag. Bei uns wollen sie sich zurücklehnen, den Schlips lockern und …«

An der Stelle fiel ihr Kiki ins Wort:

»… den Hosenstall.«

Ich musste mir die Hand vor den Mund halten. Was um alles in der Welt war nur in sie gefahren? Machte sie mit zwei Worten alles zunichte, was wir über Wochen hinweg aufgebaut hatten?

Doch die Löwin lächelte. Ein breites, zufriedenes Löwenlächeln.

»Sehr richtig. Du weißt offensichtlich ganz genau, worauf es am Ende ankommt, meine Liebe.«

Kiki hatte einfach ausgesprochen, worum es in Wirklichkeit gehen würde. Es war der Kern aller unserer Bemühungen, das Ziel und Zentrum, und doch, oder gerade deswegen, hatten wir in allen Gesprächen einen großen Bogen darum gemacht.

Wir würden Sex mit fremden Männern haben müssen.

Sehr, sehr oft.

DONNERSTAG

1

Ingrid Nyström konnte sich nicht erinnern, schon einmal eine derart fahrige und träge Dienstbesprechung erlebt zu haben. Offenbar war sie nicht die Einzige, die übermüdet war. Delgado hatte gemeinsam mit Örkenrud durchgearbeitet, er wirkte trotz seines olivfarbenen Teints blass und hielt sich an seinem Energydrink fest. Hultin murmelte etwas von einer Sommergrippe ihrer kleinen Tochter, Fieberumschlägen und einer durchwachten Nacht. Forss wirkte ausgezehrt wie nach einem Drogenentzug, gleichzeitig dünstete sie Wacholderschnaps aus. Der Einzige, der halbwegs fit wirkte, war Knutsson.

»Wisst ihr, dass ihr allesamt wie lebende Leichen ausseht?«, kommentierte er und schaufelte sich eine Handvoll Cashewnüsse in den Mund. »Liegt wahrscheinlich an der falschen Ernährung.«

»Hört, hört«, sagte Delgado matt, und der Umstand, dass ihm keine spitzere Erwiderung einfiel, sprach Bände.

»Was hat die Untersuchung des Handys ergeben?«, fragte Nyström.

»Die ganze Nachtschicht war für die Katz«, antwortete Delgado. »Ein uraltes Ding, Fingerabdrücke Fehlanzeige, wenn man einmal von denen des kleinen Mädchens absieht. Alle Daten, die die winzige Festplatte einmal enthalten hat, sind ziemlich sorgfältig gelöscht. Das heißt: keine Kontaktdaten, keine Fotos, nichts, was uns auch nur ansatzweise Aufschluss über den Besitzer geben könnte. Die Anrufliste hat genau zwei Einträge, die Gespräche mit Kalle Kvist, wobei das erste seinen Aussagen zufolge der Kontaktaufnahme diente und er im zweiten die genauen Instruktionen erhielt. Dies deckt sich im Übrigen mit den Daten seines eigenen Smartphones. Die Prepaidkarte wurde also nur zweimal verwendet. Ich habe momentan noch einige Programme am Laufen, die versuchen, die gelöschten Handydateien wiederherzustellen, aber ob das glückt, ist völlig unklar. Mein Verdacht ist, dass das alte Ding für ein paar Kronen auf einem Flohmarkt oder sonst wo anonym gekauft worden ist. Für den einen Zweck, Kvist zu kontaktieren.«

»Was natürlich auffällt, ist der Fundort«, stellte Nyström fest. »Keine zweihundert Meter vom Haus der Gustavssons entfernt.«

»Völlig unverständlich, dass Gunnar das Handy auf einem Spielplatz entsorgt hat«, merkte Knutsson kopfschüttelnd an. »Ich hätte ihn für schlauer gehalten. Warum hat er es nicht einfach in den See geworfen?«

»Es hätte auch völlig ausgereicht, die SIM-Karte zu zerschneiden«, sagte Delgado.

»Und wenn es gar nicht Gunnar Gustavsson war?«, fragte

Hultin. »Wenn es nur so aussehen sollte, als habe er mit der Sache zu tun?«

»Das sollten wir zumindest in Erwägung ziehen«, entgegnete Nyström und unterdrückte ein Gähnen. »Was haben wir sonst noch?«

»Vierzehn Aktenordner aus Kalmar«, sagte Hultin. »Beinahe dreitausend Seiten Ermittlungsmaterial.«

»Ach, du meine Güte«, stöhnte Knutsson. »Selbst wenn wir das gleichmäßig aufteilen, sind das für jeden von uns sechshundert Seiten.«

»Hast du einen besseren Vorschlag?«, wollte Hultin wissen.

»Auch wenn im Moment sehr viel in Richtung von Gunnar Gustavsson deutet, kommen wir wohl nicht um die mühselige Arbeit herum«, befand Nyström.

»Ich habe einen Enkel von *Madame Fleur* aufgetrieben, der Frau, die hinter dem *Club Rosé* stand«, sagte Delgado. »Heute kommt per Kurier ihr altes Karteikartenkarussell. Ich hoffe, dass wir auf diesem Weg ehemalige Escortkolleginnen Berits finden. Jemand, der uns mehr über ihre Jahre in Stockholm erzählen kann.«

»Gute Arbeit«, lobte Nyström. »Was ist mit dir, Stina?«

Die Blicke aller wandten sich der Deutschschwedin zu. Ihr Auge war blutunterlaufen.

»Ich treffe die Lundbergs sowie Bengt-Ivar Gustavsson morgen in Nynäshamn«, antwortete sie.

»Schön«, sagte Nyström. Sie fühlte sich zu erschlagen, um sich darüber zu ereifern, dass Forss die Fahrt nicht mit ihr abgestimmt hatte. »Wir sollten nichts unversucht lassen.«

2

Stina Forss gelang es kaum, sich auf das jahrzehntealte Aktenmaterial zu konzentrieren. Verkatert, müde und entsprechend wenig fokussiert blätterte sie sich durch vergilbte Papiere. Endlose Befragungen von lokalen Handwerkern, die berufsbedingt Kleinlaster oder Kastenwagen gefahren waren, wie der Zeuge im Fall der vergewaltigten und ermordeten Marie Elofsson einen am Tatort gesehen hatte. Klempner, Tischler, Elektriker, einfache Leute, Familienväter, die am Wochenende Sportübertragungen im Radio gehört und im Winter Langlaufski gefahren waren. Wahrscheinlich ist jeder Zweite dieser Menschen längst tot, dachte sie, oder er vegetiert in einem Alters- oder Pflegeheim vor sich hin. Wobei sie wieder bei ihrem Vater und seinen letzten Lebensjahren war, dort, wo jede ihrer Gedankenschleifen endete, seit sie den Tresor am Vorabend geöffnet hatte.

Papa, kann das wirklich wahr sein?

Du?

Von allen Menschen dieser Welt ausgerechnet du?

Nein, es musste eine andere Erklärung geben.

Die Vorstellung war zu überwältigend, um sie zuzulassen. Sie wehrte sich dagegen. Aber wie ein heimtückisches Gift sickerten die Indizien tiefer und tiefer in ihr Bewusstsein ein. Es ging um nicht weniger als das größte Verbrechen in der Geschichte des Landes. Ein Ereignis, das eine Zeitenwende markierte. Eine einzelne Tat, die eine Epoche beendete, und eine neue einleitete. Es war der bis heute unaufgeklärte Mord an Olof Palme. Am Abend des 28. Februar 1986 war der sozialdemokratische Ministerpräsident nach einem gemeinsamen Kinobesuch mit seiner Frau in der Stockholmer Innenstadt aus nächster Nähe erschossen worden. Die darauffolgende Ermittlung war nur schleppend in Gang gekommen. Konkurrenzgerangel zwischen Kriminalpolizei und Säpo, kopfloses Agieren, groteske Fehler bei der Beweissicherung – der Tatort wurde beispielsweise unzureichend abgeriegelt, die beiden abgefeuerten Projektile wurden erst an den darauffolgenden Tagen gefunden, und zwar nicht von der Spurensicherung, sondern von Passanten. Alles, was bei der Suche nach dem Täter schiefgehen konnte, ging schief. Während sich das Land im Schockzustand befand und der völlig überforderte Landespolizeichef die falschen Maßnahmen einleitete, schossen Mordtheorien wie Pilze aus dem Boden. Steckten ausländische Mächte hinter dem Attentat, die in dem streitbaren und umstrittenen Staatsoberhaupt einen Gegner sahen? Die kurdische PKK, die deutsche RAF, das südafrikanische Apartheitsregime oder gar der US-amerikanische Geheimdienst? Oder waren es politische Feinde im Inneren? Eine konservative Verschwörung? Die in Teilen von Rechtsextremen unterwanderte Sicherheitspolizei? Es dauerte mehr als zwei Jahre, bis ein erster Verdächtiger präsentiert werden konnte, der drogenabhängige Vorbestrafte Christer Pettersson. Sein vermeintliches Motiv wirkte wenig überzeugend, Rache für einen Bekannten, der Steuerschulden hatte. Eine andere These besagte, dass Pettersson Palme mit einem Drogenhändler verwechselt hatte, mit dem er verfeindet gewesen sei. Anderthalb Jahre nach der Festnahme wurde Pettersson aus Mangel an Beweisen freigesprochen. Eine eigens eingesetzte vielköpfige Sonderkommission ermittelte bis zum heutigen Tag weiter. Die Ermittlungsakten füllten mehr als *zweihundertfünfundzwanzig Regalmeter*. Es gab einhundertdreißig Geständnisse, keins davon war annähernd glaubhaft. Die Chance, den wahren Täter nach über dreißig Jahren noch zu fassen, tendierte gen null. An harten Beweisen gab es nicht viel mehr als die abgefeuerten Projektile, die Experten einer langläufigen *Smith & Wesson, Kaliber .357 Magnum* zuordneten, einer damals in Schweden kaum verbreiteten Waffe. Genau dieser Typus Revolver hatte jedoch in dem Tresor ihres Vaters gelegen. Vergraben unter einem Jagdstand. Den dazugehörigen Schlüssel hatte ihr Kent Vargen in den Sekunden vor seinem Tod überreicht, Kent, der in Wirklichkeit ein Säpo-Mann namens Söderqvist gewesen war. Dazu die Tapferkeitsmedaille ihres Vaters, die nie vergeben worden war. *Es sei denn, man hätte etwas vollkommen Außergewöhnliches geleistet, etwas so Geheimes, dass es nie an die Öffentlichkeit gelangen würde.* Wer wäre für die mächtige Wirkkraft eines so besonderen Ordens und dem ihm innewohnenden Schweigegelübde empfänglicher als ein Mann, der sein Berufsleben in der Armee verbracht hatte? Wer wäre geeigneter, einen anderen Menschen zu töten, als ein gut ausgebildeter Soldat? Fieberhaft hatte Forss immer wieder nachgerechnet. Die Wesensveränderung ihres Vaters, seine Verwandlung von einem strengen, rauen, aber im Grunde liebenswerten Mann in einen prügelnden Unmenschen hatte im Winter 1985/86 stattgefunden. Fragmentarisch erinnerte sie sich an seine plötzliche Anspannung, das Trinken, die unberechenbaren Wutanfälle. Im Frühjahr darauf, nach der letzten Eskalation, die sie beinahe mit dem Leben bezahlt hatte, war ihre Mutter mit ihr nach Deutschland geflohen, im März des Jahres 1986, also wenige Tage nach dem Attentat. Selbst an die Nachricht vom Palme-Mord hatte sie eine deutliche Erinnerung. Ihre Mutter und sie hatten am Frühstückstisch gesessen, als im Radio darüber berichtet worden war, in der Schule war über nichts anderes gesprochen worden, ihre Lehrerin hatte vor der versammelten Klasse geweint. Ihr Vater war während dieser Tage wie so oft im Dienst gewesen, bevor er betrunken zurückgekehrt,

ihre Mutter grün und blau geschlagen und ihr, seiner Tochter, eine heiße Bratpfanne ins Gesicht geworfen hatte. Sie er-
tastete die Narben am Hals. Sie trug sie fast genau seit dem
Tag, an dem Olof Palme ermordert worden war.

Trotzdem konnte und wollte sie es nicht glauben.

Forss dachte an den schweigsamen, verschlossenen Mann,
den sie in ihrer Teenagerzeit mehrmals besucht hatte, aus
einer Mischung aus Pflichtgefühl und Sehnsucht. Damals
war sie genauso wenig zu ihm durchgedrungen wie in den
Monaten vor seinem Tod. Sie dachte an seine triste Beerdigung, an die unbekannten Männer in Uniformen und
dunklen Mänteln, darunter einer der gefährlichsten Rechts-
radikalen des Landes, wie sie später schmerzlich erfahren
hatte. Sie dachte an die kurze Rede eines ranghohen Militärs,
der von Patriotismus und Pflichterfüllung gesprochen hatte.

Nicht lange darauf war Kent Vargen alias Jonas Söderqvist in Växjö aufgetaucht. In ihrem Team, später auch in
ihrem Bett. Welchen anderen Zweck sollte seine Mission gehabt haben, außer sie zu überwachen? Je mehr sie darüber
nachgrübelte, desto mehr begriff sie: Wenn es tatsächlich
stimmte, wenn es entgegen jeder Wahrscheinlichkeit wahr
sein sollte, dass ihr Vater Olof Palme erschossen hatte, dann
war er kein Einzeltäter gewesen, sondern Teil eines größer
angelegten Plans. Über dreißig Jahre hinweg war für diese
Verschwörer alles gut gegangen, Palme war tot, das Land
hatte sich politisch verändert. Kjell Forss war gestorben und
hatte sein Geheimnis mit ins Grab genommen. Und plötzlich
tauchte wie aus dem Nichts seine Tochter auf, eine begabte
Kriminalpolizistin. Neugierig, instinktsicher, durchsetzungs-
stark. Spätestens nach dem vereitelten Bombenattentat in
Södertälje musste den Mitverschwörern klar geworden sein:
Stina Forss war ein Problem, das beseitigt werden musste,
denn es war nur eine Frage der Zeit, bis sie über irgendetwas

Belastendes stolpern würde. Daher der Anschlag auf ihr Leben, daher der Tod Healey Harringtons und aller Wahrscheinlichkeit nach auch Helen Söderqvists.

Sie zitterte so sehr, dass sie das Papier, das sie in der Hand hielt, nicht zurück in den Ordner heften konnte, sondern beiseitelegen musste. Natürlich hatte sie Angst. Aber ihre Wut war um ein Vielfaches größer.

3

Hugo Delgado ließ das antiquarische Karteikartenkarussell wieder und wieder um die eigene Achse rotieren. Was sollte man sagen, es machte Spaß! Außerdem sah es schick aus. Warum Torbjörn Falk das *Rolodex* auf seinem Schreibtisch stehen hatte, war ihm sofort klar, erst recht, wenn es ein Erinnerungsstück an seine geliebte Großmutter gewesen war. Delgado öffnete die Halterung, nahm die alphabetisch geordneten Karteikarten aus dem simpel konstruierten Apparat und zählte sie durch. Es waren deutlich mehr als hundert, auf jedem standen ein Name und eine Telefonnummer, manchmal noch ergänzt um die Adresse und eine Beschreibung oder ein Kürzel.

Dass *Esc.* für Escort stand, lag auf der Hand, vor allem, da die Abkürzung ausschließlich bei Einträgen von Frauennamen verwendet wurde. Insgesamt zählte Delgado siebenundzwanzig Karteikarten mit dem Vermerk, darunter die von Berit Thurstan. Elvira Öman war nicht darunter. Entweder war sie bei Alice Furuholm unter einem anderen Namen vorstellig geworden, oder Berit hatte sie zu ihren Aufträgen oder Dates auf eigene Initiative hin mitgenommen. Er stapelte die Karten aufeinander. Es gab fünf weitere weibliche Namen in dem Reststapel, denen das Kürzel *Esc.* fehlte. Den jeweiligen Kurzanmerkungen zufolge handelte es sich um Sekretärinnen verschiedener Konzerne oder anderer Einrichtungen. Es hatte damals also offenbar Chefs gegeben, die ihre Buchungen oder Bestellungen, oder wie immer man ihre Geschäftsbeziehungen zu *Madame Fleur* und dem *Club Rosé* nennen wollte, ganz nonchalant über den Schreibtisch ihrer Sekretärinnen hinweg eingefädelt hatten.

Übrig blieben einhundertsechsundsiebzig Männer. Kunden. Freier. Delgado schob diesen Stapel zur Seite. Was ihn zunächst interessierte, waren Berits Kolleginnen. Wenn man davon ausging, dass sie damals überwiegend junge Frauen zwischen zwanzig und dreißig gewesen waren, mussten sie heute zwischen siebzig und achtzig Jahre alt sein, vergegenwärtigte sich Delgado. Wieder tat sich ein Abgrund aus Zeit vor ihm auf, aber dieses Mal versuchte er, sich davon nicht verunsichern zu lassen, auch wenn ihm klar war, dass seine Chancen nicht zum Besten standen. Mit Sicherheit waren einige der sechsundzwanzig infrage kommenden Frauen bereits verstorben, viele hatten vermutlich geheiratet, trugen einen anderen Namen, waren aus der Hauptstadt weggezogen, und höchstwahrscheinlich besaß niemand mehr dieselbe Telefonnummer wie vor beinahe fünfzig Jahren. Nun, er musste mit dem arbeiten, was er hatte. Mehrere Stunden lang klickte er sich durch Melderegister, digitale Telefonbücher, soziale Netzwerke, Adressen- und Branchenverzeichnisse, bis seine Finger steif waren und sein Schädel brummte. Der Ertrag war überschaubar. Auf dem Notizblock neben sich hatte er drei Namen gekritzelt.

In Märsta lebte die zweiundsiebzigjährige Inge-Britt Börgeson, geborene Åström. Name, ungefähres Alter und geografische Nähe stimmten, außerdem hatte die Frau in den
Achtziger- und Neunzigerjahren gemeinsam mit ihrem
Mann eine Erotikboutique betrieben. Das musste natürlich
nichts heißen, aber von allen Inge-Britts, die es landesweit
gab und die Åström hießen oder einmal geheißen hatten,
war sie die Vielversprechendste.

Gun Täck, 71, lebte in einer betreuten Einrichtung in Göteborg. Sie war nie verheiratet gewesen, ihren Namen gab es
im gesamten Melderegister gerade viermal. Sie war die Einzige, bei der Delgado eine Verbindung zu Stockholm fand,
in Form mehrerer Anzeigen in Verbindung mit Drogenmiss-
brauch und Prostitution.

Die zweifellos schillerndste Personalie war ohne Frage
Kiriaki Edvén-Rosholm, 69, Millionenerbin und international anerkannte Performance-Künstlerin. Erst vor Kurzem hatte ein berühmtes Museum für zeitgenössische und
moderne Kunst in Bilbao ihr eine große Retrospektive ge-
widmet. Delgado fand im Internet jahrzehntealte Film-
aufnahmen, in denen die nackte Künstlerin auf einem mit
Glasscherben ausgelegten Boden tanzte, oder sich von Aus-
stellungsbesuchern ohrfeigen ließ. Edvén-Rosholm lebte
auf Djursholm in der Stockholmer Innenstadt, einem der
wohlhabendsten Orte Schwedens. Dass diese Frau eine Vergangenheit als Escortmädchen haben sollte, verwunderte
Delgado, aber was wusste er schon, was einer so extro-
vertierten Persönlichkeit wie ihr damals durch den Kopf gegangen war? Natürlich war nicht gesagt, dass eine dieser drei
Frauen Berit gekannt hatte, oder gar mit ihr befreundet gewesen war, aber einen Versuch war es wert. Was hatte er
auch zu verlieren? Also klemmte er sich ans Telefon.

4

Anette Hultin vertiefte sich in die mehrere Hundert Seiten umfassenden Verhörprotokolle mit Göte Svanberg. Sie ahnte, was sie dabei antrieb, über ihre kriminalistische Sorgfalt und Neugier hinaus. Natürlich war es ihr Anliegen, dazu beizutragen, den Fall zu lösen, nach Spuren von Berit Gustavsson in den stundenlangen Vernehmungen Svanbergs zu suchen, doch da war auch noch etwas anderes, ein persönlicheres Motiv, sie wollte verstehen, sie wollte begreifen, was dieser Mehrfachmörder und Serienvergewaltiger für ein Mensch gewesen war. Wobei sie sich unsicher war, ob diese Kategorie für Typen wie Svanberg überhaupt noch galt. Sicher, im Prinzip hatte jeder Mensch eine unantastbare Würde, diesen Grundsatz hatte Hultin als Polizistin und ehemalige Soldatin in ihrer Ausbildung immer wieder eingebläut bekommen, aber ihr Gerechtigkeitsempfinden sagte bisweilen etwas anderes. Man musste sich dazu doch nur klarmachen, wie Svanberg mit der Würde und dem Leben seiner Opfer umgegangen war. Er hatte sich einen Dreck um sie geschert. Er hatte seinen niedersten Instinkten nachgegeben. Er hatte diese unschuldigen Frauen missbraucht und anschließend getötet. In ihren Augen war Svanberg Abschaum. Ein Schwein. Und sein Selbstmord im Gefängnis ein mehr als gerechtes Schicksal. Die Todesstrafe war vor beinahe hundert Jahren abgeschafft worden, ihrer Meinung nach vorschnell und zu Unrecht, auch wenn das etwas war, was man heutzutage nicht laut aussprechen durfte, ohne gleich als Faschistin gebrandmarkt zu werden. Aber wohin hatte der linksliberale Mainstream, der Traum von Multikulti dieses einst so stolze Land denn geführt? Verrohung der Sitten und Überfremdung, wohin man sah. Alte, arme Leute, die den Sozialstaat mit aufgebaut hatten, mussten monatelang auf Arzttermine warten, wurden mit winzigen Renten und unzureichender Pflege abgespeist, während dem Heer an Flüchtlingen alles auf dem Silbertablett serviert wurde. Und statt es diesem Land zu danken, sich schnellstmöglich Arbeit zu suchen und vernünftiges Schwedisch zu lernen, lagen sie auf der faulen Haut, machten die Vororte unsicher, und fielen durch Gewalt- und Drogenkriminalität auf. Sie tanzten dem verweichlichten Rechtsstaat auf der Nase herum. Der aktuellste und an Dreistigkeit kaum zu überbietende Coup: Eine örtliche Moschee hatte allen Ernstes den Antrag gestellt, über Lautsprecher zum Freitagsgebet aufrufen zu dürfen. Öffentlich! Auf Arabisch! Wo sollte das noch alles hinführen? Kopfschüttelnd wandte sie sich wieder ihren Unterlagen zu. Wie war sie noch gleich von einem Serienmörder zur fortschreitenden Islamisierung Schwedens gekommen? Egal, manchmal gingen einfach die Pferde mit ihr durch. Seit Wilma auf der Welt war, war es sogar noch schlimmer geworden. Aber die Horrorgeschichten von vergewaltigenden Einwandererhorden, die permanent in ihrer Facebook-Gruppe geteilt wurden, gingen ihr einfach unter die Haut. Hormonstrotzende, gelangweilte junge Männer aus dem Maghreb, die nichts Besseres zu tun hatten als … Allein die Vorstellung, dass Wilma eines Tages … Sie verdrängte die unangenehmen Gedanken. Zurück zu Göte Svanberg also. Jahrgang 1932, geboren und aufgewachsen in Ingelstad, unweit von Växjö. Das jüngste von fünf Geschwistern. Der Vater hatte früh das Weite gesucht, die überforderte Mutter regelmäßig vom strafenden Kochlöffel Gebrauch gemacht. Armer, kleiner Göte, sollte sie jetzt eine Träne verdrücken, oder was? Körperliche Züchtigung war damals schließlich üblich gewesen, und es war wohl kaum aus jedem streng erzogenen Kind ein

Mörder geworden. Svanbergs Gejammer im gerichtspsychologischen Gutachten interessierte sie deshalb einen feuchten Dreck, im Gegenteil, sie fand es unerträglich, deshalb überflog sie es halbherzig, bis sie zu den interessanten Dingen vorstieß. Das erste Mal straffällig war Svanberg mit sechzehn Jahren geworden, eine Schlägerei unter Gleichaltrigen, bei der er seinen Kontrahenten mit einem Stahlrohr krankenhausreif geschlagen hatte. Anlass der Auseinandersetzung war der Streit um eine Zigarette gewesen. Früh übt sich, wer ein Meister werden will, dachte Hultin. Mit achtzehn folgte eine Anzeige wegen sexueller Belästigung eines Nachbarmädchens, die polizeiliche Untersuchung wurde eingestellt, weil es keine Zeugen für die vermeintliche Tat gab. Vier Jahre später, 1954, wurde eine Prostituierte in Malmö bei der Polizei vorstellig, Göte Svanberg habe sie vergewaltigt, geschlagen, gewürgt und anschließend bewusstlos in einem billigen Hotelzimmer zurückgelassen. Die Polizisten schickten die Frau wieder nach Hause und befragten Svanberg, der alles abstritt. Weitere Konsequenzen hatte der Vorfall nicht. Offenbar wurde das, was der Prostituierten widerfahren war, als Lüge, Übertreibung oder schlicht Berufsrisiko abgetan. Eine beinahe identische Anzeige folgte 1963 in Kalmar. Dieses Mal war das Opfer eine stadtbekannte obdachlose Trinkerin. Die diensthabenden Polizisten schrieben zwar ein Protokoll, machten sich aber noch nicht einmal die Mühe, Svanberg zu dem Vorfall zu befragen. In einen ernsten Konflikt mit dem Gesetz geriet der Lkw-Fahrer erst zwei Jahre später, als er in einer Kneipenschlägerei einem Kollegen mithilfe eines abgebrochenen Stuhlbeins eine Schädelfraktur zuführte. Der Mann überlebte nur knapp, Svanberg wurde zu einer sechsmonatigen Haftstrafe verurteilt. Nach seiner Entlassung verhielt er sich offenbar einige Jahre unauffällig, bis er 1970 im Zuge der Ermittlungen im Mordfall Marie Elofsson befragt wurde. Einer unter Hunderten anderen. Den Ermittlern fiel an Svanberg nichts Auffälliges ins Auge, offenbar hatte man sich nicht einmal die Mühe gemacht, seine polizeiliche Akte herauszusuchen. Die zahlreichen handwerklichen Fehler der Behörden waren so hanebüchen, dass Hultin es kaum fassen konnte. Svanberg hinterließ ein Muster der Gewalt, seit er ein Teenager war, dennoch hatte er bis auf ein einziges Mal immer wieder völlig unbehelligt durch die Maschen schlüpfen können: prügelnd, würgend, Frauen missbrauchend. Wer weiß, was er alles getrieben hatte, das niemals polizeilich erfasst worden war. Vergewaltigte Frauen, die sich zu sehr geschämt hatten, um ihren Peiniger anzuzeigen. Vermisstenfälle, die nie aufgeklärt wurden. In Hultin reifte die Erkenntnis, dass Svanberg nur deshalb so lange sein Unwesen hatte treiben können, weil er in einem gesellschaftlichen Klima agierte, in dem die Gewalt gegen Frauen, vor allem unterprivilegierten, nicht ernst genug genommen wurde. Sprach es nicht Bände, dass es am Ende eine tapfere, junge Frau gewesen war, die ihn zur Strecke gebracht hatte, und nicht die damals noch von Männern beherrschte Polizei?

In den endlosen Verhören spielte Svanberg erwartungsgemäß das Unschuldslamm. Kein Wort zu Siv Kaspersen oder Marie Elofsson, zu der Prostituierten in Malmö oder der Trinkerin in Kalmar. Er war nicht nur ein Mistkerl, er war auch noch feige. Anstatt zu seinen Taten zu stehen, lavierte er herum, hielt die Ermittler hin, log das Blaue vom Himmel herunter. Er schwor Mark und Bein, dass er mit den Taten an Kaspersen und Elofsson nicht das Geringste zu tun hatte, dabei waren die Parallelen zum Überfall auf die beherzte Lotta Norén derart offensichtlich, dass jedes Leugnen zwecklos war. Glaubhafte Alibis für die vorausgegangenen beiden Morde hatte er ebenfalls nicht. An dem Abend, an dem Siv Kaspersen starb, wollte er auf einer Kneipentour in Sundsvall gewesen sein, achthundert Kilometer vom Geschehen entfernt, doch sein Saufkumpan, der Svansbergs Aussage zunächst noch bestätigt hatte, machte nach einer scharf geführten Vernehmung einen Rückzieher. Belastend kamen die Aussagen seines Arbeitgebers hinzu. Dem Chef von *Olanders Åkeri* zufolge war Svanberg zum Todeszeitpunkt Elofssons mit einem Kleinlaster der Spedition auf der L31 unterwegs gewesen. Svanberg hatte ein Motiv, die Gelegenheit und die Mittel, es gab eine glaubhafte Zeugenaussage, ein in sich zusammengefallenes Alibi und seine Vergangenheit war voller Indizien, die ihn Schritt für Schritt immer weiter zu einem Triebmord hingeführt hatte. Auf der anderen Seite der Waagschale befand sich: nichts. Denn was gab es schon, was Svanberg beziehungsweise sein Rechtsanwalt zur Verteidigung vorbringen konnten? Es war jedenfalls so gut wie nichts. *Der Hauch eines Zweifels,* so drückte es der Richter später in seiner Urteilsbegründung aus, *sei angesichts der erdrückenden Indizienlage so marginal, dass er zu vernachlässigen sei.* Damit gemeint war der Umstand, dass in den Fällen Kaspersen und Elofsson ein technischer Beweis fehlte. Eindeutige Reifenspuren oder ein Fingerabdruck zum Beispiel. Doch in Anbetracht aller anderen Faktoren fiel dies nicht ins Gewicht. Göte Svanberg wurde wegen zweifachen Mords, zweifacher Vergewaltigung und eines weiteren Vergewaltigungsversuchs zu einer lebenslangen Haftstrafe verurteilt. Selbst sein Verteidiger riet davon ab, in Revision zu gehen, weshalb Svanberg die Strafe zunächst annahm, bevor er sich Jahre später, aus der Haft heraus, vergeblich um eine Neuaufnahme des Verfahrens bemühte. Nachdem sein Antrag ein zweites Mal geprüft und abgewiesen worden war, hatte er anscheinend jeden Lebensmut verloren, und sich in seiner Zelle durch Erhängen das Leben genommen. Während Hultin den Obduktionsbericht las, konnte sie sich ein befriedigtes Lächeln nicht verkneifen. Sicher, Göte Svanberg war ein Mensch gewesen. Aber er war genauso würdelos gestorben, wie er gelebt hatte. Sie legte den Aktenordner beiseite und ging beschwingt zum Mittagessen in die Kantine. Donnerstags gab es meistens Arabisch: Lammkoteletts mit Couscous und Minzjoghurt. Oder Falafel als vegetarische Variante, auch nicht zu verachten. Und zum Nachtisch diese fantastischen, honiggetränkten Blätterteigröllchen, keine Ahnung, wie die hießen. Woher kam nur ihr Heißhunger auf Süßes in letzter Zeit?

5

Lasse Knutsson kämpfte sich seit zwei Stunden durch ermüdendes Aktenmaterial. Was interessierten ihn schon die verzweigten Stammbäume von Siv Kaspersen, Marie Elofsson und Lotta Norén? Ihre Freunde, Bekannten und Arbeitskollegen? Er sah ja ein, dass die Arbeit gemacht werden musste, aber solange in der endlosen Auflistung von Personen und der Aneinanderreihung nichtssagender Befragungen nicht Berit Gustavsson beziehungsweise Thurstan oder wenigstens ein anderer Name der aktuellen Ermittlung auftauchte, war das alles vergebliche Liebesmüh. So sah er die Sache jedenfalls. Die getrockneten Cranberries, die ihm seine Frau am Morgen eingepackt hatte, waren schon seit geraumer Zeit aufgefuttert, sein Magen grummelte. Vielleicht sollte er eine Pause machen und sich Lisas Gemüsenudeln mit Brennnesselpesto widmen? Andererseits: Was gäbe er jetzt nicht alles für eine anständige Portion echten Essens? Zum Beispiel einen ordentlichen Teller Spaghetti Bolognese, dazu löffelweise Parmesan! Während ihm noch das Wasser im Mund zusammenlief, stieß er in den Unterlagen zum ersten Mal auf etwas, das unmittelbar seine Aufmerksamkeit erregte. Zwischen die Personenbefragungen war aus einem ihm nicht ersichtlichen Grund ein kurzer Bericht der kriminaltechnischen Abteilung gerutscht. Wahrscheinlich irgendwann einmal falsch abgeheftet, befand Knutsson. Jedenfalls ging es um das Auto von Marie Elofsson, einen orangefarbenen Opel Kadett B, Baujahr 1968. Schickes Auto, dachte Knutsson, der gern in Oldtimermagazinen blätterte, wenn er im Supermarkt vor der Kasse Schlange stand. Im letzten Moment ließ er das Heft üblicherweise schnell auf dem Regal mit den Kaugummis verschwinden, denn bezahlen wollte er dafür dann doch nicht. Halbherzig hegte er den ewigen Männertraum, eines Tages einen Oldtimer zu restaurieren, am liebsten einen *Gran Torino* oder *Mustang,* irgendetwas Amerikanisches, aber wenn er ehrlich war, fehlte es ihm dazu nicht nur an Zeit, Geld und Enthusiasmus, sondern vor allem an der nötigen Sachkenntnis. Wenn sein riesiger Pick-up Ärger machte, dann brachte er ihn in die Werkstatt, Punkt. Trotzdem gehörte es zu seinem Selbstbild, sich für Autos *zu interessieren,* denn welcher echte Mann in Småland tat das nicht? Zuzugeben, von Motoren im Grunde keine Ahnung zu haben, wäre in etwa so, als könne man nicht beim Thema Angeln mitreden, oder wüsste keine drei gescheiten Sätze zur Taktik beim Eishockey zu sagen, eine völlig absurde Vorstellung! Also nestelte er an seiner Lesebrille herum, setzte eine kenntnisreiche Miene auf und las, was die Untersuchung von Elofssons Opel ergeben hatte. Viel war das nicht. Die einzigen Fingerabdrücke, die sichergestellt und identifiziert werden konnten, waren die des Opfers und ihrer zwei Kinder. Auch sonst gab es keine Spuren, die in einem Zusammenhang mit dem Verbrechen zu stehen schienen. Der Wagen war in einem gepflegten Zustand, hätte es die unglückliche Reifenpanne nicht gegeben, wäre Elofsson dem Triebtäter wahrscheinlich niemals in die Hände gefallen, so das Fazit des halbseitigen Berichts. Ursache für den Plattfuß war im Übrigen ein Nagel gewesen, über den sie gefahren sein musste und der sich ins Profil des Reifens gebohrt hatte. Knutsson grunzte. Das Gleiche war ihm auch schon einmal passiert. Die arme Frau hatte schlichtweg Pech gehabt. Trotzdem regte sich seine Neugier. Hatte Siv Kaspersen nicht ebenfalls eine Reifenpanne gehabt? Er blätterte zurück und überflog das Inhaltsverzeichnis des Aktenordners. Unterlagen der kriminaltechnischen Abteilung fand er nicht aufgeführt. Sie befanden sich offenbar in einem anderen Ordner. Der Bericht, auf den er gestoßen war, war an der völlig falschen Stelle gelandet. Er schlurfte in Nyströms Büro und durchsuchte das Gesamtregister. Die Chefin, die selbst über einen Leitzordner gebeugt an ihrem Schreibtisch saß, warf ihm einen fragenden Blick zu. Knutsson brummte etwas von *Männerkram*. Nyström reagierte, indem sie eine Augenbraue hochzog. Endlich fand er, wonach er gesucht hatte. Die kriminaltechnischen Berichte waren in Ordner Nummer sieben abgeheftet.

»Wo finde ich Ordner sieben?«

Nyström deutete mit dem Kinn auf den Umzugskarton, der neben ihrem Schreibtisch stand.

»Das müsste der mit dem roten Etikett sein.«

Knutsson bückte sich ächzend und griff nach dem staubigen Ordner.

»Hier müsste mal gelüftet werden«, sagte er, bevor er aus der Tür trat.

»Leihst du mir denn deinen Schraubenzieher?«, fragte Nyström, ohne aufzusehen.

»Ich meine ja nur.«

Zurück in seinem Büro blätterte er sich zu dem Untersuchungsbericht des Wagens von Siv Kaspersen durch. Er fand die entscheidende Information auf Anhieb. Ja, sein Erinnerungsvermögen hatte ihn nicht getrogen. Auch Kaspersen war durch eine Reifenpanne zum Anhalten gezwungen worden. Was aber noch viel entscheidender war: In ihrem Reifen hatte ebenfalls ein Nagel gesteckt. Knutsson spürte, wie sich seine Atmung beschleunigte. War er hier auf etwas gestoßen? Steckte dahinter ein Muster, eine Masche, oder handelte es sich um reinen Zufall? Hatte jemand die Reifen der beiden Frauen bewusst manipuliert, oder hatten sie einfach nur Pech gehabt? Es gab nur eine Möglichkeit, dies zu überprüfen. Was war Lotta Noréns Wagen widerfahren? Etwa noch ein Nagel? Hektisch blätterte Knutsson weiter. Fünf Seiten später hatte er den entsprechenden Bericht vor sich. Sein Blick jagte über die Zeilen. Schließlich hatte er es. Motorschaden. Wie ernüchternd! Für einen Augenblick hatte er wirklich daran geglaubt, etwas Entscheidendem auf die Spur gekommen zu sein. Nun war die Enttäuschung umso größer. Ein blöder Motorschaden statt manipulierter Reifen. Und keine Spur von Berit Gustavsson. Ein Vormittag zum Vergessen. Zeit für seine Gemüsenudeln. Auch wenn er bezweifelte, dass die seine Laune deutlich heben würden. Dann fiel ihm doch noch etwas ein beziehungsweise auf. In dem Bericht war überhaupt nicht vermerkt, worauf der Motorschaden zurückzuführen war. Ein defekter Zahnriemen? Überhitzung? Ölmangel? Ihm fielen ein gutes Dutzend Möglichkeiten ein. Und dann sollte noch mal jemand behaupten, er habe keine Ahnung von Autos! Pah! Er notierte sich den Namen des Kriminalassistenten, der den mangelhaften Bericht 1974 unterschrieben hatte. Kopf-schüttelnd packte er sein Mittagessen aus. Giftgrünes Pesto kleckste auf die alte Akte. Wenn der Knilch noch lebte, würde er ihn ausfindig machen und ihm gehörig die Meinung geigen. Wenn Knutsson irgendetwas auf die Palme brachte, dann war es mangelnde Professionalität. Nach zwei Bissen war er der Gemüsenudeln überdrüssig. Er schielte auf den Kantinenplan, den er gewohnheitsmäßig an der Pinnwand über seinem Schreibtisch befestigt hatte. Heute gab es Lammkottelets mit Couscous und Minzjoghurt, als Nachtisch honigtriefendes Blätterteiggebäck. Sorry, Lisa, dachte er, und klappte seine Lunchbox zu, aber manchmal musste man einfach auf seinen Bauch hören.

6

Ingrid Nyström gab sich alle Mühe, die zirkulierenden Gedanken an Göran Lindholm und Anders zu verdrängen, an das brisante Material, das der ehemalige Mitarbeiter ihr zugespielt hatte, und was es bedeutete, an die Folgen für Anna und den kleinen Albert, und nicht zuletzt an Stina Forss. Nun galt es, sich auf das Hier und Jetzt zu konzentrieren, sie hatte eine Ermittlung zu leiten, die sich mehr und mehr zu verzweigen schien, die an manchen Stellen mäanderte und sich an einer anderen zu einem mächtigen See aufstaute, aus dessen Untiefen immer mehr Indizien gegen Gunnar Gustavsson aufstiegen. Wie übel riechende Gasblasen, dachte sie, oder, die Metapher war vielleicht noch treffender, Wasserleichen. Auch wenn der Leichnam Berits, wenn es sich denn bei den Knochen im Glassarg überhaupt um ihre sterblichen Überreste handelte, und nicht die einer anderen Frau, anscheinend an offener Luft verwest war anstatt unter Wasser oder vergraben in der Erde.

Trotz des sich verhärtenden Verdachts gegen Gustavsson, der Fund des Handys am Vortag war nur das letzte Glied einer Kette von Hinweisen, die auf den Firmenpatriarchen deuteten, verwendete sie gerade beinahe die gesamte Schlagkraft ihres Teams auf das Verfolgen einer ganz anderen Spur, und es war völlig fraglich, ob dieser Einsatz irgendeinen anderen Ertrag brachte als die wunden Fingerspitzen, die sie vom stundenlangen Umblättern des alten, rauen Aktenpapiers hatte. Vielleicht war das krampfhafte Sichklammern an den sogenannten Kalmar-Killer nichts anderes als der sprichwörtliche Griff nach dem Strohhalm, ein Akt der Verzweiflung, weil sich noch immer etwas in ihr dagegen sträubte, Gunnar Gustavsson vorzuladen und in einer Verhörzelle so lange schmoren zu lassen oder auseinanderzunehmen, bis er seine Spielchen endgültig aufgab, und begann, Tacheles zu reden. Sicher, Erik Edman hatte sie unmissverständlich spüren lassen, dass es politisch gewünscht war, den einflussreichen Geschäftsmann mit Samthandschuhen anzufassen, aber scherte sie das wirklich?

Das Klingeln des Telefons riss sie aus ihren Überlegungen. Unwirsch meldet sie sich.

»Ingrid Nyström.«

»Erwin Neuholt hier. Ich hatte eigentlich gehofft, mit Kommissar Knutsson zu sprechen, aber der Herr in der Zentrale sagte, der werte Kollege sei gerade zu Tisch, und hat mich deshalb an die Abteilungsleitung weitergeleitet. Ich hoffe, ich störe nicht?«

Nyström verdrehte innerlich die Augen, gleichzeitig ließ sie etwas aufhorchen. Hatte der Anrufer einen österreichischen Akzent? Wie war noch gleich sein Name gewesen?

»Keinesfalls«, entgegnete sie betont freundlich, »wie kann ich weiterhelfen?«

Der Mann am anderen Ende der Leitung lachte. Ein tiefes, teerlungenhaftes Lachen, das in einen Husten überging.

»Eigentlich habe ich gehofft, weiterhelfen zu können«, erklärte er, als sich der Husten gelegt hatte. »Wo der Kommissar doch vorgestern extra zu mir nach Lammhult rausgefahren ist.«

Nun war Nyström im Bilde. Es musste sich um Erwin Neuholt handeln, den ehemaligen Angestellten der Thurstan-Hütte, der mit Hubert Moosbrugger befreundet gewesen war.

»Ich höre«, sagte sie.

»Nun, mir ist da gestern Abend, als ich schlaflos im Bett lag, etwas eingefallen. Ich weiß, ich sollte so spät eigentlich keinen Kaffee mehr trinken, dazu kam die elende Hitze im Zimmer und eine Mücke, die mich in den Wahnsinn getrieben hat«, lachte er asthmatisch, aber diesmal ohne darauffolgenden Hustenanfall, »jedenfalls ging mir so einiges durch den Kopf. Ich musste an Herbert denken, an die Zeit damals vor seinem Verschwinden, an den verdammten Hochzeitsabend, und auch daran, was aus dem armen Kerl geworden ist.«

Nyström schluckte. Zum ersten Mal wurde ihr bewusst, wie einseitig sie die Ermittlung im Grunde führte. Alles drehte sich um das unbekannte Schicksal Berits. Niemand scherte sich wirklich darum, was Herbert geschehen war. Er war kaum mehr als eine Randnotiz. Sicher, es war Berits Leichnam, der mutmaßlich bei der Ausstellungseröffnung aufgetaucht war, aber rechtfertigte dies, Herberts Verschwinden derart zu vernachlässigen? Lag es daran, dass er keine trauernden Angehörigen zurückgelassen hatte, dass er kein vielversprechendes Kind aus besserem Hause war, sondern ein Waisenjunge, ein junger Gastarbeiter ohne Lobby, ohne Stimme? Berits Glanz hatte ihn schlichtweg überstrahlt, musste sich Nyström eingestehen, und die Verantwortung dafür trug in letzter Konsequenz sie selbst.

»Ich bin ganz Ohr«, munterte sie Neuholt auf.

»Es war so, dass sich der Kollege nach dem Brauch der Brautentführung erkundigt hatte«, erklärte Neuholt. »Ob die Idee allein auf Herberts Mist gewachsen war, oder ob wir älteren Österreicher in Bytorp ihn dazu ermuntert oder zumindest beraten haben, Herbert war schließlich noch sehr jung gewesen, als er mit seinen Eltern die alte Heimat verließ, und daher war wohl fraglich, ob er sich überhaupt selbst an diese Tradition erinnern konnte.«

»Richtig«, bestätigte Nyström, »diese Frage haben wir uns tatsächlich gestellt, und sie ist für unsere Ermittlung alles andere als unerheblich.«

»Nun ich konnte dem Kollegen vor zwei Tagen leider keine befriedigende Antwort geben, weil ich mich schlichtweg nicht an ein derartiges Gespräch mit Herbert erinnerte. Gestern Abend jedoch ist mir wie aus heiterem Himmel etwas Merkwürdiges eingefallen. Erwähnte ich schon wie warm es in meinem Zimmer war? Ich konnte jedenfalls nicht einschlafen, und plötzlich war sie wieder da, die Erinnerung. Klar und rein wie das Wasser im Lammensee vor meinem Fenster. Es war so: Herbert und ich haben uns tatsächlich nie über den Brauch der Brautentführung unterhalten. Aber Karl Pichler, mein bester Freund in der Hütte, hat mir eines Tages davon erzählt, dass Herbert ihn daraufhin angesprochen hätte. Karl hat Herbert die Tradition in allen Details erklärt, wobei man sagen muss, dass es auch in Österreich erhebliche regionale Unterschiede gibt, was die genaue Ausführung angeht. Aber das ist gar nicht das Entscheidende. Das, was Karl so merkwürdig fand, war der Umstand, dass sich Herbert auf Berits Drängen hin nach der Brautentführung erkundigt hatte. Das Ganze war ihre eigene Idee gewesen, offenbar hatte sie irgendwo davon gelesen, dann Herbert angesprochen, der sich wiederum in seinem Unwissen an Karl gewandt hat.«

Nyström benötigte einige Momente, um zu spüren, dass ihr Mund offen stand.

»Noch einmal von vorn, bitte«, sagte sie, dabei hatte sie es längst begriffen: Die Brautentführung war auf Berits Betreiben hin kurzfristig in das Hochzeitsprogramm mitaufgenommen worden.

7

Stina Forss taumelte wie ein Zombie durch den Tag. So fühlte es sich zumindest an. Die vertraute Umgebung, die Kollegen, die Arbeit: Sie nahm kaum wahr, was um sie herum passierte, ein orientierungsloses Halbwesen in einer Schattenwelt. Ihre Gedanken kehrten wieder und wieder zu der Waffe in dem Tresor zurück, zu ihrem Vater, zu seiner Tat. *Falls es wirklich so passiert war, wie sie es sich zurechtgelegt hatte.* Aber konnte sie ihrem eigenen Urteil überhaupt noch vertrauen? So tief, wie sie emotional in der Sache steckte? Vaters Tod, Kents Tod, Healeys Tod. Ihr eigenes Koma, das verlorene Auge, die dauernden Kopfschmerzen. Der Tinnitus, der kam und ging. Die Psychopharmaka und der Alkohol. Ihre soziale Isolation. Schlafmangel. Der permanente

Ausnahmezustand. Wo hörte ihre Fähigkeit zur Analyse auf, wo begann die Paranoia? War sie längst in eine Psychose abgeglitten, ohne es zu merken? Litt sie an Wahnvorstellungen? Oder war sie tatsächlich *der ganz großen Verschwörung* auf der Spur? Wie irre es klang, wenn sie die Worte vor sich hinflüsterte. Oder wie jetzt in den Computer tippte.

Die ganz große Verschwörung.

Es war verrückt. Sie war verrückt. Sie löschte die Worte vom Bildschirm. Stand auf. Ging auf die Toilette. Ließ sich minutenlang Wasser über das Gesicht laufen. Danach fühlte sie sich etwas besser. Sie verstand, dass sie etwas brauchte, an dem sie sich festhalten konnte, ansonsten würde sie im Wahnsinn untergehen. Nicht etwas, sondern jemanden. Nur: Es gab niemanden. Das Einzige, was sie hatte, war die Arbeit. Sie massierte ihre Schläfen, nahm eine Tablette, blickte in den Spiegel. Ein Wrack, in jeder Hinsicht. So sah also die Tochter des Palmemörders aus.

Vielleicht.

Auf dem Weg zurück in ihr Büro durchquerte sie den Besprechungsraum. Delgado stand vor Nyströms Whiteboard und notierte darauf Namen. Arbeit, dies hier war ihre Arbeit, dahinter lauerte ein bodenloser Abgrund. Also zwang sie sich hinzusehen. Sich zu konzentrieren.

»Wer ist das?«, fragte sie.

»Ich habe drei ehemalige Escortgirls des *Club Rosés* ausfindig gemacht, womöglich kannten sie Berit«, antwortete Delgado, ohne aufzusehen. Mit der Akribie eines Renaissancemalers kalligrafierte er den letzten Namen auf die Tafel. Dann rieb er sich das Handgelenk. »Ich weiß nicht, wann ich das letzte Mal etwas mit einem Stift notiert habe. Muss in den Neunzigern gewesen sein.«

Forss ging über den Spruch hinweg und starrte auf die Tafel.

»Kiriaki Edvén-Rosholm?«

»Heutzutage eine ziemlich renommierte Künstlerin. Kennst du sie?«

»Nein. Aber warte mal einen Moment.«

Sie eilte in ihr Büro, wühlte in den Unterlagen, fand, wonach sie suchte, und stand keine Minute später wieder neben Delgado. In der Hand hielt sie eine Kopie der Hochzeitsbroschüre. Sie blätterte die Seite mit der Sitzordnung auf.

»Dort!«, zeigte sie.

Delgado sah ihr über die schmale Schulter.

»*Kiki Edvén, 21, Künstlerin und Fotografin, Stockholm*«, las er vor.

Forss drehte sich zu ihm um.

»Wie konnten wir sie um Gottes willen übersehen?«

Delgado zuckte mit den Achseln.

»Wahrscheinlich jemand, den Berit auf der Kunsthochschule kennengelernt hat«, sagte er.

Forss nickte.

»*Fotografin* steht da. Verstehst du, was das bedeutet?«

»Sie könnte bei der Hochzeit fotografiert haben.«

»Verdammt noch mal, wieso kommen wir erst jetzt darauf?«

»Das war mein Job«, sagte Delgado zerknirscht, »ich sollte das Gästeverzeichnis zu einer relevanten Liste zusammenkürzen.«

»Es hätte uns allen ins Auge springen müssen. *Fotografin. Künstlerin. Stockholm.* Und dazu noch in Berits Alter! Wie blind kann man sein?«

»Die gute Nachricht ist, dass sie noch lebt.« Delgado rang sich ein Lächeln ab. »Und ich habe ihre Telefonnummer.«

Stockholm, Oktober 1970

Madame Fleur sagt (in Wirklichkeit heißt sie Furuholm – ich würde mich wohl auch lieber ›Blume‹ nennen, wenn ich ‚Kiefern-inselchen‹ heißen würde, außerdem, wer kann das schon auf Französisch übersetzen? Andererseits tausche ich selbst wohl im nächsten Jahr meinen stolzen Nachnamen, der immerhin auf ›Turstin‹ zurückgeht, einen mittelalterlichen Erzbischof, gegen das profane Gustavsson ein, nicht gerade ein vorteilhaftes Geschäft, deshalb sollte ich wohl lieber meinen vorlauten Mund halten!), Madame Fleur jedenfalls sagt, dass Kiki und ich binnen Monaten zu den »heißesten Pferden in ihrem Stall« geworden sind. Die heißesten Pferde. Ist das ein unfreiwilliges Kompliment, weil es beinhaltet, dass wir unsere Agentinnennrollen mit Bravour spielen, oder bedeutet es nichts weiter, als dass wir nun mit allen Wassern gewaschene Schlampen sind? Oder läufige Stuten, um im Bild zu bleiben? Meine Liste steht nach einem halben Jahr bei achtundzwanzig, Kikis bei zweiunddreißig. Sie nennt sich neuerdings selbst scherzhaft ein verficktes Luder, aber ich werde mir immer unsicherer, wie viel Spaß wirklich dahintersteckt. Gut ist, dass sich die Dokumentation unserer Langzeit-Performance sehen lassen kann. Wir haben mittlerweile mehr als zweihundert Fotos (viele sind zugegebenermaßen unscharf und verwackelt – was unter künstlerischen Gesichtspunkten allerdings nicht schlecht sein muss, erhöht es doch den Authentizitätsfaktor), an die hundert Quittungen, Restaurantrechnungen, Opernbillets, und Kiki verwahrt sogar, ich wage kaum es aufzuschreiben, benutzte Kondome. Das ist die glänzende Seite der Medaille. Kunst.

Die andere Seite: Wir verändern uns. Langsam zwar, beinahe unmerklich, aber ich spüre es doch, und ich weiß, dass ich es nicht mag. Ich möchte hier nicht vom Gefühl der Beschmutzung sprechen, von Unreinheit, diese patriarchalen Begriffe werden seit Jahrtausenden gegen Frauen ins Feld geführt, die nicht dem gesellschaftlichen Keuschheitsideal entsprechen, Maria Magdalena lässt grüßen. Aber es entsteht eine Abgebrühtheit, die ich von mir nicht kenne, eine Art Taubheit, eine dumpfe Leere, die ich als beklemmend empfinde. Die Abende, die mich zu Beginn in äußerste Anspannung, Aufgekratztheit, ja Euphorie, versetzt haben, verlaufen immer nach dem gleichen Muster. Eine beliebige kulturelle Veranstaltung zum Auftakt, gefolgt von einem teuren Essen, dazu massenhaft Alkohol und unverbindlicher Plausch, ein Absacker in irgendeiner Bar und schließlich das »grande finale«, eine mehr oder weniger gelungene Nacht in einem Hotelzimmer. Das Schlimmste daran ist noch nicht einmal die Routine, mit der ich das alles über mich ergehen lasse, sondern das schale Gefühl am Morgen danach. Mein alkoholweiches Hirn, der trockene Mund, der verwischte Lippenstift auf dem Kopfkissenbezug, der fremde Geruch auf meinem Körper. Die verlegen dahingemurmelten Sätze, bis ich mit der Handtasche unter dem Arm endlich aus dem Raum huschen kann. Die wissenden Blicke der Zimmermädchen, das anzügliche Grinsen der Pagen. Kiki sagt, ich solle es so machen wie sie, und es mit Tabletten versuchen. Das dämpfe die Scham. Vielleicht tut es das. Aber ich denke, dass sie dazugehört. Genauso wie die Schuldgefühle gegenüber Gunnar. Ich weiß, dass ich ihm nicht gehöre, dass ich mit meinem Leben machen kann, was ich will, Verlobung hin oder her, trotzdem verdient er es nicht, angelogen zu werden. Ich werde mit ihm sprechen müssen, früher oder später. (Vermutlich eher später, wie ich mich kenne.) Dann kann er entscheiden, ob er mich noch will. So wie ich bin. Eine freie Frau, eine Künstlerin. Denn dass ich die Sache abbreche, steht nicht zur Debatte. Wir ziehen es durch, haben Kiki und ich uns geschworen, die ganzen hundert Männer, um jeden Preis. Wir schreiben feministische

Kunstgeschichte. Kiki sagt, sie habe sogar schon Kontakt mit einem internationalen Galeristen, der sich auf Fluxus und performance spezialisiert hat. Womöglich stehen wir tatsächlich kurz vor dem Durchbruch. Berit Thurstan aus Bytorp im Glasreich, wer hätte das gedacht? Ich jedenfalls nicht. Apropos Bytorp. Ich habe keine Ahnung, wie ich dies hier jemals Papa und Mama erklären soll. Wie ich in den verschlafenen Landstrich zurückkehren soll, um gemeinsam mit Gunnar die Glashütte der Zukunft zu leiten. Es ist, als habe ich zwei Leben, ein neues und ein altes, und sie driften immer weiter auseinander.

P. S. Noch mal Bytorp: Morgen besucht mich zum ersten Mal Elvira. Sie war nie ein Kind von Traurigkeit. Ich denke, hier wartet eine Art Überraschung auf sie …

FREITAG

1

Nicht viel nachdenken, sondern einfach weiterarbeiten. Stina Forss sprach den Satz wie ein Mantra vor sich hin. Sie hatte sich am Vorabend an ihn geklammert wie an ein Kuscheltier, und sich mit seiner Hilfe sowie zweier Schlaftabletten und einiger großzügig bemessener Longdrinks in eine traumlose Bewusstlosigkeit gewiegt, aus der sie am frühen Morgen der Wecker gerissen hatte. Es war halb sechs, als sie sich auf den Weg nach Nynäshamn machte, eine mehrstündige Autofahrt lag vor ihr. Statt eines Frühstücks nahm sie zwei weitere Tranquilizer und konterte diese mit einem dreifachen Espresso. Es galt, die richtige Mischung aus Gleichgültigkeit und Konzentration zu finden, Kokain, Speed oder Ritalin hätten ihr in Kombination mit dem Valium mit Sicherheit bessere Dienste geleistet, aber man musste schließlich mit dem vorliebnehmen, was man zur Hand hatte, auch wenn sie tatsächlich kurz die Überlegung abwog, im Museumspark einen der Kleindealer um seine Ware zu erleichtern. Dagegen sprach ein Blick auf die Uhr, der Park würde um diese Zeit noch wie ausgestorben daliegen. Im Auto legte sie die CD mit dem stumpfesten Techno ein, den sie finden konnte und drehte die Anlage bis zum Anschlag auf. Nicht nachdenken, weiterfahren. Trotzdem lief ihr Gehirn gleichzeitig auf Hochtouren. Ein Rennmotorrad mit Vollgas im Leerlauf, sie musste aufpassen, dass ihr die Kupplung nicht aus den Fingern flutschte.

Ein langläufiger Revolver der Marke Smith & Wesson, Kaliber .357 Magnum.

Der Abend des 28. Februar 1986, Stockholmer Innenstadt, an der Ecke Sveavägen / Tunnelgatan, vor dem Tapetengeschäft »Dekorima«.

Zwei Schüsse aus nächster Distanz.

Der Ministerpräsident, der neben seiner Frau zusammenbricht.

Papa, warst du wirklich dort? Hast du den Abzug betätigt? Mich zur Tochter des meistgesuchten Verbrechers in der Geschichte Schwedens gemacht?

Nicht nachdenken, weiterfahren.

Mich, eine Kommissarin der Mordkommission?

Mich, eine der wahrscheinlich – wenn auch unfreiwillig – bekanntesten Polizistinnen des Landes?

Konnte es größere Ironie überhaupt geben?

Sie überholte einen Lkw.

Ihr Verstand lief auf Autopilot, assoziierte frei.

Fernfahrer.

Da war Kalle Kvist, der für ein paar Silberlinge seine Ladung verscherbelt hatte, darunter das falsche *Schneewittchen*, bei dem es sich aller Wahrscheinlichkeit nach um Berits sterbliche Überreste handelte.

Da war Göte Svanberg, ein Serienvergewaltiger und Mörder, der seine Taten in zeitlicher und räumlicher Nähe zu Berits Verschwinden begangen hatte.

Sie fasste nach der Flasche Mineralwasser auf dem Beifahrersitz.

Glasreichfamilien.

Der undurchsichtige Gunnar Gustavsson und sein Bruder Bengt-Ivar.

Petter Thurstan, der das Unternehmen seiner Familie in den Konkurs geführt hatte.

Die Persbrandts, die auf Holz umgesattelt hatten.

Die Lundberg-Geschwister, zu denen sie unterwegs war.

Nicht nachdenken, sondern einfach weiterarbeiten.

Aber wie sollte das gehen, wenn ihre Arbeit nun mal zum großen Teil aus Nachdenken bestand?

2

Besprechung in kleiner Runde. Ingrid Nyström hatte zehn Stunden Tiefschlaf hinter sich, sie fühlte sich um einiges ausgeruhter als am Vortag. Ihr gegenüber saßen Knutsson und Delgado, Hultin hatte freitags frei, Forss war bereits im Außeneinsatz. Nyström stand vor dem Whiteboard und klopfte mit einem Stift auf die drei Namen, die Delgado ihrer Fallübersicht hinzugefügt hatte.

»Wenn ich dich richtig verstehe, war Kiriaki beziehungsweise ›Kiki‹ Edvén-Rosholm damals wirklich unter den Hochzeitsgästen?«

Delgado erläuterte ausführlich. »Wie gesagt, es ist mir ein

Rätsel, dass sie nicht früher in den Fokus gerückt ist. Das nehme ich auf meine Kappe.«

»Kann passieren«, sagte Nyström. Sollte es aber nicht, fügte sie in Gedanken hinzu.

»Die anderen beiden Frauen habe ich gestern bereits telefonisch erreicht. Genau genommen habe ich allerdings nur mit Inge-Britt Börgeson persönlich gesprochen. Wobei sie mir ziemlich unmissverständlich klargemacht hat, dass sie nicht bereit sei, über diesen Lebensabschnitt zu sprechen. Natürlich habe ich den ganzen Sermon heruntergebetet: Wichtige Zeugin, Mordermittlung, Pflicht zur Zusammenarbeit, bla, bla. Doch die Frau ist stur. Solange wir sie nicht mit Blaulicht und in Handschellen abholen, denkt sie nicht im Traum daran, auch nur eine Silbe über ihre Zeit beim *Club Rosé* zu verlieren. Ihre Worte. Ich denke nicht, dass dort ohne großen Aufwand etwas zu holen ist.«

»Ärgerlich, aber wer will es ihr verdenken?«, seufzte Nyström. »Lassen wir Börgesen vorläufig ihren Frieden. Was ist mit Gun Täck?«

»Tja, da gibt es gar nichts zu holen. Bei ihr ist es allerdings weniger eine Frage des Willens als des Könnens.«

»Ist sie dermaßen durch den Wind?«, fragte Knutsson.

Nyström warf ihm einen missbilligenden Blick zu.

»Alzheimer im fortgeschrittenen Stadium, hat die Pflegekraft erklärt, Täck ist eine hochgradig demente Frau, die ihre eigenen Angehörigen nicht mehr wiedererkennt.«

»Dann läuft es also auf diese Künstlerin hinaus«, stellte Nyström fest.

»Ich habe gestern mit ihrem Sekretariat gesprochen. Die Frau scheint eine wirklich große Nummer zu sein, im Moment hält sie sich in Helsinki auf und bereitet eine neue Ausstellung vor.«

»Finnland«, stöhnte Nyström. »Kann es nicht *einmal* unkompliziert sein?«

»Ich habe nach langer Diskussion die Handynummer ihrer persönlichen Assistentin bekommen und auf die Mailbox gesprochen, aber bisher kam noch keine Antwort.«

»Persönliche Assistentin«, spottete Knutsson, »hört, hört.«

Der Spruch war umso lahmer, da Delgado ihn bereits am Vortag gebracht hatte.

»Erhöhe den Druck«, befand Nyström. »Geh der Frau so lange auf den Geist, bis sie sich meldet. Wenn sie tatsächlich gut mit Berit befreundet war und dazu noch auf der Hochzeit fotografiert hat, kann sie sich womöglich als echte Trumpfkarte entpuppen.«

»Kiriaki«, lachte Knutsson und schob sich einen Apfelspalt in den Mund, »was ist das überhaupt für ein komischer Name? Japanisch? Oder einfach nur überkandidelt?«

»Schließt das eine das andere aus?«, bemerkte Nyström.

»Griechisch«, antwortete Delgado. »Ich hab es gegoogelt, es bedeutet in etwa *Sonntagskind*.«

»Ich finde diese Frau jedenfalls in höchstem Maße verdächtig«, befand Knutsson. »Überlegt doch mal: Sie kannte Berit. Sie war vor Ort, als Berit verschwand. Und sie ist Künstlerin.«

»Ja, und?«, fragte Nyström. Ihr war nicht klar, worauf Knutsson hinauswollte.

»Berit taucht wieder auf. Als *Kunstwerk*. In einer *Kunstausstellung*. Zufall?«

Delgado und Nyström tauschten Blicke. Delgado räusperte sich.

»Edvén-Rosholm macht nicht diese Art von Kunst, Lasse«, erklärte er. »Sie stellt keine Objekte oder Installationen her, erst recht nicht aus Glas. Sie *performt*.«

»Was soll das denn sein?«

»Sie arbeitet mit ihrem Körper. Sie läuft zum Beispiel barfuß über Tonscherben. Oder lässt sich stundenlang ohrfeigen.«

»Das soll Kunst sein? Das kann doch jeder machen! Das könnte selbst ich!«

»Tja«, machte Delgado. »Das ist wohl der Unterschied. Wenn Edvén-Rosholm das als anerkannte Künstlerin macht, als Pionierin des Aktionismus, ist das Ausdruck tiefer, seelischen Pein. Oder eine Anklage des Patriarchats. Oder des kapitalistischen Ausbeutersystems. Sagt jedenfalls ihr Wikipedia-Eintrag. Wenn dagegen du das machst, bist du einfach nur ein Idiot, der ausgelacht wird.«

»So funktioniert Kunst?«

»So funktioniert Kunst.«

3

Noch Minuten später grummelte Lasse Knutsson an seinem Schreibtisch vor sich hin. Über Scherben gehen, als wäre das so etwas Besonderes. Er hatte auf dem *Discovery Channel* mal eine Dokumentation über Fakire gesehen. Was diese unglaublichen Kerle alles mit sich machen ließen! Scherben, pah! Jeder Teilnehmer eines Motivationskurses wurde heutzutage über glühende Kohlen geschickt, da war überhaupt nichts dabei! Und landete man dafür im Museum? War man deshalb gleich ein millionenschweres Kunstwerk? Natürlich nicht! Er schüttelte sein schweres Haupt. Es gab Dinge auf der Welt, die konnte man einfach nicht verstehen. Was war denn mit *seiner* Performance? Monatelang nicht viel mehr als Obst und Gemüse und irgendwelche Nüsse zu fressen? War das etwa keine Leistung? Sich wie ein verdammter Neandertaler zu ernähren? Oder ein rotärschiger Pavian? Wenn Selbstkasteiung heutzutage schon Kunst darstellte, dann gehörte ja wohl zuallererst *ihm* ein Platz im Museum! Nach Finnland hatte er außerdem immer schon gewollt, allein schon wegen der unglaublichen Angelmöglichkeiten.

Das Telefon klingelte. Er nahm ab. Der Mann am anderen Ende der Leitung stellte sich als Kurt Blomberg vor. Er klang ziemlich aufgebracht. Knutsson war für einen Moment desorientiert. Blomberg, Blomberg, das kam ihm irgendwie bekannt vor. Während der Kerl eine Schimpftirade abließ, deren Sinn Knutsson nicht ansatzweise verstand, wühlte er sich durch das Zettelchaos auf seinem Schreibtisch. Da, er hatte es. Kurt Blomberg. Der Sachverständige, der 1974 den Volvo Amazon Lotta Noréns untersucht hatte. Knutsson hatte am Vortag nach seiner Mittagspause im Kalmarer Präsidium angerufen und seinem Unmut über den seiner Meinung nach unvollständigen Untersuchungsbericht kundgetan, auch wenn ihn sein Gesprächspartner darauf hingewiesen hatte, dass Kurt Blomberg seit zwei Jahrzehnten pensioniert war.

»... eine bodenlose Unverschämtheit! Da verbringt man seinen Lebensabend bescheiden und in Ruhe in seinem kleinen Häuschen, hält den Garten in Ordnung und versucht, das schöne Wetter zu genießen, da rufen einen mir nichts, dir nichts irgendwelche jungen Schnösel an, die sich Kommissar nennen dürfen, und piesacken einen mit angeblich fahrlässig verfassten Berichten! Aus den Siebzigerjahren wohlgemerkt! Eine Frechheit! Als hätte ich jemals in meinen mehr als vierzig Berufsjahren geschlampt! Als hätte ich nicht immer mein Bestes gegeben! Als wäre ich ein Dilettant auf meinem Fachgebiet! Dabei habe ich eine Ausbildung als

Kriminalassistent *und* Automechaniker absolviert! Zwei Abschlüsse, zwei Berufe, wer kann das heute noch von sich behaupten? Du etwa?«

Zum ersten Mal schien Blomberg eine Pause zu machen, wahrscheinlich weil er nach Luft schnappen musste.

»Sachte, sachte«, bemühte sich Knutsson die Erregung und den verbalen Amoklauf des Pensionärs wieder einzufangen. Er wollte nicht dafür verantwortlich sein, wenn der Greis womöglich einen Herzinfarkt erlitt. »So war das doch gar nicht gemeint.«

»Ach ja? Wie war es denn bitte schön gemeint, wenn nicht als haltlose Kritik meiner Arbeit?«

»Ich habe nur vorsichtig angemerkt, dass der Bericht im Fall Lotta Norén, nun ja, etwas knapp ausgefallen sei.«

Das war zwar maßlos untertrieben, denn Knutsson hatte am Vortag ganz schön losgepoltert, aber wozu noch unnötig Öl ins Feuer gießen?

»Knapp? Der Bericht im Fall Norén? Ich glaube, bei dir tickt es nicht richtig! Die arme, mutige Frau. Ich kann mich an jedes Detail des Falls erinnern. Mein Herzblut habe ich in diese Untersuchung gesteckt, weil ich gehofft habe, meine Arbeit könnte zur Lösung der Fälle Kaspersen und Elofsson beitragen, auch wenn ich kein *bedeutender Kommissar* war, sondern in euren Augen nur irgendein kleiner Handlanger mit ölverschmierten Händen. Zwei Tage lang habe ich den verfluchten Volvo auseinandergenommen, Schraube um Schraube, bis ich dahintergekommen bin, was den Motorschaden verursacht hat. Gedankt hat es mir im Übrigen keiner!«

»Aber warum steht denn dann nichts über die Ursache in deinem Bericht?«

»Das kann gar nicht sein!«

Knutsson blätterte in dem schweren Aktenordner.

»Doch, hier habe es vor mir, schwarz auf weiß. Eine einzige, knapp beschriebene Seite.«

Der Klecks Brennnesselpesto vom Vortag leuchtete ihm grün entgegen.

»Wie bitte? Eine einzige Seite?«

»Soll ich dir das Aktenzeichen vorlesen?«

»Nein, du Trottel, du sollst einen Blick auf den Anhang werfen!«

»Welchen Anhang?«

»Ganz hinten im Ordner.«

Knutsson schluckte.

Und blätterte weiter.

Tatsächlich, nach einer Minute war er fündig geworden.

Erläuterungen zum Untersuchungsbericht »Volvo Amazon/ Lotta Norén«.

Mist.

»Oh«, machte Knutsson.

»Ja«, äffte ihn Blomberg nach: »Oh.«

4

Hugo Delgado sprach im Laufe des Vormittags noch drei weitere Male auf die Mailbox von Edvén-Rosholms Assistentin, auf einen Rückruf wartete er bisher vergebens. Er versuchte es sogar direkt bei der Museumsverwaltung. Ein arroganter Schnösel erklärte ihm auf Englisch, dass er leider nichts für ihn tun könne. Resigniert legte Delgado auf. Tagelang jagte er nun diesem ominösen *Club Rosé* hinterher, von Zeitungsarchiven in die Handelskammer, vom Finanzamt zu einem antiquarischen Rolodex auf dem Schreibtisch eines modebesessenen Versicherungsmaklers. Schließlich und endlich hatte er tatsächlich eine vielversprechende Spur, und nun drohte alles an der vermeintlichen Unerreichbarkeit einer internationalen Kunstdiva zu scheitern?

Genervt wandte er sich den Akten zu, die Forss ihm am Vorabend auf den Schreibtisch gelegt hatte. Bisher war er um die verstaubten Ordner im Fall des »Kalmar-Killers« herumgekommen, aber solange er bei Edvén-Rosholm nicht weiterkam, gab es wenig Vorwände, die anderen nicht bei der langweiligen Arbeit zu unterstützen. Sicher, Nyström wartete noch immer auf die Firmengeschichte der Gustavssons, aber die Aufgabe erschien ihm im Moment noch dröger, als alte Akten zu studieren. Er las dort weiter, wo Forss ein provisorisches Lesezeichen hinterlassen hatte, einen platt gedrückten Papierstrohhalm, weiß-rot-blau bedruckt. Die Unterlagen bestanden aus Vernehmungsprotokollen von Lastwagen- und Kleintransporterfahrern aus dem Kalmarer Umland. Schon nach dem dritten Bericht musste Delgado ein Gähnen unterdrücken, beim siebten holte er sich einen Energydrink aus dem Kühlschrank der Teeküche. Die Fragen der Ermittler wiederholten sich zwangsläufig ein ums andere Mal.

– *Wo warst du am 16. Mai 1968?*

– *Wo am 4. September 1970?*

– *Kanntest du Siv Kaspersen?*

– *Marie Elofsson?*

– *Befährst du regelmäßig die L31?*

– *Hast du beruflich in Orrefors zu tun?*

– *In Nybro?*

– *Bist du verheiratet?*

– *Glücklich?*

– *Wann hattest du zum letzten Mal Geschlechtsverkehr?*

– *Schlägst du Frauen?*

– *Benutzt du Gewalt, um deinen Willen durchzusetzen?*

– *Hast du unter Kollegen von zweideutigen Gerüchten gehört?*

Bisweilen musste Delgado schmunzeln. Die Kriminalpolizisten hatten damals sicherlich ihr Bestes gegeben, aber die Vernehmungstechniken wirkten in seinen Augen blauäugig und antiquiert, kein Wunder, dass sich niemand der Befragten in Widersprüche verfangen hatte. Die Verhöre waren derart redundant, dass Delgado nach dem zehnten Bericht die Antworten nur noch querlas.

– *Am 4. September 1970? Da war wie jedes Jahr der Geburtstag meines Bruders. Wenn ich mich richtig erinnere, waren wir in dem Jahr zur Feier des Tages beim Fußball, Kalmar FF gegen Göteborg, was für ein Scheißspiel, wir haben 1:4 verloren.*

– *Siv Kaspersen? Noch nie gehört.*

– *Ich hatte mal einen Auftrag in Nybro, ein Wasserrohrbruch in einem Kindergarten, das war vielleicht eine Sauerei! Ist aber schon gut zehn Jahre her.*

– *Sicher bin ich glücklich verheiratet, vier Kinder, alles Mädchen. Wir haben bald Silberhochzeit, und ich liebe meine Elsa wie am ersten Tag.*

– *Mein letzter Sex? Was geht euch das an?*

– *Marie Elofsson? Ich kenne einen Rasmus Elofsson, aber ob die verwandt sind, keine Ahnung.*

– *Was weiß ich, wo ich am 16. Mai vor viereinhalb Jahren war? Arbeiten wahrscheinlich.*

– *Ich war einmal verlobt, seitdem bin ich Junggeselle. Gott sei Dank!*

– *Orrefors? Als ich das letzte Mal in Orrefors war, muss ich noch ein Kind gewesen sein. Ich hatte mal eine Großtante, die dort lebte, ein furchtbares Weibsbild.*

– *Gerüchte und Geraune gibt es unter Lkw-Fahrern wie Sand am Meer. Die meisten dieser Episoden drehen sich um wunderschöne*

Anhalterinnen, die in der Fahrerkabine verführt werden wollen. Ist natürlich alles reines Wunschdenken und dummes Gerede. Vor einigen Monaten habe ich aber tatsächlich etwas Komisches gehört. Es gibt in Kalmar einen Imbiss, der unter uns Fernfahrern beliebt ist, Hausmannskost zu guten Preisen, Stammkunden bekommen sogar Rabatt. Jedenfalls saß da beim Essen ein Kollege aus Blekinge neben mir, den ich vom Sehen her kenne. Netter Kerl, Familienvater wie ich. Der hat vielleicht etwas Merkwürdiges erlebt! Er war mit einer Fuhre Kies im Glasreich unterwegs, die für eine Nachtbaustelle in Kosta bestimmt gewesen war. Eine Straßenreparatur, wenn ich mich richtig erinnere. Jedenfalls war es spät und bereits dunkel. Plötzlich erfassten seine Scheinwerfer eine blonde, junge Frau, die mit ausgebreiteten Armen auf der Fahrbahn stand. Wie ein Gespenst hat sie da gestanden, hat er gesagt, wie ein leibhaftiges Gespenst. Leichenblass, in einem weißen Kleid und, was das Seltsamste war, sie war klitschnass. Es war offensichtlich, dass sie Hilfe brauchte. Er erinnerte sich daran, dass sie noch nicht einmal Schuhe trug. Auf das, was dann passierte, war er nicht gerade stolz. Er schämte sich seitdem jeden Tag, sagte er, er könnte überhaupt nicht aufhören, daran zu denken. Was passiert ist? Nun, er ist an ihr vorbeigefahren. Hat das Steuer herumgerissen, die Fahrbahn gewechselt, und ist um sie herumgekurvt. Er kann sich bis heute nicht erklären, warum. Sicher, er hatte Zeitdruck, die Leute auf der Baustelle haben auf den blöden Kies gewartet, aber das sei natürlich eine schwache Ausrede, sagte er. Der wahre Grund sei gewesen, dass er in dem Moment schlicht und ergreifend Angst gehabt habe. Die Szene sei so unwirklich, ja, unheimlich gewesen, dass er sich nicht getraut hat, anzuhalten. Ich weiß, es klingt merkwürdig, ein gestandener Mann wie er. Trotzdem glaube ich ihm jedes Wort. Er sagt, er habe seine Entscheidung bereut, sobald er sich einigermaßen wieder gefasst hatte. Ein paar Minuten später. Er habe die nächste Möglichkeit zum Wenden gesucht und sei umgedreht, um seiner christlichen Pflicht nachzu-

kommen und der Frau zu helfen. Nur: Sie war nicht mehr da. Sie war weg. Er hat sogar genau die Stelle wiedergefunden, auf der sie gestanden haben musste, denn dort war ein dunkler Wasserfleck auf dem Asphalt, aber von ihr selbst: keine Spur. Auf dem Weg zurück war ihm ein anderer Lkw oder Kleintransporter entgegengekommen, er musste also davon ausgehen, dass der Kollege die Frau aufgesammelt hatte. Aber wer weiß das schon mit Sicherheit? Er macht sich jedenfalls die größten Vorwürfe, erst recht, nachdem die Zeitung im vergangenen Jahr voll von Marie Elofsson war, und den schrecklichen Dingen, die ihr widerfahren sind.

Delgado las die Aussage ein zweites, anschließend ein drittes Mal. Er konnte es kaum fassen, aber er hatte Berit anscheinend tatsächlich aufgespürt. Erneut. Entgegen aller Wahrscheinlichkeit. Und wieder verloren. Dennoch hatte er das Gefühl, einen großen Schritt weitergekommen zu sein.

5

Der Firmensitz der *Gustavssons Glas AB* war ein Neubau in Hafennähe. Mit Glasfassade, was ziemlich nachvollziehbar war. Überrascht war Stina Forss dagegen von den eher bescheidenen Dimensionen: zwei Stockwerke, etwa zwanzig Meter breit. Auf dem Angestelltenparkplatz standen vielleicht fünfzig Wagen. Sie verstand, dass hier ausschließlich die Verwaltung des Unternehmens angesiedelt war, produziert wurde woanders. Sie stellte ihren BMW ab, in einer Parkbucht, die einem Schild zufolge für den Vorstandsvorsitzenden reserviert war. Was soll's, dachte sie, Gunnar Gustavsson würde hier heute mit Sicherheit nicht auftauchen, sondern einen Großteil des Tages auf dem Växjöer Polizeirevier verbringen. Im schicken, klimatisierten Foyer glänzte erneut viel Glas, dazu Granit und helles Holz. Skandinavisch und modern, das war *Gustavssons* Selbstbild und so präsentierte man sich der Welt. Hinter einem Tresen saß eine schick gekleidete Empfangsdame, die auch als Laufstegmodel durchgegangen wäre. Forss zückte ihren Ausweis.

»Zu Bruno Lundberg.«

»Einen Moment bitte«, flötete die Blondine. Hatte sie eine gewisse Ähnlichkeit mit dem Foto, das Forss von Berit kannte, oder bildete sich die Kommissarin das nur ein? Wahrscheinlich Letzteres. Die junge Frau gab etwas in ihren Rechner ein. Nun kam es darauf an. Hatte Forss ihr Pokerspiel gewonnen, oder scherte sich der Asienchef der Firma nicht um ihr, gelinde gesagt, sehr durchschaubares Drohszenario?

»Er ist in seinem Büro. Im ersten Stock, dann die dritte Tür links.«

Sie bedankte sich knapp und folgte der Wegbeschreibung. Ohne zu klopfen öffnete sie Brunos Tür und trat in das Büro. Ein martialischer Auftritt wirkte bei solchen Typen am besten, hatte sie entschieden. So martialisch man als klein gewachsene, zierliche Frau überhaupt auftreten konnte. Immerhin trug sie die Augenklappe, die eine grimmige Ausstrahlung verstärkte, hoffte sie. Bruno Lundberg saß in einem Ledersessel hinter seinem Schreibtisch – und schlief. Vernehmliches Schnarchen, offener Mund, Speichel am Kinn. Insgesamt eine ziemlich zerknitterte Erscheinung. Forss stellte sich das Bild als Cover der nächsten Ausgabe eines großen Managermagazins vor. Sie widerstand dem Impuls, ihr Handy zu zücken und ein Foto zu schießen, stattdessen schmunzelte sie, bevor sie sich lautstark räusperte. Ein Augenlid Lundbergs begann zu flackern, bevor es sich ganz öffnete. Selten konnte man die Impulse, die durch die Synapsen eines Menschen jagten, derart gut nachvollziehen. Das zweite Auge tat es dem ersten nach. Kurze Orientierungslosigkeit, dann Erschrecken. Lundbergs Oberkörper richtete sich aus der halb liegenden Position auf. Bemühen um Kontrolle. Seine Hände wischten den Schlaf aus den Augen, der trockene Hals wurde schluckend befeuchtet. Schnelles Zwinkern, dann endlich ein fokussierter Blick.

»Ich muss kurz weggedämmert sein. Achtzehn Stunden Flug, Umsteigen in Dubai. Ich bekomme in Flugzeugen kein Auge zu.«

Er griff nach einem Wasserglas.

»Dein Kinn«, wies Forss ihn genüsslich auf die vor Speichel glänzende Stelle hin.

»Oh. Entschuldigung.«

Er wischte sich mit dem Ärmel seines schwarzen Rollkragenpullis trocken. Einen besseren Start hätte sie sich nicht träumen lassen. Da saß dieser Meister der Selbstinszenierung wie ein Kleinkind vor ihr, das beim Schokoladendiebstahl erwischt worden ist.

Lächelnd trat sie vor und reichte ihm die Hand.

»So Auge in Auge ist es doch viel erfrischender als über irgendeine Videoverbindung«, sagte sie. »Es geht doch nichts über den unmittelbaren Eindruck.«

»Sicher«, brachte Lundberg heraus. »Die Freude ist ganz meinerseits.«

Ein Händedruck wie ein Schulmädchen. Anscheinend hatte er sich noch immer nicht wieder ganz gefasst.

»Einen Kaffee?«, schlug Forss vor. »Irgendwo in diesem schnieken Glaskasten gibt es doch bestimmt eine vernünftige Espressomaschine?«

»Natürlich.«

Lundberg nahm den Hörer seines Telefons ab, drückte

eine Nummer und murmelte eine Bestellung hinein. Forss hob einen Finger. Lundberg sah fragend zu ihr auf.

»Für mich bitte einen geeisten Sojalatte mit Haselnusssirup, wenn es keine Umstände macht.«

Ihr war es eigentlich völlig gleich, was sie trank, aber wozu die guten Karten aus der Hand legen, wenn sie einmal die Oberhand hatte. Lundberg gab die exzentrische Bestellung weiter, dann legte er auf.

»Kann ein bisschen dauern, sagt Charlotte.«

Forss nahm an, dass damit die Empfangsdame gemeint war.

»Och«, sagte sie, »es schadet Blondie bestimmt nicht, den süßen Hintern mal ein bisschen in Bewegung zu setzen. Besser, als den ganzen Tag gelangweilt da unten zu sitzen und *Candy Crush* zu spielen.«

»Wie auch immer«, sagte Lundberg und hob für einen Augenblick die Hände wie jemand, der sich ergab. »Ich bin hier.«

Forss nahm ihm gegenüber unaufgefordert Platz.

»Kluge Wahl. *Wer entscheidet, findet Ruhe. Wer Ruhe findet, ist sicher. Wer sicher ist, kann überlegen. Wer überlegt, kann verbessern*«, intonierte sie.

»Das hat Steve Jobs gesagt, nicht wahr? Ich habe seine Biografie gelesen.«

Ja, bis Seite zwölf, dachte Forss.

»Konfuzius.«

»Immer wieder inspirierend.« Lundberg rang sich ein zerknautschtes Lächeln ab und legte die Fingerspitzen seiner Hände aufeinander. »Aber nun mal im Ernst: Warum sollte ich nach Schweden kommen? Abgesehen von meinen anderen Terminen, denn ohne beruflichen Anlass wäre ich natürlich nicht um die halbe Welt geflogen, um mir alberne Fragen stellen zu lassen.«

Forss glaubte ihm kein Wort. Lundberg war hier, weil er tatsächlich Angst hatte, das spürte sie. Entweder vor dem Schatten der Vergangenheit oder vor dem Staub, den die Ermittlung aufwirbelte und der sich wie trüber Firnis über seine Geschäftsinteressen zu legen begann.

»Ich möchte mit dir über den Hochzeitsabend sprechen.«

»Haben wir das nicht schon zur Genüge?«

»Nicht im Ansatz.«

»Müssen wir wirklich über meinen damaligen Spitznamen reden? Im Ernst?«

»*Reinstecke-Fuchs*«, grinste Forss. »Es gibt schlechtere.«

»Es gibt aber auch bessere. Der blöde Name ist auf Olofs Mist gewachsen.«

»War er neidisch?«

Lundberg zuckte mit den Schultern.

»Was weiß ich? Frotzeleien unter jungen Männern. Bedeutungslos.«

»Du und Berit, das war allerdings alles andere als ohne Bedeutung.«

»Wie ich schon sagte, es ging meistens von ihr aus. Bis ich irgendwann tatsächlich in sie verknallt war. Aber wie ich bereits erwähnte: Sie lachte mich aus, als ich ihr meine Gefühle offenbarte. Jedenfalls kam es mir damals so vor. Auch wenn ich zugeben muss, dass Berit keine hämische Person war. Sie hat mir auf jeden Fall erklärt, dass sie bei Gunnar bleiben würde und dass die Sache mit uns nichts Ernstes sei. Ich war gekränkt, wahrscheinlich auch, weil ich es nicht gewohnt war, einen Korb zu bekommen. Außerdem war Gunnar in meinen Augen ein Spießer. Ich habe nicht verstanden, was Berit in ihm gesehen hat. Diese Aussprache war übrigens lange vor der Hochzeit.«

»Was euch nicht gehindert hat, hinter seinem Rücken munter weiterzumachen.«

»Nein«, gab er zu.

»Und am Hochzeitabend selbst?«

»Noch mal zum Mitschreiben: Natürlich nicht! Ich mag, was Liebschaften anging, ein Hallodri gewesen sein, aber solch ein Drecksack war ich dann doch nicht, Gunnar auf seiner Hochzeit die Hörner aufzusetzen. Dasselbe galt meines Erachtens für Berit. Ich kann mir nicht vorstellen, dass sie ihn auf ihrer eigenen Hochzeit ...«

»Die Persbrandts sagen etwas anderes. Du hättest an jenem Abend damit geprahlt, jemanden flachgelegt zu haben. Und dabei in Berits Richtung gewiesen.«

»Aber ich meinte doch nicht sie!«

»Sondern?«

Lundberg räusperte sich. Er nahm gedankenverloren einen Füllfederhalter von seinem Schreibtisch und ließ ihn zwischen zwei Fingern kreisen. Forss konnte sehen, wie er mit sich rang. Schließlich fasste er einen Entschluss.

»Ich war hinterher alles andere als stolz auf die Sache, das möchte ich vorwegschicken.« Er fummelte am Kragen seines Pullovers herum. Forss erkannte Schuppen auf dem dunklen Stoff, der sich über seine schmalen Schultern spannte. »Es war das erste und einzige Mal, dass ich in meinem Leben für Sex bezahlt habe.« Die Fotografin, dachte Forss. Berits Escort-Kollegin aus Stockholm. »Da war diese Frau, eine Freundin Berits aus der Hauptstadt. Nicht direkt eine Schönheit, aber irgendwie ... besonders. Winzig, noch viel kleiner als du, mit Verlaub, aber ziemlich selbstbewusst. Hat den ganzen Abend Fotos geschossen und gebechert, was das Zeug hielt. Irgendwann zu fortgeschrittener Stunde habe ich dann signalisiert, dass ich Interesse an einem kleinen Techtelmechtel hätte. Ich war ja selbst nicht mehr der Nüchternste. Sie hat mich gemustert, gelächelt und gesagt, dass für eine entsprechende Entlohnung alles möglich sei.

Ich war baff. Sie sah absolut nicht wie eine Prostituierte aus, im Gegenteil, dezenter Chic, Stockholmer Geldadel hatte ich getippt. Was soll ich sagen? Ich war betrunken, ich war heiß auf die Kleine, weshalb also in Dreiteufelsnamen nicht? Wenn Gunnar für immer Berit bekommen sollte, warum sollte ich mir dann nicht wenigstens für den Abend ein bisschen Spaß gönnen? Coco, oder wie sie hieß, steckte …«

»Kiki«, korrigierte Forss. »Auf der Feier gab es nur eine Freundin Berits aus Stockholm, und die hieß Kiki beziehungsweise Kiriaki.«

»Von mir aus. Also steckte sich diese Kiki mit einem süffisanten Lächeln mein Geld ein und zog mich anschließend in die Büsche. Und weißt du, was das Seltsamste an der Sache war?« Lundberg starrte sie an. »Dass sie hinterher sofort ein Foto von mir gemacht hat!«

»Tja«, sagte Forss gedehnt. »Wer versteht schon Künstler? Wenigstens seid ihr so beide zum Schuss gekommen.«

6

Ingrid Nyström stützte die Ellenbogen auf den Tisch des Vernehmungszimmers. Zwischen ihnen lag in einer durchsichtigen Kunststoffhülle das Handy, das sie vor zwei Tagen sichergestellt hatten. Ihr gegenüber saß Gunnar Gustavsson. Er trug einen sommerlichen Hut und ein Leinenjackett, die Hände ruhten auf dem Knauf seines Gehstocks. In dem Raum waren es an die dreißig Grad, doch auf seiner Stirn stand kein einziger Schweißtropfen, Nyström dagegen klebte die Sommerbluse bereits am Rücken. Demonstrierte

Gustavsson extreme Selbstbeherrschung oder lag es einfach am veränderten Stoffwechsel eines alten Mannes? Ihrer Mutter war auch ständig kalt, unabhängig davon, was das Thermometer anzeigte, dachte sie.

Gustavsson musterte das Handy mit einer Art widerwilliger Neugier, jedenfalls interpretierte Nyström seine Miene dementsprechend.

»Und von diesem Ding aus wurde der Austausch der Glassärge koordiniert?«

»Das Interessante daran ist, dass es in einer Entfernung von gerade einmal zweihundert Metern zu deinem Haus gefunden wurde.«

Gustavssons markanter Schädel wippte vor und zurück.

»Ich verstehe nur zu gut, was du damit sagen willst. Eine Spielfigur mehr, die mich in die Enge treiben soll, Zug für Zug, bis ich matt gestellt bin.« Er sah sie mit seinen eisblauen Augen an. »Aber wenn wir die Schachmetaphorik mal für einen Augenblick beiseitelassen, bin ich mir unsicher, welches Spiel hier überhaupt gespielt wird. Gunnar, der leidenschaftliche Heißsporn, der die Untreue seiner geliebten Braut nicht verkraftet und sie deshalb tötet, und, wohlgemerkt, ihren besten Freund gleich mit? Gunnar, der abgebrühte Mörder aus Kalkül, der seine Frau und ihren selbst ernannten Blutsbruder aufgrund der wackeligen Finanzlage des Familienunternehmens beseitigt? Gunnar, der Tauchexperte und Spurenverwischer?« Er griff nach dem Handy und betrachtete es durch die Schutzhülle hinweg aus der Nähe. »Oder gar der irre Gunnar, der sein vermisst geglaubtes Opfer siebenundvierzig Jahre nach der Tat in einer dramatischen Inszenierung wieder herbeizaubert und auferstehen lässt?« Übertrieben theatralisch zog er eine Augenbraue hoch. »Sind etwa Schuldgefühle im Spiel? Will er am Ende sogar geschnappt werden, hat aber nicht den

Mumm einfach zur Polizei zu gehen und zu gestehen?« Er verzog den Mund, als habe er an einem verkorkten Wein genippt. »Sag du es mir.«

»Bravo, besser hätte selbst ein Staatsanwalt die Indizien, die gegen dich sprechen, nicht zusammenfassen können.«

»Und was erwartest du nun von mir? Dass ich dazu ernsthaft Stellung beziehe?« Statt zu antworten, nahm Nyström die Ellenbogen vom Schreibtisch, lehnte sich in ihrem Stuhl zurück und verschränkte die Arme vor der Brust. »Weißt du, woran mich das Ganze erinnert?«, fuhr er fort. Lange betrachtete er den gläsernen Knauf des Gehstocks. »Ich sammle alte Seekarten. Nicht, dass mich die Schifffahrt an sich besonders interessiert, aber von den historischen Karten geht eine gewisse Magie aus, ein melancholisches Fernweh, das eine Saite in mir anschlägt.« Er räusperte sich. »Einst gab es im Atlantik ein Eiland namens Antilia, auch *die Insel der sieben Städte* genannt. Der Legende zufolge wurde sie im achten Jahrhundert von christlichen Bischöfen bevölkert, die von Spanien aus vor der maurischen Invasion geflohen waren. Jahrhundertelang fand sich die nahezu rechteckig geformte Insel auf bedeutenden Seekarten, etwa der Portolankarte von Albino de Canepa oder der großen Weltkarte des Henricus Hondius. Sie sollte etwa tausend Kilometer westlich der portugiesischen Küste auf der Höhe Gibraltars liegen. Die Eintragungen waren so detailliert, dass die sieben Städte sogar eigene Namen trugen, Asay zum Beispiel oder Cyone. Die Insel sollte eine beträchtliche Größe haben und gerüchteweise bestand sie zu einem Drittel aus purem Gold. Verschiedene portugiesische Herrscher gaben im Laufe der Zeit die Suche der Insel in Auftrag, Prinz Heinrich ebenso wie König João, sogar Kolumbus glaubte an ihre Existenz. Wie auch nicht, war sie doch auf so vielen Karten verzeichnet? Und tauchten nicht immer wieder Seeleute auf, die behaupteten, dort gewesen zu sein? Die Schönheit und den Reichtum Antilias mit eigenen Augen gesehen zu haben? Trotzdem konnte ihre Existenz nicht bewiesen werden. Mal hieß es, die Insel sei von den Bischöfen verwunschen worden, mal berichtete man, sie könne sich auf Wunsch unsichtbar machen.« Gustavsson machte eine Pause, wie um seine Worte wirken zu lassen. »Weißt du, was schließlich aus der wunderbaren, sagenumwobenen Insel geworden ist?«

»Es hat sie nie gegeben.«

»Es hat sie nie gegeben. Sie war ein Trugbild, an das beinahe tausend Jahre lang geglaubt wurde, weil die Geschichten so schön klangen. Weil sie auf Karten eingezeichnet war. Weil die Vorstellung ihrer Existenz die Fantasie beflügelte. Am Ende stellte sich heraus, dass es sich wahrscheinlich um eine Verwechslung mit den Antillen handelte, die im Übrigen Tausende Kilometer weiter südwestlich in der Karibik liegen. Ein nautisches Missverständnis, weiter nichts.«

»Eine schöne Anekdote, aber ich verstehe nicht, was sie mit Berit und dir zu tun hat.«

»Ach nein? Ich dachte, die Analogie läge auf der Hand. Aber da du offenbar so schwer von Begriff bist, erkläre ich es dir gerne. Ihr habt euch ein Bild gemacht, und auf diesem Bild bin ich irgendwie in Berits Tod oder Verschwinden verwickelt. Doch euer Bild ist wie eine mittelalterliche Seekarte. Meine vermeintliche Schuld ist euer Antilia. Ihr glaubt daran, weil es so verlockend ist, daran zu glauben.«

Nyström dachte einen Augenblick über seine Worte nach. Sie waren einleuchtend wie die jeder guten Parabel. Genau deshalb hatte er sie erzählt. Ein Pendant zu ihrer Erzählung vom Schwedischen Tiger und dem Schweigen.

»Beginnen wir noch einmal ganz von vorn«, sagte sie.

7

Lasse Knutsson schämte sich immer noch für das unangenehme Gespräch mit dem pensionierten Kriminalassistenten. Wie hatte er den Hinweis auf den Anhang nur übersehen können? Nun stand er wie ein Idiot da. Andererseits waren die Ausführungen Kurt Blombergs durchaus aufschlussreich. Vielleicht war es also lohnenswert gewesen, sich zum Affen zu machen. Blomberg hatte den zwölf Jahre alten Wagen Lotta Noréns sorgfältig untersucht. Mit einer Akribie, die einem ausgebildeten Automechaniker alle Ehre machte. Der mittelmäßige Zustand der Bremsen war protokolliert, das leicht verzogene Fahrwerk, was auf einen früheren Unfall hindeutete, die schleifende Kupplung. Das Entscheidende jedoch: Die Ursache für den Motorschaden war falscher Treibstoff gewesen. Norén hatte den Volvo-Veteranen offenbar mit Diesel statt mit Benzin betankt, eine Verwechslung, die der klassische 1,6-Liter-Ottomotor selbstverständlich nicht verkraftet hatte. Typisch Frau, dachte Knutsson, auf die Idee musste man erst einmal kommen. Zumal es in den Siebzigerjahren quasi keine Pkws gegeben hatte, die mit Diesel betrieben wurden, erst die Entwicklung der Turbolader und direkten Kraftstoffeinspritzung machten die Selbstzünder für Pkws interessant und führten zu ihrem Durchbruch in den Neunzigerjahren. 1974 jedoch war Diesel mehr oder weniger ein reiner Lkw- oder Traktorenkraftstoff. Norén musste vollkommen blind oder ahnungslos gewesen sein, die Zapfsäulen zu vertauschen. Vielleicht lag es daran, dass es nicht ihr eigenes Auto gewesen war, überlegte Knutsson, sondern das ihres Verlobten. Außerdem: Wer war er, um über ein unschuldiges Verbrechensopfer zu richten? Das Telefonklingeln riss ihn aus seinen Gedanken. Noch mal dieser Blomberg? Eine weitere Schimpftirade? Knutsson straffte sich innerlich. Wenn es erneut der aufgebrachte Pensionär sein sollte, würde er sich entschuldigen und sich für die ausgezeichnete Arbeit bedanken.

Es war die Rezeption. Dort befand sich Petter Thurstan und verlangte ihn zu sehen. Knutsson bat, den Mann zu ihm hochzuschicken. Keine zwei Minuten später trat Thurstan in sein Büro. Er war verschwitzt und Knutsson überlegte erneut, ob seine leuchtend rote Gesichtsfarbe auf die Hochwetterlage oder übermäßigen Alkoholkonsum zurückzuführen sei. Vielleicht hatte er auch einfach nur zu hohen Blutdruck.

»Was für ein unerwarteter Besuch.«

Thurstan sah sich um.

»Gemütlicher als in einer Supermarktcafeteria ist es hier auch nicht gerade.«

»Vielen Dank für die Blumen.«

»Gehen wir irgendwo einen Kaffee trinken?«

Das ausgezeichnete *Askelyckan* lag keine fünf Minuten entfernt. Und führe mich nicht in Versuchung, dachte Knutsson mit einem Seufzer.

»Warum nicht?«

Kurz darauf saßen sie in Växjös Torten- und Gebäckparadies. Knutsson nippte an einem doppelten Espresso und knabberte an etwas, das sich euphemistisch *Mittelmeerstange* nannte und überwiegend aus verschiedenen Nüssen und getrockneten Früchten bestand, die von einer Eiweißmasse zusammengehalten wurden. Thurstan schaufelte an einer Portion Speiseeis, drei Kugeln mit Sahne, wie Knutsson genau registriert hatte.

»In Portugal isst man zum Kaffee *Pastel de Nata*«, referierte er, »eine Art Blätterteigtörtchen mit einer Füllung aus Vanillepudding, himmlisch!«

»Aha«, grunzte Knutsson. »Aber deswegen sind wir wohl kaum hier, nicht wahr?«

»Nein«, gab Thurstan zu. »Obwohl das eine sozusagen zum anderen geführt hat.«

»Ich verstehe nur Bahnhof.«

»Ich hatte ja bereits erwähnt, dass ich seit Tagen zu Hause aussortiere. Einiges, wie die Skiausrüstung oder den antiken Kronleuchter aus unserem Familienbetrieb – mein Vater würde sich im Grab umdrehen –, biete ich im Internet zum Verkauf an, anderes wird gespendet oder landet beim Recyclinghof. Das große Ausmisten, du kannst es dir vorstellen. Jedenfalls bin ich gestern Abend auf einen unerwarteten Fund gestoßen. Leider keinen Schatz im herkömmlichen Sinn.« Er lächelte knapp. »Eine Holzkiste, in der meine Mutter einige Erinnerungsstücke verwahrte. Briefe, ein wenig Schmuck, mein erstes mundgeblasenes Weinglas, sentimentales Zeug.«

»Interessant«, gab Knutsson vor und versuchte seine Konzentration von der schwindenden Eisportion zu lösen.

»Darunter war das hier.«

Thurstan schob eine Postkarte über den Tisch. Knutsson machte die Luftaufnahme eines Strands in Technicolor aus. Tiefblaues Meer, nahezu weißer Sand, leuchtend rote Sonnenschirme. *Alicante* warb ein verschlungener Schriftzug.

»Was …?«

»Dreh sie um.«

Knutsson folgte Thurstans Anweisung. Eine feine, weiche Handschrift. Er las.

Liebe Mama,

das Wichtigste zuerst: Mir geht es gut, Herbert auch. Wir sind in Sicherheit. Mir tut es herzzerreißend leid, wenn

ihr euch meinetwegen Sorgen gemacht habt. Ich hoffe, ich
kann euch eines Tages alles erklären, und ihr könnt verstehen.
Bis dahin sei euch versichert, dass ich keine andere Wahl
hatte.

> *Ich bin in Gedanken bei euch,*
> *deine Berit*

Verdattert blickte Knutsson auf.

»Wann …?«

»Dem spanischen Poststempel zufolge zwei Tage nach der Hochzeit.«

»Die Handschrift?«

»Zweifellos ihre.«

»Das heißt …«

»Sie lebt. Oder lebte. Berit hat uns alle hinters Licht geführt.«

8

Der Mann, der das seltsame Erlebnis seines Fernfahrerkollegen zu Protokoll gegeben hatte, hieß Sture Franson, der Polizist, der ihn vernommen hatte, Mats Arteus. Hugo Delgado war das detaillierte Inhaltsverzeichnis aller Akten durchgegangen, Sture Franson tauchte kein weiteres Mal auf. Seine anderen Antworten im Gesprächsverlauf waren banal. Ein angeblich glücklich verheirateter Familienvater aus Västervik, der überwiegend für Sägewerke in der Küstenregion unterwegs war. Er kannte seinen Angaben zufolge weder Siv Kaspersen noch Marie Elofsson, hatte beruflich weder in Oskarshamn noch in Nybro zu tun. Für die Tatzeiten hatte er plausibel klingende Alibis. Er hatte keine Vorstrafen, und es gab auch sonst nichts, was ihn irgendwie verdächtig wirken ließ. Delgado loggte sich ins Einwohnermeldeverzeichnis ein. Der einzige Sture Franson, der seines Erachtens infrage kam, war 1998 in Västervik bei einem Bootsunfall gestorben. Delgado versuchte es daraufhin über den Polizisten. Er rief im Präsidium in Kalmar an. Mats Arteus war seit geraumer Zeit in Pension, damit hatte er gerechnet. Die Kollegin, mit der er telefonierte, hatte noch mit Arteus zusammengearbeitet und versprach, einen Kontakt herzustellen. Tatsächlich meldete sich der ehemalige Kriminalpolizist keine halbe Stunde später bei ihm. Delgado bedankte sich für den zeitnahen Anruf.

»Man hilft, wo man kann. Einmal Bulle, immer Bulle, so sehe ich das jedenfalls.«

Delgado erklärte in knappen Zügen den Sachverhalt. Von einer vermissten oder wiederaufgetauchten Berit Gustavsson hatte er noch nie gehört.

»Ich lebe seit einigen Jahren in Thailand, rufe gerade von Rayon aus an, falls dir das etwas sagt. Was in Schweden gerade passiert, interessiert mich normalerweise nur, wenn ich Heimweh bekomme, meistens um die Weihnachtszeit herum. Und ein Vermisstenfall aus der Region Kronoberg Anfang der Siebzigerjahre? Da klingelt bei mir nichts. Kronoberg und Kalmar waren damals allerdings auch zwei verschiedene Paar Schuhe. Wenn in Växjö und Umgebung nicht gerade ein Massenmord passierte, bekamen wir davon in Kalmar nicht unbedingt etwas mit, trotz der relativen geografischen Nähe. Das war eine andere Zeit, mein Freund.«

Delgado fragte nach dem Ermittlungskomplex Kaspersen-Elofsson-Norén.

»Ehrlich gesagt war das der spektakulärste Fall meiner gesamten Karriere. Jahrelang hat uns der sogenannte Kalmar-Killer in Atem gehalten. Es war schon beinahe bittere Ironie, dass Svanberg schließlich von einem seiner Opfer überwältigt wurde, anstatt von uns gefasst. Einige Kollegen hatten daran richtig zu knapsen. All die Überstunden, die letztendlich sinnlos waren, all die nutzlose Ermittlungsarbeit. Aber was wirklich zählt, ist natürlich, dass er überhaupt zur Strecke gebracht worden ist, auf welche Weise auch immer. Ich jedenfalls habe nach seiner Ergreifung in der Kirche eine Kerze angezündet, eine zweite nach der Verurteilung, und eine dritte, nachdem sich der Bastard in seiner Zelle erhängt hat.«

Delgado musste schlucken. Er hatte nicht damit gerechnet, dass er mit seinem Anliegen alte Wunden aufkratzen würde. Er fragte nach der Vernehmung des Lkw-Fahrers Sture Franson. Arteus erinnerte sich nicht an den Namen. Delgado las das Verhörprotokoll vor.

»Ich fürchte, ich muss passen. Wenn mein Name daruntersteht, habe ich das Gespräch bestimmt auch geführt, aber an diese Geistergeschichte erinnere ich mich beim besten Willen nicht. Für unsere Ermittlung hat sie mit Sicherheit keine Rolle gespielt. Außerdem war es reines Hörensagen. Die Leute erzählen der Polizei alle möglichen Räuberpistolen, wer wüsste das besser als du, oder?«

Delgado musste ihm wohl oder übel recht geben. Er bedankte sich für das Gespräch und legte auf.

Hörensagen.

Trotzdem sagte ihm sein Instinkt, dass Fransons Aussage stimmte. Sein namenloser Kollege hatte in jener Nacht Berit gesehen. Eine junge, blonde Frau, triefend nass in einem weißen Kleid. Das bedeutete, dass sie nicht im See ertrunken war, sondern überlebt hatte.

Die Frage war nur: Wie lange?

Sosehr sich Bruno Lundberg als internationaler Geschäftsmann zu inszenieren suchte, so wenig prätentiös gab sich
sein Bruder. Dan Lundberg wirkte in seinem Büro mit Meerblick fehlplatziert, er erinnerte Stina Forss eher an einen
Pensionär, der sich für einen sommerlichen Wanderausflug
vorbereitet hatte: beigefarbene Shorts, kurzärmliges Hemd
in grobem Karomuster, Trekkingsandalen. Auf seinem
Schreibtisch stand neben einem beachtlichen Stapel Sport-
zeitschriften tatsächlich eine Thermoskanne – obwohl es in
der Firma elfenartige Wesen wie Charlotte gab, die selbst
die kompliziertesten Getränkewünsche zu beschaffen imstande waren, Forss hielt schließlich den Beweis dafür in der
Hand und trank von Zeit zu Zeit an dem tatsächlich sehr ge-
lungenen Soja-Eiskaffee.

»Tja«, seufzte er nun zum dritten Mal, ein gedehnter,
beinahe melancholischer Laut mit einem kaum zu überhörenden Fragezeichen am Ende. Was willst du eigentlich von mir, mochte dieses Tja bedeuten, vielleicht be-
inhaltete es aber auch noch etwas anderes, Größeres,
hatte womöglich sogar eine philosophische Dimension.
Was mache ich hier in diesem Büro an einem sonnigen
Freitagvormittag? Warum wandere ich nicht die Küste entlang und halte mit meinem Feldstecher Ausschau nach sel-
tenen Seevögeln? Was ist überhaupt meine Rolle hier auf
Erden?

Statt einer Antwort saugte Forss lautstark den letzten
Sojamilchschaum durch den Strohhalm. Sollte Lundberg
ruhig noch ein wenig in seinem möglicherweise existenziel-
len Saft schmoren. Mit einer Überfalltaktik kam sie hier nicht
weiter, so viel war klar. Sie konnte dem Mann schließlich

nicht einfach den Jonas-Gardell-Roman samt Aktzeichnung auf den Tisch knallen, genauso wenig wie die Sexspielzeuge und Viagrapillen, allesamt Eckpfeiler ihrer zugegebenermaßen wackeligen Theorie vom nicht geouteten Schwulen, der heimlich in Gunnar Gustavsson verliebt war oder ist. Sie war unrechtmäßig ins Haus der Lundbergs eingedrungen, also durfte sie offiziell überhaupt nichts von diesen Dingen wissen. Deshalb galt es langsam vorzugehen, Dan Lundberg an die Hand zu nehmen und ihn behutsam durch das Labyrinth seiner Gefühlswelt zu führen.

»Tja.«

Forss stellte ihr leeres Glas auf dem Schreibtisch ab, bevor Lundberg noch ein fünftes Mal seufzte.

»Wer mir bei dieser ganzen, tragischen Geschichte am meisten leidtut, ist Gunnar Gustavsson.« Irgendwo musste sie schließlich beginnen. »Diese Jahrzehnte der Ungewissheit und des Schmerzes. Und dann so ein Ende!« Sie schüttelte den Kopf. »Das hat er nicht verdient. Auch wenn ich als Kommissarin zu Neutralität verpflichtet bin, irgendwo ist man ja auch Mensch geblieben, und als solcher finde ich, er hat das einfach nicht verdient.«

Lundberg nickte mitfühlend.

»Meine Worte, meine Worte. Noch gestern Abend habe ich zu meiner Frau gesagt, Britt-Marie, habe ich gesagt, das hat Gunnar nicht verdient, habe ich gesagt. Nach all dem Leid, nach all der Ungewissheit.«

Irrte sich Forss, oder schielte Lundberg zu seiner Thermoskanne?

»Nicht wahr? Wie kann man einem Mitmenschen nur so etwas Grausames antun? Ich habe in meinem Beruf schon einige unschöne Dinge sehen müssen, aber so etwas?«

»Furchtbar«, stimmte Lundberg zu, »ganz und gar furchtbar.«

»Ich frage mich manchmal, wie er das überhaupt geschafft hat. Beinahe fünfzig Jahre allein zu bleiben. Keine Gedanken, keine Gefühle an einen anderen Menschen zuzulassen. Über all die Zeit niemand anderen in sein Herz zu lassen. Er muss Berit wahnsinnig geliebt haben.«

In Lundbergs Gesicht regte sich nichts.

»Wahnsinnig geliebt«, pflichtete er ihr bei. »Anders ist sein trauriges Junggesellendasein gar nicht zu erklären.«

»Nicht wahr? Dabei ist er so ein interessanter, tiefgründiger Mann. Tapfer, führungsstark, unabhängig. Wenn ich das so frei sagen darf. Aus Sicht einer Frau, meine ich.«

»Genau das sagt meine Britt-Marie auch immer.« Er lächelte sanft. »Manchmal bin ich fast ein bisschen eifersüchtig, wenn sie das so formuliert. Aber ich weiß ja, wie sie es meint. Er tut ihr leid, genauso, wie er mir leidtut. Ich kann mich so glücklich schätzen, mein Leben mit jemandem wie meiner Britt-Marie zu teilen. Er dagegen hat niemanden. Das muss wehtun.«

»Das muss sehr wehtun«, echote Forss. Sie fragte sich, wie lange das Gespräch in diesem Duktus weitergehen sollte. Entweder war Lundberg ein einfältiger Tropf oder ein hervorragender Schauspieler. »Dabei muss er doch Möglichkeiten gehabt haben, in allen diesen Jahren, ein gut aussehender, kluger, wohlhabender Mann wie er, Alternativen, Dutzende Frauen, die ihn angehimmelt haben.«

»Ganz bestimmt hatte er die.« Lundberg verzog keine Miene. »Aber er war in dieser Hinsicht nie sehr gesprächig, zumindest nicht mir gegenüber.«

»Nein?«

»Aus unserer Familie hat er zu Gullvi den besten Draht. Schon immer gehabt. Seit Tanzschulzeiten.«

»Dann muss ich wohl deine Schwester darauf ansprechen.«

»Wenn er sich jemandem von uns anvertraut hat, dann am ehesten ihr.«

Wieder der Blick zur Thermosflasche. Hing der Kerl so sehr an lauwarmem Kaffee, oder was sollte das bedeuten? Ein Wink mit dem Zaunpfahl? Kannst du bitte endlich verschwinden, damit ich meinen Rucksack schnüren und hinaus in die Welt spazieren kann? Forss spürte seine Geduld schwinden. Das musste nichts Negatives sein, ungeduldige Menschen waren schlechtere Lügner, wusste sie aus Erfahrung. Dennoch registrierte sie, dass er bisher alle Köder verschmähte, die sie ihm unter die Nase hielt. Vielleicht musste sie doch mehr riskieren.

»Andererseits gibt es diese Gerüchte«, sagte sie.

»Gerüchte? Um Gunnar?«

»Was halt so auf dem Land geredet wird, wenn ein Mann wie er seit Jahrzehnten Junggeselle ist.«

»Du meinst, die Leute denken, er sei schwul?«

Forss nickte und gab sich Mühe, betroffen auszusehen.

Sie erntete ein schallendes Lachen.

»Diese Provinztrottel!« Lundberg hatte Mühe, seine Amüsiertheit wieder einzufangen. »Gunnar soll ein Homo sein, ich glaube es ja nicht!«

»Was ist an der Vorstellung so komisch?«

»Entschuldigung, es ist nur …« Wieder lachte er. »Es klingt einfach so absurd. Auch wenn er nie wieder geheiratet hat und ich auch von keiner anderen Beziehung weiß, gab es doch Frauengeschichten. Ohne schlecht über ihn reden zu wollen, aber man muss dem Mann auch keinen falschen Heiligenschein verpassen. Ich erinnere mich an mindestens zwei Geschäftsreisen nach Bangkok, bei denen Gunnar und mein werter Bruder so richtig die Sau rausgelassen haben. Ich will nicht ins Detail gehen, aber du kannst es dir vorstellen.«

»Prostituierte?«

»Aber hallo!«

Bruno Lundberg hatte also gelogen, als er behauptete, während der Hochzeitsfeier zum ersten und einzigen Mal Sex für Geld gehabt zu haben.

»Du hast dich zurückgehalten?«

»Wie könnte ich meiner Britt-Marie so etwas antun? Außerdem sind diese jungen asiatischen Dinger wirklich nicht nach meinem Geschmack.«

Dinger also. Was für ein aufgeklärtes Frauenbild.

»Nein?«

»Ich mag es ehrlich gesagt reifer, so wie meine Britt-Marie.«

Blick zur Thermosflasche.

Wenn er noch einmal diesen Namen sagt, erwürge ich ihn, dachte Forss. Sie sah ihre Felle davonschwimmen. Wenn Lundberg jemals in Gustavsson verliebt gewesen war, dann hatte er für seine Darbietung einen Oscar verdient. Sie machte einen letzten, verzweifelten Versuch.

»Themawechsel: Kennst du zufällig das Buch *Die Präriehunde*?«

»Sagt mir nichts.«

»Von Jonas Gardell.«

»Dem Fernseh-Schwuli?«

»Er selbst würde sich wohl anders bezeichnen.«

»Frag mal Gullvi, die war schon immer ein Gardell-Fan, soviel ich weiß. Aber was hat das Buch mit Gunnar zu tun?«

»Gar nichts«, sagte Forss schnell und stand auf. »Allerletzte Frage: Was ist eigentlich in der Thermoskanne?«

Irgendwas mit Schnaps, ging ihr im selben Moment auf. Um die Langeweile dieses Büros zu ertragen, während draußen der ewige Ruf der Natur lockte.

Lundberg machte ein Gesicht, als wäre er bei etwas Unrechtem ertappt worden.

»Du sagst es nicht weiter, oder? Auch das mit den Bordell-besuchen nicht?« Forss verneinte ungeduldig. »Britt-Maries Erbsensuppe, ein Gedicht! Wo es hier im Hause freitags doch immer nur Salatbüffet gibt.«

10

»Ich verstehe euch beide also richtig«, fasste Ingrid Nyström die Berichte der Kollegen zusammen, »ihr geht davon aus, dass Berit am Abend der Hochzeit nicht ums Leben ge-kommen, sondern direkt im Anschluss bis nach Spanien ge-reist ist?«

Lasse Knutsson und Hugo Delgado nickten in seltener Eintracht.

»Du hast die Postkarte ja selbst gelesen«, brummte Knuts-son. »Petter Thurstan hält sie für authentisch, und das Datum des Poststempels spricht für sich.«

»Sie erklärt natürlich den plötzlichen Stimmungswechsel von Berits Eltern«, überlegte Nyström. »Die Angst, die Auf-gebrachtheit, das Hinzuziehen der Polizei – und kurz darauf folgte relative Entspanntheit. Dazu Leif Skarsgårds unter-schwelliges Gefühl, dass niemand Berit ernsthaft finden wollte.«

»Das unheimliche Erlebnis meines Lkw-Fahrers stützt diese These, auch wenn in seiner Erzählung genaue zeit-liche und geografische Angaben fehlen. Aber wie oft kommt so etwas vor: eine triefend nasse, junge Blondine in einem weißen Kleid auf einer Landstraße, Hilfe suchend in einer Sommernacht?«

Nyström massierte ihre Schläfen. Sie kämpfte schon den ganzen Tag über mit latenten Kopfschmerzen. Vielleicht hatte sie zu wenig Flüssigkeit zu sich genommen.

»Gestern hat sich Erwin Neuholt gemeldet, der alte Österreicher«, berichtete sie. »Er hat sich an ein interessantes Detail erinnert. Sein bester Freund hat ihm damals erzählt, dass sich Herbert bei ihm nach dem Brauch der Brautentführung erkundigt habe. Aber angeblich nicht aus eigenem Interesse, sondern auf Berits Drängen hin.«

»Das würde ja bedeuten …«, begann Knutsson.

»… dass Berit ihr Verschwinden womöglich selbst inszeniert hat«, beendete Nyström den Satz.

»Wie die Engländer es ausdrücken würden: *She took a french leave*«, sagte Delgado.

»Polnischer Abgang«, befand Knutsson lapidar.

»Aber ich verstehe nicht das Warum«, konstatierte Nyström. »Weshalb auf der eigenen Hochzeit, im Scheinwerferlicht, auf einer Bühne vor zweihundert Gästen?«

»Vielleicht war sie eine solche Drama-Queen?«, schlug Knutsson vor.

Nyström schüttelte vehement den Kopf.

»Das passt nicht zu dem, was wir von ihr wissen.« Wieder rieb sie sich die Schläfen. »Eigentlich gibt es im Leben doch nur zwei Gründe wegzulaufen«, überlegte sie, »entweder weil man es dort, wo man ist, nicht mehr aushält. Oder weil ein anderer Ort, eine andere Person eine größere Anziehungskraft hat.«

»Ich vermute, sie ist vor etwas oder jemandem geflohen. Und wollte sichergehen, dass die ganze Welt sie für tot hält«, sagte Delgado.

»Was ist mit Herbert?«, fragte Knutsson. »Wie passt der in dieses Bild? In der Erzählung des Lkw-Fahrers tauchte er jedenfalls nicht auf.«

»Vielleicht hat er sich einfach versteckt, während Berit versucht hat, ein Auto zu stoppen. Man hält schließlich eher für eine hilflos wirkende junge Frau an, als für ein Pärchen«, schlug Delgado vor.

»Oder auf dem See ist etwas schiefgelaufen«, gab Nyström zu bedenken. »Wir wissen schließlich von dem plötzlichen Wetterumschwung, dem Wellengang und dem Wind. Dem Lkw-Fahrer zufolge war die Frau in dem weißen Kleid völlig durchnässt, hilflos und trug noch nicht einmal Schuhe. Wenn es sich wirklich um Berit handelte, kann das doch eigentlich nur bedeuten, dass das Boot gekentert ist. Womöglich war Herbert zu diesem Zeitpunkt längst ertrunken.«

»Eine gut geplante Flucht, bei der dann etwas völlig aus dem Ruder gelaufen ist«, fasste Knutsson zusammen.

»Ihr vergesst, was sie auf der Postkarte geschrieben hat«, wandte Delgado ein. »Hier steht wörtlich: *Mir geht es gut, Herbert auch. Wir sind in Sicherheit.* Dann schreibt sie noch, dass sie keine andere Wahl hatte.«

»Das habe ich tatsächlich übersehen«, gab Nyström zu. »Herbert hat also ebenfalls überlebt.« Sie hielt einen Moment inne. »Wenn Berit schreibt, dass sie keine andere Wahl hatte, als zu verschwinden, muss sie tatsächlich auf der Flucht gewesen sein. Die Frage ist vor wem?«

»Kommt denn außer Gunnar Gustavsson überhaupt noch jemand anderes in Betracht«, wollte Knutsson wissen, »angesichts der Häufung von Indizien, die gegen ihn sprechen?«

»Warum ausgerechnet Alicante?«, fragte Nyström.

»Ich habe doch diesen alten Zeitungsbericht gefunden«, sagte Delgado, »Berit hatte 1970 definitiv Kontakt zu spanischen Geschäftsleuten. Wer weiß, was daraus erwachsen ist?«

11

Im Gegensatz zu ihren Brüdern wirkte Gullvi Lundberg geschäftig, als Stina Forss ihr Büro betrat. Auf ihrem L-förmigen Schreibtisch flimmerten zwei Bildschirme, die Arbeitsfläche war mit Unterlagen übersät. Lundberg unterbrach ihre Arbeit, schob ihre Lesebrille ins Haar, stand auf und gab der Besucherin zur Begrüßung die Hand. Forss wurde klar, dass sie zum ersten Mal ein Mitglied der Konzernleitung leibhaftig bei der Arbeit sah.

»Wie wäre es mit einem Neustart?«, schlug Lundberg vor.

»Ich glaube, ich verstehe nicht richtig, was du meinst.«

»Unser erstes Treffen in Emmamåla endete schließlich ein wenig frostig, nicht wahr?«

Forss ließ sich auf dem ihr angebotenen Stuhl nieder.

»Ach das«, winkte sie ab. »Darf man nicht persönlich nehmen. Reine Ermittlungsstrategie.«

»Ich verstehe. *Good cop, bad cop.*«

Ihr Lächeln war wirklich einnehmend.

»So ungefähr. Ehrlich gesagt war es auch nicht gerade mein bester Tag.«

»Man muss authentisch bleiben, auch im Berufsleben, ich predige das unseren Mitarbeitern ständig. *Sei du selbst, alle anderen sind bereits vergeben.*«

»Ich nehme an, dass kommt nicht aus Spiderman.«

»Oscar Wilde«, schmunzelte Lundberg. »Darf ich dir etwas anbieten? Espresso? Cappuccino? Etwas Erfrischendes?«

»Danke, Barbie von der Rezeption hat mich bereits versorgt.«

»Charlotte?«, lachte Lundberg. »Hat sie doch verborgene Talente? Ich hatte mich nämlich schon gefragt, warum mein Bruder sie überhaupt angestellt hat.«

Forss lächelte schmal.

Da war es wieder, das Gefühl, das sich bereits bei der selbst gebackenen Johannisbeertorte in Emmamåla eingestellt hatte. Diesmal in einer leichten Abwandlung. *Sisterhood.* Lundberg versuchte, mit ihr einen kumpelhaften Pakt einzugehen. Sie wollte, dass Forss sie mochte. Wen man mag, den nimmt man nicht genau unter die Lupe. Dann verschwestern wir uns mal, liebe Gullvi, und schauen, was am Ende dabei herauskommt.

»Einen Cappuccino könnte ich schon noch vertragen.«

Lundberg zeigte ihre blendend weißen Zähne und griff nach dem Hörer.

»Charlotte, zwei Cappuccino bitte. Darf gern flott gehen.« Sie zwinkerte Forss zu und legte auf. »Barbie ist weder die Allerschnellste noch die Allerhellste auf Erden.«

Yeah, sister, dachte Forss, *high five.*

Sie ließ ihr Lächeln zwei Zentimeter breiter werden.

»Wie ist das eigentlich, wenn ich fragen darf, als einzige Frau in der Leitung eines Konzerns zu sitzen?«

Lundberg sah Forss für einen Moment prüfend an.

»Ich könnte dir jetzt viel erzählen. Dass man als Frau doppelt so hart arbeiten muss, um ernst genommen zu werden. Dass man früh lernen muss, seine Ellbogen einzusetzen. Dass man selbst zu einer Art Mann werden muss, um in der Gesellschaft lauter Alphamännchen zu bestehen.«

»Aber?«

»Die Wahrheit ist, dass ich es so nie empfunden habe. Bestimmt hängt das in erster Linie damit zusammen, dass ich im Gegensatz zu anderen Geschäftsfrauen von klein auf in diese Rolle hineingewachsen bin. Die Familie war immer schon die Firma. Und umgekehrt, auch wenn die Dimensionen und Anforderungen im Laufe der Jahre gewachsen sind. Was ich sagen will: Ich musste mich nicht nach oben kämpfen. Ich musste mich behaupten, aber nicht hochdienen. Oder nach oben schlafen. Oder wie auch immer.« Sie lachte. Forss lachte mit. *Sisterhood.* »Ich nehme an, als Polizistin ist das bestimmt anders? Weniger privilegiert?«

Forss hob die Schultern und ließ sie wieder fallen.

»Ich habe ehrlich gesagt noch nie darüber nachgedacht, sondern bin einfach meinen Weg gegangen, Schritt für Schritt. Was anderes als Ermittlerin zu sein, kam für mich nie infrage. Vielleicht, weil ich in nichts anderem gut wäre.«

»Du kokettierst.«

»Nicht ansatzweise.«

»Aber als Kriminalpolizistin bist du gut?«

»Ich denke schon.«

Lundberg schmunzelte.

»Dann muss ich ja aufpassen, dass ich mich hier nicht um Kopf und Kragen rede.«

»Du wärst nicht die Erste, der das passiert. Meistens merkt man es nicht einmal.«

Forss lächelte sardonisch.

Es klopfte an der Tür. Charlotte brachte auf einem Tablett zwei formvollende Cappuccino und stellte sie auf dem Schreibtisch ab. Forss bedankte sich. Als die Rezeptionistin wieder gegangen war, sagte sie:

»Eine ordentliche *Barista* scheint sie auf jeden Fall zu sein.«

»In einem Café würde sie sicherlich auch eine gute Figur machen, aber hier verdient sie mindestens das Doppelte. Weil Dan ein Faible für Blondinen hat.«

Forss musste an Berit denken.

»Hat er das? Mir gegenüber hat er mindestens siebenundzwanzig Mal den Namen seiner Frau erwähnt.«

»Britt-Marie ist ebenfalls blond.« Forss erinnerte sich nun

an die kurze Begegnung mit der Frau im Garten der Lundbergs. »Auch wenn sie im Alter ein bisschen nachhilft.«

Nachhilfe. So konnte man eine Nachttischschublade voller Sexspielzeuge und Potenzpillen auch bezeichnen.

»Toll, wenn man sich nach so vielen Ehejahren noch immer umeinander bemüht.«

»Nicht wahr?« Lundberg nippte an ihrem Cappuccino. »Autsch!«

Offenbar war der Schluck zu groß gewesen, und sie hatte sich die Lippen verbrannt.

»Vorsicht, heiß«, lächelte Forss.

Gab es da etwas, das mit Dan Lundbergs Ehe nicht stimmte, fragte sie sich.

»Geht schon wieder.«

Lundberg leckte sich über die Lippen und blies auf den Milchschaum.

»Hat man denn überhaupt Zeit, seine Beziehung zu pflegen, wenn man so viel um die Ohren hat wie Dan, Bruno und du?«

»Alles eine Frage der Prioritäten. Das Leben hat verschiedene Phasen, eine Beziehung auch. Henrik und ich haben zwei Kinder großgezogen, sind seit vergangenem Jahr sogar glückliche Großeltern. Die Arbeit hier hat eigentlich nie darunter gelitten, unsere Ehe auch nicht. Vielleicht war es ein Erfolgsrezept, dass mein Mann sich beruflich völlig anders orientiert hat. Er ist Klavierlehrer. Oder war es vielmehr. Heute lässt er es etwas ruhiger angehen. Übt seine Goldberg-Variationen, spielt Golf, liest viel.« Sie überlegte einen Augenblick. »Das sind zum Beispiel Gemeinsamkeiten, die Henrik und ich über all die Jahre geteilt haben, das Golfen und die Literatur. Mein Klavierspiel ist jedenfalls fürchterlich.« Sie lachte. »Vielleicht sind es solche banalen Dinge, die eine Beziehung über die Jahre lebendig halten.«

Was wusste Forss schon vom Gelingen langjähriger Beziehungen?

»Wahrscheinlich«, lächelte sie.

Golfen und Literatur also.

»Jedenfalls sollte man Arbeit und Liebe auseinanderhalten, denke ich.«

»Sehe ich genauso«, sagte Forss und dachte an Kent Vargen. »*Don't fuck in the factory.*«

Lundberg lachte.

Golfen und Literatur.

Die Persbrandts und Jonas Gardell.

Was hatte ihr Bruder noch gleich gesagt?

»Schmökern ist schon etwas Tolles«, sagte Forss. »Ich habe gerade Gardells *Präriehunde* gelesen. Wie eindringlich er dort die Einsamkeit schildert. So nachvollziehbar und traurig, doch gleichzeitig voll von schwarzem Humor.«

Etwas in Lundbergs Blick flackerte.

»Ein wunderbares Buch«, sagte sie. »Aber wie bist du ausgerechnet darauf gestoßen, es ist doch Jahrzehnte alt und gehört nicht gerade zu seinen bekanntesten Werken?«

»Manche Dinge fallen einem einfach in den Schoß.«

Lundbergs Lächeln fror ein. Soweit das mit verbrühten Lippen überhaupt möglich war. In dem Moment begriff es Forss. Die Aktzeichnung Gunnar Gustavssons gehörte Gullvi Lundberg. Sie hatte sie vor vielen Jahren in einem Taschenbuch verwahrt, in dem es unter anderem um ein Ehepaar ging, dessen Beziehung auf dem Nullpunkt angelangt ist, während ein anderer Protagonist die große Liebe sucht. Es war nicht ihr Bruder Dan, der in Gustavsson verliebt gewesen war, sondern sie. *Don't fuck in the factory.* Von wegen. Hatte sie eine Affäre mit Gustavsson gehabt? Hatten sie irgendwann gemeinsam in einer Liebesnacht die Flasche *Dom Pérignon* geköpft? Gab es diese Affäre womöglich immer noch? Dagegen sprach, dass das Buch Jahrzehnte alt war, die Zeichnung noch weitaus älter. Hatte sie den Akt selbst angefertigt? Hatte Gunnar ihr Modell gestanden? Oder war das Bild nach ihrer Fantasie entstanden, alles nur eine frühere Schwärmerei? Ein in die Länge gezogener Teenagerspleen, der für das eigene, echte Leben keine Rolle spielte? In dem Fall war sie eine außerordentlich talentierte Zeichnerin. Immerhin kannten sich die beiden seit Tanzkurszeiten. *Der Brite,* hatte sie ihn genannt, weil Gustavsson schon damals so steif und förmlich gekleidet war, wie Dan beim Kaffeekränzchen im Garten der Lundbergs ausgeplaudert hatte. Forss musste an die Fotos denken, die Knutsson in der verfallenen Fischerhütte auf dem See geknipst hatte. *G+B=Love* hatte dort in die Wand geritzt gestanden, der älteste Liebesschwur der Welt. *Gunnar und Berit,* hatte sie natürlich gedacht. Aber wenn es für *Gullvi und den Briten* stand? Wenn nicht Gunnar vor einer Ewigkeit diese Schnitzerei angefertigt hatte, sondern die Frau, die ihr gerade mit einem so merkwürdigen Gesichtsausdruck gegenübersaß? Oder war das alles viel zu weit hergeholt?

»Tja, manchmal fallen einem die Dinge einfach in den Schoß«, wiederholte Lundberg Forss' Worte und musterte sie.

»Jonas Gardells Auftritt bei der Vorauswahl zum *Eurovision Song Contest* fand ich dagegen ziemlich operettenhaft«, bemerkte Forss.

»War er nicht schon immer irgendwie eine Diva? Lieben wir ihn nicht gerade deshalb so sehr?«

»Als Autor gefällt er mir jedenfalls besser.« Forss stellte ihre leere Tasse auf dem Schreibtisch ab. »Der Cappuccino tat wirklich gut, hat mir aus dem Nachmittagsloch geholfen. Darf ich mir Charlotte ausleihen?«

Lundbergs Lächeln hatte wieder seine Balance gefunden.

»War's das schon? Schade. Wir haben doch gerade erst angefangen, uns zu unterhalten.«

Wie gesagt, dachte Forss, manchmal merkt man es nicht einmal.

12

Ingrid Nyström kehrte in den Vernehmungsraum zurück, in dem Gunnar Gustavsson vor einem unangerührten Pappbecher Kaffee saß.

»Wie lange soll das Spiel hier noch so weitergehen?«, fragte er ungeduldig. »Irgendwann ist die Grenze zur Freiheitsberaubung überschritten.«

Wortlos nahm sie ihm gegenüber Platz und schob die Postkarte über den Tisch. Er griff danach. Betrachtete das Motiv. Drehte sie um. Las. Sah wieder auf die Rückseite. Las dann erneut. Beäugte die Briefmarke, den Poststempel. Blickte zu Nyström auf. Die Karte in seiner schwieligen Hand zitterte.

»Unmöglich«, sagte er, die Stimme brüchig wie Glas. »Das ist vollkommen unmöglich.«

13

Bengt-Ivar Gustavsson war nicht in seinem Büro. Am Empfangstresen teilte Charlotte Stina Forss mit, dass das Vorstandsmitglied an diesem Tag überhaupt nicht in der Geschäftsstelle erschienen war. Forss fluchte innerlich. Das war gegen die getroffene Absprache gewesen. Gustavsson ging ihr aus dem Weg. Sie bat Charlotte, es telefonisch zu versuchen, aber die Sekretärin erreichte ihn weder zu Hause noch mobil. Forss trat aus dem klimatisierten Gebäude ins Freie. Die Brise, die vom Meer her kam, nahm der Hitze das Stechende. Ihr Magen grummelte. Außer den beiden Kaffee hatte sie seit Stunden nichts mehr zu sich genommen. Sie spazierte einige Hundert Meter an der Promenade entlang. In der Nähe des Jachthafens kaufte sie sich an einer Imbissbude ein Krabbenbrot. Als sie es zur Hälfte gegessen hatte, fiel ihr etwas ein. Sie holte ihr Handy aus der Tasche und rief Delgado an. Der berichtete ihr aufgeregt von einer spanischen Postkarte und dem gespenstischen Zeugenbericht eines Lkw-Fahrers.

»Ändert das irgendetwas?«, fragte sie.

»Das ändert alles!«, rief Delgado in den Hörer. »Weder ist Berit auf dem See umgekommen, noch hat sie der Kalmar-Killer erwischt. Sie ist nach Alicante abgehauen. Womöglich lebt sie dort immer noch. Wir wissen ja nicht einmal, ob das Skelett in dem Glassarg überhaupt von ihr stammt.«

Forss dachte einen Augenblick lang nach.

»In meinen Augen ändert das überhaupt nichts«, sagte sie. »Kannst du mir einen Gefallen tun? Sieh bitte einmal auf der Gästeliste nach, ob bei der Hochzeitsfeier ein Johan eingeladen war, angeblich ein Junge aus einem der Nachbardörfer. Er muss damals etwa zwischen siebzehn und zwanzig gewesen sein.«

»Einen Augenblick.« Keine Minute später war Delgado zurück. »Es gab einen einzigen Johan auf der Feier, Johan Karlsson, Glasbläser bei den Thurstans. Der war allerdings zum Zeitpunkt der Hochzeit zweiundsechzig Jahre alt.«

»Dank dir.«

»Aber warum …?«

Sie legte auf.

Gullvi Lundberg hatte beim Kuchenessen im heimischen Garten gelogen. Die ganze blumig ausgeschmückte Geschichte von unschuldigen Küssen unter Lampions im Birkenhain mit einem Jüngling namens Johan war *bullshit*.

Aber wozu?

Der einzige plausible Grund war der, dass sie von etwas Wesentlichem ablenken wollte. Sie hatte an dem Abend jemand anderen geküsst.

Oder sie hatte an dem Abend jemand anderen küssen *wollen*.

Gunnar Gustavsson, den glücklichen Bräutigam.

Wozu war eine kluge, entschlossene und vor Eifersucht zerfressene junge Frau wie Gullvi Lundberg imstande?

Andererseits: Delgado zufolge war Berit nach der Hochzeitsfeier überhaupt nichts passiert. Sie hatte den heimlichen Plan geschmiedet, gemeinsam mit Herbert nach Spanien zu verschwinden, und dieser Plan war offenbar aufgegangen. Gullvi Lundberg hatte Berit nicht ermordet, zumindest nicht an diesem Sommerabend am See. Doch das hieß noch lange nicht, dass die geflüchtete Braut und ihr Busenfreund einen ruhigen Lebensabend in Alicante verbrachten. Im Kriminaltechnischen Labor in Linköping wurden die Gebeine einer jungen Frau verwahrt, deren Körper in Berits Brautkleid verwest war. Weder begraben noch unter Wasser, sondern an frischer Luft. Forss biss von ihrem Brot ab. Das alles ergab überhaupt keinen Sinn.

14

Gunnar Gustavsson starrte minutenlang ins Leere, sein Antlitz ausdruckslos wie ein Stein. Der Blick von Ingrid Nyström tastete dieses Gesicht ab, Falte für Falte, Furche für Furche, wie der Sensor einer Marssonde, die neues Terrain erkundet, dachte sie. Plötzlich tat sich etwas. Auf der Wölbung seiner Stirn bildete sich ein keilförmiger Krater, dessen Spitze Richtung Nasenwurzel zeigte. Kontraktionen fuhren durch den Stein, Symmetrie brach auseinander. Gustavsson weinte, lautlos. Nyström wartete. Suchte in ihrem Kopf willkürlich nach einer Zahl. Siebenundvierzig kam ihr als Erstes in den Sinn. Es war siebenundvierzig Jahre her, dass Berit und Herbert sich auf nach Spanien gemacht hatten. Langsam begann sie von siebenundvierzig an rückwärts zu zählen. Als sie bei null angelangt war, stellte sie ihre Frage.

»Was ist damals zwischen ihr und dir geschehen?«

Nun zählte sie von null vorwärts. Bei neunzehn räusperte Gustavsson sich, bei achtundzwanzig antwortete er.

»Drei Wochen vor unserem Hochzeitsdatum hatte ich meinen Wehrdienst absolviert. Was für ein Gefühl von Freiheit, als ich das letzte Mal aus dem Zug von Karlskrona stieg und von Kalmar aus nach Hause gefahren bin! Nie wieder in Reih und Glied antreten zu müssen, nie wieder dumme Befehle ausführen, nie wieder gehorchen! Ich war ein freier Mann, dem die Zukunft offen stand, voller vielversprechender Pläne für das Unternehmen, in dem ich bald die Führung übernehmen sollte, dazu im Begriff, eine wunderbare Frau zu heiraten: schön, klug, kreativ. Ich war trunken voll Glückseligkeit auf dieser Heimfahrt, auch wenn ich wusste, dass Berit nicht da sein würde und auf mich wartete, sie war noch in Stockholm und sollte erst eine Woche später kommen, damit wir gemeinsam die letzten Hochzeitsvorbereitungen treffen konnten. Wie es der Zufall wollte, fand an dem Wochenende ein Fest im Nachbardorf statt, in Emmamåla. Es war Hochsommer, die gesamte Jugend der Gegend hatte sich versammelt, im Park spielte eine Beatband, und natürlich wurde auch wie wild gebechert. Ich war mit einigen Kumpeln dort, aufgedreht und ausgelassen, es gab schließlich etwas zu feiern. Irgendwann kam Gullvi Lundberg auf mich zu, nahm mich beiseite und flüsterte mir ins Ohr, dass sie etwas Ernstes mit mir zu bereden hätte. Ich war verwundert. Was sollte es an einem solchen Abend schon Ernstes zu besprechen geben? Trotzdem bin ich ihr gefolgt, wir kannten uns schließlich schon seit Jahren, sie war eine Art Freundin, wenn auch auf eine ganz und gar platonische Weise. Sie hakte sich jedenfalls bei mir unter und zog mich vom Fest weg ins Dickicht eines nahen Waldstücks, wo wir uns ungestört unterhalten konnten. Inzwischen war ich natürlich auch neugierig geworden. Ich war angetrunken, aber noch nicht völlig hinüber. Aus den Augenwinkeln hatte ich vorher am Abend wahrgenommen, wie sich Gullvi intensiv mit Elvira Öman unterhalten hatte. Das war insofern seltsam, dass sich Gullvi normalerweise überhaupt nicht mit Arbeitermädchen wie Elvira abgab. Sie war in der Hinsicht immer ziemlich versnobt, auch wenn sie sich gern volksnah gibt. Außerdem wusste jeder, dass Elvira mit Berit befreundet war. Berit und Gullvi konnten einander nicht ausstehen, weiß der Teufel warum. Wie auch immer. Gullvi machte ein sehr betroffenes Gesicht, ließ mich Mark und Bein schwören, dass ich das, was sie mir zu sagen habe, niemals weitererzählen dürfte, und betonte minutenlang, wie schwer es ihr fiele, es mir überhaupt mitzuteilen, dass ihre Freundschaft zu mir ihr jedoch keine andere Wahl lasse. Irgendwann verlor ich die Geduld. Worum geht es hier verdammt noch mal denn eigentlich, fragte ich aufgebracht. Sie zeigte mir eine Visitenkarte, die sie von Elvira bekommen hatte.«

»*Club Rosé.*«

»Ich traute meinen Ohren nicht. Was erzählte Gullvi da? Ja, ich wusste, dass Elvira Berit ab und an in Stockholm besuchte, aber dass die beiden dort gemeinsam andere Männer trafen? In einem organisierten Rahmen? Als Escortmädchen? Dass sie für Geld mit ihnen schliefen? Ich ließ Gullvi im Wald stehen und suchte Elvira. Riss sie an den Haaren von der Tanzfläche bis hinter die Wurstbude. Ohrfeigte sie so lange, bis sie mir unter Tränen Gullvis absurde Geschichte Wort für Wort bestätigte. Irgendwann ließ ich von ihr ab. Besorgte mir mehr Schnaps. Besoff mich, bis ich kaum mehr geradeaus gucken konnte. In dem Zustand geriet mir Filomena Öman in die Hände. Sie hatte, genau wie ihre Schwester, einen gewissen Ruf. Ich erinnere mich nur noch schleierhaft, wie wir unkoordiniert in den Büschen zugange waren, sie war wahrscheinlich genauso blau wie ich. Wahrscheinlich hatte ich in meiner rasenden Eifersucht und Wut gedacht, das würde irgendetwas wiedergutmachen. Auge um Auge, und so weiter. Aber am nächsten Tag war gar nichts wieder gut. In mir tobte es. Ich musste es aus ihrem eigenen Mund hören. Völlig außer mir nahm ich den nächstmöglichen Zug nach Stockholm, dann ein Taxi zu ihrer kleinen Dachwohnung. Ich hatte Glück, sie war zu Hause. Allein. Eigentlich durfte sie dort überhaupt keinen

Männerbesuch empfangen, aber das war mir in dem Moment vollkommen gleich. Ich stürmte hinein und konfrontierte sie mit den Vorwürfen. Sie gab es zu! Sie gab tatsächlich jedes Wort zu! Wenn sie wenigstens versucht hätte, sich zu rechtfertigen, sich zu erklären, irgendetwas zurechtzubiegen, hätte ich vielleicht anders reagiert. Aber so ...«

»Was ist passiert?«

Gustavsson wandte ihr seinen Blick zu.

Eisblaue Augen.

»Ich habe sie vergewaltigt. Ich habe sie geschlagen, ihr die Kleider vom Leib gerissen und sie mit Gewalt genommen. Ich ... ich dachte, es steht mir zu. Sie war meine Verlobte. Ich liebte sie. Wie konnte sie mir so etwas also antun? Hatte ich nicht dasselbe Recht wie diese namenlosen Männer, von denen es offenbar Dutzende gegeben hatte? Ich war wie von Sinnen. Berit wehrte sich nicht einmal richtig, sie ließ es über sich ergehen. Wie eine Puppe. Nein, eher wie eine Leiche. Als ich wieder zu mir kam, kauerte sie in ihrer zerrissenen Unterwäsche in einer Ecke des Zimmers und schluchzte vor sich hin. Ich sagte kein Wort, ich nahm den nächsten Zug zurück nach Hause und dachte, ich würde sie nie wiedersehen. Das Verrückte war, ich wollte sie immer noch zur Frau, um jeden Preis. Vier Tage später stand sie vor meiner Tür. Wir sprachen mit keinem Wort darüber, was passiert war, sondern bereiteten zusammen die Hochzeit vor.«

15

Die Autofahrt von Nynäshamn nach Stockholm dauerte eine gute Stunde. Obwohl Feierabendverkehr herrschte, kam Stina Forss einigermaßen gut voran, da sich das Gros der Autofahrer im Gegensatz zu ihr auf dem Weg aus der Innenstadt heraus befand. Auf dem Sveavägen eine freie Parkbucht zu finden, erwies sich als unmöglich, also stellte sie ihren Wagen vor einer Geschäftseinfahrt im absoluten Halteverbot ab und legte ein Schild hinter die Windschutzscheibe. *Polizei im Einsatz.* Sie ging die belebte Straße ein Stück weiter hoch, bis sie die Tunnelgata kreuzte, eine schmale Fußgängerpassage. Der Ort wirkte völlig beliebig. Eine Treppe, die hinab zur U-Bahn führte, lieblose Außengastronomie, ein HiFi-Laden, eine Kaffeehauskette, ein Deli. Das Tapetengeschäft *Dekorima* war längst verschwunden. Der Eckladen bot in der Straßenauslage frische Kräuter an, zwischen Autoabgasen und verschütteter Cola roch es nach Basilikum und Rosmarin. Die Gedenktafel aus Messing war in den Bürgersteig eingelassen. *An diesem Ort wurde am 28. Februar 1986 Staatsminister Olof Palme ermordet.* Sie schloss für einen Moment die Augen. Versuchte sich den Augenblick vor über dreißig Jahren vorzustellen. Versuchte an ihn zu denken. *Papa.* Es ging nicht. Es funktionierte nicht. Sie roch nur Abgase, Cola und dämliches Basilikum. Dann rempelte sie jemand an. Eine junge Frau, die beim Gehen auf ihr Handy glotzte. Forss rümpfte die Nase. Rückte ihre Augenklappe zurecht. Was auch immer sie suchte, hier würde sie es nicht finden. Sie ging in den Eckladen und kaufte eine Flasche kaltes Wasser und eine Banane. Die Rückfahrt nach Hause würde lang werden. Sie hatte gerade wieder in ihrem Wagen Platz genommen, als ihr Handy klingelte.

Stockholm, 12. August 1971

Alles um mich herum fällt auseinander, alles zerbricht. Dabei liege
ich selbst in Trümmern. Ich weiß nicht, wie ich es sonst beschreiben
soll. Wie eines dieser Glastiere fühle ich mich, die Herbert in seinen
Pausen formt, von einer groben Hand auf den Boden geschleudert
und in Scherben zersprungen, die so fein sind, dass man mich nicht
wieder zusammenkleben kann. Gunnar weiß es. Endlich, möchte
ich beinahe sagen, weil das Lügen nun ein Ende hat. Wäre es nur
nicht so schrecklich gewesen. Er ist gekommen. Ich war vorgewarnt.
(Elvira hatte mich angerufen. Wie konnte sie sich nur derart ver-
plappern? Ausgerechnet Gullvi gegenüber, dieser falschen, arrogan-
ten Schlange, die es schon seit Ewigkeiten auf Gunnar abgesehen
hat? Vor einem Jahr war sie zu einem Abendessen bei den Gustavs-
sons, Gunnar selbst war nicht zu Hause. Anschließend fehlte das
alberne Aktaquarell, das ich einmal vom ihm gemacht habe. Er ist
sich sicher, dass sich Gullvi in sein Zimmer geschlichen, seine Sa-
chen durchstöbert und es gestohlen hat.) Aber ich hatte nicht mit
dieser Aggressivität und Raserei gerechnet. Natürlich kann ich ver-
stehen, dass er wütend war, eifersüchtig, verletzt, gedemütigt, all
das, was man empfindet, wenn man dahinterkommt, dass seine
Verlobte gegen Geld mit vierundvierzig Männern geschlafen hat.
Aber er ließ mir nicht den Hauch einer Chance mich zu erklären.
Wahrscheinlich hätte es in seinen Augen auch nichts geändert, ob
Kunstprojekt, Performance, mein feministischer Kampf, für den ich
den Preis der Selbstaufgabe bezahle. Aber es hätte mir zumindest
das Gefühl gegeben, dass es ihm in seiner Wut um mich ging, um
unsere Gefühle füreinander. Hätte er mir nur die Möglichkeit ge-
geben, mich zu rechtfertigen oder es zumindest zu erklären, dann

hätte ich ihm wohl beinahe jede Reaktion verzeihen können. Aber so? Er ist über mich hergefallen wie ein Raubtier. Er hat mich geschlagen, bespuckt und vergewaltigt. Er hat sich genommen, was seiner Meinung nach ihm gehörte, er hat sich meinen Körper mit Gewalt angeeignet. Nun ist alles kaputt.

Hätte ich das verhindern können? Sicher hatte ich vorher viele Male die Gelegenheit, mit ihm zu sprechen. Ihm in Ruhe darzulegen, was ich da gemeinsam mit Kiki tue. Natürlich hätte er es nicht verstanden. Aber er hätte es wenigstens von mir selbst erfahren, anstatt von dieser Natter. Es wäre ein Gespräch auf Augenhöhe gewesen, und ich war es ihm seit über einem Jahr schuldig. Und doch habe ich immer wieder gekniffen. Aus Angst vor seiner Reaktion? Aus Angst, dass er mich verlassen würde? Wenn ich ehrlich bin: nein. Ich habe nie mit ihm darüber gesprochen, weil es zwangsläufig das Eingestehen einer traurigen Wahrheit gewesen wäre: Mein Leben hier, meine Identität als Künstlerin, meine extreme Körperarbeit, meine Freundschaft zu Kiki, meine Träume von Holgers lehmverkrusteten Händen (Ist es nicht seltsam, mit vierundvierzig Wildfremden zu schlafen, und alle Signale, die der einzige Mann aussendet, den ich anscheinend wirklich begehre, völlig zu ignorieren?), die Experimente mit Gunilla oder Bruno – all das ist mit Gunnar, mit meiner Familie und einer Zukunft im Glasreich überhaupt nicht vereinbar. Ich habe mich zu weit davon entfernt, und es gibt längst kein Zurück mehr. Deshalb bin ich diesem Gespräch immer aus dem Weg gegangen, auch wenn der harte Aufprall natürlich unvermeidbar war. Habe ich womöglich deshalb Elvira in das Leben hier eingeführt? Weil ich gewusst habe, dass die Wahrheit früher oder später aus ihr herausplatzt? Vielleicht. Aber wenn ich derart feige war, dann habe ich es auch nicht besser verdient.

Nun ist es also heraus.

Zwei Tage habe ich nach Gunnars Gewaltausbruch auf dem Boden meiner Wohnung verbracht, geheult, Wein getrunken und mir selbst leidgetan. (Selbst Bob Dylan war mir ausnahmsweise keine Hilfe, auch wenn nach stundenlanger Dauerbeschallung seine jammernde Stimme und mein derangierter Bewusstseinszustand eine Art Symbiose eingegangen sind.) Aber das Suhlen im Selbstmitleid war auch ein dringend nötiges Stahlbad der Erkenntnis:

Ich werde Gunnar nicht heiraten, selbst wenn er mich, nach allem was passiert ist, noch wollen würde. Es war von Beginn an eine naive Idee. Diesen Mann und mich trennen Welten. Vielleicht war ich in meiner Realitätsverweigerung so erstarrt, dass es tatsächlich des Äußersten bedurfte, um mir die Augen zu öffnen.

Ich werde das »Projekt der hundert Männer« nicht fortsetzen, auch wenn wir so kurz vor dem Ziel stehen. Ich kann das nicht mehr. Ich fühle mich, als habe ich mich im vergangenen Jahr selbst verloren, irgendwo zwischen Champagnerkelchen, luxuriösen Hotelbetten und dem Geruch fremden Rasierwassers auf meiner Haut. Kiki geht es ähnlich, glaube ich, aber sie ist im Gegensatz zu mir eine Kämpferin, die niemals aufgibt, bevor sie ihr Ziel erreicht. Sie betäubt sich, nimmt Tabletten, Kokain, ohrfeigt sich selbst.

Eine Kunstsoldatin.

Aber ich kann nicht länger, ich zerfalle in meine Einzelteile.

Es wird andere Projekte geben. Ich überlasse Kiki mein bisheriges Material, und sie kann daraus machen, was sie möchte. Vielleicht muss ich mir einfach eingestehen, dass ich nicht so radikal bin wie sie. Möglicherweise sollte ich mich wieder meinen Glasexperimenten widmen.

Und dann ist da noch Holger.

Aber bevor ich so weit bin, muss ich erst einmal die feinen Splitter zusammenkehren. Vielleicht bekomme ich sie ja doch noch irgendwie wieder zusammengeklebt.

Oma Edith, was würdest du jetzt sagen?

Wahrscheinlich so etwas wie: »Das Leben geht weiter, mein Schatz.«

Also seufze ich laut und suche nach Handbesen, Schaufel und Klebstoff.

SAMSTAG

1

Über Nacht hatte sich das Wetter geändert. Als Ingrid Nyström aus dem Haus trat, war es feucht und kühl. Es hatte die Nacht über geregnet und erst in den frühen Morgenstunden aufgehört. Der Himmel war immer noch wolkenverhangen, ein pelziger, grauer Belag mit gelblichem Stich, der sich vor die Sonne geschoben hatte. Seltsam, für wie selbstverständlich sie das Sommerwetter der vergangenen Tage genommen hatte. Die guten Dinge schätzen wir oft erst richtig, wenn sie wieder weg sind, überlegte sie. Wie sie Annas Lachen vermisste, das Glucksen des kleinen Alberts und auch Anders' Nähe, trotz des unerklärlichen, überraschenden und schönen Erlebnisses mit Göran Lindholm. Ihre Schuldgefühle wallten auf. Anders' lieb gemeinte SMS hatte sie noch immer nicht beantwortet. Sogar ein unverfängliches *Und ich dich auch* fühlte sich heuchlerisch an. Selbst wenn es stimmte. Sie liebte ihren Mann und vermisste ihn. Doch am meisten sehnte sie sich in diesem Moment nach dem verschmitzten Lächeln ihrer Schwiegertochter. Healey hier zu haben, und sie lächeln zu sehen, hätte bedeutet, das Nyströms Welt noch in Ordnung wäre, doch sie wusste, dass es dieses Lächeln nie wieder geben würde, weder für sie noch für Anna oder Albert noch für sonst jemanden.

Grimmig stieg sie in ihren Wagen und fuhr Richtung Glasreich. Es war Wochenende und noch keine acht Uhr, aber es gab zu tun. Die Aussage Gunnar Gustavssons war aufschlussreich, aber alles andere als erschöpfend gewesen. Sie hatte den müden, alten Mann gehen lassen, etwas anderes war ihr auch nicht übrig geblieben, die gestandene Misshandlung und Vergewaltigung war strafrechtlich längst verjährt, und seit Berits Postkarte aufgetaucht war, ließ sich eine schlüssige Mordanklage nicht einmal mehr ansatzweise aufbauen. Dennoch war sie sich noch immer sicher, dass der Schädel und die Knochen in dem Glassarkophag Berit gehörten. Alles andere war undenkbar beziehungsweise lag so weit außerhalb ihrer Vorstellungskraft, dass sie es ignorierte. Immer irritierender fand sie den Umstand, dass der Leichnam der kriminaltechnischen Analyse zufolge in dem Brautkleid verwest war. Was für einen Grund sollte Berit gehabt haben, das ruinierte und wahrscheinlich mit furchtbaren Erinnerungen verknüpfte Kleid noch einmal anzuziehen, nachdem ihr die Flucht nach Spanien geglückt war? Wozu hatte sie das unhandliche und nasse Kleidungsstück überhaupt dorthin mitgenommen? Trug sie es im Moment ihres Todes, oder hatte es ihr nachträglich jemand angezogen? Hatte sie das Kleid womöglich auf der Reise nach Alicante gar nicht bei sich, sondern war zu einem späteren Zeitpunkt nach Schweden zurückgekehrt? Nyström sah ein, dass sie kaum mehr wussten als vorher. Berits Geschichte nach ihrem Verschwinden bestand aus Leerstellen, und auch aus der Zeit davor waren längst nicht alle Fragen beantwortet. Was sie brauchte, waren mehr Informationen. Zum Beispiel darüber, wer außer dem Finanzberater Kennert Östling, Gunnar Gustavsson und dessen Vater noch von der desolaten Wirtschaftssituation der Thurstans gewusst hatte. Berit? Ihr Bruder Petter? Ihr Schwager Bengt-Ivar? Forss hatte berichtet, dass er ihr in Nynäshamn entgegen aller Absprachen aus dem Weg gegangen war. Womöglich hatte er sich auf dem Familienanwesen in Rödahult verkrochen, und sie konnte dort nicht nur Gunnar befragen, sondern seinen Bruder gleich mit.

2

Als Stina Forss aufwachte, brauchte sie einen Moment, um sich in der fremden Umgebung zu orientieren. Ein Hotelzimmer, auf dem Nachttisch mehrere leere Fläschchen *Koskenkorva,* augenscheinlich aus der Minibar. Finnischer Wodka. Richtig, sie war in Helsinki. Nyström hatte sie angerufen, als sie im Begriff gewesen war, Stockholm zu verlassen. Es ging um Kiraki Edvén-Rosholm, Berits ehemalige Freundin, die auf der Hochzeit fotografiert hatte. Delgado war es noch immer nicht gelungen, die Künstlerin ans Telefon zu bekommen, er wurde wechselweise von einer Assistentin hingehalten oder wartete auf Rückrufe, die nicht erfolgten. Nyström war schließlich der Kragen geplatzt. Die Frau konnte für die Ermittlung eminent wichtig sein. Momentan hielt sie sich in Helsinki auf, wo sie im Museum für Zeitgenössische Kunst eine Ausstellung vorbereitete. Ob Forss von Stockholm aus über den Bottnischen Meerbusen fliegen könnte, der Flug dauerte keine Stunde, und Nynäshamn war schließlich schon beinahe Stockholm. Forss hatte zugesagt und dabei die Information unterschlagen, dass sie sich bereits in der Hauptstadt befand. Zwei Stunden später hatte sie bereits aus zehn Kilometern Höhe auf die dunkelblaue Ostsee hinabgeblickt. Unter ihr lagen Hunderte Schären. Sie hatte an die berühmten Worte John Donnes gedacht. *Niemand ist eine Insel.*

Wie falsch sie klangen. Es gab solche Menschen, wer wüsste das besser als sie?

Sie stand auf, duschte, zog ihre Sachen vom Vortag an und frühstückte im Speisesaal des einfachen Hotels. Nachdem sie ausgecheckt hatte, schlenderte sie durch die Stadtmitte zum Museum, das in der Nähe des Hauptbahnhofs lag. Es war das erste Mal, dass sie in Helsinki war. Es gefiel ihr. Die allgegenwärtige Nähe des Wassers, die skandinavische Architektur, die im Gegensatz zu Stockholm oder Göteborg einen kühlen, sozialistischen Einschlag zu haben schien, die russisch anmutende orthodoxe Kirche, der belebte Markt, dessen Boden von Zuckerschotenschalen übersät war, das gläserne Jugendstilcafé.

Das Museum selbst war ein Musterbeispiel des Dekonstruktivismus. Forss bezweifelte, dass es in dem bogenförmigen Gebäude überhaupt rechte Winkel gab. An der Kasse legte sie ihren schwedischen Polizeiausweis vor und verlangte Edvén-Rosholm zu sprechen, es gehe um eine tragische Familienangelegenheit, die telefonisch nicht angemessen zu behandeln sei. Der junge Mann hinter dem Schalter ließ sich mit besorgter Miene zur Direktion durchstellen. Nach einem kurzen, auf Finnisch geführten Dialog bat er sie zu warten. Eine Minute später kam ein Mann mittleren Alters im Anzug auf sie zu. Er begrüßte sie im singenden Duktus der Finnlandschweden, einer sprachlichen Minderheit, der im öffentlichen Leben viel Platz eingeräumt wurde, so war zum Beispiel jedes Straßenschild zweisprachig, wie Forss bereits aufgefallen war. Der Mann, der sich als Matti vorstellte, führte sie zu einem Fahrstuhl. Edvén-Rosholm befinde sich im Hause, selbstverständlich könne sie der Landsmännin die traurigen Neuigkeiten persönlich mitteilen. Offenbar ging er davon aus, dass es sich um einen familiären Todesfall handelte. Ihre Legitimation hinterfragte er mit keinem Wort. Zwei Minuten später fand sich Forss in einem großzügig geschnittenen, nahezu quadratischen Büro wieder. Anscheinend gab es in dem Gebäude doch rechte Winkel. Kurz darauf betrat eine auffällig kleine, dünne Frau in extravaganter Garderobe den Raum. Ihre ausdrucksstarken Augen musterten Forss misstrauisch.

»Ein familiärer Todesfall, ja?« Sie verschränkte die Arme vor der Brust, reckte ihr Kinn nach oben. »Nur dass ich gar keine Familie habe.«

»Das war zugegebenermaßen ein Vorwand. Aber um einen Todesfall geht es wirklich. Berit Thurstan beziehungsweise Gustavsson. Aber die kurze Geschichte ihres zweiten Nachnamens kennst du mit Sicherheit besser als ich.«

Edvén-Rosholm stöhnte auf.

»Muss ich mir das wirklich antun? Ich dachte, ich hätte deinen Kollegen eindeutige Signale gegeben, dass ich nicht über die Sache zu sprechen wünsche. Hast du hier überhaupt etwas zu sagen, auf finnischem Boden? Wissen die örtlichen Behörden, dass du hier bist, und dir mit falschen Angaben Zutritt verschaffst?«

Meine Güte, für wen hielt sich die Frau? Für die Königin von England?

»Sie ist wieder da«, entgegnete Forss statt einer Antwort. »Berits Leichnam ist aufgetaucht. In einer Kunstausstellung. In ihrem Hochzeitskleid in einem gläsernen Sarg.«

»Wie bitte?« Die zierliche Frau ließ sich auf einen Schreibtischstuhl sinken. Alles Herrische fiel von ihr ab, und sie sah mit einem Mal gebrechlich aus. »Aber wie ist das möglich?«

3

Hugo Delgados Verfassung hätte besser sein können. Er hatte zu wenig geschlafen und am Vorabend definitiv zu viel getrunken. Im *Kafé de Luxe,* seiner Stammkneipe, hatte es das Fassbier einer norrländischen Mikrobrauerei gegeben, das wirklich nicht zu verachten gewesen war. Dazu die laue Sommerabendluft auf der Terrasse, guter alter Britpop und Blickkontakt mit einer interessiert wirkenden Frau. Sie hatte zwar seinem Geschmack nach ein wenig zu viel Make-up aufgelegt, aber nach dem dritten Glas Bier hatte er das nicht mehr so eng gesehen. Nach dem fünften Glas hatte er sich ein Herz gefasst, war aufgestanden und auf sie zugegangen, nur um festzustellen, dass sie mit dem Typen neben ihr Händchen hielt. Danach war er zwangsläufig auf Schnäpse umgestiegen.

Mit schwerem Kopf fuhr er seinen Rechner hoch. Was hatte er an einem Samstagmorgen überhaupt im Präsidium verloren? Er sollte zu Hause ausgiebig im Bett frühstücken und anschließend ein Onlinespiel zocken, irgendwo da draußen gab es immer irgendwelche Orkhorden, die besiegt werden wollten. Aber wer konnte *Miss Einauge* schon einen Gefallen abschlagen? Er jedenfalls nicht. Also gab es statt der frischen Sauerteigbrötchen von *bröd & sovel* und weich gekochten Eiern nur eine Dose Cola und ein eingeschweißtes Kiosksandwich. Er ließ seine Fingerknöchel knacken und nahm, wenn schon keine Orks, Gullvi Lundberg ins Visier.

4

Mit Gunnar Gustavsson war seit dem Vortag eine sichtbare Veränderung geschehen. Von dem bärbeißigen, selbstsicheren, bisweilen auch verletzbaren Mann, den Ingrid Nyström die vergangene Woche über erlebt hatte, schien ihr nur noch eine leblose Hülle gegenüberzusitzen. Auch wenn der Vergleich geschmacklos war, musste sie an ein eingefallenes Soufflé denken. Jemand hatte abrupt die Backofentür geöffnet, dieser jemand war sie, und der kalte Luftzug war eine Postkarte aus Alicante. Gustavsson schien von ihrer Anwesenheit kaum Notiz zu nehmen, er starrte reglos ins Nichts, das Eis seiner blauen Augen war geschmolzen. Alles an ihm schien eine stumm geschriene Frage zu sein: Wie konnte sie mir das nur antun? Tja, kam Nyström nicht umhin zu denken, vielleicht kommt das dabei heraus, wenn man andere Menschen vergewaltigt und misshandelt. Auch wenn die professionell gebotene Neutralität ihr verbot, in Kategorien wie *gerechte Strafe* zu denken, hielt sich ihr Mitleid mit dem gebrochenen Mann in sehr engen Grenzen. Was sie dagegen aufwühlte war das noch immer ungewisse Schicksal Berits. Und natürlich auch Herberts, den sie ungerechterweise immer wieder außer Acht ließ. Er kreiste um das Zentrum dieser Ermittlung wie ein vergessener Satellit; weit entfernt, außer Sichtweite, von niemandem vermisst. Hoffentlich rächt sich das nicht, dachte sie, hoffentlich stellt sich nicht heraus, dass wir in Bezug auf Herbert im Grunde viel zu schlampig und lückenhaft gearbeitet haben.

»Wer wusste von der katastrophalen Finanzlage der Thurstan-Hütte, die Kennert Österling aufgefallen war?«

Nyström wiederholte die Frage bereits zum zweiten Mal.

Es schien, als würde Gustavsson endlich das letzte bisschen an Energie aufbringen, das er noch in sich finden konnte.

Sein Blick klarte auf, fand ins Hier und Jetzt zurück.

»Kennert, mein Vater und ich. Vielleicht noch mein Bruder, ich erinnere mich nicht mehr genau an den Abend. Bengt-Ivar war damals noch jung, ständig schwirrte er überall umher und steckte seine Nase in Dinge, die er nicht begriff. Einige Tage später haben mein Vater und ich natürlich den alten Thurstan konfrontiert. Er hat zunächst alles abgestritten, aber was hatte er gegen die nackten Zahlen schon vorzubringen? Die schlechten wirtschaftlichen Daten waren ein Faktum, das nicht zu leugnen war.«

»Und wie seid ihr auseinandergegangen?«

»Es war eine stundenlange, intensive Sitzung. Mein Vater war misstrauisch, der alte Thurstan hatte die blanke Panik in den Augen, und ich habe versucht, Optimismus zu verbreiten. Damals war die Welt nach meiner Wahrnehmung noch in Ordnung. Ich habe von einer gemeinsamen Zukunft mit Berit geträumt. Das war bevor ich durch Gullvi von ihrem Stockholmer Leben erfahren habe. Bevor ich wie ein Berserker …« Er hielt inne, schien sich in die Hand zu beißen. Nyström wartete. »Ich wollte den gemeinsamen Weg weitergehen, beide Hütten, beide Familien über Wasser halten. Ich drehte und wendete die Zahlen, polierte sie, bis sie nicht mehr ganz so düster aussahen. Ich entwarf verschiedenste Szenarien, quasselte von neuen Märkten, Synergieeffekten, Innovationen. Ich wollte die Fusion um jeden Preis aufrechterhalten, weil ich Berit um jeden Preis wollte. Irgendwie ist es mir dann gelungen, meinen Vater zu überzeugen. Zähneknirschend und voller Skepsis sagte er zu, entgegen Kennerts ausdrücklichem Rat an den Thurstans festzuhalten. Und wer weiß? Vielleicht hätte es sogar geklappt. Wenn sich die Dinge im Folgenden anders entwickelt hätten. Wenn wir damals alle klügere Entscheidungen getroffen hätten.«

Das Funkeln in seinen Augen, das für einen Moment aufgeglommen war, erlosch wieder. Nyström stellte eine weitere Frage, aber sie schien schon nicht mehr zu ihm durchzudringen.

5

Lange saß Edvén-Rosholm so da und zupfte an ihrem seidigen Wickelkleid herum. Forss nahm ebenfalls auf einem Bürostuhl Platz.

»Es ist so lange her, dass ich kaum weiß, wo ich beginnen soll«, sagte die Künstlerin schließlich.

»Am Anfang«, befand Forss. Jede Geschichte brauchte einen Beginn.

Edvén-Rosholm strich sich eine Haarsträhne aus dem Gesicht.

»Das war auf der Kunsthochschule. Berit war eine Wucht, das spürte ich sofort, ein besonderer, ein intensiver Mensch.

Sie stach heraus aus der Masse bourgeoiser Möchtegernkünstler, dabei hatte sie im Gegensatz zu den meisten anderen Studenten kaum Vorbildung, sie war ein Landei, aber sie hatte Witz, Intelligenz und einen ganz eigenen Zugang zu den Dingen. Sie schuf aus sich selbst heraus, und das ist selbst auf einer Kunsthochschule eine selten zu findende Eigenschaft. Wir fanden uns schnell, vielleicht weil wir unsere gegenseitige Bewunderung spiegelten und spürten, dass wir anders waren als der Rest. Wir wurden Freundinnen, auf eine Art, wie ich sie später nie wieder erlebt habe, es war, als hätten wir einen unauflösbaren Pakt geschlossen, Seelenschwestern nannten wir uns, und so nenne ich sie noch heute. *Meine Seelenschwester«,* sagte sie leise und blickte auf, schluckte. »Die Idee mit dem gemeinsamen Kunstprojekt kam von mir. Vielleicht war das bereits der Anfang vom Ende, auch wenn ich das damals natürlich nicht begriffen habe.«

»Ein Kunstprojekt?«

»*Hundert Männer* haben wir es genannt. Eine Langzeitperformance. Feministische Körperarbeit. Jede von uns würde mit fünfzig Männern schlafen, die dafür bereit waren zu zahlen. Wir schlüpften in die Rolle von Escortgirls. Ehrlicherweise hätten wir uns auch Prostituierte nennen können, Huren, Nutten. Wir verkauften unsere Körper gegen Geld. In einem zugegeben sehr luxuriösen Rahmen. Ich vermute, weil es angenehmer war, als an dunklen Straßenecken zu stehen und mit den Freiern auf Autositzen oder in billigen Absteigen zu landen. Die Idee dahinter war das Bloßlegen patriarchaler Strukturen. Wir dokumentierten alles. Fotografierten die Männer, heimlich oder mitunter auch mit ihrer Billigung, wir archivierten Rechnungen, Quittungen, Theaterbillets, Konzertkarten, sogar einen Kopfkissenbezug aus dem *Grand Hôtel* samt eingestickter Goldkrone.«

Sie lächelte schmal.

»Wie war das?«

Forss war wirklich neugierig.

»Was glaubst du wohl? Hart. Extrem. Teilweise widerlich. Zu Beginn hatte es vielleicht noch eine Art abenteuerliches Prickeln, wir haben uns wie Geheimagentinnen gefühlt, *Liebesgrüße aus Moskau,* oder so etwas in der Art, aber das Gefühl war bald vorbei. Die Abläufe, die Rituale, der Small Talk, der emotionslose Sex, all das wiederholte sich. Manche Abende waren vielleicht beschwingt, doch die meisten waren fade, aufgesetzt, furchtbar. Langweilige Männer, bemühte Männer, rohe Männer, arrogante Männer, fiese Männer. Ich hab es mit Alkohol, Tabletten und anderen Drogen ertragen und dabei meine Persönlichkeit ausgeknipst. Ich weiß nicht, wie gut du mit meinem Werk vertraut bist, aber das meiste, was ich tue, funktioniert nur auf diese Weise. Ich schlüpfe aus meiner Haut heraus und werde für die Dauer der Performance zum Objekt. Anders könnte auch ich es nicht aushalten, mich stundenlang ohrfeigen, mit Rasierklingen ritzen oder bespucken zu lassen. Das gelingt nur in meiner Rolle als Künstlerin. Dies als junge Frau über ein Jahr lang aufrechtzuerhalten, war wahrscheinlich die grenzwertigste Erfahrung meines Lebens. Und Berit? Sie hat es noch weniger wegstecken können als ich. Ihr fehlte die nötige Schutzmauer dazu. Sie war wahrscheinlich eine viel zu integre Persönlichkeit für diese Mammutaktion. Trotzdem waren wir entschlossen, die Sache durchzuziehen, auch wenn es uns zunehmend schlechter dabei ging. Wir waren ehrgeizig, wir waren überzeugt davon, etwas politisch und künstlerisch Relevantes zu schaffen, wir peitschten uns gegenseitig hoch und motivierten einander. Und fast, ja, fast hätten wir es geschafft. Ich bin bis heute davon überzeugt, dass wir tatsächlich Kunstgeschichte geschrieben hätten.«

»Was ist passiert?«

»Es war kurz vor Berits Hochzeit.« Sie schüttelte energisch den Kopf. »Was sie an diesem Spießer fand, habe ich nie begriffen, und noch weniger, warum sie sich auf dieses bürgerlich-religiöse Abhängigkeitsritual einer Heirat einlassen wollte. Aber wie auch immer. Mir fehlten zu dem Zeitpunkt noch drei Männer, ihr sechs. Das Ganze dauerte schon viel länger, als wir ursprünglich gedacht hatten, aber je weiter die Zeit fortschritt, desto ausgelaugter waren wir. Wir sagten Termine ab, ließen Verabredungen schleifen. *Madame Fleur,* wie sich die aufgeblasene Zuhälterin nannte, war kurz davor, uns aus ihrem sogenannten *Club Rosé* rauszuwerfen. Aber das war nicht das Problem. Es ist an diesem verkorksten Gunnar gescheitert. Berit hatte ihm nie von unserem Projekt erzählt, das hätte der Chauvi-Typ mit seinem begrenzten Horizont auch niemals verstanden. Aber er ist dahintergekommen, ich glaube, eine Bekannte hatte es ihm gesteckt. Dann ist der Kerl durchgedreht. Ist aus dem Provinznest nach Stockholm gefahren und hat Berit zusammengeschlagen und vergewaltigt. Das hat sie endgültig zusammenbrechen lassen. Sie war danach völlig aufgelöst. Hat gesagt, dass sie nicht weitermachen könnte. Kein Mann mehr, unter keinen Umständen. Ich müsse das Projekt allein zu Ende bringen, sie sei unwiderruflich raus.«

»Wie hast du reagiert?«

»Natürlich hab ich zunächst einmal versucht, sie zu trösten, für sie da zu sein, sie aufzufangen. Was ihr widerfahren war, war schließlich ein schlimmes Trauma. Ich wollte sie überreden zur Polizei zu gehen und den Mistkerl anzuzeigen, doch das wollte sie unter keinen Umständen. Die Hochzeit platzen zu lassen sei Strafe genug, sagte sie immer wieder. Irgendwann hatte sie sich ein Stück weit wieder gefangen. Vielleicht war es ein Fehler, aber ich habe schließlich auch versucht, sie zu überreden, mit unserer Aktion weiterzumachen. Wir waren so weit gekommen! Wir hatten so viel auf uns genommen! Wir waren so kurz vorm Ziel!«

»Und?«

»Sie hat nur mit dem Kopf geschüttelt. Ich sollte allein weitermachen. Sie würde mir das Projekt schenken.«

»Wie hast du reagiert?«

»Das kam nicht infrage. Selbstverständlich war ein Teil von mir enttäuscht, aber wie konnte ich allein weitermachen, wo wir doch einen Pakt geschlossen hatten? Hundert Männer, jeder von uns fünfzig. Da gab es kein einzelnes Ich. Und siebenundvierzig plus vierundvierzig waren nicht hundert. Das Projekt war gescheitert, Punkt. Kommt in der Kunst dauernd vor. Bilder, die nie zu Ende gemalt, Skulpturen, die nie fertig geformt werden.«

»Du sagtest, Berit wollte die Hochzeit absagen?«

»Genau, sie wollte dieses Schwein nie wiedersehen. Ihre Worte.«

»Aber die Hochzeit fand statt.«

Edvén-Rosholms Lippen waren ein Strich.

»Männer.« Es lag Abscheu in ihrer Stimme. »Rate mal, wer einige Tage später in ihrer Wohnung vor ihr kniete und sie tränenüberströmt anflehte, die Heirat wie geplant durchzuziehen.«

»Gunnar ist noch einmal zurückgekehrt?«

»Nein, es war ihr Vater. Sie hatte ihren Eltern am Telefon von der Vergewaltigung erzählt, und trotzdem war sich dieser Wicht nicht zu schade, seine Tochter an den Mistkerl zu verhökern. Denn genau darum ging es, um Geld. Ums Wohl der Glashütte, um genau zu sein. Angeblich hatte die familieneigene Firma nur eine Überlebenschance, wenn sie unter den Fittichen der Gustavssons mit durchgezogen würde. Alles hing also von Gunnars Güte und Gunst ab.

Deshalb bearbeitete ihr Vater sie so lange, bis sie schließlich irgendwann kapitulierte und versprach, Gunnar trotz allem zu heiraten.«

»Aber sie hatte nicht vor, ihr Leben mit ihm zu verbringen.«

»Um Gottes willen, nein! Wir haben uns einige Stunden, nachdem ihr Vater wieder abgereist war, in einer Kneipe getroffen und angefangen, systematisch die Bar leer zu trinken. So verzweifelt sie auch über die Zwickmühle war, in die ihre Familie sie hineinmanövrierte, so klar stand ihr Beschluss, auf gar keinen Fall mit Gunnar zusammenzuleben. Sie hatte vor, das Versprechen, dass ihr abgerungen worden war, zu halten – und anschließend abzuhauen, egal was danach mit der Hütte passieren würde. Mit jedem Drink wuchs die Wut auf ihren Vater. Auf Gunnar sowieso. Auf die vierundvierzig Typen, die dafür Geld bezahlt hatten, ihren Körper zu benutzen. Auf die ganze beschissene eine Hälfte der Menschheit. Mit ein oder zwei Ausnahmen vielleicht. Sie hatte da in Bytorp einen Kindheitsfreund, Hubert oder Herbert, ein Waisenjunge, der in der Hütte schuftete. Von ihm hat sie immer gut gesprochen.«

»Herbert Moosbrugger, der junge Mann, der mit ihr zusammen verschwunden ist. Aber wen gab es noch?«

»Holger, ein Kommilitone von uns. Bildhauer, mittelmäßig begabt. Soweit ich weiß, hatten die beiden nie etwas miteinander, aber man konnte spüren, dass da etwas in der Luft lag.«

»Kommen wir zurück zur Hochzeit. Wie genau ist der Plan entstanden? Wieso die melodramatische Brautentführung? Warum ausgerechnet Alicante?«

»Ich fürchte, ich war daran nicht ganz unbeteiligt. Die Sache mit dem *happening* war ehrlich gesagt meine Idee.«

»Inwiefern ein *happening*?«

»Aus der ganzen verlogenen Hochzeit eine Kunstaktion zu machen. Die Absurdität dieser Heuchelei vorzuführen und das Ganze fotografisch zu dokumentieren.«

»Deshalb warst du ...«

»Glaubst du im Ernst, ich hätte sonst freiwillig an diesem Schmierentheater teilgenommen? Meine Rolle war die der Dokumentarin. Vom Brauch der Brautentführung im mitteleuropäischen Raum hatte Berit irgendwo einmal gelesen. Dass dieser Herbert als Österreicher die Sache in die Wege leiten konnte, passte natürlich hervorragend. Denk nur mal an die perfekte Dramaturgie. Die langatmige Trauung, das Essen, die Feier, die sachte beginnt und dann immer ausgelassener wird. Schließlich der Höhepunkt: Die Braut wird entführt ... und kommt nie zurück. Sie ist einfach: zack – weg.« Edvén-Rosholm schnippte mit zwei Fingern. »Wie in einer unheimlichen Novelle. Es war wunderbar. Du hättest die ganzen Gesichter sehen sollen. Die Panik, das Entsetzen! Ich habe einen Film nach dem anderen vollgeknipst. Da liefen sie wild durcheinander wie die Hühner, Gunnar, ihr Vater, sie alle haben bekommen, was sie verdienten.«

»Was war mit den ganzen Unbeteiligten, denen Berit am Herzen lag? Ihrer Mutter, ihren Freunden, ihren Verwandten? Deren Schmerz und Sorge zählte nichts?«

Edvén-Rosholm zuckte die Schultern.

»Kunst muss manchmal wehtun.«

»Das hat ihre Mutter mit Sicherheit anders gesehen.«

»Mag sein. Aber es ging ja auch nur um den Schockeffekt des Moments. Berit wollte ja alles zeitnah auflösen, zumindest ihren Eltern und Freunden gegenüber.«

»Deshalb die Postkarte aus Spanien.«

»Ja«, sagte die Künstlerin und kaute auf ihrer Unterlippe. »Und auch wieder nein.«

»Das verstehe ich nicht.«

Edvén-Rosholm wand sich in ihrem Stuhl.

»Ja bedeutet, dass Berit diese Karte geschrieben hat. Mit der Absicht zunächst einmal ihre Mutter zu beruhigen. Und später auch alle anderen, die ihr wichtig waren. Alicante, weil mein Vater dort ein Ferienhaus hatte. Dort wollten wir gemeinsam von vorn beginnen, als Künstlerkollektiv. *Die Hochzeit* sollte unser erstes gemeinsames Werk werden, die Kompensation für *Hundert Männer* sozusagen. Ich hatte sogar schon einen aufgeschlossenen Galeristen an der Hand. Aber, nun ja, es kam, wie wir wissen, alles anders.«

»Wie meinst du das?«

Edvén-Rosholm sah Forss erstaunt an.

»Das wisst ihr nicht? Ich dachte …« Sie blickte an die Decke, dann auf den Fußboden, dann wieder an die Decke. »Nun, Berit ist nie in Alicante angekommen. Nachdem ich meine Fotos zusammen hatte, bin ich so schnell es ging abgereist und von Kopenhagen aus nach Spanien geflogen. Dort habe ich die Karte für sie eingeworfen. Wie gesagt, sie wollte ihre Mutter beruhigt wissen, aber gleichzeitig deutlich signalisieren, dass sie an einem quasi unerreichbaren Ort ist. Das Letzte, was sie wollte, war, dass Gunnar oder ihr Vater auf dumme Gedanken kommen und ihr hinterherreisen. Sie selbst wollte gemeinsam mit Herbert einen Umweg über Stockholm machen. Ihm die Stadt zeigen, ihr Leben dort, die Glasskulpturen, die sie gefertigt hatte. Ein altes Versprechen, hat sie gesagt, ich habe es nicht wirklich verstanden. Erst hinterher ist mir aufgegangen, dass es in Wirklichkeit etwas mit Holger zu tun haben musste.«

Forss spürte, dass sie eine Gänsehaut bekam.

»Ich verstehe dich richtig: Berit war niemals in Spanien?«

Edvén-Rosholm schüttelte den Kopf.

»Es war alles vorbereitet. Sie hatte sogar schon das Flugticket. Aber sie ist nie in Alicante angekommen. Tage habe ich gewartet, Wochen, Monate.«

»Aber was hast du denn um alles in der Welt gedacht? Hast du dir keine Sorgen gemacht? Ich dachte, ihr hattet einen *Pakt?*«

»Natürlich!«, brauste sie auf. »Ich habe mir wahnsinnige Sorgen gemacht. Ich war wütend. Ich war traurig. Zwischendurch habe ich sie wahrscheinlich auch verflucht. Aber was sollte ich denn tun? Mich bei ihren Eltern melden? Bei Gunnar? Ich musste vom Naheliegendsten ausgehen: Sie hatte sich gegen mich entschieden. Und für Holger.«

»Aber du musst doch irgendwann mitbekommen haben, dass sie und Herbert wirklich vermisst werden?«

»Das war fünfzehn Jahre später.«

»Wie kann das sein?«

Edvén-Rosholm seufzte.

»Wie soll ich das erklären? Es war eine bewegte Zeit. Von Spanien aus bin ich irgendwann nach Südfrankreich weitergezogen und habe eine Zeit lang in einer Kommune gelebt, später bin ich bis nach Afghanistan und Indien getrampt. Drogen, Politik, Kunst, Selbstfindung, das volle Hippieprogramm.« Sie warf Forss einen abschätzigen Blick zu. »Wir waren anders damals, eine Generation im Aufbruch.«

Selbstfindung, na, herzlichen Glückwunsch, dachte Forss.

»Und wie hast du schließlich von Berits Schicksal erfahren?«

»Ab Anfang der Achtzigerjahre hatte ich wieder mehr Boden unter den Füßen, begann mich als Künstlerin zu etablieren. 1983 war meine erste Einzelausstellung in Düsseldorf. Erst 1985 habe ich meinen Lebensschwerpunkt wieder zurück nach Schweden verlegt. Auf Berit hat mich eine ehemalige Mitstudentin bei einer Vernissage in Stockholm angesprochen. Das muss 1986 gewesen sein. Kurz zuvor hatte sich ihr Verschwinden zum fünfzehnten Mal gejährt und war in einem Zeitungsartikel über ungelöste Vermisstenfälle aufgetaucht. Natürlich habe ich angefangen, mich etwas umzuhören, aber was hatte ich schon für Anhaltspunkte? Weißt du wie viele Holger Nilssons es gibt? Tausende. Keiner von ihnen ist ein auch nur halbwegs bekannter Bildhauer geworden. Wo sollte ich also anfangen zu suchen? Oder zur Polizei gehen? Um genau was zu tun? Ihnen von der Idee eines *happenings* zu erzählen?«

»Fuck«, sagte Forss leise. »Fuck.«

Edvén-Rosholm starrte sie an.

»Und es ist sicher, dass sie tot ist?«

Forss massierte ihr Gesicht.

»Es deutet alles darauf hin.« Sie versuchte, sich zu konzentrieren. Vieles von dem, was die Frau ihr erzählt hatte, ergab einen Sinn, so aberwitzig es auch klang. Eine Hochzeit als *happening*. Hundert Mal Beischlaf als Performance-Kunst. Dann fiel ihr etwas ein. »Du sagtest vorhin, dass ihr das Männer-Projekt nach Berits Vergewaltigung gemeinsam aufgegeben hättet.«

Edvén-Rosholm nickte.

»Richtig. Ich habe mich mit ihr und ihrer schrecklichen Erfahrung solidarisiert. Wie gesagt, wir waren eine andere Generation damals.«

»Aber auf der Hochzeitsfeier hast du mit Bruno Lundberg geschlafen. Für Geld. Anschließend hast du ihn fotografiert.«

»Ich …«

Forss lächelte schief.

»*Sisterhood,* schon klar.«

»Aber ich habe das Material nie verwendet! Ich gebe zu, ich wollte meine Fünfzig schaffen, Berit irgendwann versuchen, zu überreden …«

Forss stand auf, nickte knapp und ließ die stammelnde Frau allein in dem Büro zurück.

6

Ingrid Nyström hatte Hugo Delgado vor langer Zeit in einer Dienstbesprechung einmal als digitales Trüffelschwein bezeichnet, weil er so ziemlich jede Information zutage fördern konnte, die man im Internet überhaupt finden konnte. Er hatte das durchaus als Kompliment empfunden, auch wenn Lasse Knutsson darüber schallend gelacht und ihm am nächsten Tag ein Spielzeugschwein aus Kunststoff auf den Schreibtisch gestellt hatte. Die rosafarbene Sau hatte dort bis zum heutigen Tag ihren festen Platz. Und Delgado grub. Die Informationsbrocken, die er zutage förderte, waren vielleicht keine Trüffelknollen, aber sie setzten sich zu einem schlüssigen Bild Gullvi Lundbergs zusammen. Die vierundsechzigjährige Unternehmerin war eine selbstbewusste, erfolgreiche und gut vernetzte Frau, die ihre Karriere nicht nur dem ererbten Familienbetrieb verdankte, sondern auch sorgfältiger Planung, Ehrgeiz und Talent. Mit Anfang zwanzig war sie nach England gezogen und hatte dort eine der bedeutendsten *Business Schools* des Landes besucht, die sie mit Bestnote abgeschlossen hatte – als eine der ersten Frauen überhaupt. Es folgte eine zweijährige Anstellung in einer renommierten Chicagoer Unternehmensberatung, bevor sie Anfang der Achtzigerjahre bei *Gustavssons* einstieg. Dort machte sie schnell deutlich, dass sie keinesfalls vorhatte, sich ihren Brüdern oder Bengt-Ivar Gustavsson in der Firmenhierarchie unterzuordnen. Innerhalb weniger Monate stieg sie zur rechten Hand Gunnars auf, moderierte einen strategischen Kurswechsel des Unternehmens, sorgte für neue, maschinellere Produktionsabläufe, effektivere Vertriebswege und eine bessere Marktpositionierung. Ihrem strategischen Weitblick war es zu verdanken, dass die Firma ohne größere Verluste durch das dunkle Tal der Wirtschaftskrise Anfang der Neunzigerjahre geführt wurde. Sie erkannte nach dem Fall des Eisernen Vorhangs früh das wirtschaftliche Potenzial Osteuropas, verlagerte Produktionsstätten ins Ausland, setzte den Umzug der Konzernzentrale nach Nynäshamn durch und führte das Unternehmen in den Nullerjahren gut gerüstet in die neue Marktlage einer globalisierten Wirtschaft. Nominell war sie hinter Gunnar Gustavsson die Nummer zwei der Firma, aber mehrere Artikel in Fachzeitschriften ließen durchblicken, dass es in Wirklichkeit Gullvi Lundberg war, die bei *Gustavssons* die Zügel in der Hand hatte. Neben ihrer Managertätigkeit war sie eine Zeit lang ehrenamtliche Dozentin einer Wirtschaftshochschule, eine der stellvertretenden Vorsitzenden des gesamtschwedischen Wirtschaftsverbands und beratendes Mitglied der schwedisch-polnischen Handelskammer. Wahrscheinlich weil in Polen die größte Fertigungsanlage der Firma lag. 2004 war sie von der Fachpresse zur Managerin des Jahres gewählt worden. Delgado fand in einem Zeitungsarchiv ein Foto, auf dem sie auf einer Wohltätigkeitsgala dem ehemaligen Ministerpräsident Fredrik Reinfeldt die Hand schüttelte.

Ihr Privatleben hielt sie so gut es ging aus der Öffentlichkeit heraus. Aber Delgado hatte natürlich auch Zugriff auf die Register des Einwohnermeldeamts und der Steuerbehörden. Geheiratet hatte Lundberg relativ spät, 1991, im Alter von siebenunddreißig Jahren, ihren ehemaligen Klavierlehrer

Henrik Asplund, der in jungen Jahren ein vielversprechender Pianist gewesen war, bevor ihn eine Gelenkserkrankung um eine große musikalische Karriere gebracht hatte. In den beiden darauffolgenden Jahren folgten zwei Kinder, Magdalena und Adam, die Tochter wurde Rechtsanwältin und hatte im vergangenen Jahr Zwillinge zur Welt gebracht, der Sohn studierte Wirtschaftsingenieurwesen in den USA. Finanziell war die Familie durch Gullvis exponierte Tätigkeit sehr gut aufgestellt, davon zeugten mehrere Immobilien, ein gut sortiertes Aktienportfolio, mehrere Pensionsfonds und ein solides Festgeldkonto. Die Steuererklärung vom vorletzten Jahr wies als letzte Investition den Kauf einer beträchtlichen Waldfläche aus, 120 Hektar am Rande des Glasreichs, vielleicht trug zu dieser Kaufentscheidung selbst bei einer kühl kalkulierenden Geschäftsfrau, wie Gullvi es war, Heimatverbundenheit oder ein Stück Nostalgie bei.

Was Delgado darüber hinaus fand, war eher dürftig. Sie nahm regelmäßig zweimal im Jahr an Benefizgolfturnieren teil und war Mitsponsorin eines Literaturstipendiums, was begabten Nachwuchsautoren einen zweimonatigen Arbeitsaufenthalt in einer Villa auf einer Insel vor Nynäshamn ermöglichte. Vielleicht hatte die Frau zu mehr einfach keine Zeit, überlegte er, genau genommen reichte das, was sie geschafft und womit sie sich beschäftigt hatte, für drei Leben aus. Ihr Auftritt in den gängigen sozialen Netzwerken war ebenso aussagelos wie der ihres Bruders Bruno und atmete den sterilen Geist einer mäßig engagierten PR-Abteilung.

Nach zweieinhalb Stunden Arbeit druckte Delgado seine Ergebnisse aus und heftete sie zu einem knapp dreißigseitigen Dossier zusammen. Er war sich nicht sicher, ob es das war, was Forss sich vorgestellt hatte, aber zu mehr fühlte er sich an einem verkaterten Samstagmorgen nicht in der Lage. Der Nachdurst trieb ihn an den Getränkeautomaten in der verwaisten Kantine. Das Ding war kaputt. Eigentlich war es immer kaputt, seit man von Münzbetrieb auf reine Kreditkartenzahlung umgestellt hatte, weshalb er im Normalfall einen Vorrat an eigenen Getränkedosen in der Teeküche der Abteilung bunkerte. Aber der war seit dem Vortag aufgebraucht, und er hatte noch nicht für Nachschub gesorgt. Blieb der Imbiss *Oxgrillen* vor der Tür. Vielleicht war eine Portion Pommes mit Burger und Cola für seinen vom Alkohol ausgewaschenen Elektrolythaushalt jetzt genau das Richtige.

Während er auf seine Bestellung wartete, durchblätterte er noch einmal die Mappe, die er zusammengestellt hatte. Eigentlich hatte er sie auf dem Weg in die Kantine auf Forss' Schreibtisch legen wollen, aber er war mit seinen Gedanken wohl bereits bei einem eiskalten Softdrink gewesen. Er blieb bei dem Ausdruck des Katasteramtes hängen, der das Waldstück auswies, das Lundberg im vergangenen Jahr erstanden hatte. Ein etwa zweihundert Meter breiter Streifen, der an der L31 zwischen Nybro und Orrefors begann, und sich dann einige Kilometer weit bogenförmig Richtung Westen erstreckte. In seiner Form erinnerte er an eine kubistische Banane, deren Spitze auf den großen See wies, dessen eine Hälfte in der Region Kronoberg lag und die andere in der Region Kalmar.

Der See.

Berits See.

Die L31 wiederum war jene Landstraße, an der Siv Kaspersen, Marie Elofsson und Lotta Norén überfallen worden waren.

Hmm.

Aber was bedeutete das schon? Berit und Herbert waren schließlich wohlbehalten nach Spanien gereist. Die Lage des Waldstücks war mit Sicherheit einzig und allein durch die Nähe zu Emmamåla zu erklären, Gullvis Heimatdorf.

Die Bedienung brachte ihm sein Essen an den Tisch. Als er gerade die erste Pommes ins Ketchup tauchte, klingelte sein Handy. Er legte die Pommes seufzend zurück auf den Teller. Es war Forss.

»Super timing«, grummelte er.

»Immer doch. Was macht Gullvi?«

»Wie fasse ich es am besten zusammen? Erfolgreiche Geschäftsfrau mit einer Schwäche für gescheiterte Pianisten?«

»Weiß ich schon.«

»Eine steinreiche Großmutter?«

»Alter Hut.«

Delgado blickte auf die ausgedruckte Landkarte neben ihm.

»Försterin *in spe*?«

»Wie meinst du das?«

Er erklärte.

Ein Waldstreifen. Von der L31 bis in die Nähe des besagten Seeufers. Wenn Berit sich nicht aus Spanien gemeldet hätte, könnte man glatt anfangen zu spekulieren.

Forss unterbrach ihn.

»Berit ist nie in Alicante angekommen.«

Sie erklärte.

»Oh«, sagte Delgado schließlich.

»Nicht wahr?« Kurz blieb es in der Leitung still. »Ich will wissen, was in diesem Wald ist.«

»Aye, Sir«, sagte Delgado baff.

Forss legte auf.

Delgado schob den Teller beiseite. Ihm war jetzt nicht mehr nach Essen zumute. Er öffnete eine Kartenapp auf dem Handy und wischte und scrollte so lange herum, bis der Ausschnitt auf dem Display ungefähr mit dem Ausdruck des Katasteramtes übereinstimmte. Dann stellte er die Kartenansicht auf Satellitenfoto um. Es sah aus wie ein abstraktes

Gemälde in Grüntönen. Hier und da ein dunkelblauer oder beiger Tupfer. Småländischer Wald, was hatte er anderes erwartet? Er stellte auf maximale Vergrößerung und tastete sich millimeterweise vor. Die Auflösung ließ zu wünschen übrig. Eng stehende Nadelbäume. Ab und an eine Lichtung. Ein Birkenhain. Ein sich windender Weg. Seen. Eine kleine Weide. Ansonsten Wald, Wald, Wald. Kein Wunder, wenn man vorhatte, in Holz zu investieren. Irgendwann stieß er am Ende einer schmalen Straße auf ein Haus mit mehreren kleinen Nebengebäuden. Wahrscheinlich ein uralter Pächterbauernhof, wie es sie nach den Landreformen im 19. Jahrhundert in Småland zu Tausenden gegeben hatte. Wenn es in der Nähe des Hofs einmal zu bewirtschaftende Äcker gegeben hatte, waren sie längst vom dichten Nadelbaumbewuchs verschluckt worden. Trotz der schlechten Auflösung ließ sich erahnen, dass die Gebäude verfallen waren. Im Dach des Hauses klaffte ein metergroßes Loch. Das, was vielleicht einmal eine Scheune gewesen war, schien völlig in sich zusammengesunken.

Delgado markierte die Stelle mit einer virtuellen roten Nadel. Dann rief er Ingrid Nyström an.

7

Als Ingrid Nyström die schwere Eichentür der Gustavsson-Villa hinter sich geschlossen hatte und auf die breiten Steinstufen der Portaltreppe getreten war, kam eine dunkle Limousine die lange Einfahrt entlang auf sie zugeschossen. Zehn Meter vor ihr bremste sie abrupt ab. Kies spritzte.

Nyström erkannte die Gestalt hinter dem Steuer. Es war Gunnars Bruder, Bengt-Ivar, der sie entsetzt anstarrte. Sie hatte also tatsächlich den richtigen Riecher gehabt. Der Entschluss, den Mann mit scharfen Worten zu empfangen, war längst gefallen. Was hatte er sich nur dabei gedacht, sich entgegen aller Absprachen am Vortag in Nynäshamn davonzuschleichen? Hielt der Kerl sie für ahnungslose Dorfbüttel? Nun, diese Arroganz würde sie ihm schon auszutreiben wissen. In dem Moment geschah das Unerwartete: Anstatt auszusteigen, drückte er das Gaspedal durch, steuerte sein PS-strotzendes Ungetüm mit durchdrehenden Reifen durch das Kiesrondell und jagte die Auffahrt hinab davon. Mit so viel Unverfrorenheit hatte Nyström nicht gerechnet. Was bildete der Mann sich ein? Merkte er nicht, dass er sich zunehmend in eine sehr unangenehme Position manövrierte? Dass sein kindisches Fluchtverhalten Fragen aufwarf? Hatte er am Ende gar etwas mit dem Wiederauftauchen von Berits Leichnam zu tun? Ihr Mobiltelefon meldete sich. Es war Delgado. Hatte ihr Mund nach Bengt-Ivars Abgang schon halb offen gestanden, klappte ihr Unterkiefer während Delgados Bericht vollends herunter.

Fünf Minuten später saß sie in ihrem Wagen. Die Aussage Kiki Edvén-Rosholms stellte die am Vortag gewonnene Gewissheit auf den Kopf. Berit und Herbert waren nie in Spanien angekommen. Alicante war nichts als ein Traum in Technicolor geblieben. Das Schicksal der beiden war wieder völlig ungewiss, womöglich hatte es sich bereits noch in derselben Nacht entschieden. Sie musste an die Aussage des unbekannten Lkw-Fahrers denken. Ein fahles, nasses Gespenst auf einer Landstraße. Ihr Handy brummte. Das war die Ortsmarkierung, die Delgado ihr zuschickte. Natürlich war es nichts weiter als eine vage Hoffnung, im Grunde weniger als das. Aber was blieb ihnen nun noch außer Hoffnung? Die

Fahndung nach Bengt-Ivar. Darum würde Delgado sich aus dem Präsidium heraus kümmern. Die Navigationsfunktion auf dem Mobiltelefon zeigte einundfünfzig Kilometer an, der Luftlinie nach lag der verfallene Hof deutlich näher, aber sie musste den See umrunden und verschlungenen Waldwegen folgen. Auf der Landstraße hielt sie an der Tankstelle, an der sie vor Tagen bereits mit Forss gestoppt hatte. Sie tankte voll und kaufte eine Flasche Mineralwasser. Es bediente sie dasselbe alte Hutzelmännchen wie vor einer knappen Woche.

»Vielleicht noch einen Milchshake, die Dame?«

Nyström lehnte höflich ab. Sie machte sich nichts aus süßen Sachen. Dann erinnerte sie sich an etwas, das der Mann zu Forss gesagt hatte. *Ein Gruß aus der guten, alten Zeit.* Sie zeigte ihren Polizeiausweis.

»Darf ich etwas fragen?«

»Sicher.«

Er gab ihr Wechselgeld heraus und lächelte.

»Arbeitest du schon lange hier?«

»Ewigkeiten, meine Liebe«, lachte er. »Habe nie etwas anderes gemacht, es handelt sich um einen Familienbetrieb in dritter Generation. Mein Großvater hat die Werkstatt 1921 gegründet, eigentlich war es damals noch eher eine Schmiede. Heutzutage verkaufe ich nur noch Treibstoff und den üblichen Tankstellenplunder. Wenn man mal von der Spezialität des Hauses absieht.« Fast zärtlich streichelte er über die antiquierte Milchshakemaschine. »Eine Idee meiner Frau, Gott hab sie selig. Das Schätzchen hier stammt von 1964, holpert und rumpelt ein wenig, aber läuft ansonsten rund wie am ersten Tag.«

Nyström nickte anerkennend.

»Ein wahres Stück Regionalgeschichte. Was mich zu meiner Frage führt. Zu Beginn der Siebzigerjahre sind hier in der Gegend zwei junge Menschen verschwunden. Hast du davon gehört?«

»Natürlich. Das Thurstan-Mädchen und dieser Bursche aus der Schweiz.«

»Österreich«, korrigierte Nyström.

»Das war eine böse Geschichte damals«, sagte er kopfschüttelnd. »Das arme Ding. Der junge Bursche natürlich auch. Wir hatten monatelang die Suchplakate aufgehängt, damals hielt hier noch eine Menge Durchgangsverkehr, viel mehr als heute, vor allem Lastwagenfahrer. Aber genützt hat es nichts.«

»Viele Lkw-Fahrer?« Nyström war elektrisiert. »Dann hast du sicher auch von dem sogenannten Kalmar-Killer gehört?«

Wieder nickte der Alte.

»Die grausamen Dinge sind ja quasi direkt um die Ecke passiert, keine zwanzig Kilometer von hier. Meine Frau hatte eine Heidenangst. Bevor sie diesen Mistkerl nicht geschnappt hatten, habe ich ihr verboten, allein Auto zu fahren.«

»Göte Svanberg hieß der Mann, ein Lkw-Fahrer.«

»Sein Foto war damals groß in der Zeitung.«

»Hat Svanberg jemals hier getankt?«

Der Alte schüttelte vehement den Kopf.

»Um Gottes willen, nein! Daran würde ich mich erinnern. Dieser finstere Blick auf dem Zeitungsfoto. Ich weiß noch, wie ich mich damals mit meiner Frau darüber unterhalten habe. Wie groß die Wahrscheinlichkeit gewesen war, dass er einmal hier gehalten hätte. Wo die L31 doch direkt um die Ecke liegt. Was, wenn sie damals allein hier gewesen wäre? Die Vorstellung, dass dieses Scheusal sich auf sie gestürzt hätte … grauenhaft!«

Ihn schüttelte es.

»Entschuldigung«, sagte Nyström, »ich wollte keine bösen Erinnerungen wecken.«

»Schon in Ordnung.«

Nyström ergriff die Mineralwasserflasche.

»Vielen Dank. Einen schönen Tag noch.«

»Gleichfalls. Und grüß bitte deine junge Kollegin von mir.« Er klopfte auf die Shake-Maschine. »Ich fürchte, sie ist auf den Geschmack gekommen.«

Eine halbe Stunde später kurvte sie über den sandigen Boden eines engen Waldwegs. Die Fichten links und rechts waren so hoch, dass der graue Himmel kaum mehr war als ein schmales Band. Ab und an stieß eine Wurzel gegen den Unterboden und beanspruchte die Stoßdämpfer ihres schaukelnden Kleinwagens bis ans Limit. Vielleicht war es eine dumme Idee gewesen, hier herzukommen, dachte sie. Auf Gullvi Lundgrens im Vorjahr erworbenen Grund und Boden. Eine Frau, gegen die nichts vorlag, wenn man einmal davon absah, dass sie als Teenager in Gunnar Gustavsson verschossen gewesen war. Was nun wirklich kein Verbrechen darstellte. Trotzdem fuhr Nyström weiter. Da war etwas, das sie umtrieb, seit der Untersuchungsbericht aus Linköping eingetroffen war. Selbst wenn man einmal völlig ausklammerte, wann, wo und aus welchem Grund die junge Frau gestorben war, deren Schädel und Knochen in dem Glassarg aufgebahrt lagen, blieb die Frage, wo der Leichnam in den vergangenen Jahrzehnten verwest war. Weder im Wasser noch unter der Erde, wie die chemischen Analysen gezeigt hatten, sondern an der Luft. Gleichzeitig war es aber auch so gut wie ausgeschlossen, dass die Tote über einen so langen Zeitraum hinweg irgendwo in der Natur gelegen hatte. Tiere hätten sich an ihr zu schaffen gemacht, und das Spiel der Elemente hätte von dem Brautkleid wahrscheinlich so gut wie nichts übrig gelassen. Die einzige Antwort, die Nyström einfiel, war ein Gebäude. Ein seit Jahrzehnten verlassener und völlig abgeschiedener Bauernhof zum Beispiel.

Ob sie es wollte oder nicht, als sie das Ziel erreicht hatte und ausstieg, klopfte ihr Herz bis zum Hals. Die Gräser vor dem heruntergekommenen Gebäude standen hüfthoch, eine daumengroße Hornisse brummte an ihr vorbei. Obwohl sie sich mitten im Wald befand, war es vollkommen still. Der Himmel war immer noch bedeckt, aber es war deutlich wärmer geworden. Die Luft drückte schwül, auf ihrer Haut stand ein Schweißfilm, dabei hatte sie sich kaum bewegt. Fast hätte sie aus einem Impuls heraus die Dienstwaffe gezogen, aber wozu? Hier war nichts und niemand. Sie bahnte sich ihren Weg durch das widerspenstige Gras, bis sie endlich auf der morschen Veranda stand. Wohin sie sah: wurmstichiges, faules Holz, abblätternde Farbe, blinde Fenster, ausgewaschene Balken, die sich gefährlich bogen. Sie begriff, dass das Haus akut einsturzgefährdet war. Die Tür stand einen Spalt offen, ließ sich aber keinen Zentimeter bewegen, da der verzogene Rahmen das Türblatt einkeilte. In einem der Fenster im Erdgeschoss fehlten die Scheiben, aber sie wagte nicht, in das Gebäude einzudringen. Sie war bereit, etwas zu riskieren, doch sie war nicht lebensmüde. Sie kämpfte sich durch das hohe Gras um das Haus herum. Ihr ganzer Körper juckte, sie musste sich später zu Hause unbedingt nach Zecken absuchen, ging ihr durch den Kopf. Sie wischte sich Schweiß von der Stirn. Auf ihrer Brust lag ein seltsamer Druck. Sie zwang sich, tief ein- und auszuatmen. Auf der Rückseite erkannte man das metergroße Loch im Dach, von dem Delgado gesprochen hatte, es musste viele Jahre alt sein, von innen wuchs eine junge Pappel heraus und reckte ihre dünnen Äste dem gräulichen Licht entgegen. Nyström wandte sich der ehemaligen Scheune zu. Das nach vorne hin offene Gebäude war in einem noch desolateren Zustand. Mehrere Stützpfeiler waren weggebrochen, der in sich verdrehte Dachstuhl war zur einen Seite hin weggesackt und hatte dabei die rechte Wand mit sich gerissen. Was stehen geblieben war, wirkte wie ein Kinderzelt nach einem Orkan. Im Halbschatten erahnte sie landwirtschaftliches Gerät aus einer längst vergangenen Epoche. Gegenüber der Scheunenruine stand das intakteste Gebäude des ehemaligen Hofs, wahrscheinlich ein alter Stall. Tür und Fensterläden fehlten. Sie betrat vorsichtig den niedrigen Bau. Die Wände waren vor Schimmel schwarz, auf den verwitterten Balken wuchsen Pilze. Der Boden bestand aus festgetretener Erde. Das plötzliche ohrenbetäubende Krächzen fuhr ihr wie ein Blitz in die Glieder, ein riesiger Vogel hätte sie fast gestreift, sie spürte den Luftzug der mächtigen Schwingen, atmete den starken Tiergeruch ein, dann war das Biest mit den großen Augen und scharfen Krallen über ihre Schulter hinweg hinausgeflogen. Ihr Herz hämmerte. Sie hatte eine Eule aufgescheucht. Mit drei langen Schritten war sie aus dem Stall und brauchte Minuten, um sich wieder zu fassen. Sie spürte, wie sich ihr Körper versteifte. Dies hier war kein guter Ort. Sie sollte nicht hier sein. Aber genau das war ihre Aufgabe. Sie erschlug zwei Mücken auf dem Arm und sah ihr eigenes Blut. Als sie sich wieder einigermaßen beruhigt hatte, entdeckte sie den Eingang zu einem Kartoffelkeller, wie er für Höfe aus dieser Zeit typisch war. Eigentlich kaum mehr als eine Holztür in einer Erdsenke vor einem Hügel. Fast wie ein Hobbithaus, nur dass es kein bisschen einladend aussah. Sollte sie sich das wirklich noch antun? Die Tür öffnen und in die Dunkelheit hinabsteigen? Wäre es nicht viel sinnvoller, die Spurensicherung zu rufen und diesen unheimlichen Ort von Profis durchkämmen zu lassen? Dann war da dieser seltsame Gedanke, der sich festbiss.

Was würde Stina Forss jetzt tun?

Sie starrte auf den uralten Türknauf. Machte zehn Schritte nach vorn. Griff danach. Drehte ihn um. Zog die

Tür auf. Machte einen Schritt hinein. Atmete ein und atmete aus. Spürte ihren Puls in den Ohrläppchen. Zog ihr Handy aus der Tasche. Schaltete die eingebaute Lampe an. Sah sich um. Wände aus Erdreich, von weißen Wurzeln durchstoßen. Wie Finger unterirdischer Monster, dachte sie. Schwarze Erde unter ihren Füßen. Eine Assel krabbelte aus dem Lichtstrahl ins schützende Dunkel. Hier war nichts außer ihr und ihrer viel zu lebendigen Fantasie. Nun nichts wie weg hier. Sie drehte sich um. Der Schein der Lampe reflektierte auf dem Boden. Da lag etwas. Sie bückte sich, griff danach. Fest, flach und rund lag er auf ihrem Handteller, ein blütenförmiger Knopf aus Perlmutt. Die Metallöse auf der Rückseite war rostig. Nyström wischte Erdkrümel und Staub beiseite, polierte die Oberfläche am Zipfel ihrer Bluse und hielt ihn ins Licht. Sie erkannte ihn auf Anhieb wieder. Es schimmerte die Patina eines halben Jahrhunderts. Der Knopf stammte ohne Zweifel von Berits Brautkleid.

Berit war längst klar, dass sie einen riesigen Fehler beging. Je weiter die unselige Feier fortschritt, desto schlechter fühlte sie sich. Sie blickte wieder und wieder in die fröhlichen, ausgelassenen Gesichter, die sie umgaben. Mutter und Petter. Ihre Freundinnen Maja und Gunilla. Ihre Großcousine Rachel, die extra aus den USA angereist gekommen war. Erwin und Ola aus der Hütte. Das halbe Dorf war hier, ihretwegen, und halb Rödahult noch dazu. All diese Menschen wurden von ihr belogen. Betrogen und enttäuscht. Benutzt und hinters Licht geführt. Nur weil sie sich an Gunnar und ihrem Vater rächen wollte. Mit einer verfluchten Kunstaktion. Wozu hatte sie sich da von Kiki nur hinreißen lassen? Was für eine Riesendummheit beging sie hier eigentlich?

Sie nippte an ihrem Wein, aber auch der Alkohol vermochte ihren Gedanken nicht die Schärfe zu nehmen. Verbrannte Erde, dachte sie bitter, ich hinterlasse hier verbrannte Erde. Nicht nur ich werde nie wieder hierher zurückkehren können, sondern Herbert ebenso wenig. Auch wenn er tausend Mal das Gegenteil beschwor, wusste sie, dass er das alles im Grunde nur ihr zuliebe tat. Er hatte in der Hütte eine Heimat gefunden, der Ort war sein ein und alles, und sie nahm ihm das weg, um eines billigen Showeffekts willen. Sie musste schlucken, was den schalen Geschmack in ihrem Rachen allerdings nicht minderte. Auf keinen Fall würde sie zulassen, dass Herbert für den Rest seines Lebens in einem der Industriebetriebe in Stockholm schuftete, er hatte ja überhaupt keine Ahnung, wie es dort wirklich zuging, wie monoton und entfremdet die Arbeit dort im Vergleich zu seinen Aufgaben in Bytorp war, nein, sie würde ihn überreden, mit nach Alicante zu kommen,

auch wenn Kiki das mit Sicherheit nicht gern sah. Wenn sie denn
überhaupt nach Spanien reisen würde. Denn, das war ihr in den
vergangenen Tagen zunehmend klar geworden, es gab schließlich
noch die Sache mit Holger zu klären. Wie hatte sie so lange so blind
gegenüber ihren wahren Gefühlen sein können? Wie hatte sie sich
nur in dieses Labyrinth aus Lügen, Taubheit und Ohnmacht ver-
irren können? Damit meinte sie nicht nur die Aktion der »Hundert
Männer«, die sie ausgelaugt und von ihr selbst entfernt hatte, son-
dern vor allem die Farce, die das Verhältnis zu Gunnar darstellte.
Ihr hätte schon vor Ewigkeiten klar sein müssen, dass sie beide
nicht zusammenpassten, sie hätte konsequent und stark sein und
die Sache längst beenden müssen, dann wäre es nie zu den teufli-
schen Schlussakkorden gekommen, dann hätte Gunnar nicht seine
Würde und seinen Anstand fallenlassen und wäre nicht wie ein
rohes Tier über sie hergefallen, und sie säße jetzt nicht hier wie eine
falsche Ballprinzessin in dem weißen, schimmernden Brautkleid,
dem wirkmächtigen Symbol ihrer Lüge all diesen Menschen gegen-
über, die ihr am Herzen lagen. Dass Kiki ihr den ganzen Abend
über verschwörerisch zuzwinkerte, verstärkte das Unbehagen eher,
als dass es half. Natürlich wäre es leicht, ihr eine Mitschuld zu-
zuschieben, schließlich war das Ganze ursprünglich ihre Idee ge-
wesen, doch Berit war ehrlich genug, um zu wissen, dass es am
Ende ganz allein ihre eigene Entscheidung gewesen war. Wieder
trank sie vom Wein. Ihr Vater lächelte sie an. Sie konnte ihm nicht
in die Augen sehen, ebenso wenig wie Gunnar, dem sie unter dem
Tisch immer wieder ihre Hand entwand. Trotzdem war es ihr über
den Abend, über die ganzen vergangenen Tage hinweg gelungen,
das perfekte Schauspiel abzuliefern. Kein Wunder, sie hatte vier-
undvierzig Gelegenheiten gehabt, zu üben, wie man anderen etwas
vorspielte. Niemand ahnte etwas. Die Einzige, die neben Kiki und
Herbert eingeweiht war, war Elvira, ihre älteste Freundin. Sie an-
zulügen, hatte Berit nicht übers Herz gebracht.

Gab es wirklich kein Zurück mehr? Sie hatte den Gedanken über

Stunden gedreht und gewendet, von allen Seiten geprüft und betrachtet. Wie ein Pfandleiher, der ein Schmuckstück von zweifelhaftem Wert zu beurteilen hat. Doch wie sollte das vonstatten gehen? Sollte sie hier und jetzt auf den Tisch steigen, mit einer Gabel an ihr Glas klopfen und die Heirat für null und nichtig erklären? Sollte sie Vater und Gunnar unauffällig beiseitenehmen, ihnen die Wahrheit ins Gesicht schleudern und am nächsten Morgen mit dem Frühzug abreisen? Sollte sie einfach alles weiterlaufen lassen, mit einem Mann leben, den sie nicht liebte, sondern verachtete, die Firma ihres Vaters führen, den sie nicht mehr respektierte?

Nein.

Nein, nein und nein.

Ihre Wut war zu lodernd, die Kränkung zu groß. Es gab kein Zurück mehr, auch wenn es bedeutete, dass sie ihre Heimat, dass sie diese vielen lieben Menschen für immer verlieren würde. Denn dass ihr das unselige Spektakel, das sie hier veranstaltete, niemand verzeihen würde, stand in ihren Augen fest. Außerdem stand sie bei Kiki im Wort. Ihretwegen hatte sie auf die »Hundert Männer« verzichtet, Berit hatte das Gefühl, der Freundin etwas zu schulden. »Die Hochzeit« konnte ihr gemeinsamer Einstieg in die Kunstwelt sein.

Gunnars Trauzeuge Kennert, der als eine Art Conférencier durch den Abend führte, gab ein Zeichen. Es war an der Zeit. Während die Band zu einem bekannten Schlager aufspielte und sich die Tanzfläche füllte, stahl sich Berit davon. Herbert war bereits dabei, das Boot loszumachen. Sie stieg ein, und Herbert ruderte in die Dämmerung hinaus. Sie konnte die Umrisse Österös über seinen breiten Schultern erahnen. Nur, dass sie dort überhaupt nicht anlanden würden, sondern an einer seichten Stelle an der anderen Seite des Sees. Ein Stück weiter im Wald lag ihr Gepäck verstaut, es war nicht mehr als das Nötigste. Elvira würde sie mit einem geliehenen Wagen aufgabeln und nach Kalmar bringen, von wo es mit dem Zug weiterginge.

Berit atmete tief durch. Erst jetzt bemerkte sie, dass ein frischer Wind aufgekommen war, Wellen rollten über den See, Herbert stöhnte und legte sich mächtig in die Riemen.

»Die Strömung ist heftig«, presste er irgendwann angestrengt hervor, »wir treiben ab und werden das Ufer viel zu weit westlich erreichen.«

»Auf der anderen Seite sind wir im Windschatten. Dort gleichen wir das in wenigen Minuten wieder aus. Besser, als sich jetzt völlig zu verausgaben.«

»Du hast wahrscheinlich recht.«

Beide kannten den See wie ihre Westentasche.

Dass Wasser ins Boot eindrang, wurde ihr erst klar, als ihre weißen Lackschuhe nass und ihre Füße kalt wurden.

»Verdammt!« Nun hatte es auch Herbert bemerkt. Es stand schon zentimeterhoch und wurde schnell mehr. »Das ist kein Spritzwasser der Wellen, wir haben ein Leck!«

Berit zog beide Schuhe aus und begann, mit ihnen zu schöpfen. Wie, um alles in der Welt konnte das passieren? Rasch begriff sie, dass sie keine Chance hatten, das Boot zu retten. Es lief viel mehr Wasser nach, als sie schöpfen konnte. Herbert ruderte wie irre, stöhnte vor Verausgabung. Der Wind zerrte an ihrem Haar. Gischt wischte ihr durchs Gesicht. In der Ferne meinte sie, das Ufer auszumachen, aber es war im Zwielicht unmöglich abzuschätzen, ob es fünfzig, hundert oder dreihundert Meter entfernt war. Das Wasser reichte ihr mittlerweile bis weit über die Knöchel. Das Boot bekam Schlagseite. Eine große Welle schwappte über Bord, das Boot kippte. Das Letzte, was sie von Herbert sah, waren seine vor Angst aufgerissenen Augen. Dann zog das Wasser sie nach unten. Mit kräftigen Schwimmbewegungen kämpfte sie sich wieder hoch. Sie holte Luft, schluckte Wasser, hustete, schwamm, tastete, rief Herberts Namen, versuchte sich zu orientieren. Die Wellen hoben ihren Körper an und ließen ihn wieder sinken. Da! Die Umrisse von Bäumen in der Ferne. Nun hatte sie eine Richtung. *Wieder rief sie nach Herbert, wieder schluckte sie Wasser. Panik griff nach ihr, aber noch gehorchten ihre Muskeln. Sie war eine geschickte und ausdauernde Schwimmerin. Ans Ufer, dachte sie, wir müssen ans Ufer. Aber wo war Herbert? Sie drehte sich auf der Stelle, einmal, zweimal. Keine Spur von ihm oder dem Boot. Ein erneuter Panikanfall. Sie würden hier draußen sterben! Wieder erhaschte sie einen Blick auf das Ufer. Ein archaischer Überlebenswille zwang sie, sich zu bewegen. Sie musste hier weg, sofort, bevor die Kälte des Wassers ihr alle Kraft aus dem Körper ziehen würde. Mit kräftigen Stößen und Zügen schwamm sie auf das Ufer zu. Die Strömung half ihr. Auch wenn ihr jedes Zeitgefühl verloren ging, wusste sie irgendwann, dass sie es schaffen würde. Vor ihr ragte eine einsame Kiefer auf, kurz danach hatte sie Grund unter den Füßen. Sie wankte an Land. Drehte sich immer wieder um. Vielleicht war Herbert irgendwo hinter ihr. Vielleicht wies die Strömung ihm ebenfalls den Weg. Wieder und wieder rief sie seinen Namen in den tosenden Wind.*

Nichts, keine Antwort.

Auf dem kiesigen Strand brach sie zusammen. Sie schlug sich das Knie an einem Stein. Ihr Körper bibberte vor Kälte und Erschöpfung. Sie starrte aufs Wasser. Aber da war nichts, nur Dunkelheit und das Klatschen der Wellen ans Ufer. Irgendwann raffte sie sich auf. Herbert war weg. Ertrunken oder er hatte sich woanders an Land retten können. Sie musste dringend Hilfe holen, um seiner und ihrer selbst willen. Sie hatte jede Orientierung verloren. Doch wenn sie sich tatsächlich auf der Nordwestseite des Sees befand, konnte es nicht weit bis zur Landstraße sein. Einen Kilometer, vielleicht zwei. Sie stand auf, taumelte durch Unterholz und Blaubeerbüsche. Einmal knickte sie um, greller Schmerz fuhr durch ihr Fußgelenk, dennoch hinkte sie weiter, selbst wenn jeder Schritt eine Pein war. Nicht stehen bleiben, befahl sie sich, immer weiter voran. Der vorbeiziehende Lichtschimmer von Autoscheinwerfern zwischen den Bäumen verriet ihr, dass sie die richtige Richtung

*eingeschlagen hatte. Mit letzter Kraft schleppte sie sich auf die
Straße. Auch wenn sie das Auto verpasst hatte: Es würde ein nächstes geben. Sie musste nicht lange warten. Neue Lichter, dazu das
Brummen eines sich nähernden Lkws. Mit ausgebreiteten Armen
stellte sie sich auf die Straße. Sie war gerettet!*

*Doch der Wagen hielt nicht! Er fuhr in einem scharfen Aus-
weichmanöver an ihr vorbei! Warum hielt der Wagen nicht an?
Sah man denn nicht, dass sie dringend Hilfe brauchte? Wie konnte
man so herzlos sein und sie einfach hier stehen lassen? Triefend-
nass, barfuß, durchfroren, am Ende ihrer Kräfte. Verzweiflung be-
mächtigte sich ihrer. Sie kauerte sich zusammen. Der Asphalt, auf
dem sie hockte, hatte noch einen letzten Rest von der Wärme des
Tages gespeichert. Am liebsten hätte sie ihn umarmt. Plötzlich näherten sich wieder Lichter, diesmal aus der anderen Richtung. Sie
sprang auf. Breitete die Arme aus. Wieder verriet das tiefe Motoren-
geräusch, dass es ein Lkw war, der sich näherte. Vielleicht hatte
der Fahrer von vorhin sich umentschieden und hatte gewendet.
Bestimmt war es so. Menschen waren im Grunde ihres Herzens
gut, daran hatte sie immer geglaubt. Mit zischenden, quietschen-
den Bremsen kam der Lastwagen zum Stehen. Ein Mann stieg aus,
kräftig, hünenhaft. Im Licht der Scheinwerfer sah er wie ein Riese
aus einem Märchen aus. Besorgt fasste er nach ihrer Hand.*

»Was zum Teufel noch mal ist dir denn passiert, meine Arme?«

Sie brachte nicht mehr als ein Schluchzen heraus.

*Kurz darauf saß sie bibbernd im Führerhaus. Der Mann hatte
fürsorglich eine Decke um sie gelegt und ihr aus einer Thermoskanne heißen Kaffee eingeschenkt. Sie umklammerte die Tasse, als
hinge ihr Leben davon ab.*

*»Am besten bringe ich dich direkt ins Krankenhaus«, befand der
Fahrer. »In einer halben Stunde können wir in Kalmar sein.«*

Sie schüttelte den Kopf.

»Telefon«, stammelte sie. »Telefon.«

»Ich glaube, du solltest wirklich zum Arzt gehen.«

»Dort!«, sie schrie es fast, »dort!« Vor ihnen war das beleuchtete Werbeschild einer Tankstelle aufgetaucht. Berit wusste nun, wo sie war. Die Tankstelle war seit einigen Jahren für ihre geeisten Milchshakes bekannt. Mit Petters Moped waren Elvira und sie einige Male dort gewesen. Es fühlte sich an, als wären das Erlebnisse aus einem anderen Leben. Aus einer Zeit, in der noch alles gut gewesen war. »Telefon!«, wiederholte sie.

Der Fahrer bremste und brachte den Lkw zum Stehen.

In der Werkstatt, die hinter den Zapfsäulen lag, brannte noch Licht. Schwach hörte sie die Schlagermelodie eines Radios. Wie beinahe jeder Tankstellenbesitzer verdiente sich der Inhaber mit Autoreparaturen etwas dazu. Offenbar legte er heute eine Nachtschicht ein.

»Sicher?«

Der riesenhafte Fahrer blickte sie besorgt an. Etwas in seinem Blick sagte ihr, dass er sie ungern in ihrem derangierten Zustand zurückließ.

Stumm nickte sie, legte die Decke ab, stellte den Kaffeebecher in einen dafür vorgesehenen Halter am Armaturenbrett, öffnete die schwere Tür und schlüpfte vom Beifahrersitz in die Nacht hinaus. Sie musste telefonieren, Hilfe organisieren, es ging um Herberts Leben.

»Danke«, flüsterte sie und warf die Tür zu.

Ein, zwei Sekunden war es bis auf die gedämpfte Radiomelodie still, dann sprang der Motor an, und der Lastwagen setzte sich in Bewegung. Berit sah zu, wie die roten Rücklichter im Dunkeln verschwanden, dann wandte sie sich der Werkstatt zu.

SONNTAG

1

Nach einem langen Telefonat mit Ingrid Nyström war Stina Forss am Vortag von Helsinki zurück nach Stockholm geflogen. Es gab eine Menge zu tun. Nach den umfassenden behördlichen Reformen der vergangenen Jahre war das Land in sieben polizeiliche Großbereiche aufgeteilt. Nynäshamn gehörte zur Region Stockholm. Forss verbrachte Stunden im Präsidium im Stadtteil Solna, um die Lage mit zwei Kommissaren und der zuständigen Staatsanwältin zu erörtern. Eine angesehene, bestens vernetzte Managerin wie Gullvi Lundberg verhaftete man nicht einfach so. Die Frau hatte eine blütenweiße Weste und einen ausgezeichneten Ruf als erfolgreiche Konzernlenkerin, Verbandsfunktionärin und Kulturmäzenatin. Andererseits war die Indizienkette, die Forss präsentierte plausibel. Lundberg hatte ein Motiv, eine Gelegenheit und die Möglichkeit zur Umsetzung gehabt. Nyströms Fund auf ihrem Grund und Boden verband sie mit Berits Leichnam. Wie ein Knopf, der durch eine maßgeschneiderte Öse geführt wird, dachte Forss. Dazu kam der Umstand, dass Lundberg mit Glas umgehen konnte. Sie hatte die finanziellen und logistischen Ressourcen, einen gläsernen Sarg herzustellen und den Austausch mit Hesenius' Originalwerk zu organisieren. Es gab die Frauenstimme, die Kalle Kvist die entsprechenden Anweisungen gegeben hatte. Den Handyfund in der Nähe des Gustavssonanwesens, auf dem sie sich unmittelbar nach der missglückten Vernissage zusammen mit den anderen Vorstandsmitgliedern befunden hatte, um das weitere Vorgehen zu besprechen.

Die Staatsanwältin schien letztendlich überzeugt und bereit, eine Voruntersuchung einzuleiten, hatte sich allerdings eine Nacht Bedenkzeit ausgebeten, ihres Erachtens bestand keine akute Fluchtgefahr der prominenten Verdächtigen. Forss sah die Dinge etwas anders. Gut möglich, dass ihr Besuch und das Gespräch Lundberg aufgescheucht hatten, auch wenn die Frau alles andere als panisch oder verunsichert gewirkt hatte. Aber wer wusste schon, wie es in Menschen wirklich aussah? Sicherheitshalber hatte sie jedenfalls die Nacht in ihrem Wagen vor der Lundberg'schen Villa verbracht und durch die Fenster Gullvi und ihren Mann bei einem ereignislosen Leseabend beobachtet.

Am Morgen, Forss hatte sich gerade in einem Schnellrestaurant frisch gemacht und einen Kaffee besorgt, meldete sich die Staatsanwältin und gab grünes Licht. Forss wartete auf das Eintreffen der beiden Stockholmer Kommissare. Als Gullvi Lundberg die Tür öffnete und die drei Kriminalpolizisten erblickte, wirkte sie noch nicht einmal überrascht. Widerstandslos und ohne eine Miene zu verziehen, ließ sie sich Handschellen anlegen und abführen. Ihr Mann bekam einen Weinkrampf.

Zehn Minuten, nachdem sie das Präsidium erreicht hatten, traf ihr Anwalt ein. Die Besprechung mit seiner Mandantin dauerte nur wenige Minuten. Gullvi Lundberg erklärte sich zu einer umfassenden Aussage bereit, was dem Anwalt sichtbar Magenschmerzen bereitete. Die fünf Personen drängten sich in einen viel zu engen Verhörraum. Die Vernehmung wurde von einer Videokamera und Mikrofon mitgeschnitten. Lundberg übernahm vom ersten Augenblick an die Initiative. Forss spürte, dass die Frau gewohnt war, selbst in denkbar größten Stresssituationen ruhig und besonnen zu agieren. Sie blickte allein Forss an, die anderen Menschen im Raum sowie die Kamera, schien sie zu ignorieren.

»Weißt du, wie das ist, einen Menschen zu lieben? Tief, innig und wahrhaftig?« Nein, das wusste sie nicht. Aber das war auch völlig egal. Forss deutete ein Schulterzucken an. »Bei Gunnar wusste ich es vom ersten Augenblick an. Damals, in der Tanzschule, vielleicht waren das die glücklichsten Stunden meines Lebens, so bitter das klingen mag. Alles, was danach kam, war ein leises Echo dieser Intensität. Der berufliche Erfolg, die Ehe mit Henrik, unsere Kinder und Enkel, natürlich bedeutet mir das etwas, aber doch haftet da diese schale Blässe an allem, als hätte irgendetwas die Farben aus meinem Leben gewaschen, alles Leuchtende und Reine ist verloren gegangen, weg.« Sie schluckte. »Gunnar wollte mich nicht, er wollte Berit. Damit musste ich leben. Damit konnte ich sogar irgendwie leben, auch wenn es verdammt wehtat. Aber dann war Berit weg. Verschwunden, wie von Zauberhand. Eine Woche, einen Monat, ein Jahr, ein Jahrzehnt. Ich war da und habe gewartet. Bin ins Ausland gegangen, habe ihm seine Zeit der Trauer gelassen.

Habe mich vorbereitet auf die Firma, bin zurückgekehrt, habe mich nach oben gearbeitet, an seine Seite. Dort waren wir nun, auf Augenhöhe. Erfolgreich, dynamisch, das perfekte Paar. Aber er hat mich trotzdem nicht gewollt. Er hat sich an das Bild seiner Berit geklammert. Seiner Traumfrau, die es wohlgemerkt in der Wirklichkeit nie gegeben hat. Berit hat sich hinter seinem Rücken mit unzähligen Männern vergnügt, hat Gunnar insgeheim für seine Bürgerlichkeit verachtet, hat sich für etwas Besseres gehalten als ihn. Sie hat ihn im Grunde nie geliebt. Sie hatte ihn nicht verdient. *Ich* hatte ihn verdient! *Ich* habe in ihm gesehen, was er wirklich war! *Ich* hätte an seiner Seite alt werden sollen! Aber was macht dieser Trottel? Hängt einer Schimäre nach, verplempert sein Leben an falsche Erinnerungen und Romantisierungen. Versinkt im Selbstmitleid. Erniedrigt sich und läuft zu Prostituierten, wenn seine körperlichen Bedürfnisse rufen. Dabei hätte er alles haben können! Eine starke, eine schöne, eine *echte* Frau, die wirklich zu ihm gestanden hätte!« Sie trank von einem Glas Wasser, was bereitstand. »Fünfundzwanzig Jahre meines Lebens habe ich gebraucht, um einzusehen, dass er mir niemals eine echte Chance geben wird. Eine einzige Nacht hat er mir geschenkt, betrunken, auf einer Geschäftsreise in einem anonymen Hotelzimmer, ganz so, als sei ich eine seiner Huren. Da habe ich es endgültig begriffen. Ich habe die Notbremse gezogen. Wenn er um jeden Preis sein Leben wegwerfen wollte, bitte schön. Aber ich wollte nicht denselben Fehler wie er begehen. Also habe ich Henrik geheiratet, einen Musiker, vielleicht war es eine subtile Rache, weil ich Gunnars Gesäusel von Berits Künstlerseele nie ertragen konnte. Es war nicht die große Liebe, aber es war wenigstens ein sinnstiftendes Arrangement, das ist es bis heute.« Wieder griff sie nach dem Wasserglas und trank. »Dass ich das Waldstück kaufen konnte, war mehr oder weniger Zufall. Die Persbrandts, Freunde von uns, haben mir die Investition in Holz schmackhaft gemacht und das Geschäft vermittelt. Jenseits des langfristig zu erwartenden Gewinns hat mich natürlich die Lage gereizt. Die Vorstellung, durch meinen eigenen Wald zu spazieren, unweit meiner Heimat, war reizvoll. Den verfallenen Hof wollte ich vollständig abreißen lassen, er war mir irgendwie unheimlich und passte nicht in das verträumte Bild, das ich in mir trug. Den Leichnam habe ich erst Monate nach dem Kauf entdeckt. Ich war allein unterwegs, Henrik hatte es vorgezogen, am See zu angeln. Natürlich habe ich mich beinahe zu Tode erschreckt. Dass es sich bei den Knochen um Berits sterbliche Überreste handeln musste, konnte ich mir natürlich anhand des Brautkleids zusammenreimen. Wie ihr Leichnam dorthin gekommen war? Ich habe keine Ahnung. Vielleicht hat sie dieser Herbert getötet und dann dort versteckt. Ehrlich gesagt hat es mich wenig interessiert. Ich war schon dabei, Henrik anzurufen und die Polizei einzuschalten, als mir die Idee kam, Berit zu benutzen, um Gunnar an der einzigen Stelle zu treffen, an der er verwundbar war. Wie sagt man so schön? *Rache ist ein Gericht, das am besten kalt serviert wird.* Ich wollte meine Rache. Die hatte ich mir verdient. Mehr als dreißig Jahre lang mit einem Mann zusammenarbeiten zu müssen, der mich derart verletzt hat … Als die Pläne für die Ausstellung der Unternehmensgeschichte konkreter wurden, wusste ich, was ich zu tun hatte. Der Rest war ein Kinderspiel.«

Sie trank den Rest des Wassers aus und betrachtete das leere Glas im Neonlicht des fensterlosen Raums, bevor sie es wieder auf dem Tisch abstellte.

»Du behauptest also, mit Berits Tod nichts zu tun zu haben?«, fragte Forss.

»Nicht das Geringste, meine Liebe.«

Lundberg lächelte, und Forss erkannte, wie tief die Furchen der Verbitterung um ihre Mundwinkel waren.

2

Ingrid Nyström hatte die Überlegung, ebenfalls nach Stockholm zu fahren, vorläufig verworfen. Für eine erste Befragung waren drei erfahrene Ermittler mehr als genug. Und so kompromittierend die Indizien gegen Gullvi Lundberg auch schienen: Um eine wasserdichte Anklage aufzubauen, fehlten ihnen eine Menge Antworten. Die offene Frage, die Nyström am meisten irritierte, war die des Waldkaufs. Lundberg hatte das Land erst vor gut zwei Jahren erworben. Wenn sie tatsächlich die Mörderin Berits war, wo hatte sie den Leichnam dann vorher verwahrt? Warum hatte sie ihn überhaupt umgelagert? Oder hatte er über fast fünf Jahrzehnte unentdeckt in dem Kartoffelkeller gelegen, und Lundberg hatte erst vor zwei Jahren die Möglichkeit erhalten, das Grundstück zu kaufen und sich den Zugang zu dem Skelett zu sichern? Solange die Frau kein umfassendes Geständnis ablegte, mussten sie die Antworten selbst finden. In diesem Moment war Bo Örkenrud mit seinem Team vor Ort und untersuchte den alten Hof und insbesondere den Kartoffelkeller sorgfältig. Mit Sicherheit ließ sich feststellen, ob der Leichnam dort zwei Jahre oder ganze Jahrzehnte gelegen hatte. Nyström war am Vorabend bereits noch einmal alle Zeugenaussagen und Protokolle der vergangenen Woche durchgegangen, auf Gullvi Lundberg hatte sie keinen

Hinweis gefunden, wenn man einmal von dem vagen Misstrauen absah, das Stina Forss nach dem ersten Treffen im Garten der Lundbergs artikuliert hatte. Was blieb, waren die Aktenordner aus dem Kalmarfall. Delgado war es tatsächlich gelungen, Berit in dem Wust aus Tausenden vergilbter Seiten aufzuspüren. Es gab eine winzige Chance, dass auch Gullvi irgendwelche Spuren in der umfassenden, fünfzig Jahre alten Ermittlung hinterlassen hatte. Eine Nadel in einem Heuhaufen zu finden, war eine Sache; Glück, Zufall, oder Delgados Intuition. Aber eine zweite Nadel? Die Wahrscheinlichkeit tendierte gegen null. Dennoch fiel ihr nichts Sinnvolleres ein. Seufzend griff sie einen der Ordner, die sich auf ihrem Schreibtisch stapelten. Es ging darin überwiegend um die Ergreifung und anschließende Anklage Göte Svanbergs. Verhörprotokolle, Zeugenaussagen, das Plädoyer des Staatsanwalts. Fotos über Fotos. Von Svanberg selbst, von der Kleidung, die er während des Überfalls auf Lotta Norén getragen hatte, selbst von der Taschenlampe, mit der er ihren defekten Motor inspiziert hatte. Fotos vom Tatort, dem liegen gebliebenen Volvo, der Straße, dem nahen Wald, der Fahrerkabine des Lkw. Nyström schauderte es. Die Vorstellung, wie dieser riesenhafte, schwitzende Mann in der engen Kabine über die Frau hergefallen war … Wäre da nicht der Plateauschuh gewesen, den Norén ihm ins Gesicht gerammt hätte, hätte sie wohl das gleiche tragische Schicksal wie Siv Kaspersen und Marie Elofsson ereilt. Sie betrachtete einen der Schuhe auf dem Foto genauer. Er war während des Gerangels wohl von ihrem Fuß gerutscht und auf den Boden vor den Beifahrersitz gefallen, wo sich eine Menge Müll angesammelt hatte. Zerknülltes Butterbrotpapier, alte Zeitungen, leere Zigarettenschachteln und Unmengen an zerdrückten Pappbechern. Beinahe als hätten sich die inneren Abgründe des Manns einen äußeren Ausdruck gesucht. Ein versifftes Chaos. Obwohl sie sich beinahe körperlich ekelte, blieb ihr Blick an etwas hängen. Sie betrachtete die Pappbecher genauer. Es mussten mehr als zehn sein, alle verziert mit einem blau-roten Wirbel auf weißem Grund. Milchshakebecher, wie aus der Tankstelle an der Landstraße. Am Vortag hatte der alte Tankwart jedoch ausdrücklich betont, dass Göte Svanberg niemals dort gewesen war. Warum sollte er lügen? Wahrscheinlich wurden damals Milchshakes in ebensolchen Bechern überall verkauft. Andererseits: Sie selbst war zu Beginn der Siebzigerjahre ein Kind gewesen. Sie konnte sich nicht erinnern, jemals irgendwo einen Milchshake gesehen oder gar probiert zu haben. Erst als in Växjö in den Achtzigerjahren das erste Fast-Food-Restaurant eröffnet hatte. Ein Milchshake war im Småland der frühen Siebziger etwas Besonderes. Sie nahm das Foto, stand auf und ging in Forss' Büro. Ihr Schreibtisch war wie gewohnt eine Müllhalde, dem Fußboden von Svanbergs Lkw nicht unähnlich. Was sagte das über Forss' Innenleben aus, fragte sie sich. Tatsächlich stand zwischen einer leeren Hamburger-Schachtel und einer halb aufgegessenen Tafel Schokolade ein Pappbecher mit Strohhalm, gleich dem, den Forss in Nyströms Wagen hatte stehen lassen. *Ich fürchte, da ist jemand auf den Geschmack gekommen.* Sie hielt das Foto neben den Becher. Der Aufdruck war identisch. Nachdenklich ging Nyström in ihr Büro zurück. Warum sollte der Tankstellenbesitzer sie angelogen haben? Was spielte es für eine Rolle, ob Svanberg damals bei ihm Stammkunde gewesen war oder nicht? Es spielte nur dann eine Rolle, überlegte sie, wenn der alte Mann alles, was mit den damaligen Verbrechen zu tun hatte, möglichst weit von sich und seiner Tankstelle weghalten wollte. Das war auffällig. Normalerweise neigten Menschen dazu, sich in Bedeutungszusammenhängen mit wichtigen Ereignissen darzustellen.

Ich stand auf dem Dach des World Trade Centers, keine zwei Wochen vor 9/11.

Als der Tsunami kam, sollten wir eigentlich in Thailand am Strand liegen, wenn ich mir nicht kurz vorher beim Volleyball den Mittelfuß gebrochen hätte.

Ich war bei Åhléns in der Drottninggatan shoppen, genau einen Tag bevor dieser Irre mit dem Lkw ins Schaufenster gefahren und fünf Menschen überrollt hat.

Solche Narrative liegen wahrscheinlich in der menschlichen Natur, überlegte Nyström, sie geben unserem Leben den Anschein von Sinn, Wichtigkeit oder Schicksal. Warum sollte man dagegen betonen, mit einem aufsehenerregenden Ereignis *nichts* zu tun zu haben?

Nachdenklich blätterte sie in der aktuellen Akte Berit Gustavssons. Es gab da einen kryptischen Bericht, den Lasse Knutsson vor einigen Tagen verfasst hatte. Sie hatte ihn überflogen und keinen besonderen Wert zugemessen. Da war er. Sie las erneut, diesmal sorgfältiger. Es ging um Parallelen in den Fällen Kaspersen und Elofsson. Beide Frauen hatten Reifenpannen gehabt, waren unglücklicherweise in Nägel gefahren. Noréns Wagen war dagegen aufgrund eines Motorschadens liegen geblieben. Die Frau hatte den falschen Kraftstoff getankt, Diesel statt Benzin. Nyströms Magen grummelte. Zu der Zeit war es noch üblich gewesen, seinen Wagen nicht eigenhändig zu betanken, sondern dies dem Servicepersonal zu überlassen. Gerade als Frau.

War es etwa denkbar, dass …

Ihr Telefon klingelte und unterbrach den Gedankengang. Es war Gunnar Gustavsson. Er klang grimmig. Sein Bruder sei bei ihm und wolle eine wichtige Aussage machen. Nyström legte auf. Die Dinge überschlugen sich. Erst regte sich eine Woche lang kaum etwas, dann nahmen die Umstände eine Dynamik an, der sie kaum folgen konnte.

Fünfundvierzig Minuten später saß sie Bengt-Ivar Gustavsson in der Bibliothek des Anwesens gegenüber. Der Mann wirkte zerknirscht. Offensichtlich war ihm sein kindischer Fluchtversuch vom Vortag unangenehm. Er druckste herum.

»Es tut mir leid. Ich kann es mir selbst nicht erklären. Eine dumme Panikreaktion.«

»Panik? Wovor?«

Er starrte die polierten Spitzen seiner Budapester an und drehte an seinem Ehering.

»Ich weiß es auch nicht. Angst vor der eigenen Courage?« Er blickte kurz auf, dann wandte er sich wieder den Schuhspitzen zu. »Obwohl eigentlich eher das Gegenteil zutrifft. Angst vor meiner Feigheit, müsste es richtigerweise heißen, denn wenn ich in den vergangenen fünfzig Jahren etwas war, dann feige und nicht couragiert.«

»Es hat also mit Berit zu tun? Mit ihrem Verschwinden?«

Der Alte deutete ein Nicken an. Die Hautlappen unter seinem sorgfältig rasierten Kinn zitterten.

»Ich hätte viel früher die Wahrheit ans Licht bringen sollen, allein schon Gunnars wegen. All die vergeudeten Jahre, die er im Ungewissen verbracht hat. Aber ich habe mich aus selbstsüchtigen Motiven heraus schlichtweg nicht getraut. Irgendwann war es dann Routine, die Lüge weiterzuleben. Was hätte es nach den vielen Jahren, die vergangen waren, auch genützt? Wo es doch nichts geändert hätte. Bis dann der Glassarg auftauchte und alles wieder an die Oberfläche kam. Die Erinnerung und Gunnars aufgewühlte Gefühle. Als ihr begonnen habt, in der alten Geschichte herumzustochern, habe ich Angst bekommen. Daher mein seltsames und unwürdiges Verhalten in den vergangenen Tagen. Und jetzt? Jetzt höre ich von dieser Postkarte aus Spanien. Berit und Herbert sind in der Nacht überhaupt nicht ums Leben gekommen, sondern gemeinsam wohlbehalten nach Alicante gereist. Also war mein Schweigen völlig umsonst. Der innere Kampf mit meiner Ängstlichkeit hat keine Früchte getragen, es war nur das bedeutungslose, innere Drama eines Feiglings.«

Nyström verstand nicht ansatzweise, was Gustavsson da pathetisch vor sich hinbrabbelte. *Wahrheit und Licht, Lüge und Feigheit,* das klang nach einem abgeschmackten Theaterstück aus dem vorletzten Jahrhundert. Und wenn sie sich in dem Raum mit den hohen Decken und dem Kristalllüster umsah, befanden sie sich dazu auch auf der richtigen Bühne.

»Worum geht es überhaupt? Hast du mir irgendetwas zu sagen?«

Gustavsson löste endgültig den Blick von seinen altmodischen Schuhen und sah ihr in die Augen. Dasselbe wässrige Blau wie sein Bruder.

»Ich habe sie an dem Abend gesehen.«

»Wen gesehen?«

»Die Person, die das Boot manipuliert hat.«

»Wovon redest du?«

»Das Ruderboot, mit dem Berit und Herbert auf den See hinausfahren sollten. Die Feier war auf ihrem Höhepunkt, ich hatte ordentlich einen getankt und bin in der Dämmerung ans Ufer gewankt, um zu pinkeln. Dabei habe ich sie beobachtet, wie sie sich an dem Boot zu schaffen machte. Sie hat einen Handbohrer benutzt, diese Dinger, die man kurbeln muss, gibt es heutzutage kaum noch, heute läuft ja alles mit Strom und Akkus, aber das Werkzeug war effektiv und leise, und sie wusste definitiv, wie sie damit umzugehen hatte. Das Ganze hat kaum länger als eine Minute gedauert. Ich habe sie machen lassen. Meinen Mund gehalten. Sollten Berit und dieser vermaledeite Herbert doch kentern und klitschnass werden, habe ich mir gedacht. Ich hielt die Idee mit der Brautentführung von vornherein für ausgemachten Unsinn, eine fremde, blöde Sitte, die nicht hierhergehörte, sollte die ganze Sache also ruhig ins Wasser fallen, im wortwörtlichen Sinn. Ich wollte, dass Herbert einen Denkzettel verpasst bekam, und Berit gleich mit.« Er blickte Nyström an, als würde er Abbitte erwarten, doch sie sagte nichts, sondern verzog nur missbilligend den Mund. »Ich konnte ja nicht ahnen, wie alles endet. Dass die beiden auf Nimmerwiedersehen im See verschwanden. Denn natürlich musste ich davon ausgehen, dass sie ertrunken waren.«

»Aber du hast schön deinen Mund gehalten und alle im Ungewissen gelassen.«

»Was hätte es denn geändert? Berit und Herbert hätte es kaum zurückgebracht!«

»Es hätte Gewissheit gebracht, vor allem Gunnar und Berits Familie. Es hätte den Schuldigen überführt. Aber das hat dich alles nicht interessiert, weil dir die Umstände sehr zupass kamen, nicht wahr? Denn du wusstest von der schlechten finanziellen Situation der Thurstan-Hütte und dem hohen Risiko, das eine wirtschaftliche Verflechtung der beiden Betriebe trug. Außerdem konntest du Herbert auf den Tod nicht ausstehen. Ihr gemeinsames Verschwinden und die Konsequenzen, die es nach sich zog, hatten für dich nur Vorteile.«

»Und wenn schon«, schnaubte Gustavsson, »es war ja doch nur eine Schimäre. Wie wir nun alle wissen, sind die beiden nach Spanien durchgebrannt und haben sich dort wahrscheinlich die Sonne auf den Buckel brennen lassen, während Gunnar hier allein zurückgeblieben ist und wie ein Hund gelitten hat.«

Nyström schüttelte den Kopf.

»Du bist nicht auf dem neuesten Stand.« Sie erklärte, was es mit der Postkarte auf sich hatte. »Nach allem was wir bis jetzt wissen, hat es Berit mit Ach und Krach über den See geschafft. Ein Autofahrer hat sie klitschnass auf der Landstraße gesehen, war aber zu feige, ihr zu helfen.« Sie warf ihm einen Blick zu. »Das Boot ist offenbar tatsächlich gekentert, Herbert ist wahrscheinlich ertrunken. Nach der Sichtung durch den nächtlichen Autofahrer verliert sich jede Spur. All das hättest du verhindern können, Bengt-Ivar, wenn du nicht deine kleine, boshafte Rache hättest haben wollen.«

»Ich war es nicht, der das Loch gebohrt hat.«

»Du warst Zeuge eines Verbrechens und hast geschwiegen, anstatt das Unglück zu verhindern. Das macht dich zum Mittäter und damit bist du beinahe genauso schuldig wie Gullvi Lundgren.«

»Gullvi? Was hat das denn mit Gullvi zu tun?«

Er blickte sie überrascht an.

Wahrscheinlich spiegelte Nyström seinen Gesichtsausdruck.

»Die Person, die das Boot manipuliert hat?«

»Das war doch nicht Gullvi! Ich spreche die ganze Zeit von Elvira Öman.«

3

In einer Vernehmungspause schritt Forss ziellos durch die endlos erscheinenden Flure des Stockholmer Präsidiums. Irgendwo entdeckte sie einen Getränkeautomaten und erstand eine Dose gekühlten Milchkaffee. Das neumodische Gebräu schmeckte furchtbar. Wie gern hätte sie jetzt einen dieser Milchshakes aus der Tankstelle im Glasreich. An das Zeug konnte man sich wirklich gewöhnen, dachte sie. Stattdessen lehnte sie an einem staubigen Heizkörper, nippte an dem Fertiggetränk und spürte den künstlichen Kaffeearomen und dem schalen Geschmack von Süßstoff nach. Plötzlich kam ihr ein Gedanke. Das Hauptquartier der Säpo war nur einige Hundert Meter von hier entfernt. Der Austausch zwischen den beiden Behörden war eng, der Übergang durchlässig. Oft wurden ehemalige Polizisten von der Staatssicherheit rekrutiert, manchmal auch umgekehrt. Es war also durchaus denkbar, dass Kent Vargen irgendwann einmal hier gearbeitet hatte. Beziehungsweise Jonas Söderqvist, wie er in Wirklichkeit geheißen hatte. Dass er durch diese Flure gegangen war, dass er sich aus diesem Getränkeautomaten bedient hatte. Sie wollte es nicht, aber der Gedanke schmerzte. Ihre linke Brust krampfte, als verwandelte sich ihr Herz in einen Brocken Granit.

4

Die Eulenaugen hinter den dicken Brillengläsern hatten einen glasigen Schimmer. Opiate, erinnerte sich Nyström, die Frau nahm wegen ihrer Rückenbeschwerden starke Schmerzmittel. Elvira Öman hatte die Hände auf der billigen Wachstuchtischdecke gefaltet und lächelte sanft. Sie schwieg. Sie schwieg seit Minuten. Zwischen Fenster und Gardine trommelte eine dicke Fliege gegen das Glas, die Küchenuhr tickte vernehmlich. Wie ein *memento mori*, dachte Nyström, ihre Zeit rinnt buchstäblich dahin. Denn vieles lief darauf hinaus, dass Öman ihren Lebensabend in einem Gefängnis verbringen würde, auch wenn darüber natürlich ein Gericht zu entscheiden hatte. Den schwerwiegenden Anschuldigungen Bengt-Ivar Gustavssons hatte sie bis jetzt jedenfalls kein Wort der Verteidigung entgegengesetzt. Sie saß einfach da und lächelte selig, wahrscheinlich dem Morphin sei Dank. Nyström sah sich um. Bei ihrem ersten Besuch war ihr aufgefallen, wie betont sauber und aufgeräumt es gewesen war. Es hatte in einem starken Kontrast zu ihrer niedrigen Erwartungshaltung gestanden, die Gunnar Gustavsson mit seinem Gerede über Ömans vermeintliche Drogenabhängigkeit geschürt hatte. Nun, auf den zweiten Blick, sah sie unter dem Firnis der Gepflegtheit die Armut der Frau. Das schlichte Küchenmobiliar war jahrzehntealt, an den Kanten löste sich das dünne Eichenfurnier und gab den Blick auf Spanplatten frei. Die Kunststofflampe über dem Tisch hatte einen langen Riss. Auf der Fensterbank stapelten sich die Ausgaben eines Gratismagazins für Haus und Garten, jedes einzelne sorgfältig in eine Klarsichthülle eingeschlagen. Nicht ohne Scham dachte Nyström daran, dass sie das Journal, das überwiegend aus Werbeanzeigen bestand, jeden Monat ungelesen im Altpapier entsorgte. Auf der Kühlschranktür waren mit Magneten Rabattcoupons einer Supermarktkette befestigt. 20 Prozent auf Reinigungsmittel, 15 Prozent auf Speiseeis, drei Dosen Bohnen zum Preis von zweien.

»Es war die schönste Zeit meines Lebens.« Öman sang die Worte mehr, als dass sie sie sprach. »Das *Grand Hôtel*, der Champagner, das tolle Essen. Einmal waren wir sogar im Ballett. Es war nicht *Schwanensee*, aber trotzdem toll. Insgesamt war ich dreimal bei ihr in Stockholm, es übertraf meine kühnsten Träume, alles war wie im Märchen.« *Aschenputtel*, dachte Nyström, zu Besuch bei *Schneewittchen*. »Wir hatten so viel Spaß. Ich habe mich so fein gefühlt, so stil-sicher, dabei war ich doch nur ein kleines Arbeitermädchen vom Dorf. Aber Berit hat mich groß gemacht an diesen Abenden, sie hat einen anderen Menschen aus mir hervor-gelockt, einen schönen Menschen, einen Schwan.«

Sie lächelte ihr entrücktes Lächeln.

»Doch irgendwann war damit Schluss«, stellte Nyström fest.

Öman nickte, kaum merklich. Die getuschten Wimpern ihrer Eulenaugen klimperten.

»Ich wusste ja, dass sie nicht für immer in Stockholm blei-ben würde, sondern nach der Hochzeit mit Gunnar und ihrem Abschluss an der Hochschule nach Bytorp zurück-kehren wollte, um in der Firma weiterzuarbeiten. Damit konnte ich leben, auch wenn es bedeutete, auf den Glamour der Großstadt zu verzichten. Ich freute mich sogar darauf, bedeutete es doch, meine beste Freundin endlich wieder in der Nähe zu haben. In meiner Fantasie habe ich mir aus-gemalt, wie wir dann und wann, vielleicht einmal im Jahr nach Stockholm zurückkehren, um richtig einen draufzu-machen. Ich hatte sogar auf ein eigenes Kostüm und ein Paar schicke Schuhe gespart, um mich nicht immer aus ihrer Garderobe bedienen zu müssen. Alles war gut, bis zu dem Zeitpunkt, an dem dann überhaupt nichts mehr gut war. Es muss einige Tage vor der Hochzeit gewesen sein, als sie mich in ihre Pläne eingeweiht hat. Sie hat mir alles erzählt. Von ihrem seltsamen Kunstprojekt, von Gunnars Vergewaltigung, vom Druck, den ihr Vater auf sie ausübte. Dass sie gar nicht vorhatte, zu bleiben, sondern davonlaufen würde, nach Spanien, wo ihre reiche Freundin Kiki ein Haus hatte. Ich habe sie angefleht, sich das alles noch einmal zu überlegen, mich hier nicht im Stich zu lassen. Doch ihre Ent-scheidung war längst gefallen. Als ich das verstanden hatte, habe ich sie angebettelt, mich mitzunehmen. Ich wusste zwar nichts über Spanien, außer dass es dort immer warm ist, aber das ist ja immerhin nicht das Schlechteste, oder?« Sie blickte Nyström mit ihren riesenhaften Augen an. »Weißt du, was sie gesagt hat? *Was willst du denn dort, Elvira?*« Sie seufzte ein Eulenseufzen. »Eine einfache Glasschleiferin, das war ich für sie. Das war ich für sie, als es wirklich darauf ankam. Ich konnte sie nicht gehen lassen, das durfte ich schlichtweg nicht.«

»Also hast du das Boot manipuliert.«

»Es war nie meine Absicht, dass Herbert und sie ertrinken. Ich wollte nur, dass sie zur Besinnung kommt. Dass sie sich erschreckt und einsieht, dass man vor manchen Dingen nicht davonlaufen sollte. Vor seiner besten Freundin zum Beispiel.«

Vor seiner besten Freundin, wiederholte Nyström in Gedanken. Sie musterte ihr Gegenüber erneut. Das billige Make-up, so sorgfältig es auch aufgetragen war, wirkte wie eine Maske. Das grelle Abbild einer einstmals jungen, lebenslustigen Frau. Sie hat nie viel mehr gehabt in ihrem Leben als ihre Jugend, begriff Nyström, darum klammerte sie sich so sehr daran fest. Deshalb hatte sie auch versucht, sich um jeden Preis an Berit festzuklammern.

»Hast du dir jemals Vorwürfe gemacht?«

Wieder klimperte Öman mit ihren Mascara-verklebten Wimpern.

»Nun«, lächelte sie, »wir haben alle unser Päckchen zu tragen, nicht wahr?«

5

Gullvi Lundberg blieb selbst nach stundenlanger Befragung bei ihrer Version der Geschichte. Sie gab zu, aus ihrer tiefen Verletztheit heraus Rache an Gunnar Gustavsson genommen zu haben, indem sie nach dem zufälligen Fund von Berits Leichnam den Plan mit dem Glassarg und dem Austausch des Kunstwerks geschmiedet und in die Tat umgesetzt hatte. Mit dem Tod Berits und Herberts behauptete sie nichts zu tun zu haben. Forss neigte dazu, Lundberg zu glauben. Nyströms Telefonat, in dem sie von Bengt-Ivars Beobachtung und Elvira Ömans Geständnis berichtete, gab den Ausschlag. Auch wenn sich Lundberg einer Menge Vergehen schuldig gemacht hatte, eine Mörderin war sie aller Wahrscheinlichkeit nach nicht. Nachdem sie zu Protokoll gegeben hatte, dass sich das Original von *Schneewittchen* in einem angemieteten Lagerhaus in Ljungby befand, wurde sie auf Drängen ihres Anwalts bis auf Weiteres entlassen. Damit war Forss' Aufgabe in Stockholm erledigt.

»Was wird nun aus ihr?«, fragte sie, als sie sich von den Kommissaren und der Staatsanwältin verabschiedete.

Die Staatsanwältin zuckte mit den Schultern.

»Warten wir die weiteren Befragungen ab. Aber auch so kommt einiges zusammen: Kunstraub, Anstiftung zu einer Straftat, unsachgemäßer Umgang mit einem Leichnam, Behinderung polizeilicher Ermittlungen. Viel wird davon abhängen, ob Gunnar Gustavsson oder Petter Thurstan Anzeige wegen Nötigung erstatten. Lundbergs Vorgehen zeugt von einem großen Maß seelischer Grausamkeit. Wie kann sich eine Frau mit ihrer Lebensleistung und ihrem Ansehen nur zu so etwas hinreißen lassen?«

Weil Menschen irrational handeln, dachte Forss, weil in den

meisten von uns unter einer dünnen Schicht Verstand und Zivilisiertheit immer noch ein Chaos an Emotionen brodelt. Es steuert uns und macht aus, wer wir als Menschen sind.

»Keine Ahnung«, sagte sie.

6

Ingrid Nyström hatte der alten, kranken Frau einen unwürdigen Abgang ersparen wollen, und statt eines Streifenwagens und uniformierter Kollegen Knutsson und Hultin beordert, Öman in einem zivilen Fahrzeug abzuholen. Beklommen war sie allein in der Wohnung zurückgeblieben. Die anscheinende Unbekümmertheit, mit der Öman ihr Tun gerechtfertigt hatte, erschütterte sie. Vielleicht lag die merkwürdige Gefühlslosigkeit auch an der dämpfenden Wirkung der starken Medikamente, überlegte sie. Trotzdem fühlte sie sich deprimiert. Dieser Fall hatte so viele Facetten, die sie bodenlos traurig stimmten. Der sinnlose Tod einer bemerkenswerten jungen Frau und eines arglosen, loyalen jungen Manns. Ein Unternehmer, der eine Frau geliebt hatte, die nicht zu ihm passte. Die er schließlich misshandelt und vergewaltigt hatte. Und sich daraufhin für den Rest seines Lebens emotional verkapselte. Die unerwiderte Liebe einer Frau, die nach vielen Jahrzehnten in einer verbitterten Racheaktion mündete. Ein Vater, der aus wirtschaftlicher Not seine Tochter in eine unverzeihliche Situation nötigte. Ein Bruder, der sich übergangen fühlte. Eine Freundin, die Freundschaft und Abhängigkeit nicht voneinander unterscheiden konnte, und deshalb eine Dummheit beging, die zwei Menschen vermutlich das Leben kostete. Ein Zeuge, der aus egoistischen Motiven heraus die Möglichkeit verstreichen ließ, das ganze Drama zu verhindern. Nyström massierte sich die verspannte Gesichtsmuskulatur. Es war ein Fall, der nur Verlierer kannte. Und das Deprimierendste daran war, dass er noch nicht einmal gelöst war. Wenn die Aussage des unbekannten Lkw-Fahrers stimmte, dann war Berit nicht im See ertrunken, sondern hatte sich ans andere Ufer retten können. Ein weißes, hilfloses Gespenst auf einer nächtlichen Straße. Doch was war danach mit Berit geschehen? Als der Lkw Minuten später zurückkam, war sie verschwunden, zurückgeblieben war nichts als ein nasser Fleck auf dem Asphalt. Bis Gullvi Lundgren ihren verwesten Leichnam fünfundvierzig Jahre später in einem verlassenen Gehöft gefunden hatte, das weniger als zwanzig Kilometer von der ungefähren Stelle entfernt lag, an der sie damals auf der Landstraße gesichtet worden sein musste. Nyström musste an das Brautkleid denken, den Blutfleck. Berit war noch in derselben Nacht eines gewaltsamen Todes gestorben, es konnte kaum eine andere Möglichkeit geben. Sie schloss die Augen, drückte mit den Daumen auf die geschlossenen Lider. Die feinen Muskelstränge zitterten, als stünden sie unter Strom. Ein und dasselbe Bild flackerte wieder und wieder auf ihrer Netzhaut auf. Ein blauroter Strudel auf weißem Grund. Er drehte sich, als wollte er sie in sich hineinsaugen. Die Milchshakebecher. Wahrscheinlich hatten sie überhaupt nichts zu bedeuten.

Oder alles.

Sie öffnete die Augen wieder. Blickte auf die Armbanduhr. Es war früher Nachmittag. Ein Sonntag. Die Sonne schien. In einer Stunde könnte sie mit ihrer Mutter auf der Terrasse sitzen und den Schwalben bei ihren Flugkunststücken zusehen. Sie hatte in den vergangenen Tagen mehr als achtzig Stunden gearbeitet, es fehlte ihr schlicht an Kraft, an diesem Tag noch einmal ins Präsidium zu fahren. Um alles, was mit Elvira Öman, Bengt-Ivar Gustavsson oder Gullvi Lundgren zu tun hatte, würde sie sich am folgenden Tag kümmern. Und die verdammten Pappbecher waren nichts weiter als psychologische Übertragung. Sie hatte sich geärgert, dass Stina Forss eins der klebrigen Dinger nonchalant in ihrem Auto gelassen hatte. Sie hatte sich geärgert, weil Forss eine renitente Eigenbrötlerin war. Sie hatte sich geärgert, weil Forss die Schuld an Healeys Tod und Annas Unglück trug. Der verfluchte Becher war nichts weiter als ein Symbol für ihren *Hass*.

Sie biss sich auf die Unterlippe, bis sie Blut schmeckte. Tränen standen ihr in den Augen, die nichts mit physischem Schmerz zu tun hatten. Wie hatte es mit ihr nur so weit kommen können? War sie zu einer Person geworden, die tatsächlich hasste? Sie, die sanfte, mitfühlende Ingrid? Oder hatte sie ein Selbstbild, das längst nicht mehr mit der Realität übereinstimmte? Und machte sie es sich mit ihrem Groll auf Forss nicht viel zu einfach? Sie schluckte. Blut und Tränen. Natürlich machte sie es sich zu einfach. Forss war genauso ein Opfer, wie Healey, Anna und der kleine Albert es waren. Forss war genauso ein Opfer wie sie selbst. Genau, sie selbst. Denn vielleicht war es endlich an der Zeit, sich einzugestehen, dass ihre eigenen Schuldgefühle sie nirgendwo hinführten, außer zu einem dunklen, einsamen Ort, von dem es irgendwann kein Zurück mehr gab. Sie war genauso wenig schuldig wie Forss. Sie hätte Healeys Tod nicht verhindern können, sie war Polizistin und keine Prophetin. Sie hatte eine harmlose Party für ihren Kollegen gegeben, das war alles. Niemand hätte die furchtbaren Folgen voraussehen können. Sie waren Teil eines größeren Plans, das musste sie sich spätestens mit den Informationen, die sie von Göran Lindholm erhalten hatte, eingestehen. Es war an der Zeit, zu verzeihen, Forss und vor allem sich selbst. Es war an der Zeit, sich aufzurappeln, den Staub abzuklopfen und auch Forss aufzuhelfen. Es war an der Zeit, die Hand auszustrecken und gemeinsam Healeys Mörder zu jagen.

Sie stand auf, verließ das kleine Haus, verschloss die Tür und setzte sich in ihren Wagen. Auf dem Nachbargrundstück hüpften zwei kleine Mädchen im Wechseltakt auf einem Trampolin. Jedes Mal, wenn der Strahl des Rasensprengers sie traf, kreischten sie vor Vergnügen auf. Sie startete den Motor und machte sich auf den Nachhauseweg. Vielleicht würde sie zur Feier des Tages eine kleine Eistorte aus der Gefriertruhe holen. Sie selbst machte sich nichts aus Süßem, aber ihre Mutter liebte diese Kuchen, immer schon. Früher, als Nyström noch ein Kind gewesen war, war jeden Dienstag ein Wagen mit Tiefkühlkost bimmelnd durchs Dorf gefahren. Manchmal, wenn Monatsanfang gewesen war, und das Geld etwas lockerer gesessen hatte, hatte ihre Mutter neben den gefrorenen Erbsen und Spinat noch eine kleine Eistorte erstanden. Bei der Erinnerung daran musste sie lächeln. An der Abzweigung zur Landstraße setzte sie den Blinker Richtung Växjö. Zögerte. *Aber von der Existenz von Milchshakes hatte sie bis weit in ihre Teenagerjahre hinein nie etwas gehört.* Der Wagen hinter ihr hupte. Sie setzte den Blinker um. Wahrscheinlich war es nichts als ein Hirngespinst, aber was machten jetzt noch zwanzig Minuten mehr oder weniger aus?

An der Tankstelle herrschte Betrieb. Eine Gruppe Motorradfahrer lehnte in Lederkluft an ihren Maschinen und leckte Eis. Ein junger Mann betankte seinen tiefergelegten Golf. Eine übergewichtige Frau scheuerte mit einem Schwamm Insektenreste von der Windschutzscheibe ihres Kombis. Drei Teenager stiegen mit Milchshakes in den Händen auf ihre Fahrräder. Der milde Wind roch nach Sommer und Benzin. Sie betrat den Verkaufsraum. Das alte Männlein beriet gerade einen Kunden, der sich unsicher war, welche Art von Motoröl er kaufen sollte. Hinter ihm wartete bereits ein dunkelhäutiger Mann, der eine Flasche Limonade bezahlen wollte. Geduldig reihte sich Nyström in die Schlange ein und sah sich um. Es war dem Inhaber gelungen, in einem so zweckmäßigen und unwirtlichen Ort, wie es eine Tankstelle nun einmal war, einen gewissen Retrocharme zu erzeugen. Alte Emaille-Reklameschilder für Schmiermittel und Treibstoff zierten die Wände, Poster von Motorsportevents, die Jahrzehnte zurücklagen, gerahmte Fotos, die die Tankstelle im Wandel der Zeit zeigten. Als Nyström an der Reihe war, lächelte der Alte sie an.

»Hat dich deine Kollegin doch noch überzeugt?«, schmunzelte er.

»In gewisser Hinsicht, ja.« Sie legte das Foto aus der alten Ermittlungsakte auf den Verkaufstresen. »Gestolpert bin ich jedoch zunächst selbst drüber. Dies hier ist eine Aufnahme von Göte Svanbergs Fahrerkabine, der sogenannte Kalmar-Killer, du erinnerst dich. Gestern hast du gesagt, er sei niemals hier gewesen, doch auf dem Foto sieht man, dass der Boden von Bechern übersät ist, denselben Milchshakebechern, die du seit Jahrzehnten verkaufst. Kannst du mir das erklären?«

Er ergriff das Bild und betrachtete es.

»Potzblitz, das sind wahrhaftig dieselben Becher, da beißt die Maus keinen Faden ab.« Er warf ihr einen erstaunten Blick zu. »Mir fällt dafür nur eine einzige Erklärung ein. Dieser Svanberg muss Stammkunde beim *Venezia* in Kalmar gewesen sein. Das war meines Wissens die erste Eisdiele überhaupt in diesem Landesteil. Meine Frau hat immer von deren Milkshakes geschwärmt. So ist sie überhaupt erst auf die Idee gekommen, bei uns auch welche anzubieten. Ein Jahr später haben wir dann dieses Baby hier angeschafft«, er tätschelte die alte Maschine. »Vermutlich hatten die in Kalmar ganz einfach die gleichen Becher wie wir. Weißt du was, ich glaube, ich habe hinten in meinem Büro sogar noch ein altes Werbeblatt vom *Venezia* herumliegen, vielleicht ist der Becher darauf ja abgebildet, dann hätten wir das Rätsel gelöst. Muss aus den Sechzigerjahren stammen, das Blatt. Wie du hier im Laden siehst, habe ich ein Faible für diese Zeit, wahrscheinlich bin ich ein unverbesserlicher Nostalgiker, he, he. Bin sofort zurück.«

Bevor Nyström noch etwas entgegnen konnte, hatte er sich umgedreht und war hinter dem Verkaufstresen durch einen schmalen Durchlass aus ihrem Blickfeld geschlüpft. Die Erklärung klang plausibel. Wenn er ihr tatsächlich noch eine Abbildung des Bechers präsentieren konnte, war ihr abwegiger Verdacht ein für alle Mal aus der Welt geräumt. Sie schlenderte auf die Ecke mit den gerahmten Fotos zu. *Caltex, Shell, Statoil, K-Circle,* die Treibstoffanbieter hatten sich im Laufe der Zeit abgelöst, aber der Inhaber hatte sich über all die Jahre hinweg gehalten. Die Fotos zeigten, dass früher einmal eine richtige Werkstatt zu der Tankstelle gehört hatte. Da stand sogar ein Kleinlaster, der zum mobilen Reparaturservice der Werkstatt gehörte ...

Der Schuss war durchs Mauerwerk gedämpft, dennoch war Nyström sofort klar, dass er keine zehn Meter von ihr entfernt abgegeben worden war. Sie stürzte hinter den Tresen, einen kurzen Flur entlang, hinein in ein offen stehendes Büro. Der halbe Kopf des Alten war in Form von Blut, Hirnmasse und Knochensplittern an die Wand gespritzt, sein Oberkörper auf die Schreibtischplatte gekippt. Die rechte Hand hielt eine großkalibrige Pistole, aus dem Lauf heraus rauchte es noch, eine feine, fast durchsichtige Schliere, die sich schnell verflüchtigte.

Wie ein Gespenst in der Nacht.

EINE WOCHE DANACH,
SONNTAG

1

Ingrid Nyström hatte zur Bestattung Berit Gustavssons
ihren dunkelsten Hosenanzug aus dem Schrank gesucht,
auch wenn er für die Jahreszeit eigentlich viel zu warm war.
Den endgültigen Beleg, dass es sich bei dem Skelett aus dem
Glassarg tatsächlich um die sterblichen Überreste der jungen
Braut handelte, hatten die verstörenden Aufzeichnungen ge-
liefert, die sie in einer gut verborgenen Kiste auf dem Dach-
boden des Hauses des alten Tankwarts sichergestellt hatten.
Ebert Borre war ein Mehrfachmörder. Die Niederschriften
und Skizzen offenbarten nicht nur seine psychopathische
Veranlagung und schilderten detailliert die Vergewaltigung
und Tötung Berits, sowie das Versteck des Leichnams im
Kartoffelkeller des bereits damals verlassenen Waldbauern-
hofs, sondern auch die Triebmorde an Siv Kaspersen und

Marie Elofsson. Als noch verstörender empfand Nyström die Rolle, die Borres verstorbene Ehefrau Rosa offenbar bei diesen grauenhaften Taten gespielt hatte. Sie war seine Komplizin und Helferin gewesen. Während dem mordenden Paar die hilflose, verzweifelte Berit in jener Nacht zufällig ins Netz gegangen war, hatten sie die anderen Taten gemeinsam geplant und vorbereitet. Als Tankwartin war es Rosa Borre ein Leichtes gewesen, die allein reisenden Frauen in harmlos anmutende Plaudereien zu verstricken, ihnen zu entlocken, wohin sie auf dem Weg waren, und ihnen beim Betanken unauffällig Nägel ins Reifenprofil zu drücken, gerade ebenso tief, dass sie es einige Kilometer weit schaffen würden, bevor der erwartete Plattfuß sie zum Anhalten zwingen würde. Wie praktisch, dass kurze Zeit später völlig zufällig der Reparaturservice in Gestalt ihres Manns vorbeikam und seine Hilfe anbot. Ebert Borre vergewaltigte und tötete die beiden Frauen noch an Ort und Stelle, seiner Frau brachte er Trophäen in Form von abgeschnittenen Schamhaaren mit. Was für ein bizarres Arrangement! Während Nyström Ebert Borre als mehr oder weniger typischen Triebtäter einordnen konnte, blieb ihr die Motivation der Ehefrau völlig unbegreiflich. Ein Fachgutachten von Borres Aufzeichnungen stand noch aus, aber sie hatte Ann-Vivika Kimsel gebeten, einen Blick auf die tagebuchartigen Texte und Gewaltfantasien zu werfen, die das Ehepaar handschriftlich verfasst hatte. Auch wenn ihre Freundin Pathologin und keine ausgebildete Psychiaterin war, fand sie Parallelen und Beispiele ähnlichen Verhaltens in der medizinischen Literatur. Hybistophilie war als eine Perversion definiert, bei der Menschen Lust und sexuelle Erregung daraus ziehen, mit einem extremen Gewalttäter liiert zu sein. Verbrechen wie Mord, Missbrauch oder Vergewaltigung schloss dieser auch als »Bonny-und-Clyde-Syndrom« bekannte Fetisch ausdrücklich mit ein. Nyström blieb nicht viel mehr übrig, als innerlich die Augen zuzukneifen. Es gab Abgründe in der menschlichen Seele, von denen sie nicht mehr wissen wollte, als es ihr Beruf unbedingt verlangte, ihrem eigenen Seelenheil zuliebe. Die Niederschriften der Borres berichteten ebenfalls von dem missglückten Plan, Lotta Norén zu töten. Das Ehepaar hatte in ihrem Fall den *modus operandi* geändert, weil sie fürchteten, dass eine dritte Reifenpanne durch einen Nagel bei den Ermittlern Misstrauen wecken würde. Ein Motorschaden dagegen würde weniger auffallen und hatte zudem den Vorteil, dass sich der manipulierte Wagen räumlich weiter von der Tankstelle entfernen würde, bevor er planmäßig zum Stoppen gebracht würde. Auf die Idee, dass sich ein ambitionierter Kriminaltechniker an die Analyse des Treibstoffs machen würde, waren sie anscheinend nicht gekommen; was ja auch beinahe folgenlos geblieben wäre, wenn der entsprechende Untersuchungsbericht nicht vierundvierzig Jahre später zufällig unter die Augen eines hungrigen Ermittlers geraten wäre. Bei dem Gedanken an Lasse Knutsson und dem Pestofleck auf dem alten Gutachten musste sie lächeln.

Als Ebert Borre schließlich zu der Stelle gekommen war, an der Noréns Wagen liegen geblieben war, hatte dort bereits Göte Svanberg mit seinem Lkw haltgemacht, und Borre war nichts anderes übrig geblieben, als unverrichteter Dinge weiterzufahren. Der eine Vergewaltiger war dem anderen zuvorgekommen, was für eine bittere Ironie! Auch wenn die Vorfälle lange zurücklagen, machten sie Nyström beklommen. Immer wieder wurden Frauen Opfer gewalttätiger Männer, heute wie vor vier Jahrzehnten. Svanbergs lebenslange Haftstrafe war demnach ein Justizirrtum, der zu einem Suizid geführt hatte, doch Nyströms Mitleid für das Schicksal des Manns hielt sich in engen Grenzen.

Interessant und unbeantwortet war bisher die Frage, warum Ebert Borre nach dem Vorfall mit Norén und Svanberg 1974 mit seinen Untaten aufgehört hatte. Zumindest wenn man den Niederschriften vertraute, hatte es danach kein weiteres Opfer mehr gegeben. Nyström hatte zunächst erwogen, dass die Ergreifung Svanbergs Borre und seiner Frau vor Augen geführt hatte, wie groß das Risiko war, das sie eingingen, und sie diese Erkenntnis zum Umdenken gebracht haben könnte. Kimsel hatte ihr entschieden widersprochen. »Psychopathen dieses Schlags denken nicht dergestalt, Ingrid. Das, was sie empfinden, ist wie ein unstillbarer Hunger. Wenn nichts Einschneidendes sie stoppt, machen sie weiter, immer weiter.« Kimsels Vermutung nach bestand diese Zäsur womöglich in dem frühen Krebstod von Rosa Borre 1975. Ihrer Theorie nach fühlte sich Ebert Borre ohne die symbiotische Beziehung zu seiner Frau schlichtweg nicht mehr in der Lage, allein weiterzumachen. »Rosas Tod hat ihn regelrecht impotent gemacht, vielleicht nicht körperlich, aber auf jeden Fall seelisch. Um ein brutaler Triebtäter zu sein, bedurfte es der Verbindung mit seiner Frau, ohne sie war er nichts weiter als ein Tankwart mit kranken Fantasien, der vermutlich nur noch von seinen Erinnerungen gezehrt hat.«

Nyström lenkte ihren Toyota auf den Parkplatz der Kirche in Bytorp. Letzten Endes waren ihr die psychologischen Feinheiten egal. Entscheidend war, dass Borres bestialisches Treiben Mitte der Siebzigerjahre aufgehört hatte, warum auch immer. Erschreckend war, dass dieses Monster noch beinahe ein halbes Jahrhundert lang unerkannt unter ihnen gelebt hatte, als freundlicher Milchshakeverkäufer. Ernüchternd war, dass eine so bemerkenswerte und außergewöhnliche Frau wie Berit einen derart deprimierenden, unwürdigen und viel zu frühen Tod gefunden hatte. Das galt natürlich im gleichen Maße für Siv Kaspersen und Marie Elofsson, aber im Gegensatz zu Berit, deren unkonventionelles Bild sich im Lauf der vergangenen zwei Wochen mit Leben gefüllt hatte, waren die beiden anderen Opfer für sie nur Namen auf dem Papier. Was sie dagegen immer noch umtrieb, war das Schicksal Herberts. Nach allem, was sie bisher wussten, mussten sie davon ausgehen, dass der junge Mann tatsächlich im See ertrunken war. Nyström plagte noch immer ein schlechtes Gewissen, weil sie Herbert die gesamte Ermittlung hindurch wie ein unbedeutendes Anhängsel Berits behandelt hatte. Als sie die schwere Kirchentür öffnete und den kühlen Raum betrat, wurde ihr bewusst, dass dies für alle anderen, mit Ausnahme von Erwin Neuholt vielleicht, dem alten Glasschleifer, ebenso galt. Selbst dieser Gedenkgottesdienst wurde allein für Berit ausgerichtet. Es war ihr überdimensioniertes Porträt, das vorne, neben dem Altar auf einer Staffelei stand. Es stand ihr Name auf den Banderolen der Blumenkränze und Trauergestecke. Und es waren ihre gegenstandslosen Glasskulpturen, die man vor den aufgebahrten Eichensarg gestellt hatte. Die kleine Kirche war etwa zu einem Drittel gefüllt. Nyström nahm in der hintersten Bank Platz. Sie musterte die Hinterköpfe der Anwesenden. Der Mann in der ersten Reihe, in dem billigen Anzug, musste Petter Thurstan sein, er drückte sich dicht an seine rothaarige Frau. In einigem Abstand daneben Gunnar Gustavsson, gramerfüllt auf seinen Stock gestützt. Weiter hinten erkannte sie seinen Bruder Bengt-Ivar samt Frau, Tochter und Schwiegersohn. Bruno und Dan Lundberg. Zwei gut gekleidete Männer, die offensichtlich ebenfalls Brüder waren, vermutlich die Persbrandts. Zwei Frauen, auf die die Beschreibungen von Maja Sundh und Gunilla Hallrup passten. Nach Kiriaki Edvén-Rosholm hielt sie vergebens Ausschau.

Als das Orgelspiel einsetzte, traten ihr Tränen in die Augen. Doch so traurig die Umstände auch waren, mit dem unseligen Fall hatte das nicht das Geringste zu tun.

2

Lasse Knutsson und seine Frau Lisa saßen zu Tisch. Das feierliche Sonntagsmittagessen, früher einmal Knutssons Höhepunkt der Woche. Da kochte der Chef selbst. Was hatte er sich im Laufe der Jahre nicht alles einfallen lassen? Karamellisierten Rehrücken. Lackierte Entenbrust. Gefüllte Wachteln. Einmal hatte er über ein ganzes Wochenende hinweg ein Spanferkel in einem Erdloch gegart. Was waren das für fantastische Zeiten gewesen! Heute jedoch ... Resigniert ließ er seinen Löffel in die Brennnesselsuppe plumpsen. Lisa sah ihn an. Ihre Unterlippe begann zu zittern, Tränen liefen ihr die Wange hinab.

Sofort schnappte das schlechte Gewissen zu.

»Lisa, es tut mir leid. Ich weiß doch, welche Mühe du dir gibst! Und du hast ja recht! Es war dringend an der Zeit, etwas zu tun.«

Sie schüttelte vehement den Kopf.

»Das ist es nicht«, presste sie hervor. »Darum geht es doch gar nicht.«

Er griff nach ihrer Hand.

»Worum denn dann?«, fragte er so einfühlsam, wie es ihm möglich war. »Sie schmeckt mir im Grunde doch gut, deine Suppe, es ist nur, dass ich manchmal ...«

»Ich habe gelogen.«

Er hielt verwundert inne.

»Was?«

»Ich habe dich angelogen, Lasse, die ganze Zeit.«

»Aber ...?«

»Malin. Sie ist überhaupt nicht die Ernährungsberaterin des Krankenhauses oder der Kommune.«

Er begriff kein Wort.

»Aber woher kennt sie sich dann so gut ...?«

»Sie ist Diätistin, ja. Aber privat. Man kann sie buchen. Ich habe sie bezahlt. Das Ganze war meine Idee, Lasse. Meine Initiative. Meine Schuld. Ich ... ich habe einfach keinen anderen Ausweg gesehen. Ich weiß, es war nicht richtig. Ich hätte dir die Wahrheit sagen und wir hätten die Entscheidung gemeinsam treffen müssen. Es tut mir so leid!«

Sie hielt sich die Hände vors Gesicht, ihr Körper bebte.

Knutsson saß da wie betäubt.

Zwölf Sekunden lang.

Dann stand er auf und ging aus dem Esszimmer. Er musste überhaupt nicht denken, sein Körper agierte wie von allein. Keine Minute später saß er in seinem Wagen, startete den Motor und fuhr von Åby die knapp dreißig Kilometer nach Växjö. Der Parkplatz von MAX war kaum gefüllt. Wie ein Roboter schritt er auf den Verkaufstresen des Fast-Food-Restaurants zu. Die bunten Bildtafeln überforderten ihn. Umami Bacon Burger. Triple Cheese Burger. Frisco Burger. Pepper Jack und Creole Burger. Dazu die zahllosen vegetarischen und veganen Varianten. Von den Beilagen und Dippsaucen, den Softdrinks und Shakes ganz zu schweigen. Das junge Mädchen hinter der Kasse sah ihn schon seit geraumer Zeit genervt an, hinter ihm räusperte sich jemand, er musste sich langsam einmal entscheiden, am besten sofort.

»Einmal alles, bitte«, sagte er und kramte die Kreditkarte aus der Brusttasche seiner Angelweste.

3

Als Hugo Delgado aufwachte, brummte sein Schädel. Verdammter Tequilla. Dabei war die Sache mit dem mexikanischen Schnaps gar nicht seine Idee gewesen, sondern ... wie hieß sie noch gleich, Anne, Anna, Ann? Er drehte sich um, doch das Bett neben ihm war leer. Er wälzte sich auf der Matratze noch ein Stück weiter nach vorn, sodass er über die Bettkante schauen konnte. Dort, wo gestern Nacht ihre Kleidung gelandet war, das enge Kleid, die hochhackigen Schuhe, der aufregende BH, der Seidenslip, lag nichts mehr. Sie hatte sich bereits davongestohlen, leise und heimlich, während er schlief. Er stöhnte auf. Sein Rachen war so trocken, dass der Hals kratzte. Er stemmte sich aus dem Bett, ging ins Bad und trank direkt aus dem Wasserhahn. In den Spiegel schaute er am besten gar nicht erst. Zurück im Schlafzimmer hielt er nach einer Notiz Ausschau. Hatte sie wenigstens einen Abschiedsgruß hinterlassen? Aber da war nichts, auch auf dem Handy keine Nachricht.

»Schlampe«, brummte er.

Aber so war das wohl mit spontanen Internetbekanntschaften, die man über eine Dating-App schloss. Also traf die Bezeichnung genauso gut auf ihn selbst zu, wie er sich eingestehen musste. Erschlagen ließ er sich wieder in die Kissen sinken. Vielleicht war es auch das Beste so. Keine Fragen, keine Schuldgefühle. Vielleicht war er einfach nicht für eine konventionelle Beziehung gemacht. Vor Linda hatte es mit Anette nicht geklappt. Und vor Anette war die Geschichte mit Elin gescheitert. Und vor Elin ... Aber wozu grübeln? Er war ein ungebundener Mann in den besten Jahren. Es war Sommer, und er war frei von jeder Verantwortung.

Es gab Schlechteres, entschied er, bevor er sich eine zweite
Runde Schlaf leistete.

4

Anette Hultin stand nackt vor dem Kleiderspiegel und betrachtete ihren Körper. Irgendetwas stimmte nicht. Irgendetwas stimmte ganz und gar nicht. Natürlich hatte die
Schwangerschaft mit Wilma ihre Spuren hinterlassen, auch
wenn sie lebenslang eine durchtrainierte Frau gewesen
war, und sich bereits wenige Wochen nach der Entbindung
ein ausgeklügeltes, ambitioniertes Sportprogramm auf-
erlegt hatte, das sie mit der ihr eigenen Selbstdisziplin Tag
für Tag abarbeitete. Dennoch hatte sich ihr Körper in den
vergangenen Wochen deutlich verändert, mehr als ein Jahr
nach der Geburt und monatelang nach dem Abstillen wohlgemerkt. Anstatt wieder drahtiger, muskulöser zu werden,
hatte sie offenbar zugenommen, ihre Brüste spannten, ihr
Bauch wölbte sich merklich. Es konnte doch wohl nicht sein,
dass sie ... Ein Schauer durchfuhr sie. Sicher, sie hatte der
ausbleibenden Menstruation kaum Bedeutung zugemessen,
war sie doch nach der Schwangerschaft eh nur zwei oder drei
Mal in unregelmäßigen Abständen gekommen. Der Körper
braucht Zeit, um seinen natürlichen Rhythmus wieder zu
finden, hatte ihr die Schwester nach der Entbindung mit
auf den Weg gegeben und so stand es ja auch in allen Baby-
blogs und einschlägigen Internetforen. Deshalb hatte sie
auch keinen Gedanken an Verhütung verschwendet, wozu
auch, Victor und sie waren nach Wilmas Geburt ewig nicht

intim miteinander gewesen, das erste Mal überhaupt wieder vor einigen Tagen, und da konnte es doch kaum sein, dass ihr Körper jetzt schon derart reagierte, falls denn tatsächlich etwas passiert sein sollte. Dann musste sie an die Sache mit Hugo denken. Der unselige Sex auf der Toilette im Präsidium. Wie lange war das jetzt her, drei, vier Monate? Oh, mein Gott, dachte sie, oh mein Gott! Panisch kramte sie in ihrer Nachttischschublade. Irgendwo musste sie doch noch einen der verdammten Schwangerschaftstests herumliegen haben. Damals, als sie Victor kennengelernt hatte, hatte es ihr nicht schnell genug gehen können. Sie fand schließlich einen im Badezimmerschrank. Hockte sich auf die Toilette. Pinkelte und hielt den blöden Plastikstab in den Urinstrahl. Schloss die Augen und zählte bis dreihundert. Dann blickte sie auf den Teststreifen.

»So ein verdammter Mist«, sagte sie leise.

5

Es war mitten in der Nacht, doch Stina Forss konnte keinen Schlaf finden. Selbst die dämpfende Kombination aus Tabletten und Alkohol versagte ihren Dienst. In einem unruhigen Dämmern wälzte sie sich im Bett hin und her. Obwohl das Fenster offen stand, war es viel zu warm im Zimmer, das dünne Laken, das sie über sich gezogen hatte, kam ihr wie eine Heizdecke vor. Die Gedanken kreisten fortwährend um ihren Vater und den schweren Revolver, den sie in dem Tresor gefunden hatte. Der *missing link,* der alles zusammenzuführen schien. Der Mittelpunkt, in dessen Gravitation die Geschehnisse der vergangenen Jahre kreisten, wie um eine schwarze, tödliche Sonne. Jetzt, wo sie ihn entdeckt hatte, wünschte sie sich nichts sehnlicher, als nie danach gesucht zu haben. Wieder und wieder spielte sie Möglichkeiten durch, wog ab, hinterfragte. Gab es eine Chance, dass sie sich irrte? Dass all die vermeintlich passenden Puzzleteile nichts weiter waren als Zufälligkeiten oder falsch gedeutete Ereignisse, die in keinem Bezug zueinander standen? Wie sollte sie jemals Gewissheit erlangen? Wie sollte sie jemals die Wahrheit erfahren? Sie war eine hinreichend fähige Polizistin, um sich selbst die Antwort geben zu können. Der einzige hieb- und stichfeste Beweis wäre eine ballistische Untersuchung der Waffe, ein Abgleich mit den Projektilen, die nach Olof Palmes Ermordung am Tatort sichergestellt worden waren. Dazu würde sie sich offiziell an die Sonderkommission wenden, die Herkunft des Revolvers erklären und ihren Vater verraten müssen. Sie würde als Tochter des Palmemörders in die Geschichte eingehen. Und gleichzeitig als diejenige, die zur Auflösung dieses Jahrhundertverbrechens entscheidend beigetragen hätte. Was für eine Ironie.

Papa, dachte sie, was tust du mir nur an? Selbst aus dem Grab hinaus. Reichen dir die Brandnarben nicht aus? Der Umstand, dass ich dank dir ein sozialer Krüppel bin, unfähig zu jeder gesunden zwischenmenschlichen Beziehung?

Am Schluss des Gedankenkreisels endete es immer dort, im bittersüßen Selbstmitleid. Sie drehte sich nass geschwitzt von der einen Seite auf die andere, der Wand zu. Im ersten Moment hielt sie es für eine optische Täuschung: Zwei rote Lichtpunkte, die über das gerahmte *Akte-X-Poster* flitzten. Den Bruchteil einer Sekunde nur, dann waren sie wieder verschwunden. Stimmte etwas mit ihrem Auge nicht? Sie zwinkerte. Dann sah sie die Lichtpunkte ein zweites Mal.

Ihr Körper reagierte schneller als ihr Verstand. Vielleicht der Reflex einer Ermittlerin mit fünfzehn Jahren Diensterfahrung. Sie rollte sich zurück in die andere Richtung, aus dem Bett hinaus, auf den Fußboden. Noch einmal ein rotes Aufflackern, diesmal streifte es die Deckenlampe. Das war keine optische Täuschung begriff sie, es war die Laserzielvorrichtung eines modernen Sturmgewehrs. Die Frequenz ihres Herzschlags verdoppelte sich von der einen auf die nächste Sekunde. Sie verstand, dass sie sich in Lebensgefahr befand. Mindestens zwei Schützen befanden sich draußen, vielleicht sogar mehr. Sie presste sich instinktiv auf den Fußboden und versuchte, ihren Atem unter Kontrolle zu bringen. In der Nachttischschublade befanden sich die Sig Sauer und die Glock, jeweils mit einem Extramagazin. Unter ihrem Bett hatte sie mit Gaffatape ein Kampfmesser befestigt. Um das Messer loszumachen und an sich zu bringen, musste sie nur den Arm ausstrecken. Danach robbte sie sich einen Meter vorwärts. Aus halb liegender, halb hockender Position heraus gelang es ihr, die Schublade des Nachttischs aufzuziehen und die beiden Handfeuerwaffen herauszunehmen. Sie schnallte sich das Holster mit der Sig Sauer um und verstaute in den zusätzlichen Laschen die Extramagazine und das Messer. Die Glock nahm sie in die Hand. Ihr Handy lag zum Aufladen auf einem Regal über dem Kopfende ihres Betts. Auch dort hatten die roten Lichtpunkte geflackert. Es war zu gefährlich, sah sie ein, es war unerreichbar. Sie konnte keine Hilfe rufen, sie war auf sich allein gestellt. Immer wieder flog ihr Blick zum Fenster. Von den roten Zielpunkten war nichts mehr zu sehen, aber das bedeutete natürlich nicht, dass die Gefahr kleiner geworden war, im Gegenteil, wahrscheinlich hatten sich die Angreifer dem Haus so weit angenähert, dass der Winkel zu dem Schlafzimmerfenster, das im ersten Stock lag, mittlerweile zu steil war, als dass die Laser zu sehen gewesen wären. Sie verfluchte, dass sie es hatte offen stehen lassen. Ihre taktische Ausbildung ließ sie ahnen, welche Strategie die Attentäter verfolgten. Eine Meute, die versuchte, den Fuchs aus seinem Bau zu jagen. Die Beute, das war sie. Eine klein gewachsene, zierlich Frau, die nicht mehr am Leib hatte als Slip und Unterhemd, dazu zwei Pistolen, rund fünfzig Schuss Munition und ein Kampfmesser. Die Jäger waren, wenn es sich um eine klassische *kill squad* handelte, wahrscheinlich eine Gruppe von vier bis sieben Personen, die sich kreisförmig dem Haus näherten. Wie zur Bestätigung ihrer Überlegungen flog ein Gegenstand durch das offene Fenster. Das fahle Mondlicht reichte Forss aus, um es als Tränengasgranate zu identifizieren, keine Sekunde später begann das Ding mit einem Knall zu rauchen. Raus, nichts wie raus hier! Forss schnellte in die Hocke und lief geduckt aus dem Zimmer, im selben Moment hörte sie das Sperrfeuer, Glas und Holz splitterten, über ihr schlugen Projektile in die Wand, ein brennender Striemen, wie von einem Peitschenhieb, zog mit Urgewalt über ihren Rücken. Dann war sie im Flur und warf die Tür hinter sich zu. Außer einem winzigen Dachfenster in zwei Metern Höhe gab es hier keinen direkten Zugang von außen, trotzdem ließ sie sich sofort auf den Boden sinken. Die Schüsse im Schlafzimmer bewiesen, dass sich mindestens ein Scharfschütze mit Nachtsichtzielfernrohr in erhöhter Position unweit des Hauses befand. Dafür kam eigentlich nur der Hang infrage, der zu ihrem Grundstück am Seeufer hinabführte. Sie betastete ihren Rücken. Es blutete kaum, auch war ihre Bewegungsfähigkeit nicht beeinträchtigt, sie hatte wahnsinniges Glück gehabt, ein Streifschuss, weiter nichts. Hätte sie versucht, ihr Handy zu nehmen, wäre sie jetzt bereits tot. Sie schluckte. Die Situation erschien auch so schlichtweg aussichtslos. Sie hatte es mit einer x-fachen Überzahl an Angreifern zu tun, Leuten, die wussten, was sie taten, Profis.

Schwer atmend umklammerte sie mit beiden Händen die Glock und presste das kalte Metall gegen die Stirn. Adrenalin pumpte durch ihre Blutbahnen, die Wirkung der Schlaftabletten und des Gins war vollkommen verflogen. Ihr Körper hatte sich auf Überlebensmodus gestellt, auch wenn ihr Verstand wusste, dass die Chance denkbar klein war. Sie lauschte ins Zwielicht hinein. Im Moment rührte sich nichts. Offenbar waren die Angreifer noch nicht ins Haus eingedrungen. Aber es war nur eine Frage der Zeit, bis weitere Fenster zu Bruch gehen und mehr Tränengas- oder Blendgranaten hineingeschleudert werden würden. Man würde entweder versuchen, sie hinauszuzwingen, um sie dann draußen wie ein flüchtendes Tier abzuknallen, oder mit Gasmasken ausgestattet das Haus stürmen und sie an Ort und Stelle erlegen. Fieberhaft überlegte sie, wo sie beiden Attacken am effektivsten standhalten konnte. Der sicherste und am leichtesten zu verteidigende Ort im Haus war die Vorratskammer hinter der Küche. Sie hatte nur einen einzigen, schmalen und niedrigen Zugang, dazu war sie der einzige Teil des Hauses, das nicht aus Holz, sondern aus solidem Mauerwerk bestand. Das Problem: Küche und Vorratsraum befanden sich im Untergeschoss. Um dorthin zu gelangen, musste sie die Treppe hinab und dabei ein großes Fenster passieren, das dieselbe Ausrichtung wie das Schlafzimmer hatte, und damit in der Schusslinie des Scharfschützen lag. Der Treppenabsatz war keine drei Meter von ihr entfernt. Dazwischen lag ein Flickenteppich auf dem Boden. Ihr fiel etwas ein, das sie als Kind einmal gemacht hatte, ein Kick, eine Art Mutprobe, eine Dummheit, die sie viele blaue Flecken und eine Standpauke ihres

Vaters gekostet hatte. *Papa, verflucht noch mal!* Sie steckte die Glock unter den Lederriemen des Holsters, griff den Teppich und kroch auf den Treppenabsatz zu. Rückte sich in Position. Der Plan war irrwitzig. Die Treppe war steil und L-förmig. Sie würde sich alle Knochen brechen. Aber was hatte sie schon für eine Wahl? Sie stieß sich mit den Füßen von der obersten Stufe ab, krallte sich in den Teppich, nahm eine Liegeposition ein und machte sich so steif es ging. Wie ein Rodler bei den Olympischen Winterspielen. Sie donnerte die Treppe hinab. Jede Stufe ein Pferdetritt auf Steiß, Schultern, Hinterkopf. Trotzdem nahm sie die Schüsse wahr und spürte die Glassplitter, die auf ihr Gesicht herabprasselten. Die halsbrecherische Rutschfahrt dauerte nicht länger als drei Sekunden. Mit einem letzten Rumms kam sie unten an. Ihr Körper ein einziger Schmerz. Trotzdem gelang es ihr, sich auf den Bauch zu rollen und schnell in die Küche zu robben. Aus den Augenwinkeln sah sie zwei rote Lichtpunkte über die Küchenwand huschen, wie sie richtig vermutet hatte, befanden sich also auch auf der anderen Seite des Hauses Angreifer. Sie war umzingelt. Wieder zerbarst Glas, wieder sah sie eine Granate neben sich auf dem Boden landen. Weiter, befahl sie sich, weiter. Sie erreichte die Vorratskammer in dem Moment, in dem die Granate explodierte, schlüpfte hinein und schloss die Tür. Ihr Herz hämmerte. Sie hockte sich auf den erdigen Boden und zog die Glock. Zwang sich, den Atem zu kontrollieren. Betastete das Gesicht und pflückte einen zentimeterlangen Glassplitter aus der Augenbraue, einen anderen aus der Wange. Der Rücken fühlte sich an, als wäre ein Traktor darüber hinweggefahren. Auf dem linken Handrücken hatte sie eine tiefe Schnittwunde. In der Kammer herrschte vollkommene Dunkelheit, deshalb konnte sie die Wunde nicht begutachten, sie spürte aber, wie ihr das warme Blut über die Finger strömte. Sie stand auf und tastete die Regale ab. Links standen Lebensmittel, im Grunde nicht mehr als einige verstaubte Konservendosen, rechts hatte sie Putzmittel und Haushaltsgegenstände verstaut. Irgendwann hatte sie ein Staubtuch in der Hand, das sie um die verletzte Hand wickelte. Zu ihrer Erleichterung blieb die Luft in dem engen, kühlen Raum atembar. Sie nahm zwar eine leichte Reizung der Augen wahr, aber die Holztür schien das Tränengas weitestgehend abzuschirmen. Eine Minute verging, zwei. Sie lauschte. Eine weitere Minute verstrich. Dann meinte sie Schritte in der Küche wahrzunehmen. Das charakteristische Schnorchelgeräusch, das das angestrengte Atmen durch den Filter von Luftschutzmasken hervorbrachte. Zwei unterschiedliche Rhythmen, zwei Darth Vader, die da durch ihre Küche schlichen. Sie konzentrierte sich. Wischte sich den Schweiß aus dem intakten Auge. Überprüfte, ob die Glock entsichert war. Sie hatte nicht vor, untätig in ihrem Verschlag zu verharren. Eine reine Vogel-Strauß-Taktik wäre ihr sicherer Tod, die Attentäter würden jeden Quadratmeter des Hauses untersuchen und nicht eher weichen, bevor sie Forss ausfindig gemacht und umgebracht hatten. Sie zählte bis drei, drehte mit der verbundenen Hand den Knauf vorsichtig herum und trat mit dem rechten Bein die Tür auf. Sie hatte Bruchteile von Sekunden, um sich zu orientieren. Die Küche war wie mit künstlichem Bühnennebel gefüllt, daraus hoben sich zwei schattenhafte Gestalten ab, die Sturmgewehre im Anschlag. Sie schoss ohne nachzudenken. Zwei Schuss pro Person, einen in Kopf-, einen in Brusthöhe, im selben Augenblick erfasste sie der ätzende Nebel. Tränen traten ihr in die Augen, sie hustete, gleichzeitig hatte sie das Gefühl, ihr hätte jemand eine Tube scharfen Senf in Nase und Rachen gedrückt. Blinzelnd nahm sie wahr, dass die Gestalten auf dem Boden zusammengesackt waren. Sie zwang sich fünf Schritte nach vorn, bückte sich über einen der regungslosen Männer und riss ihm die Gasmaske vom Kopf. Sofort zog sie sich wieder in die Kammer zurück und schloss die Tür. So schnell es ging zwängte sie sich die Maske über das Gesicht, eine moderne Variante, die die Ohren freiließ. Orientierung war wichtig. Ihr Auge, ihr Rachen, ihre Lunge waren ein einziges Brennen. Sie hockte sich hin. Versuchte, sich allein auf eine regelmäßige Atmung zu konzentrieren. Nach einer Weile ließ die Schärfe des Brennens nach, ihr Auge hörte auf zu tränen. Sie nahm wahr, dass ihre Hände zitterten. Gleichzeitig spürte sie grimmige Entschlossenheit. Sie würde sich nicht abschlachten lassen wie ein wehrloses Schaf, sie würde sich zur Wehr setzen. Zwei der Mistkerle hatte sie bereits ausgeschaltet. Sie rechnete, auch wenn ihre Annahmen reine Spekulation waren. Für eine Tötungsmission wie diese, ein nächtlicher Angriff auf ein abgelegenes Haus, in dem sich eine bewaffnete Person befand, hätte sie ein Team mit fünf Personen zusammengestellt. Vier, die sich dem Haus aus allen Himmelsrichtungen näherten, eine fünfte als Scharfschütze auf einer höher liegenden Position. Wenn man großzügig kalkulierte, sechs. Sieben, um ganz sicherzugehen. Sieben war also ihre Richtzahl. Sieben minus zwei machte fünf. In der Küche rührte sich etwas, eine elektronisch verzerrte Stimme krächzte leise. Sie öffnete die Tür einen Spalt, um besser verstehen zu können. Die Stimme kam aus dem Headset des Manns, dem sie die Maske vom Gesicht gerissen hatte. Die anderen Angreifer hatten die Schüsse natürlich nicht überhört.

»… Viktor Alpha für Viktor Echo …«

»… Viktor Alpha für Viktor Foxtrott …«

Forss war mit dem internationalen Funkcode vertraut, wie ihn die NATO und andere militärische oder paramilitärische Zusammenhänge seit Jahrzehnten benutzten. Viktor war der

Name der Mission, wahrscheinlich sollte es für *Victory* stehen, Sieg. Anmaßende Bastarde, dachte sie. Alpha stand für A, die Nummer eins, den Einsatzleiter. Echo und Foxtrott, E und F, waren demnach die Nummern fünf und sechs.

Die Anfragen aus dem Funkgerät wiederholten sich.

Eine Antwort würden sie nicht bekommen, Echo und Foxtrott waren Geschichte. Das bedeutete jedoch auch, dass innerhalb kurzer Zeit Verstärkung in die Küche eilen würde, um zu sehen, was dort vor sich ging und anschließend die Situation neu bewerten zu können. Der richtige Zeitpunkt, um ihre Position zu verändern, dachte sie. Zwei weitere Angreifer würden sich wahrscheinlich nicht auf dieselbe Art überrumpeln lassen wie ihre toten Kameraden. Sie öffnete die Tür der Kammer und krabbelte unter den Küchentisch. Die viel zu große Tischdecke hing beinahe bis auf den Boden herab. Wie gut, dass sie es mit Haushaltsdingen nicht genau nahm. Zwei weitere Granaten flogen durch das Fenster und vernebelten die Küche erneut. Ein sicheres Zeichen für die nächste Attacke, dachte sie. Keine zehn Sekunden später erahnte sie durch die beschlagenen Gläser der Maske und die Rauchschwaden hinweg ein Paar schwarze Kampfstiefel, die sich von der Küchentür her in die Mitte des Raums auf sie zubewegten. Langsam und vorsichtig setzte der Angreifer einen Fuß vor den nächsten. Die beiden Toten musste er längst entdeckt haben. Vor dem Tisch blieb er stehen. Wandte sich um, schien sich dem Vorratsraum zuzuwenden. Eine bessere Chance würde sie nicht bekommen, wurde ihr klar. Sie riss das Kampfmesser aus dem Holster und rammte die zwanzig Zentimeter lange, gezackte Klinge in die Wade des Manns. Er ging auf die Knie, die Atemmaske dämpfte seinen Schmerzensschrei. Mit einem Hechtsprung aus der Hocke war sie auf ihm. Er fiel auf den Bauch, sie saß auf seinem Rücken. Das Messer suchte die Kehle des

Manns und durchtrennte sie. Ein blubberndes Röcheln, ein Zittern, das seinen ganzen Körper durchlief, dann erstarrten die Gliedmaßen. Forss zog ihm die Maske und das Headset vom Kopf, lauschte. Sie hatte bewusst auf Schüsse verzichtet, auch wenn das ein größeres Risiko bedeutet hatte, doch sie wusste, dass sie ihren übermächtigen Gegner verwirren und überraschen musste, um überhaupt eine Chance zu haben.

»… Viktor Alpha für Viktor Charlie …, Viktor Alpha für Viktor Charlie …«

Sie stieg von dem leblosen Körper herunter und bemerkte die metergroße Blutlache auf dem Küchenboden. Sieben minus drei ergab vier. Positionswechsel, dachte sie, schnell. Gleichzeitig wusste sie, dass sie es nicht wagen konnte, die Küche zu verlassen. Wenn die verbleibenden Angreifer nur einen Funken Verstand besaßen, hatten sie den angrenzenden Flur längst gesichert. Außerdem bewiesen die immer neuen Tränengasgranaten, die durchs Fenster kamen, dass auch draußen mit Sperrfeuer zu rechnen war. Womöglich hatte der Schütze, der ihr Schlafzimmer und das Treppenhaus vom Hügel aus beschossen hatte, seine Position mittlerweile verändert und befand sich auf der anderen, dem See zugewandten Hausseite. Oder es gab schlichtweg mehr Angreifer, als sie angenommen hatte.

Aber wohin dann?

Als sie die Tränengas-, Blend- und Handgranaten am Gürtel des Toten entdeckte, entwarf sie einen Plan. Eigentlich war es nicht mehr als eine vollkommen wahnwitzige Idee. Aber die Zeit lief ihr davon. Sie rappelte sich auf, griff dem Toten unter die Schulter und schleifte ihn bis an die Wand neben die Tür der Vorratskammer. Mit letzten Kräften gelang es ihr, seinen Oberkörper aufzurichten, sodass er in eine sitzende Position geriet.

»… Viktor Alpha für Viktor Charlie …, Viktor Alpha für Viktor Charlie …«

Sie griff nach dem Headset, das an einem Kabel von seinem Hals baumelte.

»Ich habe euren verfickten Charlie, kommt in die Küche und holt ihn euch, wenn ihr ihn lebend wiederhaben wollt.«

Es war eine schwache, durchschaubare Lüge, aber was blieb ihnen schon anderes übrig, als ihr zu gehorchen? Wenn sie sie haben wollten, mussten sie kommen und sie holen, Charlie hin oder her. Sie zündete zwei Tränengas- und drei Rauchgranaten. Je weniger Sicht, desto besser, dachte sie. Dann löste sie eine Handgranate vom Gürtel des Manns und stopfte sie ihm in den Mund. Mit der einen Hand griff sie nach dem Sicherheitsstift, mit dem anderen nach der Tür der Kammer. Sie wartete. Fünf Sekunden, zehn, zwanzig. Dann entdeckte sie die drei roten Ziellaser, die sich wie tastende Finger durch die völlig verqualmte Küche bewegten. Sie kommen, dachte sie, sie kommen tatsächlich. Sie riss den Sicherheitsstift der Granate heraus, huschte in die Kammer, zog blitzschnell die niedrige Tür hinter sich zu, und kletterte katzengleich an dem an der Wand montierten Regal nach oben. Nach dreieinhalb Sekunden hatte sie ihr Ziel erreicht, das massive Regalbrett über der Tür. Nun befand sich solides Mauerwerk zwischen ihr und der Küche. Im selben Moment zerriss eine ungeheure Detonation die Luft. Forss schmaler Körper wurde einen halben Meter in die Höhe gewuchtet, dann krachte sie in die Tiefe aus Holzsplittern, gelösten Ziegelsteinen, Rauch und Dunkel.

Als sie die Augen wieder öffnete, konnte sie kaum atmen, so sehr schmerzte ihr Brustkorb. Wahrscheinlich hatte sie sich mehrere Rippen gebrochen. Die Maske befand sich nicht mehr auf ihrem Gesicht. Aus ihrem verquollenen Auge schielte sie ins Zwielicht. Sie lag offenbar auf einem

Trümmerhaufen auf dem Boden der Kammer. Die Tür existierte nicht mehr. Anscheinend war sie mindestens für einige Minuten bewusstlos gewesen, denn die Rauchschwaden in der Küche hatten sich verflüchtigt. Aus ihrem Blickwinkel sah sie fünf leblose Gestalten auf dem Boden liegen. Vom sechsten waren nur noch die Beine übrig. In ihren Ohren schrillte der Tinnitus. Noch einen, dachte sie, noch einen dieser Bastarde, und ich habe es vielleicht geschafft. Sie tastete das Holster ab. Die Glock war weg, das Messer auch. Was ihr blieb, war die Sig Sauer. Jede Bewegung fühlte sich an, als habe ein Folterknecht sie ersonnen. Trotzdem musste es sein. Sie wusste nicht, wie viel Zeit ihr blieb. Sie kroch stöhnend aus der Kammer in die Küche. Dem, was von ihrer Küche übrig geblieben war. Die Einrichtung war zu großen Teilen zerstört. Tisch, Stühle, die meisten Schränke, alles lag in Trümmern, überzogen von einem Schleier aus Blutspritzern, Knochensplittern, Hirnmasse. Die Schranktür unter der Spüle hing schief in den Angeln. Dennoch würde es für ihre Zwecke reichen, hoffte sie. Sie zerrte und warf alles heraus, was sich noch dort befand, krabbelte in den engen Raum, machte sich so klein es ging, und zog die schiefe Schranktür zu. Ihre Knie drückten gegen ihre Ohren. Die gebrochenen Rippen machten es ihr in dieser Position beinahe unmöglich zu atmen. Lange würde sie so nicht durchhalten können, ohne vor Schmerz erneut das Bewusstsein zu verlieren. Komm schon, dachte sie, komm endlich, damit wir diese Sache zu Ende bringen können. Und er kam. Sie sah ihn durch den Spalt der schiefen Schranktür. Ein junger Kerl ohne Maske über dem Gesicht. Wie konzentriert er aussah mit der Waffe im Anschlag, wie konzentriert und doch beinahe unschuldig. Es musste an seinem Engelsgesicht liegen. Sie spreizte ihre Knie, soweit es ging, drückte mit angewinkelten Armen den Lauf der Pistole hindurch und zielte auf seine Stirn. Der Schuss traf ihn direkt zwischen seinen Augen.

Irgendwie gelang es ihr, sich aus dem Unterschrank zu befreien und an den Toten vorbei aus der Küche, durch den Flur die Treppe hinauf in ihr Schlafzimmer zu kriechen. Mit allerletzter Kraft fischte sie ihr Handy von dem Regal. Sie drückte die Nummer instinktiv.

»Nyström«, meldete sich eine Stimme nach dem dritten Tuten. Ihre Chefin klang nicht so, als ob sie geschlafen hätte.

»Ich glaube, wir müssen reden«, brachte Forss krächzend hervor.

»Das denke ich auch.«

»Kannst du zu mir kommen?«

»Jetzt?«

Nun klang Nyström doch überrascht.

»Das wäre ziemlich hilfreich«, antwortete Forss, bevor sich ihre Lippen zu einem knappen, schiefen Lächeln verzogen.

EPILOG

Zum Frühstück buk er einen Bagel vom Vortag auf, dazu machte er Rührei, das er mit Sardellen und tiefgekühltem Dill servierte. Der Geschmack des Fischs erinnerte ihn jedes Mal an seine alte Heimat. Aber was hieß das schon, Heimat? Er schenkte sich Kaffee ein und blätterte in der Zeitung. Nicht, dass ihn das Geschehen in der großen, weiten Welt noch interessiert hätte, genauso wenig wie die Innen- oder Lokalpolitik. Auch den Sport- und den Wirtschaftsteil legte er beiseite. Was er dagegen mochte, das waren die Berichte und Rezensionen neuer Kunstausstellungen. Die las er sorgfältig und voller Neugier, auch wenn er es in den vergangenen Jahren nur noch selten über die Brücke in die großen Museen oder bekannten Galerien geschafft hatte. Aber manchmal hatte er Glück und fand etwas Spannendes, das nur einige Häuserblocks entfernt ausgestellt wurde. Das Tempo, in dem sich sein Stadtteil verändert hatte, war atemberaubend. Hier, wo früher einmal die Armen und die untere Mittelklasse, wo Studenten, Arbeiter und Handwerker wie er in der Mehrheit gelebt hatten, machten immer mehr schicke Restaurants und Cafés auf, Alteingesessene wurden verdrängt und Menschen mit Geld zogen her. Er hatte Glück, dass er seine kleine Wohnung mit dem darunterliegenden Atelier und winzigen Verkaufsraum bereits in den Achtzigerjahren erstanden hatte, als die Gegend noch niemanden, der etwas auf sich hielt, interessiert hatte. Doch was nutzte es zu schimpfen? Der Wandel hatte auch sein Gutes. Nach den vielen, vielen dürren Jahren, in denen er sich gerade so über Wasser hatte halten können, in denen er neben seinem eigentlichen Beruf noch Zeitungen ausgetragen und Wohnungen und Bürogebäude geputzt hatte, lief es in letzter Zeit gut, sehr gut sogar, und das lag vor allem an der neuen Kundschaft. Die jungen, wohlsituierten Leute, die hierherzogen, schienen sich anders als die vorangegangenen Generationen wieder für Selbstgemachtes und echtes Handwerk zu interessieren. Sie tranken Bier aus Mikrobrauereien, pflegten ihre sorgfältig gestutzten Bärte mit Kräuterölen aus der Provence, kritzelten Gedichte in Notizbücher, die in handgegerbtes Leder gebunden waren. Und sie waren bereit, angemessenes Geld für eine mundgeblasene Vase oder eine gläserne Obstschale auszugeben. Wer war er also, zu klagen?

Nachdem er seinen Kaffee ausgetrunken und den Abwasch erledigt hatte, ging er die schmale Treppe hinab in sein Atelier. Er kontrollierte den modernen Gasgebläsebrenner und sortierte die Strukturzangen. Heute hatte er an einem Auftrag zu arbeiten; ein junges, wohlhabendes Paar, das zu seiner Hochzeit selbst entworfene Champagnergläser haben wollte. Routiniert zündete er den Brenner. Die Fertigung der gewünschten Gläser stellte für ihn keine übermäßige Herausforderung dar, trotzdem war da etwas, dass ihn plötzlich für einen Moment innehalten ließ. Die Melancholie, die ihn immer überkam, wenn er an Hochzeiten dachte. Es weckte uralte Erinnerungen. Die furchtbare Nacht auf dem See, in der er sie verloren hatte. Die einzige, echte Freundin, die er je gehabt hatte. Seine Seelenverwandte. Er zwinkerte die aufsteigenden Tränen weg, setzte sich die Schutzbrille auf und machte sich an die Arbeit.

Voosen/Danielsson:
das Traumpaar des Schweden-Krimis